HEYNE<

Das Buch

Zu Beginn der 30er Jahre entwarf Robert E. Howard mit Conan dem Barbaren den Ur-Helden der Heroischen Fantasy. Doch auch jenseits von Genre-Erwartungen entwickelte sich die Figur zur kulturellen Ikone unserer Zeit. Howard schuf literarische Meisterwerke, die an uralte Mythen anknüpfen und doch zeitlos wirken. In den hier versammelten, vollständig wiederhergestellten Geschichten Howards aus dem Jahr 1934 treffen die Leser auf Conan, wie ihn der Autor ursprünglich entwarf: Vor der Kulisse des faszinierenden Hyborischen Zeitalters besteht der wortkarge und schlagkräftige Held Abenteuer, die noch heute durch ihre epische Kraft begeistern.

Nach dem ersten Band – den Original-Erzählungen aus den Jahren 1932 und 1933 – liegt nun der zweite Teil der einzigartigen Conan-Edition vor. Die reich illustrierte Ausgabe versammelt zwei der beliebtesten Conan-Erzählungen sowie Howards einzigen Roman. Mit zahlreichen erstmals auf Deutsch veröffentlichten Skizzen, Entwürfen und Aufzeichnungen des Autors.

Der Autor

Robert E. Howard, 1906 in Texas geboren, begann bereits in jungen Jahren mit dem Schreiben von Krimi-, Abenteuer-, Western-, Horror- und Fantasy-Geschichten für einschlägige Unterhaltungsmagazine – insbesondere für *Weird Tales*, wo zwischen 1932 und 1935 auch die Erzählungen um Conan den Barbaren erschienen. Im Juni 1936 beging Howard – der zeit seines Lebens seinen texanischen Heimatort nicht verließ – Selbstmord und konnte so den großen Erfolg seiner Figur nicht mehr erleben. Heute gilt er als einer der bedeutendsten Fantasy-Autoren des 20. Jahrhunderts.

Der Illustrator

Gary Gianni schloss 1976 sein Studium an der renommierten Chicago Academy of Fine Arts ab und arbeitet seitdem als Künstler und Illustrator; zunächst für den *Chicago Tribune* und das Fernsehen, später für zahlreiche – überwiegend phantastische – Magazine, für Romane und Kinderbücher. Der mehrfach preisgekrönte Künstler lebt und arbeitet in den USA.

ROBERT E. HOWARD

CONAN

ZWEITER BAND

*Die Original-Erzählungen
aus dem Jahr 1934*

Mit Illustrationen
und Farbtafeln von
Gary Gianni

Deutsche Erstausgabe

WILHELM HEYNE VERLAG
MÜNCHEN

Titel der amerikanischen Originalausgabe
THE BLOODY CROWN OF CONAN
Deutsche Übersetzung der Erzählungen von Lore Strassl
Deutsche Übersetzung der Vorbemerkung, der Einführung,
der Vermischten Schriften, des Gedichts und des Anhangs
von Andreas Decker
Das Umschlagbild schuf Charles Keegan

Verlagsgruppe Random House FSC-DEU-0100
Das für dieses Buch verwendete FSC-zertifizierte Papier
München Super liefert Mochenwangen.

Deutsche Erstausgabe 08/2006
Redaktion: Rainer Michael Rahn
Copyright © 2003 by Conan Properties International, LLC
CONAN® is a registered trademark
of Conan Properties International, LLC
All Rights Reserved
Copyright © 2003 aller Innenillustrationen
und Farbtafeln by Gary Gianni
Copyright © 2006 der deutschsprachigen Ausgabe by
Wilhelm Heyne Verlag, München
in der Verlagsgruppe Random House GmbH
Printed in Germany 2006
Umschlaggestaltung: Nele Schütz Design, München
Karte: Erhard Ringer
Satz: C. Schaber Datentechnik, Wels
Druck und Bindung: GGP Media GmbH, Pößneck

ISBN-10: 3-453-52071-8
ISBN-13: 978-3-453-52071-4

http://www.heyne.de

Die Illustrationen in diesem Buch sind Margaret und Louis Gianni gewidmet.

Inhalt

Vorbemerkung des Illustrators 9
Einführung 13

**Die Original-Conan-Erzählungen
aus dem Jahr 1934** 21

Der Schwarze Kreis 23
Die Stunde des Drachen 159
Salome, die Hexe 479

Vermischte Schriften 561

Exposé ohne Titel 563
(Der Schwarze Kreis)
Was zuvor geschah 569
Exposé ohne Titel 573
Entwurf ohne Titel 581
Exposé ohne Titel 620
(Die Stunde des Drachen)
Anmerkungen zu
»Die Stunde des Drachen« 625
Exposé ohne Titel 631
(Salome, die Hexe)

Anhang 635

Hyborische Genesis, Teil II 637
Veröffentlichungsnachweise 663
Karte des hyborischen Zeitalters 666
Abbildungsnachweis der Farbtafeln 669

Vorbemerkung
des Illustrators

ALS JUNGE SAH ICH einem Mann dabei zu, wie er ein Haus mit einem Vorschlaghammer abriss. Eigentlich war es kein richtiges Haus – der Begriff Schuppen würde es besser treffen. Ich kann mich noch lebhaft an den Nachmittag erinnern: Die Jungs aus der Nachbarschaft versammelten sich im Hof meines Freundes Joe, weil sein Vater einen alten Schuppen abreißen wollte, der am Ende ihres Grundstücks stand. Welcher Achtjährige hätte das nicht sehen wollen?

Als ich eintraf, taxierte Mr. Lill gerade das Objekt, den großen Vorschlaghammer auf der Schulter. Der Schuppen lehnte sich ihm trotzig entgegen. Vielleicht spürte der Mann die Verachtung, denn er legte los wie ein Rasender. Er war eine wahre Vernichtungsmaschine. Seine Arme drehten sich wie Windmühlenflügel, während er vernichtende Schläge austeilte, um seinem schwankenden Gegner den größtmöglichen Schaden zuzufügen. Die Staubwolken und das berstende Holz erschufen die Illusion einer fantastischen Schlacht. Ich war von dem Spektakel wie verzaubert, und heute frage ich mich, wie viele dieser Jungen mit zusammengebissenen Zähnen und geballten Fäusten diesen Kampf stellvertretend führten.

Als der letzte Pfosten auf dem Schutthaufen gelandet war, stieg der Mann darauf, stützte sich auf den Vorschlaghammer und begutachtete grimmig sein Werk.

Im Nachhinein gesehen war es ein transzendentaler Augenblick, eine reale Berührung mit der Verkörperung von John Henry, Herkules und Samson. Wir haben alle ähnliche Erfahrungen in dieser oder anderer Form gemacht, und diese Erinnerungen kann man am besten als »heroischer Realismus« beschreiben, ein Begriff, den der Schriftsteller Louis Menand geprägt hat. Abgesehen von den Fantasy-Elementen ist das die Qualität, an der ich bei meiner Arbeit mit Conan interessiert bin – das Gefühl echter Gefahr, Romantik und Ränkespiele, die in einer greifbaren Realität fußen.

Als Teenager, Jahre nachdem der Schuppen einstürzte, stieß ich auf ein Taschenbuch, dessen Titelbild einen Mann zeigte, der auf einem Berg überwältigter Gegner stand und sich auf ein Breitschwert stützte. Irgendwie rief dieses Bild in den Tiefen meiner Erinnerung eine vertraute Empfindung hervor.

Ich dachte an diesen Nachmittag, und die Aufregung dieses Augenblicks überwältigte mich erneut. Die Macht der Bilder.

Bei dem Buch handelte es sich natürlich um *Conan der Abenteurer* von Robert E. Howard, und das Titelbild hatte Frank Frazetta gemalt. Es war meine erste Begegnung mit Howards fiktivem Barbaren.

Das war vor langer Zeit, und viele talentierte Künstler haben Conans Abenteuer porträtiert. Ich war zunächst zufrieden damit, an der Seite zu stehen und ihre Arbeit zu genießen; aber ich bekam meine Chance, nachdem ich zwei andere von Robert E. Howards großartigen Helden illustriert hatte – Solomon Kane und Bran Mak Morn. Wie hätte ich widerstehen können?

Ich fühle mich geehrt, diese Charaktere darstellen und mich in die Liste der Illustratoren eintragen zu können, die die Möglichkeit hatten, Conan Gestalt zu verleihen. Es ist ein passender Tribut an Robert E. Howards erzählerische Fähigkeiten, dass es, ganz egal, wie viele Künstler den Mythos Conan in Büchern, Comics und Filmen fortschreiben, die ursprünglichen Geschichten und die kraftvollen, von ihnen inspirierten Bilder sind, die die Leser letztlich begeistern werden.

GARY GIANNI

Einführung

»ES GIBT IN MEINEN AUGEN keine literarische Arbeit, die mich so fesselt wie eine Neufassung der Geschichte im Gewand der Fiktion«, schrieb Robert E. Howard seinem Freund H. P. Lovecraft. Das hilft sicherlich, einen Teil der Begeisterung zu verstehen, die man in seinen Erzählungen über den unbezwingbaren Conan von Cimmerien finden kann, denn hier präsentiert sich Geschichte als lebendige, dramatische Fiktion.

Was? Conan als Geschichte? Hier handelt es sich doch wohl um Fantasy, oder? Diese Welt, das »hyborische Zeitalter«, ist doch bloß Howards Phantasie entsprungen? Nun, ja und nein. Sicherlich ist es Howards außergewöhnliche literarische Schöpfung – aber in diese Schöpfung hat er seine ganze Liebe für Geschichte, Legenden und Romantik einfließen lassen.

Robert E. Howard war ein außerordentlich begabter, aber ausdrücklich kommerzieller Autor. Geschichtenerzählen fiel ihm nie schwer: Jugendfreunde berichten, dass er schon im frühen Alter von zehn Jahren ihre Spiele dirigierte, und Freunde aus seiner Teenagerzeit sagen uns, dass er ein fesselnder Geschichtenerzähler war. Natürlich verfügen wir über das Testament seiner Erzählungen, das uns das deutlich macht. Und auch wenn er sich von irgendwelchen künstlerischen Motiven distanziert hat, in seinen besten Arbeiten findet man echte Kunstfertigkeit. Wie Lovecraft bemerkte: »Er war stets größer als jeder Zwang zum Geldverdienen, dem er sich unterwerfen musste.«

Aber Howard nutzte seine natürliche erzählerische Gabe, um sich seinen Lebensunterhalt zu sichern, darum war es ihm wichtig, dass er einen Markt für seine Arbeit fand. Als sich Anfang 1930 die Große Depression über das Land senkte, mussten seine Abnehmer, die Pulp-Magazine, um ihre Existenz kämpfen. Den Überlebenden gelang dies manchmal, indem sie ihre Honorare kürzten oder ihre Erscheinungsweise reduzierten – und damit die Nachfrage nach neuem Material. So sehr er die historischen Geschichten auch liebte, die er für das Magazin *Oriental Stories* schrieb, die größtenteils zur Zeit der Kreuzzüge oder der mongolischen und islamischen Eroberung spielten, oder die Geschichten vorchristlicher irischer Krieger, für die er keinen Markt gefunden hatte – sie erforderten viel Recherche, und das bedeutete Zeit, die er sich schlecht leisten konnte. »Jede Seite der Geschichte wimmelt vor Dramen, die man zu Papier bringen sollte«, schrieb er. »Ein einziger Abschnitt birgt genug Handlung und Drama, um damit einen ganzen Roman füllen zu können. Ich könnte aber nie genug damit verdienen, solche Bücher zu schreiben; die Märkte sind zu eng, die Anforderungen zu spezifisch, und ich brauche so lange, um eins fertig zu stellen.«

Howards Interesse an der Geschichte, so stark es auch war, erstreckte sich aber nicht auf »zivilisierte« Menschen. »Wenn eine Rasse das Barbarentum hinter sich lässt oder es noch nicht ganz hinter sich gelassen hat – das erregt mein Interesse. Ich scheine sie verstehen und auf intelligente Weise über sie schreiben zu können. Aber wenn sie sich der Zivilisation annähern, nimmt mein Verständnis für sie ab, bis es schließlich völlig dahinschwindet und mir ihre Bräuche und Gedanken und Ambitionen absolut fremdartig und unbegreiflich sind. Darum erregen die ersten mongolischen Eroberer Chinas und Indiens mein größtes Interesse und meine Wertschätzung, aber ein paar Generationen später, wenn sie die Zivilisation ihrer Untertanen übernommen haben, verspüre ich nicht mehr das geringste Interesse an ihnen. Mein Studium der Geschichte besteht aus der ständigen Suche nach neuen Barbaren, egal in welchem Zeitalter.«

Anfang 1932 fiel ihm bei einem Ausflug nach Mission in Texas im Tal des Rio Grande die Antwort ein: das hyborische Zeitalter, eine Periode zwischen dem Untergang von Atlantis und den Kataklysmen, die unsere moderne Welt formten, bevölkert von den Vorfahren – den authentischen Archetypen – sämtlicher Barbaren, die er mit so viel Begeisterung studierte. Die Figur Conan »trat vollständig entwickelt aus dem Nichts heraus und ließ mich an die Arbeit gehen, seine Abenteuer niederzuschreiben«. Diese Heldentaten spielten in einer Welt, die von elisabethanischen Piraten, irischen Seeräubern und Korsaren der Barbarenküste bevölkert war, mit amerikanischen Trappern und Kosaken, ägyptischen Zauberern und den Anhängern römischer Geheimkulte, mittelalterlichen Rittern und assyrischen Heeren. Sie alle waren verfremdet, aber es gab keinen Versuch, ihre Identität tatsächlich zu verbergen. Howard verlieh ihnen sogar Namen, die es den Lesern gestatteten, ihre Identität ohne große Mühe zu erraten – er wollte, dass wir sie sofort erkennen, aber mit einem Augenblinzeln, das uns verrät: »Wir wissen, dass das nur eine Geschichte ist, oder? Also los damit!« Gibt es überhaupt einen Leser, dem nicht klar ist, dass Afghulistan nichts anderes als Afghanistan ist, oder dass es sich bei Vendhya um Indien handelt? Sicherlich nicht!

Mit der Schöpfung des hyborischen Zeitalters hatte Howard eine Welt geschaffen, in der seine geliebten historischen Barbaren zügellos agieren konnten, und er konnte diese Geschichten voller Action und Dramatik spinnen, die er mit solcher Begeisterung erzählte. Es ist ein brillantes Konzept, zu dem ihn meiner Meinung nach G. K. Chesterton inspiriert hat, dessen episches Gedicht *The Ballad of the White Horse* zu Howards Lieblingsgedichten gehörte, nicht nur nach seinen überschwänglichen Bemerkungen in zwei verschiedenen Briefen aus dem Jahr 1927 an seinen Freund Clyde Smith zu urteilen, sondern auch aufgrund seines häufigen Gebrauchs von Zitaten aus diesem Gedicht in Form von Epigrammen oder Gedichten als Einleitungen zu seinen Erzählungen, nicht zu vergessen die Tatsache, dass er noch 1935 in seinen Briefen daraus zitierte. *The Ballad of the White Horse* erzählt von König Alfred und der Schlacht von Ethandune (Edington), aber Chesterton gibt freimütig zu, dass »alles, das nicht offensichtlich fiktiv ist, soll wie in jeder romantischen Prosaerzählung über die Vergangenheit eher die Tradition betonen statt die Geschichte«. Weil die Anstrengung, die er feiern wollte, der Kampf »der christlichen Zivilisation gegen den heidnischen Nihilismus«, in Wirklichkeit »eine Sache von Generationen war«. Er erschuf fiktive römische, keltische und angelsächsische Helden, die den Ruhm des Sieges mit Alfred teilten. »Der hauptsächliche Wert einer Legende«, schrieb er, »besteht darin, die Jahrhunderte zu vermengen, aber das Gefühl zu erhalten; sämtliche Zeitalter in einer großartigen Verkürzung zu sehen. Das ist der Nutzen von Traditionen; sie verkürzen die Geschichte.«

Chesterton war natürlich kaum der Erste, der solch ein literarisches Werk schuf, man denke an die romantischen Artus-Erzählungen von Chrétien de Troyes oder Sir Thomas Malory. Oder an die nordischen Sagen und die uralte Legende von Beowulf. Aber Chestertons Erklärungen könnten ihren Weg in Howards Unterbewusstsein gefunden haben, um Jahre später in Form des hyborischen Zeitalters zum Vorschein zu treten. Howard schrieb ein episches Gedicht, *The Ballad of King Geraint*, das an Chestertons Poem erinnerte; er beschrieb die letzte tapfere Gegenwehr der keltischen Stämme Britanniens und Irlands gegen die angelsächsischen Eroberer. Aber erst in der Schöpfung des hyborischen Zeitalters 1932 konnte er dieses Konzept der verkürzenden Geschichte wirklich effektiv benutzen, und Geschichte in etwas verwandeln, das Lovecraft als »farbigen, künstlichen Legendenbau« bezeichnete.

Da Howard eine umfassende Geschichte des hyborischen Zeitalters verfasste und sich große Mühe gab, es zu einer in sich stimmigen Welt zu machen, haben ihn einige Kritiker einer Tradition der Fantasy zugeordnet, die man auch als »Weltschöpfung« bezeichnet, hervorgehoben durch einfallsreiche Autoren wie George Macdonald, William Morris, Lord Dunsany und J.R.R. Tolkien. Aber das hyborische Zeitalter ist historisch und keinesfalls imaginär: Es ist einfach ein Nexus, in dem Elemente verschiedener historischer Zeitalter um der Erzählung willen zusammenkommen. Die Conan-Erzählungen finden teilweise deshalb so viel Anklang, weil sie so real erscheinen, weil wir die Welt erkennen, in der Conan lebt. Und Howard war kein literarischer

Stilist in der Art dieser »Weltenschöpfer«; er war ein Geschichtenerzähler, der eine klare, direkte und schlichte Sprache mit einem Minimum an Beschreibungen vorzog. Sicherlich findet man in seiner besten Prosa eine beträchtliche Poesie, wie das Eröffnungskapitel von *Die Stunde des Drachen* ausreichend demonstriert. Howard wuchs mit Lyrik auf, seine Mutter las sie ihm vor, und er selbst war unter den Autoren des Phantastischen sicherlich einer der begabtesten Lyriker. Wie Steve Eng sagt: »Möglicherweise hat Howard gespürt, dass sich seine Vorstellungskraft besser in Form von Lyrik als in Prosa ausdrücken ließ. Man kann die Heldentaten seiner Sword-and-Sorcery-Geschichten viel leichter singen oder deklamieren als sie in Absätzen darstellen.«

Aber es gab auch noch ein anderes Element in Howards Geschichten. »Alles in mir drängt danach«, sagte er E. Hoffmann Price, »Realismus zu schreiben.« Bei einem Autor, der am besten für seine phantastischen Geschichten bekannt ist, erscheint das als Widerspruch, aber wenn man den größten Teil seines Werkes begutachtet, findet man einen »realistischen« Roman, viele Boxergeschichten, viele historische Geschichten und Western – in anderen Worten: eine Menge Realismus. Jack London war vielleicht sein Lieblingsschriftsteller. London ist heutzutage möglicherweise am meisten für seine Geschichten über die Wildnis bekannt, aber er war auch Sozialist, dessen zur Hälfte autobiografischer Roman *Martin Eden*, das Vorbild für Howards *Post Oaks and Sand Roughs*, als der erste Roman des Existenzialismus angesehen wird. Ein anderer Autor, von dem Howard viel hielt, war Jim Tully, dessen Berichte über sein Leben als Hobo, Zirkusarbeiter, Boxer und Journalist in Howards Arbeit ihren Niederschlag finden. London wie auch Tully waren »Straßenjungen«, und Howard schrieb oft über Charaktere, Conan eingeschlossen, die in ihrer Jugend ihre Heimat verließen, um durch die Welt zu streifen.

In seinem grundlegenden Essay »Robert E. Howard: Hard-Boiled Heroic Fantasist« behauptet George Knight, dass Howard etwas von der gleichen Sensibilität in die Fantasy einfließen ließ, die sein Zeitgenosse Dashiell Hammett und andere in die Detektivgeschichte einbrachten: eine entschlossene, hart gesottene Einstellung dem Leben gegenüber, die ihren Ausdruck in einer einfachen, eindringlich direkten Prosa findet (nicht ohne jede Poesie), und in der Gewalt das dunkle Herz der Geschichte ist. Conan in seinem hyborischen Zeitalter hat viel mit dem Detektiv in den finsteren Straßen von San Francisco gemein: Er ist ein unabhängiger Mann mit einer zynischen, welterfahrenen Einstellung, die durch seinen strikten moralischen Kodex eingeschränkt wird. Er verspürt keine Loyalität zu den Regeln, die Autoritäten oder die Tradition aufgestellt haben, er lebt anhand von selbst auferlegten Regeln, die ihm helfen »in einer sich dem Wahnsinn zuneigenden Welt die Ordnung aufrechtzuerhalten«. Man kann ihn anheuern, aber man kann ihn nicht kaufen. Er ist, wie es Charles Hoffmann ausdrückte, »Conan der Existenzialist«. Der vollendete, selbstbestimmte Mann in einem feindlichen Universum. Conan weiß, dass das Leben bedeutungslos ist, so Hoffmann. »Im Glauben meines Volkes gibt es keine Hoffnung, weder für das Heute noch auf ein Leben nach dem Tod«, sagt er in *Die Königin der schwarzen Küste*. »In diesem Leben kämpfen und leiden die Menschen vergebens ...« Aber dieses Wissen um die letztliche Bedeutungslosigkeit der Handlungen des Menschen erfüllt Conan nicht mit Verzweiflung; er »demonstriert, dass ein willensstarker Mann Ziele und Werte schaffen, seinem Leben eine Bedeutung geben kann«.

Ich glaube, darin liegt viel von Conans Anziehungskraft. Unser Schicksal, sagt er, liegt nicht in den Sternen oder in unserem edlen Blut, sondern in unserer Bereitschaft, uns selbst zu erfinden. Die Erzählungen in diesem Band sind dafür ausgezeichnete Beispiele. In jeder von ihnen wird Conan mit verschiedenen Entscheidungen konfrontiert, und er trifft sie nicht aufgrund eines »edlen Schicksals«, das erfüllt werden muss, sondern aufgrund dessen, was ihm zur gegebenen Zeit als die richtige Handlung erscheint. Er ergreift Gelegenheiten, um das zu bekommen, was er will, und lehnt Gelegenheiten ab, die andere Männer ohne jedes Zögern ergreifen würden. Er ist sein eigener Herr, und er tut die Dinge auf seine Weise, von wenig mehr angeleitet als von momentanen Eingebungen und seinem Gespür für Richtig oder Falsch.

Aber natürlich liegt die Anziehungskraft von Robert E. Howards Conan-Geschichten vor allem in seinem Talent als Geschichtenerzähler. Er ist unübertroffen in seiner Fähigkeit, den Leser mitzureißen und ihn *in* die Geschichte hinzuziehen. Also blättern Sie diese Seite um und machen sich bereit für eine aufregende Reise durch das historische Wunderland des hyborischen Zeitalters.

Rusty Burke

DIE ORIGINAL-CONAN-ERZÄHLUNGEN
AUS DEM JAHR 1934

Robert E. Howard

DER SCHWARZE KREIS

I

Der Tod holt einen König

Der König von Vendhya lag im Sterben. Durch die drückend schwüle Nacht schallten die Tempelgongs, und die Muschelhörner dröhnten. Doch nur dumpf waren sie in dem Goldkuppelgemach zu hören, wo Bhunda Chand sich vor Schmerzen auf den Samtpolstern eines Diwans wand. Schweißperlen glitzerten auf seiner dunklen Haut. Seine Finger krampften sich um das golddurchwirkte Tuch unter ihm. Er war ein junger Mann, kein Speer hatte ihn auch nur berührt, kein Gift seinen Wein verdorben. Aber seine Adern quollen wie blaue Stränge aus seinen Schläfen, und seine Augen waren im nahen Tod geweitet. Zitternde Sklavinnen knieten am Fußende seines Diwans. Seine

Schwester, die Devi Yasmina, beobachtete ihn mit verzweifelter Aufmerksamkeit. Neben ihr, an der Diwanseite, stand der *Wazam*, ein Edler, der am Königshof alt geworden war.

Verärgert warf Yasmina den Kopf zurück, als das Hallen der fernen Gongs an ihr Ohr drang.

»Die Priester und ihr Lärm!«, flüsterte sie. »Sie sind auch nicht klüger als die hilflosen Heiler. Nein, er stirbt, und niemand weiß, wieso. So nah ist ihm der Tod bereits – und ich, die ich die Stadt niederbrennen und das Blut tausender vergießen würde, um ihn zu retten, kann nichts für ihn tun!«

»Es gibt keinen Einzigen in Ayodhya, der nicht mit Freuden für ihn sterben würde, wenn das möglich wäre, Devi«, versicherte ihr der Wazam. »Dieses Gift …«

»Ich sage Euch, es ist kein Gift!« Aufgewühlt ballte sie die Hände. »So sorgsam wird er seit seiner Geburt schon beschützt, dass selbst die listigsten Giftmischer des Ostens nicht an ihn herankonnten. Fünf Schädel, die am Drachenturm bleichen, sind Zeugnis vergeblicher Versuche.

Wie Ihr sehr wohl wisst, war es die einzige Pflicht von zehn Männern und Frauen, seine Speisen und Getränke zu kosten, und immer bewachten fünfzig Gardisten sein Gemach, so wie sie es auch jetzt noch tun. Nein, Gift kann es nicht sein. Es ist Zauberei, grauenvolle schwarze Magie …«

Sie unterbrach sich, als der König zu sprechen begann. Seine bleichen Lippen bewegten sich nicht, und seine glasigen Augen waren blicklos. Aber seine Stimme erhob sich zu einem gespenstischen Ruf, der klang, als trüge der Wind ihn aus weiter Ferne herbei.

»Yasmina! Yasmina! Meine Schwester, wo bist du? Ich kann dich nicht finden. Es ist alles so dunkel, und der Wind heult!«

»Bruder!«, rief Yasmina und umklammerte verzweifelt seine schlaffe Hand. »Ich bin hier! Erkennst du mich denn nicht …«

Die absolute Leere seines Gesichts ließ sie verstummen. Ein schwaches Stöhnen quälte sich über seine Lippen. Die Sklavinnen am Fuß des Diwans wimmerten furchterfüllt, und Yasmina schlug verzweifelt die Hände auf die Brust.

In einem anderen Stadtviertel stand ein Mann auf einem schmiedeeisernen Balkon und blickte auf die lange Straße, in der rauchende, flackernde Fackeln ihr Licht auf zum Himmel erhobene Gesichter warfen. Ein Wehklagen stieg von der Menge auf.

Der Mann zuckte die breiten Schultern und kehrte in das prunkvolle Gemach zurück. Ein großer stämmiger Mann war er in prächtigen Gewändern.

»Der König ist noch nicht tot, doch er wird schon betrauert«, wandte er sich an einen Mann, der mit überkreuzten Beinen auf einer Matte in einer Ecke saß. Dieser Mann trug ein braunes Kamelhaargewand, Sandalen und einen grünen Turban. Er wirkte gelassen, und der Blick, den er dem anderen widmete, war gleichmütig. »Das Volk weiß, dass er den neuen Tag nicht mehr erleben wird«, sagte er.

Der andere musterte ihn durchdringend. »Ich verstehe nicht, weshalb ich so lange warten musste, ehe Eure Meister zuschlugen. Wenn sie dem König jetzt ein Ende machen können, weshalb töteten sie ihn da nicht schon vor Monaten?«

»Selbst die Künste, die Ihr Zauberei nennt, werden von kosmischen Kräften geleitet«, antwortete der Mann mit dem grünen Turban. »Die Sterne lenken sie, genau wie alles andere auch. Nicht einmal meine Meister können am Lauf der Sterne etwas verändern. Erst als sie richtig standen, vermochten sie diesen Zauber zu wirken.« Mit einem langen fleckigen Fingernagel zeichnete er die Konstellationen auf den Marmorboden. »Die Neigung des Mondes wies auf Schlimmes für den König hin. Die Sterne sind in Bewegung, die Schlange steht im Haus des Elefanten. Während einer solchen Stellung der Gestirne sind die unsichtbaren Beschützer vom Geist Bhunda Chands getrennt. Ein Pfad öffnete sich in übernatürliche Reiche. Sofort konnte eine Verbindung hergestellt werden, und mächtige Kräfte wurden in Gang gesetzt.«

»Diese Verbindung, kam sie durch Bhunda Chands Haarlocke zustande?«, fragte der andere.

»Ja. Alle von einem Körper entfernten Teile bleiben auch weiterhin ein Stück von ihm und hängen nach wie vor auf unerklärliche Weise mit ihm zusammen. Die Asurapriester haben den Hauch einer Ahnung davon. Deshalb sorgen sie dafür, dass alles ausgekämmte oder abgeschnittene Haar, alle Fingernagelstückchen und andere Abfallprodukte aller Personen der königlichen Familie sorgfältigst zu Asche verbrannt werden und diese Asche gut vergraben wird. Doch auf das Flehen der Prinzessin von Kosala hin, die Bhunda Chand liebte, ohne dass ihre Liebe erwidert wurde, schenkte er ihr als Trost eine Locke seines langen schwarzen Haares. Als meine Herren sich für seinen Tod entschieden, stahlen sie die Locke aus dem edelsteinbesetzten goldenen Döschen unter dem Kopfkissen der schlafenden Prinzessin und ersetzten sie durch eine ähnliche, sodass sie den Unterschied gar nicht erkennen konnte. Dann reiste die Locke mit einer Kamelkarawane den weiten Weg nach Peshkhauri, von dort hoch zum Zhaibarpass, wo sie in die Hände jener gelangte, die sie hatten entwenden lassen.«

»Nur eine Haarlocke«, murmelte der Edle.

»Durch die eine Seele aus dem Körper über die unendlichen Schluchten des Raumes gezogen wird«, entgegnete der Mann auf der Matte.

Der Edle betrachtete ihn nachdenklich.

»Ich weiß nicht, ob Ihr ein Mensch oder ein Dämon seid, Khemsa«, sagte er schließlich. »Wenige von uns sind, was wir zu sein scheinen. Ich, den die Kshatriyas als Kerim Shah kennen, einen Prinz von Iranistan, verstelle mich nicht mehr als die meisten. Fast alle sind auf die eine oder andere Weise Verräter, und die Hälfte weiß nicht, wem sie dient. In dieser Hinsicht zumindest habe ich keine Zweifel: Ich diene König Yezdigerd von Turan.«

»Und ich den Schwarzen Sehern von Yimsha«, sagte Khemsa. »Und meine Meister sind größer als Eure, denn durch ihre Künste vollbrachten sie, was Yezdigerd nicht mit hunderttausend Schwertern fertig brachte.«

Das Wehklagen tausender stieg zu den Sternen empor, die die drückende Nacht mit ihrem Glitzern zu verschönern suchten, und die Muschelhörner brüllten wie gequälte Ochsen.

Im Palastgarten spiegelten sich die Fackeln in den

glänzenden Helmen, den Krummsäbeln und den goldverzierten Harnischen. Alle Streiter Ayodhyas von edler Geburt hatten sich im und um den gewaltigen Palast versammelt, und an jedem der breiten Bogenportale hatten Schützen mit gespannten Bogen Posten bezogen. Aber der Tod schlich durch den Königspalast, und niemand vermochte ihn aufzuhalten.

Der König auf dem Diwan unter der goldenen Kuppel schrie erneut auf, von schrecklichen Krämpfen geschüttelt. Wieder erklang seine Stimme wie aus unsagbar weiter Ferne, und wieder beugte die Devi sich über ihn, von Furcht erfüllt, die schlimmer war als die Angst vor dem Tod.

»Yasmina!«, rief die Stimme gespenstisch. »Hilf mir! So fern bin ich meiner sterblichen Hülle! Hexer zerrten meine Seele durch sturmgepeitschte Finsternis. Sie wollen den Silberfaden durchtrennen, der mich an meinen sterbenden Leib bindet. Sie scharen sich um mich mit ihren Krallenfingern und den Augen, die rot wie Flammen in der Dunkelheit glühen. Rette mich, meine Schwester! Ihre Finger versengen mich! Sie wollen meinen Körper vernichten und meine Seele verdammen! Was schaffen sie da herbei? – *Ahhhh!*«

Das Grauen, das dieser Schrei verriet, ließ Yasmina schrill wimmern und sich in ihrer Verzweiflung auf den Bruder werfen. Schreckliche Krämpfe schienen ihn zu zerreißen. Schaum trat über seine verzerrten Lippen, und seine Nägel krallten sich in die Schultern des Mädchens. Aber die bisher blicklosen glasigen Augen klärten sich, und er erkannte seine Schwester.

»Bruder!«, schluchzte sie. »Bruder ...«

»Schnell!«, keuchte er. Seine geschwächte Stimme verriet, dass er bei vollem Bewusstsein war. »Ich weiß jetzt, was mich verbrennt. Ich war auf einer weiten Reise und verstehe jetzt. Die Zauberer der Himelianischen Berge verhexten mich. Sie zogen meine Seele aus dem Körper in ein fernes Steingemach und versuchten, meinen silbernen Lebensfaden zu zerreißen. Meine Seele steckten sie in den Körper einer grauenvollen Kreatur der Finsternis, die ihre Hexerei aus der Hölle heraufbeschwor. Ah, ich spüre ihr Zerren. Dein Schrei und deine Berührung brachten mich zurück, aber mir bleibt nicht mehr viel Zeit. Meine Seele klammert sich an meinen Leib, aber ihr Halt wird immer schwächer. Schnell – töte mich, ehe sie sie für immer gefangen setzen!«

»Ich kann nicht!«, wimmerte Yasmina und schlug sich auf die nackte Brust.

»Schnell! Ich befehle es dir!« Der alte Kommandoton klang aus seinem sterbenden Flüstern. »Nie hast du mir den Gehorsam verweigert – gehorche meinem letzten Befehl! Schick meine Seele rein zu Asura! Beeil dich, wenn du mich nicht dazu verdammen willst, in alle Ewigkeit als grauenvolles Alptraumgeschöpf in der Finsternis zu hausen. Stoß zu, ich befehle es dir! *Stoß zu!*«

Wild schluchzend riss Yasmina ihren Schmuckdolch aus dem Gürtel und stieß ihn bis zum Griff in seine Brust. Der König erstarrte, ehe er mit einem Lächeln auf den toten Lippen erschlaffte. Yasmina warf sich mit dem Gesicht auf den binsenbedeckten Boden und schlug mit den geballten Fäusten auf das Schilfrohr ein. Draußen hallten und donnerten die

Gongs und Muschelhörner, und die Priester stießen sich immer wieder die Kupfermesser in das Fleisch.

II

Ein Barbar aus den Bergen

Chunder Shan, der Statthalter von Peshkhauri, legte seine goldene Feder zur Seite und las sorgfältig, was er auf das Pergament mit dem Amtssiegel geschrieben hatte. Nur weil er jedes Wort abwog, ehe es aus seinem Mund oder von seiner Feder kam, herrschte er so lange schon über Peshkhauri. Gefahr gebiert Vorsicht, und nur einem stets Wachsamen ist in diesem wilden Land, wo die heißen Ebenen Vendhyas sich mit den Himelianischen Bergen treffen, ein langes Leben beschieden. Ein Stundenritt west- oder nordwärts, und man hatte bereits die Grenze überquert und befand sich in den Bergen, wo Menschen ihre Gesetze mit dem Messer selbst schufen.

Der Statthalter war allein in seinem Gemach, wo er an seinem reich verzierten Ebenholzschreibtisch mit der Intarsienplatte saß. Durch das weit geöffnete Fenster sah er ein Stück der blauen himelianischen Nacht, gesprenkelt von ein paar großen weißen Sternen. Die Brustwehr in der Nähe war nur als schattenhafte Linie zu erkennen, und die Zinnen und Schießscharten waren kaum zu sehen. Die Festung des Statthalters lag außerhalb der Mauern der Stadt, die sie bewachte. Die leichte Brise, die hin und wieder mit den Wandbehängen spielte, trug leise Geräusche aus den Straßen Peshkhauris herbei – hin und wieder Fetzen eines klagenden Gesangs oder die Zupftöne einer Laute.

Ganz langsam las der Statthalter, was er geschrieben hatte. Er bewegte die Lippen und schirmte die Augen gegen das Licht der bronzenen Butterlampe ab. Am Rande vernahm er Hufgedröhn in der Nähe des Wachtturms und den Anruf der Posten. Doch so sehr war er in sein Schreiben vertieft, dass er nicht darauf achtete. Es war an den Wazam von Vendhya am Königshof von Ayodhya gerichtet und besagte, nach den üblichen Höflichkeitsfloskeln:

Wisset, Eure Exzellenz, dass ich die Anweisungen Eurer Exzellenz getreulich ausgeführt habe. Die sieben Stammesbrüder sind in ihrem Gefängnis wohl bewacht, und ich schickte mehrmals Nachricht in die Berge, dass ich nur mit ihrem Häuptling persönlich um ihre Freilassung verhandeln würde. Aber ich hörte noch nichts weiter von ihm, als dass er Peshkhauri niederbrennen würde, wenn sie nicht auf freien Fuß gesetzt werden, und dass er sich den Sattel mit meiner Haut überziehen lassen würde – verzeiht, Eure Exzellenz, dass ich das wörtlich wiedergebe. Er ist durchaus imstande, seine Drohung wahr zu machen, deshalb verdreifachte ich die Zahl der Posten. Der Mann ist kein Ghulistani. Ich kann seinen nächsten Schritt nicht mit Sicherheit vorhersehen. Aber da es die Devi wünscht ...

Mit einem Satz war er von seinem Elfenbeinstuhl aufgesprungen und stand nun mit dem Gesicht der Tür zugewandt. Er wollte den Krummsäbel aus der prunkvollen Hülle auf dem Tisch reißen, doch mitten in der Bewegung hielt er inne.

Es war eine Frau, die unangemeldet sein Amtsgemach betreten hatte, eine Frau, deren hauchfeine Schleier die prächtige Kleidung darunter genauso wenig verbargen wie die geschmeidige Schönheit der hoch gewachsenen schlanken Figur. Das geflochtene goldene Stirnband, in dem ein goldener Halbmond steckte, hielt die Schleier zusammen, die bis weit über den Busen fielen. Dunkle Augen beobachteten den erstaunten Statthalter durch den Schleier, ehe die Frau das dünne Gespinst vom Gesicht abnahm.

»Devi!« Der Statthalter ließ sich vor ihr auf die Knie fallen. Seine Verwunderung und Verwirrung machten seinen Kniefall ein wenig ungeschickt. Die Devi bedeutete ihm mit majestätischer Gebärde aufzustehen. Er beeilte sich, ihr seinen Elfenbeinstuhl anzubieten, und verneigte sich unentwegt tief, sodass seine Nase fast den Gürtel berührte. Doch der tadelnde Tonfall seiner ersten Worte war unüberhörbar.

»Eure Majestät! Wie unklug! Unruhen herrschen an der Grenze, Plünderzüge von den Bergen sind alltäglich! Kamt Ihr mit einem großen Gefolge?«

»Es genügte für eine Reise nach Peshkhauri«, antwortete Yasmina. »Ich quartierte meine Leute dort ein und kam mit meiner Leibmagd Gitara sogleich hierher zum Fort.«

Chunder Shan stöhnte erschrocken auf.

»Devi! Ihr wisst nicht, in welche Gefahr Ihr Euch begeben habt! Nur einen Stundenritt von hier wimmelt es von Barbaren, die vom Rauben und Brandschatzen leben. Zwischen hier und der Stadt wurden schon viele Frauen entführt und Männer erdolcht. Peshkhauri ist nicht wie Eure Provinzen im Süden …«

»Aber ich bin unbelästigt hergelangt«, unterbrach sie ihn mit einer Spur von Ungeduld. »Ich wies den Posten am Tor und jenem vor Eurer Tür meinen Siegelring vor, und sie ließen mich unangemeldet ein. Sie erkannten mich nicht, nahmen jedoch an, ich sei ein Geheimkurier von Ayodhya. Doch lasst uns die Zeit nicht vergeuden. Habt Ihr inzwischen vom Häuptling der Barbaren gehört?«

»Nichts außer Drohungen und Verwünschungen, Devi. Er ist wachsam und misstrauisch. Er hält das Ganze für eine Falle, und das kann man ihm nicht verdenken. Die Kshatriyas haben den Bergstämmen gegenüber schon manchmal ihr Versprechen gebrochen.«

»Er muss auf meine Bedingungen eingehen!« Yasmina ballte die Hände, dass die Knöchel sich weiß abhoben.

»Ich verstehe nicht.« Der Statthalter schüttelte den Kopf. »Als ich zufällig diese sieben Stammesbrüder gefangen nahm, meldete ich es dem Wazam, wie üblich. Noch ehe ich sie hängen konnte, erhielt ich den Befehl, sie in den Kerker zu werfen und mich mit ihrem Häuptling in Verbindung zu setzen. Ich versuchte es, aber der

Bursche ist ungemein wachsam und misstrauisch, wie ich bereits erwähnte. Die Gefangenen gehören dem Stamm der Afghuli an, er dagegen ist ein Fremder aus dem Westen namens Conan. Ich drohte, sie morgen in aller Früh hängen zu lassen, wenn er nicht kommt.«

»Gut!«, lobte die Devi. »Ihr habt es richtig gemacht. Ich werde Euch nun auch sagen, weshalb ich diese Anweisungen gab. Mein Bruder ...« Sie stockte und schluckte schwer. Der Statthalter verneigte sich tief, wie es der Respekt vor einem dahingeschiedenen Herrscher verlangte.

»Der König von Vendhya wurde durch Zauberei in den Tod getrieben«, fuhr sie schließlich leise fort. »Ich habe beschlossen, nicht eher zu ruhen, bis seine Mörder ein nicht weniger grauenvolles Ende genommen haben. Als er starb, gab er mir einen Hinweis, dem ich folgte. Ich las das Buch von Skelos und unterhielt mich mit namenlosen Eremiten in den Höhlen unterhalb von Jhelai. Ich erfuhr, wie und durch wen er vernichtet wurde. Seine Feinde waren die Schwarzen Seher vom Berg Yimsha.«

»Asura!«, flüsterte Chunder Shan erbleichend.

Schneidend blickte sie ihn an. »Fürchtet Ihr Euch vor ihnen?«

»Wer tut das nicht, Eure Majestät? Sie sind schwarze Teufel, die ihr Unwesen in den menschenleeren Bergen jenseits des Zhaibars treiben. Aber die Weisen sind der Meinung, dass sie sich selten in die Dinge der Sterblichen einmischen.«

»Weshalb sie meinen Bruder töteten, weiß ich nicht«, entgegnete die Devi. »Aber ich habe an Asuras Altar geschworen, sie zu vernichten. Und dazu brauche ich die Hilfe eines Mannes von außerhalb. Eine kshatriyanische Armee würde ohne Unterstützung Yimsha nie erreichen.«

»Ich fürchte, damit habt Ihr Recht. Es wäre ein ständiger Kampf auf jedem Fußbreit des Weges, während die haarigen Stammesbrüder Lawinen auf uns herabdonnern ließen und in jedem Tal mit ihren langen Dolchen über uns herfielen. Die Turaner kämpften sich einmal ihren Weg durch die Himelians, aber wie viele von ihnen kehrten lebend nach Khurusun zurück? Und nur wenige, die den Säbeln der Kshatriyas entgingen, nachdem der König, Euer Bruder, ihre Armeen am Jhumda aufrieb, sahen je Secunderam wieder.«

»Genau deshalb brauche ich Männer jenseits der Grenze, Männer, die den Weg zum Berg Yimsha kennen ...«

»Aber die Stämme fürchten die Schwarzen Seher und meiden den Berg der Finsteren«, unterbrach sie der Statthalter.

»Fürchtet auch ihr Häuptling Conan sie?«, fragte Yasmina.

»Nun, ich weiß nicht, ob dieser Teufel überhaupt etwas fürchtet.«

»Diese Antwort erhielt ich schon mehrmals. Deshalb ist er der Mann, mit dem ich verhandeln muss. Er wünscht die Freigabe seiner sieben Männer. Also gut, ihr Lösegeld sollen die Schädel der Schwarzen Seher sein!« Ihre Stimme vibrierte vor Hass bei den letzten Worten, und sie ballte die Hände an ihren Seiten. Wie eine Rachegöttin sah sie aus, als sie ihren Kopf stolz zurückwarf und ihr Busen heftig wogte.

Wieder kniete der Statthalter vor ihr nieder, denn in seiner Weisheit wusste er, dass eine Frau in ihrem Zustand so gefährlich wie eine blinde Kobra für alle rings um sie war. »Euer Wunsch ist mir Befehl, Eure Majestät.« Als sie sich ein wenig beruhigt zu haben schien, erhob er sich und bemühte sich um eine Warnung, die nicht sofort ihren Zorn heraufbeschwor. »Ich kann nicht vorhersagen, was dieser Häuptling Conan tun wird. Die Stämme sind in ständigem Aufruhr, und ich habe Grund zur Annahme, dass turanische Agenten sie zu Überfällen an unseren Grenzen aufhetzen. Wie Euch bekannt ist, Eure Majestät, haben die Turaner sich in Secunderam und anderen Städten im Norden eingerichtet, auch wenn die Bergstämme sich ihnen nicht beugen. Seit langem schon blickt König Yezdigerd gierigen Auges südwärts und versucht mit List und Tücke an sich zu bringen, was er mit Waffengewalt nicht schafft. Conan könnte sehr leicht einer seiner Spione sein.«

»Das wird sich herausstellen«, antwortete Yasmina. »Wenn er etwas für seine Männer übrig hat, wird er im Morgengrauen zur Unterhandlung am Tor sein. Ich werde die Nacht in der Festung schlafen. Ich kam inkognito nach Peshkhauri und brachte mein Gefolge deshalb in einem Gasthaus statt im Palast unter. Außer meinen Leuten wisst nur Ihr von meinem Hiersein.«

»Ich führe Euch zu Euren Gemächern, Majestät«, sagte der Statthalter. Als sie auf den Gang traten, winkte er dem Posten vor seiner Tür zu, ihnen zu folgen.

Die Leibmagd, die, verschleiert wie ihre Herrin, vor der Tür gewartet hatte, schloss sich ihnen an, und so schritten sie durch einen breiten gewundenen Korridor, den rauchende Fackeln erhellten, und erreichten die Räumlichkeiten für hohe Besucher – hauptsächlich Generale und Vizekönige. Bisher hatte noch kein Mitglied der königlichen Familie das Fort mit seiner Anwesenheit beehrt. Chunder Shan befürchtete, dass die Suite nicht fein genug für so eine hoch gestellte Persönlichkeit wie die Devi war, aber sie ließ sich nichts anmerken. Er war froh, als sie ihn bald wegschickte und er sich rückwärts gehend unter tiefen Verbeugungen zurückziehen durfte. Alle Dienstboten im Fort stellte er zur Verfügung seines hohen Gastes ab, obgleich er das Inkognito der Devi wahrte. Er postierte einen ganzen Trupp Lanzer vor ihrer Tür, unter ihnen auch den Mann, der seine eigene Tür bewacht hatte. In seiner Aufregung vergaß er, einen anderen für ihn einteilen zu lassen.

Der Statthalter war kaum gegangen, als Yasmina plötzlich etwas einfiel, das sie noch mit ihm hatte besprechen wollen. Es betraf einen gewissen Kerim Shah, einen Edlen aus Iranistan, der eine Weile in Peshkhauri gelebt hatte, ehe er an den Hof von Ayodhya gekommen war. Ein vages Misstrauen war in ihr erwacht, als sie ihn an diesem Abend unerwartet und glücklicherweise unbemerkt von ferne in Peshkhauri gesehen hatte. Sie fragte sich, ob er ihnen wohl von Ayodhya gefolgt war. Da sie eine wahrhaftig ungewöhnliche Devi war, beorderte sie den Statthalter nicht zu sich, sondern rannte den Korridor zu seinem Amtsgemach hinauf.

Chunder Shan hatte, in seinem Zimmer angekommen, die Tür hinter sich geschlossen und sich an seinen Schreibtisch begeben. Er nahm den Brief, den er vor der Ankunft der Devi geschrieben hatte, und zerriss ihn. Kaum war er damit fertig, hörte er ein gedämpftes Geräusch auf der Brustwehr vor seinem Fenster. Er blickte hoch. Eine Gestalt hob sich flüchtig von den Sternen ab, und gleich darauf schwang ein Mann sich leichtfüßig in sein Gemach. Das Lampenlicht spiegelte sich auf dem glänzenden Stahl in seiner Hand.

»Pssst!«, warnte der Eindringling. »Beim geringsten Laut schicke ich dem Teufel einen neuen Knecht!«

Der Statthalter, der nach seinem Säbel hatte greifen wollen, hielt mitten in der Bewegung inne. Der drei Fuß lange Zhaibardolch glitzerte in der Hand des Fremden, und Chunder Shan kannte die Flinkheit der Männer aus den Bergen.

Der Eindringling war ein riesenhafter Mann, kräftig und geschmeidig zugleich. Er war wie ein Stammesangehöriger gekleidet, doch seine grimmigen Züge und die funkelnden blauen Augen waren ungewöhnlich. Nie zuvor hatte Chunder Shan einen Mann wie ihn gesehen. Er war nicht aus dem Osten, sondern zweifellos ein Barbar aus dem Westen. Aber er wirkte genauso ungebändigt und gefährlich wie die haarigen Stammesbrüder, die die Berge von Ghulistan unsicher machten.

»Ihr kommt wie ein Dieb in der Nacht«, sagte der Statthalter, als er seine Fassung wiedergewonnen hatte, obgleich er sich erinnerte, dass kein Posten in Rufnähe war. Aber das wusste der Bursche ja nicht.

»Ich kletterte eine Bastion hoch«, knurrte der Eindringling. »Ein Wächter steckte vorwitzig den Kopf über die Brustwehr, da musste ich ihn mit dem Dolchgriff schlafen schicken.«

»Ihr seid Conan?«

»Wer sonst? Ihr schicktet die Nachricht in die Berge, dass ich zu Euch kommen und mit Euch verhandeln soll. Nun, bei Crom, hier bin ich. Bleibt dem Tisch fern, oder ich spieße Euch auf!«

»Ich möchte mich nur setzen«, versicherte ihm der Statthalter. Er rückte den Elfenbeinstuhl vom Schreibtisch weg und setzte sich. Conan schritt ruhelos, aber leise vor ihm hin und her und warf einen misstrauischen Blick auf die Tür, während er mit dem Daumen die Schneide seines drei Fuß langen Messers prüfte. Er bewegte sich nicht wie ein Afghuli und bediente sich einer offenen Sprache, im Gegensatz zu den Menschen des Ostens, die blumige Umschreibungen und Langschweifigkeit vorzogen.

»Ihr habt sieben meiner Männer«, sagte er. »Ich bot Euch ein hohes Lösegeld. Was wollt Ihr denn noch?«

»Besprechen wir die Bedingungen«, entgegnete Chunder Shan vorsichtig.

»Bedingungen?« Aufkommender Grimm ließ Conans Stimme drohend klingen. »Was soll das heißen. Genügt Euch Gold nicht?«

Chunder Shan lachte.

»Gold? Es gibt mehr Gold in Peshkhauri, als Ihr je gesehen habt.«

»Da täuscht Ihr Euch!«, knurrte Conan. »Ich besuchte die Suks der Goldschmiede in Khurusun.«

»Nun, dann zumindest mehr Gold, als ein Afghuli je sah«, berichtigte sich Chunder Shan. »Und das ist nur ein Tropfen, verglichen mit dem Staatsschatz von Vendhya. Weshalb sollten wir an Gold interessiert sein? Als abschreckendes Beispiel hätten wir mehr davon, wenn wir die sieben Halunken hängen.«

Conan fluchte wild, und die lange Klinge in seiner Rechten vibrierte, als die Muskeln seines sonnengebräunten Armes sich spannten.

»Ich spalte Euch den Schädel!«

Die blauen Augen des Barbaren glitzerten wie Eis in der Wintersonne. Chunder Shan zuckte lediglich die Schultern, achtete jedoch heimlich auf den scharfen Stahl.

»Es würde Euch zweifellos nicht allzu schwer fallen, mich zu töten und über die Mauer zu entkommen, doch damit wäre Euren sieben Stammesbrüdern nicht gedient. Meine Männer würden nicht länger zögern, sie aufzuknüpfen. Ihr solltet nicht vergessen, dass die Gefangenen Häuptlinge der Afghulistämme sind.«

»Das lassen meine Leute mich schon nicht vergessen«, brummte Conan. »Sie heulen wie die Wölfe, weil ich sie noch nicht auslöste. Sagt mir endlich ohne Umschweife, was Ihr wollt, denn – bei Crom! – wenn es keine andere Möglichkeit gibt, werde ich meine ganze Horde um mich scharen und die Häuptlinge mit Gewalt befreien!«

Chunder Shan bezweifelte beim Anblick dieses Burschen, der breitbeinig, mit dem langen Dolch in der Hand und funkelnden Auges vor ihm stand, keineswegs, dass er dazu imstande war. Er glaubte zwar nicht, dass er ganz Peshkhauri einnehmen könnte, aber es wäre schon schlimm genug, wenn diese Wilden die Gegend verwüsteten.

»Um die Gefangenen unbeschadet zurückzubekommen, braucht Ihr nur einen Auftrag für uns durchzuführen.« Er wählte seine Worte mit größter Sorgfalt. »Ihr ...«

Conan war zurückgesprungen und gleichzeitig mit gefletschten Zähnen zur Tür herumgewirbelt. Seine in der Wildnis geschulten Ohren hatten die fast lautlosen Schritte weicher Pantoffeln vor der Tür vernommen. Im nächsten Moment schwang die Tür auf. Eine schlanke Gestalt in Seidengewändern trat hastig ein, schloss die Tür schnell hinter sich – und blieb beim Anblick des Barbaren wie angewurzelt stehen.

Chunder Shan sprang erschrocken auf. »Devi!«, rief er unwillkürlich in seiner Angst um sie.

»*Devi!*«, kam das wilde Echo von den Lippen des Cimmeriers. Chunder Shan las aus den auffunkelnden eisblauen Augen, was der Bursche beabsichtigte.

Verzweifelt brüllte der Statthalter auf und griff nach seinem Säbel. Aber der Barbar handelte blitzschnell. Er sprang, schlug den Statthalter mit dem Dolchgriff nieder, klemmte sich die verblüffte Devi unter den Arm und rannte zum Fenster. Chunder Shan kämpfte sich benommen auf die Füße und sah gerade noch, wie das Seidengewand der königlichen Gefangenen um die Schultern des Burschen flatterte, der sich über das Fensterbrett schwang, hörte sein Knurren: »Jetzt werdet Ihr es nicht mehr wagen, meine Männer zu hängen!« Und schon war der Barbar über die Brustwehr verschwunden. Ein schriller Angstschrei der Devi drang an des Statthalters Ohren.

»Wachen! Wachen!«, brüllte er und taumelte wie betrunken zur Tür. Er riss sie auf und torkelte auf den Korridor. Seine Schreie hallten von den Wänden wider. Als die Soldaten angerannt kamen, sahen sie Chunder Shan die Hände auf den Kopf drücken, von dem das Blut floss.

»Alarmiert die Lanzer!«, brüllte er. »Die Frau wurde entführt!« Selbst in seiner Verzweiflung war er klug genug, ihr Inkognito zu wahren. »Schnell …« Er unterbrach sich, als er den Hufschlag, einen Verzweiflungsschrei und begeistertes Lachen hörte.

Von den verwirrten Wachen gefolgt, rannte der Statthalter die Treppe hinunter. Im Hof des Forts war jederzeit ein Trupp Lanzer mit gesattelten Pferden in Bereitschaft, um im Notfall sofort auszurücken. Chunder

Shan brauste mit seiner Schwadron hinter dem Fliehenden her, obgleich sein Schädel zu platzen drohte und er sich mit beiden Händen am Sattel festhalten musste. Er tat die Identität der Entführten nicht kund, sondern erwähnte lediglich, dass die Edelfrau, die die Botschaft aus dem Königshof gebracht hatte, vom Oberhäuptling der Afghuli verschleppt worden war. Zwar war der Entführer bereits nicht mehr in Sicht- oder Hörweite, aber sie wussten, welchen Weg er nehmen würde: die Straße, die direkt zum Zhaibarpass führte. Nur schwacher Sternenschein erhellte die mondlose Nacht und ließ die vereinzelten Bauernkaten als eckige Schatten erkennen. Die grimmigen Mauern der Festung und die Türme von Peshkhauri blieben hinter den Reitern zurück, während die schwarzen Berge der Himelians immer näher kamen.

III

Khemsa bedient sich der Magie

In der Verwirrung im Fort, während die Soldaten sich sammelten, bemerkte niemand, dass die Begleiterin der Devi sich aus dem Tor stahl und in der Dunkelheit verschwand. Die geschürzten Röcke in der Hand, rannte sie zur Stadt. Sie vermied die offene Straße und hielt sich querfeldein, wich Zäunen aus und sprang über Bewässerungsgräben mit einer Sicherheit, als herrschte helles Tageslicht, und mit der Leichtigkeit eines ausgebildeten Läufers. Das Hufgedröhn der Schwadron hatte sich auf der Straße zu den Bergen verloren, noch ehe sie die Stadtmauer erreichte. Sie begab sich nicht zum großen Tor, unter dessen Bogen die Wachen sich an ihre Lanzen lehnten, in die Dunkelheit spähten und sich wunderten, was die ungewohnte Aufregung im Fort zu bedeuten hatte. Sie hielt sich an der Mauer, bis sie zu einem bestimmten Punkt kam, wo über der Brustwehr eine Turmspitze zu sehen war. Nun legte sie die Hände als Trichter vor den Mund und stieß einen gedämpften seltsamen Ruf aus, den die Luft auf gespenstische Weise durch die Nacht trug.

Gleich darauf blickte jemand über die Brüstung, und ein Seil glitt die Mauer hinunter. Das Mädchen griff danach, setzte einen Fuß in die Schlinge im Seil und winkte. Schnell und sicher wurde sie die glatte Steinwand hochgezogen. Einen Herzschlag später kletterte sie über die Zinnen und stand auf dem flachen Dach eines Hauses, das an die Stadtmauer grenzte. Eine Falltür stand offen, und der Mann im Kamelhaargewand daneben rollte bereits das Seil wieder auf. Nicht einmal ein schnellerer Atem deutete darauf hin, dass es ihn angestrengt hatte, eine erwachsene Frau die vierzig Fuß hohe Mauer hochzuziehen.

»Wo ist Kerim Shah?«, fragte sie, nach ihrem langen Lauf heftig keuchend.

»Er schläft unten im Haus. Gibt es etwas Neues?«

»Conan hat die Devi aus dem Fort entführt und schleppt sie in die Berge!« Ihre Worte überschlugen sich schier.

Khemsas Gesicht blieb unbewegt. Er nickte lediglich. »Kherim Shah wird sich freuen, das zu hören«, sagte er nur.

»Warte!« Sie warf die Arme um seinen Hals. Immer noch atmete sie schwer, aber nun nicht nur aufgrund der überstandenen Anstrengungen. Ihre Augen funkelten wie Edelsteine im Sternenlicht. Ihr erhobenes Gesicht war dem von Khemsa ganz nah, doch obgleich er ihre Umarmung duldete, erwiderte er sie nicht.

»Verrate es dem Hyrkanier nicht!«, keuchte sie. »Lasst uns dieses Wissen selbst nutzen! Der Statthalter ist mit seinen Reitern in die Berge geprescht, aber genauso gut könnte er einen Geist jagen. Er hat niemandem gesagt, dass es sich bei der Entführten um die Devi handelt. Niemand im Fort noch in Peshkhauri weiß es außer uns.«

»Aber was soll uns das nutzen?«, fragte der Mann. »Meine Meister befahlen mir, Kerim Shah auf jede Weise zu helfen ...«

»Hilf dir doch selbst!«, rief sie heftig. »Streif dein Joch ab.«

»Du meinst – ich soll meinen Meistern den Gehorsam verweigern?«, rief er entsetzt, und sie spürte, wie er in ihrer Umarmung erstarrte.

»Ja!« Sie schüttelte ihn in ihrer Gefühlsaufwallung. »Auch du bist ein Zauberer! Weshalb willst du Sklave sein und deine Kräfte nur benutzen, um andere noch größer zu machen? Benutz deine Künste für dich selbst!«

»Das ist verboten!« Er zitterte wie im Fieber. »Ich gehöre dem Schwarzen Kreis nicht an. Nur auf Anweisung der Meister wage ich die Kräfte einzusetzen, die sie mich lehrten.«

»Aber du bist imstande, sie zu nutzen!«, sagte sie heftig. »Tu, worum ich dich bitte. Natürlich hat Conan die Devi verschleppt, um sie als Geisel zum Austausch gegen die sieben Männer in des Statthalters Kerker zu benutzen. Töte diese Gefangenen, damit Chunder Shan die Devi nicht freikaufen kann. Und dann gehen wir in die Berge und holen sie uns von den Afghuli. Ihre Dolche nutzen nichts gegen deine Zauber. Die Schätze der vendhyanischen Könige werden uns als Lösegeld für sie gehören – und sobald sie in unseren Händen sind, verkaufen wir die Devi, statt sie auszuliefern, an den König von Turan. Wir werden über alle Vorstellung reich sein. Dann können wir Söldner anheuern, Khorbhul einnehmen, die Turaner aus den Bergen jagen, unsere Armeen gen Süden schicken und König und Königin über ein mächtiges Reich werden!«

Auch Khemsa keuchte jetzt und zitterte wie Espenlaub in ihren Armen. Sein Gesicht, über das dicke Schweißtropfen perlten, wirkte im Sternenlicht grau.

»Ich liebe dich!«, rief sie plötzlich wild und raubte ihm fast den Atem, als sie ihn noch heftiger an sich drückte und ihn schließlich in ihrer Erregung schüttelte. »Ich mache dich zum König! Aus Liebe zu dir verriet ich meine Herrin! Verrate du aus Liebe zu mir deine Meister! Warum fürchtest du die Schwarzen Seher? Durch deine Liebe zu mir hast du bereits eines ihrer Gesetze gebrochen. Brich auch die restlichen! Du bist genauso stark wie sie!«

Selbst ein eiskalter Mann hätte der versengenden Glut ihrer Leidenschaft nicht widerstehen können. Mit einem heiseren Aufschrei presste er sie an sich und überschüttete ihre Augen, ihre Lippen, ihr ganzes Gesicht mit brennenden Küssen.

»Ich werde es tun!« Die aufgewühlten Gefühle machten seine Stimme rau. Er taumelte wie ein Betrunkener. »Was sie mich lehrten, soll mir von Nutzen sein, nicht ihnen. Wir werden über die Welt herrschen – die ganze Welt ...«

»Dann komm!« Sie entwand sich geschmeidig seiner Umarmung und zog ihn zur Falltür. »Erst müssen wir dafür sorgen, dass der Statthalter die sieben Afghuli nicht gegen die Devi austauschen kann.«

Khemsa bewegte sich wie im Traum, bis sie am Fuß der Leiter angekommen waren und im Gemach daneben anhielten. Kerim Shah lag reglos auf einem Diwan, einen Arm über dem Gesicht, als wollte er seine Augen noch im Schlaf vor dem sanften Schein einer Messinglampe schützen.

Das Mädchen zupfte Khemsa am Ärmel und beschrieb eine flinke Geste quer über ihre Kehle. Khemsa hob die Hand, doch dann änderte sich sein Gesichtsausdruck, und er wich zurück.

»Ich habe sein Salz gegessen«, murmelte er. »Außerdem kann er uns ohnedies nichts anhaben.«

Er führte das Mädchen durch eine Tür, die sich zu einer Wendeltreppe öffnete. Nachdem ihre leisen Schritte sich in der Ferne verloren hatten, setzte der Mann auf dem Diwan sich auf und wischte sich den Schweiß von der Stirn. Einen Dolchstoß fürchtete er nicht, wohl aber den Mann Khemsa, als wäre er eine Giftschlange.

»Leute, die ihre Komplotte auf dem Dach schmieden, sollten nicht so laut reden«, murmelte er. »Nun, da Khemsa sich gegen seine Meister gewandt hat und er meine einzige Verbindung zu ihnen war, kann ich nicht mehr mit ihrer Hilfe rechnen. Von jetzt an bin ich auf mich selbst gestellt.«

Er stand auf, trat an einen Tisch, zog Feder und Pergament aus seinem Gürtel und kritzelte hastig ein paar Zeilen:

An Khosru Khan, Statthalter von Secunderam!
Der Cimmerier Conan hat die Devi Yasmina zu den Afghuli verschleppt. Das wäre eine günstige Gelegenheit,

die Devi in unsere Hand zu bekommen, wie der König es sich lange schon wünscht. Schickt sofort dreitausend Kavalleristen. Ich werde sie mit einheimischen Führern im Gurashahtal erwarten.

Er unterzeichnete mit einem Namen, der keine Ähnlichkeit mit »Kerim Shah« hatte.

Dann griff er in einen goldenen Käfig, holte eine Brieftaube heraus und befestigte das Pergament, das er eng zusammengerollt hatte, mit einem Stück Golddraht an ihrem Bein. Er stieß den Vogel durch ein Fenster hinaus in die Nacht. Kurz zögerte die Taube mit flatternden Flügeln, dann schoss sie davon.

Kerim Shah nahm Helm, Schwert und Umhang und eilte die Wendeltreppe hinab.

Das Gefängnis von Peshkhauri war vom Rest der Stadt durch eine dicke hohe Mauer mit einem einzigen eisenbeschlagenen Tor getrennt. Über dem Torbogen brannte eine Öllampe, und am Tor lehnte ein Soldat mit Lanze und Schild. Hin und wieder gähnte er schläfrig, doch plötzlich sperrte er erstaunt die Augen weit auf. Vor ihm stand ein Mann, dessen Schritte er nicht gehört hatte. Er trug ein Kamelhaargewand und einen grünen Turban. Im flackernden Lampenlicht waren seine Züge kaum zu erkennen, wohl aber die Augen, die seltsam glühten.

»Wer da?«, fragte der Soldat und streckte die Lanze aus. »Wer seid Ihr?«

Obgleich die Lanzenspitze fast seine Brust berührte, achtete der Fremde nicht darauf. Seine Augen schienen sich in die des Soldaten zu bohren.

»Was ist deine Pflicht?«, fragte er mit sonderbarer Betonung.

»Das Tor zu bewachen!«, antwortete der Soldat mit schwerer Zunge. Er stand starr wie eine Statue, und seine Augen wirkten glasig.

»Du lügst! Deine Pflicht ist, mir zu gehorchen. Du hast in meine Augen geblickt, und nun gehört deine Seele nicht mehr dir. Öffne das Tor!«

Steif, mit eckigen Bewegungen, drehte der Soldat sich um, zog einen großen Schlüssel aus seinem Gürtel, drehte ihn im Schloss und stieß einen Torflügel auf. Dann stellte er sich stramm davor und blickte starr geradeaus.

Eine Frau glitt aus den Schatten und legte eine Hand auf den Arm des Mannes.

»Befiehl ihm, uns Pferde zu besorgen, Khemsa«, flüsterte sie.

»Nicht nötig«, antwortete der Rakhsha. Mit etwas lauterer Stimme wandte er sich an den Wächter: »Ich brauche dich nicht mehr! Töte dich!«

Der Soldat stieß den Lanzenschaft gegen den Fuß der Wand und drückte die Spitze unmittelbar unter den Rippen an seinen Leib. Dann presste er sich mit unbewegtem Gesicht mit seinem ganzen Gewicht dagegen, sodass die Lanze in seinen Körper drang. Er fiel tot zu Boden.

Das Mädchen starrte den toten Soldaten mit weiten Augen an, bis Khemsa nach seiner Liebsten Arm griff und sie durch das Tor führte. Fackeln beleuchteten einen Durchgang zwischen der äußeren und der niedrigeren inneren Mauer. Ein Wächter patrouillierte hier. Als das Tor aufschwang, marschierte er arglos darauf zu, bis Khemsa und das Mädchen durch die Bogenöffnung traten. Und dann war es zu spät. Der Rakhsha vergeudete keine Zeit mit Hypnose, obwohl er wusste, wie sehr seine Geliebte – die sie für Zauber hielt – davon beeindruckt war. Der Soldat streckte drohend die Lanze aus, öffnete die Lippen, um Alarm zu schlagen und damit sofort die Soldaten aus den Wachstuben zu beiden Enden des Durchgangs herbeizurufen. Mit der Linken stieß Khemsa die Lanze wie eine Gerte zur Seite, während seine Rechte einmal zuschlug. Es sah aus, als berühre er nur sanft im Vorüberstreifen den Hals des Soldaten, doch dieser brach wortlos zusammen.

Khemsa beachtete ihn überhaupt nicht, sondern schritt weiter zu einer Bogentür. Er drückte die Handfläche auf das große Bronzeschloss. Die Tür kippte berstend nach innen. Als das Mädchen Khemsa folgte, sah sie, dass das dicke Teakholz zersplittert, der Bronzeriegel verbogen und aus der Halterung gerissen war, und dass die schweren Angeln gebrochen waren. Ein tausend Pfund schwerer Rammbock, mit der Kraft von vierzig Mann hinter sich, hätte es weder schneller noch besser geschafft. Die neue Freiheit und das Bewusstsein seiner Kräfte machten Khemsa trunken. Er genoss seine Macht und protzte mit seiner Stärke wie ein junger Bulle mit dem Bedürfnis, sich auszutoben.

Die aufgebrochene Tür führte zu einem kleinen Innenhof, der von nur einer Lampe schwach beleuchtet wurde. Der Türöffnung gegenüber befand sich ein langes Eisengitter. Eine haarige Hand umklammerte einen der Gitterstäbe, hinter denen das Weiß von Augen schimmerte.

Khemsa blieb eine kurze Weile stumm stehen und spähte in die Schatten, aus denen die schimmernden Augen seinen Blick durchdringend erwiderten. Dann schob er seine Hand in sein Gewand. Als er sie wieder zurückzog und sie öffnete, rieselte glitzernder Staub auf das Pflaster. Grünes Licht stieg blendend davon auf und offenbarte die sieben Männer hinter den Gitterstäben in allen Einzelheiten. Große behaarte Männer in der inzwischen zerlumpten Tracht der Bergstämme waren es. Kein Laut drang von ihren Lippen, aber in ihren Augen flackerte Todesfurcht, und ihre haarigen Finger umklammerten die Gitterstäbe.

Das grüne Feuer erstarb, aber ein Glühen blieb zurück: eine vibrierende Kugel auf dem Pflaster vor Khemsas Füßen. Die Afghuli vermochten den Blick nicht davon abzuwenden. Sie pulsierte, dehnte sich aus und wurde zu leuchtend grünem Rauch, der kräuselnd aufstieg. Er drehte und wand sich wie der Schatten einer riesigen Schlange. Dann breitete er sich aus und wallte in funkelnden Wogen. Er wuchs zu einer Wolke an, die über das Pflaster schwebte – geradewegs auf das Gitter zu.

Mit angstverzerrten Augen beobachteten es die Afghuli. Die Gitterstäbe erzitterten unter dem verzweifelten Griff ihrer Finger. Bärtige Lippen öffneten sich, doch kein Laut entrang sich ihnen. Die grüne Wolke schwebte zum Gitter und verbarg es. Dann drang sie wie Nebelschwaden zwischen den Stäben hindurch, und die Männer waren nicht mehr zu sehen. Ein schnell abgewürgtes Keuchen war zu hören, wie das eines Mannes, dem das Wasser über den Kopf steigt. Das war alles.

Khemsa berührte den Arm des Mädchens, das mit offenem Mund und weit aufgerissenen Augen dastand. Mechanisch drehte sie sich mit ihm um, doch sie blickte über die Schulter zurück. Die Wolke löste sich bereits auf. Dicht an den Gittern sah sie ein Paar Füße in Sandalen, die Zehen himmelwärts gerichtet, und verschwommen die Umrisse von sieben reglos auf dem Boden liegenden Männern.

»Und jetzt ein Reittier, schneller als das flinkste Pferd, das je ein Sterblicher großzog«, sagte Khemsa. »Noch vor dem Morgengrauen werden wir in Afghulistan sein.«

IV
Begegnung im Pass

Die Devi Yasmina konnte sich nicht an die Einzelheiten ihrer Entführung erinnern. So plötzlich und mit solcher Wildheit war alles geschehen, dass es sie regelrecht gelähmt hatte. Ein unerbittlicher Arm hatte sie gepackt, heißer Atem hatte auf ihrer Haut gebrannt, und grimmige Augen hatten sie angefunkelt. Und dann der Sprung durchs Fenster zur Brustwehr, die wilde Raserei über Wehrgang und Dächer, wo ihre Furcht sie erst recht hatte erstarren lassen, und dann der Abstieg mithilfe eines Seiles, das um eine Zinne gebunden war. Ihr Entführer war an der Mauer fast hinuntergelaufen, während sie verzweifelt über seiner Schulter gehangen hatte. All das war ein wildes Kaleidoskop in ihrer Erinnerung. Besser entsann sie sich, wie er sie einem Kind gleich durch die Schatten hoher Bäume getragen und sich schließlich mit ihr auf den Rücken eines schnaubenden Bhalkhanahengstes geschwungen hatte, der sich wild aufbäumte. Und dann hatte sie das Gefühl gehabt, sie flögen dahin, obgleich sie die Funken sah, die von den Hufen aufsprühten, wenn sie gegen den Stein der Straße schlugen.

Als sie wieder klarer denken konnte, waren ihre ersten Empfindungen Wut und Scham. Sie war empört. Die Herrscher der goldenen Königreiche südlich der Himelianischen Berge wurden als göttergleich verehrt, und sie war schließlich die Devi von Vendhya! Königlicher Zorn überlagerte ihre Furcht. Wild schrie sie auf ihren Entführer ein und begann sich zu wehren. Sie, Yasmina, wurde wie eine gewöhnliche Straßendirne auf dem Sattelknauf eines Barbarenhäuptlings verschleppt! Aber er verstärkte seinen Griff um sie noch ein wenig mehr, und so bekam sie zum ersten Mal in ihrem Leben Unterdrückung durch rohe Gewalt zu spüren. Seine Arme fühlten sich wie Eisenzangen um ihre schlanken Glieder an. Er blickte zu ihr hinunter und grinste übers ganze Gesicht, sodass seine Zähne im Sternenschein schimmerten. Die Zügel lagen lose um die fliegende Mähne des Hengstes, jede Sehne und jeder Muskel des flinken Tieres spannten sich an, als es über den holprigen Pfad dahinflog. Trotzdem saß Conan bequem, ja fast sorglos im Sattel und ritt wie ein Zentaur.

»Du – du Hund!«, keuchte sie, während die Mischung aus Scham, Grimm und dem Bewusstsein ihrer Hilflosigkeit sie erzittern ließ. »Du – du wagst es – *wagst es!* Dafür wirst du mit dem Leben bezahlen! Wohin bringst du mich?«

»Zu den Ansiedlungen der Afghuli«, antwortete er und warf einen Blick über die Schulter.

Hinter ihnen, jenseits der Hügel, die sie überquert hatten, erhellte Fackelschein die Mauern des Forts, und er sah einen breiten Lichtschein, der bedeutete, dass das große Tor offen stand. Er lachte laut.

»Der Statthalter hat uns seine Reiter hinterhergehetzt. Bei Crom, das wird eine vergnügliche Jagd. Was meinst du, Devi, wird ihnen eine Kshatriya-Prinzessin das Leben von sieben Männern wert sein?«

»Sie werden eine ganze Armee ausschicken, um dich und deine Teufelsbrut auszurotten!«, sagte sie mit tiefer Überzeugung.

Er lachte noch lauter und rückte sie in seinen Armen zurecht. Aber sie betrachtete das als neue Unverschämtheit und begann sich erneut vergebens zu wehren, bis sie bemerkte, dass er sich über ihre Anstrengungen nur amüsierte. Außerdem litt darunter ihr dünnes Seidengewand, das im Wind flatterte. Also überlegte sie, dass es für ihre Würde besser wäre, wenn sie sich einstweilen in ihr Schicksal fügte, und so verfiel sie in erzürntes Schweigen und rührte sich nicht mehr.

Doch selbst ihren Grimm vergaß sie fast bei dem Ehrfurcht einflößenden Anblick des Passes, der sich wie ein gewaltiger Schlund mit seinen schwarzen Steilwänden vor ihnen öffnete. Er sah aus, als hätte ein Riese einen schmalen Schlitz in das feste Gestein geschnitten. Tausende von Fuß hoben die Wände sich fast senkrecht dem Himmel entgegen, und in seiner Tiefe herrschte selbst im strahlenden Sonnenschein finsterste Nacht. Nicht einmal Conan mit seinen Katzenaugen konnte hier etwas sehen. Aber er kannte den Weg, und da er wusste, dass ihnen eine ganze Reiterschar auf den Fer-

sen war, ließ er seinen Hengst weiter im Galopp dahinbrausen. Das mächtige Ross zeigte noch keinerlei Anzeichen von Erschöpfung. Es donnerte den Weg durch die Talsohle dahin, kämpfte sich einen Hang empor, balancierte an einem niedrigen Kamm entlang, wo brüchiger Schiefer zu beiden Seiten jeden falschen Schritt zur Lebensgefahr machte, und kam zu einem Pfad entlang einem breiten Sims der linken Wand.

Nicht einmal Conan bemerkte in dieser Dunkelheit den Hinterhalt der Zhaibarmänner. Als sie am Eingang einer Schlucht vorbeibrausten, die sich in den Pass öffnete, schwirrte ein Wurfspeer durch die Luft und traf den Hengst hinter der Schulter. Das mächtige Tier hauchte sein Leben in einem schluchzenden Laut aus und stürzte mitten im Schritt. Conan hatte die Flugbahn des Speeres erkannt und handelte blitzartig.

Noch während das Pferd fiel, sprang er aus dem Sattel, hielt dabei das Mädchen hoch in der Luft, um zu verhindern, dass sie gegen die Felsen schlug. Wie eine Katze landete er auf den Fußballen, stieß Yasmina in einen Spalt und wirbelte mit dem Dolch in der Hand herum.

Es war wieder alles so schnell gegangen, dass die Devi überhaupt nicht so recht wusste, was vorging, als sie vage eine Gestalt aus der Dunkelheit heranstürmen sah. Nackte Sohlen huschten über den Stein, Lumpenkleidung schlug gegen die Beine des Mannes. Stahl blitzte auf und klirrte bei Hieb und Gegenhieb, dann war zu hören, wie Conans langer Dolch den Schädel des anderen traf.

Der Cimmerier sprang zurück und duckte sich an die Felswand. In der Finsternis bewegten sich Gestalten, und eine durchdringende Stimme brüllte: »Was, ihr

Hunde! Zieht ihr die Schwänze ein? Marsch, auf sie, und bringt sie mir!«

Conan richtete sich auf und spähte in die Finsternis, ehe er laut rief: »Yar Afzal! Bist du es?«

Jemand fluchte hörbar erstaunt, dann erklang die fremde Stimme wachsam: »Conan?«

»Ja!« Der Cimmerier lachte. »Komm her, alter Streithahn! Ich habe einen deiner Männer getötet.«

Zwischen den Felsen bewegte sich etwas, ein Licht flackerte auf, eine Fackel näherte sich leicht schwankend, und schließlich offenbarte sie ein wildes, bärtiges Gesicht. Der Mann, der das Licht trug, hielt es hoch und verrenkte sich fast den Hals, als er sich zwischen den Steinblöcken umsah. In der anderen Hand hielt der Bursche einen riesigen Tulwar. Conan ging ihm entgegen und steckte seinen Dolch in die Scheide zurück.

Der andere brüllte erfreut: »Ja, es ist Conan! Kommt aus euren Verstecken heraus, Hunde! Es ist Conan!«

Weitere Männer drängten sich in den schwankenden Lichtkreis – wilde, zerlumpte Männer mit zerzausten Bärten und Augen wie Wölfe, lange Klingen in den Händen. Sie sahen Yasmina nicht, denn sie war hinter Conans breitem Rücken verborgen. Doch als sie vorsichtig hervorspitzte, legte zum ersten Mal in dieser Nacht Furcht ihre eisigen Finger um ihr Herz. Diese Männer glichen eher Wölfen als menschlichen Wesen.

»Was jagst du denn mitten in der Nacht im Zhaibar, Yar Afzal?«, erkundigte sich Conan. Der rundliche Häuptling grinste wie ein bärtiger Ghul.

»Man kann nie wissen, was des Nachts den Pass hochkommt. Wir Wazuli sind Nachtvögel. Aber was ist mit dir, Conan?«

»Ich habe eine Gefangene«, antwortete der Cimmerier. Er rückte zur Seite und holte mit langem Arm das zitternde Mädchen aus dem Felsspalt.

Von ihrer majestätischen Haltung war nichts geblieben. Verängstigt starrte sie auf den Halbkreis wilder, bärtiger Gesichter und war dankbar für die starken Arme, die sich besitzergreifend um sie legten. Die Fackel wurde ihr fast unter die Nase gestoßen, dann hörte man, wie die Männer laut die Luft einsogen.

»Sie ist meine Gefangene!«, warnte Conan und blickte bedeutungsvoll auf die Füße des getöteten Angreifers, die gerade noch im Lichtkreis zu sehen waren. »Ich war dabei, sie nach Afghulistan zu bringen, aber jetzt habt ihr mein Pferd getötet, und die Kshatriya sind mir dicht auf den Fersen.«

»Komm mit zu unseren Hütten«, schlug Yar Afzal vor. »Wir haben in der Schlucht Pferde versteckt. In der Dunkelheit können sie uns nicht verfolgen. Du sagst, sie sind schon dicht hinter dir?«

»So dicht, dass ich ihren Hufschlag auf den Steinen höre«, antwortete Conan grimmig.

Sofort wurde die Fackel gelöscht, und die zerlumpten Gestalten tauchten wie Phantome in der Finsternis unter. Conan hob die Devi auf die Arme. Sie wehrte sich nicht. Die rauen Steine taten ihren Füßen in den dünnen Pantoffeln weh, und sie fühlte sich so unsagbar klein und hilflos in der undurchdringlichen Dunkelheit zwischen diesen rauen zerklüfteten Felsen.

Als Conan spürte, wie sie im Wind zitterte, der durch die Schlucht heulte, riss er einem der Männer den zerschlissenen Umhang von der Schulter und hüllte sie darin ein. Er zischte ihr warnend ins Ohr, keinen Laut von sich zu geben. Sie hörte den fernen Hufschlag nicht wie die in den Bergen aufgewachsenen Männer, aber sie war ohnehin viel zu verängstigt, als dass sie um Hilfe hätte rufen können.

Sie sah nichts als ein paar Sterne am Himmel, doch an der Dunkelheit, die noch tiefer zu werden schien, erkannte sie, dass sie die Schlucht betraten. Leichtes Stampfen unruhiger Pferde war zu hören, ein paar gemurmelte Worte, und Conan setzte sich auf das Pferd des Mannes, den er getötet hatte. Das Mädchen zog er zu sich hoch. Wie Phantome – sah man von dem Klappern der Hufe ab – ritten sie durch die dunkle Schlucht. Den Toten und das verendete Pferd ließen sie zurück. Beide wurden wenig später von den Kavalleristen aus dem Fort gefunden, die den Mann als Wazuli erkannten, woraufhin sie ihre eigenen Schlussfolgerungen zogen.

Yasmina, die sich in den Armen ihres Entführers wohlig warm fühlte, versuchte vergebens, wach zu bleiben. Obwohl der Weg holprig war und in ständigem Wechsel auf und ab führte, waren die Bewegungen des Pferdes doch rhythmisch und wirkten einschläfernd. Sie hatte jegliches Richtungs- und Zeitgefühl verloren. Tiefe Dunkelheit umgab sie, in der sie hin und wieder noch schwärzere Felswände mehr spürte als sah, und ab und zu hoben sich Felszacken hoch oben im schwachen Sternenlicht ab. Manchmal verrieten hohle Echos auch ungeheure Klüfte neben ihnen, und sie fühlte den eisigen Wind, der aus Schwindel erregenden Höhen herabpfiff. Allmählich wurde alles zu einem Traumerlebnis für sie, in das das Klacken der Hufe sich harmonisch einfügte.

Vage wurde ihr bewusst, dass die Bewegungen aufgehört hatten, sie vom Pferd gehoben und ein paar

Schritt getragen wurde, ehe man sie auf etwas Raschelndes, Weiches legte und etwas – einen zusammengerollten Umhang möglicherweise – unter ihren Kopf schob. Der Umhang, in den Conan sie gehüllt hatte, wurde ein wenig zurechtgezogen. Sie hörte Yar Afzal lachen.

»Eine würdige Beute für den Häuptling der Afghuli, Conan!«

»Nur eine Geisel«, antwortete Conan. »Für sie bekomme ich meine sieben Männer zurück – mögen sie verdammt sein, dass sie sich fangen ließen!«

Mehr hörte sie nicht, dann schlief sie tief und fest.

Sie schlummerte, während Bewaffnete durch die dunklen Berge ritten und das Schicksal nicht nur eines Königreichs in der Schwebe hing. In den Schluchten und Klüften hallte in dieser Nacht der Hufschlag galoppierender Pferde wider, und Sternenschein schimmerte auf Helmen und Krummsäbeln, bis die Nachtwesen, die hier hausten, aus Spalten und über Felsblöcke in die Dunkelheit spähten und sich wunderten, was in den sonst so stillen Bergen vorging.

Eine Horde Männer saß auf hageren Rossen im schwarzen Schlund einer Schlucht, als die eiligen Hufe vorbeidonnerten. Ihr Führer, ein hoch gewachsener Mann in Helm und goldlitzenverziertem Umhang, hob warnend die Hand, bis die Reiterschar vorbei war. Dann lachte er leise.

»Sie müssen die Spur verloren haben! Oder sie fanden heraus, dass Conan die Afghuli bereits erreicht hat. Ihr Nest auszuräuchern, bedarf es größerer Trupps. Im Morgengrauen werden mehrere Schwadronen den Pass hochreiten.«

»Wenn es zu Kämpfen in den Bergen kommt, wird es auch genug zum Plündern geben«, brummte eine Stimme hinter ihm im Dialekt der Irakzai.

»Daran wird es nicht fehlen«, antwortete der Mann im Helm. »Doch zuerst müssen wir zum Gurashahtal und die Reiter erwarten, die von Secunderam südwärts galoppieren werden, noch ehe der Tag anbricht.«

Er hob die Zügel und ritt aus der Schlucht. Seine Männer folgten ihm dichtauf: dreißig Phantome im Sternenlicht.

V

Der Rapphengst

Die Sonne stand schon hoch am Himmel, als Yasmina erwachte. Sie schaute nicht ungläubig um sich, sondern erinnerte sich sofort an die Geschehnisse der Nacht. Sie fühlte sich steif vom langen Ritt, und irgendwie war ihr, als spürte sie immer noch die kräftigen Arme ihres Entführers um sich.

Sie lag auf einem Schaffell, das über einen Laubhaufen auf festgetretenem Lehmboden gebreitet war. Ein zusammengerollter Schafpelzmantel diente ihr als Kopfkissen, und sie war in einen zerlumpten Umhang gehüllt. Sie befand sich in einer geräumigen Hütte mit Wänden aus unbehauenem Stein, der mit getrocknetem Lehm verfugt war. Schwere Balken trugen das Dach mit einer Falltür, zu der eine Leiter führte. Fenster gab es nicht in den dicken Mauern, nur Schießscharten. Die Tür war aus Bronze – vermutlich ein Plündergut aus einer vendhyanischen Grenzstadt. Auf einer Seite befand sich eine breite Öffnung in der Wand, die statt durch eine richtige Tür durch ein festes Holzgitter gesichert war. Durch dieses Gitter sah Yasmina einen prachtvollen edlen Rapphengst, der Heu kaute. Die Hütte war ganz offensichtlich Fort, Wohnraum und Stallung in einem.

In einer Ecke der Hütte kauerte ein Mädchen in Mieder und Pluderhose, der Kleidung der Bergfrauen, neben einem kleinen Feuer und briet Fleischstreifen auf einem Eisengrill, der auf Steinblöcken ruhte. Ein paar Fuß über dem Boden war ein rußiger Spalt in der Wand, durch den ein Teil des Rauches abzog, der Rest trieb in dünnen blauen Schwaden durch den Raum.

Das Mädchen, das ein hübsches keckes Gesicht hatte, warf einen Blick über die Schulter auf Yasmina, dann beschäftigte sie sich wieder mit dem brutzelnden Fleisch. Jemand unterhielt sich vor der Tür, die aufschwang. Conan trat ein. Mit der Morgensonne im Rücken wirkte er noch größer und kräftiger, als Yasmina ihn in Erinnerung hatte, und ihr fielen nun auch einige Einzelheiten auf, die ihr am Abend entgangen waren. Seine Kleidung war sauber und ohne Risse und Löcher. Der breite Bakhariotwaffengürtel, von dem sein Dolch in einer reich verzierten Scheide hing, hätte der eines Prinzen sein können. Durch sein Hemd schimmerten die Glieder einer Kettenrüstung feinster turanischer Arbeit.

»Deine Gefangene ist wach, Conan«, wandte das Wazuli-Mädchen sich an ihn. Er brummte etwas Unverständliches, schritt zum Feuer und schob ein paar der Hammelfleischstreifen auf einen Steinteller.

Das kauernde Mädchen blickte lachend zu ihm hoch. Sie sagte etwas Zweideutiges, woraufhin er grinste und sie mit dem Fuß stupste, sodass sie nach vorn auf den Boden fiel. Diese raue Behandlung schien ihr ungemein zu gefallen, aber Conan kümmerte sich nicht weiter um sie. Er legte ein riesiges Stück Brot zu dem Fleisch und brachte das Ganze mit einer Kupferkanne Wein zu Yasmina, die sich von ihrem Lager erhoben hatte und ihm ein wenig unsicher entgegensah.

»Kein Frühstück, wie es eine Devi gewohnt ist«, brummte er. »Aber es ist das Beste, was wir haben, und auf jeden Fall füllt es den Magen.«

Er stellte den Teller auf dem Boden ab, und plötzlich wurde Yasmina sich bewusst, wie hungrig sie war. Wortlos setzte sie sich mit gekreuzten Beinen auf den Boden, hob den Teller auf den Schoß und begann mit den Fingern zu essen, denn Besteck gab es hier ganz offensichtlich nicht. Aber schließlich war Anpassungsfähigkeit ein Beweis wahrer Aristokratie. Conan blickte, die Daumen hinter seinen Gürtel gehakt, auf sie hinunter. Er saß nie in der Tradition des Ostens mit überkreuzten Beinen.

»Wo bin ich?«, fragte sie plötzlich.

»In der Hütte Yar Afzals, des Häuptlings der Khurum-Wazuli«, antwortete er. »Afghulistan liegt viele Meilen weiter westlich. Wir verstecken uns hier eine Weile. Die Kshatriyas suchen die Berge nach dir ab – mehrere ihrer Schwadronen wurden bereits von den Stämmen aufgerieben.«

»Was hast du vor?«, erkundigte sie sich.

»Ich behalte dich hier, bis Chunder Shan bereit ist, mir meine sieben Viehdiebe zurückzugeben. Ein paar Wazuli-Frauen sind schon dabei, Tinte aus Shokiblättern zu pressen. Wenn sie genügend haben, kannst du einen Brief an den Statthalter schreiben.«

Ein Teil ihres alten Grimmes ergriff sie, als sie daran dachte, wie sehr ihre Pläne schief gelaufen waren, sodass sie nun Gefangene des Mannes war, den sie in ihre Gewalt hatte bringen wollen. Sie schleuderte den Teller mit den Resten ihres Mahles von sich und sprang auf, weiß vor Zorn.

»Ich werde keinen Brief schreiben! Wenn du mich nicht zurückbringst, werden sie nicht nur deine sieben Männer hängen, sondern noch tausend dazu!«

Das Wazuli-Mädchen lachte spöttisch, und Conan zog finster die Brauen zusammen, als die Tür aufschwang und Yar Afzal hereinstolziert kam. Der Wazuli-Häuptling war so groß wie Conan und noch breiter, aber er wirkte fett und träge neben dem Cimmerier mit den harten Muskeln. Er zupfte an seinem rotgefleckten Bart und starrte das Wazuli-Mädchen an, das sich daraufhin sofort erhob und die Hütte verließ. Erst jetzt wandte Yar Afzal sich seinem Gast zu.

»Meine verdammten Leute murren, Conan«, sagte er. »Sie wollen, dass ich dich umbringe und wir die Frau hier behalten, bis wir Lösegeld für sie bekommen. Bei ihrer Kleidung muss sie eine sehr vornehme Dame sein, sagen sie. Sie sagen, weshalb sollen die Afghuli-Hunde durch sie profitieren, wenn sie sie beschützen müssen und sich so in Gefahr bringen.«

»Leih mir dein Pferd«, bat Conan. »Dann reite ich mit ihr weg.«

»Pah!«, brummte Yar Afzal. »Glaubst du, ich kann nicht mit meinen Männern umgehen? Sie wissen, was ihnen blüht, wenn sie mich zu hintergehen versuchen! Sie mögen dich nicht – und auch sonst keine Fremden –, aber du hast mir einmal das Leben gerettet, das werde ich dir nie vergessen. Aber komm jetzt mit mir hinaus, Conan. Ein Kundschafter ist zurückgekehrt.«

Conan rückte seinen Gürtel zurecht und folgte dem Häuptling ins Freie. Sie schlossen die Tür hinter sich. Yasmina spähte durch eine Schießscharte. Sie sah einen ebenen Platz vor der Hütte, an dessen gegenüberliegender Seite mehrere Lehm- und Steinhütten standen. Nackte Kinder spielten zwischen den Felsen, und schlanke, gut gewachsene Frauen gingen ihrer Arbeit nach.

Ganz in der Nähe der Häuptlingshütte hockten haarige Männer im Halbkreis, der Tür zugewandt. Conan und Yar Afzal waren ein paar Schritte vor der Tür stehen geblieben. Im Halbkreis saß ein weiterer Mann mit überkreuzten Beinen und sprach im rauen Dialekt der Wazuli – den Yasmina kaum verstehen konnte, obgleich zu ihrer königlichen Erziehung auch Unterricht in den Sprachen Iranistans und der verwandten ghulistanischen Dialekte gehört hatte – zum Häuptling.

»Ich habe mich mit einem Dagozai unterhalten, der die Reiter in der Nacht gesehen hat«, sagte der Kundschafter. »Er lauerte ganz in der Nähe, als sie zu der Stelle kamen, wo wir Lord Conan überfielen. Er belauschte sie. Chunder Shan war bei ihnen. Sie fanden den Kadaver des Pferdes und den Mann, den Conan getötet hatte, und sie erkannten, dass er ein Wazuli war. Also gaben sie ihre Absicht auf, weiter nach Afghulistan zu reiten. Aber sie wussten nicht, aus welchem Dorf der Tote stammte, und wir hatten keine Spuren hinterlassen, denen die Kshatriyas folgen konnten.

Also ritten sie zum nächsten Wazuli-Dorf, nach Jugras. Sie brannten es nieder und töteten viele der Stammesbrüder. Doch dann fielen die Männer von Khojur in der Dunkelheit über sie her, töteten einige und verwundeten den Statthalter, der sich mit den Überlebenden kurz vor Morgengrauen über den Zhaibarpass zurückzog. Aber noch ehe die Sonne aufging, kehrten die Kshatriyas mit Verstärkung wieder. Den ganzen Vormittag kam es zu Scharmützeln und größeren Kämpfen. Angeblich soll eine große Armee aufgestellt werden, um die Berge rings um den Zhaibar zu durchkämmen. Die Stämme wetzen ihre Dolche und liegen an allen Pässen von hier bis zum Gurashahtal im Hinterhalt. Außerdem ist Kerim Shah in die Berge zurückgekehrt.«

Die Männer sogen hörbar die Luft ein, und Yasmina lehnte sich bei der Erwähnung dieses Mannes, dem sie Misstrauen entgegenbrachte, noch dichter an die Schießscharte.

»Wo ist er hin?«, fragte Yar Afzal.

»Das wusste der Dagozai nicht. Er hatte dreißig Irakzai von den unteren Dörfern bei sich. Sie ritten in die Berge und verschwanden.«

»Diese Irakzai sind Schakale, die einem Löwen in der Hoffnung auf ein paar Überreste folgen«, knurrte Yar Afzal. »Sie haben gierig die Münzen eingesammelt, die Kerim Shah unter den Grenzstämmen verteilt, um sich Männer wie Pferde zu kaufen. Ich mag ihn nicht, auch wenn er ein mit uns verwandter Iranistaner ist.«

»Er ist keiner«, warf Conan ein. »Ich kenne ihn von früher. Er ist Hyrkanier, ein Spion Yezdigerds. Wenn ich ihn erwische, hänge ich ihn an einer Tamariske auf!«

»Aber die Kshatriyas!«, murrten die Männer im Halbkreis. »Sollen wir untätig herumhocken, bis sie uns ausräuchern? Sie werden schließlich dahinterkommen, in welchem Wazuli-Dorf das Mädchen festgehalten wird.

Die Zhaibari mögen uns nicht, sie werden den Kshatriyas helfen, uns zu finden.«

»Sollen sie doch kommen!«, knurrte Yar Afzal. »Wir können die Schlucht auch gegen eine ganze Armee halten!«

Ein Mann sprang auf und schüttelte die Faust mit einem finsteren Blick auf Conan.

»Sollen wir alle seinetwegen unser Leben aufs Spiel setzen, während er die Belohnung einsteckt?«, brüllte er. »Sollen wir seine Schlachten für ihn schlagen?«

Mit einem Schritt war Conan bei ihm und bückte sich leicht, um ihm voll ins haarige Gesicht zu starren. Der Cimmerier hatte sein langes Messer nicht gezogen, doch seine Linke umklammerte die Scheide und drückte den Griff bedeutungsvoll nach vorn.

»Ich bitte keinen, meine Schlachten zu schlagen«, sagte er gefährlich leise. »Zieh deine Klinge, wenn du den Mut dazu hast, japsender Hund!«

Der Wazuli wich fauchend wie eine Katze zurück.

»Wag es, mich hier anzugreifen, und fünfzig Männer werden dich zerreißen!«, kreischte er.

»Was?«, donnerte Yar Afzal, und sein Gesicht lief rot vor Grimm an. Er schob das Kinn vor und stemmte die Hände in die Hüften. »Bist du vielleicht der Häuptling von Khurum? Von wem nehmen die Wazuli Befehle entgegen? Von Yar Afzal oder von einem räudigen Hund?«

Der Mann wurde unter dem Blick seines unbezwingbaren Häuptlings immer kleiner. Yar Afzal packte ihn an der Kehle und würgte ihn, bis sein Gesicht sich blau färbte, dann warf er ihn wütend zu Boden und stellte sich mit dem Tulwar in der Hand über ihn.

»Bestehen noch irgendwelche Zweifel, wer hier der Häuptling ist?«, fragte er drohend leise. Seine Krieger wandten verlegen die Augen ab, als sein wilder Blick die Gesichter im Halbkreis fixierte. Yar Afzal brummte verächtlich und schob seine Waffe mit einer Geste in die Scheide zurück, die nicht beleidigender hätte sein können. Dann versetzte er dem halb unter ihm liegenden Aufwiegler einen Tritt, dass der vor Schmerzen aufheulte.

»Marsch hinunter ins Tal mit dir zu den Spähern auf den Höhen und frag sie, ob sie etwas gesehen haben, dann komm sofort zurück!«, befahl Yar Afzal. Zitternd vor Furcht und vor Wut mit den Zähnen knirschend, machte der Mann sich auf den Weg.

Wuchtig setzte Yar Afzal sich auf einen Felsbrocken und brummte in seinen Bart. Conan stand breitbeinig, die Daumen im Gürtel, neben ihm und beobachtete die Krieger aus engen Augenschlitzen. Sie starrten ihn finster an. Sie wagten nicht, Yar Afzals Wut auf sich herabzubeschwören, aber sie hassten den Fremden, wie nur ihresgleichen hassen konnten.

»Hört mir gut zu, ihr Hundesöhne, denn ich sage euch jetzt, was Lord Conan und ich uns ausgedacht haben, um die Kshatriyas an der Nase herumzuführen ...« Die donnernde Stimme Yar Afzals folgte dem Krieger, der seines Häuptlings Grimm zu spüren bekommen hatte.

Er schlich vorbei an den Hütten, wo die Frauen, die seine Demütigung mit angesehen hatten, ihn jetzt auslachten und ihm spöttische Bemerkungen nachschickten, und rannte auf dem Pfad dahin, der sich zwischen Felsblöcken zum Tal hinunterschlängelte.

Als er um die erste Biegung kam, die ihn vor den Blicken im Dorf verbarg, blieb er abrupt stehen und riss die Augen weit auf. Er hatte es für unmöglich gehalten, dass ein Fremder das Tal von Khurum betreten konnte, ohne von den adleräugigen Wächtern auf den Höhen gesehen zu werden. Und doch saß da ein Mann mit überkreuzten Beinen auf einem niedrigen Sims neben dem Pfad – ein Mann in Kamelhaargewand und grünem Turban.

Der Wazuli wollte einen Warnschrei ausstoßen, und seine Hand fuhr um den Griff seines Dolches – aber in diesem Moment begegneten seine Augen denen des Fremden. Der Schrei erstarb in seiner Kehle, seine Finger hingen schlaff hinunter. Mit leeren, glasigen Augen stand er starr wie eine Statue.

Eine Weile tat sich überhaupt nichts, dann zog der Mann auf dem Sims mit dem Zeigefinger ein geheimnisvolles Zeichen in den Staub auf dem Fels. Der Wazuli sah nicht, dass er etwas ins Innere dieses Zeichens legte, aber plötzlich schimmerte dort etwas: ein glänzender schwarzer Ball, der aussah, als wäre er aus poliertem Gagat. Der Mann im Turban griff danach und warf ihn dem Wazuli zu, der ihn mechanisch auffing.

»Bring das Yar Afzal«, befahl der Mann. Willenlos drehte der Wazuli sich um und kehrte den Pfad zurück. Die schwarze Kugel hielt er in seiner ausgestreckten Hand. Er drehte nicht den Kopf, als die Frauen ihn erneut verhöhnten, während er an den Hütten vorbeiging. Er schien sie nicht einmal zu hören.

Der Mann auf dem Sims blickte ihm mit rätselhaftem Lächeln nach. Der Kopf eines Mädchens tauchte über dem Simsrand auf. Sie schaute den Mann bewundernd an, aber auch mit einer Spur Furcht, die sie am Abend zuvor noch nicht empfunden hatte.

»Warum hast du das getan?«, fragte sie.

Liebkosend strich er über ihre dunklen Locken.

»Bist du immer noch so verwirrt von unserem Flug auf dem Luftpferd, dass du an meiner Weisheit zweifelst?«, fragte er lachend. »Solange Yar Afzal lebt, ist Conan unter den Wazuli-Kriegern sicher. Ihre Messer sind scharf und zahlreich. Mein Plan ist sicherer, auch für mich, denn so brauche ich ihn nicht selbst zu töten, um an die Devi heranzukommen. Es gehört kein Zauberer dazu, um vorherzusehen, was die Wazuli und Conan tun werden, wenn der Bursche dem Häuptling von Khurum die Kugel Yezuds aushändigt.«

Yar Afzal hielt mitten in einem Wortschwall inne und blickte überrascht und verärgert dem Mann entgegen, den er zum Tal geschickt hatte, der sich jetzt aber durch die Herumstehenden drängte.

»Habe ich dir nicht befohlen, zu den Spähern zu gehen?«, brüllte er ihn an. »Du kannst noch gar nicht zurück sein!«

Der andere schwieg. Hölzern blieb er vor dem Häuptling stehen, stierte ihm leeren Blickes ins Gesicht und streckte ihm den Gagatball entgegen. Conan, der über Yar Afzals Schulter schaute, murmelte etwas und wollte die Hand auf des Häuptlings Arm legen, aber im gleichen Moment schlug Yar Afzal den Mann in einem Wutanfall nieder. Die Kugel entglitt seiner Hand und rollte auf Yar Afzals Fuß zu. Der Häuptling, der sie erst jetzt zu sehen schien, bückte sich danach. Die Männer, die verblüfft auf ihren bewusstlosen Kameraden starrten, sahen, wie ihr Häuptling sich bückte, doch nicht, was er vom Boden aufhob.

Yar Afzal richtete sich auf, betrachtete flüchtig den Gagatball und machte sich daran, ihn in seinen Gürtel zu schieben.

»Schafft den Burschen in seine Hütte!«, knurrte er. »Er sieht aus wie ein Lotusesser. Er hat durch mich hindurchgeschaut. Ich – ahhh!«

In seiner Rechten, die er gerade zum Gürtel führte, hatte er eine plötzliche Bewegung gespürt, wo keine sein durfte. Seine Stimme erstarb, während er wie erstarrt stand und ins Leere blickte. In seiner geballten Rechten empfand er eine *Veränderung*, eine *Bewegung*, *Leben*. Er hielt keine glatte, glänzende Kugel mehr in seinen Fingern. Und er wagte nicht nachzusehen. Seine Zunge klebte am Gaumen, und er konnte die Hand nicht öffnen. Seine erstaunten Krieger sahen, wie seine Augen sich unnatürlich weiteten, wie sein Gesicht jegliche Farbe verlor. Plötzlich drang ein grauenvoller Schmerzensschrei von seinen bartumrahmten Lippen. Er schwankte und fiel wie vom Blitz getroffen. Sein rechter Arm war ausgestreckt, als er so mit dem Gesicht auf dem Boden lag – und zwischen den sich öffnenden Fingern kroch eine Spinne hervor: eine hässliche schwarze Kreatur mit behaarten Beinen und einem kugelförmigen Leib, der wie Gagat glänzte. Die Männer schrien und wichen hastig zurück, doch das Spinnenwesen kümmerte sich nicht um sie, sondern verschwand in einem Felsspalt.

Die Krieger blickten auf und starrten wild um sich, als plötzlich über ihr Geschrei hinweg eine dröhnende Stimme scheinbar aus dem Nichts erklang.

»Yar Afzal ist tot! Tötet den Fremden!«, befahl sie.

Später leugnete jeder, der noch am Leben war, dass er gerufen hatte. Aber gehört hatten es alle. Und dieser donnernde Befehl löste ihre Verwirrung. Alle Zweifel und Furcht gingen in dem plötzlich aufwallenden Blutdurst unter. Ein wilder Schrei zerriss die Luft, als die

Krieger sich daran machten, diesem Befehl zu gehorchen. Mit flatternden Umhängen, funkelnden Augen und erhobenen Dolchen stürmten sie auf Conan zu.

Der Cimmerier reagierte schnell. Als die Stimme erschallte, sprang er sofort zur Hüttentür. Doch die Männer waren ihm näher als er der Tür. Den Fuß auf der Schwelle, musste er herumwirbeln und den Hieb einer drei Fuß langen Klinge parieren. Er traf den Kopf des Angreifers, duckte sich unter einem weiteren Messer, stach seinem Besitzer in den Bauch, fällte einen anderen mit der Linken und hieb einem Vierten in den Leib, ehe er die Schultern gegen die geschlossene Tür warf. Klingen prallten neben seinen Ohren vom Metall ab, während andere Stücke aus dem hölzernen Rahmen hackten. Aber die Tür sprang auf, und er stolperte rückwärts in die Hütte. Ein Bärtiger, der die Klinge mit aller Kraft geschwungen hatte, als Conan zurückgesprungen war, verlor das Gleichgewicht und flog kopfüber durch die Türöffnung. Conan bückte sich, packte ihn am Gewand und riss ihn zur Seite, um sofort den Nachstürmenden die Tür ins Gesicht zu schmettern. Es krachte, und die Tür rastete ein. Hastig schob Conan die Riegel vor und wirbelte herum, um dem Angriff des anderen Mannes zu begegnen, der vom Boden aufgesprungen war und wie ein Wahnsinniger auf ihn losging.

Yasmina drückte sich in eine Ecke und beobachtete entsetzt die beiden Männer, die mit ihrem wilden Kampf den ganzen Raum ausfüllten und sogar manchmal sie in Gefahr brachten. Das Blitzen, Klirren und Krachen ihrer Klingen erfüllte die Luft, während die Meute vor der Hütte wie Wölfe heulte, mit ihren langen Dolchen ohrenbetäubend auf die Bronzetür schlugen und schwere Felsbrocken dagegen warfen. Einer holte einen Baumstamm, und die Tür erzitterte unter dem donnernden Angriff.

Yasmina drückte die Hände an die Ohren und starrte wild um sich. Ein schrecklicher Kampf fand vor ihren Augen statt, und außerhalb der Hütte herrschte der absolute Wahnsinn. Der Hengst in seinem Stallabteil wieherte, bäumte sich auf und schlug mit den Hufen gegen die Wände. Er wirbelte herum und stieß die Vorderhufe durch das Holzgitter, gerade als der Wazuli, der vor Conans Hieben zurückwich, dagegen stolperte. Seine Wirbelsäule brach, und er wurde gegen den Cimmerier geschleudert, den er dadurch rückwärts umwarf, sodass sie beide schwer auf dem Boden landeten.

Yasmina schrie auf und rannte auf sie zu. Sie hielt beide für tot. Doch noch ehe sie die Männer erreicht hatte, stieß Conan den toten Gegner zur Seite und erhob sich. Sie griff nach seinem Arm, zitterte dabei am ganzen Körper.

»Oh – du lebst! Ich dachte – ich dachte – du seist ebenfalls tot!«

Er blickte schnell hinunter auf ihr bleiches, zu ihm aufschauendes Gesicht und die dunklen erschrockenen Augen.

»Weshalb zitterst du so?«, fragte er. »Warum sollte es dir etwas ausmachen, ob ich lebe oder tot bin?«

Sie versuchte ein wenig von ihrer Haltung wiederzugewinnen, aber es glückte ihr nicht so recht, die Devi herauszukehren.

»Ich ziehe dich jedenfalls diesen Wölfen vor, die da draußen heulen.« Sie deutete auf die Tür, deren steinerne Schwelle abzusplittern begann.

»Sie wird nicht mehr lange halten«, murmelte Conan und ging eilig zum Stall des Hengstes.

Yasmina verkrampfte die Hände ineinander und hielt den Atem an, als sie sah, wie er die geborstenen Holzstäbe zur Seite riss und zu dem panikerfüllten Tier trat. Der Hengst hatte sich hoch aufgebäumt. Er wieherte durchdringend mit entblößten Zähnen und hatte die Ohren zurückgelegt. Conan sprang und griff nach seiner Mähne. Mit unvorstellbarer Kraft zog er das Pferd auf die Vorderbeine herunter. Es schnaubte und zitterte, verhielt sich jedoch ruhig, während Conan ihm den Zügel anlegte und den goldverzierten Sattel mit den breiten silbernen Steigbügeln befestigte.

Der Cimmerier drehte das Pferd zur Wand um und rief Yasmina herbei. Vorsichtig zwängte sich das Mädchen an dem Tier vorbei. Conan hantierte an der Steinmauer und erklärte:

»Es gibt eine Geheimtür hier, von der nicht einmal die Wazuli etwas wissen. Yar Afzal zeigte sie mir einmal, als er sehr betrunken war. Sie führt hinaus in die Schlucht hinter der Hütte. Ha!«

Als er an einem natürlich wirkenden Steinvorsprung zog, glitt ein ganzer Wandteil auf geölten Eisenschienen zurück. Das Mädchen blickte hinaus in eine schmale Felsspalte mit hohen Wänden. Schon saß Conan im Sattel und zog sie zu sich herauf. Hinter ihnen ächzte die dicke Bronzetür wie ein lebendes Wesen und stürzte krachend nach innen. Wildes Geschrei brandete zum Dach, als sich die Öffnung sofort mit Wazuli füllte, die Dolche in den haarigen Fäusten trugen. Und dann schoss der edle Hengst wie von der Sehne geschnellt durch die Spalte.

Das war völlig unerwartet für die Wazuli – genau wie für jene beiden, die sich durch die Felsspalte zur Hütte stahlen. So schnell geschah es – dieser orkanartige Sturm des Streitrosses –, dass ein Mann mit grünem Turban nicht mehr imstande war, ihm auszuweichen. Er ging unter den Hufen zu Boden, und ein Mädchen kreischte. Nur einen flüchtigen Blick erhaschte Conan von ihr, als sie vorüberbrausten: Eine schlanke junge Frau war es, in bauschiger Seidenhose und edelsteinbesetztem Brustband, die sich an die Wand drückte. Und schon flog der Hengst wie eine Feder im Wind weiter durch die Spalte. Die Männer, die durch die Wandöffnung hinaus in die Felsspalte stürmten, um die Flüchtigen zu verfolgen, stießen auf etwas, das ihre blutrünstigen Schreie in solche des Grauens und des Verderbens verwandelte.

VI

DER BERG DER SCHWARZEN SEHER

»Wohin jetzt?« Yasmina bemühte sich, auf dem schaukelnden Sattelrand, dem Zwiesel, aufrecht zu sitzen, musste sich jedoch an ihrem Entführer festhalten. Sie schämte sich ein wenig, dass sie es als angenehm empfand, die kräftigen Muskeln unter ihren Fingern zu spüren.

»Nach Afghulistan«, antwortete Conan. »Es ist ein gefahrvoller Weg, aber mit diesem Pferd werden wir es schon schaffen, außer wir fallen einem Trupp deiner Freunde oder Feinden der Afghuli in die Hände. Nun, da Yar Afzal tot ist, werden wir die verdammten Wazuli auf den Fersen haben. Ich bin überrascht, dass wir sie noch nicht hinter uns sehen.«

»Wer war der Mann, den du niedergeritten hast?«, fragte sie.

»Ich habe keine Ahnung. Ich habe ihn noch nie zuvor gesehen. Aus Ghulistan war er gewiss nicht. Was, bei den Göttern, er in der Felsspalte zu suchen hatte, ist mir ein Rätsel. Es war auch ein Mädchen bei ihm.«

»Ja«, murmelte sie nachdenklich. »Gerade das verstehe ich nicht, denn es war meine Leibmagd Gitara. Glaubst du, sie kam, um mir zu helfen? Dass der Mann ein Freund war? Wenn ja, werden die Wazuli sie beide gefangen genommen haben.«

»Wie auch immer, wir können nichts für sie tun. Kehren wir um, werden sie uns beide umbringen. Es ist mir unbegreiflich, wie ein Mädchen mit nur einem Begleiter – und einem Weisen noch dazu, denn das war er seiner Kleidung nach – so weit in die Berge gelangen konnte. Etwas ist da nicht ganz geheuer. Dieser Bursche, den Yar Afzal gezüchtigt und mit einem Auftrag weggeschickt hatte, kehrte wie ein Schlafwandler zurück. Ich sah den Priestern von Zamora bei ihren schrecklichen Riten zu. Ihre Opfer hatten den gleichen blicklosen, leeren Ausdruck wie dieser Mann. Die Priester blickten in die Augen ihrer Opfer, murmelten irgendwelche Beschwörungen, woraufhin die Bedauernswerten sich mit glasigen Augen wie wandelnde Tote bewegten und ohne eigenen Willen jeden Befehl der Priester ausführten.

Ich sah auch, was der Bursche in der Hand hielt, und dass Yar Afzal es aufhob. Es glich einer kleinen Gagatkugel, wie sie die Tempeltänzerinnen von Yezud tragen, wenn sie vor der schwarzen Steinspinne tanzen, die ihr Gott ist. Nur sie hatte Yar Afzal in der Hand, das weiß ich sicher, doch als er tot auf dem Boden lag, kroch eine Spinne von der Art des Yezudgottes aus seinen Fingern, nur viel kleiner natürlich. Und dann, als die

Wazuli verwirrt herumstanden, befahl eine Stimme ihnen, mich zu töten. Die Stimme kam von keinem der Krieger, genauso wenig von einer der Frauen bei den Hütten, daran zweifle ich nicht. Mir schien es, als sei sie aus der Luft über den Kriegern gekommen.«

Yasmina schwieg. Sie blickte auf die schroffen Felsen ringsum und schauderte. Sie erschienen ihr finster und drohend. Das hier war ein grimmiges raues Land, wo Schreckliches geschehen mochte. Für Menschen, die im Prunk und mit aller Bequemlichkeit der Städte in den Ebenen des heißen Südens aufgewachsen waren, galten sie als die Brutstätte unbeschreiblicher Schrecken.

Die Sonne stand hoch am Himmel und brannte mit glühender Hitze herab, doch der wechselnde Wind brachte eine Kälte wie von Gletschern mit sich. Einmal hörte sie ein seltsames Rauschen über ihren Köpfen, das nicht vom Wind kam. Aus der Art, wie Conan hochblickte, erkannte Yasmina, dass auch er sich Gedanken darüber machte. Ihr war, als würde einen flüchtigen Moment das Blau des Himmels verschwimmen, als hätte sich etwas Unsichtbares zwischen sie und die Sonne geschoben. Aber sie war nicht ganz sicher, ob sie es sich nicht eingebildet hatte. Weder sie noch Conan erwähnten es, doch der Cimmerier lockerte den Dolch in seiner Scheide.

Sie folgten einem undeutlich erkennbaren Pfad, der so tief in eine Schlucht führte, dass kein Sonnenstrahl ihn streifte, dann wieder zu steilen Hängen anstieg, wo loser Schiefer jeden Schritt zur Gefahr machte, und sich auf schmalen Graten über widerhallenden Schlünden schlängelte.

Die Sonne hatte ihren Zenit überschritten, als sie zu einem schmalen Pfad kamen, der sich zwischen Felsen dahinwand. Conan zügelte den Hengst und folgte dem Pfad südwärts, in fast rechtem Winkel zu ihrem bisherigen Kurs.

»Am Ende dieses Weges liegt ein Dorf der Galzai. Ihre Frauen benutzen den Pfad, um Wasser von einer Quelle zu holen. Du brauchst andere Kleidung.«

Yasmina schaute an sich hinunter und pflichtete ihm bei. Ihre Pantoffeln waren zerrissen, und ihr dünnes Gewand sowie das seidene Unterzeug hingen in Fetzen, die kaum noch richtig zusammenhielten. Vornehme Kleidung, wie sie auf den Straßen von Peshkhauri gesehen wurde, war nicht gerade das Richtige für die Himelianischen Berge.

An einer Biegung saß Conan ab und half Yasmina vom Pferd. Er lauschte, dann nickte er, obgleich sie nicht das Geringste hörte.

»Eine Frau kommt des Weges«, murmelte er.

In plötzlicher Panik umklammerte Yasmina seinen Arm. »Du – du wirst sie doch nicht töten!«

»Ich töte gewöhnlich keine Frauen«, brummte er, »obgleich einige dieser Bergfrauen wilder als Wölfinnen sind. Nein.« Er grinste wie über einen gelungenen Scherz. »Bei Crom, ich werde für ihre Kleidung *bezahlen*! Was sagst du dazu?« Er brachte eine Hand voll Goldmünzen zum Vorschein und steckte alle außer der größten wieder ein. Yasmina nickte erleichtert. Es war vielleicht natürlich, dass Männer sich gegenseitig umbrachten, aber ihr stellten sich die Härchen an den Armen auf, als sie daran dachte, dass sie zusehen müsste, wie eine Frau abgeschlachtet wurde.

Kurz darauf kam ein schlankes Galzai-Mädchen, gerade gewachsen wie eine Gerte, um die Biegung. Beim Anblick der beiden entglitt ihr der Tonkrug, den sie getragen hatte. Im ersten Moment sah es aus, als wollte sie die Flucht ergreifen, doch dann schien ihr klar zu werden, dass der riesenhafte Fremde viel zu nah war, als dass sie ihm entkommen konnte. Also blieb sie stehen und starrte die beiden furchterfüllt, doch gleichzeitig neugierig an.

Conan zeigte ihr die Goldmünze.

»Du wirst dieser Frau deine Sachen geben, dafür bekommst du das Geld.«

Das Mädchen strahlte sofort übers ganze Gesicht. Mit der Geringschätzung, die Bergfrauen der falschen Scham der Zivilisierten entgegenbringen, öffnete sie ihr reich besticktes Mieder, schlüpfte aus der Pluderhose, zog die weitärmelige Bluse über den Kopf und löste die Sandalen. Sie bündelte alles und reichte es Conan, der es der überraschten Devi entgegenstreckte.

»Geh hinter den Felsblock und zieh das Zeug an«, forderte er sie auf und bewies damit wieder einmal, dass er nicht hier in den Bergen aufgewachsen war. »Roll deine alten Sachen zusammen und gib sie mir, wenn du fertig bist.«

»Das Geld!«, rief das Galzaimädchen fordernd und hielt Conan die Hand unter die Nase. »Das Gold, das du mir versprochen hast!«

Conan ließ das Goldstück in ihre Hand fallen. Sie schob es zwischen die Lippen und biss darauf, ehe sie es in ihrem Haar versteckte. Dann bückte sie sich nach ihrem Krug und schritt gleichmütig den Weg weiter.

Conan wartete ungeduldig, bis die Devi sich zum ersten Mal in ihrem verwöhnten Leben selbst angekleidet hatte. Als sie hinter dem Felsblock hervortrat, pfiff er unwillkürlich durch die Zähne, und sie fühlte, wie ihr das Blut in den Kopf stieg angesichts der offenen Bewunderung, die sie in seinen Augen las. Sie empfand ein wenig Scham, Verlegenheit, aber auch etwas Eitelkeit und ein nicht unangenehmes Prickeln. Er legte eine schwere Hand auf ihre Schulter, drehte sie langsam um und betrachtete sie von allen Seiten.

»Bei Crom!«, sagte er. »In diesen vornehmen Gewändern warst du unnahbar und kalt und fern wie ein Stern. Jetzt bist du plötzlich eine Frau aus warmem Fleisch und Blut. Als Devi von Vendhya bist du hinter den Felsen getreten, als Bergmädchen kamst du hervor – nur tausendmal schöner als jede Zhaibar-Frau! Du warst eine Göttin – jetzt bist du Wirklichkeit!«

Er versetzte ihr einen ordentlichen Klaps, und da sie das als weiteres Zeichen seiner Bewunderung erkannte, entrüstete sie sich nicht darüber. Tatsächlich kam es ihr selbst so vor, als hätte der Kleiderwechsel auch ihre Persönlichkeit verändert. Alle Gefühle, die sie bisher unterdrückt hatte, wurden nun frei, sodass sie schon fast glaubte, sie hätte mit dem königlichen Gewand unsichtbare Fesseln und Hemmungen abgelegt.

Trotz seiner ehrlichen Bewunderung für die Devi vergaß Conan nicht, dass überall um sie Gefahr lauerte. Je weiter sie sich vom Zhaibar entfernten, desto weniger wahrscheinlich wurde es, dass sie auf Kshatriyatruppen stießen. Andererseits folgten die rachsüchtigen Wazuli zweifellos noch ihrer Spur.

Er hob die Devi aufs Pferd, schwang sich ebenfalls in den Sattel und lenkte den Hengst wieder westwärts. Das Bündel mit den königlichen Gewändern warf er in einen tiefen Spalt.

»Warum hast du das getan?«, fragte sie ihn. »Du hättest die Sachen doch dem Mädchen geben können.«

»Die Reiter von Peshkhauri durchkämmen die Berge«, antwortete er. »Überall legt man ihnen einen Hinterhalt und lockt sie in Fallen. Als Vergeltungsmaßnahme brennen sie jedes Dorf nieder, das sie überfallen können. Es dauert vielleicht nicht mehr lange, bis sie sich westwärts wenden. Stießen sie auf ein Mädchen, das deine Gewänder trägt, würden sie sie foltern, bis sie alles sagt, was sie weiß, und das würde die Burschen vielleicht auf unsere Fährte führen.«

»Was wird das Mädchen tun?«, fragte Yasmina.

»Ins Dorf zurückkehren und behaupten, ein Fremder habe sie überfallen. Natürlich werden sie uns verfolgen. Aber sie musste unbedingt zuerst das Wasser holen, denn wagte sie sich ohne gefüllten Krug zurück, würde man sie auspeitschen. Dadurch gewinnen wir einen ordentlichen Vorsprung. Sie werden uns nie einholen. Bei Einbruch der Nacht überqueren wir die Grenze nach Afghulistan.«

»Es gibt in dieser Gegend nirgends Pfade oder irgendetwas, das auf menschliche Behausungen hinweist«, bemerkte sie. »Selbst für die Himelians erscheint es mir ungewöhnlich still und verlassen hier. Wir haben keinen Pfad mehr gesehen, seit jenem, der zum Brunnen führte.«

Als Antwort deutete Conan in nordwestliche Richtung, wo ein Berggipfel in einer Lücke zwischen schroffen Felsen zu sehen war.

»Yimsha«, brummte der Cimmerier. »Die Stämme bauen ihre Behausungen so weit entfernt von diesem Berg, wie sie nur können.«

Sie erstarrte. »Yimsha!«, wisperte sie erschrocken. »Der Berg der Schwarzen Seher!«

»Das wird jedenfalls behauptet«, erwiderte er. »So nahe war ich ihm noch nie. Wir sind nordwärts abgebogen, um keinen kshatriyanischen Truppen zu begegnen, die möglicherweise durch die Berge streifen. Der übliche Weg von Khurum nach Afghulistan liegt weiter im Süden. Der hier ist uralt und wird nur selten benutzt.«

Sie starrte angespannt auf den fernen Berg. Ihre Nägel krallten sich in die rosige Handfläche.

»Wie lange würde man von hier zum Yimsha brauchen?«

»Den Rest des Tages und die ganze Nacht«, antwortete Conan grinsend. »Möchtest du denn hin? Bei Crom, es ist kein Ort für normale Sterbliche, wenn die Stämme hier Recht haben.«

»Weshalb tun sie sich denn nicht zusammen und vernichten diese Teufel, die dort hausen?«, fragte sie heftig.

»Die Zauberer mit Schwertern vernichten? Und warum auch? Sie kümmern sich nicht um die Menschen, außer jemand mischt sich in ihre Angelegenheiten. Ich selbst habe noch keinen von ihnen gesehen, aber ich unterhielt mich mit Männern, die behaupteten, sie hätten sie aus der Ferne beobachtet. Bei Sonnenaufgang und Sonnenuntergang kommen sie aus ihrem Turm und streifen durch die Felsen. Hoch gewachsene schweigende Männer in schwarzen Gewändern sollen es sein.«

»Hättest du Angst, sie anzugreifen?«

»Ich?« Auf den Gedanken schien er bisher noch nicht gekommen zu sein. »Nun, wenn sie mir etwas anhaben wollten, würde ich es natürlich nicht hinnehmen. Aber ich habe mit ihnen nichts zu tun. Ich bin in diese Berge gekommen, um eine Streitmacht um mich zu sammeln, doch nicht, um die Hexer zu bekämpfen.«

Yasmina antwortete nicht sofort. Sie starrte auf den Gipfel, als wäre er ein menschlicher Feind, und sie spürte, wie all der Grimm und Hass sich erneut in ihrem Busen regte. Und noch ein Gefühl nahm vage Form an. Sie hatte ursprünglich geplant gehabt, den Mann, dessen Arme sie umfassten, für ihren Kampf gegen die Meister von Yimsha zu benutzen. Vielleicht gab es noch eine andere Weise als die ursprünglich vorgesehene, um ihr Ziel zu erreichen. Es war nicht schwer, den Ausdruck in den Augen dieses Mannes zu deuten, wenn ihr Blick auf ihr ruhte. Wie oft schon fielen Königreiche, wenn die schlanken weißen Hände einer Frau an den Fäden des Geschicks zogen? Plötzlich erstarrte sie und streckte den Finger aus.

»Schau!«

Über dem fernen Berggipfel war plötzlich eine ungewöhnliche Wolke zu sehen. Sie war von eisigem Rot, mit glitzerndem Gold durchzogen, und sie bewegte sich! Während sie wie um ihre Achse wirbelte, zog sie sich zusammen. Sie schrumpfte zu einer sich drehenden Spindel, die in der Sonne blitzte. Und mit einem Mal löste sie sich von dem schneebedeckten Gipfel, schwebte über die Leere wie eine bunte Feder und verlor sich gegen den blauen Himmel.

»Was mag das gewesen sein?«, fragte das Mädchen unsicher, als sie an einer Felswand vorbeiritten, die die Sicht auf den fernen Berg raubte. Trotz ihrer Schönheit war die seltsame Erscheinung beunruhigend gewesen.

»Die Stämme hier nennen dieses ... Ding Yimshas Teppich, was immer das bedeutet«, sagte Conan. »Ich sah fünfhundert meiner Männer davonlaufen, als wäre der Teufel hinter ihnen her, um sich in Höhlen und Felsspalten zu verstecken, nur weil sie die rote Wolke vom Berggipfel aufsteigen sahen. Was ...«

Sie waren durch eine Schlucht, kaum mehr als ein breiter Spalt, zwischen hohen Wänden gekommen und hatten sich einem breiten Sims genähert, von dessen einer Seite ein zerklüfteter Hang aufwärts führte, während der Abhang auf der anderen Seite in gewaltige Tiefen fiel. Der Pfad folgte diesem Vorsprung, bog um eine Felsnase und führte in Serpentinen abwärts. Am Ende der Schlucht, unmittelbar vor dem Sims, hatte der Hengst abrupt angehalten und schnaubte nun. Conan drängte ihn ungeduldig weiter, doch das Tier warf wiehernd den Kopf hoch und kämpfte zitternd wie gegen eine unsichtbare Barriere an.

Conan fluchte. Er sprang aus dem Sattel und hob Yasmina herunter. Eine Hand ausgestreckt, ging er vorsichtig den Weg weiter, als erwartete er tatsächlich, gegen eine Barrikade zu stoßen, aber nichts hinderte ihn am Vorwärtsschreiten. Doch als er das Pferd zu führen versuchte, wieherte es erneut schrill und wich zurück. Da schrie Yasmina plötzlich auf. Conan wirbelte herum, während seine Hand nach dem Dolchknauf griff.

Weder er noch Yasmina hatten ihn kommen sehen, aber plötzlich stand ein Mann in Kamelhaargewand und grünem Turban mit auf der Brust überkreuzten Armen vor ihnen. Conan brummte vor Überraschung etwas Unverständliches, denn er erkannte in ihm den Mann, den der Rapphengst in der Felsspalte hinter dem Wazuli-Dorf niedergerannt hatte.

»Wer zum Teufel seid Ihr?«, fragte er.

Der Mann antwortete nicht. Conan fiel auf, dass seine Augen ungemein weit, starr und von gespenstischer Leuchtkraft waren. Und diese Augen hielten seinen Blick wie ein Magnet fest.

Khemsas Zauberei beruhte zu einem großen Teil auf Hypnose, wie überhaupt die meiste Magie in den östlichen Landen. Für den Hypnotiseur war der Weg durch unzählige Generationen geebnet, die im festen Glauben an die Wirklichkeit und Macht der Hypnosekräfte gelebt hatten, durch eine allgemeine Überzeugung und Atmosphäre, gegen die der Einzelne nicht ankommt, der in den Traditionen des Landes aufgewachsen ist.

Aber Conan war kein Sohn des Ostens. Dessen Traditionen bedeuteten ihm nichts. Er war in einer völlig anderen Atmosphäre groß geworden. In Cimmerien kannte man Hypnose nicht einmal vom Hörensagen. Das Erbgut, das einen Sohn des Ostens für Hypnose anfällig machte, war ihm fremd.

Er wusste, was Khemsa mit ihm zu tun versuchte, aber er spürte die unheimlichen Kräfte des anderen nur als vagen Zug, wie durch ein spinnwebfeines Netz, das er mit der kleinsten Bewegung zerreißen konnte.

Und da er sich der Feindseligkeit dahinter ebenfalls bewusst war, zog er seinen langen Dolch und griff flink wie ein Berglöwe an.

Aber Khemsas Magie war nicht Hypnose allein. Yasmina, die genau beobachtete, konnte nicht sagen, durch welche listige Bewegung oder Illusion der Mann im grünen Turban dem schrecklichen Hieb entging. Jedenfalls stieß die scharfe Klinge zwischen Seite und erhobenem Arm des Mannes hindurch, ohne etwas auszurichten, während Khemsa lediglich mit der Handfläche über Conans Hals zu streichen schien. Wie vom Blitz getroffen stürzte der Cimmerier zu Boden.

Doch Conan war nicht tot. Er milderte seinen Fall mit der Linken und hieb gleichzeitig mit dem Dolch in der

Rechten im Stürzen nach Khemsas Beinen. Der Rakhsha konnte diesem sensengleichen Schlag nur durch einen sehr unzauberhaften Rückwärtssprung entgehen. Yasmina schrie schrill auf, als sie die Frau, die sie sofort als Gitara erkannte, hinter Felsblöcken hervor auf den Mann zukommen sah. Aber ihre Freude über das Wiedersehen legte sich sogleich, denn die Bosheit in dem schönen Mädchengesicht war nicht zu übersehen.

Conan erhob sich langsam, noch benommen von dem Schlag, der den Hals eines weniger muskelkräftigen Mannes gebrochen hätte. Es war der Schlag einer Kampftechnik gewesen, wie sie vor dem Untergang von Atlantis bekannt gewesen, aber seither längst vergessen war. Khemsa beobachtete Conan wachsam und ein wenig unsicher. Der Rakhsha hatte selbst erst die volle Flut seiner Kraft kennen gelernt, als er den Dolchen der hasserfüllten Wazuli in der Felsspalte hinter dem Khurum-Dorf gegenübergestanden hatte. Doch der Widerstand des Cimmeriers hatte sein Selbstvertrauen ein wenig erschüttert.

Er machte einen Schritt und hob eine Hand – dann blieb er wie angewurzelt stehen und legte mit weiten Augen den Kopf schräg. Gegen seinen Willen folgte Conan seinem Blick, genau wie die beiden Frauen: das Mädchen neben dem zitternden Hengst und das andere neben Khemsa.

Wie eine schimmernde Staubwolke, die der Wind vor sich her wirbelt, kam eine rote spindelförmige Wolke den Hang herunter. Khemsas dunkles Gesicht wurde aschgrau. Seine Hand begann heftig zu zittern und fiel an der Seite herab. Das Mädchen neben ihm spürte, dass eine Verwandlung in ihm vorging. Sie starrte ihn fragend an.

Die rote Spindel verließ den Hang und näherte sich in einem weiten Bogen. Zwischen Conan und Khemsa landete sie auf dem Sims. Der Rakhsha wich mit einem würgenden Schrei zurück und schob Gitara schützend hinter sich.

Die rote Wolke drehte sich noch kurz in blendendem Glitzern, dann war sie so plötzlich verschwunden wie eine geplatzte Seifenblase. Auf dem Sims standen mit einem Mal vier Männer. Es war unglaublich, unmöglich und doch Wirklichkeit. Es waren weder Geister noch Phantome, sondern hoch gewachsene Männer mit kahlen Schädeln und geierartigen Gesichtern. Sie trugen schwarze Gewänder, die ihre Füße verbargen. Ihre Hände steckten in den weiten Ärmeln. Stumm nickten sie gleichzeitig. Sie standen Khemsa gegenüber, aber Conan hinter ihnen spürte, wie ihm das Blut in den Adern zu gefrieren drohte. Er wich langsam zurück, bis er die Schulter des zitternden Hengstes im Rücken spürte. Die Devi schmiegte sich Schutz suchend an ihn. Niemand sprach ein Wort. Drückendes Schweigen herrschte.

Alle vier Schwarzgewandeten blickten Khemsa an. Ihre Raubvogelgesichter waren reglos, ihre Augen schienen nach innen gekehrt und nachdenklich. Khemsa zitterte heftig wie im Schüttelfrost. Er hatte die Beine, um besseren Halt zu haben, weit gespreizt, und die Wadenmuskeln drohten wie im Krampf die Haut zu sprengen. Schweiß rann in Strömen über sein dunkles Gesicht. Seine Rechte umklammerte so verzweifelt etwas unter seinem braunen Gewand, dass die Hand bald ganz weiß wurde. Seine Linke umkrallte Gitaras Schulter, die sich wieder neben ihn gestellt hatte. Obgleich seine Finger sich wie Klauen in ihr Fleisch gruben, gab sie keinen Laut von sich und versuchte auch nicht, sich zu befreien.

Conan war in seinem wilden Leben Zeuge zahlloser Kämpfe gewesen, doch nie eines solchen Kampfes wie jetzt, da vier teuflische Energien eine geringere, aber nicht weniger teuflische Energie zu überwältigen versuchten. Nur vage ahnte er die Kräfte, die im Spiel waren. Mit dem Rücken zur Felswand, von seinen ehemaligen Meistern gestellt, kämpfte Khemsa mit all den finsteren Kräften, all den schrecklichen Künsten und dem Wissen, die er sich in den langen grimmigen Jahren des Noviziats erworben hatte, um sein Leben.

Er war stärker, als er selbst gedacht hatte, und da er seine Kräfte für seine eigenen Zwecke eingesetzt und so immer weiter ausgebildet hatte, hatte er ungeahnte Kraftpotenziale angezapft. Und seine panische Furcht und Verzweiflung verliehen ihm noch weitere Kräfte. Er schwankte schier unter der gnadenlosen Eindringlichkeit dieser hypnotischen Augen, aber er hielt ihnen stand. Seine Züge waren zu einem qualvollen Grinsen verzerrt, seine Glieder wie auf der Folterbank verdreht. Es war ein Kampf der Seelen, ein Kampf von Gehirnen, die sich einer Kunst bedienten, wie sie dem Menschen seit Millionen von Jahren verboten war und die die Abgründe zwischen den Sternen genauso erforscht hatten wie die dunklen Sterne, die Brutstätte der Schatten sind.

Yasmina verstand es besser als Conan, und sie verstand auch, wieso Khemsa den konzentrierten Kräften dieser höllischen Energien widerstehen konnte, die den Fels unter seinen Füßen zu Atomen zu zerschmettern vermochten. Er verdankte es dem Mädchen, an das er sich mit der Kraft seiner Verzweiflung klammerte. Sie war für seine taumelnde Seele wie ein Anker. Seine

Schwäche war jetzt seine Kraft. Seine Liebe zu dem Mädchen, so wild und vom Bösen beherrscht sie auch sein mochte, war das Tau, das ihn an den Rest der Menschheit band und seinem Willen den irdischen Halt verlieh – ein Tau oder eine Kette, die seine nicht menschlichen Feinde nicht brechen konnten.

Das wurde den Fremden noch vor ihm klar. Einer wandte seinen Blick vom Rakhsha ab und voll auf Gitara. Hier stieß er auf keinen Widerstand. Das Mädchen erzitterte wie ein Blatt im Wind. Ohne eigenen Willen befreite sie sich aus dem Griff ihres Liebsten, ehe ihm bewusst wurde, was geschah. Und dann geschah etwas Schreckliches. Das Gesicht den Schwarzgewandeten zugewandt, die Augen groß und leer wie dunkles Glas, hinter dem die Kerze erloschen war, schritt sie rückwärts zum Rand des Abgrunds. Khemsa stöhnte, taumelte ihr hinterher und fiel so in die ihm gestellte Falle. Ein abgelenkter Geist hatte nicht die gleiche Kraft wie ein konzentrierter Geist. Er war geschlagen, ein Strohhalm in ihren Händen. Wie eine Schlafwandlerin ging das Mädchen rückwärts, und Khemsa schwankte ihr wie ein Betrunkener hinterher, die Hände vergebens nach ihr ausgestreckt. Er ächzte und schluchzte in seinem Schmerz, und seine Füße schleppte er über den Fels, als wären sie aus Blei.

Hart am Rand des Simses hielt Gitara an, die Fersen hingen schon ein wenig ins Leere. Khemsa fiel auf die Knie und kroch wimmernd auf sie zu. Er streckte die Finger nach ihr aus, um sie zurückzuziehen. Doch noch ehe seine jetzt schwerfälligen Hände sie berühren konnten, lachte einer der Zauberer auf. Es klang, als schlüge eine Bronzeglocke in der Hölle. Das Mädchen schwankte plötzlich. Als Höhepunkt der wohl bedachten Grausamkeit gaben die Schwarzen Seher dem Mädchen das volle Bewusstsein zurück, und sie erkannte die Lage, in der sie sich befand. Ihre Augen weiteten sich vor unbeschreiblicher Furcht. Sie schrie und griff verzweifelt nach den ausgestreckten Händen ihres Liebsten. Aber sie konnte sich nicht retten. Mit einem wimmernden Schrei stürzte sie in die Tiefe.

Khemsa zog sich mühsam an den Rand und lehnte sich hinüber. Lautlos bewegten sich seine Lippen. Dann drehte er sich um und starrte eine lange Weile mit weiten Augen, aus denen alles Menschliche geschwunden war, auf seine Foltermeister. Mit einem Schrei, der schier den Fels barst, kam er mühsam hoch und stürzte sich mit einem Dolch in der Hand auf sie.

Einer der Rakshas stampfte mit dem Fuß auf. Ein Grollen erhob sich, das zum ohrenbetäubenden Donnern wurde. Vor den Zauberern öffnete sich im festen Gestein ein Spalt, der sich sofort weitete. Mit einem die Felsen erschütternden Krachen splitterte ein ganzer Teil des Simses ab. Khemsa verschwand mit wild hochgeworfenen Armen in der Geröllawine, die in den Abgrund polterte.

Die vier blickten nachdenklich auf den ausgezackten neuen Rand der Felsleiste und drehten sich jäh um. Conan, der durch die Erschütterung des Berges von den Füßen gerissen worden war, griff nach Yasmina und erhob sich mit ihr. Er bewegte sich so langsam, wie sein Gehirn im Augenblick funktionierte. Er war so benommen, dass ihm das Denken schwer fiel. Er wusste, dass er unbedingt die Devi auf den Rapphengst setzen und mit ihr so schnell wie der Wind davongaloppieren musste, aber ein unbeschreibliches Gewicht schien ihn niederzudrücken.

Und jetzt hatten die Zauberer sich ihm zugewandt. Sie hoben die Arme, und vor seinen erschrocken aufgerissenen Augen verschwammen ihre Umrisse, wurden nebelhaft, während roter Rauch um ihre Füße wallte und sich schließlich aufwärts kräuselte, um zur wirbelnden Wolke zu wachsen. Jetzt erst wurde ihm bewusst, dass auch er in roten Dunst gehüllt war. Er hörte Yasmina aufschluchzen, und der Hengst schrie wie eine Frau unter großen Schmerzen. Die Devi wurde seinen Armen entrissen. Als er blindlings mit dem Dolch zustieß, traf ihn ein betäubender Schlag wie von einer plötzlichen Sturmböe und schmetterte ihn gegen die Felswand. Wie durch dichte Schleier sah er die spindelartig sich drehende rote Wolke aufsteigen und über dem Berg verschwinden – mit ihr Yasmina und die vier Männer in Schwarz. Nur der verstörte Hengst blieb mit ihm auf dem Sims zurück.

VII

Auf zum Yimsha!

Wie Nebel sich im brausenden Wind auflöst, lösten sich auch die Schleier der Benommenheit von Conans Gehirn. Mit einem wilden Fluch schwang er sich in den Sattel, und der Hengst bäumte sich wiehernd auf. Nach einem Blick den Felshang hinauf entschied er sich, weiter dem Weg zu folgen, den er zuvor eingeschlagen hatte. Doch jetzt ritt er nicht gemessenen Schrittes, sondern gab dem Pferd die Zügel frei. Das Tier sauste dahin wie der Blitz, als wollte es sein Grauen durch körperliche Anstrengung abschütteln. Über den jetzt viel schmaleren Felsgrat brauste es, um eine Biegung im Fels und hinunter den schmalen Serpentinenpfad. Von dort aus sah Conan die Stelle, an der das Geröll des geborstenen Simses sich am Fuß eines Steilhangs gehäuft hatte. Doch der Talboden befand sich noch weit unter ihm.

Als er zu einem langen hohen Kamm gelangte, der wie eine Landzunge vom Hang wegführte, fiel der Fels zu beiden Seiten steil ab. Er sah den Pfad, dem er folgen musste. In der Ferne verließ er den Kamm und beschrieb einen großen U-förmigen Bogen zum Flussbett auf der linken Seite. Conan fluchte, dass er ausgerechnet diesem Weg folgen musste, aber es war unmöglich – außer für einen Vogel –, auf andere Weise zum Flussbett zu kommen.

Also lenkte er den ermüdeten Rapphengst über den schmalen Grat, bis das Klacken von Hufen von unten an sein Ohr drang. Er hielt das Pferd an, beugte sich ein wenig über den Gratrand und spähte hinunter auf das ausgetrocknete Flussbett entlang dem Fuß der Felsen. Eine bunte Menge ritt hindurch: etwa fünfhundert bärtige, waffenstarrende Männer auf halbwilden Pferden. Aus dreihundert Fuß Höhe brüllte Conan hinunter.

Als sie ihn hörten, zügelten sie ihre Pferde. Fünfhundert Mann starrten zu ihm hoch, und zahllose Stimmen brüllten durcheinander. Conan vergeudete keine Worte.

»Ich war auf dem Weg nach Ghor!«, donnerte er, sodass es das Gebrüll übertönte. »Welch ein Glück, euch hier zu treffen! Folgt mir, so schnell eure lahmen Gäule es erlauben! Ich reite zum Yimsha und ...«

»Verräter!«, schlug es ihm wie ein Guss Eiswasser entgegen.

»Wa-as?« Sprachlos blickte er zu ihnen hinunter. Er sah ihre Augen hasserfüllt brennen, ihre Gesichter sich vor Wut verziehen und ihre Fäuste erbost die Klingen schwingen.

»Verräter!«, brüllten sie erneut. »Wo sind die sieben Häuptlinge, die gefangen genommen wurden?«

»Im Gefängnis des Statthalters, nehme ich an!«, rief er zurück.

Blutdürstig heulten sie auf, während sie die Waffen noch wilder schwangen, und brüllten erneut durcheinander, sodass er nicht verstehen konnte, was sie sagten. Mit aller Kraft seiner Lunge donnerte er: »Was zum Teufel soll das? Lasst einen sprechen, damit ich euch verstehen kann!«

Ein hagerer alter Häuptling machte sich zum Wortführer. Als Einleitung schüttelte er seinen Tulwar drohend und schrie anklagend: »Du wolltest uns Peshkhauri nicht überfallen lassen, um unsere Brüder zu befreien!«

»Nein, ihr Narren!«, schrie Conan aufgebracht. »Selbst wenn ihr eine Bresche in die Festung schlagen könntet, was sehr unwahrscheinlich ist, hätten sie die Gefangenen längst gehängt, ehe ihr sie befreien würdet!«

»Und du bist allein zum Statthalter geritten, um mit ihm zu verhandeln!«, brüllte der Afghul wutschäumend.

»Na und?«

»Wo sind die sieben Häuptlinge?«, heulte der alte Mann und schlug mit dem Tulwar ein schimmerndes Rad über dem Kopf. »Wo sind sie? Tot!«

»Was?« Conan fiel vor Überraschung fast vom Pferd.

»Ja, tot!«, kreischten fünfhundert Stimmen.

Der alte Häuptling fuchtelte mit der Klinge herum, bis man ihm wieder das Wort überließ. »Und sie wurden nicht gehängt!«, schrillte er. »Ein Wazuli in einer anderen Zelle sah sie sterben! Der Statthalter schickte einen Zauberer, um sie durch Hexerei zu ermorden!«

»Das kann nicht stimmen!«, rief Conan. »Das würde der Statthalter gar nicht wagen. Ich sprach mit ihm vergangene Nacht ...«

Das hätte er nicht erwähnen sollen. Eine fast spürbare Welle des Hasses schlug ihm entgegen, und die schlimmsten Anschuldigungen wurden ihm an den Kopf geworfen.

»Ja! Du bist allein zu ihm gegangen! Um uns zu verraten. Und es stimmt! Der Wazuli floh durch die Tür, die der Zauberer aufgesprengt hatte, und berichtete alles unseren Spähern, die er im Zhaibar traf. Als sie die Geschichte des Wazuli hörten, kehrten sie in aller Eile nach Ghor zurück, und wir sattelten unsere Pferde und griffen zu den Waffen!«

»Und was habt ihr Narren vor?«, fragte der Cimmerier.

»Wir werden unsere Brüder rächen!«, brüllten die Afghuli. »Tod den Kshatriyas! Tötet ihn, Brüder, er ist ein Verräter!«

Pfeile schwirrten empor und sirrten an Conan vorbei. Er erhob sich in den Steigbügeln und versuchte, sich über dem Lärm Gehör zu verschaffen, doch vergebens. Wütend und voll Verachtung wendete er das Pferd und galoppierte den Weg zurück, den er gekommen war. Immer weitere Pfeile kamen geflogen, und die Afghuli tobten in ihrem Hass. Sie waren viel zu erbost, auch nur daran zu denken, dass der Grat, auf dem er sich befand, von ihnen aus nur zu erreichen war, wenn sie das Flussbett in entgegengesetzter Richtung überquerten, dem U-förmigen Bogen und dann dem Serpentinenweg zum Kamm folgten. Als sie sich daran erinnerten und umkehrten, hatte ihr gestürzter Häuptling schon fast das Ende des Grates erreicht.

An der Felswand nahm er nicht den Weg, den er heruntergekommen war, sondern einen kaum erkennbaren Pfad an einem Abhang, auf dem der Hengst Mühe hatte, sich zu halten. Er war noch nicht sehr weit gekommen, da schnaubte das Tier und scheute vor etwas zurück, das auf dem Pfad lag. Conan starrte hinunter auf das, was einst ein Mann gewesen war, aber nun gebrochen vor ihm lag und mit den Zähnen knirschte.

Nur die finsteren Götter, die über das Los der Zauberer bestimmen, wissen, wie Khemsa seinen zerschmetterten Leib unter dem Grabhügel der Steinlawine hervor- und den steilen Hang zum Pfad hochgeschleppt hatte.

Aus einem ihm selbst unerklärlichen Grund saß Conan ab und beugte sich über das menschliche Bündel. Er wusste, es war ein Wunder und wider die Natur, dass der Mann noch lebte. Der Rakhsha hob den Kopf. Seine von unerträglichen Schmerzen gezeichneten Augen, die kurz vor dem Tod glasig zu werden begannen, erkannten Conan.

»Wo sind sie?« Das gequälte Röcheln war kaum noch einer Stimme ähnlich.

»Zurück in ihre verdammte Burg auf dem Yimsha«, knurrte Conan. »Sie haben die Devi mitgenommen.«

»Ich werde ihnen folgen«, krächzte Khemsa. »Sie töteten Gitara! Ich werde *sie* töten – die Akolythen, die Vier des Schwarzen Kreises, den Meister! Sie alle werde ich töten!« Er plagte sich, seinen zerschmetterten Körper weiter über den Felsen zu schleppen, doch selbst sein unbeugsamer Wille vermochte ihn nicht mehr zu bewegen.

»Ihnen folgen!«, wütete Khemsa, und Schaum quoll über seine Lippen. »Folgen ...«

»Ich werde es tun!«, knurrte Conan. »Ich wollte meine Afghuli holen, aber sie wandten sich gegen mich. Jetzt ziehe ich allein zum Yimsha. Ich werde mir die Devi zurückholen, und wenn ich den ganzen verdammten Berg mit den bloßen Händen niederreißen muss. Ich hatte nicht geglaubt, dass der Statthalter meine Häuptlinge töten würde, solange die Devi in meiner Gewalt ist – aber er hat es offenbar doch getan. Das wird er mir mit seinem Kopf büßen. Yasmina nutzt mir als Geisel nun nichts mehr, aber ...«

»Der Fluch Yizils auf sie alle!«, keuchte Khemsa. »Geh! Ich – Khemsa – sterbe. Warte – nimm meinen Gürtel!«

Mit der Hand fummelte er an seinen Fetzen. Conan, der wusste, was er vorhatte, bückte sich noch weiter und löste den ungewöhnlichen Gürtel von dem zerschundenen Leib.

»Folge der goldenen Ader durch den Abgrund«, murmelte Khemsa. »Trag den Gürtel. Ich bekam ihn von einem stygischen Priester. Er wird dir helfen, auch wenn er mich schließlich im Stich ließ. Brich die Kristallkugel mit den vier goldenen Granatäpfeln. Hüte dich vor des Meisters Verwandlungen – ich eile zu Gitara – sie wartet in der Hölle auf mich – *aje, ya Skelos yar!*« Und so starb er.

Conan betrachtete den Gürtel. Das Haar aus dem er geflochten war, schien kein Rosshaar zu sein, nein, er war sogar ziemlich sicher, dass es die dicken schwarzen Zöpfe einer Frau waren. Winzige Edelsteine, derengleichen er noch nie zuvor gesehen hatte, waren darin befestigt. Die ungewöhnliche Schließe aus Gold war als Schlangenschädel gearbeitet: flach, keilförmig und mit unvorstellbarer Kunstfertigkeit geschuppt. Ein Schauder schüttelte ihn, als er darüberstrich. Vor Ekel wollte er den Gürtel in den Abgrund werfen, doch dann zögerte er und schnallte ihn sich schließlich unter den Bakhariotgürtel. Schließlich schwang er sich wieder in den Sattel und ritt weiter.

Die Sonne war hinter den Bergen untergegangen. Der Hengst kletterte den Pfad inmitten der gewaltigen Schatten der Felsen empor, Schatten, die sich wie ein dunkler Mantel über die Täler und Grate tief unten legten. Er war dem Kamm schon nahe und bog gerade um einen Felsvorsprung, als Conan vor sich das Klicken beschlagener Hufe hörte. Er drehte nicht um. Es wäre auch kaum möglich gewesen, denn so schmal war der Pfad, dass das mächtige Streitross nicht hätte wenden können. Als er den Felsbuckel hinter sich hatte, wurde der Pfad ein wenig breiter. Drohendes Gebrüll empfing ihn, aber sein Hengst drängte ein verstörtes Pferd gegen den Fels, und Conan packte den mit dem Säbel erhobenen Arm eines Reiters.

»Kerim Shah!«, murmelte der Cimmerier, und seine Augen glühten auf. Der Turaner wehrte sich nicht. Ihre Pferde standen Schulterblatt an Schulterblatt. Conans Finger hielten den Schwertarm des anderen ganz fest. Hinter Kerim Shah reihte sich ein ganzer Trupp hagerer Irakzai auf mageren Pferden. Mit wölfischer Wut starrten sie den Cimmerier an und umklammerten Bogen und Dolche, wagten jedoch des engen Pfades und des gähnenden Abgrunds wegen nichts zu unternehmen.

»Wo ist die Devi?«, zischte Kerim Shah.

»Was geht es dich an, hyrkanischer Spion?«, knurrte Conan.

»Ich weiß, dass du sie hast«, sagte Kerim Shah finster. »Ich war auf dem Weg nach Norden mit einigen Stammesbrüdern, als wir von Feinden im Shalizahpass überfallen wurden. Viele meiner Männer wurden getötet und ich mit dem Rest wie Schakale durch die Berge gejagt. Als wir unsere Verfolger abgehängt hatten, bogen wir nach Westen zum Amir-Jehun-Pass ab. Heute Morgen stießen wir auf einen Wazuli, der allein durch die Berge irrte. Etwas hatte ihm den Verstand geraubt, trotzdem erfuhr ich aus seinem wirren Geplappere noch viel, ehe er starb. Er war der einzige Überlebende eines Trupps, der dem Häuptling der Afghuli und einer gefangenen Kshatriya in eine Felsspalte hinter dem Khurum-Dorf gefolgt war. Er brabbelte viel von einem Mann mit einem grünen Turban, den der Afghuli niedergeritten hatte, der aber die Wazuli, als sie ihn angriffen, auf unbeschreibliche Weise auslöschte.

Wie dieser eine Wazuli entkam, weiß ich nicht, er wusste es selbst nicht, aber seinem Geschwafel entnahm ich, dass Conan von Ghor mit seiner königlichen Gefangenen in Khurum gewesen war. Und als wir weiter durch die Berge ritten, überholten wir ein nacktes Galzaimädchen mit einem Wasserkrug. Sie erzählte uns, sie sei von einem riesigen Fremden in der Kleidung eines Afghulihäuptlings überfallen und geschändet worden. Ihr Gewand hat er einer Vendhyanerin gegeben, die ihn begleitete. Sie sagte, die beiden ritten westwärts weiter.«

Kerim Shah hielt es nicht für angebracht zu erwähnen, dass er auf dem Weg zu dem Treffpunkt mit den Truppen aus Secunderam gewesen war und festgestellt hatte, dass ihm dieser Weg durch feindliche Bergkrieger versperrt war. Der Weg zum Gurashahtal durch den Shalizahpass war länger als der über die Straße durch den Amir-Jehun-Pass, aber Letzterer führte durch Afghuliland, das Kerim Shah zu durchqueren unbedingt vermeiden wollte, solange er nicht eine ganze Armee bei sich hatte. Da ihm dann jedoch der Weg zum Shalizah abgeschnitten war, hatte er die andere Route genommen, bis er erfuhr, dass Conan mit seiner Gefangenen Afghulistan noch nicht erreicht hatte. Daraufhin war er sofort südwärts abgebogen, in der Hoffnung, den Cimmerier in den Bergen einzuholen.

»Du verrätst uns besser, wo die Devi ist«, drohte Kerim Shah. »Wir sind in der Überzahl ...«

»Soll nur einer von deinen Hunden einen Pfeil abschießen, dann werfe ich dich in den Abgrund!«, warnte Conan. »Es würde dir ohnehin nichts nutzen, mich zu töten. Fünfhundert Afghuli sind auf meiner Fährte. Wenn sie feststellen, dass du sie um das Vergnügen gebracht hast, mich zu töten, werden sie dir die Haut bei lebendigem Leib abziehen. Außerdem habe ich die Devi nicht mehr. Sie befindet sich in den Händen der Schwarzen Seher von Yimsha.«

»*Tarim!*«, fluchte Kerim Shah und verlor zum ersten Mal seine Fassung. »Khemsa ...«

»Khemsa ist tot«, brummte Conan. »Seine Meister schickten ihn mit einer Geröllawine in die Hölle. Und jetzt mach mir Platz. Es wäre mir ein Vergnügen, dich zu töten, wenn ich Zeit hätte, aber ich muss mich beeilen, um zum Yimsha zu kommen.«

»Ich begleite dich«, sagte der Turaner abrupt.

Conan lachte spöttisch. »Glaubst du, ich würde dir trauen, hyrkanischer Hund?«

»Das verlange ich auch nicht«, erwiderte Kerim Shah. »Wir beide wollen die Devi. Du kennst meine Gründe:

König Yezdigerd will ihr Reich dem seinen anschließen und möchte sie selbst für seinen Harem. Und ich kenne dich aus den Tagen, als du Hetman der Kozaki warst. Du bist nur an Beute großen Stils interessiert. Du willst Vendhya plündern, dir ein gewaltiges Lösegeld für die Devi holen. Wir wollen uns eine Weile, ohne Illusionen über den anderen, zusammentun und versuchen, die Devi aus den Klauen der Seher zu befreien. Wenn es uns gelingt und wir am Leben bleiben, können wir ja darum kämpfen, wer sie behält.«

Conan musterte den anderen einen Moment aus halb zusammengekniffenen Augen, dann gab er den Arm des Turaners frei. »Abgemacht. Was ist mit deinen Leuten?«

Kerim Shah drehte sich zu den schweigenden Irakzai um und sagte kurz: »Dieser Häuptling und ich reiten zum Yimsha, um gegen die Zauberer zu kämpfen. Kommt ihr mit, oder bleibt ihr hier, um euch von den Afghuli, die diesen Mann verfolgen, lebendigen Leibes häuten zu lassen?«

Sie blickten ihn mit grimmiger Schicksalsergebenheit an. Sie wussten, dass sie dem Tod geweiht waren – wussten es, seit die singenden Pfeile der Dagozai sie aus dem Hinterhalt vom Shalizahpass vertrieben hatten. Die Männer des unteren Zhaibars hatten zu viele Blutfehden mit denen in den Bergen. Sie waren auch ein viel zu kleiner Trupp, als dass sie sich ohne die Führung des gerissenen Turaners durch die Berge zurück zu den Grenzdörfern gewagt hätten: Entgingen sie dem einen Stamm, fielen sie dem nächsten in die Hände. Und da sie wussten, dass der Tod sie erwartete, gaben sie die Antwort, die kein Mensch mit auch nur ein bisschen Hoffnung geben würde: »Wir folgen Euch und sterben auf dem Yimsha.«

Kerim Shah lenkte sein Pferd zurück von dem Rappen und der Felswand, steckte seinen Säbel ein und wendete mit größter Vorsicht sein Tier. So schnell es der Pfad gestattete, eilte der Trupp bergauf. Sie erreichten den Kamm, der etwa eine Meile östlich von dem Punkt lag, wo Khemsa den Cimmerier und die Devi aufgehalten hatte. Selbst für die in den Bergen aufgewachsenen Männer war dieser Pfad gefährlich gewesen. Aus diesem Grund hatte Conan ihn auch mit Yasmina nicht genommen, während Kerim Shah diesem Weg nur gefolgt war, weil er fest geglaubt hatte, Conan hätte sich für ihn entschieden. Selbst der Cimmerier seufzte erleichtert auf, als sie endlich auf dem Kamm angelangt waren. Wie Phantome ritten sie nun durch dieses wie verzauberte Schattenland, bis wieder dunkle Hänge kahl und still im Sternenlicht vor ihnen lagen.

VIII

Yasmina lernt das kalte Grauen kennen

Nur einen Schrei hatte Yasmina hervorgebracht, als sie spürte, wie sie von dem roten Wirbel erfasst und mit ungeheurer Gewalt von der Seite ihres Beschützers gerissen wurde. Für einen zweiten Schrei reichte ihre Kraft nicht. Die rauschende Luftverdrängung raubte ihr Atem, Sicht und Gehör und fast das Bewusstsein. Nur vage erkannte sie, dass sie mit betäubender Geschwindigkeit durch Schwindel erregende Höhen getragen wurde, und dann verließen sie die Sinne.

Noch beim Erwachen erinnerte sie sich an diesen wahr gewordenen Alptraum. So schrie sie auf und schlug haltsuchend um sich, als stürze sie aus unendlicher Höhe. Ihre Finger krallten sich in etwas Weiches. Erleichtert atmete sie auf, als ihr bewusst wurde, dass sie etwas durchaus Stabiles unter sich hatte. Sie öffnete die Augen und sah sich um.

Sie lag auf einem mit schwarzem Samt gepolsterten Diwan in einem großen dämmerigen Gemach, dessen

Wände mit dunklen Behängen bedeckt waren, über die Drachen krochen. Erst beim zweiten blinzelnden Blick erkannte sie, dass diese Drachen ungemein lebensecht auf diese Behänge gestickt waren. In den tiefen Schatten konnte man die hohe Decke nur ahnen, und die Düsternis in den Ecken erweckte beängstigende Phantasien. Es schien weder Fenster noch Türen zu geben, vielleicht waren sie aber auch bloß hinter den dunklen Wandteppichen verborgen. Woher das bisschen dämmerige Licht rührte, vermochte Yasmina nicht zu sagen. Dieser große Raum erschien ihr ein Reich der Geheimnisse, der Schatten und schattenhaften Formen zu sein. Obwohl sie nicht hätte schwören können, dass sich auch nur das Geringste bewegte, erfüllte er sie mit schrecklichem, unbestimmtem Grauen.

Ihr Blick fiel auf etwas, das Wirklichkeit sein musste: Auf einem zweiten kleineren Diwan, nur wenige Fuß entfernt, saß ein Mann mit überkreuzten Beinen und blickte sie sinnend an. Sein langes schwarzes Samtgewand mit feiner Goldstickerei fiel lose und verbarg seine Figur. Die Hände waren unter den weiten Ärmeln gefaltet. Eine Samtkappe saß auf dem Kopf. Das Gesicht war ruhig und gelassen und nicht hässlich. Die leuchtenden Augen wirkten unergründlich. Er bewegte keinen Muskel, während er sie betrachtete, noch änderte sich der Ausdruck, als er bemerkte, dass ihr Bewusstsein wiedergekehrt war.

Yasmina spürte Angst, eisigem Wasser gleich, über ihren Rücken rinnen. Sie stützte sich auf die Ellbogen und blickte den Fremden furchterfüllt an.

»Wer seid Ihr?«, fragte sie. Selbst in ihren Ohren klang ihre Stimme zittrig und brüchig.

»Ich bin der Meister von Yimsha.« Die Stimme war kräftig und klangvoll wie das Schallen einer Tempelglocke.

»Weshalb habt Ihr mich hierher gebracht?«

»Suchtet Ihr mich denn nicht?«

»Wenn Ihr einer der Schwarzen Seher seid – ja!«, antwortete sie mutig, denn sie war sicher, dass er ihre Gedanken ohnedies lesen konnte.

Er lachte leise, und wieder rann es ihr kalt über den Rücken.

»Ihr wolltet die wilden Kinder der Berge auf die Seher von Yimsha hetzen!« Er lächelte rätselhaft. »Ich las es in Eurem Gehirn, Prinzessin, in diesem schwachen menschlichen Geist, den lächerliche Träume von Hass und Rache erfüllen.«

»Ihr habt meinen Bruder getötet!« Grimm überflutete sie und verdrängte kurz die Furcht. Sie hatte die Hände geballt und sich stolz aufgerichtet. »Weshalb habt Ihr ihn heimgesucht? Nie hat er Euch und den Euren etwas getan. Die Priester glaubten, die Seher mischen sich nicht in die Angelegenheiten der Menschen. Weshalb habt Ihr den König von Vendhya vernichtet?«

»Wie könnte ein Menschlein die Motive der Seher verstehen?«, entgegnete der Meister ruhig. »Meine Akolythen in den Tempeln in Turan, die die Priester hinter den Priestern Tarims sind, beschworen mich, mich für Yezdigerd einzusetzen. Aus eigenen Gründen tat ich es. Wie kann ich jemandem mit Eurem geringen Intellekt meine mystischen Gründe erklären? Ihr würdet es nicht verstehen.«

»Ich verstehe eines: Mein Bruder starb!« Tränen der Trauer und Wut glänzten in ihren Augen. Sie erhob sich auf die Knie und funkelte ihn an – gefährlich wie eine Raubkatze in diesem Moment.

»Wie Yezdigerd es sich ersehnte«, bestätigte der Meister ungerührt. »Eine Weile gefiel es mir, seine Ziele zu fördern.«

»Ist Yezdigerd Euer Vasall?« Yasmina versuchte den gleichen Tonfall beizubehalten. Ihr Knie war auf etwas Hartes unter einer Falte des Samtes gestoßen. Unauffällig änderte sie ihre Haltung und schob die Hand unter die Falte.

»Ist der Hund, der den Opferabfall im Tempelhof frisst, der Vasall des Gottes?«, erwiderte der Meister.

Er schien ihre verstohlenen Bewegungen nicht zu bemerken. Unter dem Samt verborgen schlossen ihre Finger sich um etwas, von dem sie sicher war, dass es sich um den Griff eines Dolches handelte. Sie neigte den Kopf, damit der Schwarzgewandete das triumphierende Aufleuchten ihrer Augen nicht sah.

»Ich habe genug von Yezdigerd«, fuhr der Meister fort, »und wandte mich anderen Vergnügungen zu – ha!«

Mit einem wilden Schrei sprang Yasmina auf wie eine Dschungelkatze und stach zu. Dann stolperte sie und glitt zu Boden, wo sie zusammengekauert zu dem Mann auf dem Diwan emporstarrte. Er hatte sich auf keine Weise gerührt, auch sein rätselhaftes Lächeln war unverändert. Zitternd hob sie die Hand und betrachtete sie mit weit aufgerissenen Augen. Keinen Dolch umklammerten ihre Finger, sondern den Stengel eines goldenen Lotus, dessen Blütenblätter an dem zerquetschten Stiel herabhingen.

Sie ließ ihn fallen, als wäre er eine Natter, und wich verstört von ihrem Peiniger zurück. Sie setzte sich wieder auf den Diwan, da das eine etwas würdevollere Haltung für eine Königin war, als sich furchterfüllt vor den Füßen eines Zauberers zu ducken, und beobachtete ihn ängstlich, denn sie erwartete Vergeltungsmaßnahmen.

Aber der Meister bewegte sich nicht.

»Alles ist eins für den, der den Schlüssel zum Kosmos hält«, sagte er geheimnisvoll. »Für einen Adepten ist nichts unwandelbar. Wenn er will, blühen stählerne Blumen in fernen Gärten, oder Blütenschwerter blitzen im Mondschein.«

»Ein Teufel seid Ihr«, schluchzte Yasmina.

»Nicht ich!« Er lachte. »Ich wurde auf diesem Planeten geboren, vor langer langer Zeit. Einst war ich ein gewöhnlicher Sterblicher. Ich habe auch in all den unzähligen Äonen meiner Erleuchtung nicht sämtliche menschliche Eigenschaften verloren. Ein Mensch, der der finsteren Künste mächtig ist, ist größer als ein Teufel. Ich bin menschlicher Abstammung, aber ich herrsche über Dämonen. Ihr habt die Meister des Schwarzen Kreises selbst gesehen – es würde Eurer Seele schaden, verriete ich Euch, aus welch fernen Reichen ich sie rief und von welcher Verdammnis ich sie mit verzaubertem Kristall und goldenen Schlangen bewahre.

Doch nur ich allein beherrsche sie. Mein törichter Khemsa bildete sich ein, er könnte sich zum großen Mann machen – der arme Narr, der Türen sprengte und sich und seine Geliebte durch die Luft tragen ließ. Doch wäre er nicht vernichtet worden, hätten seine Kräfte sich dereinst vielleicht mit den meinen messen können.«

Wieder lachte er. »Und Ihr, jämmerliche Törin! Auch nur daran zu denken, einen haarigen Berghäuptling loszuschicken, um Yimsha einzunehmen! Ein Spaß, der von mir selbst hätte stammen können! In Eurem kindischen Geist las ich Eure Absicht, ihn durch Eure weibliche List zu verleiten, Eure Pläne auszuführen.

Doch trotz all Eurer Dummheit seid Ihr hübsch anzusehen. Ich werde Euch als meine Sklavin behalten.«

Das Mädchen aus einem Geschlecht unzähliger stolzer Herrscher keuchte vor Scham und Wut bei diesen Worten.

»Das werdet Ihr nicht wagen!«

Sein spöttisches Gelächter traf sie wie ein Peitschenhieb.

»Wagt der König nicht, einen Wurm auf der Straße zu zertreten? Kleine Närrin, ist Euch denn nicht klar, dass Euer königlicher Stolz für mich nicht mehr als ein welkes Blatt im Wind ist? Für mich, der ich die Küsse von Königinnen der Hölle genoss! Ihr habt gesehen, wie ich mit einem Rebellen umgehe!«

Klein und furchterfüllt kauerte das Mädchen sich auf dem samtbedeckten Diwan zusammen. Die Züge des Meisters wurden schattenhafter. Seine Stimme hatte zuletzt einen neuen Befehlston angenommen.

»Nie werde ich Eure Sklavin!« Ihre Stimme zitterte, und doch klangen ihre Worte ernst.

»Ihr werdet es«, sagte er ruhig. »Angst und Schmerzen werden Euch gefügig machen. Mit solchem Grauen werde ich Euch peitschen, dass Ihr gar nicht anders könnt als nachzugeben. Ihr werdet zu Wachs in meinen Händen werden, das ich nach Belieben forme. Ihr werdet Gehorsam lernen wie noch keine Sterbliche je zuvor, bis selbst mein geringster Wunsch für Euch zum zwingenden Willen der Götter wird. Doch als Erstes, um Euren Stolz zu brechen, werdet Ihr durch die vergessenen Äonen reisen, um Euch all die Wesen anzusehen, die Ihr einst wart. *Aje, yil la khosa!*«

Bei diesen Worten begann der dämmerige Raum vor Yasminas verängstigten Augen zu verschwimmen. Ihre Kopfhaut prickelte, und ihre Zunge schien am Gaumen zu kleben. Irgendwo erschallte unheildrohend ein tiefer Gong. Die Drachen auf den Wandteppichen glühten in blauem Feuer und verflüchtigten sich. Der Meister auf dem Diwan wurde zum formlosen Schatten. Seltsam pulsierende Finsternis verdrängte die Düsternis. Yasmina konnte den Meister nicht mehr sehen, sie konnte überhaupt nichts mehr sehen. Sie hatte das unheimliche Gefühl, dass Wände und Decke sich unsagbar weit zurückgezogen hatten.

Dann begann irgendwo in der Dunkelheit ein Pünktchen wie ein Glühwürmchen zu leuchten. Es pulsierte, wurde zu einer goldenen Kugel, und im Wachsen wurde das Licht heller und schließlich weiß glühend. Mit einem Mal zersprang die inzwischen riesige Kugel und besprühte die Finsternis mit weißen Funken, die jedoch die Schatten nicht erhellten. Ein schwaches Leuchten blieb zurück, in dem ein schlanker dunkler Schaft zu erkennen war, der aus dem schattenhaften Boden schoss. Unter den starren Augen des Mädchens breitete er sich aus, nahm deutlichere Form an. Seitenstiele mit breiten Blättern wuchsen, und riesige schwarze Blüten entfalteten sich über ihr. Ein süßlicher Duft breitete sich aus. Yasmina erkannte die Pflanze, die vor ihr aus dem Boden gewachsen war. Es war der gefürchtete schwarze Lotus aus den gefährlichen Dschungeln Khitais.

Die breiten Blätter schienen ihr eigenes Leben zu haben, genau wie die Blüten, die sich ihr schlangengleich nickend auf ihren biegsamen Stengeln zuneigten. Gespenstisch hob die schwarze, schreckliche Pflanze sich gegen die undurchdringliche Finsternis ab. Der Devi schwindelte von dem betäubenden Duft, und sie versuchte vom Diwan zu kriechen, doch dann klammerte sie sich verzweifelt an ihn, denn er kippte plötzlich. Vor Schrecken schrie sie auf und krallte die Finger in den Samt, aber etwas riss sie unerbittlich los. Die Wirklichkeit schien sich aufzulösen. Yasmina war nichts weiter mehr als ein zitterndes Atom mit eigenem Bewusstsein, das von einem Wirbelsturm durch schwarzes eisiges Nichts gepeitscht wurde.

Dann folgte eine Zeit blinder Impulse und Bewegungen, als das Atom, das sie war, sich zu Myriaden anderen Atomen gesellte und mit ihnen verschmolz – Atome erwachenden Lebens im Urschlamm, geformt von bildenden Kräften –, bis sie wieder als bewusstes Einzelwesen hervorkam und eine endlose Lebensspirale entlangwirbelte.

Benommen durchlebte sie alle ihre früheren Seinsformen. Sie erkannte sie nicht nur wieder, sondern befand sich in den Körpern, die ihr Ich in sämtlichen wechselnden Äonen bewohnt hatten. Sie lief sich die Füße wund auf dem langen Weg des Lebens, der von der fernsten Vergangenheit bis in die Gegenwart führte. Im Anbeginn der Zeit, die den Menschen hervorgebracht hatte, kauerte sie zitternd, von Raubtieren gejagt im Urwald. In Tierhäute gekleidet watete sie hüfttief in Reisfeldern und kämpfte mit kreischenden Wasservögeln um kostbare Körner. Mit Ochsen plagte sie sich ab, den zugespitzten Stock durch die harte Scholle zu ziehen, und schier endlos saß sie gebückt über Spinnrad und Webstuhl in Bauernkaten.

Befestigte Städte sah sie in Flammen aufgehen und floh schreiend vor Sklavenhändlern. Nackt und blutend taumelte sie über versengenden Sand und ging unter ihrem Sklavengeschirr schier zu Boden. Sie wand sich unter lüsternen Händen auf ihrem nackten Fleisch und lernte Scham, Schmerz und brutale Gier kennen. Sie schrie unter dem Biss der Peitsche und wimmerte auf der Streckbank. Von Sinnen vor Angst, wehrte sie sich gegen die Hände, die sie auf den blutigen Richtblock drückten.

Sie erlebte die Schmerzen des Gebärens und die Bitterkeit verratener Liebe. Ihr widerfuhren alles Unrecht und alle Brutalitäten des Mannes gegenüber der Frau seit undenklicher Zeit, und sie litt unter der Gehässigkeit und Bosheit der Frau gegenüber der Frau. Und im Hintergrund von allem war sie sich ihres Devitums bewusst. Sie war all die Frauen, die sie je gewesen war, doch während sie diese Leben in Rückblende noch einmal durchlief, wusste sie, dass sie Yasmina war. In ein und demselben Augenblick war sie eine nackte Sklavin, die sich unter der Peitsche wand, und die stolze Devi von Vendhya. Und sie litt nicht nur als Sklavin, sondern als Yasmina, für die in ihrem Stolz die Peitsche ein weiß glühendes Brandeisen war.

Leben wich Leben in endloser Pein, jedes mit seiner Bürde an Leid und Scham und Schmerzen, bis sie wie aus weiter Ferne ihre eigene Stimme diese unerträgliche Qual hinausbrüllen hörte, einem Echo all des Leides durch die Äonen gleich.

Dann erwachte sie auf dem Samtdiwan in dem geheimnisvollen Gemach.

In einem gespenstischen grauen Licht sah sie auch den anderen Diwan und die schwarz gewandete Gestalt darauf. Der Kopf unter der Kapuze war gesenkt, die Schultern zeichneten sich gegen die Düsternis ab. Sie konnte keine Einzelheiten erkennen, aber die Kapuze, an deren Stelle zuvor eine Samtkappe gewesen war, erweckte dumpfes Unbehagen in ihr. Während sie die Gestalt betrachtete, griff unbeschreibliche Angst nach ihr. Sie hatte das Gefühl, dass es nicht mehr der Meister war, der so still auf dem schwarzen Diwan saß.

Dann erhob die Gestalt sich und beugte sich zu ihr herab. Die langen Arme in den weiten schwarzen Ärmeln legten sich um sie. In atemberaubender Furcht kämpfte sie gegen sie an und staunte über ihre Härte. Der Kopf unter der Kapuze neigte sich tief zu ihrem abgewandten Gesicht hernieder. Und da schrie sie, schrie durchdringend in ihrer grauenvollen Angst und in entsetzlichem Ekel. Knochenarme hielten sie fest, und aus der Kapuze grinste die Fratze des Todes und der Verwesung – Züge wie verrottendes Pergament um einen modernden Schädel.

Wieder schrie sie. Und als die grinsenden Kiefer sich ihren Lippen näherten, verlor sie das Bewusstsein …

IX

Die Burg der Zauberer

Die Sonne war über den weissen Gipfeln der Himelians aufgegangen. Am Fuß eines langen Hanges hielt ein Trupp Reiter an, und die Männer blickten hoch. Weit oben ragte aus der Bergwand ein steinerner Turm dem Himmel entgegen, umgeben von den schimmernden Mauern einer großen Festung, etwa in gleicher Höhe mit der Schneekuppe des Yimsha. Irgendwie erweckte das Ganze den Eindruck von Unwirklichkeit, mit den dunklen Hängen, die steil zu dieser phantastischen Burg emporführten, und darüber der glitzernde weiße Gipfel, der mit dem kalten Blau des Himmels zu verschmelzen schien.

»Wir lassen die Pferde hier«, schlug Conan vor. »Zu Fuß ist das trügerische Gestein leichter zu erklimmen als beritten. Außerdem sind unsere Tiere völlig erschöpft.«

Er schwang sich von seinem Rapphengst, der breitbeinig und mit hängendem Kopf stehen geblieben war. Sie waren die ganze Nacht hindurch hart geritten und hatten nur hin und wieder kurz angehalten, wenn die Tiere unbedingt eine Rast brauchten. Sie selbst hatten im Sattel ein paar Bissen von ihrem kargen Proviant zu sich genommen.

»Der erste Turm ist der der Akolythen der Schwarzen Seher«, erklärte Conan. »Zumindest hörte ich das. Sie sind die Wachhunde ihrer Herren und selbst Zauberer, wenn auch mit geringeren Kräften. Sie werden gewiss nicht untätig zusehen, wenn wir den Hang hinaufsteigen.«

Kerim Shah blickte den Berg empor, dann den Weg zurück, den sie gekommen waren. Sie hatten schon eine große Höhe erreicht, und niedrigere Gipfel und Kämme breiteten sich unter ihnen aus. Vergebens suchte der Turaner dieses Labyrinth nach verräterischen Bewegungen und Farbflecken ab. Er atmete erleichtert auf. Offenbar hatten die Afghuli in der Nacht die Spur ihres ehemaligen Häuptlings verloren.

»Also, dann wollen wir aufbrechen!«

Wortlos banden sie die müden Pferde an einer Gruppe Tamarisken an und begannen den Hang hochzusteigen. Irgendeine Deckung gab es nicht. Es war eine kahle Wand mit nur wenigen Felsblöcken, die nicht groß genug waren, als Sichtschutz zu dienen. Aber sie verbargen etwas.

Der Trupp war noch keine fünfzig Schritt gekommen, als etwas Wildes, Knurrendes hervorstürmte. Es war einer der ausgemergelten Hunde, wie es sie überall in den Bergdörfern gab. Seine Augen glühten rot, aus seinen Lefzen schäumte Geifer. Conan war der vorderste, doch das Tier griff nicht ihn an, sondern sauste an ihm vorbei und sprang Kerim Shah an. Der Turaner warf sich zur Seite, worauf der große Hund sich auf den Irakzai hinter ihm stürzte. Der Mann schrie auf und riss den Arm hoch, in den das Tier sich verbiss, während es ihn rückwärts zu Boden warf. Im nächsten Moment hackte ein halbes Dutzend Tulwar auf das Tier ein. Doch erst als die grässliche Kreatur schon fast zerstückelt war, gab sie ihren wütenden Angriff auf.

Kerim Shah verband den heftig blutenden Arm des Verwundeten, betrachtete ihn aus engen Augenschlitzen, dann wandte er sich wortlos ab. Er schloss sich wieder Conan an, und sie setzten ihren Aufstieg fort.

Nach einer Weile sagte Kerim Shah: »Seltsam, hier auf einen Dorfhund zu stoßen.«

»Es gibt keine Abfälle hier«, brummte Conan.

Beide drehten sich zu dem Verwundeten um, der ihnen mit seinen Kameraden folgte. Schweiß glitzerte auf seinem dunklen Gesicht, und er hatte vor Schmerzen die Zähne gefletscht. Dann blickten beide zu dem Steinturm hoch über ihnen.

Schläfrige Stille herrschte hier im Hochland. Der Turm verriet nicht, ob er Leben beherbergte, genauso wenig wie das pyramidenförmige Bauwerk dahinter. Aber die Männer kämpften sich mit angespannten Nerven weiter nach oben, als schritten sie dicht am Rand eines Kraters dahin. Kerim Shah hatte seinen mächtigen turanischen Bogen in die Hand genommen, mit dem er aus fünfhundert Schritt Entfernung den Tod schicken konnte. Die Irakzai folgten seinem Beispiel, griffen nach ihren leichteren und nicht so gefährlichen Bogen.

Sie waren noch lange nicht in Pfeilschussweite des Turmes, als urplötzlich etwas vom Himmel herabstieß. So dicht kam es an Conan vorbei, dass er den Luftzug spürte, doch nicht er, sondern ein Irakzai taumelte und fiel; Blut drang aus seiner Kehle. Ein Geier mit Schwingen wie aus brüniertem Stahl schoss wieder dem Himmel entgegen. Rot tropfte es aus seinem krummen scharfen Schnabel. Er war jedoch noch nicht weit gekommen, als Kerim Shahs Sehne sirrte. Wie ein Stein stürzte der Greifvogel herab, doch niemand sah, wo er aufschlug.

Conan beugte sich über das Opfer des Geiers und stellte fest, dass der Mann bereits tot war. Keiner der Männer sprach. Was nutzte es, sich darüber auszulassen, dass Geier normalerweise keine Menschen anfielen? Rote Wut kämpfte mit fatalistischer Gleichgültigkeit in den wilden Seelen der Irakzai. Haarige Hände legten Pfeile an die Sehnen, und Augen blickten rachsüchtig zu dem Turm hoch, dessen Stille sie zu verhöhnen schien.

Der nächste Angriff kam schnell. Sie alle sahen ihn kommen: Eine weiße Rauchkugel fiel über den Turmrand, schwebte und rollte den Hang hinab auf den Trupp zu. Weitere folgten. Sie schienen harmlos zu sein, aber Conan trat hastig zur Seite, um eine Berührung durch die erste Kugel zu vermeiden. Ein Irakzai hinter ihm stieß seinen Säbel wuterfüllt in die wolkenhafte Masse. Sofort erschütterte heftiger Donner den Berg. Blendende Flammen stiegen auf, dann war die Kugel verschwunden, und von dem unvorsichtigen Krieger war nur noch ein Häufchen verkohlter Gebeine übrig.

Die knöcherne Hand hielt noch den elfenbeinenern Säbelgriff, doch von der Klinge war nichts mehr zu sehen; sie war in der unvorstellbaren Glut geschmolzen. Trotzdem hatten die Männer, die unmittelbar neben dem Bedauernswerten gestanden hatten, keinerlei Schaden davongetragen. Sie waren von den plötzlichen Flammen nur geblendet worden.

»Stahl löst die Explosion aus«, erklärte Conan. »Passt auf, hier kommen weitere!«, warnte er.

Der Hang über ihnen war fast vollständig bedeckt von den dunstigen Kugeln. Kerim Shah schoss einen Pfeil in die Masse. Die Bälle, durch die der Pfeil gedrungen war, platzten in berstenden Flammen. Seine Männer folgten dem Beispiel, und für eine ganze Weile war es, als tobe ein heftiges Gewitter mit pausenlosen Blitzen und Donnerschlägen auf dem Hang. Als der Beschuss endete, waren nur noch wenige Pfeile in den Köchern übrig geblieben.

Grimmig kletterten sie weiter über verbrannten, geschwärzten Boden, wo der kahle Fels an manchen Stellen durch die Sprengung der teuflischen Kugeln zu Lava geschmolzen war.

Jetzt befanden sie sich bereits fast in Pfeilschussweite des stillen Turmes. Mit angespannten Nerven, auf jedes Grauen vorbereitet, das auf sie herabkommen mochte, bildeten sie eine gefächerte Formation.

Eine einzelne Gestalt zeigte sich auf dem Turm und hob ein zehn Fuß langes Bronzehorn an die Lippen. Das Schmettern des Instruments hallte dröhnend von den Hängen wider wie die Posaunen des Jüngsten Gerichts. Und dann erzitterte der Boden unter den Füßen der Invasoren, und ein drohendes Grollen war tief in der Erde zu hören.

Die Irakzai schrien und schwankten wie Betrunkene auf dem bebenden Hang. Conan achtete nicht darauf. Mit funkelnden Augen, den langen Dolch in der Hand, stürmte er den letzten Abhang hinauf bis zur Tür in der Steinmauer. Höhnisch schallte das gewaltige Horn über ihm. Da legte Kerim Shah einen Pfeil an die Sehne und schoss.

Nur ein Turaner konnte das schier Unmögliche vollbringen. Abrupt verstummte das Horn, stattdessen war ein hoher schriller Schrei zu vernehmen. Die grün gewandete Gestalt auf dem Turm schwankte, die Finger griffen nach dem langen Schaft, der plötzlich zitternd aus der Brust ragte, dann stürzte sie über die Brustwehr. Das gewaltige Horn verfing sich zwischen den Zinnen und drohte ebenfalls herabzufallen. Ein weiterer Grüngewandeter eilte vor Entsetzen schreiend darauf zu. Wieder sirrte ein Pfeil des Turaners, und wieder zerriss ein Schrei die Luft. Der zweite Akolyth schlug im Fallen mit dem Ellbogen gegen das Horn, sodass es über die Zinnen kippte und tief unten am Hang zerschellte.

So schnell hatte Conan die letzte Strecke zurückgelegt, dass die Echos des Sturzes noch nicht verstummt waren, als er bereits auf das Tor einhackte. Durch seinen Instinkt gewarnt, sprang er rechtzeitig zurück, als geschmolzenes Blei auf ihn herabgeschüttet wurde. Die Tatsache, dass seine Feinde sich so irdischer Verteidigungsmittel bedienten, verlieh ihm weiteren Auftrieb. Die Zauberkräfte der Akolythen waren also beschränkt. Vielleicht waren ihre magischen Mittel schon erschöpft.

Kerim Shah eilte nun ebenfalls den Rest des Hanges herauf, seine Männer in ungleichmäßigem Halbkreis hinter ihm. Sie schossen im Laufen, und ihre Pfeile zersplitterten an der Mauer oder flogen über die Brustwehr.

Das schwere Teakholztor gab unter dem heftigen Ansturm des Cimmeriers nach. Wachsam spähte er, auf alles vorbereitet, ins Innere. Er sah einen kreisrunden Raum mit einer nach oben führenden Wendeltreppe. Auf der gegenüberliegenden Seite der Treppe stand eine Tür offen, durch die man den Außenhang sehen konnte – und die Rücken eines halben Dutzends panisch fliehender Grüngewandeter.

Conan brüllte, trat einen Schritt in den Turm, dann ließ sein angeborener Sinn ihn zurückspringen, und schon schmetterte ein riesiger Steinblock auf die Stelle, wo er soeben noch gestanden hatte. Er rief dem Turaner und den Irakzai eine Warnung zu und rannte um den Turm.

Die Akolythen hatten ihre erste Verteidigungslinie verlassen. Als er um den Turm bog, sah er ihre grünen Gewänder schon auf halber Bergeshöhe vor ihm. Er verfolgte sie, keuchend vor Kampfeslust, und hinter ihm stürmten Kerim Shah und die Irakzai herbei. Die Irakzai heulten wie die Wölfe, erfreut über die Flucht ihrer Feinde. Ihr augenblicklicher Triumph überwog ihre Schicksalsergebenheit.

Der Turm stand an einem Sims unterhalb eines Plateaurands, zu dem ein flacher Abhang hochführte. Mehrere hundert Fuß entfernt endete dieses Plateau abrupt an einem Abgrund, die weiter bergab nicht zu sehen gewesen war. Ohne in ihrem Lauf anzuhalten, sprangen die Akolythen in den Abgrund. Ihre Verfolger sahen ihre flatternden Gewänder über dem Rand verschwinden.

Wenige Momente später standen sie selbst an diesem Rand eines gewaltigen Grabens, der sie von der Burg der Schwarzen Seher trennte. Es war eine Schlucht mit Steilwänden, die sich, soweit sie sehen konnten, in beide Richtungen erstreckte und vermutlich den Berg vollständig umgab. Sie schien etwa dreizehnhundert Fuß breit und ungefähr sechzehnhundert Fuß tief zu sein. In ihr, von Rand zu Rand, schimmerte und glitzerte ein seltsamer halb durchsichtiger Dunst.

Conan brummte erstaunt, als er hinunterschaute. Tief unten auf dem Kluftboden, der wie brüniertes Silber glänzte, sah er die Akolythen. Ihre Umrisse waren verschwommen, als bewegten sie sich tief im Wasser. Im Gänsemarsch stapften sie zur gegenüberliegenden Schluchtseite.

Kerim Shah legte einen Pfeil an die Sehne und schoss. Doch als der Pfeil in den Nebel der Kluft eindrang, schien er langsamer zu werden und vom Kurs abzukommen.

»Wenn sie unbeschadet hinuntergesprungen sind, können wir es auch!«, brummte Conan, während Kerim Shah verblüfft seinem Pfeil nachstarrte. »Zuletzt habe ich sie hier gesehen ...«

Er spähte hinunter und sah etwas wie einen goldenen Faden über den Boden der Schlucht verlaufen, und die Akolythen folgten ihm offenbar. Plötzlich erinnerte er sich an Khemsas rätselhafte Worte: »Folge der goldenen Ader!« Genau an der Stelle des Randes, wo er kauerte, fand er sie: eine dünne Ader glitzernden Goldes, die über den Rand und quer über den silbrigen Boden führte. Und noch etwas entdeckte er, das aufgrund der sonderbaren Widerspiegelung des Lichtes fast verborgen war: Die goldene Ader folgte einer schmalen, mit

Nischen für Hand- und Fußgriffe ausgestatteten Rampe in die Tiefe.

»Hier gingen sie hinunter«, erklärte er Kerim Shah. »Sie sind keine Adepten, die durch die Luft schweben können. Wir folgen ihnen ...«

In diesem Augenblick schrie der Mann, der von dem tollwütigen Hund gebissen worden war, grauenvoll auf. Schaum quoll von seinen Lippen. Er begann mit den Zähnen zu knirschen und sprang Kerim Shah an. Der Turaner, flink und geschmeidig wie eine Katze, hüpfte zur Seite, und der Mann stürzte kopfüber in die Kluft. Die anderen eilten zum Rand und blickten ihm verblüfft nach. Er plumpste nicht wie ein Stein hinunter, sondern schwebte langsam durch den rosigen Dunst, als tauche er durch tiefes Wasser. Er bewegte Arme und Beine wie ein Schwimmender, und sein Gesicht war noch schlimmer verzerrt, als man es der Tollwut hätte zuschreiben können. Tief unten blieb er reglos auf dem schimmernden Boden liegen.

»Der Tod haust in dieser Schlucht«, murmelte Kerim Shah und wich von dem rosigen Dunst zurück, den sein ausgestreckter Fuß fast berührt hatte. »Was nun, Conan?«

»Weiter!«, bestimmte der Cimmerier grimmig. »Die Akolythen sind gewöhnliche Sterbliche. Wenn der Dunst sie nicht tötet, bringt er mich auch nicht um.«

Er rückte seinen Gürtel zurecht, dabei berührten seine Finger den zweiten Gürtel, den Khemsa ihm gegeben hatte. Er runzelte die Stirn, dann lächelte er düster. Er hatte ihn vergessen, aber jetzt wurde ihm bewusst, dass der Tod ihn dreimal übergangen und ein Opfer hinter ihm gewählt hatte.

Die Akolythen hatten inzwischen die gegenüberliegende Schluchtwand erreicht und krochen wie riesige grüne Fliegen daran empor. Conan stieg auf die Rampe und dann langsam abwärts. Die rosige Wolke leckte nach seinen Knöcheln und kam höher, je tiefer er hinunterstieg. Sie berührte seine Knie, seine Hüften, seine Brust, seine Achselhöhlen. Sie fühlte sich an wie dichter Nebel. Als sie sein Kinn erreichte, zögerte er kurz, dann tauchte er unter. Hastig stieß er den Kopf wieder hoch und rang nach Luft.

Kerim Shah beugte sich zu ihm hinunter und sagte etwas. Doch Conan achtete nicht darauf. Er bemühte sich, nur an das zu denken, was der sterbende Khemsa zu ihm gesagt hatte, und tastete nach der Goldader. Dabei stellte er fest, dass er sich bei seinem Abstieg davon entfernt hatte. Mehrere Handgriffe waren in die Rampe gehauen. Er begann nun direkt über der Ader hinunterzusteigen. Der rosige Dunst hüllte ihn ein, jetzt auch seinen Kopf, doch immer noch atmete er reine Luft. Über sich sah er seine Begleiter zu ihm herunterstarren. Ihre Gesichter wirkten verschwommen durch den Dunst, der über seinem Kopf schimmerte. Er winkte ihnen zu, ihm zu folgen, und stieg schneller weiter, ohne darauf zu warten, ob sie es auch taten.

Kerim Shah steckte wortlos seinen Säbel in die Scheide zurück und stieg ebenfalls die Rampe hinunter. Die Irakzai, die mehr Angst hatten, allein hier oben zu bleiben, als vor dem Grauen, das sie dort unten erwarten mochte, beeilten sich, es ihm gleichzutun. Jeder hielt sich nach Conans Vorbild genau an die Goldader.

Auf dem Schluchtboden angekommen, turnten sie wie Seiltänzer weiter über die Goldader. Es war, als schritten sie durch einen Tunnel mit unsichtbaren Wänden, durch den die Luft frei zirkulierte. Zwar spürten sie, wie der Tod von allen Seiten lauerte, aber er konnte sie nicht berühren.

Die Goldader kroch die andere Schluchtwand hinauf, über die die Akolythen verschwunden waren. Angespannt folgten sie ihr weiter, denn es war unmöglich vorauszusehen, was oben zwischen den Felszacken und Felsbrocken lauerte.

Es war jedoch kein übernatürliches Grauen, sondern die grün gewandeten Akolythen erwarteten sie mit Dolchen. Möglicherweise hatten sie die Grenze erreicht, über die hinaus sie sich nicht zurückziehen konnten. Vielleicht hätte der stygische Gürtel um Conans Mitte verraten können, weshalb ihre Zauberkünste sich als so schwach erwiesen hatten und so schnell erschöpft gewesen waren. Es mochte natürlich sein, dass die Strafe für Versagen der Tod war und sie deshalb mit funkelnden Augen hinter den Felsblöcken hervorsprangen und in ihrer Verzweiflung Dolche schwangen, da sie sich keiner magischer Mittel mehr bedienen konnten.

Kein Kampf mit Zauberkräften wütete zwischen den Felsen am Rand der Schlucht, sondern ein Kampf mit wirbelnden Klingen, deren Stahl tief ins Fleisch biss; wo echtes Blut floss; wo sehnige Arme Klingen schwangen; wo Menschen tot oder verwundet zu Boden gingen und andere in ihrer Kampfeslust über sie hinwegtrampelten.

Viele der Irakzai hauchten ihr Leben zwischen den Felsen aus. Von den Akolythen jedoch überstand kein Einziger den heftigen Kampf – sie lagen am Boden oder schwebten durch den schimmernden Dunst hinab auf den Silberboden der Schlucht.

Die Sieger schüttelten sich Blut und Schweiß aus den Augen und blickten einander an. Conan und Kerim Shah waren unverwundet geblieben, genau wie vier Irakzai.

Sie standen zwischen den Felszähnen, die wie Zinnen den Rand der Schlucht säumten. Von hier führte ein Pfad einen sanften Hang zu einer breiten Treppe mit sechs Stufen empor. Die Stufen bestanden aus grünem Jade, waren gut hundert Fuß breit und endeten an einer weiten Plattform oder dachlosen Galerie aus dem gleichen polierten Stein. Darüber erhob sich stufenförmig die Burg der Schwarzen Seher, die wie aus dem Berg selbst gehauen schien. Sie war von beeindruckender Bauweise, ohne jegliches Zierwerk. Hinter den zahllosen vergitterten Fenstern hingen Vorhänge. Das Bauwerk war so still und verriet keinerlei Spur von Leben, als wäre es unbewohnt.

Schweigend und wachsam wie Menschen, die sich einer Schlangengrube näherten, stiegen sie den Pfad hinauf. Nach den Mienen der Irakzai zu schließen, glaubten sie, sie würden in ihren Untergang marschieren. Selbst Kerim Shah stapfte stumm dahin. Nur Conan schien nicht bewusst zu sein, welch ein Verstoß gegen ihre innere Einstellung dieser Angriff war, welch nie da gewesener Bruch aller Traditionen. Er kam nicht aus dem Osten, er stammte aus einer Rasse, die gegen Teufel und Hexer genauso ungerührt kämpfte wie gegen menschliche Feinde.

Er stieg die glänzende Treppe hinauf und überquerte die weite grüne Galerie zur mächtigen goldbeschlagenen Teakholztür. Nur einen Blick warf er die gewaltige Stufenpyramide empor. Er streckte eine Hand nach dem Bronzegriff aus – doch dann zog er sie grimmig grinsend wieder zurück. Dieser Griff hatte die Form einer Schlange: Der Schädel hob sich vom gekrümmten Hals. Conan vermutete, dass dieser Metallschädel unter seiner Hand zu grässlichem Leben erwachen würde.

Mit einem Hieb seiner Klinge trennte er ihn von der Tür. Obwohl er metallisch klirrend auf dem Boden aufschlug, blieb der Cimmerier weiter vorsichtig. Mit der Dolchspitze stieß er ihn zur Seite und wandte sich wieder der Tür zu. Absolutes Schweigen herrschte. Weit unter ihnen verloren die Berghänge sich in purpurnem Dunst. Die Sonne glitzerte auf den Schneekappen der Gipfel zu beiden Seiten. Hoch am Himmel hob ein Geier sich als schwarzer Punkt vom kalten Blau ab. Außer ihm und den Männern vor der goldbeschlagenen Tür war nirgends ein Zeichen von Leben, und die Männer waren selbst nur winzige Gestalten auf dem grünen Jade, hoch oben auf dem Berg, mit der phantastischen Pyramide über ihnen.

Ein schneidender Wind von den Gletschern ließ die Lumpenkleidung der Irakzai flattern. Conans langer Dolch, der immer wieder in die Teakholzfüllung drang, weckte schmetternde Echos. Heftig hieb er gleichermaßen durch Holz und Metall. Durch die zersplitterte Tür spähte er schließlich wachsam und misstrauisch wie ein Wolf ins Innere. Hinter der Tür lag ein breites Gemach, dessen polierte Steinwände ebenso kahl wie der Mosaikboden waren. Eckige glänzende Ebenholzhocker und ein steinernes Podest waren das einzige Mobiliar. Niemand hielt sich in diesem Raum auf, eine zweite Tür führte aus ihm hinaus.

»Ein Mann soll draußen Wache halten«, brummte Conan. »Ich gehe hinein.«

Kerim Shah stellte einen Krieger als Posten ab, der mit dem Bogen schussbereit zur Mitte der Galerie stapfte. Conan trat in die Burg, dicht gefolgt von dem Turaner und den drei restlichen Irakzai. Der als Wache eingeteilte Mann spuckte in hohem Bogen, brummte in seinen Bart und zuckte plötzlich zusammen, als ein leises höhnisches Lachen an sein Ohr drang.

Er hob den Kopf und sah auf der Pyramidenstufe über sich einen hoch gewachsenen, schwarz gewandeten Mann, der leicht mit dem kahlen Schädel nickte, während er zu dem Posten hinunterschaute. Seine Haltung verriet Spott und Bosheit. Blitzschnell schoss der Irakzai einen Pfeil ab, der geradewegs in die Brust des Schwarzgewandeten drang. Das höhnische Lächeln änderte sich nicht. Der Seher zupfte den Pfeil heraus und warf ihn dem Schützen zurück, doch nicht als Waffe schleuderte er ihn, sondern als Geste der Verachtung. Der Irakzai duckte sich unwillkürlich und warf instinktiv den Arm hoch. Seine Finger schlossen sich um den drehenden Schaft.

Plötzlich schrie er grauenerfüllt. Der hölzerne Schaft in seiner Hand wand sich und schien in seinen Fingern zu schmelzen. Er versuchte ihn von sich zu werfen, doch zu spät. Er hielt eine lebende Schlange, die sich bereits um sein Handgelenk gewickelt hatte. Ihr keilförmiger Schädel schnellte auf seinen muskulösen Arm zu. Wieder schrie er. Seine Augen weiteten sich, sein Gesicht lief blau an. Mit zuckenden Gliedern sank er auf die Knie und stürzte schließlich leblos zu Boden.

Die Männer, die ins Innere getreten waren, wirbelten bei seinem ersten Schrei herum. Conan rannte zur offenen Tür und blieb verwirrt stehen. Den Männern hinter ihm schien es, als drücke er gegen leere Luft. Er konnte es zwar nicht sehen, aber es bestand kein Zweifel, dass dickes Glas die Türöffnung versperrte, seine tastenden Finger konnten ihn nicht trügen. Durch die Scheibe hindurch vermochte er aber den Irakzai zu erblicken, der reglos auf dem Jadeboden lag. Ein ganz gewöhnlicher Pfeil steckte in seinem Arm.

Conan hob den Dolch und hieb damit zu. Es verblüffte die anderen, als seine Schläge offenbar mitten in der Luft mit lautem Klirren abprallten. Er gab schnell auf, denn er wusste, dass nicht einmal der sagenhafte Tulwar Amir Khurums diesen unsichtbaren Vorhang zerschmettern konnte.

Mit wenigen Worten klärte er Kerim Shah auf. Der Turaner zuckte die Schultern. »Nun, wenn dieser Ausgang versperrt ist, müssen wir einen anderen finden. Inzwischen aber haben wir anderes vor, nicht wahr?«

Brummend drehte der Cimmerier sich um und schritt zur anderen Tür. Er hatte das dumpfe Gefühl drohender Gefahr. Als er den Dolch hob, um die Tür einzuschlagen, öffnete sie sich wie von selbst. Er schritt in eine gewaltige Halle mit glasähnlichen Säulen zu beiden Seiten. Hundert Fuß von der Tür entfernt befand sich die erste Stufe einer breiten jadegrünen Treppe, die aufwärts führte und sich wie die Seite einer Pyramide verjüngte. Was hinter der Treppe lag, war nicht zu erkennen, aber zwischen ihm und ihr stand ein seltsamer Altar aus glänzendem Gagat. Vier riesige Schlangen wanden sich um ihn herum und reckten ihre keilförmigen Schädel in die Luft, jede in eine andere Himmelsrichtung, wie die verzauberten Wächter eines legendären Schatzes. Doch auf dem Altar, zwischen den gekrümmten Hälsen, stand nichts weiter als eine Kristallkugel, die mit etwas Rauchähnlichem gefüllt war, in dem vier goldene Granatäpfel schwammen.

Der Anblick erinnerte ihn vage an etwas Bestimmtes, doch dann achtete er nicht länger auf den Altar, denn auf der untersten Stufe standen plötzlich vier schwarz gewandete Gestalten. Er hatte sie nicht kommen sehen. Sie waren wie aus dem Nichts aufgetaucht, diese vier großen hageren Männer mit den Raubvogelgesichtern, die gleichzeitig nickten und deren Hände und Füße unter den wallenden Gewändern verborgen waren.

Einer hob den Arm. Der Ärmel fiel zurück und offenbarte eine Hand – die keine war. Mitten im Schritt blieb Conan stehen, gegen seinen Willen. Er war auf eine Kraft gestoßen, die sich von Khemsas Hypnosekunst unterschied. Er konnte nicht weitergehen, wohl aber sich zurückziehen, wenn er es wollte. Seine Begleiter hielten ebenfalls inne, und sie waren noch hilfloser als er, da sie sich in keine Richtung zu bewegen vermochten.

Der Seher mit dem erhobenen Arm winkte einen der Irakzai herbei. Wie ein Schlafwandler ging der Mann auf ihn zu. Er starrte blicklos geradeaus, und der Krummsäbel baumelte in der schlaffen Hand. Als er an dem Cimmerier vorbeikam, legte Conan den Arm um seine Brust, um ihn zurückzuhalten. Unter normalen Umständen war der Cimmerier viel stärker als der Irakzai und hätte ihm ohne Mühe das Rückgrat brechen können, doch jetzt wurde sein muskelschwellender Arm wie eine Gerte zur Seite gestreift, und der Irakzai schritt unter dem Einfluss des fremden Willens weiter. An der Treppe angekommen, kniete er steif nieder, streckte dem Schwarzgewandeten seine Klinge entgegen und beugte den Kopf. Der Seher nahm den

Säbel, schwang ihn hoch und dann hinab. Der Schädel des Irakzai fiel von den Schultern und schlug schwer auf dem schwarzen Marmorboden auf. Der Körper sackte zusammen und blieb mit ausgebreiteten Armen liegen.

Wieder hob sich eine missgestaltete Hand und winkte. Ein zweiter Irakzai schritt steif in sein Verderben. Das gleiche grässliche Schauspiel wiederholte sich, und ein weiterer Toter lag auf dem Boden.

Als der dritte Stammesbruder an Conan vorbei dem Tod entgegenschritt, wurde sich der Cimmerier fremdartiger unsichtbarer Kräfte bewusst, die rings um ihn zum Leben erwachten, während seine Schläfenadern zu bersten drohten vor Anstrengung, die unsichtbare Barriere zu brechen. Ohne Vorwarnung spürte er es, aber das Gefühl war so überwältigend, dass er an seinem Instinkt nicht zweifelte. Unwillkürlich glitt seine Linke unter den Bakhariotgürtel und legte sich um den stygischen Gürtel. Als er ihn umklammerte, floss neue Kraft in seine tauben Glieder. Sein Lebenswille war wie pulsierendes, weiß glühendes Feuer von derselben Heftigkeit wie seine brennende Wut.

Der dritte Irakzai war nun tot, und die grässlichen Finger winkten erneut, als Conan spürte, wie die unsichtbare Barriere barst. Unwillkürlich stieß er einen wilden Schrei aus, während er mit der Plötzlichkeit und Gewalt aufgestauter Wut sprang. Seine Linke hielt weiter den stygischen Gürtel umklammert, und der lange Dolch blitzte in seiner Rechten. Die Männer auf der Treppe rührten sich nicht. Sie blickten ihm höhnisch, aber ruhig entgegen, und falls sie überrascht waren, zeigten sie es nicht. Conan dachte lieber gar nicht daran, was geschehen mochte, wenn er sie erreicht hatte. Das Blut pochte in seinen Schläfen, und ein roter Schleier schob sich vor seine Augen.

Ein weiteres Dutzend Schritte würden ihn zur Treppe und zu den höhnischen Teufeln bringen. Er holte tief Luft, und die Wut in ihm wuchs mit seinen schnelleren Schritten. Er schoss an dem Altar mit den goldenen Schlangen vorbei, als in seinem Gehirn übermächtig die Worte Khemsas widerhallten: *»Brich die Kristallkugel!«*

Er reagierte fast ohne bewussten Entschluss. Die Tat folgte dem Impuls so schnell, dass die größten Zauberer seiner Zeit nicht in der Lage gewesen wären, seine Gedanken zu lesen und die Ausführung zu verhindern. Er wirbelte mitten im Lauf geschmeidig wie eine Katze herum und hieb seinen Dolch hinab auf die Kristallkugel. Sofort vibrierte die Luft unter einem furchtbaren Dröhnen, das von überallher zu kommen schien. Dann drang ein Zischen an Conans Ohren, als die goldenen Schlangen zum Leben erwachten, sich wanden und auf ihn zuschnellen wollten. Er war flink wie ein gereizter Tiger. In einem Wirbel von Stahl flogen die Schlangenschädel von den Rümpfen, und dann schlug er erneut und immer wieder auf die Kristallkugel ein, bis sie schließlich mit ohrenbetäubendem Donnern zerbarst und die feurigen Splitter auf den schwarzen Marmor regneten. Wie von langer Gefangenschaft befreit, schossen die goldenen Granatäpfel zur hohen Decke und waren verschwunden.

Grässliche Schreie hallten durch die große Halle. Auf den Stufen wanden sich die vier Schwarzgewandeten. Grauenvolle Zuckungen verzerrten ihre Glieder und Gesichter. Schaum quoll von ihren Lippen, bis sie mit einem anschwellenden unmenschlichen Heulen zusammenbrachen und erstarrten. Conan zweifelte nicht daran, dass sie tot waren. Er starrte auf den Altar und die Kristallscherben. Die vier kopflosen Schlangenleiber wanden sich immer noch um den glänzenden Gagat, aber sie waren wieder zu leblosem Gold geworden.

Kerim Shah erhob sich langsam von den Knien, auf die er von einer unsichtbaren Kraft geworfen worden war. Er schüttelte den Kopf, als könnte er sich damit von dem Klingen in seinen Ohren befreien.

»Hast du das Klirren gehört, als du auf die Kugel einschlugst? Es war, als würden tausend Kristallscheiben in der ganzen Burg zersplittern. Waren die Seelen der Zauberer in den goldenen Kugeln gefangen? – Ha!«

Conan wirbelte herum, als Kerim Shah den Säbel zog und deutete.

Ein Mann stand am Fuß der Treppe. Auch er trug ein schwarzes Gewand, aber seines war aus goldbesticktem Samt, und aus schwarzem Samt war auch die Kappe auf seinem Kopf. Sein durchaus nicht hässliches Gesicht war ruhig.

»Wer zum Teufel bist du?«, fragte Conan drohend und starrte ihn mit dem Dolch in der Hand an.

»Ich bin der Meister von Yimsha!« Die Stimme klang wie das Schallen einer Tempelglocke. Eine Spur grausamer Freude war nicht zu überhören.

»Wo ist Yasmina?«, fragte Kerim Shah.

Der Meister lachte.

»Was interessiert dich das, der du so gut wie tot bist? Hast du so schnell meine Kräfte vergessen, die ich dir einmal lieh, dass du dir mit Waffengewalt Zutritt zu mir verschafft hast, armer Tor? Ich glaube, ich werde mir dein Herz holen, Kerim Shah!«

Er streckte die Hand aus, wie um etwas entgegenzunehmen. Der Turaner schrie im Todesschmerz. Er schwankte einem Betrunkenen gleich, und dann waren ein Bersten von Muskeln und das Krachen von Gliedern der Kettenrüstung zu hören. Der Turaner sackte zu Boden, während der Meister lachend das pulsierende Herz vor die Füße des Cimmeriers warf.

Mit Wutgeheul stürmte Conan die Treppe hoch. Aus Khemsas Gürtel spürte er Kraft und Hass über den Tod hinaus in sich strömen und gegen die unmenschliche Ausstrahlung ungeheurer Macht ankämpfen, die ihm entgegenschlug. Die Luft füllte sich mit stählern schimmerndem Dunst, durch den er mit gesenktem Kopf wie ein Schwimmer tauchte, den linken Arm vor das Gesicht gedrückt, den Dolch in der Rechten. Seine halb geblendeten Augen spähten über den Ellbogen. Er sah den verhassten Seher vor und über sich, und seine Umrisse wogten wie ein Spiegelbild in bewegtem Wasser.

Kräfte, die seine Vorstellung sprengten, zerrten an ihm, aber er spürte einen fremden Antrieb, der ihn trotz seiner betäubenden Schmerzen und der Gegenwehr des Zauberers unaufhaltsam hochtrug.

Er hatte das Ende der Treppe erreicht. Des Meisters Gesicht schwamm in dem stählernen Dunst vor ihm und verriet zweifellos einen Hauch ungewohnter Furcht. Wie durch eine Brandung watete Conan durch den Dunst, und sein Dolch schwang hoch wie etwas Lebendes. Die scharfe Spitze zerriss des Meisters Gewand, als der mit einem leisen Schrei zurücksprang. Und dann verschwand der Zauberer vor Conans Augen, verschwand wie eine geplatzte Seifenblase, und etwas Längliches, Wellenförmiges schoss die schmalere Treppe links neben der breiten hinauf.

Conan rannte ihm nach, ohne recht zu wissen, was es gewesen war, das er hier gesehen hatte, aber seine berserkerhafte Besessenheit überlagerte die Übelkeit und das Grauen in einem Winkel seines Bewusstseins.

Er stürmte durch einen breiten Korridor, dessen unbedeckte Wände und Boden aus poliertem Jade waren – und etwas Langes, Flinkes fegte über den Korridor vor ihm und durch eine vorhangbedeckte Türöffnung. Aus dem Raum dahinter schrillte ein grauenvoller Schrei, der Conans Füßen gleichsam Flügeln verlieh. Kopfüber warf er sich durch den Vorhang.

Ein schrecklicher Anblick bot sich ihm. Yasmina kauerte auf einem samtbezogenen Diwan und schrie ihren Abscheu und ihr Grauen hinaus. Sie hatte einen Arm erhoben, als könne sie damit den Angriff einer riesigen Schlange abwehren, deren glänzender Schuppenhals sich aus dem zusammengeringelten Leib hob. Mit einem würgenden Schrei warf Conan seinen Dolch.

Sofort wirbelte die Bestie herum und schnellte ihm entgegen. Der lange Dolch zitterte in ihrem Hals. Die Spitze und etwa ein Fuß der Klinge ragten aus einer Seite, der Griff und eine Handbreit Stahl aus der anderen, aber das schien die Wut des Riesenreptils nur zu erhöhen. Der mächtige Schädel hob sich hoch über den Menschen und schoss, die Gift träufelnden Kiefer weit aufgesperrt, auf ihn herab. Doch Conan hatte ein Messer aus seinem Gürtel gerissen und stieß es empor, als der Schädel herabschnellte. Die Spitze drang durch den Unterkiefer in den Oberkiefer und hielt so beide zusammen. Im nächsten Moment hatte der gewaltige Leib sich um den Cimmerier gewickelt, denn da sie ihre

Fänge nicht mehr benutzen konnte, blieb der Schlange nur noch diese Art von Angriff.

Conans linker Arm wurde gegen seine Seite gepresst, aber sein rechter war frei. Er spreizte die Beine, um sich aufrecht halten zu können, streckte die Hand aus und legte sie um den Griff des langen Dolches, der aus dem Schlangenhals ragte. Er zog und bekam ihn frei. Als ahnte sie mit mehr als tierischer Klugheit, was er beabsichtigte, wand sich die Schlange, bemüht, auch seinen rechten Arm zu umwickeln. Doch blitzschnell stieß der Dolch zu und schlitzte den mächtigen Rumpf bis fast zur Mitte auf.

Ehe der Cimmerier noch einmal zustoßen konnte, löste die Schlange sich von ihm und schleppte sich über den Boden, während Blut aus der tiefen Wunde schoss. Conan sprang ihr mit erhobenem Dolch nach, aber sein wilder Hieb durchschnitt leere Luft. Die Schlange war ausgewichen und schob nun den Kopf gegen ein Paneel der Sandelholztäfelung. Es öffnete sich. Der lange Schlangenleib schnellte hindurch und war verschwunden.

Sofort hieb Conan auf die Täfelung ein. Nach ein paar Schlägen war sie zersplittert, und er konnte in den düsteren Alkoven dahinter blicken. Doch keine Schlange war zu sehen, nur Blut auf dem Marmorboden und Spuren, die zu einer Bogentür führten – und diese Spuren waren die von den nackten Sohlen eines Mannes ...

»*Conan!*«

Er wirbelte gerade rechtzeitig herum, um die Devi von Vendhya aufzufangen, die durch das Gemach gelaufen kam, um sich ihm glücklich, dankbar und doch von Angst und Panik erfüllt an den Hals zu werfen.

Sein wildes Blut war durch all die Geschehnisse zutiefst aufgewühlt. Er schloss sie mit solcher Kraft in seine Arme, dass sie zu jedem anderen Zeitpunkt aufgeschrien hätte, und zerdrückte ihr schier die Lippen. Sie wehrte sich nicht, war im Augenblick nur Frau. Sie schloss die Lider und genoss völlig hingegeben seine feurigen, leidenschaftlichen Küsse. Sie keuchte unter seiner Heftigkeit, als er ihre Lippen freigab, um Luft zu holen, und blickte auf sie hinunter.

»Ich wusste, dass du kommen würdest«, murmelte sie, »dass du mich nicht den Grausamkeiten dieser Teufel überlassen würdest.«

Bei ihren Worten wurde ihm die Umgebung wieder bewusst. Er hob den Kopf und lauschte angespannt. Schweigen herrschte in der Burg von Yimsha, aber es war eine unheilschwangere Stille. Gefahr lauerte in jedem Winkel, spähte unsichtbar von jeder Decke.

»Wir sollten zusehen, dass wir verschwinden, solange wir es können«, murmelte er. »Die Verletzungen hätten mehr als genügt, ein normales Tier – oder einen Menschen – zu töten, aber ein Zauberer hat ein Dutzend Leben. Verwundet man einen, zieht er sich zurück wie eine verstümmelte Schlange, nur um sich irgendwo durch frische Zauberkräfte zu stärken und mit neuen magischen Mitteln zu versehen.«

Er hob das Mädchen auf und trug sie wie ein Kind auf den glänzenden Jadekorridor und die Treppe hinunter. Alle Sinne gespannt, achtete er auf irgendwelche Zeichen oder Geräusche.

»Ich lernte den Meister kennen«, wisperte Yasmina und klammerte sich schaudernd an ihn. »Er wirkte seine Zauber an mir, um meinen Willen zu brechen. Der schrecklichste war ein vermodernder Leichnam, der mich in seine Arme schloss. Ich fiel in Ohnmacht und weiß nicht, wie lange ich ohne Bewusstsein war. Kurz nachdem ich wieder zu mir kam, hörte ich Schreie und Kampfgeräusche von unten, und dann glitt diese grauenvolle Schlange durch den Türvorhang – ahhh!« Die Erinnerung schüttelte sie. »Irgendwie wusste ich, dass es keine Illusion, sondern eine wirkliche Schlange war, die mich töten wollte.«

»Zumindest war es kein Phantasieschatten«, antwortete Conan rätselhaft. »Er wusste, dass er geschlagen war, und zog es vor, dich zu töten, statt zuzulassen, dass du befreit wirst.«

»Was meinst du mit ›er‹?«, fragte sie voll Unbehagen, doch dann schrie sie auf, drückte den Kopf an seinen Hals und vergaß ihre Frage. Sie hatte die Toten am Fuß der Treppe entdeckt.

X

Yasmina und Conan

CONAN SCHRITT SCHNELL durch die riesige Halle und das Vorgemach zur Tür, die auf die Galerie hinausführte. Da sah er, dass der Boden mit winzigen glitzernden Glassplittern übersät war. Die Kristallscheibe, die die Türöffnung verschlossen hatte, war völlig zersprungen. Daher also das ohrenbetäubende Klirren, als er auf die Kristallkugel einschlug. Er war nun auch ziemlich sicher, dass gleichzeitig jegliches Stückchen Kristall in der ganzen Burg zerbrochen war. Instinkt oder die vage Erinnerung an geheimnisvolle Legenden ließen ihn die Wahrheit über die schreckliche Verbindung zwischen den Meistern des Schwarzen Kreises und den goldenen Granatäpfeln ahnen. Er spürte, wie sich ihm die Nackenhärchen aufstellten, und verdrängte hastig alle Gedanken daran.

Auf der Jadegalerie im Freien holte er tief und erleichtert Luft. Natürlich musste erst noch die Schlucht durchquert werden, aber zumindest konnte er das saubere Weiß der Berggipfel sehen, die in der Sonne glitzerten, und die langen Hänge, die sich im fernen blauen Dunst verloren.

Der Irakzai lag, wo er gefallen war, ein Fleck auf der glasigen Fläche. Als Conan den gewundenen Pfad hinunterstapfte, wunderte er sich über den Stand der Sonne. Sie hatte den Zenit noch nicht verlassen, und doch schien es ihm, als wäre eine endlose Zeit vergangen, seit sie in die Burg der Schwarzen Seher eingedrungen waren.

Er spürte einen Drang, sich zu beeilen, der nicht blinde Panik war, sondern der sichere Instinkt, dass sich Gefahr hinter ihnen zusammenbraute. Er erwähnte es Yasmina gegenüber nicht, die sich offenbar zufrieden an seine breite Brust schmiegte und in seinen Armen sicher fühlte. Am Rand der Schlucht blieb er kurz stehen und blickte stirnrunzelnd hinunter. Der Dunst war nicht mehr rosig und glitzernd wie zuvor, sondern rauchig, düster und gespenstisch wie das Leben, das sich nur noch schwach in einem Verwundeten regt. Aber tief unten schimmerte der Boden immer noch wie brüniertes Silber, und die Goldader glänzte ungetrübt. Conan legte Yasmina über eine Schulter, und sie verhielt sich völlig ruhig. Er eilte mit ihr die Rampe hinunter und über den hallenden Boden der Schlucht. Er war aus unbestimmtem Grund überzeugt, dass es für sie ein Wettlauf mit der Zeit war, dass ihr Überleben davon abhing, die Schlucht hinter sich gebracht zu haben, ehe der verwundete Meister der Burg genügend neue Kräfte geschöpft hatte, um das Verderben über sie hereinbrechen zu lassen.

Als er sich die andere Rampe hinaufgekämpft hatte, seufzte er am Rand der Schlucht erleichtert auf und setzte Yasmina ab.

»Von hier an kannst du selbst gehen«, sagte er. »Der Weg führt nun ständig bergab.«

Sie warf einen schaudernden Blick auf die schimmernde Pyramide auf der anderen Seite. Gleich einer Zitadelle des gnadenlosen Schweigens und des Bösen erschien sie ihr, wie sie sich gegen das Gletschereis abhob.

»Bist du ein Magier, dass du die Schwarzen Seher von Yimsha besiegen konntest, Conan von Ghor?«, fragte sie, als sie den Pfad hinunterstiegen und sie sich sicherer fühlte.

»Ich verdanke es dem Gürtel, den Khemsa mir gab, ehe er starb«, antwortete der Cimmerier. »Es ist ein ungewöhnlicher Gürtel, ich werde ihn dir zeigen, wenn dazu Zeit ist. Gegen manche Zauber hatte er mehr Kraft als gegen andere, und ein guter Dolch ist immer ein verlässlicher Freund.«

»Aber wenn der Gürtel dir bei der Bezwingung des Meisters half«, wunderte sie sich, »weshalb nutzte er dann Khemsa nicht?«

Conan schüttelte den Kopf. »Wer weiß das schon? Khemsa war des Meisters Sklave gewesen, vielleicht schwächte das seine Magie. Der Seher hatte nicht die Gewalt über mich wie über Khemsa. Doch ich kann nicht sagen, dass ich ihn bezwang. Er zog sich zurück, aber ich habe das Gefühl, dass wir ihn nicht zum letzten Mal gesehen haben. Ich möchte so viele Meilen wie nur möglich zwischen uns und seine Burg bringen.«

Wieder atmete er erleichtert auf, als er die Pferde bei den Tamarisken vorfand. Er machte sie schnell los, schwang sich auf den Rapphengst und hob das Mädchen vor sich in den Sattel. Die anderen Tiere folgten ihnen, erholt nach ihrer langen Rast.

»Was jetzt?«, fragte wissbegierig Yasmina. »Nach Afghulistan?«

»Nein.« Er grinste finster. »Jemand – vielleicht der Statthalter – tötete meine sieben Häuptlinge. Meine geistig etwas beschränkten Afghuli sind überzeugt, dass ich etwas damit zu tun habe, und wenn ich sie nicht vom Gegenteil überzeugen kann, werden sie mich wie einen waidwunden Schakal jagen.«

»Aber was ist dann mit mir? Wenn deine Häuptlinge tot sind, bin ich dir doch als Geisel von keinem Nutzen mehr. Wirst du mich töten, um sie zu rächen?«

Mit blitzenden Augen blickte er zu ihr hinunter und lachte sie gutmütig aus.

»Dann reiten wir doch zur Grenze«, schlug sie vor. »Dort bist du vor den Afghuli sicher ...«

»Ja, an einem vendhyanischen Galgen.«

»Ich bin die Königin von Vendhya!«, erinnerte sie ihn mit einer Spur ihres alten Dünkels. »Du hast mir das Leben gerettet, und dafür steht dir eine Belohnung zu.«

Sie meinte es nicht so von oben herab, wie es klang, aber Conan knurrte finster:

»Spar deine Belohnungen für deine Stadthunde, Prinzessin! Du bist Königin in der Ebene, und ich bin Häuptling in den Bergen. Ich werde dich nicht über die Grenze bringen!«

»Aber du wärst dort in Sicherheit«, versuchte sie es noch einmal verwirrt.

»Und du wärst wieder die unnahbare Devi. Nein, Mädchen! Du gefällst mir viel besser, wie du jetzt bist: eine Frau aus Fleisch und Blut, die vor mir im Sattel reitet.«

»Aber du kannst mich doch nicht *behalten*!«, rief sie.

»Wart ab!«, unterbrach er sie grimmig.

»Aber du wirst ein königliches Lösegeld für mich bekommen ...«

»Der Teufel hole dein Lösegeld!«, brummte er, und seine Arme legten sich noch fester um ihre geschmeidige Taille. »Das ganze Königreich Vendhya könnte mir nicht geben, was ich an dir habe. Ich setzte mein Leben ein, um dich aus den Klauen der Zauberer zu retten. Wenn deine Höflinge dich zurückhaben wollen, dann sollen sie den Zhaibar hochkommen und um dich kämpfen.«

»Aber du hast doch keine Leute mehr!«, gab sie zu bedenken. »Du wirst gejagt. Wie kannst du dein Leben schützen, geschweige denn meines?«

»Ich habe immer noch Freunde in den Bergen«, erwiderte er. »Ich kenne einen Häuptling der Khurakzai, bei dem du in Sicherheit bist, bis ich mit den Afghuli ins Reine gekommen bin. Wenn sie mich nicht mehr haben wollen, nun, dann reite ich nordwärts mit dir, in die Steppen der Kozaki. Ich war Hetman der Freien Getreuen, ehe ich südwärts zog. Ich mache dich zur Königin am Zaporoska.«

»Aber das geht doch nicht!«, protestierte sie. »Du darfst mich nicht von meinem Volk fern halten ...«

»Wenn dir die Vorstellung, bei mir zu bleiben, so zuwider ist, weshalb schenktest du mir dann so willig deine Lippen?«

»Selbst eine Königin ist eine Frau«, erwiderte sie errötend. »Aber weil ich Königin bin, muss ich auch an mein Königreich denken. Bring mich nicht in irgendein fremdes Land, Conan! Komm nach Vendhya mit mir!«

»Würdest du mich zum König machen?«, fragte er spöttisch.

»Nun – es – es gibt Traditionen ...«, stammelte sie. Sein raues Lachen ließ sie verstummen.

»Ja, Traditionen und die Sitten der zivilisierten Welt, die nicht gestatten, dass du tust, was du gern möchtest. Du wirst irgendeinen alten tattrigen König der Ebene heiraten, und ich muss mich mit der Erinnerung an ein paar Küsse abfinden. Ha!«

»Aber ich *muss* in mein Königreich zurückkehren!«, wiederholte sie hilflos.

»Warum?«, fragte er verärgert. »Um dir den Hintern auf dem goldenen Thron wund zu wetzen und dir die Schmeicheleien vornehmer lächelnder Narren anzuhören? Was hast du davon? Hör zu: Ich wurde in den Bergen Cimmeriens geboren, wo alle Menschen Barbaren sind. Ich war schon Söldner, Soldat, Korsar, Kozak und hunderterlei anderes. Welcher König streifte durch so viele Länder, kämpfte in so zahllosen Schlachten, gewann die Liebe so vieler Frauen und eroberte so reiches Beutegut wie ich?

Ich kam nach Ghulistan, um eine Horde von Kriegern um mich zu scharen und mit ihnen die Königreiche des Südens auszurauben, darunter auch deines. Oberhäuptling der Afghuli zu sein, war für mich nur der Anfang. Wenn ich die Burschen wieder zur Vernunft bringen kann, wird mir in einem Jahr wenigstens ein Dutzend Stämme folgen. Schaffe ich es nicht, kehre ich in die Steppen zurück und überfalle mit meinen Kozaki die turanischen Grenzstädte. Und du kommst mit mir. Zum Teufel mit deinem Königreich! Es kam auch ohne dich aus, ehe du geboren warst.«

Sie lag in seinen Armen und spürte, wie seine Worte etwas in ihr aufwühlten, und empfand die gleiche tollkühne Verwegenheit und Leidenschaft. Aber tausend Generationen ihres Herrschergeschlechts lasteten auf ihr.

»Ich kann nicht! Ich kann nicht!«, wiederholte sie hilflos.

»Du hast gar keine Wahl«, versicherte er ihr. »Du – was zum Teufel!«

Yimsha lag schon mehrere Meilen hinter ihnen. Sie ritten gerade einen hohen Grat entlang, der zwei tiefe Täler trennte, und waren an einem hohen Punkt angelangt, von dem aus sie eine gute Sicht über das Tal zu ihrer Rechten hatten. Eine bewegte Schlacht war dort im Gang, und sie konnten das Klirren und Rasseln von Waffen und das Donnern von Hufen hören.

Sie sahen das Glitzern von Lanzenspitzen im Sonnenschein und glänzende Spitzhelme. Etwa dreitausend gerüstete Kavalleristen trieben eine bunte Schar turbantragender Reiter vor sich her, die immer wieder wie gestellte Wölfe ausfielen und heftig kämpften.

»Turaner!«, murmelte Conan erstaunt. »Schwadronen von Secunderam. Was zum Teufel machen sie hier?«

»Wer sind die Männer, die sie verfolgen?«, fragte Yasmina. »Und weshalb stellen sie sich immer wieder? Sie haben doch keine Chance gegen eine solche Überzahl!«

»Es sind fünfhundert meiner unüberlegten Afghuli«, antwortete Conan und starrte finster ins Tal hinunter. »Sie stecken in der Falle und wissen es.«

Eine wirkungsvollere Falle konnte es gar nicht geben. Das Tal verengte sich vor den Afghuli zu einer schmalen Klamm, die in eine Art Becken mündete, das ringsum von hohen unerklimmbaren Steilwänden umgeben war.

Die turbantragenden Reiter wurden in die Klamm gedrängt. Unter dem Pfeilhagel und Schwerterwirbel konnten sie sich nicht dagegen wehren. Die gut gerüsteten Kavalleristen trieben sie durch die Klamm, vermieden es jedoch, ihnen allzu nahe zu kommen. Sie kannten die Wildheit der Bergstämme und wussten, dass sie in ihrer Wut ihr Leben nicht achteten, wenn sie den Gegner vernichten konnten. Und sie wussten auch, dass sie sie in der Falle hatten, aus der sie nicht mehr freikommen würden. Sie hatten sie als Afghuli erkannt und wollten sie zwingen, sich zu ergeben. Sie brauchten Geiseln für ihr Vorhaben.

Der Emir war ein Mann von Entschlusskraft, der sich nicht scheute, eigene Entscheidungen zu treffen. Als er das Gurashahtal erreicht und weder Führer noch Kerim Shah vorgefunden hatte, stieß er selbst weiter vor und verließ sich auf seine eigenen Kenntnisse des Landes. Den ganzen Weg von Secunderam hatten sie gekämpft, und in so manchem einsamem Bergdorf leckten die Stammesbrüder ihre Wunden. Ihm war natürlich klar, dass möglicherweise weder er noch seine Lanzer je die Tore von Secunderam wiedersehen würden, denn zweifellos hatten alle Stämme hinter ihm sich inzwischen erhoben. Aber er war fest entschlossen, seinen Auftrag durchzuführen: den Afghuli die Devi Yasmina abzujagen, egal, was es kostete, und sie als Gefangene nach Secunderam zu bringen oder – wenn das unmöglich war – sie zu töten, ehe er selbst starb.

Von all dem wussten natürlich die Beobachter auf dem Grat nichts.

»Wie zum Teufel sind die Afghuli in diese Falle geraten?«, fragte Conan, ohne eine Antwort darauf zu erwarten. »Ich weiß natürlich, was sie hier machten: Sie suchten mich, die Hunde! Sie steckten ihre Nase in jedes Tal, und so saßen sie plötzlich fest, ehe sie es ahnten. Die verdammten Narren! Sie wollen sich den Turanern in der Klamm stellen, aber lange können sie sich dort nicht halten, und wenn die Turaner sie erst in das

Becken zurückgedrängt haben, werden sie sie in aller Ruhe niedermetzeln.«

Der Lärm wurde lauter. In der engen Klamm hatten die Afghuli den Vorteil, dass die Turaner nur in kleinen Gruppen gegen sie kämpfen konnten.

Conan zog düster die Brauen zusammen, rutschte unruhig im Sattel hin und her und umklammerte den Dolchgriff. Schließlich sagte er rau: »Devi, ich muss zu ihnen hinunter. Ich werde ein Versteck für dich suchen, wo du sicher bist, bis ich zurückkomme. Du sprachst von deinem Volk. Nun, ich sehe diese behaarten Teufel zwar nicht als meine Kinder an, aber ich fühle mich trotz allem immer noch verantwortlich für sie. Ein Häuptling darf seine Leute nie im Stich lassen, selbst wenn sie sich von ihm abwandten. Sie glaubten, sie wären im Recht, als sie mich verstießen ... Zum Teufel! Ich lasse mich nicht verstoßen! Ich bin immer noch der Häuptling der Afghuli, und ich werde es beweisen. Ich schaffe es schon, die Steilwand zur Klammsohle hinunterzuklettern.«

»Und was ist mit mir?«, fragte sie. »Du hast mich aus meinem Land entführt, und jetzt willst du mich einfach allein in den Bergen sterben lassen, während du dich dort unten nutzlos opferst.«

Widerstreitende Gefühle rangen in ihm. »Du hast ja Recht«, murmelte er hilflos. »Weiß Crom, was ich tun kann!«

Sie drehte leicht den Kopf, und ein seltsamer Ausdruck erschien auf ihren Zügen.

»Hör doch!«, rief sie plötzlich. »Horch!«

Der durch die Ferne gedämpfte Klang von Trompeten erreichte sie. Sie spähten hinunter in das tiefe Tal zu ihrer Linken und entdeckten auf der gegenüberliegenden Seite das Glitzern von Stahl. Eine lange Reihe von Lanzen und glänzenden Helmen, auf denen sich die Sonne spiegelte, bewegte sich durch das Tal.

»Vendhyanische Kavallerie!«, rief das Mädchen begeistert.

»Es sind tausende!«, murmelte Conan. »Es ist lange her, seit eine Kshatriya-Armee so tief in die Berge vordrang.«

»Sie suchen mich!«, versicherte ihm Yasmina aufgeregt. »Leih mir dein Pferd! Ich werde zu meinen Soldaten reiten. Der Hang links ist nicht so steil, ich werde schon hinunterkommen. Geh du einstweilen zu deinen Männern und sag ihnen, sie sollen noch eine Weile durchhalten. Ich werde meine Reiter am oberen Ende in das Tal führen und die Turaner von hinten überfallen. Dann haben wir sie in der Zange. Beeil dich, Conan! Oder willst du deine Männer um deines eigenen Verlangens willen opfern?«

Der brennende Hunger der Steppen und Winterwälder sprach aus seinen Augen, aber er schüttelte den Kopf, schwang sich aus dem Sattel und übergab ihr die Zügel.

»Du hast gewonnen«, brummte er. »Reite wie der Teufel!«

Sie bog nach links ab, den Hang hinunter, und er rannte eilig den Grat weiter, bis er die schmale Klamm erreichte, in der der Kampf tobte. Wie ein Affe kletterte er die Steilwand hinunter und nutzte selbst den kleinsten Vorsprung oder Spalt als Fuß- oder Handgriff, bis er schließlich mitten hinein in das Getümmel sprang, das an der Klammmündung herrschte. Klingen pfiffen und klirrten, Pferde wieherten und stampften, Federbüsche auf Helmen wippten zwischen zerfetzten Turbanen.

Wie ein Wolf brüllte er, als er auf den Zehen landete. Er fasste nach einem goldverzierten Zügel, und während er einem Krummsäbel auswich, stieß er seinen langen Dolch zu einem gegnerischen Reiter hoch. Einen Herzschlag später saß er im Sattel und brüllte seinen Afghuli Befehle zu. Einen Augenblick starrten sie ihn nur dumm an. Als sie aber sahen, welche Wirkung seine Klinge unter den Feinden erzielte, kämpften sie selbst weiter und nahmen seine Anwesenheit als gegeben hin. In dieser Hölle blitzender Klingen und wilder Hiebe war keine Zeit, Fragen zu stellen oder sie zu beantworten.

Die Reiter in ihren Spitzhelmen und goldverzierten Harnischen hielten sich an der Klammöffnung, und ihre blitzenden Klingen waren in ständiger Bewegung. Die enge Klamm war dicht gefüllt, ja verstopft mit Männern und Pferden. Die Krieger quetschten sich Brust an Brust und stachen nur zu, denn selten fanden sie genügend Ellbogenfreiheit, um ihre Klingen zu schwingen. Ging ein Mann zu Boden, hatte er gar keine Chance mehr aufzustehen, denn sofort trampelten Pferdehufe über ihn hinweg. Körperkraft und Geschicklichkeit waren hier ungemein wichtig, und der Häuptling der Afghuli kämpfte für zehn. In Zeiten wie dieser übten Gewohnheiten einen beachtlichen Einfluss auf Männer aus, deshalb schöpften die Afghuli, die gewohnt waren, Conan an der Spitze zu sehen, trotz ihres Misstrauens neuen Mut.

Aber auch zahlenmäßige Stärke durfte nicht außer Acht gelassen werden. Der Druck von hinten zwang die turanischen Reiter immer tiefer in die Klamm und geradewegs in die flinken Tulwars. Fuß um Fuß wurden die Afghuli zurückgedrängt, und ihre Gefallenen bedeckten den Boden. Während er wie ein Berserker um sich hieb, begannen Conan leise Zweifel zu quälen – würde Yasmina ihr Wort halten? Wenn es ihr einfiel, brauchte sie sich nur ihren Soldaten anzuschließen, mit ihnen südwärts zu reiten und ihn mit seinen Afghuli den Turanern zu überlassen.

Aber endlich, nach einem Jahrhundert verzweifelten Kampfes, wie ihm schien, waren über dem Schlachtgetümmel das Schmettern von Trompeten und das donnernde Hufgedröhn von fünftausend Reitern zu hören, die auf die Armee von Secunderam einstürmten.

Die turanischen Schwadronen lösten sich in kleine Trupps auf, die überall im Tal von den Vendhyanern niedergemacht wurden. Bald hatte sich der Kampfplatz aus der Klamm ins Tal davor verlagert. Es herrschte ein chaotisches Getümmel. Reiter kämpften einzeln und in kleinen Gruppen, und dann ging der Emir zu Boden, von einer Kshatriya-Lanze getroffen. Die Reiter mit den Spitzhelmen gaben ihren Pferden die Sporen und versuchten verzweifelt, sich einen Weg durch die Vendhyaner zu kämpfen, die von hinten über sie hergefallen waren. Als sie sich fliehend zerstreuten, schwärmten auch ihre Feinde aus, um sie zu verfolgen, und über die Talsohle, die Hänge und Grate strömten Fliehende und Verfolger. Die Afghuli, die noch dazu fähig waren, stürmten aus der Klamm und jagten ihre Feinde ebenfalls. Sie nahmen die unerwarteten Verbündeten als genauso gegeben hin wie die plötzliche Rückkehr ihres verstoßenen Häuptlings.

Die Sonne näherte sich langsam den fernen Berggipfeln im Westen, als Conan, dem die Kleidung in Fetzen vom Leib hing, auf die Devi Yasmina zuging, die auf ihrem

Pferd zwischen ihren Edlen saß, auf einem Kamm in der Nähe eines steilen Abhangs.

»Du hast dein Wort gehalten, Devi!«, brüllte er ihr entgegen. »Bei Crom, ich muss gestehen, mich quälten eine Weile schlimme Zweifel dort unten in der Klamm – Vorsicht!«

Ein Geier von ungeheurer Größe tauchte unter Flügeldonnern aus dem Himmel herab.

Der säbelähnliche Schnabel hieb nach dem weichen Hals der Devi, aber Conan war flinker. Mit dem weiten Sprung eines Tigers hatte er sie erreicht. Sein Dolch stach zu, und der Geier stieß mit Menschenstimme einen grauenvollen Schrei aus, fiel seitwärts zu Boden und stürzte den Steilhang hinunter zum Klammboden und Fluss tausend Fuß tiefer. Im Fallen schlugen die schwarzen Schwingen durch die Luft und wurden zu den weiten Ärmeln eines goldbestickten Samtgewandes, und der Greifvogel ward zur Männergestalt, die auf den Felsen aufschlug.

Mit dem blutigen Dolch in der Hand, brennenden blauen Augen und zahllosen kleineren Wunden an den muskulösen Armen und Beinen wandte Conan sich erneut Yasmina zu.

»Du bist wieder die Devi«, sagte er und betrachtete grimmig grinsend den vornehmen dünnen Umhang, den sie über die Bergmädchentracht geworfen hatte; von den Edlen auf den Pferden ringsum ließ er sich nicht beeindrucken. »Ich muss dir für das Leben von gut dreihundertfünfzig meiner Halunken danken, die nun endlich überzeugt sind, dass ich sie nicht verraten habe. Du hast meine Hände wieder um die Zügel bevorstehender Eroberungen gelegt.«

»Ich schulde dir noch eine Belohnung«, sagte sie, während sie ihren Blick mit seltsamen Ausdruck über ihn gleiten ließ. »Du sollst zehntausend Goldstücke …«

Mit wilder, ungeduldiger Geste schüttelte er das Geierblut von seinem Dolch und steckte ihn in seine Hülle zurück, ehe er sich die Hände am Kettenhemd abwischte.

»Ich werde mir die Belohnung auf meine eigene Weise holen, und zu einer Zeit, die ich bestimme«, sagte er. »In deinem Palast in Ayodhya werde ich sie fordern, und ich bringe fünfzigtausend Krieger mit, um sicherzugehen, dass die Waagschalen nicht schwanken.«

Sie lachte und legte die Hand um die Zügel ihres Pferdes. »Und ich werde dich am Ufer des Jhumdas mit hunderttausend erwarten!«

Seine Augen leuchteten in wilder Bewunderung auf. Er trat einen Schritt zurück, hob in majestätischer Geste die Hand, um ihr zu bedeuten, dass der Weg frei vor ihr lag.

DIE STUNDE DES DRACHEN

Die Stunde des Drachen

Das Löwenbanner schwankt und fällt
im Zwielicht voller Schatten;
Blutrot ein Drache fliegt vorbei,
sein Schwingenschlag von finst'ren Taten kündend.
Das Schlachtfeld von gefallenen Rittern übersät,
die Lanzen all zerbrochen;
Und oben in den Bergen, den verfluchten,
die dunklen, alten Götter heben ihr Haupt.
Die Totenhände greifen aus den Schatten,
verhüllen selbst der Sterne helle Pracht,
Dies ist die Stunde nun des Drachen
und der Triumph der bösen Macht.

I

OH SCHLÄFER, ERWACHE!

DIE LANGEN KERZEN FLACKERTEN und warfen zitternde schwarze Schatten auf die Wände. Die Samtbehänge bewegten sich, obgleich keine Hand nach ihnen griff und nicht der geringste Luftzug in dem Gemach zu spüren war. Vier Männer standen um den Ebenholztisch, auf dem der grüne, wie aus Jade gehauene Sarkophag stand. In der erhobenen Rechten eines jeden der vier brannte eine schwarze Kerze mit gespenstisch grünem Schein. Es war Nacht, und außerhalb der geschlossenen Fenster klagte der Wind zwischen den schwarzen Bäumen.

Im Gemach herrschte angespannte Stille, während die Schatten tanzten und vier brennende Augenpaare auf den grünen Sarkophag starrten, auf dem sich geheimnisvolle Glyphen wanden, als hätte das flackernde Licht ihnen Leben verliehen. Der Mann am Fuß des Sarkophags beugte sich darüber. Er bewegte seine Kerze, als kritzele er mit einer Feder, und beschrieb mystische Zeichen in die Luft. Dann setzte er die Kerze in ihren schwarzgoldenen Halter am Fußende des Sarkophags. Er murmelte für seine Gefährten unverständliche Worte, ehe er die breite weiße Hand in sein pelzverbrämtes Gewand schob. Als er sie wieder hervorholte, sah es aus, als hielte er in ihr eine Kugel lebenden Feuers.

Die anderen drei hielten den Atem an, als der kräftige Mann am Kopfende des Sarkophags flüsterte: »Das Herz Ahrimans!« Der andere hob Schweigen gebietend die Hand. Irgendwo jaulte kläglich ein Hund, und leise Schritte waren vor der versperrten und verriegelten Tür zu hören. Doch keiner blickte von dem Sarkophag auf, über den der Mann im pelzverbrämten Gewand den funkelnden Edelstein bewegte, während er eine Beschwörung murmelte, die schon zu Atlantis' Zeiten alt gewesen war. Das Glühen des Juwels blendete die Augen, sodass die Zuschauer nicht sicher sein konnten, was sie sahen. Der Sarkophagdeckel brach mit berstendem Krachen auf, als drücke etwas mit ungeheurer Kraft von innen dagegen. Die vier Männer, die sich jetzt aufgeregt darüberbeugten, sahen den, der in dem Sarkophag eingesperrt gewesen war: eine verschrumpelte, dürre Gestalt mit bräunlicher Pergamenthaut, die da und dort aus den vermodernden Mumienverbänden schaute.

»Dieses ... Ding wollen wir zum Leben zurückbringen?«, sagte der kleine dunkle Mann, der rechts stand, mit spöttischem, bellendem Lachen. »Es wird ja bei der kleinsten Berührung zerfallen. Narren sind wir ...«

»Pssst!«, zischte der große Mann, der den Edelstein in der Hand hielt. Schweiß perlte auf seiner breiten Stirn, und seine Augen waren geweitet. Er beugte sich nach vorn und legte, ohne die verschrumpelte Mumie zu berühren, das glühende Juwel auf ihre Brust. Dann wich er zurück und beobachtete sie, während seine Lippen sich in einer lautlosen Beschwörung bewegten.

Es war, als brenne eine Kugel aus lebendem Feuer auf der toten, eingefallenen Brust. Die Zuschauer atmeten fast rasselnd durch die aufgeregt zusammengepressten Zähne, denn was sie sahen, war unglaublich. Vor ihren Augen fand eine schreckliche Verwandlung statt. Die verschrumpelte Gestalt im Sarkophag dehnte sich aus, wurde größer und breiter. Die Verbände zerfielen zu braunen, morschen Fetzen. Die dürren Gliedmaßen schwollen an, streckten sich. Die pergamentartige Haut wurde straff und heller.

»Bei Mitra!«, hauchte der hoch gewachsene blonde Mann zur Linken. »Er war also *kein* Stygier. So viel zumindest stimmt.«

Wieder mahnte ein zitternder Finger zum Schweigen. Der Hund winselte nun, als plagten ihn schlimme Träume, und dann verklang auch dieser Laut. In der Stille hörte der Blonde deutlich das Ächzen der schweren Tür, als versuche jemand mit aller Kraft sie aufzustoßen. Er drehte sich, die Hand am Schwert, halb danach um, aber der Mann im hermelinbesetzten Gewand zischte warnend: »Bleibt! Brecht die Kette nicht. Geht nicht zur Tür, wenn Euch Euer Leben lieb ist!«

Der Blonde zuckte die Schultern und wandte sich wieder um. Er glaubte, seinen Augen nicht trauen zu können. In dem Sarkophag lag ein Lebender! Ein kräftiger, nackter Mann, mit weißer Haut und dunklem Haar und Bart. Reglos, mit weit offenen Augen lag er da, und sein Gesichtsausdruck glich dem eines verwunderten Kindes.

Der Mann im pelzverbrämten Gewand schwankte wie im Überschwang der Gefühle.

»Ischtar!«, keuchte er. »Es ist Xaltotun! – *und er lebt!* Valerius! Tarascus! Amalric! Seht ihr? Ihr habt gezweifelt – aber es ist mir gelungen! Wir waren dem offenen Tor zur Hölle heute Nacht sehr nah, und die Kreaturen der Finsternis sammelten sich dicht um uns – ja, sie folgten *ihm* bis an die Tür –, doch jedenfalls gelang es uns, den großen Magier ins Leben zurückzubringen!«

»Und gaben dadurch zweifellos unsere Seelen den ewigen Höllenqualen preis«, brummte der kleine dunkle Tarascus.

Valerius, der Blonde, lachte barsch.

»Können die Höllenqualen schlimmer als das Leben sein? Von Geburt an sind wir bereits verdammt! Außerdem, wer würde nicht freudig seine armselige Seele gegen einen Thron eintauschen?«

»Es ist kein Wissen in seinem Blick, Orastes«, sagte der Große.

»Er war sehr lange tot«, gab Orastes zu bedenken. »Er ist gerade erst erwacht. Sein Gedächtnis ist leer nach dem langen Schlaf – nein, er war *tot*, das ist mehr, als hätte er nur geschlafen. Wir holten seinen Geist über die Abgründe und die Leere der ewigen Nacht und des Nichts zurück. Ich werde zu ihm sprechen.«

Er beugte sich über das Fußende des Sarkophags und richtete die dunklen Augen auf den darin Liegenden. Langsam sagte er: »Erwacht, Xaltotun!«

Die Lippen des Liegenden bewegten sich mechanisch. »Xaltotun!«, wiederholte er zögernd.

»*Ihr* seid Xaltotun!«, sagte Orastes eindringlich. »Ihr seid Xaltotun aus Python in Acheron.«

Die dunklen Augen leuchteten kurz schwach auf.

»Ich war Xaltotun«, wisperte der Mann im Sarkophag. »Ich bin tot!«

»Ihr *seid* Xaltotun!«, betonte Orastes. »Ihr seid nicht tot! Ihr lebt!«

»Ich bin Xaltotun«, erklang das gespenstische Wispern. »Aber ich bin tot. Ich starb in meinem Haus in Khemi, in Stygien.«

»Und die Priester, die Euch vergifteten, mumifizierten Euren Körper auf eine Weise, die nur sie kannten, und erhielten so alle Eure Organe«, erklärte Orastes. »Doch jetzt lebt Ihr wieder! Das Herz Ahrimans hat Euch das Leben zurückgegeben und Euren Geist über Raum und Ewigkeit zurückgeholt!«

»Das Herz Ahrimans!« Die Flamme der Erinnerung wurde stärker. »Die Barbaren stahlen es mir!«

»Er erinnert sich«, murmelte Orastes. »Hebt ihn aus dem Sarkophag.«

Die anderen gehorchten zögernd, als widerstrebe es ihnen, den Mann zu berühren, dem sie das Leben zurückgegeben hatten. Sie fühlten sich auch nicht wohler, als sie das feste muskulöse Fleisch, in dem Blut und Leben pulsierten, unter ihren Fingern spürten. Aber sie hoben ihn auf den Tisch, und Orastes kleidete ihn in ein seltsames dunkles Samtgewand, das mit goldenen Sternen und Halbmonden bestickt war, und legte ihm ein Stirnband aus Goldstoff um den Kopf, um so die schwarzen Locken zu zähmen, die ihm bis zur Schulter fielen. Xaltotun ließ es schweigend geschehen. Er sagte auch nichts, als sie ihn auf einen geschnitzten, thronähnlichen Sessel setzten, mit hoher Rückenlehne aus Ebenholz und breiten silbernen Armlehnen und goldenen Beinen, die wie mächtige Pranken aussahen. Reglos blieb er sitzen. Allmählich begann sich wacher Verstand in den dunklen Augen zu spiegeln und ließ sie ungewöhnlich tief und leuchtend erscheinen. Es war, als tauchten lange versunkene Irrlichter langsam aus mitternächtlich-dunklen Teichen. Orastes warf einen verstohlenen Blick auf seine Gefährten, die in morbider Faszination auf ihren Gast starrten. Ihre eisernen Nerven hatten etwas durchgestanden, das schwächere Männer in den Wahnsinn hätte treiben können. Er wusste, dass er sich nicht mit Schwächlingen verschworen hatte, sondern mit Männern, deren Mut so groß war wie ihr gesetzloser Ehrgeiz und ihr Hang zum Bösen. Erneut wandte er seine Aufmerksamkeit der Gestalt auf dem Ebenholzthron zu. Endlich öffnete sie die Lippen.

»Ich erinnere mich«, sagte sie mit kräftiger, klangvoller Stimme. Sie sprach Nemedisch mit einem seltsamen, archaischen Akzent. »Ich bin Xaltotun, ehemals Hohepriester Sets in Python im Reiche Acheron. Das Herz Ahrimans – ich träumte, ich habe es wieder gefunden –, wo ist es?«

Orastes drückte es ihm in die Hand. Xaltotun atmete heftig, als er in die unendliche Tiefe dieses schrecklichen Juwels schaute, das in seinen Fingern brannte.

»Sie stahlen es mir, vor langer Zeit«, murmelte er. »Das rote Herz der Nacht ist es. Es hat die Kraft, zu retten oder zu verdammen. Von weither und aus längst vergangener Zeit kommt es. Während es mein war, kam keiner gegen mich an. Aber man stahl es mir, und Acheron fiel. Ich floh als Heimatloser ins dunkle Stygien. An vieles erinnere ich mich, aber so manches habe ich vergessen. Ich war in einem fernen Land, jenseits von verhangenen Abgründen und dunklen Meeren. Welches Jahr zählt man jetzt?«

Orastes antwortete. »Das Jahr des Löwen nähert sich dem Ende, dreitausend Jahre nach dem Fall von Acheron.«

»Dreitausend Jahre!«, murmelte der andere staunend. »So lange. Wer seid Ihr?«

»Ich bin Orastes, ein ehemaliger Mitrapriester. Das ist Amalric, Baron von Tor in Nemedien; das Tarascus, der jüngere Bruder des Königs von Nemedien; und dieser hoch gewachsene Mann ist Valerius, der rechtmäßige Thronerbe Aquiloniens.«

»Weshalb habt Ihr mich ins Leben zurückgeholt?«, fragte Xaltotun. »Was wollt Ihr von mir?«

Der Mann war jetzt voll Leben und wach. Seine scharfen Augen verrieten einen nicht weniger scharfen Verstand, und von Zögern oder Unsicherheit war nichts mehr zu spüren. Er kam direkt zur Sache wie einer, der wusste, dass man nichts umsonst bekommt. Orastes antwortete mit gleicher Offenheit.

»Wir öffneten heute Nacht das Tor zur Hölle, um Euren Geist zu befreien und Eurem Körper zurückzugeben, weil wir Eure Hilfe benötigen. Wir wollen Tarascus auf den Thron von Nemedien setzen, und Valerius auf den von Aquilonien. Mit Euren Zauberkräften könnt Ihr das bewirken.«

Wieder bewies Xaltotun seinen wachen Verstand.

»Ihr müsst selbst sehr viel davon verstehen, Orastes, sonst wärt Ihr nicht imstande gewesen, mir das Leben zurückzugeben. Wie kommt es, dass ein Mitrapriester vom Herzen Ahrimans und den Beschwörungen Skelos' weiß?«

»Ich bin kein Mitrapriester mehr«, antwortete Orastes. »Ich wurde aus meinem Orden ausgestoßen, weil ich mich mit Schwarzer Magie beschäftigte. Wäre Amalric nicht gewesen, hätte man mich möglicherweise als Hexer verbrannt.

Jedenfalls gab die Verbannung mir die Zeit, mich weiter mit meinem Studium zu beschäftigen. Ich besuchte Zamora, Vendhya, Stygien und die verwunschenen Dschungel von Khitai. Ich las in den eisengebundenen Büchern von Skelos und unterhielt mich mit unsichtbaren Kreaturen in tiefen Brunnen und gesichtslosen Geschöpfen in übel riechenden, dunklen Dschungeln. Mir glückte ein Blick auf Euren Sarkophag in den von Dämonen heimgesuchten Krypten unterhalb des von hohen Mauern umgebenen Set-Tempels im Hinterland von Stygien. Ich lernte die Künste, die Leben in Euren verschrumpelten Leichnam zurückbringen würden. Aus modernden Schriften erfuhr ich vom Herzen Ahrimans. Ein ganzes Jahr lang forschte ich nach seinem Versteck, bis ich es schließlich fand.«

»Warum habt Ihr Euch dann die Mühe gemacht, mich wiederzubeleben?«, fragte Xaltotun, und sein Blick schien den Priester durchbohren zu wollen. »Weshalb habt Ihr das Herz Ahrimans nicht benutzt, um Eure eigenen Kräfte zu verstärken?«

»Weil heutzutage niemand seine Geheimnisse kennt«, antwortete Orastes ehrlich. »Nicht einmal Legenden berichten von den Künsten, durch die man sich seiner vollen Kraft bedienen kann. Ich wusste, dass man damit Leben zurückzugeben vermag, doch seine tieferen Geheimnisse sind mir unbekannt. Ich benutzte es lediglich, um Euch ins Leben zurückzuholen. Der Einsatz Eures Wissens ist es, was wir uns erhoffen. Was das Herz betrifft, nur Ihr allein kennt seine gewaltigen Geheimnisse.«

Xaltotun schüttelte den Kopf und blickte grübelnd in die flammenden Tiefen.

»Meine Kenntnisse der Magie sind größer als die aller anderen Menschen zusammengenommen«, sagte er. »Trotzdem blieb mir die volle Kraft des Juwels verborgen. Ich benutzte es zu meiner Zeit nicht, ich hütete es nur, damit es nicht gegen mich verwendet werden könnte. Doch schließlich wurde es mir gestohlen, und in den Händen eines federgeschmückten Schamanen der Barbaren schlug es all meine mächtigen Zauberkünste. Dann verschwand es, und ehe ich in Erfahrung bringen konnte, wo es versteckt war, vergifteten mich die eifersüchtigen Priester Stygiens.«

»Es war in einer Höhle unter dem Mitratempel in Tarantia versteckt«, sagte Orastes. »Auf sehr verschlungenen Wegen stieß ich darauf, nachdem ich Eure sterblichen Überreste in Sets unterirdischem Tempel in Stygien aufgespürt hatte.

Zamorianische Diebe, die zum Teil von meinen Zaubersprüchen geschützt waren – sie wiederum lernte ich aus Quellen, die ich lieber nicht nennen möchte –, stahlen Euren Sarkophag aus den Klauen jener, die ihn im Dunkeln bewachten, und mit einer Kamelkarawane, einer Galeere und einem Ochsenkarren gelangte er endlich hierher in diese Stadt.

Die gleichen Diebe – oder vielmehr jene, die nach diesem schrecklichen Abenteuer noch am Leben waren – stahlen auch das Herz Ahrimans für mich aus den dämonenbewachten Höhlen unter dem Mitratempel. Alle menschliche Geschicklichkeit und alle Zaubersprüche waren nahe daran zu versagen. Nur einer der Diebe überlebte lange genug, mich zu erreichen und mir das Juwel auszuhändigen. Ehe er starb, berichtete er mir – kaum der Stimme mächtig und fast seiner Sinne beraubt –, was er in jener verfluchten Krypta erlebt hatte. Die Diebe von Zamora sind die zuverlässigsten. Nur sie waren imstande, das Herz von dort zu stehlen, wo es seit dem Fall von Acheron dreitausend Jahre in der dämonenbewachten Dunkelheit ruhte.«

Xaltotun hob den an einen Löwen erinnernden Kopf und starrte vor sich hin, als versuche sein Geist, sich durch verlorene Jahrhunderte zu tasten.

»Dreitausend Jahre!«, murmelte er. »Set! Erzählt mir, was sich seither tat.«

»Die Barbaren, die Acheron vernichteten«, berichtete Orastes, »gründeten schließlich eigene Königreiche. Wo Acheron lag, befinden sich jetzt die Länder Aquilonien, Nemedien und Argos, gegründet von den Stämmen, die sich dort niedergelassen hatten. Die älteren Königreiche Ophir, Corinthien und Westkoth, die den Königen von Acheron untertan gewesen waren, gewannen mit dem Fall des Reiches ihre Unabhängigkeit zurück.«

»Und was ist aus dem Volk von Acheron geworden?«, fragte Xaltotun. »Als ich nach Stygien floh, lag Python in Trümmern. All die großen, purpurtürmigen Städte Acherons waren blutbesudelt, und die Barbaren trampelten über ihre Ruinen.«

»In den Bergen leben noch kleinere Volksgruppen, die behaupten, von Acheronen abzustammen«, erwiderte Orastes. »Die Übrigen starben unter der Flut meiner barbarischen Vorfahren. Sie – meine Vorfahren – hatten viel unter den Königen von Acheron zu leiden gehabt.«

Ein grimmiges Lächeln verzog des Pythoniers Lippen.

»Ja! So mancher Barbar, sowohl Mann als auch Frau, ließ schreiend unter meinen Händen auf dem Altar sein Leben. Ich habe ihre Schädel, zu Pyramiden gehäuft, auf dem Hauptplatz von Python gesehen, wenn die Könige mit ihrer Kriegsbeute und nackten Gefangenen aus dem Westen zurückkehrten.«

»So wurde es uns überliefert. Und als der Tag der Abrechnung kam, hatte das Schwert das Wort. So hörte Acheron auf zu existieren, und das purpurtürmige Python wurde zu einer Erinnerung aus vergessenen Tagen. Doch die jüngeren Königreiche, die sich aus den Ruinen des Reiches erhoben, wurden groß. Jetzt haben wir Euch zurückgebracht, damit Ihr uns helft, über sie zu herrschen. Auch wenn sie weniger prächtig und wundersam als Acheron sind, fehlt es ihnen nicht an Macht und Reichtum, und sie sind es wert, dass man um sie kämpft. Seht!« Er rollte dann eine kunstvoll auf Velin gezeichnete Karte auf.

Xaltotun betrachtete sie und schüttelte verblüfft den Kopf.

»Selbst die Umrisse der Landmasse haben sich verändert. Es ist, als sähe man etwas Vertrautes verzerrt in einem Traum.«

»Wie dem auch sei«, sagte Orastes und deutete mit dem Zeigefinger, »das hier ist Belverus, die Hauptstadt von Nemedien, in der wir uns augenblicklich befinden. Das sind die Landesgrenzen. Im Süden und Südosten liegen Ophir und Corinthien, im Osten Brythunien, im Westen Aquilonien.«

»Es ist die Karte einer Welt, die mir fremd ist«, murmelte Xaltotun. Orastes entging der bittere Hass nicht, der in den dunklen Augen brannte.

»Es ist eine Karte, die zu verändern Ihr uns helfen werdet«, fuhr Orastes fort. »Wir möchten als Erstes Tarascus auf dem Thron von Nemedien sehen, und zwar soll das ohne Waffengewalt geschehen, auf eine Weise, die keinen Verdacht auf ihn wirft. Kein Bürgerkrieg darf unser Land schwächen, denn wir müssen alle Kräfte zur Eroberung von Aquilonien aufsparen.

Wenn König Nimed und seine Söhne eines natürlichen Todes sterben, durch eine Seuche beispielsweise, fällt der Thron rechtmäßig Tarascus zu. Dagegen kann niemand Einspruch erheben.«

Xaltotun nickte schweigend, und Orastes erläuterte:

»Das Nächste wird schwieriger sein. Wir können Valerius nicht ohne Krieg auf den aquilonischen Thron setzen, und Aquilonien ist ein ernst zu nehmender Gegner. Sein Volk ist eine zähe, kriegerische Rasse, gehärtet durch ständigen Kampf gegen die Pikten, Zingarier und Cimmerier. Seit fünfhundert Jahren führten Nemedien und Aquilonien immer wieder Krieg gegeneinander, und jedes Mal profitierte Aquilonien davon. Sein gegenwärtiger König ist der berühmteste Krieger aller westlichen Nationen. Er ist kein Aquilonier, sondern ein Abenteurer, der sich während eines Bürgerkriegs der Krone bemächtigte, indem er König Numedides eigenhändig auf dem Thron erwürgte. Sein Name ist Conan. Im offenen Kampf kommt keiner gegen ihn an.

Valerius ist der rechtmäßige Thronerbe. Sein königlicher Vetter, Numedides, hat ihn ins Exil getrieben, und er ist nun schon viele Jahre seiner Heimat fern. Aber jedenfalls ist er vom Blut der alten Dynastie, und viele der Barone würden insgeheim den Sturz Conans begrüßen, der ein Nichts ist, ohne königliches, ja ohne blaues Blut überhaupt. Das Volk andererseits ist ihm ergeben, und auch die Edlen der äußeren Provinzen halten zu ihm. Werden seine Streitkräfte jedoch in dem Kampf, der zuvor stattfinden muss, geschlagen und Conan selbst getötet, dürfte es nicht schwierig sein, Valerius auf den Thron zu setzen. Ist Conan erst tot, ist auch der Kern der Regierung erledigt. Er gehört keiner Dynastie an, er ist ein Einzelgänger, ein Abenteurer.«

»Diesen König würde ich mir gern ansehen«, murmelte Xaltotun überlegend und blickte auf einen Silberspiegel, der eines der Wandpaneele bildete. Dieser Spiegel warf keine Bilder zurück, aber Xaltotuns Miene verriet, dass er sich seines Zweckes durchaus bewusst war. Orastes nickte mit dem Stolz eines guten Handwerkers, der Anerkennung durch seinen Meister findet.

»Ich werde versuchen, ihn Euch zu zeigen«, versprach er. Er setzte sich vor den Spiegel und blickte eindringlich in seine Tiefe, wo allmählich ein verschwommener Schatten Form annahm.

Es war unheimlich, doch die, die ihm dabei zusahen, wussten, dass das Silber nichts weiter als Orastes' Gedanken widerspiegelte, ähnlich der Magie eines Zauberers in einer Kristallkugel. Immer klarer wurde das Bild, bis schließlich ganz deutlich ein riesenhafter Mann mit breiten Schultern und mächtiger Brust, kräftigem Hals und ungemein muskulösen Gliedmaßen zu sehen war. Er war in Samt und Seide gekleidet, und die königlichen Löwen Aquiloniens waren in Gold auf sein Wams gestickt. Die aquilonische Krone saß verwegen auf der glatt geschnittenen schwarzen Mähne. Irgendwie passte jedoch das gewaltige Schwert an seiner Seite besser zu ihm als das vornehme Gewand. Die Augen unter der hohen breiten Stirn glitzerten wie Gletschereis, unter dem ein vulkanisches Feuer zu brennen schien. Sein sonnengebräuntes, narbiges Gesicht war das eines Kämpfers, und der kostbare Samt vermochte die harten und doch panterhaft geschmeidigen Muskeln nicht zu vertuschen.

»Das ist kein Hyborier!«, rief Xaltotun.

»Nein, er ist Cimmerier, einer dieser wilden Stammesbrüder, die in den rauen Bergen des Nordens hausen.«

»Ich kämpfte gegen seine Vorfahren«, murmelte Xaltotun. »Nicht einmal die Könige von Acheron vermochten sie zu bezwingen!«

»Sie sind immer noch ein Schrecken der südlichen Nationen«, entgegnete Orastes. »Er ist ein wahrer Sohn dieser wilden Rasse, und er hat sich bisher als unbesiegbar erwiesen.«

Xaltotun schwieg. Er starrte auf die Kugel lebenden Feuers in seiner Hand. Irgendwo draußen jaulte erneut der Hund.

II

Ein schwarzer Wind weht

Die Pest wütete in Belverus. Sie verschonte weder den reichen Kaufmann in seinem prunkvollen Haus noch den Sklaven im Pferch oder den Ritter an der Bankett-tafel. Gegen sie waren alle Künste der Heiler erfolglos. Die Menschen munkelten, dass die Hölle sie als Strafe für die Sünden des Stolzes, der Habgier und Lüstern-heit geschickt habe. Sie war schnell und tödlich wie der Biss einer Schlange. Der Leib ihres Opfers färbte sich purpurn, dann schwarz, und innerhalb kürzester Zeit brach es sterbend zusammen; der grauenhafte Gestank seiner Verwesung breitete sich aus, noch ehe der Tod die Seele aus dem verrottenden Körper befreite. Ein heißer Südwind tobte unablässig. Er verdörrte die Feldfrüchte auf den Äckern und das Gras auf der Weide und raffte das Vieh dahin.

Die Menschen beteten verzweifelt zu Mitra, und verfluchten ihren König, denn irgendwie ging das Gerücht durch das ganze Land, dass der König in der Abgeschiedenheit seines nächtlichen Palastes sich grauenvollen Zaubern und widerwärtigen Ausschweifungen hingab. Dann pirschte sich der Tod grinsend in den Palast, und um seine Füße wirbelten die unerträglichen Dämpfe der Pest. In einer Nacht starben der König und seine drei Söhne. Die Trommeln, die ihr Dahinscheiden verkündeten, übertönten die Glocken an den Karren, die durch die Straßen holperten, um die verrottenden Pestopfer einzusammeln.

In jener Nacht, kurz vor dem Morgengrauen, hörte der Wind auf, der wochenlang pausenlos an Fensterläden gerüttelt und an Seidenvorhängen gezupft hatte. Ein neuer Wind erhob sich. Aus dem Norden stürmte er herbei. Er pfiff und heulte durch die Straßen, bis ein gewaltiger Donner die Wolken zerriss, blendende Blitze die Luft zerschnitten und Regen in Strömen floss. Doch als der Morgen anbrach, schien die Sonne auf frisch aus dem gesättigten Boden sprießendes Gras, das Getreide begann sich zu erholen, und die Pest war verschwunden. Der stürmische Nordwind vertrieb auch ihren letzten Gifthauch.

Die Menschen raunten, die Götter seien nun wieder zufrieden, da der verruchte König und seine Brut nicht mehr lebten. Und als sein jüngerer Bruder, Tarascus, im großen Thronsaal gekrönt wurde, jubelte die Bevölkerung in ihrer Freude über den neuen Monarchen, dem die Götter wohlgesinnt waren, sodass die Türme förmlich erzitterten.

Eine solche Welle der Begeisterung, die das ganze Land überschwemmt, ist häufig das Signal für einen Eroberungskrieg. So wunderte sich auch niemand über die Bekanntmachung, dass König Tarascus die Waffenruhe widerrief, die der verstorbene König mit den westlichen Nachbarn geschlossen hatte, und seine Truppen sammelte, um in Aquilonien einzubrechen. Offen gab er den Grund an und verkündete laut sein Motiv, das seinen Krieg zu einem hehren Feldzug machte. Er vertrat die gute Sache von Valerius, des »rechtmäßigen Thronerben«. Er würde, erläuterte er, nicht als Feind in Aquilonien einmarschieren, sondern als Freund, um das Volk von der Tyrannei eines Thronräubers – und Fremden noch dazu – zu befreien.

Wenn es in gewissen Kreisen zu zynischem Lächeln kam und zu Bemerkungen über des Königs guten Freund Amalric, dessen gewaltiger persönlicher Reichtum in das ziemlich leere Staatssäckel floss, wurden sie in der allgemeinen Begeisterung für den beliebten Tarascus nicht beachtet. Ahnte tatsächlich ein schlauer Kopf, dass in Wirklichkeit Amalric hinter den Kulissen der wahre Herrscher von Nemedien war, so war er klug genug, seine ketzerische Meinung nicht zu äußern. Und so begann der Feldzug unter dem begeisterten Jubel der Bevölkerung.

Der König und seine Verbündeten zogen westwärts an der Spitze von fünfzigtausend Mann: Ritter in glänzender Rüstung, mit flatternden Bannern über ihren Helmen; Pikenträger mit stählernen Kappen und Schuppenpanzern; Armbrustschützen in Lederwämsern. Sie überquerten die Grenze, nahmen eine Grenzfestung und legten drei Bergdörfer in Schutt und Asche, ehe sie im Tal von Valkia zehn Meilen westlich der Grenze auf die Streitkräfte Conans, des aquilonischen Königs, stießen: fünfundvierzigtausend Ritter, Bogenschützen und Fußsoldaten – die besten Aquiloniens. Nur die Ritter von Poitain, unter Prosperos Kommando, waren noch nicht eingetroffen, da sie einen weiten Weg von der Südwestecke des Königreichs zurückzulegen hatten. Tarascus hatte ohne Warnung zugeschlagen. Seine Invasion war der Proklamation auf dem Fuß gefolgt, ohne eine formelle Kriegserklärung.

Die beiden Armeen standen einander in einer breiten Talmulde gegenüber, die von zerklüfteten Felsen eingerahmt war und in deren Mitte sich ein seichter Fluss durch Rohrdickicht und Weiden wand. Die Trosse beider Heere holten Wasser aus diesem Fluss und bewarfen einander mit Beleidigungen und Steinen. Die letzten Strahlen der Sonne blitzten auf dem goldenen Banner Nemediens mit dem scharlachroten Drachen, das über dem Zelt König Tarascus' auf einer Erhöhung nahe der östlichen Schluchtwand flatterte. Aber die Schatten der westlichen Felswand fielen wie ein purpurnes Leichentuch über die Zelte und Streitkräfte der Aquilonier und auf die schwarze Standarte mit dem goldenen Löwen über König Conans Zelt.

Die ganze Nacht brannten auf der gesamten Länge des Tales Feuer, und der Wind trug das Schmettern von Trompeten, das Klirren und Rasseln von Waffen und die Wer-da-Rufe der Posten mit sich, die auf ihren Pferden an den Ufern des Flusses patrouillierten.

In der Dunkelheit vor dem Morgengrauen regte König Conan sich auf seinem Lager, das nur aus Seidentüchern und Fellen bestand, die auf eine Plattform gebreitet waren, und erwachte. Er richtete sich auf, griff nach seinem Schwert und brüllte.

Sein Feldherr, Pallantides, stürmte ins Zelt. Er sah seinen König, das Schwert in der Hand und Schweißtropfen auf dem ungewöhnlich blassen Gesicht, auf seiner Lagerstatt sitzen.

»Eure Majestät!«, rief Pallantides erschrocken. »Ist etwas passiert?«

»Was ist mit dem Lager?«, fragte Conan. »Sind die Wachen auf ihren Posten?«

»Fünfhundert Reiter machen ihre Runde am Fluss, Eure Majestät«, antwortete der General. »Die Nemedier trafen keine Anstalten, uns des Nachts anzugreifen. Genau wie wir warten sie offenbar auf das Morgengrauen.«

»Bei Crom!«, murmelte Conan. »Ich erwachte mit dem Gefühl, dass Unheil auf mich lauert.«

Er blickte auf die große goldene Lampe, die ihren weichen Schein über die Samtbehänge des großen Zeltes warf. Sie waren allein, nicht einmal ein Sklave oder Page schlief auf dem teppichbedeckten Boden, aber Conans Augen funkelten, wie sie es immer in größter Gefahr taten, und das Schwert in seiner Hand schien zu zucken.

Pallantides beobachtete ihn beunruhigt. Conan lauschte.

»Hört!«, zischte der König. »Habt Ihr es gehört? Ein verstohlener Schritt!«

»Sieben Ritter bewachen Euer Zelt, Majestät«, versicherte ihm der General. »Niemand könnte sich ihm unbemerkt nähern.«

»Es war nicht im Freien«, knurrte Conan. »Es schien hier im Zelt gewesen zu sein!«

Pallantides blickte sich verwirrt um. Die Samtbehänge verschmolzen mit den Schatten in den Ecken, aber wenn sich außer ihnen jemand in dem Zelt befunden hätte, wäre es ihm ganz sicher nicht entgangen. Er schüttelte den Kopf.

»Es ist niemand hier, Sire. Ihr befindet Euch inmitten Eurer Streitkräfte.«

»Ich habe selbst erlebt, wie der Tod einen König inmitten von tausenden schlug«, murmelte Conan. »Es ist etwas, das auf unsichtbaren Füßen wandelt und nicht zu sehen ist ...«

»Vielleicht habt Ihr geträumt, Eure Majestät«, meinte Pallantides jetzt noch beunruhigter.

»Das habe ich auch«, brummte Conan. »Ein teuflisch seltsamer Traum war es noch dazu. Den ganzen schweren Weg zum Königtum legte ich erneut zurück.«

Er schwieg, und Pallantides blickte ihn schweigend an. Der König war dem General genauso ein Rätsel wie den meisten seiner zivilisierten Untertanen. Pallantides wusste, dass Conan viele seltsame Wege in seinem wilden, ereignisreichen Leben gegangen und vieles gewesen war, ehe eine Laune des Schicksals ihn auf den Thron von Aquilonien gesetzt hatte.

»Ich sah das Schlachtfeld, auf dem ich geboren wurde«, sagte Conan und stützte nachdenklich das Kinn auf seine mächtige Faust. »Ich sah mich im Panterfell-Lendentuch Speere nach Raubtieren der Berge werfen. Wieder war ich Söldner, war Hetman der Kozaki am Zaporoska, war Freibeuter an der Küste von Kush und Pirat der Barachan-Inseln, war Häuptling der Bergstämme der Himelians. Alles, was ich je gewesen war, war ich im Traum erneut, und alle meine Ichs zogen in einer endlosen Reihe an mir vorüber; ihre Füße trommelten eine widerhallende Totenklage in den Staub.

Und durch den ganzen Traum wandelten seltsame verschwommene Gestalten und geisterhafte Schatten, und eine ferne Stimme verhöhnte mich. Am Schluss sah ich mich hier in diesem Zelt liegen, und eine Gestalt im Kapuzengewand beugte sich über mich. Ich war nicht imstande, mich zu rühren. Plötzlich glitt die Kapuze zurück, und ein verrottender Totenschädel grinste auf mich herab. Da erwachte ich.«

»Das war ein schlimmer Traum, Eure Majestät.« Pallantides erschauderte. »Aber er ist vorbei.«

Conan schüttelte zweifelnd den Kopf. Er entstammte einer barbarischen Rasse, und der Aberglaube und Instinkt seines Erbguts ruhten dicht unter der Oberfläche seines Bewusstseins.

»Ich habe so manchen bösen Traum geträumt«, antwortete er, »und viele davon waren ohne Bedeutung. Aber, bei Crom, dieser war nicht wie die meisten anderen Träume! Ich wollte, diese Schlacht wäre geschlagen und gewonnen, denn mich quält eine schreckliche Vorahnung, seit König Nimed an der Pest starb. Weshalb endete sie, nachdem er tot war?«

»Man sagt, er habe gesündigt ...«

»Die Menschen sind Narren«, knurrte Conan. »Wenn die Pest alle getötet hätte, die sündigten, bei Crom, wäre wohl kaum einer übrig geblieben! Weshalb sollten die Götter – von denen die Priester behaupten, sie seien gerecht – fünfhundert Bauern, Kaufleute und Edle ums Leben bringen, ehe sie den König bestraften, wenn die Pest nur für ihn gedacht war? Schlugen die Götter blindlings zu, wie Schwertkämpfer im Nebel? Bei Mitra, wenn ich meine Klinge so führte, hätte Aquilonien längst einen neuen König.

Nein! Die Pest war keine gewöhnliche Seuche. Sie lauert in stygischen Krypten und kann nur von mächtigen Zauberern herbeibeschworen werden. Ich war

Schwertkämpfer in Prinz Amalrics Armee, die in Stygien eindrang, und von seinen dreißigtausend Männern fielen fünfzehntausend unter stygischen Pfeilen; der Rest erlag der Pest, die uns wie brandende Wogen überschwemmte. Ich war der einzige Überlebende.«

»Aber in Nemedien starben nur fünfhundert an ihr«, gab Pallantides zu bedenken.

»Wer immer sie herbeibeschwor, wusste sie nach Belieben zu beenden«, antwortete Conan. »Deshalb bin ich mir auch sicher, dass das Ganze nach einem teuflischen Plan verläuft. Jemand rief die Pest herbei und verbannte sie, als sie ihr Werk getan hatte – als Tarascus sicher auf dem Thron saß und vom Volk als der Befreier vom Grimm der Götter bejubelt wurde. Bei Crom! Es steckt ein mächtiger, finsterer Geist dahinter. Was ist mit diesem Fremden, den Tarascus sich als Ratgeber genommen hat?«

»Er trägt einen Schleier«, antwortete Pallantides. »Man erzählt sich, dass er Ausländer ist, ein Fremder aus Stygien.«

»Ein Fremder aus Stygien!«, wiederholte Conan mit gerunzelter Stirn. »Eher wohl ein Fremder aus der Hölle! – Ha! Was ist das?«

»Die Trompeten der Nemedier!«, rief Pallantides. »Und hört! Schon schmettern unsere! Der Morgen graut, und die Hauptleute sammeln ihre Truppen zum Angriff! Mitra sei mit ihnen, denn viele werden den heutigen Sonnenuntergang nicht mehr erleben.«

»Schickt mir meine Junker!«, bat Conan, der sich hastig erhob und aus seinem samtenen Nachtgewand schlüpfte. Die bevorstehende Schlacht ließ ihn seine schlimmen Vorahnungen vergessen. »Kümmert Euch um die Hauptleute und vergewissert Euch, dass alle bereit sind. Sobald ich meine Rüstung angelegt habe, schließe ich mich Euch an.«

Viele von Conans Gewohnheiten waren für seine zivilisierten Untertanen unverständlich. Eine davon, auf der er beharrte, war, allein in seinem Gemach – oder wie in diesem Fall, in seinem Zelt – zu schlafen. Pallantides hastete – klirrend in seiner Rüstung, die er um Mitternacht nach wenigen Stunden Schlaf angelegt hatte – aus dem Zelt. Er warf einen schnellen Blick über das Lager, in dem es bereits lebhaft zuging. Waffen rasselten und Männer rannten durch die Düsternis zwischen den langen Zeltreihen. Die Sterne schimmerten noch bleich am Westhimmel, während sich rosige Streifen über den Osthorizont schoben, gegen die sich das wallende Drachenbanner Nemediens abhob.

Pallantides wandte sich einem kleinen Zelt in der Nähe zu, in dem die königlichen Junker die Nacht zugebracht hatten. Die Trompeten hatten sie bereits geweckt, und sie schauten, noch ein wenig verschlafen, heraus. Als Pallantides ihnen zurufen wollte, sich zu beeilen, ließen ein wilder Schrei und ein dumpfer Schlag aus des Königs Zelt, gefolgt von dem krachenden Aufprall eines schweren Körpers, ihn verstummen. Gleich darauf war ein spöttisches Lachen zu hören, das des Generals Blut zum Stocken brachte.

Pallantides schrie auf und raste in des Königs Zelt zurück. Erneut schrie er auf, als er Conan auf dem Teppich liegen sah, sein Schwert dicht neben seiner Hand. Eine zerschmetterte Zeltstange verriet, was sein Hieb getroffen hatte. Pallantides zog seine Klinge und schaute sich wild im Zelt um, doch außer ihm und dem König war es leer, genau wie zuvor, ehe er es verlassen hatte.

»Eure Majestät!« Pallantides warf sich auf ein Knie neben den gefallenen Riesen.

Conans Augen waren offen. Sie blickten klar und grimmig hoch. Seine Lippen bewegten sich, doch kein Laut kam über sie. Sein mächtiger Körper schien gelähmt zu sein.

Stimmen erklangen vor dem Zelt. Pallantides stand schnell auf und trat an die Tür. Die königlichen Junker und einer der Ritter, die das Zelt bewachten, standen davor.

»Wir hörten Geräusche«, entschuldigte sich der Ritter. »Dem König ist doch nichts zugestoßen?«

Pallantides blickte ihn forschend an.

»Hat heute Nacht jemand das Zelt betreten?«

»Niemand außer Euch, mein Lord«, antwortete der Ritter. Pallantides zweifelte nicht an seiner Aufrichtigkeit.

»Der König ist gestolpert, dabei ist ihm sein Schwert entglitten«, sagte Pallantides kurz. »Kehrt auf Euren Posten zurück!«

Als der Ritter sich umgedreht hatte, winkte der General den fünf königlichen Junkern. Sie folgten ihm ins Zelt, dessen Plane er hastig hinter sich schloss. Die fünf erbleichten, als sie den König auf dem Teppich liegen sahen, aber Pallantides' schnell auf die Lippen gedrückter Zeigefinger hielt ihre Schreckensrufe zurück.

Wieder beugte sich der General über seinen Monarchen, und wieder bemühte sich Conan zu sprechen. Die Anstrengung ließ die Schläfenadern hervortreten, und die Sehnen seines Halses spannten sich. Es glückte ihm, den Kopf vom Boden zu heben, und schließlich gelang es ihm, wenn auch schwer verständlich, etwas zu murmeln.

»Die Kreatur – die Kreatur in der Ecke!«
Verstört hob Pallantides den Kopf und schaute sich um. Er sah die bleichen Gesichter der Junker im Lampenlicht, die Schatten entlang der Zeltwände, aber das war alles.
»Es ist nichts hier, Eure Majestät«, versicherte er Conan.
»Er war dort, in der Ecke«, flüsterte der König und warf den löwenmähnigen Kopf von einer Seite zur anderen. »Ein Mann – zumindest sah er wie ein Mann aus – in vermodernde Verbände, wie die einer Mumie, gehüllt, mit einem zerschlissenen Umhang darüber und einer Kapuze. Ich konnte nur die Augen richtig sehen, während er im Schatten kauerte. Ich hielt auch ihn für einen Schatten, bis ich auf die Augen aufmerksam wurde. Sie waren wie blitzende schwarze Edelsteine. Ich stürmte auf ihn zu und schwang mein Schwert, aber ich verfehlte ihn weit – Crom weiß, wie – und zerschmetterte stattdessen die Zeltstange. Er fasste mich am Handgelenk, als ich das Gleichgewicht verlor, und seine Finger brannten wie weiß glühendes Eisen. Alle Kraft verließ mich, und der Boden schien mir entgegenzukommen und wie eine Keule auf mich einzuschlagen. Dann war er verschwunden, und ich lag auf dem Teppich. Verflucht sei er! Ich kann mich nicht rühren! Ich bin gelähmt!«
Pallantides hob des Königs Hand, und ein Schauder überlief ihn. Auf Conans Handgelenk zeichneten sich blaue Abdrücke langer schmaler Finger ab. Welche Hand vermochte so stark zuzudrücken, dass sie ihre Spuren auf diesem ungemein kräftigen Handgelenk zurücklassen konnte? Pallantides erinnerte sich an das höhnische Lachen, das er gehört hatte, als er ins Zelt zu-

rückgerannt war. Kalter Schweiß brach ihm aus. Zweifelsohne war es nicht Conans Lachen gewesen.

»Das ist teuflisch!«, wisperte ein zitternder Junker. »Man raunt, dass die Kinder der Finsternis für Tarascus kämpfen!«

»Schweigt!«, befahl Pallantides streng.

Die Sterne verblassten immer mehr. Ein leichter Wind erhob sich über den Felswänden und brachte ein Schmettern wie von tausend Fanfaren mit sich. Ein krampfhaftes Zucken durchlief des Königs mächtige Gestalt, als er es vernahm. Die Adern drohten ihm aus den Schläfen zu springen, als er sich bemühte, die unsichtbaren Fesseln zu brechen, die ihn auf dem Boden festhielten.

»Zieht mir meine Rüstung an und bindet mich auf meinem Sattel fest«, wisperte er. »Ich werde trotz allem den Angriff anführen!«

Pallantides schüttelte abwehrend den Kopf, und ein Junker zupfte an seinem Rock.

»Mein Lord, wir sind verloren, wenn die Truppen erfahren, dass der König gelähmt ist.«

»Helft mir, ihn auf sein Lager zu heben«, brummte der General.

Die Junker gehorchten und legten den hilflosen Riesen auf die Pelze, dann breiteten sie einen seidenen Umhang über ihn.

»Nie darf ein Wort von dem über unsere Lippen kommen, was in diesem Zelt passiert ist«, sagte Pallantides und blickte jeden Junker eindringlich an. »Das Wohl und Wehe des Königreichs hängt davon ab. Hole mir einer von euch den Offizier Valannus, den Hauptmann der pellianischen Speerkämpfer.«

Ein Junker verbeugte sich und hastete aus dem Zelt. Pallantides blickte stumpf hinab auf den gelähmten

König, während draußen Trompeten dröhnten, Trommeln donnerten und der Lärm der Truppen den neuen Morgen begrüßte.

Nach einer Weile kehrte der Junker mit einem hoch gewachsenen, kräftigen Mann zurück, von fast genauso gewaltiger Statur wie der König, und wie dieser hatte er dichtes schwarzes Haar. Doch waren seine Augen grau, und auch sein Gesichtsschnitt war anders.

»Eine seltsame Krankheit hat sich des Königs bemächtigt«, erklärte ihm Pallantides kurz. »Deshalb wird Euch eine große Ehre zuteil. Ihr werdet seine Rüstung tragen und heute an der Spitze seiner Heerscharen reiten. Niemand darf erfahren, dass es nicht der König ist, der auf seinem Pferd sitzt.«

»Das ist eine Ehre, für die ein Mann gern bereit ist, sein Leben zu geben«, stammelte der Hauptmann überwältigt von diesem Auftrag. »Mitra, steh mir bei, dass ich das in mich gesetzte Vertrauen nicht enttäusche!«

Der König sah mit brennenden Augen zu, die den an seinem Herzen nagenden bitteren Grimm und seine quälende Hilflosigkeit verrieten, während die Junker Valannus aus Helm, Kettenhemd und Beinschutz halfen und ihm Conans Rüstung aus schwarzem Schuppenpanzer und Visierhelm anlegten. Darüber zogen sie ihm einen seidenen Überrock, der auf der Brust mit dem königlichen Löwen in Gold bestickt war. Dann schnallten sie ihm den breiten Waffengürtel mit der Goldschließe um. Daran hing in einer Hülle aus Goldbrokat ein mächtiges Breitschwert, dessen Griff mit Edelsteinen besteckt war. Inzwischen schmetterten draußen weiter die Trompeten, das Rasseln von Waffen war lauter geworden, und ganz deutlich waren die Geräusche des sich sammelnden Feindes auf der anderen Flussseite zu hören.

Voll bewaffnet warf Valannus sich vor Conan auf der Plattform auf ein Knie.

»Mein Lord König, möge Mitra mir beistehen, dass ich der Rüstung, die ich heute trage, Ehre mache.«

»Bringt mir Tarascus' Kopf, dann mache ich Euch zum Baron!«

In seiner Anspannung und Erregung war jede Maske der Zivilisation von Conan abgefallen. Seine Augen flammten, und er knirschte vor Wut und Blutdurst mit den Zähnen, nicht weniger barbarisch als seine Brüder in den cimmerischen Bergen.

III

Die Felsen schwanken

Die aquilonischen Streitkräfte hatten in langen, geschlossenen Reihen von Lanzern und Rittern in glänzendem Stahl Aufstellung genommen, als eine riesenhafte Gestalt in schwarzer Rüstung aus dem königlichen Zelt trat und sich auf den Rapphengst schwang, den vier Junker hielten. Ein einstimmiger Jubelschrei, der die Felsen erschütterte, erhob sich auf der aquilonischen Seite. Die Ritter in ihren goldverzierten Rüstungen hoben salutierend die Klingen. Die Lanzer in ihren Kettenhemden und Kesselhauben und die Bogenschützen in den Lederwämsern, ihre Langbogen in der Linken, stimmten begeistert in ihr »Heil, Conan!« ein.

Die feindliche Armee auf der anderen Flussseite hatte sich bereits in Marsch gesetzt. Die Ritter trotteten den sanften Hang zum Fluss hinab. Ihr Stahl schimmerte durch den Morgendunst, der um die Beine ihrer Pferde wallte.

Die aquilonischen Heerscharen ritten ihnen bedachtsam entgegen. Der gemessene Hufschlag der gepanzerten Pferde ließ den Boden erzittern. Seidenbanner flatterten im Morgenwind, Lanzen wiegten sich im Gleichschritt, und ihre bunten Wimpel schillerten.

Zehn Krieger, grimmige, wortkarge Veteranen, die ihre Zungen zu hüten wussten, bewachten das Zelt des Königs. Ein Junker im Innern spähte durch einen Spalt der Stofftür. Außer den wenigen Eingeweihten wusste niemand in der gewaltigen Armee, dass es nicht Conan war, der auf dem mächtigen Rapphengst ganz an der Spitze ritt.

Die Aquilonier hatten die übliche Kampfformation eingenommen. Die stärksten Truppen, ausschließlich der schwer bewaffneten Ritter, befanden sich in der Mitte, die Flanken bildeten kleinere Abteilungen leichter Reiterei, hauptsächlich berittene Krieger, unterstützt von Lanzern und Bogenschützen. Letztere waren Bossonier aus den westlichen Marschen, kräftige, untersetzte Burschen in Lederwämsern und Eisenhauben.

Die nemedische Armee näherte sich in etwa der gleichen Aufstellung. Beide Streitkräfte kamen auf den Fluss zu, die Flanken etwas vor der Mitte. Im Zentrum der aquilonischen Heerscharen flatterte das riesige Löwenbanner über der stahlgepanzerten Gestalt auf dem Rapphengst.

Im Königszelt stöhnte Conan in seiner Verzweiflung, und wilde Flüche entrangen sich seiner Kehle.

»Die beiden Armeen sind sich schon ganz nah«, berichtete der Junker, der sie an der Tür beobachtete. »Hört Ihr die Trompeten? Ha! Die aufgehende Sonne lässt die Lanzenspitzen und Helme blitzen. Sie

blendet mich und taucht den Fluss in rotes Glühen. Ah – wahrhaftig wird er rot sein, ehe dieser Tag zu Ende geht.

Der Feind hat den Fluss erreicht. Pfeile schwirren in dichten Wolken, die die Sonne verbergen, von beiden Seiten über den Fluss. Gut gemacht, Bossonier! Sie sind die besseren Schützen! Hört Ihr ihr Triumphgeschrei?«

Durch den Trompetenschall und das Klirren und Rasseln von Stahl vernahm Conan den Kampfruf der Bossonier, die in vollendeter Übereinstimmung ihre Pfeile abschickten.

»Die nemedischen Schützen versuchen, die unseren zu beschäftigen, während ihre Ritter in den Fluss waten«, berichtete der Junker. »Die Ufer sind nicht steil. Sie fallen schräg bis zum Wasser ab. Die Ritter brechen jetzt durch das Weidengestrüpp. Bei Mitra, die ellenlangen Pfeile finden jede Ritze in den Rüstungen! Die Pferde und Ritter schlagen jetzt wie wild im Wasser um sich. Es ist nicht tief, und auch die Strömung ist nicht stark, aber es sind schon mehrere Männer ertrunken, weil ihre Rüstung sie unter das Wasser zieht, und die aufgeregten Pferde trampeln über sie hinweg. Jetzt haben auch unsere Ritter das Wasser erreicht – ah, sie kämpfen bereits. Das Wasser wirbelt um die Bäuche ihrer Pferde, und das Klirren der Schwerter ist ohrenbetäubend.«

»Crom!«, fluchte Conan. Allmählich kehrte Leben in seine Glieder zurück, doch noch vermochte er seinen schweren Körper nicht vom Lager zu erheben.

»Die Flanken schließen auf«, fuhr der Junker fort. »Lanzer und Schwertkämpfer unterstützen einander im Fluss, und die Schützen hinter ihnen schießen ihre Pfeile ab.

Ah, bei Mitra! Die nemedischen Armbrustschützen sind arg bedrängt. Unsere Bossonier zielen jetzt in hohem Bogen auf die hinteren Reihen. Die feindliche Mitte kommt nicht weiter, und ihre Flanken werden ans Ufer zurückgedrängt!«

»Crom, Ymir und Mitra!«, fluchte Conan. »Ihr Götter und Teufel! Könnte ich nur mitkämpfen, selbst wenn ich beim ersten Ansturm fiele!«

Den ganzen langen, heißen Tag tobte die Schlacht. Angriff und Gegenangriff erschütterten das Tal. Das Schwirren der Pfeile, das Krachen zerschmetterter Schilde und zersplitternder Lanzen war ohrenbetäubend. Die aquilonischen Streitkräfte standen ihren Mann. Einmal wurden sie vom Ufer zurückgedrängt, aber ein Gegenangriff, allen voraus das flatternde schwarze Löwenbanner über dem Rapphengst, gewann den verlorenen Boden zurück. Wie eine eiserne Bastion hielten sie das rechte Flussufer, und endlich berichtete der Junker seinem Monarchen, dass die Nemedier zurückwichen.

»An ihren Flanken herrscht Verwirrung!«, rief der Junker. »Ihre Ritter wanken. Aber was ist das? Euer Banner flattert voraus! Die Mitte reitet in den Fluss! Bei Mitra, Valannus führt unsere Truppen über den Fluss!«

»Narr!«, stöhnte Conan. »Es könnte eine List sein! Er sollte seine Stellung halten! Gegen Abend kann Prospero mit seinen Poitanen hier sein!«

»Die Ritter stürmen in eine Pfeilsalve!«, rief der Junker erschrocken. »Aber sie wanken nicht! Sie stürmen weiter! Sie haben den Fluss überquert! Sie reiten den Uferhang hoch. Pallantides hat ihnen die Flanken zur Unterstützung nachgeschickt! Mehr kann er nicht tun. Das Löwenbanner schaukelt über dem Getümmel.

Die nemedischen Ritter stellen sich. Ihre Formation löst sich auf! Sie weichen zurück! Ihre linke Flanke hat die Flucht ergriffen, und unsere Lanzer machen sie im Fliehen nieder! Ich sehe Valannus! Er schwingt das Schwert wie ein Besessener. Die Kampfeslust hat ihn übermannt. Unsere Leute achten nicht mehr auf Pallantides. Sie folgen Valannus, da sie ihn für Euch halten!

Ah, aber in seinem Wahnsinn ist Methode! Er macht einen weiten Bogen um die Nemedier – mit etwa fünftausend Rittern, unseren besten! Der Haupttrupp der Nemedier ist in Auflösung! Ah – das müsstet Ihr sehen! Ihre Flanke ist durch die Felswand geschützt, aber da ist eine breite Felsspalte unmittelbar hinter den nemedischen Linien. Bei Mitra, Valannus hat sie entdeckt und ergreift die Gelegenheit! Er hat ihre Flanke vor sich hergetrieben und führt seine Ritter zu dieser Spalte. Sie machen einen Bogen um den Hauptkampfplatz, durchbrechen eine Barriere von Speerträgern und stürmen in die Spalte!«

»Ein Hinterhalt!«, rief Conan und plagte sich vergebens hochzukommen.

»*Nein!*«, brüllte der Junker begeistert. »Die gesamte nemedische Armee ist in Sicht. Sie haben nicht an die Spalte gedacht! Sie erwarteten nicht, so weit zurückgeschlagen zu werden. Oh, welch ein Narr ist doch dieser Tarascus. Wie konnte er so etwas übersehen! Ah, da strömen bereits Lanzen und Wimpel durch die Spalte hinter den nemedischen Linien. Sie werden über sie herfallen und sie aufreiben. – *Mitra, was ist das?*«

Er taumelte, als die Zeltwände heftig zitterten. Über den Lärm des Schlachtgetümmels hinweg erklang ein unbeschreibbares, unheilvolles Krachen.

»Die Felsen schwanken!«, kreischte der Junker. »Ihr Götter, was ist das? Der Fluss bricht schäumend aus seinem Bett, und die Berggipfel zerbröckeln! Der Boden bebt! Pferde und Reiter stürzen! Die Felsen! Die Felsen brechen ein!«

Ein grollendes Donnern begleitete seine Worte, gefolgt von einem ohrenbetäubenden Krachen. Schrille Schreckens- und Schmerzensschreie übertönten die Kampfgeräusche.

»Die Felsen sind eingestürzt!«, rief der totenbleiche Junker. »Sie haben alle in der Spalte unter sich begraben! Kurz sah ich noch das Löwenbanner schwanken, ehe es unter dem Geröll verschwand. Die Nemedier brüllen triumphierend! Leider haben sie Grund dazu. Fünftausend unserer tapfersten Ritter sind verschüttet! Hört Euch das an!«

Ein gewaltiges Gebrüll erhob sich, und der sich stetig wiederholende Schrei wurde immer lauter: »*Der König ist tot! Der König ist tot! Flieht! Flieht! Der König ist tot!*«

»Lügner!«, keuchte Conan. »Hunde! Buben! Memmen! O Crom, wenn ich nur stehen könnte! Nein, es genügte schon, wenn ich mit dem Schwert zwischen den Zähnen zum Fluss zu kriechen könnte! Fliehen Sie wirklich, Junge?«

»Ja!«, schluchzte der Junker. »Sie hasten zurück zum Fluss, werden wie Gischt im Wind getrieben. Ich sehe Pallantides – er versucht, sie zur Vernunft zu bringen! Sie achten nicht auf ihn! Sie reiten ihn nieder! Sie springen in den Fluss, alle wild durcheinander: Ritter, Schützen, Lanzer. Die Nemedier folgen ihnen dichtauf und mähen sie nieder wie Weizen!«

»Aber sie werden sich ihnen auf dieser Flussseite zum Kampf stellen!«, rief der König. Mit ungeheurer Anstrengung, die ihm den Schweiß über das Gesicht rinnen ließ, hob er sich auf die Ellbogen.

»Nein!«, krächzte der Junker. »Sie können es nicht! Sie sind aufgerieben. Ihr Götter! Dass ich diesen Tag erleben musste!«

Da entsann er sich seiner Pflichten und brüllte den Wachen vor dem Zelt zu, die scheinbar ungerührt die Flucht ihrer Kameraden beobachteten. »Schnell, holt ein Pferd und helft mir, den König in den Sattel zu heben. Wir dürfen nicht länger hier bleiben!«

Doch ehe die Posten seinen Befehl auszuführen vermochten, erreichte sie die vorderste Flutwelle der Fliehenden. Ritter, Lanzer und Bogenschützen stolperten über Zeltseile und alles Mögliche, und mitten zwischen ihnen droschen nemedische Ritter auf sie ein. Zelte brachen zusammen, Feuer griff nach anderen, das Brandschatzen hatte bereits begonnen. Die tapferen Wächter um Conans Zelt fielen, doch nicht ohne die mehrfache Zahl an Feinden mit in den Tod zu nehmen.

Der Junker hatte die Zelttür geschlossen, und in dem Durcheinander des Kampfes bemerkte niemand, dass sich jemand in dem Zelt aufhielt. Und so strömten Fliehende und Verfolger daran vorbei und hasteten schreiend durch das Tal. Als das Gebrüll sich in der Ferne verlor, spähte der Junker durch einen Türspalt. Zielsicher sah er mehrere Männer auf das Zelt zukommen.

»Der König von Nemedien mit vier Begleitern und seinem Junker sind auf dem Weg hierher«, sagte er. »Ergebt Euch, mein Lord, dann ...«

»Den Teufel werd ich tun!«, knirschte der König.

Es war ihm inzwischen gelungen, sich aufzusetzen. Mühsam rutschte er von der Plattform und richtete sich, wie ein Betrunkener taumelnd, auf. Der Junker eilte zu ihm, um ihn zu stützen, doch Conan schob ihn zur Seite.

»Gib mir den Bogen!«, keuchte er und deutete auf Langbogen und Köcher, die von einer Zeltstange hingen.

»Aber, Eure Majestät!«, rief der Junker zutiefst besorgt. »Die Schlacht ist verloren! Fügt Euch mit der Würde königlichen Blutes in Euer Schicksal!«

»In mir fließt kein königliches Blut«, knurrte Conan. »Ich bin ein Barbar und der Sohn eines Schmiedes!«

Er riss dem Junker den Bogen aus der Hand, legte einen Pfeil an die Sehne und torkelte zur Zelttür. In den kurzen ledernen Beinkleidern und dem offenen, ärmellosen Hemd, das kaum etwas von der mächtigen haarigen Brust verbarg und nichts von den ungeheuren Armmuskeln – dazu kamen noch die funkelnden Augen unter der zerzausten schwarzen Mähne –, wirkte sein König Furcht erregender auf den Junker als die gesamten feindlichen Heerscharen.

Auf gespreizten Beinen taumelnd, riss Conan die Stofftür auf und wankte hinaus. Der König von Nemedien und seine Begleiter waren abgesessen. Bei Conans Anblick blieben sie wie angewurzelt stehen und starrten ihn staunend an.

»Hier bin ich, ihr Schakale!«, donnerte der Cimmerier. »Ich bin der König. Der Tod über euch, ihr Hundesöhne!«

Er schoss den Pfeil ab, der in die Brust des Ritters neben Tarascus drang. Wutentbrannt schleuderte Conan den schweren Bogen dem König von Nemedien entgegen.

»Meine verfluchte, zittrige Hand! Kommt und holt mich, wenn ihr es wagt!«

Auf unsicheren Beinen rückwärts taumelnd, stieß er mit der Schulter gegen eine Zeltstange, die ihm einigermaßen Halt bot. Mit beiden Händen hob er sein mächtiges Schwert.

»Bei Mitra, es ist tatsächlich der König!«, fluchte Tarascus. Er warf einen Blick um sich und lachte. »Der andere war ein Schakal in seiner Rüstung! Hinein, Hunde! Holt euch seinen Kopf!«

Die drei Soldaten mit dem Wappen der königlichen Leibgarde auf der Brust stürmten ins Zelt, und einer erschlug den Junker mit einem Hieb seiner Streitkeule. Die beiden anderen hatten weniger Glück. Als der Erste ihn fast erreicht hatte, ließ Conan mit solcher Kraft sein Schwert herabsausen, dass es das Kettenhemd durchdrang, als wäre es Stoff, und des Nemediers Arm mitsamt einem Stück Schulter abtrennte. Der Sterbende kippte rückwärts und fiel quer über die Beine seines Kameraden. Der Mann stolperte, und ehe er sich gefangen hatte, durchbohrte ihn das scharfe Schwert.

Keuchend zerrte Conan die Klinge aus dem Toten und taumelte rückwärts gegen die Zeltstange. Seine muskulösen Gliedmaßen zitterten, er atmete heftig, und Schweiß rann ihm über Gesicht und Hals. Aber seine Augen brannten in wilder Begeisterung, und er knirschte: »Traust du dich nicht herein, Hund von Belverus? Ich kann nicht zu dir, also komm her und stirb!«

Tarascus zögerte. Er blickte auf den übrig gebliebenen Leibgardisten und seinen Junker, einen hageren, düster wirkenden Mann in schwarzer Rüstung, und machte einen Schritt vorwärts. Er war an Kraft und Größe dem riesenhaften Cimmerier weit unterlegen, aber im Gegensatz zu ihm trug er volle Rüstung und war einer der besten Fechter des Westens. Sein Junker fasste ihn am Arm.

»Nein, Eure Majestät! Werft Euer Leben nicht sinnlos weg. Ich werde Armbrustschützen herbeirufen, die sollen diesen Barbaren wie einen Löwen erschießen.«

Keiner der drei Nemedier hatte bemerkt, dass während des kurzen Kampfes in Conans Zelt ein Streitwagen herbeigerollt war, der nun vor dem Zelt hinter ihnen anhielt. Conan sah ihn über ihre Schultern, und unwillkürlich rann ihm ein eisiger Schauder über den Rücken. Die schwarzen Pferde, die den Streitwagen zogen, wirkten unheimlich, doch nicht sie erregten des aquilonischen Königs Aufmerksamkeit, sondern der Mann, der im Wagen saß.

Er war hoch gewachsen, herrlich gebaut und trug ein langes schmuckloses Seidengewand. Die unteren Falten seiner shemitischen Kopfbedeckung verbargen seine Züge. Nur die dunklen, stechenden Augen waren zu sehen. Die Hände, die die sich aufbäumenden Pferde zügelten, waren weiß, aber kräftig. Alle primitiven Instinkte Conans erwachten, während er den Fremden anstarrte. Er spürte die Macht und Bedrohung, die dieser Vermummte ausstrahlte, und diese Gefahr war so echt, wie die des Wiegens hohen Grases in der Windstille – ein Wiegen, das eine Schlange verursacht.

»Heil, Xaltotun!«, rief Tarascus. »Hier ist der König von Aquilonien! Er starb nicht unter der Geröllawine, wie wir dachten.«

»Ich weiß«, antwortete der Angeredete, ohne sich die Mühe zu machen zu erklären, wieso er es wusste. »Was habt Ihr jetzt vor?«

»Ich werde die Schützen herbeirufen, damit sie ihn erschießen«, antwortete der Nemedier. »Solange er lebt, ist er eine Gefahr für uns.«

»Selbst ein Hund ist zu etwas nütze«, entgegnete Xaltotun. »Nehmt ihn gefangen!«

Conan lachte höhnisch. »Kommt doch herein und versucht es! Würden meine Beine mich nicht im Stich lassen, holte ich Euch aus Eurem Streitwagen! Lebend werdet Ihr mich jedenfalls nicht bekommen!«

»Was er sagt, stimmt, fürchte ich«, warf Tarascus ein. »Der Mann ist ein Barbar und wild wie ein verwundeter Tiger. Ich werde doch die Schützen rufen.«

»Passt auf und lernt etwas!«, riet ihm Xaltotun.

Seine Hand verschwand in seinem Gewand und kam mit etwas Glänzendem wieder zum Vorschein: mit einer glitzernden Kugel. Diese warf er plötzlich nach Conan. Der Cimmerier schlug sie verächtlich mit dem Schwert zur Seite – doch als die Klinge sie berührte, zerbarst sie zu blendendem Feuer, und Conan stürzte besinnungslos auf den Boden.

»Ist er tot?« Es klang eher wie eine Feststellung, denn eine Frage.

»Nein«, antwortete Xaltotun Tarascus. »Er wird in einem halben Tag wieder zu sich kommen. Befehlt Euren Männern, ihm Arme und Beine zu binden und ihn in meinen Wagen zu legen.«

Tarascus tat es. Ächzend unter der Last hoben Junker und Leibgardist den bewusstlosen aquilonischen König in den Wagen. Xaltotun warf einen Samtumhang über ihn, der ihn völlig bedeckte. So war er gegen Blicke geschützt. Der Acherone griff wieder nach den Zügeln.

»Ich kehre nach Belverus zurück«, erklärte er. »Richtet Amalric aus, dass ich mich bei ihm sehen lassen werde, falls er mich braucht. Doch nun, da Conan aus dem Weg und seine Armee aufgerieben ist, dürften Lanze und Schwert für die restliche Eroberung genügen. Prospero kann nicht mehr als zehntausend Mann aufbringen, und er wird sich zweifellos nach Tarantia zurückziehen, wenn er vom Ausgang der Schlacht erfährt. Erwähnt Amalric und Valerius gegenüber nichts von unserem Gefangenen. Sollen sie denken, dass Conan unter den eingestürzten Felsen begraben liegt.«

Er blickte den Leibgardisten eine lange Weile an, bis der Mann nervös mit den Füßen scharrte.

»Was habt Ihr da um Eure Mitte?«, fragte ihn Xaltotun scharf.

»Mei-meinen Waffengürtel, mein Lord«, stotterte der verwirrte Gardist.

»Ihr lügt!« Xaltotuns Lachen war so erbarmungslos wie eine Klinge. »Es ist eine Giftschlange! Was seid Ihr nur für ein Narr, Euch ein Reptil umzuschlingen!«

Mit weit aufgerissenen Augen blickte der Mann an sich hinunter. Zu seinem Entsetzen sah er, dass die Gürtelschnalle sich aufrichtete. Es war tatsächlich ein Schlangenschädel! Er sah die kalten, boshaften Augen und die triefenden Giftzähne, hörte das Zischen und fühlte die Ekel erregende Berührung. Er stieß einen schrillen Schrei aus und schlug mit der Hand nach dem Schlangenkopf, und schon spürte er die spitzen Zähne in die Handfläche dringen. Er erstarrte und stürzte leblos zu Boden. Tarascus betrachtete ihn ausdruckslos. Er sah nur den Ledergürtel und den Stift der Schnalle, der in der Handfläche des Gardisten steckte. Xaltotun richtete den bannenden Blick auf Tarascus' Junker. Der Mann erbleichte und begann zu zittern, da sagte der nemedische König schnell: »Nicht nötig, wir können ihm vertrauen!«

Der Zauberer straffte die Zügel und wendete die Pferde.

»Sorgt dafür, dass geheim bleibt, was hier geschah. Falls ich gebraucht werde, soll Altaro, Orastes' Diener, mich rufen, wie ich es ihn lehrte. Ich werde in Eurem Palast in Belverus sein.«

Tarascus hob grüßend die Hand, aber sein Blick war nicht freundlich, als er dem Streitwagen nachblickte.

»Weshalb hat er den Cimmerier verschont?«, flüsterte der völlig verstörte Junker.

»Das frage ich mich auch«, brummte Tarascus.

Hinter dem holpernden Streitwagen blieb das Schlachtfeld zurück. Die untergehende Sonne tauchte die Felsen in scharlachrote Flammen, und der Streitwagen verschwand im tiefen Blau des Abends, der sich aus dem Osten näherte.

IV

»AUS WELCHER HÖLLE KAMST DU GEKROCHEN?«

CONAN ERLEBTE DIE LANGE FAHRT im Streitwagen nicht bewusst. Wie ein Toter lag er, während die Bronzeräder über die Steine der Bergwege holperten, über das Gras der fruchtbaren Täler streiften und schließlich, als das Gebirge hinter ihnen lag, rhythmisch über die breite weiße Straße rollten, die sich durch das saftige Weideland zu den Mauern von Belverus schlängelte.

Kurz vor dem Morgengrauen erwachte er allmählich aus der Bewusstlosigkeit. Er hörte Stimmengemurmel und das Ächzen schwerer Riegel. Durch einen Schlitz des ihn bedeckenden Umhangs sah er schwach im Fackelschein den großen schwarzen Bogen eines Tores und die bärtigen Gesichter von Wachen, auf deren glänzenden Helmen und Lanzenspitzen sich das Fackellicht spiegelte.

»Wie ging die Schlacht aus, edler Lord?«, erkundigte sich eine aufgeregte Stimme auf Nemedisch.

»Gut«, kam die knappe Antwort. »Der König von Aquilonien ist gefallen, und seine Streitkräfte sind aufgerieben.«

Mehrere Stimmen redeten aufgeregt durcheinander und wurden schnell vom Klappern der Räder auf dem Kopfsteinpflaster übertönt. Funken sprühten unter den Rädern, als Xaltotun seine Pferde durch das Tor lenkte. Conan hörte einen der Wächter murmeln: »Von jenseits der Grenze zwischen Sonnenuntergang und Sonnenaufgang bis nach Belverus! Und die Pferde schwitzen nicht einmal! Bei Mitra, sie ...« Dann blieben die Stimmen in der Ferne zurück, und nur das Klappern der Hufe und Rattern der Räder waren zu hören.

Was er vernommen hatte, prägte sich Conans Gehirn ein, aber es sagte ihm nichts. Er war wie ein geistloser Roboter, der hört und sieht, ohne es zu verstehen. Die Geräusche um ihn waren genauso bedeutungslos für ihn wie das, was er durch den Schlitz im Umhang sah. Er verfiel wieder in eine tiefe Lethargie, und es wurde ihm nur schwach bewusst, dass der Streitwagen in einem von hohen Mauern umgebenen Hof anhielt, er von vielen Armen herausgehoben, eine steinerne Wendeltreppe hochgeschleppt und durch einen düsteren Korridor getragen wurde. Flüstern, leise Schritte und andere Geräusche umgaben ihn, aber er hörte sie nur wie in einem Traum.

Sein vollständiges Erwachen kam ganz plötzlich, und er vermochte wieder klar zu denken. Er erinnerte sich genau an das, was er von seinem Junker über den Verlauf der Schlacht in den Bergen gehört hatte, er konnte sich die Folgen ausmalen, und er glaubte, ungefähr zu wissen, wo er war.

Bekleidet wie am Tag zuvor, lag er auf einem Samtdiwan, doch in Ketten, die selbst er nicht zu brechen vermochte. Der Raum, in dem er sich befand, war mit düsterer Pracht ausgestattet. An den Wänden hingen schwarze Samtbehänge, auf dem Boden lagen schwere purpurne Teppiche. Weder Türen, noch Fenster waren zu sehen, und die seltsam geformte goldene Lampe, die von der verzierten Decke baumelte, warf ein merkwürdig fahles Licht über alles.

In diesem gespenstischen Licht erschien Conan die Gestalt, die ihm in einem silbernen, thronähnlichen Sessel gegenübersaß, unwirklich und phantastisch. Ihre Umrisse waren undeutlich, ein Eindruck, der vielleicht durch das schleierfeine Gewand hervorgerufen wurde. Dafür waren ihre Züge umso deutlicher zu erkennen, und das wiederum war unnatürlich in diesem trügerischen Licht. Es war fast, als leuchte ein unheiliger Schein um den Kopf des Mannes, der das bärtige Gesicht auf ungewöhnliche Weise hervorhob, sodass es das einzig Wirkliche in diesem mystischen, gespenstischen Raum zu sein schien.

Es war ein klassisch schönes Gesicht, mit festen, makellosen Zügen, völlig ruhig, scheinbar in sich versunken – aber gerade das machte es beunruhigend, denn der aufmerksame Beobachter konnte ein Wissen darin lesen, das über das eines menschlichen Geistes ging, und dazu eine absolute, erschreckende Selbstsicherheit. Dazu quälte Conan das Gefühl, dass er es kennen müsste, obwohl er es zweifellos nie zuvor gesehen hatte.

Und doch erinnerten ihn die Züge an jemanden oder an etwas. Ihm war, als begegne ihm hier eine Alptraumkreatur in Fleisch und Blut.

»Wer bist du?«, fragte der König heftig und bemühte sich, sich trotz der schweren Ketten aufzusetzen.

»Man nennt mich Xaltotun«, kam die Antwort mit kräftiger, klangvoller Stimme.

»Und wo sind wir hier?«

»In einem Gemach von König Tarascus' Palast in Belverus.«

Darüber wunderte sich Conan nicht. Die Hauptstadt Belverus war die größte nemedische Stadt und verhältnismäßig nahe der aquilonischen Grenze.

»Wo ist Tarascus?«

»Bei seiner Armee.«

»Wenn du vorhast, mich zu ermorden, warum tust du es dann nicht endlich?«

»Ich habe dich nicht vor den Schützen des Königs gerettet, um dich in Belverus zu töten«, antwortete Xaltotun.

»Was, zum Teufel, hast du mit mir gemacht?«, fragte Conan.

»Nur dein Bewusstsein geraubt«, antwortete Xaltotun. »Wie das geschah, würdest du nicht verstehen. Nenn es schwarze Magie, wenn du möchtest.«

Conan war inzwischen schon selbst zu diesem Schluss gekommen und grübelte bereits über etwas anderes nach.

»Ich glaube, ich verstehe jetzt, weshalb du mich am Leben gelassen hast. Amalric braucht mich als Druckmittel gegen Valerius, falls das Unvorstellbare geschieht und er König von Aquilonien wird. Es ist wohl bekannt, dass der Baron von Tor hinter dem Versuch steckt,

Valerius auf meinen Thron zu setzen. Und wie ich Amalric kenne, wird er dafür sorgen, dass Valerius nicht mehr als seine Marionette ist, so wie jetzt Tarascus.«

»Amalric weiß nichts von deiner Gefangennahme«, erwiderte Xaltotun. »Genauso wenig wie Valerius. Beide sind der Meinung, dass du im Valkiatal gefallen bist.«

Conans Augen verengten sich, als er den Mann schweigend betrachtete.

»Ich spüre ein fähiges Gehirn hinter dem Ganzen«, murmelte er schließlich. »Aber ich hielt es für Amalrics Plan. So sind Amalric, Tarascus und Valerius wohl nicht weiter als Puppen, die du tanzen lässt. Wer bist du eigentlich?«

»Welche Rolle spielt das? Sagte ich es dir, würdest du es nicht glauben. Was würdest du sagen, wenn ich mir überlegte, dich wieder auf den Thron von Aquilonien zu setzen?«

Conans Augen fixierten ihn brennend wie die eines Wolfes.

»Und dein Preis?«

»Gehorsam mir gegenüber.«

»Scher dich zur Hölle!«, knurrte Conan. »Ich bin keine Marionette. Ich habe mir meine Krone mit dem Schwert erkämpft. Außerdem steht es nicht in deiner Macht, den aquilonischen Thron nach Belieben zu kaufen und zu verkaufen. Das Königreich ist nicht erobert. Eine einzige Schlacht entscheidet den Krieg noch lange nicht.«

»Ihr kämpft gegen mehr als Schwerter«, erklärte ihm Xaltotun lächelnd. »War es vielleicht die Klinge eines Sterblichen, die dich vor der Schlacht fällte? Nein, das war ein Kind der Finsternis, eine Kreatur aus dem Raum zwischen den Sternen, deren Finger von der Kälte der schwarzen Abgründe brannten und die dir damit das Blut in den Adern erstarren ließ, ebenso das Mark in deinen Knochen. Eine Kälte von jener Art, die Fleisch wie ein weiß glühendes Eisen verbrennen kann!

Und glaubst du, es war ein Zufall, der den Mann in deiner Rüstung in die Felsspalte lockte? Ein Zufall, dass die Felsen über ihm und seinen Männern einstürzten?«

Stumm funkelte Conan ihn an, während ein eisiger Schauder über seinen Rücken rann. In der Mythologie seiner barbarischen Heimat gab es Zauberer und Hexer ohne Zahl, und jeder Dummkopf konnte sehen, dass dieser Mann hier kein gewöhnlicher Sterblicher war. Etwas ging von ihm aus, das ihn abseits der Menschheit stellte: eine fremdartige Aura von Raum und Zeit, von Finsternis und ungeheurem Alter. Aber Conans kriegerischer Geist weigerte sich, seine Überlegenheit anzuerkennen.

»Der Einsturz der Felsen war reiner Zufall!«, sagte er und bemühte sich, seine Worte spöttisch klingen zu lassen. »Und jeder an Valannus' Stelle hätte den Angriff durch die Spalte versucht.«

»Nein, das glaubst du ja selbst nicht! Du hättest es nicht getan, denn du hättest sofort eine Falle vermutet! Du hättest nicht einmal den Fluss überquert, ehe du dich nicht überzeugt hättest, dass die Nemedier tatsächlich aufgerieben waren und ihre Flucht nicht vorgetäuscht war. Keinerlei Listen hätten deinen Geist so beeinflussen können, dass du blindlings in die vorbereitete Falle gestürmt wärst, wie dieser andere in deiner Rüstung es tat.«

»Dann war das also alles geplant«, brummte Conan. »Ein Komplott, meine Streitkräfte in die Falle zu locken.

Warum hat dann dieses ›Kind der Finsternis‹ mich in meinem Zelt nicht getötet?«

»Weil ich dich lebend haben wollte. Es gehörten keine Zauberkräfte dazu vorherzusehen, dass Pallantides einen anderen in deine Rüstung stecken würde. Ich wollte dich lebend und unverletzt. Du passt möglicherweise recht gut in meine Pläne. Eine Lebenskraft steckt in dir, die weit größer ist als all die List und Verschlagenheit meiner Verbündeten. Als Feind brauche ich dich nicht zu fürchten, während du mir als Vasall von Nutzen sein kannst.«

Bei dem Wort Vasall spuckte Conan wild auf den Boden. Xaltotun beachtete seine Wut nicht. Er nahm eine Kristallkugel von einem Tischchen in der Nähe und stellte sie vor sich. Er hielt sie nicht und setzte sie auch auf nichts Sichtbarem ab. Reglos hing sie vor ihm in der Luft – so fest, als stünde sie auf einem eisernen Podest. Conan schnaubte verächtlich bei diesem Zauberkunststück, trotzdem war er insgeheim beeindruckt.

»Möchtest du wissen, was in Aquilonien vorgeht?«, fragte Xaltotun.

Conan antwortete nicht, aber seine plötzliche starre Haltung verriet sein Interesse.

Der Zauberer blickte in die verschleierte Tiefe der Kugel. »Es ist jetzt der Abend des Tages nach der Schlacht von Valkia. Der Haupttrupp der Armee lagerte vergangene Nacht bei Valkia, während einzelne Schwadronen die fliehenden Aquilonier verfolgten. Im Morgengrauen brachen die Streitkräfte das Lager ab und zogen westwärts durch das Gebirge. Prospero stieß mit zehntausend Poitanen am frühen Morgen Meilen vom Schlachtfeld auf die fliehenden Überlebenden. Er war die ganze Nacht hindurch geritten, in der

Hoffnung, noch vor der Schlacht einzutreffen. Da es ihm nicht gelang, die Fliehenden aufzuhalten oder sie zu überreden, sich seinen Truppen anzuschließen, entschied er sich dafür, sich nach Tarantia zurückzuziehen. Um schneller voranzukommen, tauschte er seine erschöpften Pferde gegen solche ein, die er unterwegs bekommen konnte. Und jetzt nähert er sich der Hauptstadt.

Ich sehe seine müden Krieger. Ihre Rüstungen sind grau von Staub. Ihre Wimpel hängen traurig herab, während sie auf ihren erschöpften Pferden über die Ebene traben. Ich sehe auch die Straßen von Tarantia. Irgendwie haben die Bürger von der Niederlage gehört und vom Tod König Conans. Der Mob ist wahnsinnig vor Furcht. Die Menschen brüllen, dass der König tot ist und es niemanden gibt, der sie vor den Nemediern beschützt. Riesige Schatten schweben aus dem Osten auf Aquilonien zu, und der Himmel ist schwarz von Aasgeiern.«

Conan fluchte heftig.

»Das sind nur Worte! Der zerlumpteste Bettler auf der Straße könnte das Gleiche sagen. Wenn du behauptest, das alles in dieser Glaskugel gesehen zu haben, so lügst du und bist ein Schuft, aber Letzteres steht ohnedies fest. Prospero wird Tarantia halten, und die Barone werden ihn unterstützen. Graf Trocero von Poitain ist während meiner Abwesenheit mein Stellvertreter. Diese nemedischen Hunde werden von ihm heulend in ihre Zwinger zurückgejagt werden. Was sind fünfzigtausend Nemedier schon? Aquilonien wird sie verschlingen. Sie werden Belverus nie wiedersehen! Nicht Aquilonien wurde bei Valkia besiegt, nur Conan.«

»Aquilonien hat keine Chance mehr. Es ist dem Untergang preisgegeben. Lanze, Axt und Feuer werden es vernichten – oder, wenn das versagt, werden Mächte aus der dunkelsten Vergangenheit dagegen aufmarschieren. So, wie die Felsen von Valkia einstürzten, werden befestigte Städte und Berge fallen, wenn es sein muss, und Flüsse werden über ihre Ufer treten, um ganze Provinzen zu überschwemmen.

Aber es ist besser, wenn Stahl und Bogen siegen, ohne weitere Hilfe durch Zauberkraft, denn die zu häufige Benutzung von schwarzer Magie kann allzu leicht Kräfte in Bewegung setzen, die das ganze Universum erschüttern können.«

»Aus welcher Hölle kamst du gekrochen, du schwarzer Hund?«, knurrte Conan und starrte den Mann an. Unwillkürlich schauderte der Cimmerier, denn er spürte das unvorstellbar Alte und Böse, das von ihm ausging.

Xaltotun hob den Kopf, als lausche er einem Flüstern aus dem unendlichen Nichts. Seinen Gefangenen schien er vergessen zu haben. Dann schüttelte er ungeduldig den Kopf und blickte Conan gleichgültig an.

»Was? Ach so, wenn ich es dir sagte, würdest du es nicht glauben. Aber jetzt bin ich es müde, mich mit dir zu unterhalten. Es ist weniger anstrengend, eine befestigte Stadt zu vernichten, denn meine Gedanken in Worte zu kleiden, die ein geistloser Barbar wie du verstehen kann.«

»Wenn meine Hände frei wären, würde ich schnell einen geistlosen Leichnam aus dir machen«, knurrte Conan.

»Das bezweifle ich nicht, wenn ich so dumm wäre, dir die Gelegenheit dazu zu geben«, antwortete Xaltotun und klatschte in die Hände.

Sein Benehmen hatte sich geändert. Ungeduld sprach aus seiner Stimme, und seine Haltung verriet Nervosität. Allerdings glaubte Conan nicht, dass es etwas mit ihm zu tun hatte.

»Denk über meinen Vorschlag nach, Barbar«, sagte Xaltotun. »Du wirst genügend Muße dazu haben. Ich habe mich noch nicht entschieden, was ich mit dir tun werde. Das hängt von Umständen ab, die in der Zukunft liegen. Aber lass dir sagen: Wenn ich mich entschließe, dich in meinem Spiel zu benutzen, ist es besser für dich, dich nicht zu widersetzen, denn mein Grimm wäre in diesem Fall gnadenlos!«

Conan verwünschte ihn von ganzem Herzen, als Vorhänge vor einer bisher unsichtbaren Tür aufschwangen und vier riesenhafte Schwarze eintraten. Jeder trug nur einen seidenen Lendenschurz, der von einem Gürtel gehalten wurde. Und von jedem Gürtel baumelte ein riesiger Schlüssel.

Xaltotun deutete ungeduldig auf den König und drehte sich um, als hätte er ihn bereits völlig vergessen. Seine Finger zuckten auf merkwürdige Weise. Er holte aus einer geschnitzten Jadekassette eine Hand voll schimmerndes schwarzes Pulver und streute es in eine Räucherschale, die auf einem goldenen Dreibein neben seinem Ellbogen stand. Die Kristallkugel, die er vergessen zu haben schien, fiel plötzlich zu Boden, als wäre ihr unsichtbarer Halt weggezogen worden.

Dann hatten die Schwarzen Conan auch schon hochgehoben – so schwer waren die Ketten, dass er nicht gehen konnte – und trugen ihn aus dem Gemach. Als er zurückblickte, ehe die schwere, goldbeschlagene Teakholztür geschlossen wurde, sah er Xaltotun sich in seinem thronähnlichen Sessel mit verschränkten Armen zurücklehnen, während eine dünne Rauchfahne aus der Räucherschale hochstieg. Conans Kopfhaut prickelte. Er kannte dieses schwarze Pulver, das der Zauberer in das Feuer geworfen hatte, aus dem uralten verruchten Königreich Stygien, das tief im Süden lag. Das Pulver war der Blütenstaub des schwarzen Lotus, der totenähnlichen Schlaf mit grauenvollen Träumen herbeiführte. Conan wusste, dass nur die gefürchteten Zauberer des Schwarzen Ringes, der schrecklichsten Bruderschaft von Hexern, absichtlich die scharlachroten Alpträume des schwarzen Lotus über sich ergehen ließen, um ihre magischen Kräfte zu erhöhen.

Die meisten Menschen des Westens hielten den Schwarzen Ring für eine Fabel, aber Conan wusste von seiner nur allzu realen Existenz und seinen grimmigen Anhängern, die ihre entsetzlichen Zauber hauptsächlich in den schwarzen Krypten Stygiens und den dunklen Kuppeln des verfluchten Sabateas ausübten.

Noch einen Blick warf er zurück auf die goldbeschlagene Tür und erschauderte bei dem Gedanken an das, was sie verbarg.

Der König vermochte nicht zu sagen, ob es Tag oder Nacht war. König Tarascus' Palast war ein düsterer Ort, dem offenbar – wie aus dem Fehlen von Fenstern zu schließen war – alles natürliche Licht vorenthalten wurde. Der Geist der Finsternis und der Schatten drückte ihn nieder, und dieser Geist, das spürte Conan, war in Xaltotun verkörpert.

Die Schwarzen trugen den König durch einen gewundenen Korridor, der so schwach beleuchtet war, dass ein zufälliger Beobachter den Eindruck bekommen hätte, schwarze Gespenster trügen einen Toten. Dann führte eine endlos scheinende Wendeltreppe in die Tiefe. Die Fackel in der Hand des einen Trägers warf verzerrte Schatten an die Wand. Wahrhaftig war es, als holten dunkle Dämonen einen Leichnam in die Hölle.

Schließlich erreichten sie den Fuß der Treppe. Wieder ging es einen Korridor entlang, diesmal einen geraden mit vereinzelten Türbogen auf einer Seite, die zu Treppen führten, und Gittertüren an der anderen, dicht an dicht.

Vor einer dieser letzteren Türen hielten die Schwarzen an. Einer nahm den Schlüssel von seinem Gürtel, steckte ihn ins Schloss und drehte ihn. Dann stieß er die Gittertür auf, und sie brachten ihren Gefangenen in das kleine Verlies dahinter. Die dicken Wände waren aus Stein, genau wie Boden und Decke, und in der Wand gegenüber der Eingangstür befand sich eine weitere Gittertür. Was hinter ihr lag, konnte Conan nicht sehen, aber er glaubte nicht, dass es ein Korridor war. Das Fackellicht, das durch das Gitter schien, ließ auf einen dunklen, großen Raum schließen.

In der rechten Ecke, nahe der Eingangstür, hingen rostige Ketten von einem Eisenring, der in den Stein eingelassen war. Diese Ketten hielten ein Skelett. Conan betrachtete es nicht ohne Neugier und bemerkte, dass viele der Knochen gebrochen und zersplittert waren, und der Schädel, der sich von der Wirbelsäule gelöst hatte, wie durch einen gewaltigen Schlag zerschmettert worden war.

Gleichmütig löste ein anderer Träger die Ketten vom Ring, nachdem er ihn mit seinem Schlüssel aufgesperrt hatte, und zerrte Gebeine und rostiges Metall zur Seite. Der dritte Mann befestigte Conans Ketten an dem Ring, und der vierte drehte seinen Schlüssel in der zweiten

Tür und vergewisserte sich, dass auch sie gut verschlossen war.

Dann betrachteten alle vier schlitzäugigen schwarzen Riesen den Gefangenen mit merkwürdigem Gesichtsausdruck, während der Fackelschein sich auf ihrer glänzenden Haut spiegelte.

Der, der mit seinem Schlüssel zur Eingangstür zurückkehrte, drehte sich noch einmal um und brummte: »Das jetzt dein Palast, weißer Hund von einem König! Nur Gebieter und wir es wissen. Ganzer Palast schlafen. Wir Geheimnis nicht verraten. Du hier leben und vielleicht sterben – wie er!« Verächtlich trat er nach dem zerschmetterten Totenschädel, dass er klappernd über den Steinboden rollte.

Conan ging nicht auf den Hohn des Schwarzen ein. Vielleicht verärgerte den Schwarzen gerade das. Er stieß eine Verwünschung hervor, beugte sich hinab und spuckte dem König voll ins Gesicht. Das war sehr unüberlegt von ihm. Conan saß auf dem Boden mit der Kette um seine Mitte, Hand- und Fußgelenke waren an den Ring in der Wand gekettet. Er konnte weder aufstehen, noch sich weiter als drei oder vier Fuß von der Wand fortbewegen. Aber die Kette zwischen den Handgelenken war ziemlich lang und hing jetzt tief herab. Ehe der kugelförmige schwarze Kopf sich seiner Reichweite entziehen konnte, packte der König die locker hängende Kette und schlug sie dem Neger über den Schädel. Der Schwarze stürzte wie ein gefällter Baum. Es ging so schnell und kam so unerwartet, dass seine Kameraden ihren Augen kaum glaubten, als sie ihn mit offenem Schädel auf dem Boden liegen sahen.

Aber sie unternahmen keine Vergeltungsmaßnahmen und achteten auch nicht auf Conans Aufforderung, doch in die Reichweite seiner blutigen Kette zu kommen. Sie verständigten sich in ihrer gutturalen Sprache, hoben den reglosen Schwarzen hoch und schleppten ihn, dem die Arme und Beine schlaff herabbaumelten, aus dem Verlies. Sie benutzten seinen Schlüssel, um die Gittertür zuzusperren, lösten ihn jedoch nicht von der Goldkette, die von seinem Gürtel hing. Die Fackel nahmen sie mit sich, und bald herrschte fast absolute Dunkelheit, die wie ein lebendes Wesen zu lauern schien.

V

DIE BESTIE IN DEN VERLIESEN

Conan ertrug das Gewicht der Ketten und seine verzweifelte Lage mit unerschütterlicher Ruhe. Er bewegte sich nicht, denn das Klirren seiner Ketten, wenn er auch nur seine Gliedmaßen verlagerte, klang erschreckend laut in der Dunkelheit und Stille. Sein von tausenden in der Wildnis aufgewachsenen Vorfahren ererbter Instinkt warnte ihn, seine Anwesenheit nicht zu verraten. Es war keine logische Überlegung, und er verhielt sich nicht deshalb ruhig, weil er lauernde Gefahren in der Dunkelheit vermutete, die ihn in seiner Hilflosigkeit aufspüren mochten. Xaltotun hatte ihm versichert, dass ihm einstweilen nichts geschehen würde, und Conan glaubte auch, dass es im Interesse des Zauberers lag, sein Leben zumindest jetzt noch zu verschonen. Aber der Instinkt des in der Wildnis Aufgewachsenen beherrschte ihn – der gleiche Instinkt, der ihn in seiner Kindheit veranlasst hatte, sich zu verstecken und still zu verhalten, während Raubtiere sich in seiner Nähe herumtrieben.

Selbst seine scharfen Augen vermochten nicht, die Dunkelheit zu durchdringen, doch nach einer Weile, einer Zeitspanne, die er nicht abschätzen konnte, nahm er einen schwachen Schein wahr, eine Art schrägen, grauen Strahl, der ihn die Gitterstäbe der Tür neben seinem Ellbogen erkennen ließ, und sogar das Skelett, das jetzt in der Nähe der anderen Tür lag. Er wunderte sich über den Strahl, bis er eine Erklärung fand.

Er befand sich tief unter der Erdoberfläche, in den Kellern unterhalb des Palasts. Aus irgendeinem Grund führte von oben ein schmaler Schacht hierher. Der Mond war offenbar aufgegangen und stand nun so, dass sein Schein durch diesen Schacht fiel. So kann ich zumindest die Tage und Nächte zählen, dachte Conan. Vermutlich würden auch die Sonnenstrahlen ihren Weg durch den Schacht finden, obgleich er wahrscheinlich tagsüber geschlossen gehalten wurde. Vielleicht wollte man einen Gefangenen quälen, indem man ihm nur hin und wieder einen Sonnenstrahl oder ein bisschen Mondschein zukommen ließ.

Sein Blick fiel auf die gebrochenen Knochen des Skeletts in der Ecke, die matt schimmerten. Er zerbrach sich nicht den Kopf darüber, wer der Beklagenswerte gewesen war oder aus welchem Grund man ihn hier hatte verschmachten lassen, aber er machte sich Gedanken über den Zustand der Gebeine. Von der Streckbank rührte er nicht her, das hatte er gleich erkannt. Während er die Knochen näher betrachtete, fiel ihm eine unerfreuliche Einzelheit auf: Die Schienbeine waren der Länge nach gespalten! Dafür gab es nur eine Erklärung: Das Mark sollte freigelegt werden. Aber welche Kreaturen, außer dem Menschen, brechen Knochen, um an das Mark zu gelangen? Vielleicht waren diese Gebeine die Überreste der Mahlzeit eines Kannibalen? Eines Menschen, den der Hunger in den Wahnsinn getrieben und der daraufhin einen Mitgefangenen aufgefressen hatte? Conan fragte sich, ob vielleicht eines Tages auch sein Skelett an rostigen Ketten hängend hier aufgefunden werden würde. Er kämpfte gegen die unvernünftige Panik an, die der eines in der Falle gefangenen Wolfes gleichen mochte.

Der Cimmerier fluchte, brüllte, heulte oder tobte nicht, wie ein Mensch der Zivilisation es an seiner Stelle vermutlich getan hätte. Trotzdem war er innerlich nicht weniger besorgt und aufgewühlt. Seine mächtigen Gliedmaßen zitterten unter dem Aufruhr seiner Gefühle. Irgendwo, weit im Westen, kämpften und brandschatzten die nemedischen Streitkräfte sich durch das Herz seines Reiches. Die zahlenmäßig schwachen Truppen Poitains konnten sie nicht aufhalten. Prospero mochte es vielleicht gelingen, Tarantia ein paar Wochen oder vielleicht sogar Monate zu verteidigen, aber schließlich, wenn keine Verstärkung kam, würde er sich ergeben müssen. Sicher würden die Barone ihn im Kampf gegen die Invasoren unterstützen. Aber er, Conan, lag hilflos hier in einem dunklen Verlies, während andere seine Lanzer anführten und für sein Reich kämpften. In heftigem Zorn knirschte der König mit den Zähnen.

Doch sofort biss er sie zusammen, als er auf dem Korridor verstohlen klingende Schritte hörte. Er strengte die Augen an und sah eine gebückte Gestalt an der Gittertür. Das Scharren von Metall gegen Metall war zu vernehmen, und dann ein Geräusch, als würde ein Schlüssel im Schloss gedreht. Danach verschwand die Gestalt aus seiner Sichtweite. Vermutlich ein Wächter, dachte er, der das Schloss überprüft hat. Nach einer Weile hörte er eine Wiederholung der gleichen Geräusche ein wenig weiter den Korridor entlang, und gleich darauf das leise Öffnen einer Tür, gefolgt von leisen, sich entfernenden Schritten. Dann setzte wieder absolute Stille ein.

Conan lauschte eine lange Weile, wie ihm schien, aber in Wirklichkeit konnte nicht allzu viel Zeit verstrichen sein, denn der Mond schien immer noch durch den Schacht. Jedenfalls hörte er keine weiteren Geräusche mehr. Er verlagerte sein Gewicht ein wenig, und dabei klirrten seine Ketten. Gleich darauf waren noch leisere Schritte zu vernehmen – direkt an der Eingangstür. Und einen Herzschlag lang hob sich eine schlanke Figur in dem grauen Strahl ab.

»König Conan?«, flüsterte eine weiche Stimme drängend. »O mein Lord, seid Ihr hier?«

»Wo sonst?«, antwortete er wachsam und verrenkte sich fast den Hals, um die Erscheinung besser sehen zu können.

Ein Mädchen umklammerte mit beiden Händen die Gitterstäbe. Der schwache Schein hinter ihr ließ die Umrisse ihrer geschmeidigen Figur durch den schleierfeinen Stoff um ihre Hüften erkennen und schimmerte leicht auf den edelsteinbesteckten metallenen Brustschalen. Ihre dunklen Augen glimmten in der Dunkelheit, und ihre weiße Haut glänzte wie Alabaster. Ihr fülliges Haar erinnerte an dunklen Schaum, der im Schein des Mondes eine leicht rötliche Tönung annahm.

»Die Schlüssel für Eure Ketten und die andere Tür!«, hauchte sie, während eine schlanke weiße Hand sich durch die Gitterstäbe schob und drei Schlüssel auf den Steinboden neben ihm fallen ließ.

»Was soll das?«, fragte er. »Du sprichst Nemedisch, aber ich habe keine Freunde in Nemedien. Welche Teufelei hat sich dein Gebieter jetzt ausgedacht? Hat er dich hierher geschickt, um mich zu verhöhnen?«

»Nein!« Das Mädchen zitterte heftig. Ihre Armreifen und Brustschalen klirrten gegen die Gitterstäbe, an die sie sich drückte. »Ich schwöre es bei Mitra! Ich habe die Schlüssel den schwarzen Wächtern gestohlen. Sie sind die Wärter dieser Verliese. Jeder hat nur einen Schlüssel, der nur ein Schloss aufzusperren vermag. Ich machte sie betrunken. Der, dessen Schädel Ihr gebrochen habt, wurde zu einem Heiler geschafft, deshalb kam ich nicht an seinen Schlüssel heran. Doch die anderen stahl ich. O bitte, zaudert nicht. Hinter diesen Verliesen liegen die Höhlen, die die Türen zur Hölle sind.«

Gegen seinen Willen beeindruckt, aber immer noch zweifelnd, da er auch jetzt höhnisches Gelächter erwartete, probierte Conan die Schlüssel aus. Er konnte es kaum glauben, dass einer ihn tatsächlich von den Ketten befreite. Er passte nicht nur in das Schloss, das sie am Ring hielt, sondern auch in die Schlösser an den Ketten um seine Gelenke. Ein paar Herzschläge später stand er bereits aufrecht und jubelte innerlich. Ein langer Schritt brachte ihn zur Eingangstür. Seine Finger schlossen sich um einen Gitterstab und das schmale Handgelenk, das dagegen gepresst war, und hielten so das Mädchen fest, das ihm tapfer ins Gesicht blickte.

»Wer bist du, Mädchen?«, fragte Conan. »Weshalb tust du das?«

»Ich bin Zenobia«, murmelte sie und schluckte ängstlich. »Nur ein Mädchen aus dem Harem des Königs.«

»Wenn das nicht ein verfluchter Trick ist«, murmelte Conan, »verstehe ich nicht, weshalb du mir diese Schlüssel gebracht hast!«

Sie neigte ihren dunklen Kopf. Als sie ihn wieder hob, blickte sie ihm fest in die misstrauischen Augen. Tränen glitzerten wie Edelsteine an ihren langen schwarzen Wimpern.

»Ich bin nur ein Mädchen aus des Königs Harem«, sagte sie mit einer seltsamen Mischung aus Stolz und Demut. »Er hat mir nie einen Blick gegönnt und wird es vermutlich auch nie. Ich bin weniger als die Hunde, die die Knochen in der Bananettealle abnagen dürfen.

Aber ich bin kein Spielzeug! Ich bin ein Mensch aus Fleisch und Blut. Ich atme, ich hasse, ich kenne Freud und Leid, Furcht und Liebe. Und ich liebe Euch, König Conan, seit ich Euch an der Spitze Eurer Ritter durch die Straßen von Belverus reiten sah, als Ihr vor Jahren König Numa besuchtet. Mein Herz drohte meinen Busen zu sprengen und sich vor den Hufen Eures Pferdes in den Staub der Straße zu werfen.«

Ihr Gesicht rötete sich tief bei ihren Worten, aber sie schlug die dunklen Augen nicht nieder. Conan antwortete nicht sofort. Wild, heftig und ungezähmt mochte er sein, doch jeden musste ein solches Geständnis, die Offenbarung der nackten Seele einer Frau, mit demütigem Staunen erfüllen.

Tief beugte sie jetzt den Kopf und drückte die roten Lippen auf die Finger, die ihr schmales Handgelenk festhielten. Dann warf sie den Kopf hoch, als erinnerte sie sich plötzlich ihrer Lage, und schreckliche Furcht zeichnete sich in ihren dunklen Augen ab.

»Beeilt Euch!«, drängte sie. »Schon ist Mitternacht vorüber! Ihr müsst weg von hier!«

»Werden sie dir denn nicht lebendigen Leibes die Haut abziehen, weil du die Schlüssel gestohlen hast?«, fragte Conan besorgt.

»Das werden sie nie erfahren. Falls die Schwarzen sich am Morgen wirklich noch erinnern können, wer ihnen den Wein gegeben hat, werden sie keineswegs zugeben, dass ihnen die Schlüssel gestohlen wurden, während sie sinnlos betrunken am Boden lagen. Der Schlüssel, den ich nicht bekommen konnte, ist der zu dieser Tür. Deshalb müsst Ihr leider versuchen, durch die Höhlen an die Oberfläche zu gelangen. Welch schreckliche Gefahren hinter jener anderen Tür lauern, weiß ich nicht, aber zweifellos besteht größere Gefahr für Euch, wenn Ihr im Verlies bleibt. König Tarascus ist zurückgekehrt...«

»Was? Tarascus?«

»Ja, heimlich und unerwartet. Und vor nicht allzu langer Weile stieg er hinunter in die Höhlen. Als er wieder hochkam, war er bleich und zitterte, wie einer, der sich einer ungeheuren Gefahr ausgesetzt hat. Ich hörte ihn seinem Junker Arideus zuflüstern, dass Ihr entgegen Xaltotuns Befehl sterben sollt!«

»Was ist mit Xaltotun?«, fragte Conan.

Er spürte, wie sie erschauderte.

»Sprecht nicht von ihm!«, flüsterte sie. »Manchmal ruft allein die Erwähnung seines Namens einen Dämon herbei. Die Sklaven sagten, er liege in seinem Gemach, hinter verschlossenen Türen, und gebe sich den Träumen des schwarzen Lotus hin. Ich glaube, dass selbst

Tarascus ihn insgeheim fürchtet, denn wenn nicht, würde er Euch offen töten lassen. Jedenfalls war er heute Nacht in den Höhlen – und was er dort tat, weiß nur Mitra.«

»Ich frage mich, ob es Tarascus gewesen war, der sich vor einer Weile an meiner Zellentür zu schaffen gemacht hat?«, murmelte Conan.

»Hier ist ein Dolch«, flüsterte sie und schob etwas durch die Gitterstäbe. Conans Finger schlossen sich eifrig um den Griff. »Lauft schnell durch jene Tür, wendet Euch dann nach links und haltet Euch an diese Zellenreihe, bis Ihr zu einer steinernen Treppe kommt. Verlasst diesen Gang nicht, wenn Euch Euer Leben lieb ist! Steigt die Stufen hoch. Die Tür an ihrem Ende kann durch einen der Schlüssel geöffnet werden. Wenn es Mitras Wille ist, werde ich Euch dort erwarten.«

Schon rannte sie mit kaum hörbaren Schritten fort.

Conan zuckte die Schultern und wandte sich der anderen Gittertür zu. Das Ganze mochte eine von Tarascus geplante, teuflische Falle sein. Aber Conan ging lieber diese Gefahr ein, als hier untätig herumzusitzen und auf das ihm zugedachte, bestimmt nicht erfreuliche Geschick zu warten. Er begutachtete die Klinge, die das Mädchen ihm zugesteckt hatte, und lächelte grimmig. Was sie auch sonst sein mochte, der Dolch bewies, dass sie einen praktisch veranlagten Verstand hatte. Er war kein schmales Stilett, das wegen seines edelsteinbesetzten Griffes oder seiner goldenen Parierstange ausgesucht worden war und nur für einen hinterlistigen Mord taugte, sondern ein richtiger fester Dolch, die Waffe eines Kriegers, mit einer fast einen Fuß langen, breiten Klinge, die in einer scharfen Spitze endete.

Zufrieden brummte er. Der Stahl in der Hand verbesserte seine Stimmung, und seine Zuversicht wuchs. Welche Netze der Verschwörung man auch um ihn gezogen haben mochte, in welche Falle er auch geraten sein mochte, der Dolch in seiner Hand war Wirklichkeit und würde ihm helfen. Die gewaltigen Muskeln seines rechten Armes schwollen, in Erwartung der Schläge, die er bald verteilen würde.

Er untersuchte die hintere Gittertür, ehe er die Schlüssel daran probierte. Aber sie war gar nicht verschlossen. Dabei erinnerte er sich ganz genau, dass der Schwarze sie zugesperrt hatte. Die verstohlene, gebückte Gestalt war also kein Wärter gewesen, der sich nur hatte vergewissern wollen, ob die Tür auch gesichert war. Sie hatte die Tür aufgesperrt! Das konnte nichts Gutes bedeuten! Aber Conan zögerte nicht. Er stieß die Tür auf und trat hinaus in die noch tiefere Dunkelheit.

Wie vermutet, führte sie nicht zu einem Korridor, sondern öffnete sich zu einem Raum, dessen Größe er in dieser Finsternis nicht abschätzen konnte. Jedenfalls gab es links und rechts von der Tür, durch die er gekommen war, Reihen weiterer Zellen, das sah er im schwachen Mondschein, der nur die Gitterstäbe der Verliese erkennen ließ, und selbst das hätten weniger scharfe Augen als seine nicht bemerkt.

Er wandte sich nach links und rannte an den Zellen vorbei. Seine nackten Sohlen waren auf dem Steinboden kaum zu hören. Flüchtig spähte er in jedes Verlies, an dem er vorbeikam. Alle waren sie leer und die Türen verschlossen. In einigen sah er das Schimmern gebleichter Gebeine. Diese Keller stammten noch aus einer grimmigeren Zeit, ehe die Festung Belverus zur

Stadt geworden war. Doch offenbar waren sie auch in nicht so ferner Vergangenheit häufiger benutzt worden, als Außenstehende ahnten.

Dicht vor sich sah er schließlich die undeutlichen Umrisse einer steilen Treppe. Das musste die sein, die er suchte. Plötzlich wirbelte er herum und duckte sich in die tiefen Schatten vor sich.

Irgendwo hinter ihm bewegte sich etwas sehr Großes auf weichen Ballen, und es war zweifellos kein Mensch. Er blickte die lange Reihe der Zellen entlang, vor denen je ein grauer Flecken weniger tiefer Dunkelheit zu sehen war. Und durch diese Mondscheinflecken näherte sich etwas. Was es war, vermochte er nicht zu erkennen, nur, dass es schwer und gewaltig war, und doch bewegte es sich geschmeidiger und schneller als ein Mensch. Es war gespenstisch, wie es immer wieder in den grauen Flecken auftauchte und dann in der Dunkelheit dazwischen verschwand.

Conan hörte die Gitter rasseln, als es eine Tür nach der anderen untersuchte. Jetzt hatte es die erreicht, aus der er gerade erst gekommen war. Sie schwang auf, als es daran zerrte. Kurz sah er die Umrisse der gewaltigen Kreatur im grauen Mondschein, dann war sie in seinem ehemaligen Verlies verschwunden. Schweiß perlte auf Conans Stirn, und seine Handflächen waren feucht. Jetzt verstand er, weshalb Tarascus so verstohlen seine Tür aufgesperrt hatte und so schnell wieder verschwunden war. Er musste noch eine weitere Tür, die eines Käfigs vermutlich, geöffnet haben, hinter der dieses Monstrum üblicherweise hauste.

Nun kam es wieder aus dem Verlies und weiter den Korridor entlang, den unförmigen Schädel dicht über den Boden gebeugt. Es achtete jetzt nicht mehr auf die weiteren Türen. Es hatte seine Fährte aufgenommen. Jetzt konnte er es schon weit deutlicher sehen. In dem grauen Licht vor einem Gitter hob sich ein riesiger, fast menschlicher Körper ab, aber viel massiger. Das Ungeheuer ging auf zwei Beinen, hielt jedoch den Oberkörper tief gebeugt. Es war grau und zottig, das dicke Fell mit Silber durchzogen. Sein Schädel war die grässliche Verzerrung eines Menschenkopfs. Seine langen Arme hingen bis fast zum Boden.

Conan erkannte es – und verstand, wieso die Knochen im Verlies gespalten und gebrochen gewesen waren. Diese Bestie der Verliese war ein grauer Affe, einer der grauenvollen Menschenfresser aus den Wäldern entlang der gebirgigen Ostküste der Vilayetsee. Grauenvoll waren diese Affen, die die Schreckgespenster hyborischer Gruselmären, aber in Wirklichkeit durchaus von dieser Welt waren und in den dunklen Wäldern ihr menschenfresserisches Unwesen trieben.

Er wusste, dass das Untier ihn witterte, denn es kam nun weit schneller heran auf seinen kurzen, doch ungeheuer kräftigen krummen Beinen, die den fassähnlichen Rumpf trugen. Er warf einen schnellen Blick zur Treppe, aber er zweifelte nicht, dass das Ungeheuer ihn einholen würde, ehe er die obere Tür erreicht hatte. Also beschloss er, sich ihm zu stellen.

So trat er vor eine der nächsten Zellentüren, um durch den Mondscheinflecken dort wenigstens ein bisschen besser sehen zu können, denn er wusste, dass die Augen der Bestie im Dunkeln weit schärfer als seine waren.

Der Affe sah ihn sofort. Er fletschte die Zähne, und die gewaltigen gelblichen Hauer schimmerten, aber er gab keinen Laut von sich. Diese Kreaturen der Nacht waren stumm. Doch seine fast menschliche Fratze verriet grässlichen Triumph.

In kampfbereiter Haltung wartete Conan furchtlos auf das gefährliche Ungeheuer. Er wusste, dass er nur einen einzigen Dolchstoß haben würde, die Chance für eine zweiten gab es nicht, genauso wenig wie die Möglichkeit, nach diesem einzigen Stoß, wenn er nicht richtig traf, zurückzuspringen. Dieser eine Stoß musste sofort töten, wenn er am Leben bleiben wollte; geriet er in die gewaltigen Arme des Affen, würden sie ihn zerquetschen. Sein Blick strich über den gedrungenen Hals, die hängenden Hautlappen des Bauches und die mächtige Brust. Er musste nach dem Herzen zielen und lieber das Risiko eingehen, dass die Klinge von den Rippen abprallte, als das Untier irgendwo zu treffen, wo der Stoß nicht zum sofortigen Tod führte. Er wog seine Flinkheit und Muskelkraft gegen die des Untiers ab. Er musste Brust an Brust an es heran, zustechen und dabei hoffen, dass sein eigener, auch nicht gerade schwacher Körper die herzschlaglange Misshandlung durch das Ungeheuer aushielt.

Als der Affe ihn mit weit schwingenden Armen erreicht hatte, warf er sich zwischen diese und stieß mit aller Kraft der Verzweiflung zu. Er spürte, wie die Klinge bis zum Griff in die haarige Brust sank. Sofort ließ er den Dolch los, duckte den Kopf, spannte den ganzen Körper, griff nach den sich um ihn schließenden Armen, stieß sein Knie mit aller Gewalt in des Untiers Bauch und stemmte sich so gegen die zerquetschende Umarmung.

Einen Schwindel erregenden Augenblick lang schien ihm, als würde er zermalmt, doch plötzlich war er frei. Er lag auf der Bestie, die unter ihm ihr Leben ausröchelte. Die roten Augen starrten zur Decke, der Dolchgriff zitterte in der zottigen Brust. Sein verzweifelter Stoß hatte das Herz getroffen!

Conan keuchte wie nach einem langen schweren Kampf und zitterte am ganzen Körper. Einige seiner Gelenke fühlten sich an, als wären sie ausgerenkt, Blut sickerte aus tiefen Kratzern von den Krallen des Ungeheuers, und seine Muskeln und Sehnen schmerzten von der Überbeanspruchung. Hätte der Affe auch nur einen Augenblick länger gelebt, hätte er ihn bestimmt zerquetscht. Aber glücklicherweise hatten die gewaltigen Kräfte des Cimmeriers genügt, den flüchtigen Todeszuckungen des Tieres zu widerstehen, durch die ein schwächerer Mann im Griff des Affen zweifellos zerrissen worden wäre.

VI

Der Dolchstoss

CONAN BÜCKTE SICH UND ZERRTE DEN DOLCH aus der Brust der Bestie, dann eilte er die Treppe hoch. Er wusste nicht, welche weiteren Kreaturen der Finsternis sich noch in den Höhlen herumtrieben, aber er hatte auch kein Verlangen danach, sich zu vergewissern. Ein Kampf wie der mit dem Affen war selbst für den kräftigen Cimmerier zu anstrengend. Das graue Licht des Mondscheins reichte nicht bis zur Treppe. Als er die Stufen hochhastete, hatte er das Gefühl, die Dunkelheit fasse mit fühlbaren Fingern nach ihm, und er musste gegen einen Anflug von Panik ankämpfen. Er atmete erleichtert auf, als er die Tür erreichte und der dritte Schlüssel sich im Schloss drehte. Vorsichtig öffnete er die Tür einen Spalt und spähte hindurch. Ein neuer

Angriff, ob von Mensch oder Tier, hätte ihn nicht überrascht.

Aber er sah nur einen kahlen steinernen Korridor, der schwach beleuchtet war, und eine schlanke, geschmeidige Gestalt, die vor der Tür stand.

»Eure Majestät!« Der leise Ruf entsprang einer Mischung aus Erleichterung und Besorgnis.

»Ihr blutet!«, flüsterte sie. »Ihr wurdet verletzt!«

Ungeduldig winkte er ab. »Nur Kratzer, die selbst ein Baby nicht spüren würde. Dein Dolch kam mir sehr gelegen. Ohne ihn würde Tarascus' Affe jetzt meine Schienbeine spalten, um ans Knochenmark zu kommen. Aber was nun?«

»Folgt mir«, flüsterte sie. »Ich führe Euch aus der Stadt. Ich habe außerhalb der Mauer ein Pferd für Euch versteckt.«

Sie drehte sich um, um ihm voraus den Korridor entlangzugehen, aber er legte eine schwere Hand auf ihre Schulter.

»Geh neben mir«, wies er sie leise an und legte seinen muskulösen Arm um ihre schmale Taille. »Du hast mir bisher ehrlich geholfen, und ich bin geneigt, dir zu trauen, aber ich lebe nur deshalb noch, weil ich niemandem völlig getraut habe, ob es nun Mann oder Frau war. Wenn du ein falsches Spiel mit mir getrieben hast, wirst du nicht mehr dazu kommen, dich damit zu brüsten.«

Sie zuckte weder beim Anblick seines blutigen Dolches, noch bei der Berührung seines Armes zusammen.

»Ihr dürft mich erbarmungslos niederstechen, wenn ich nicht ehrlich zu Euch bin«, antwortete sie. »Doch allein die Berührung Eures Armes, selbst wenn es als Drohung gedacht ist, ist für mich die Erfüllung eines Traumes.«

Der gewölbte Korridor endete an einer Tür, die sie öffnete. Hinter ihr lag ein Schwarzer, ein riesenhafter Mann in Turban und seidenem Lendenschurz, und neben seiner Rechten ein Krummsäbel. Der Schwarze rührte sich nicht.

»Ich habe ihm ein Schlafmittel in den Wein geträufelt«, wisperte sie und machte einen Bogen um den Liegenden. »Er ist der letzte und äußerste Wächter der Verliese. Nie gelang es je einem Gefangenen zuvor, aus den Verliesen zu entkommen, und nie hegte jemand je den Wunsch, sie zu besuchen. Deshalb bewachen nur diese Schwarzen sie. Von allen Bediensteten wissen nur sie allein, dass es König Conan war, den Xaltotun als Gefangenen in seinem Streitwagen mitgebracht hat. Ich konnte nicht schlafen und schaute durch eines der oberen Fenster hinunter in den Hof, während die anderen Mädchen schlummerten. Ich wusste, dass im Westen eine Schlacht ausgefochten worden war, und ich hatte Angst um Euch ...

Ich sah, wie die Schwarzen Euch die Treppe hochtrugen, und erkannte Euch im Fackelschein. Ich stahl mich in diesen Flügel des Palastes, gerade als sie Euch in die Keller schleppten. Ich wagte es nicht, vor Einbruch der Dunkelheit hierher zu kommen. Ihr müsst den ganzen Tag betäubt in Xaltotuns Gemach geschlafen haben.

Lasst uns vorsichtig sein! Seltsames ist heute Nacht im Gang. Die Sklaven sagten, Xaltotun schlafe und hinge den Lotusträumen nach, wie oft, aber Tarascus ist im Palast. Heimlich betrat er ihn durch den Hintereingang. Er hatte sich in seinen Umhang gehüllt, der staubig von der langen Reise war. Und nur Arideus, sein schweigsamer Junker, begleitete ihn. Ich verstehe es nicht, aber ich habe Angst.«

Sie gelangten zum Fuß einer schmalen Wendeltreppe, die sie hochstiegen. Vor einer Wandtäfelung blieb das Mädchen stehen und schob ein Paneel zur Seite. Als sie hindurchgestiegen waren, schob sie es wieder vor, und nun war es nicht mehr als ein Stück der reich verzierten Wand. Sie befanden sich in einem breiten Gang mit dicken Teppichen auf dem Boden und kostbaren Wandbehängen, und von der Decke baumelten Lampen, die einen goldenen Schein verbreiteten.

Conan lauschte angespannt, doch es war nichts zu hören. Er wusste nicht, in welchem Teil des Palastes sie waren, noch in welcher Richtung sich Xaltotuns Gemach befand. Das Mädchen zitterte, als sie ihn an der Hand durch den Korridor führte. Vor einem Alkoven, der hinter Satinvorhängen verborgen war, blieb sie stehen. Sie bedeutete Conan, sich in diesem Alkoven zu verstecken. »Wartet hier«, bat sie. »Hinter der Tür am Ende des Korridors kann man Tag und Nacht auf Sklaven und Eunuchen stoßen. Ich werde nachsehen, ob der Weg frei ist, ehe wir weitergehen.«

Sofort erwachte Conans Misstrauen.

»Führst du mich in eine Falle?«

Tränen stiegen in ihren dunklen Augen auf. Sie warf sich vor ihm auf die Knie und griff nach seiner prankengleichen Hand.

»O mein König! Bitte misstraut mir jetzt nicht.« Ihre Stimme zitterte. »Wenn Ihr kein Vertrauen zu mir habt und zögert, sind wir verloren. Weshalb hätte ich Euch aus den Verliesen holen sollen, wenn ich Euch jetzt verraten wollte?«

»Na gut«, brummte er. »Ich vertraue dir, obgleich, bei Crom, es nicht so einfach ist, die Angewohnheiten eines ganzen Lebens beiseite zu schieben. Doch würde ich dir jetzt nichts mehr tun, selbst wenn du alle Schwertkämpfer Nemediens auf mich hetztest. Wärst du nicht gewesen, hätte Tarascus' Affe mich überfallen, während ich hilflos in Ketten lag. Tu, was du für richtig hältst, Mädchen.«

Sie küsste seine Hand, dann sprang sie leichtfüßig auf, rannte durch den Korridor und verschwand durch eine schwere Flügeltür.

Conan blickte ihr nach und fragte sich, ob er ein Narr war, ihr zu trauen. Er zuckte die Schultern und zog die Satinvorhänge zusammen, um in seinem Versteck nicht durch Zufall gesehen zu werden. Es war nichts Ungewöhnliches, dass eine ihm ergebene junge Schönheit ihr Leben für ihn riskierte – das hatte er schon mehrmals erlebt. Die Gunst vieler Frauen war ihm in seinen Jahren des Herumstreifens, und auch seit er König war, zugeflogen.

Doch wartete er nicht untätig auf des Mädchens Rückkehr. Er durchsuchte den Alkoven nach einem weiteren Ausgang und fand hinter den Wandbehängen verborgen einen schmalen Gang, der zu einer kunstvoll geschnitzten Tür führte, die in dem schwachen Licht aus dem äußeren Korridor kaum zu sehen war. Während er den Gang entlangspähte, hörte er irgendwo hinter der geschnitzten Tür das Öffnen und Schließen einer anderen Tür, und danach das Murmeln von Stimmen. Eine der Stimmen erkannte er. Sein Gesicht verfinsterte sich. Ohne Zögern schlich er den schmalen Gang entlang und kauerte sich wie ein jagender Panter neben die Tür. Sie war nicht zugesperrt. Vorsichtig öffnete er sie einen Spalt, ohne Rücksicht auf die möglichen Folgen.

Die Tür war auf der anderen Seite verhangen, doch durch einen Schlitz im Samt konnte er in ein Gemach sehen, das nur durch eine Kerze auf einem Ebenholztisch beleuchtet wurde. Zwei Männer befanden sich in diesem Raum. Einer war ein narbiger, finster und grob wirkender Mann in ledernen Beinkleidern und zerlumptem Umhang. Der andere war Tarascus, König von Nemedien.

Tarascus schien sich gar nicht wohl in seiner Haut zu fühlen. Er war bleich, zuckte ständig zusammen und schaute sich angstvoll um, als befürchte er, bei etwas Verbotenem ertappt zu werden.

»Beeil dich!«, drängte er. »*Er* liegt in seinen Lotusträumen, aber ich weiß nicht, wann er erwachen wird.«

»Wie seltsam zu sehen, dass Tarascus sich fürchtet«, sagte der andere mit tiefer, rauer Stimme.

Der König runzelte die Stirn.

»Ich habe vor keinem normalen Sterblichen Angst, das weißt du genau! Aber als ich sah, wie die Felsen bei Valkia einstürzten, wurde mir klar, dass dieser Teufel, den wir wiederbelebt hatten, kein Scharlatan war. Ich fürchte seine Kräfte, weil ich ihre volle Stärke nicht kenne. Aber ich weiß, dass sie irgendwie mit diesem verfluchten Ding zusammenhängen, das ich ihm gestohlen habe. Es hat ihn ins Leben zurückgeholt, und ihm verdankt er wohl auch seine Zauberkräfte.

Er hatte es gut versteckt. Aber ein Sklave, der ihn auf meinen heimlichen Befehl hin unbemerkt beobachtete, sah, wie er es in eine goldene Kassette legte und wo er diese verbarg. Aber selbst da hätte ich nicht gewagt, es zu stehlen, hätte Xaltotun sich nicht seinen Lotusträumen hingegeben.

Ja, ich glaube, es ist das Geheimnis seiner Macht. Mit diesem Ding hat Orastes ihn ins Leben zurückgebracht. Mit ihm kann er uns alle zu Sklaven machen. Also nimm es und wirf es ins Meer, wie wir vereinbart haben. Und vergewissere dich, dass du weit genug vom Land entfernt bist, dass weder die Flut, noch ein Sturm es an den Strand spülen kann. Bezahlt habe ich dich dafür bereits.«

»Das habt Ihr«, bestätigte der Zerlumpte. »Aber ich hätte es auch so für Euch getan, denn ich stehe tief in Eurer Schuld, und selbst Diebe können dankbar sein.«

»Was immer du glaubst, mir zu schulden, wird abgegolten sein, sobald du dieses Ding im Meer versenkt hast«, sagte Tarascus.

»Ich werde nach Zingara reiten und in Kordava ein Schiff nehmen«, versprach der andere. »Ich kann es nicht wagen, mich in Argos sehen zu lassen, da ich dort wegen eines Mordes gesucht werde ...«

»Wie du es machst, überlasse ich dir, solange du es nur tust. Hier ist es. Im Hof wartet ein Pferd auf dich. Beeil dich!«

Tarascus gab dem anderen etwas, das wie lebendes Feuer flammte. Conan konnte es jedoch nur flüchtig sehen, da der andere es schnell unter seinem Umhang verschwinden ließ. Er zog noch den Schlapphut tief ins Gesicht und verließ das Gemach. Als die Tür sich hinter ihm geschlossen hatte, handelte Conan mit der vernichtenden Wildheit eines Raubtiers. Er hatte sich beherrscht, solange er konnte, aber der Anblick seines so nahen Feindes setzte sein wildes Blut in Wallung und verdrängte jegliche Vorsicht und Zurückhaltung.

Tarascus wandte sich der inneren Tür zu, als Conan die Behänge zur Seite riss und wie ein blutdürstiger Panter ins Gemach sprang. Tarascus wirbelte herum, doch noch ehe er seinen Angreifer erkannt hatte, traf ihn Conans Dolch.

Aber der Stoß war nicht tödlich, das wurde Conan im gleichen Augenblick klar. Sein Fuß hatte sich in einer Falte des Vorhangs verfangen, als er losgesprungen war. Die Dolchspitze drang nur in Tarascus' Schulter und streifte die Rippen. Der König von Nemedien schrie.

Die Wucht des Stichs und das Gewicht von Conans auf ihn stürzenden Körper schleuderten ihn gegen den Tisch. Er kippte um, und die Kerze erlosch. Beide Männer fielen auf den Boden und verfingen sich in den Falten des Vorhangs. Conan stach blind in der Dunkelheit zu, und Tarascus schrie in panischer Angst. Da schien die Furcht Tarascus übermenschliche Kraft zu verleihen, und er konnte sich losreißen. Er stolperte durch die Dunkelheit und schrie: »Hilfe! Wachen! Arideus! Orastes! *Orastes!*«

Conan befreite sich aus dem Vorhang, stieß den zerbrochenen Tisch zur Seite und fluchte mit der Bitterkeit seiner Enttäuschung. Tarascus' Schreie wurden bereits von fragenden Stimmen beantwortet. Der Nemedier war ihm in der Dunkelheit entkommen, und Conan hatte keine Ahnung, in welche Richtung er geflohen war. Des Cimmeriers unüberlegte Vergeltungsmaßnahme war fehlgeschlagen, jetzt konnte er nur noch versuchen, seine eigene Haut zu retten.

Grimmig fluchend rannte Conan den Gang zurück in den Alkoven und schaute hinaus in den hell beleuchteten Korridor, gerade als Zenobia mit furchtgeweiteten Augen auf ihn zulief.

»Oh, was ist passiert?«, fragte sie. »Der ganze Palast ist auf den Beinen! Ich schwöre Euch, ich habe Euch nicht verraten!«

»Ich weiß«, brummte Conan. »Ich selbst habe in diesem Hornissennest gestochert. Ich versuchte, eine Rechnung zu begleichen. Welches ist der kürzeste Weg ins Freie?«

Sie griff nach seiner Hand und rannte mit ihm den Korridor entlang. Doch ehe sie die schwere Tür am anderen Ende erreichten, war gedämpftes Brüllen dahinter zu hören, und jemand warf sich von der anderen Seite dagegen. Zenobia rang die Hände und wimmerte:

»Jetzt sitzen wir in der Falle! Ich habe die Tür verriegelt, als ich zurückkam. Aber sie werden sie jeden Augenblick einbrechen. Und das hintere Tor kann nur auf diesem Weg erreicht werden.«

Conan wirbelte herum. Am anderen Ende des Korridors, zwar noch außer Sicht, hörte er wachsenden Lärm, der ihm verriet, dass er auch aus dieser Richtung mit Feinden zu rechnen hatte.

»Schnell! Hier hinein!«, drängte das Mädchen verzweifelt. Sie rannte quer über den Gang und riss die Tür zu einem Gemach auf. Conan folgte ihr und schob hastig den goldenen Riegel vor. Sie standen in einem prunkvollen Raum, in dem sich außer ihnen niemand befand. Zenobia zog Conan zu einem Fenster mit goldenem Gitterwerk, durch das er Bäume und Buschwerk sah.

»Ihr seid stark«, keuchte sie. »Wenn Ihr das Gitter herausreißen könnt, gelingt es Euch vielleicht noch zu entkommen. Zwar sind viele Wachen im Garten, aber die Büsche sind dicht, und Ihr könnt Euch, wenn Ihr Glück habt, durch sie an ihnen vorbeischleichen. Die Südmauer ist gleichzeitig die äußere Stadtmauer. Seid Ihr erst darüber, ist Eure Chance schon größer. An der Weststraße, ein paar hundert Schritt südlich des Thrallosbrunnens, habe ich in einem Dickicht ein Pferd für Euch versteckt. Werdet Ihr dort hinfinden?«

»Ja. Aber was ist mit dir? Ich wollte dich doch mitnehmen!«

Ihr Gesicht leuchtete auf.

»Ihr macht mich überglücklich! Aber ich würde Euch bei der Flucht nur behindern. Belastet mit mir, würdet Ihr es nicht schaffen. Doch Ihr braucht Euch um mich keine Sorgen zu machen. Man wird nie vermuten, dass ich Euch freiwillig half. Beeilt Euch. Was Ihr gerade gesagt habt, wird mein Leben heller machen.«

Er riss sie in die mächtigen Arme, drückte ihren schlanken geschmeidigen Körper an sich und küsste sie leidenschaftlich auf die Augen, Wangen, Lippen und den Hals. Selbst seine Zärtlichkeiten waren heftig wie Naturgewalten, doch Zenobia war glücklich darüber.

»Ich gehe jetzt«, murmelte Conan. »Aber, bei Crom, eines Tages hole ich dich!«

Er legte die Finger um das goldene Gitter. Mit einem einzigen mächtigen Ruck riss er es aus seiner Verankerung. Er schwang die Beine über das Fenstersims und kletterte an den Verzierungen der Fassade hinunter. Wie ein Schatten verschwand er zwischen den hohen Rosenbüschen und Bäumen. Ein Blick über die Schulter zeigte ihm Zenobia, die sich aus dem Fenster lehnte, die Arme in stummem Lebewohl und ergebener Entsagung ausgestreckt.

Durch den ganzen Garten rannten Wachen auf den Palast zu, wo der Lärm immer größer wurde. Hoch gewachsene Männer waren sie alle, in brünierten Harnischen und Kammhelmen aus polierter Bronze. Immer wieder ließen die Sterne ihre Rüstungen aufblitzen, während sie durch den Park liefen, und verrieten so, wo sie sich befanden. Aber Conan hätte es auch allein wegen ihrer lauten Schritte gewusst. Für ihn, der in der

Wildnis aufgewachsen war, klang es, als trampelte eine ganze Herde Rinder durch den Garten. Manche kamen nur wenige Schritte an dem Dickicht vorbei, in dem er sich, lang ausgestreckt, versteckt hielt, und ahnten nichts von seiner Nähe. Ihr Ziel war der Palast, und sie waren nur darauf bedacht, ihn zu erreichen. Als sie brüllend weitergelaufen waren, erhob er sich und floh leise wie ein Panter in die entgegengesetzte Richtung.

So erreichte er schnell die Südmauer und rannte die Stufen zur Brustwehr hinauf. Die Mauer diente dazu, den Feind abzuwehren, nicht aber jemanden in der Stadt festzuhalten. Keine Posten, die ihre Runden machten, waren in Sicht. Conan duckte sich hinter eine Zinne und blickte zum Palast zurück, der sich hoch über die Zypressen erhob. Licht brannte hinter allen Fenstern, und er sah Menschen dahinter hin und her laufen, wie Marionetten an unsichtbaren Fäden. Er grinste grimmig, schüttelte Abschied nehmend und drohend zugleich die Fäuste und schwang sich über die äußeren Zinnen.

Ein niedriger Baum, etwa zwei Mannslängen darunter, fing ihn auf, als er sich fast lautlos auf seine kräftigen Äste fallen ließ. Gleich darauf rannte er mit langen Schritten durch die Dunkelheit.

Gärten und Landhäuser lagen rund um die Stadtmauer von Belverus. Müde Wächter, die neben ihren Piken eingenickt waren, sahen die flinke, verstohlene Gestalt nicht, die über Mauern klomm, Alleen überquerte und geräuschlos durch Obst- und Weingärten rannte.

Wachhunde schreckten aus ihrem Schlaf und bellten erbost über den flüchtigen Schatten, den sie halb witterten, halb ahnten, und verstummten schnell, denn längst war er weiter.

In einem Gemach des Palasts wand Tarascus sich fluchend auf einem blutbespritzten Diwan unter den geschickten Fingern von Orastes. Überall im Palast standen oder liefen zitternde Diener herum, aber in des Königs Gemach hielten sich nur er selbst und der abtrünnige Priester auf.

»Seid Ihr sicher, dass er noch schläft?«, fragte Tarascus zum x-ten Mal und biss die Zähne zusammen, als der scharfe Geruch der Pflanzensäfte, mit denen die Verbände getränkt waren, in seine Nase stieg. Orastes legte sie ihm auf die klaffende Wunde, die über Schulter und Rippen verlief. »Ischtar, Mitra und Set, das brennt wie Höllenfeuer!«

»In dem Ihr jetzt schmoren würdet, wäre das Glück Euch nicht hold gewesen«, bemerkte Orastes. »Wer immer die Klinge schwang, hatte die Absicht, Euch zu töten. Ja, Xaltotun schläft noch, das habe ich Euch doch jetzt schon so oft versichert. Weshalb müsst Ihr das so genau wissen? Was hat das denn mit dem hier zu tun?«

»Ihr wisst nicht, was sich heute Nacht im Palast getan hat?« Tarascus betrachtete des Priesters Gesicht mit brennender Eindringlichkeit.

»Nein. Es ist Euch doch bekannt, dass ich damit beschäftigt bin, Manuskripte für Xaltotun zu übersetzen. Seit Monaten übertrage ich bereits esoterische Werke, die in den jüngeren Sprachen abgefasst sind, in eine ältere, die er lesen kann. Er beherrscht alle Sprachen und Schriften seiner Zeit, doch die neueren hat er noch nicht alle gelernt, und um Zeit zu sparen, beauftragte er mich mit der Übersetzung, um zu erfahren, ob man seit seinen Tagen auf neues Wissen gestoßen ist. Ich wusste nicht, dass er gestern zurückgekehrt war, bis er mich zu sich rief und mir von der Schlacht erzählte. Danach kehrte ich in mein Studiergemach zurück. Ich wusste auch nichts von Eurer Ankunft, bis der Lärm im Palast mich aufschreckte und ich Euch nach mir rufen hörte.«

»So ist Euch auch nicht bekannt, dass Xaltotun den König von Aquilonien als Gefangenen in diesen Palast brachte?«

Orastes schüttelte den Kopf, aber die Neuigkeit schien ihn nicht sonderlich zu verwundern.

»Xaltotun sagte lediglich, dass Conan uns keine Schwierigkeiten mehr machen würde. Ich nahm an, dass er gefallen ist, erkundigte mich jedoch nicht näher.«

»Xaltotun rettete ihm das Leben, als ich ihn töten lassen wollte«, erklärte Tarascus wütend. »Ich verstand sofort, weshalb. Er will Conan als Druckmittel gegen uns benutzen – gegen Amalric, gegen Valerius und gegen mich. Solange Conan lebt, ist er eine Bedrohung, ein vereinigender Faktor für Aquilonien, den er vielleicht benutzen wird, um uns zu einem Kurs zu zwingen, den wir sonst nicht befolgen würden. Ich traue diesem wiedererweckten Pythonier nicht, Orastes. Und seit kurzem fürchte ich ihn.

Ich folgte ihm einige Zeit später, nachdem er ostwärts aufgebrochen war. Ich wollte wissen, was er mit Conan vorhatte. Ich fand heraus, dass er ihn in ein Verlies steckte. Ich beabsichtigte, dafür zu sorgen, dass der Barbar starb, auch gegen Xaltotuns Willen. Und es gelang mir ...«

Ein vorsichtiges Klopfen an der Tür war zu hören.

»Das ist Arideus«, brummte Tarascus. »Lasst ihn ein.«

Der wortkarge Junker trat ein. Seine Augen blitzten vor unterdrückter Aufregung.

»Ja, Arideus? Habt Ihr den Burschen gefunden, der über mich herfiel?«, fragte Tarascus.

»Ihr habt ihn nicht gesehen, mein Lord?«, erkundigte sich Arideus in einem Tonfall, als wollte er sich nur noch einmal vergewissern. »Ihr habt ihn nicht erkannt?«

»Nein! Es ging alles so schnell. Die Kerze war erloschen – und mein einziger Gedanke war, dass es sich um einen Teufel handelte, den Xaltotuns Magie mir auf den Hals gehetzt hatte …«

»Der Pythonier schläft in seinem verriegelten Gemach. Aber ich war im Verlieskeller.« Arideus' hagere Schultern zuckten aufgeregt.

»So sprecht schon!«, rief Tarascus ungeduldig. »Was habt Ihr dort so Erstaunliches entdeckt?«

»Ein leeres Verlies«, flüsterte der Junker. »Und den Kadaver eines Menschenaffen.«

»*Wa-as?*« Tarascus sprang auf. Blut quoll aus seiner wieder aufgebrochenen Wunde.

»Ja. Der Menschenfresser ist tot – erstochen, direkt durchs Herz –, und Conan ist verschwunden!«

Tarascus' Gesicht war fahlgrau, als er, ohne es richtig zu bemerken, zuließ, dass Orastes ihn wieder auf den Diwan niederzwang und den Verband erneuerte.

»Conan!«, stöhnte er. »Keine zermalmte Leiche – sondern entkommen! Mitra! Er ist kein Mensch, sondern ein Teufel! Ich dachte, ich hätte Xaltotun diese Verletzung zu verdanken. Jetzt weiß ich es besser. Götter und Teufel! Es war Conan, der nach mir stach! Arideus!«

»Ja, Eure Majestät?«

»Lasst jeden Winkel des Palasts absuchen. Er schleicht vielleicht wie ein hungriger Tiger durch die dunklen Gänge. Übersehen nicht die kleinste Nische, und seid vorsichtig! Conan ist kein zivilisierter Mann, sondern ein blutdürstiger Barbar mit den Kräften und der Wildheit eines Raubtiers. Lasst auch die Palasthöfe und -gärten durchsuchen, ebenso die ganze Stadt. Legt einen Kordon um die Mauern. Wenn es sich herausstellt, dass er bereits aus der Stadt geflüchtet ist, was leicht der Fall sein kann, dann folgt ihm mit einer Schwadron. Aber denkt daran, dass es ist, als müsstet Ihr einen Wolf durch die Berge verfolgen. Doch wenn Ihr Euch beeilt, erwischt Ihr ihn vielleicht noch.«

»Das ist eine Sache, bei der mehr als menschlicher Verstand recht nützlich wäre«, meinte Orastes. »Wir sollten Xaltotuns Rat einholen.«

»Nein!«, rief Tarascus heftig. »Die Soldaten sollen Conan verfolgen und töten. Xaltotun kann es uns nicht übel nehmen, wenn wir einen Gefangenen töten, um sein Entkommen zu verhindern.«

»Nun«, brummte Orastes. »Ich bin zwar kein Acherone, doch in einigen der alten Künste bin auch ich bewandert. Ich habe die Herrschaft über gewisse Geister, die körperliche Gestalt annahmen. Vielleicht kann ich Euch in dieser Sache helfen.«

Der Thrallosbrunnen stand in einem kleinen Eichenhain am Rand der Straße, etwa eine Meile von der Stadtmauer entfernt. Das Plätschern seiner Fontänen klang melodisch durch die Stille des Sternenlichts. Conan trank durstig von seinem eisigen Wasser, ehe er südwärts zu einem Dickicht rannte, das ihm vom Brunnen aus aufgefallen war. Er lief um es herum und sah den großen Schimmel, der zwischen den Büschen angebunden war. Er seufzte erleichtert und ging darauf zu – als ein spöttisches Lachen ihn herumwirbeln ließ.

Eine Gestalt in stumpf schimmernder Kettenrüstung trat aus den Schatten in den Sternenschein. Allein die Aufmachung verriet, dass es sich um keine der Palastwachen handelte, sondern um einen Abenteurer: eine Kriegergattung, die für Nemedien typisch war. Bei ihnen handelt es sich um Männer, die den Ritterstand nicht hatten erwerben können oder aus ihm ausgestoßen worden waren. Erfahrene Kämpfer waren es, die ihr Leben Krieg und Abenteuern widmeten. Sie waren eine Klasse für sich. Manchmal befehligten sie kleinere Truppenteile, unterstanden selbst jedoch niemandem, außer dem König persönlich. Conan wusste, dass er von keinem gefährlicheren Gegner hätte entdeckt werden können.

Ein schneller Blick durch die Schatten versicherte ihm, dass der Bursche allein war. Conan holte tief Atem, grub seine Zehen ins Gras und spannte seine Muskeln.

»Ich war in Amalrics Auftrag nach Belverus unterwegs«, sagte der Abenteurer und kam wachsam näher. Sein langes Doppelschwert, das er blank in der Hand hielt, glänzte im Sternenlicht. »Ein Pferd wieherte meinem aus dem Dickicht zu. Ich sah nach und fand es merkwürdig, dass es dort angebunden war. Ich wartete, und siehe da, ich fing einen seltenen Fisch.«

Die Abenteurer lebten von ihren Schwertern.

»Ich kenne Euch«, fuhr der Nemedier fort. »Ihr seid Conan, der König von Aquilonien. Ich dachte, ich hätte Euch im Tal von Valkia fallen sehen, aber ...«

Conan sprang auf wie ein ergrimmter Tiger. Ein so erfahrener Kämpfer der Abenteurer auch war, rechnete er doch nicht mit der ungeheuren Schnelligkeit des Barbaren. Der unerwartete Angriff überraschte ihn. Er hatte sein schweres Schwert erst in Brusthöhe. Ehe er zuschlagen oder parieren konnte, stach des Königs langer Dolch von der Kehle abwärts ins Herz. Gurgelnd fiel der Abenteurer zusammen. Schnell zog Conan seinen

Dolch zurück. Der Schimmel schnaubte und bäumte sich beim Anblick und Geruch des Blutes auf.

Mit dem Dolch in der Hand und glitzernden Schweißtropfen auf der Stirn, lauschte Conan angespannt. Kein Laut war zu hören, außer dem verschlafenen Zwitschern von Vögeln, die durch die Stimme des Abenteurers geweckt worden waren. Doch aus der eine Meile entfernten Stadt vernahm er durchdringenden Trompetenschall.

Hastig beugte er sich über den Gefallenen. Nach kurzer Durchsuchung war er überzeugt, dass der Mann keine schriftliche Botschaft, sondern eine mündliche zu überbringen gehabt hätte. Trotzdem schaute er noch weiter gründlich nach. Kurze Zeit später galoppierte der Schimmel auf der weißen Straße westwärts, und sein Reiter trug die graue Kettenrüstung eines nemedischen Abenteurers.

VII

Der Schleier zerreisst

Conan wusste, dass Geschwindigkeit seine einzige Chance war zu entkommen. Er dachte gar nicht daran, sich in der Nähe von Belverus zu verstecken, bis die Verfolger vorbei waren, denn er war sicher, dass Tarascus' unheimlicher Verbündeter imstande wäre, genau zu sagen, wo er sich jeweils aufhielt. Außerdem lag es ihm nicht, sich irgendwo zu verkriechen, ein offener Kampf oder eine offene Verfolgung waren ihm lieber. Er hatte einen guten Vorsprung, das wusste er. Bis zur Grenze würde er sie ganz schön auf Trab halten.

Zenobia hatte mit dem Schimmel eine gute Wahl getroffen. Seine Flinkheit, Zähigkeit und Ausdauer waren offensichtlich. Das Mädchen verstand etwas von Waffen und Pferden, dachte Conan zufrieden, und von

Menschen. In Meilen verschlingendem Tempo ritt er westwärts.

Ein schlafendes Land war es, durch das er kam, vorbei an waldgeschützten Dörfern, weiß getünchten Landhäusern inmitten weiter Felder und Obstgärten, die jedoch, je weiter westwärts er kam, immer seltener wurden. Als auch die Ortschaften nicht mehr so häufig waren, wurde das Land rauer, und die Burgen auf den Höhen erzählten von jahrhundertelangen Grenzkriegen. Doch niemand kam von diesen Festungen herunter, um ihn aufzuhalten oder ihn nach seinem Wohin zu fragen. Die Burgherren waren Amalrics Standarte gefolgt. Die Banner, die sonst auf diesen Türmen flatterten, sahen jetzt die aquilonischen Ebenen.

Als die letzte kleine Ortschaft hinter ihm lag, verließ Conan die Straße, die sich nun in nördlicher Richtung den fernen Bergpässen entgegenschlängelte. Bliebe er auf der Straße, käme er zu den Grenztürmen, die zweifellos auch jetzt besetzt waren, und man würde ihn nicht die Grenze überqueren lassen, ohne ihn auf Herz und Nieren zu prüfen. Durch die Moore ritten jetzt vermutlich keine Streifen, wie in normalen Zeiten, während zweifellos bald zurückkehrende Soldaten mit Verwundeten in Ochsenkarren auf der Straße daherkommen würden.

Die Straße von Belverus war die einzige, die innerhalb eines Gebiets von fünfzig Meilen von Nord nach Süd die Grenze überquerte. Sie folgte einer Reihe von Pässen durch das Gebirge, und zu ihren beiden Seiten lag größtenteils spärlich bewohntes Bergland. Conan behielt seinen Westkurs bei. Er beabsichtigte, die Grenze tief in der Wildnis der Berge zu überkreuzen, die südlich der Pässe lag. Es war eine kürzere Strecke, allerdings sehr anstrengend, aber auch sicherer für einen Verfolgten. Ein einzelner Reiter kam viel leichter durch schlecht passierbares Gelände als eine ganze Armee.

Im Morgengrauen lagen die Berge als ferner blauer Wall am Horizont. Wo er sich jetzt befand, gab es weder Bauernhöfe, noch Dörfer, noch weiß getünchte Landhäuser zwischen den Bäumen. Der Morgenwind spielte mit dem hohen rauen Gras, und es gab nichts als ein Auf und Ab sanfter Hügel, durch deren karges Grün die braune Erde lugte, und eine Burg auf einem entfernten niedrigen Berg. Zu oft hatten Aquilonier dieses Grenzland überrannt, als dass die Nemedier sich hier noch sicher gefühlt und es besiedelt hätten.

Der Morgen glitt wie Präriefeuer über das Grasland, und am Himmel war lautes Schnattern zu hören, als ein Schwarm Wildgänse in Keilformation südwärts flog. In einer grasigen Mulde machte er Rast und nahm seinem schwer atmenden und schweißüberströmten Pferd den Sattel ab. Er hatte ihm fast zu viel zugemutet.

Während es das harte Gras kaute und sich ausruhte, legte Conan sich auf den Kamm des steilen Hügels und starrte ostwärts. Weit im Norden konnte er die Straße sehen, die er verlassen hatte. Wie ein weißes Band verlief sie über eine ferne Anhöhe. Keine schwarzen Punkte bewegten sich auf ihr. Auch auf der fernen Burg rührte sich nichts.

Selbst als das Pferd zu weiden aufgehört hatte, lag das Land noch leer vor Conan. Die einzigen Zeichen von Leben waren das Glitzern von Stahl auf den fernen Zinnen und ein Rabe, der abwechselnd am Himmel kreiste und hin und her flog, als suchte er etwas. Conan sattelte den Schimmel wieder und ritt etwas gemächlicher weiter westwärts.

Als er den Hügelkamm überquerte, kreischte hoch über seinem Kopf ein Vogel. Er blickte auf und sah den Raben unablässig schreiend über ihm fliegen. Er folgte ihm auch weiter in gleicher Höhe und ließ sich nicht vertreiben.

Das ging den ganzen Morgen so. Conan war schon so weit, sein halbes Königreich dafür zu geben, wenn er diesem Tier den schwarzen Hals umdrehen könnte.

»Teufelsbrut!«, brüllte er in hilflosem Zorn und schüttelte die Faust im eisernen Handschuh. »Warum verfolgst du mich mit deinem grässlichen Krahkrah? Verschwinde, du Ausgeburt der Hölle, und pick Weizen in irgendeinem Feld!«

Er ritt nun am Fuß der Berge entlang, und ihm war, als hörte er ein Echo des Rabengeschreis weit hinter sich. Er drehte sich im Sattel um und entdeckte einen weiteren schwarzen Punkt am blauen Himmel, und etwas hinter ihm, aber auf der Erde, spiegelte sich die Nachmittagssonne auf Stahl. Das konnte nur eines bedeuten: Bewaffnete! Und sie ritten nicht auf der Straße, die sich nun außer Sicht, jenseits des Horizonts befand. Sie folgten ihm!

Conan biss grimmig die Zähne zusammen und schauderte leicht, als er zu dem Raben hochblickte, der über ihm kreiste.

»Dann ist das also mehr als der unsinnige Einfall eines dummen Vogels?«, brummte er. »Diese Reiter können dich zwar nicht selbst sehen, wohl aber kann es der andere Rabe, und sie sehen ihn. Du folgst mir, er folgt dir, sie folgen ihm. Bist du bloß eine geschickte dressierte, gefiederte Kreatur, oder bist du ein Teufel in Vogelgestalt? Hat Xaltotun dich hinter mir hergeschickt? Bist du Xaltotun?«

Nur ein schrilles Kreischen antwortete ihm, ein Kreischen, aus dem Hohn zu klingen schien.

Conan vergeudete keine Zeit mehr mit seinem dunklen Verräter. Grimmig machte er sich an den langen Aufstieg. Er durfte es nicht wagen, sein Pferd über Gebühr anzustrengen. Während der kurzen Rast hatte es sich nicht ausreichend erholen können. Zwar hatte er noch einen guten Vorsprung vor seinen Verfolgern, doch der würde nun langsam immer geringer werden. Er war ziemlich sicher, dass ihre Reittiere frischer waren als sein Schimmel, denn zweifellos hatten sie auf der Burg, an der er vorbeigekommen war, die Pferde gewechselt.

Der Aufstieg wurde immer anstrengender, die grasigen Hänge führten immer steiler zu den bewaldeten Bergen hoch. Dort könnte er seine Verfolger abschütteln, wäre nicht dieser Höllenvogel über seinem Kopf gewesen. Er konnte sie in diesem zerklüfteten Gebiet nicht mehr sehen, aber er war sicher, dass sie nach wie vor auf seiner Fährte waren, unbeirrbar geführt von ihren gefiederten Verbündeten.

Dieser schwarze Vogel wurde zum Dämon für ihn, der ihn durch endlose Höllen jagte. Die Steine, die er nach ihm warf, verfehlten ihn jedes Mal, obgleich er in seiner Jugend Falken im Flug getroffen hatte.

Der Schimmel wurde immer müder. Conan erkannte die Aussichtslosigkeit seiner Lage. Er spürte, dass er den teuflischen Kräften, die hinter ihm her waren, nicht entgehen konnte. Er war hier genauso ein Gefangener, wie er es im Verlies von Belverus gewesen war. Aber er war kein Orientale, der sich tatenlos dem Unvermeidlichen fügte. Wenn er nicht entkommen konnte, würde er zumindest ein paar seiner Feinde mit in den Tod nehmen. Er bog in einen dichten Lärchenhain an dem Hang ab und suchte nach einer guten Rückendeckung.

Da hörte er gar nicht weit vor sich einen durchdringenden Schrei, aus einer Menschenkehle, wie es schien, aber von merkwürdiger Klangfolge. Augenblicke später bahnte er sich einen Weg durch dichte Zweige und sah, was den gespenstischen Schrei verursacht hatte. Auf einer kleinen Lichtung, etwas unterhalb von ihm, banden vier Soldaten in nemedischer Kettenrüstung eine Schlinge um den Hals einer hageren alten Frau in einfacher ländlicher Kleidung. Ein Reisigbündel, das mit einem Strick zusammengebunden war, verriet, womit die Frau beschäftigt gewesen war, als die Soldaten sie überrascht hatten.

Conan spürte wilde Wut in sich aufsteigen, als er stumm hinunterblickte und sah, wie die Halunken die Frau zu einem Baum zerrten, dessen untere Zweige offenbar als Galgen für sie dienen sollten. Vor einer Weile hatte Conan die Grenze überschritten; er stand auf dem Boden seines eigenen Landes und beobachtete den Mord an einer seiner Untertaninnen. Die alte Frau wehrte sich mit erstaunlicher Kraft, und während er sie betrachtete, hob sie den Kopf und stieß erneut den seltsamen, weit reichenden Ruf aus, den er zuvor gehört hatte. Wie zum Hohn gab der Rabe über den Bäumen sein Echo zurück. Die Soldaten lachten hässlich, und einer schlug ihr grob auf den Mund.

Conan schwang sich von seinem müden Pferd und sprang von dem Felsvorsprung, auf dem er gestanden hatte, mit klirrender Rüstung hinunter ins Gras. Die vier Männer wirbelten herum. Sie zogen ihre Schwerter und starrten verblüfft auf den Riesen im Kettenhemd, der ihnen mit der blanken Klinge in der Hand gegenüberstand.

Conan lachte barsch. Seine Augen glitzerten wie Gletschereis.

»Hunde!«, knurrte er. »Macht ihr nemedischen Schakale euch zu Scharfrichtern und hängt meine Untertanen, wie es euch beliebt? Erst müsst ihr schon ihrem König den Kopf abschlagen. Hier stehe ich und warte!«

Die Soldaten starrten ihn unsicher an, als er auf sie zuschritt.

»Wer ist dieser Verrückte?«, brummte einer der bärtigen Schurken. »Er trägt nemedische Rüstung, spricht aber mit aquilonischem Akzent.«

»Ist doch egal«, antwortete einer. »Hau ihn nieder, damit wir die Alte in Ruhe hängen können.«

Der Soldat rannte mit erhobenem Schwert auf Conan zu. Aber ehe er es schwingen konnte, sauste die schwere Klinge des Königs herab und spaltete Helm und Kopf. Der Mann fiel, doch die beiden anderen stürmten jetzt auf Conan zu. Sie heulten wie Wölfe und schlugen mit ihren Schwertern auf den Cimmerier ein. Das Klirren der Klingen übertönte das Kreischen des kreisenden Raben.

Conan erwiderte das Gebrüll seiner Gegner nicht. Mit finsterem Lächeln und funkelnden Augen schlug er mit dem Doppelschwert nach links und nach rechts. Trotz seiner gewaltigen Statur war er flink und geschmeidig wie eine Katze und in ständiger Bewegung, sodass die Schläge und Stöße der anderen gewöhnlich nur leere Luft trafen. Schlug jedoch er zu, waren seine Hiebe von vernichtender Kraft. Drei der vier lagen bereits in ihrem Blut; der vierte blutete aus einem halben Dutzend Wunden und wich zurück, während er verzweifelt parierte, als Conans Sporn sich im Rock eines Gefallenen verfing.

Der König stolperte, und ehe er sein Gleichgewicht wiederfand, bestürmte der Nemedier ihn in seiner Verzweiflung so wild, dass Conan taumelte und auf eine der Leichen fiel. Der Nemedier krächzte triumphierend. Er spreizte die Beine und hob sein Schwert mit beiden Händen über die rechte Schulter, um es auf den Liegenden hinabsausen zu lassen. Doch da raste etwas über den Rücken des Königs – etwas, das schwer und haarig war – und warf sich wie der Blitz gegen die Brust des Soldaten, sodass dessen Triumphschrei zum Todesröcheln wurde. Conan, der auf die Füße stolperte, sah den Mann mit zerbissener Kehle tot auf dem Boden liegen, und ein großer grauer Wolf stand mit gesenktem Kopf über ihm und roch an dem Blut, das eine Lache im Gras bildete.

Der König drehte sich um, als die alte Frau ihn ansprach. Sie stand hoch aufgerichtet, und Conan erkannte jetzt an ihren edel geschnittenen Zügen und den scharfen schwarzen Augen, dass sie trotz ihrer ländlichen Tracht keine einfache Landfrau war. Sie rief den Wolf. Wie ein großer Hund trottete er zu ihr und rieb seine kräftige Schulter an ihrem Knie, während seine leuchtend grünen Augen auf Conan gerichtet waren. Abwesend legte sie die Hand auf seinen Kopf, und genau wie er betrachtete sie nachdenklich den König von Aquilonien. Obgleich die ruhigen Blicke der beiden keineswegs feindselig waren, fand er sie beunruhigend.

»Man behauptet, König Conan sei unter dem Geröll der eingestürzten Felsen bei Valkia begraben«, sagte die Frau mit tiefer klangvoller Stimme.

»So glaubt man«, brummte er. Er war nicht in der Stimmung für Erklärungen, denn er dachte an den Trupp Bewaffneter, die mit jedem Herzschlag näher kamen. Der Rabe über ihm kreischte schrill. Unwillkürlich blickte er wieder zu ihm hoch und knirschte mit den Zähnen.

Oben auf dem Felsvorsprung stand sein Schimmel mit hängendem Kopf. Die alte Frau betrachtete ihn und den Raben, dann stieß sie wieder einen Schrei in merkwürdiger Klangfolge aus. Als erkenne er ihn, verstummte der Rabe, wendete und flatterte plötzlich ostwärts davon. Doch ehe er außer Sichtweite verschwand, fiel ein mächtiger Schatten über ihn. Aus dem Gewirr der Bäume war ein Adler hochgeschossen, der sich jetzt auf den Raben stürzte. Die verräterische Krächzstimme war für immer verstummt.

»Crom!«, murmelte Conan und starrte die Alte an. »Seid Ihr vielleicht gar eine Zauberin?«

»Ich bin Zelata«, antwortete sie. »Die Leute im Tal schimpfen mich eine Hexe. Lockte dieses Kind der Finsternis Soldaten auf Eure Fährte?«

»Ja.« Offenbar fand sie die Antwort durchaus nicht erstaunlich. »Sie sind vermutlich nicht mehr weit hinter mir.«

»Holt Euer Pferd, König Conan«, forderte sie ihn auf, »und folgt mir.«

Wortlos kletterte er zu dem Felsvorsprung hoch und führte sein Pferd über einen Serpentinenpfad hinunter auf die Lichtung. Aus der Ferne sah er den Adler zurückkehren und sich behutsam für einen kurzen Augenblick mit ausgebreiteten Schwingen, damit sein Gewicht sie nicht niederdrückte, auf Zelatas Schulter setzen.

Als Conan sie erreicht hatte, ging sie stumm voraus. Der Wolf trottete an ihrer Seite, und der Adler flog über ihr. Durch dichtes Buschwerk führte sie Conan, auf schmalen Felssimsen über tiefen Schluchten und schließlich auf einem Pfad, unmittelbar am Rand eines Abgrunds, zu einer seltsamen Unterkunft aus Stein, halb Hütte, halb Höhle, gut versteckt unter einem Felsvorsprung an einer zerklüfteten Wand. Der Adler flog zum Gipfel dieses Felsens und ließ sich darauf wie ein regloser Wachtposten nieder.

Immer noch schweigend führte Zelata den Schimmel in eine nahe Höhle, in der genügend Heu und Laub als Futter aufgehäuft waren, und in deren Tiefe eine kleine Quelle sprudelte.

In der Hütte bot sie dem König Platz auf einer fellüberzogenen Bank an, während sie sich auf einen niedrigen Hocker vor dem Herd setzte und mit Tamariskenscheiten Feuer machte, ehe sie ein kräftiges Mahl bereitete. Der große Wolf hatte sich neben ihr ausgestreckt und den Kopf auf die Pfoten gelegt. Seine Ohren zuckten im Schlaf.

»Es stört Euch doch nicht, in der Hütte einer Hexe zu sitzen?«, brach sie endlich ihr Schweigen.

Ein ungeduldiges Schulterzucken war die einzige Antwort ihres Gastes. Sie drückte ihm einen großen Holzteller in die Hand, auf den sie Dörrobst, Käse und Roggenbrot gehäuft hatte, dazu gab sie ihm einen großen Krug des schweren Hochlandbiers, das aus der in den Hochtälern gewachsenen Gerste gebraut wurde.

»Ich ziehe die Stille der Berge und Wälder dem Lärm der Städte vor«, sagte Zelata nach einer Weile. »Die Kinder der Wildnis sind bessere Gesellschaft als die Kinder der Menschen.« Ihre Finger kraulten kurz den schlafenden Wolf. »Meine Kinder waren heute nicht in meiner Nähe, mein König, sonst hätte ich Eurer Hilfe nicht bedurft. Sie eilten auf meinen Ruf herbei.«

»Was hatten diese nemedischen Hunde gegen Euch?«, erkundigte sich Conan.

»Plünderer der Invasionsarmee treiben sich überall von der Grenze bis Tarantia herum«, antwortete sie. »Die törichten Bauern im Tal sagten ihnen, ich hätte einen Haufen Gold versteckt. Sie wollten diese Gauner dadurch von sich ablenken. Jedenfalls verlangten sie meine Schätze – und meine Antwort erzürnte sie. Aber weder Plünderer noch Eure Verfolger oder irgendwelche Raben werden Euch hier finden.«

Conan aß ausgehungert und brummte mit vollem Mund. »Ich bin auf dem Weg nach Tarantia.«

Sie schüttelte den Kopf.

»Damit steckt Ihr nur Euren Schädel in einen Drachenrachen. Sucht lieber außerhalb des Landes Zuflucht. Das Herz Eures Reiches schlägt nicht mehr.«

»Was soll das heißen?«, fuhr Conan auf. »Schon oft wurden Schlachten verloren und der Krieg trotzdem gewonnen. Eine einzige Niederlage ist nicht gleich das Ende eines Königreichs.«

»Ihr wollt also nach Tarantia?«

»Ja. Ich nehme an, dass Prospero es gegen Amalric verteidigt.«

»Glaubt Ihr?«

»Was sonst, zum Teufel!«, rief Conan ergrimmt.

Zelata schüttelte den Kopf. »Ich habe das Gefühl, dass Ihr Euch täuscht. Schauen wir nach. Nicht leicht lässt der Schleier sich zerreißen, aber ich werde versuchen, ob ich Euch nicht wenigstens Eure Hauptstadt zeigen kann.«

Conan wusste nicht, was sie auf das Feuer warf. Jedenfalls aber winselte der Wolf im Schlaf, grüner Rauch stieg auf und verteilte sich über die Hütte. Wände und Decke verschwammen, der Rauch hüllte ihn ein und entwickelte ein eigenes Leben mit klaren Bildern.

Er starrte ungläubig auf die vertrauten Türme und Straßen von Tarantia, wo brüllende Menschenmengen wogten, und gleichzeitig sah er auf gespenstische Weise die Standarten der Nemedier durch den Rauch und das Feuer eines gebrandschatzten Landes unaufhaltsam westwärts ziehen. Auf dem Hauptplatz von Tarantia drängten sich die Menschen. Sie wimmerten und brüllten, dass der König tot sei und die Barone sich daranmachten, das Land unter sich aufzuteilen, und dass die Regentschaft eines Königs, selbst wenn Valerius dieser König war, besser sei als Anarchie. Prospero ritt in glänzender Rüstung zwischen ihnen hindurch und versuchte, sie zu beruhigen. Er bat sie, Graf Trocero zu vertrauen, und ersuchte sie, die Stadtmauern zu bemannen und ihm und seinen Rittern zu helfen, die Stadt zu verteidigen. Sie wandten sich gegen ihn, sie heulten vor Furcht und unsinniger Wut und schrien, er sei ein Henkersknecht Troceros, der noch schlimmer sei als Amalric. Mit Pferdeäpfeln und Steinen bewarf der Mob die Ritter.

Das Bild verschwamm und wurde wieder klar; das bedeutete vermutlich, dass inzwischen einige Zeit vergangen war. Jetzt sah Conan Prospero und seine Ritter aus dem Tor gen Süden reiten.

»Dummköpfe«, murmelte Conan. »Narren! Weshalb vertrauten sie Prospero nicht? Zelata, wenn Ihr mich mit irgendwelchen Trugbildern täuschen wollt ...«

»Was Ihr gesehen habt, liegt bereits in der Vergangenheit«, antwortete Zelata ungerührt, doch ernst. »Gestern

Abend geschah es, dass Prospero Tarantia verließ, während Amalrics Streitkräfte sich schon fast in Sichtweite befanden. Von den Mauern sahen die Menschen die Flammen seines Raubzugs. Das las ich aus dem Rauch.

Bei Sonnenuntergang ritten die Nemedier in die Stadt, ohne auf Widerstand zu treffen. Ah, hier! Werft einen Blick in Euren Palast ...«

Plötzlich sah Conan seinen Thronsaal vor sich. Im Hermelingewand stand Valerius auf dem Thronpodest, und Amalric, noch in seiner staubigen, blutbefleckten Rüstung, setzte ihm einen glänzenden Reif auf die blonden Locken: die Krone Aquiloniens! Die anwesenden Aquilonier jubelten, während lange Reihen gerüsteter nemedischer Krieger grimmig zuschauten und Edle, die an Conans Hof in Ungnade gefallen waren, sich mit Valerius' Wappen auf den Ärmeln brüsteten.

»Crom!«, fluchte Conan. Seine gewaltigen Hände ballten sich zu Hämmern, die Schläfenadern drohten zu bersten, und sein Gesicht war verzerrt. »Ein Nemedier setzt einem Renegaten die Krone Aquiloniens auf den Kopf – im Thronsaal von Tarantia!«

Als hätte sein Grimm ihn vertrieben, löste der Rauch sich auf, und Conan sah Zelatas schwarze Augen auf sich gerichtet.

»Jetzt habt Ihr es gesehen«, sagte sie. »Die Bürger Eurer Hauptstadt verwirkten die Freiheit, die Ihr ihnen durch Schweiß und Blut errungen hattet. Sie verkauften sich an die Sklavenhalter und Schlächter. Sie haben bewiesen, dass sie keines Vertrauens wert sind. Glaubt Ihr, Ihr könnt Euch auf sie verlassen, wenn Ihr Euer Königreich zurückerobern wollt?«

»Sie hielten mich für tot«, brummte Conan, als er seine Fassung einigermaßen wiedergewonnen hatte.

»Ich habe keinen Sohn. Durch die Erinnerung allein lässt kein Volk sich regieren. Und wenn die Nemedier auch Tarantia eingenommen haben, es bleiben immer noch die Provinzen, die Barone und das Landvolk. Valerius hat sich leeren Ruhm erkämpft.«

»Ihr seid hartnäckig, wie es sich für einen Kämpfer gehört«, lobte Zelata. »Ich kann Euch die Zukunft nicht zeigen, auch nicht alles aus der Vergangenheit. Nein, ich zeige Euch nichts. Ich lasse Euch lediglich Fenster im Schleier sehen, die von ungeahnten Kräften geöffnet werden. Möchtet Ihr in der Vergangenheit einen Hinweis auf die Gegenwart finden?«

»Ja.« Conan lehnte sich auf der Bank wieder zurück.

Erneut stieg der grüne Rauch auf und wallte. Neue Bilder entfalteten sich vor Conans Augen, fremdartige diesmal und scheinbar belanglose. Er sah hohe schwarze Mauern, halb in Schatten verborgene Piedestale, auf denen die Abbilder grässlicher, halbtierischer Götter standen. Dunkle drahtige Männer in roten Seidenlendentüchern trugen einen grünen Jadesarkophag durch einen breiten schwarzen Korridor. Doch ehe Conan sich einen Reim auf diese Szene machen konnte, wurde sie von einer neuen abgelöst. Er blickte jetzt in eine düstere Höhle, in der seltsame, fast unwirkliche Grauen spukten. Auf einem schwarzen Steinaltar stand ein muschelförmiges goldenes Gefäß. Die gleichen dunklen drahtigen Männer, die Conan in der ersten Szene gesehen hatte, nahmen dieses Gefäß. Dann wirbelten die Schatten um sie herum, und er vermochte nicht zu erkennen, was geschah. Wohl aber sah er in einem Wirbel der Finsternis etwas schimmern, etwas, das wie eine Kugel aus lebendem Feuer aussah. Danach war der Rauch nur noch normaler Rauch, der von den

Tamariskenscheiten aufstieg und sich schließlich auflöste.

»Was soll mir das sagen?«, fragte er verwirrt. »Was ich in Tarantia sah, kann ich verstehen. Doch was bedeuten diese zamorianischen Diebe, die durch einen unterirdischen Set-Tempel in Stygien schlichen? Und diese Höhle – eine solche habe ich in meinem ganzen Leben nicht gesehen, noch habe ich von ihr je gehört. Wenn Ihr mir so viel zeigen könnt, warum könnt Ihr mir dann nicht alles zeigen, was wichtig ist?«

Zelata stocherte im Feuer, ohne zu antworten.

»Diese Dinge unterliegen unwandelbaren Gesetzen«, antwortete sie nach einer Weile. »Ich kann Euch nicht helfen, sie zu verstehen, ich verstehe sie selbst nicht völlig, obgleich ich mehr Jahre, als ich mich erinnern kann, Weisheit in der Stille hoher Orte suchte. Ich kann Euch nicht retten, obwohl ich es täte, wenn es mir gegeben wäre. Letztendlich muss der Mensch sich selbst retten. Doch vielleicht kommt das Wissen im Traum zu mir, und ich kann Euch morgen einen Hinweis auf dieses Rätsel geben.«

»Welches Rätsel?«, fragte Conan.

»Das, dem Ihr gegenübersteht und das Euch Euer Königreich gekostet hat«, antwortete sie. Sie breitete ein Schaffell auf dem Boden vor dem Herd aus. »Schlaft«, riet sie Conan.

Wortlos streckte er sich darauf aus und fiel in einen unruhigen Schlaf, durch den lautlose Phantome schlichen und monströse, formlose Schatten glitten. Einmal hoben sich gegen einen purpurnen, sonnenlosen Horizont die gewaltige Mauer und die hohen Türme einer großen Stadt ab, wie es sie jetzt auf dieser Welt nicht mehr gab. Sie schien sich den Sternen entgegenzurecken, und über ihr schwebte wie eine durchsichtige Wolke das bärtige Gesicht Xaltotuns.

Conan erwachte in der Kälte und Helle des frühen Morgens. Er sah Zelata neben dem winzigen Feuer kauern. Er war nicht ein einziges Mal des Nachts erwacht, dabei hätte er selbst in tiefem Schlaf merken müssen, wie der Wolf ging und kam. Jedenfalls saß der große Wolf jetzt neben dem Herd mit feuchtem Fell, und es war nicht nur vom Tau feucht. Blut glitzerte auf dem dicken Pelz. Er hatte eine Wunde an der Schulter.

Ohne sich umzudrehen, nickte Zelata, als läse sie die Gedanken ihres königlichen Gastes.

»Er hat vor dem Morgengrauen gejagt, und rot war diese Jagd. Ich glaube, der Mann, der einem König auflauerte, wird niemandem mehr etwas antun, weder Mensch, noch Tier.«

Beinahe gerührt betrachtete Conan den Wolf, während er nach dem Frühstück griff, das Zelata ihm entgegenstreckte.

»Ich werde es Euch nicht vergessen, wenn ich erst meinen Thron zurückerobert habe«, sagte er. »Ihr habt mir Eure Freundschaft geschenkt, und, bei Crom, ich kann mich nicht erinnern, wie lange es her ist, dass ich mich zum Schlafen niederlegte und mich der Gnade eines Menschen auslieferte, wie ich es vergangene Nacht tat. Aber was ist mit dem Rätsel, das Ihr mir heute Morgen lösen helfen wolltet?«

Zelata schwieg eine lange Weile, während der nur das Knistern und Prasseln der Tamariskenscheite im Feuer zu hören waren.

»Findet das Herz Eures Königreichs«, sagte sie schließlich. »Bei ihm liegt Eure Niederlage und Eure Macht.

Ihr kämpft mehr als jeder andere Sterbliche. Ihr werdet nicht wieder auf Eurem Thron sitzen, bis Ihr das Herz Eures Königreichs gefunden habt.«

»Meint Ihr damit die Stadt Tarantia?«, fragte er.

Sie schüttelte den Kopf. »Ich bin nur ein Orakel, durch dessen Lippen die Götter sprechen. Und diese Lippen sind durch sie versiegelt, damit ich nicht zu viel sagen kann. Ihr müsst das Herz Eures Königreichs finden. Mehr kann ich nicht sagen. Die Götter öffnen und versiegeln meine Lippen.«

Der Morgentau glitzerte noch an den Grashalmen, als Conan weiter westwärts ritt. Ein Blick über die Schulter zeigte ihm Zelata mit unbewegter Miene an der Tür ihrer Hütte stehen, den großen Wolf neben sich.

Der Himmel war grau, und der kalte Wind verriet das Nahen des Winters. Braune Blätter fielen von den schon fast kahlen Zweigen und ließen sich auf den Schultern seines Kettenhemds nieder.

Den ganzen Tag ritt er durch die Berge und vermied Straßen und Ortschaften. Gegen Abend begann er mit dem allmählichen Abstieg, und schon bald sah er die weiten Ebenen Aquiloniens unter und vor sich.

Dörfer und Bauernhöfe hatten an der Westseite des Gebirges dicht am Fuß der Berge gelegen, denn seit einem guten halben Jahrhundert waren es hauptsächlich die Aquilonier gewesen, die plündernd über die Grenze gezogen waren. Doch jetzt verrieten nur noch Schutt und Asche, wo Höfe, Hütten und Landhäuser gestanden hatten.

In der zunehmenden Dunkelheit ritt Conan langsam weiter. Die Gefahr, gesehen zu werden – ob nun von Freund oder Feind –, war gering. Die Nemedier hatten sich auf ihrem Marsch gen Westen an alte Rechnungen erinnert, die noch unbeglichen waren, und Valerius hatte gar nicht versucht, seine Verbündeten zurückzuhalten. Eine gewaltige Schneise der Verwüstung zog sich vom Fuß der Berge westwärts. Conan fluchte, als er über die verbrannten Felder ritt und die verkohlten Giebel von Häuserskeletten sah. Wie ein Geist aus vergessener Vergangenheit ritt er durch das leere verwüstete Land.

Die Schnelligkeit, mit der die nemedischen Streitkräfte vorangekommen waren, bewies, welch geringem Widerstand sie begegnet waren. Doch wenn Conan seine Aquilonier geführt hätte, wären sie gezwungen gewesen, sich jeden Fuß Boden mit ihrem Blut zu erkämpfen. Diese bittere Erkenntnis legte sich auf Conans Gemüt. Er war kein Angehöriger einer Dynastie, sondern ein einsamer Abenteurer. Selbst der Tropfen dynastischen Blutes, dessen Valerius sich brüstete, hatte mehr Gewicht für die Aquilonier, als die Erinnerung an Conan und die Freiheit und Macht, die er dem Königreich gebracht hatte.

Keine Verfolger waren ihm mehr auf den Fersen, als er aus den Bergen hinunterritt. Er hielt Ausschau nach umherstreunenden und zurückkehrenden nemedischen Truppen, stieß jedoch auf keine. Vereinzelte Herumtreiber machten einen Bogen um ihn, da sie ihn nach seiner Rüstung für einen Eroberer hielten. Wälder und Flüsse gab es auf der Westseite des Gebirges häufiger, und an Unterschlupfmöglichkeiten war kein Mangel.

So ritt Conan über das gebrandschatzte Land und hielt nur an, um seinem Pferd Rast zu gönnen und sparsam von dem Proviant zu essen, den Zelata ihm mitgegeben hatte. Eines frühen Morgens sah er schließlich durch die dichten Weiden und Eichen an einem Flussufer weit hinter der waldigen Ebene die blauen und goldenen Türme von Tarantia.

Nun befand er sich nicht mehr in einem verlassenen Land, sondern in einem, in dem es von Leben verschiedenster Art wimmelte. Von da an kam er nur noch langsam voran, und er hielt sich hauptsächlich an die dichten Wälder und kaum benutzte Pfade. Die Abenddämmerung war schon hereingebrochen, als er die Pflanzung von Servius Galannus erreichte.

VIII

Erlöschende Glut

DIE GEGEND UM TARANTIA war von der Verwüstung, die die östlicheren Provinzen zur Öde gemacht hatte, verschont geblieben. Der Vormarsch der erobernden Streitkräfte war an zerstampften Hecken, niedergetretenen Feldern und leeren Kornspeichern zu verfolgen, aber Feuer und Stahl waren hier nur spärlich zum Einsatz gekommen.

Nur ein hässlicher Fleck war zu sehen: Ein prächtiges Landhaus war in Schutt und Asche gelegt worden – es hatte einem von Conans zuverlässigsten Anhängern gehört.

Der König wagte es nicht, sich Galannus' Plantage offen zu nähern, da sie nur wenige Meilen von der Stadt entfernt lag. In der Dämmerung ritt er durch ein langes Waldstück, bis er die Hütte eines Waldhüters durch die Bäume sah. Er saß ab, band seinen Schimmel an und schritt auf die Hütte zu, mit der Absicht, den

Hüter zu Servius zu schicken, denn er wusste ja nicht, ob sich nicht Feinde in dem großen Landhaus befanden. Er hatte zwar keine Truppen gesehen, aber sie mochten sehr wohl überall in der Gegend einquartiert sein. Als er der Hütte näher kam, schwang die Tür auf, und ein kräftiger Mann in Seidenbeinkleidern und reichbesticktem Wams trat heraus und wandte sich einem Pfad zu, der sich durch den Wald schlängelte.

»Servius!«

Bei dem leisen Ruf wirbelte der Herr der Plantage mit einem Schreckenslaut herum. Seine Hand legte sich um das kurze Jagdschwert an seiner Hüfte, und er wich vor der riesenhaften Gestalt im grauen Kettenhemd zurück, die so plötzlich hier aufgetaucht war.

»Wer seid Ihr?«, fragte er. »Was wollt – *Mitra!*«

Er holte laut Luft, und sein rotes Gesicht erblasste. »Verschwindet!«, rief er verstört. »Weshalb seid Ihr aus den grauen Landen des Todes zurückgekehrt, um mich zu erschrecken? Ich war Euch wahrhaftig ein treuer Vasall, solange Ihr gelebt habt ...«

»Und ich erwarte, dass Ihr es auch weiter bleiben werdet«, unterbrach ihn Conan. »Hört auf zu zittern, Mann! Ich bin aus Fleisch und Blut!«

Mit schweißglänzender Stirn kam Servius vorsichtig näher und musterte das Gesicht des gerüsteten Riesen. Erst als er überzeugt war, dass es sich wirklich um den lebenden Conan handelte, warf er sich vor ihm auf ein Knie und nahm seine federverzierte Mütze ab.

»Eure Majestät! Wahrhaftig, das ist ein unglaubliches Wunder! Die große Glocke in der Zitadelle hat vor Tagen zur Trauer geläutet. Man behauptete, Ihr seid in Valkia gefallen und würdet unter Millionen Tonnen Erde und Granit begraben liegen.«

»Ein anderer trug meine Rüstung«, erklärte Conan. »Doch lasst uns später plaudern. Wenn es vielleicht so etwas wie eine Rinderlende in Eurer Speisekammer gibt ...«

»Verzeiht, mein Lord.« Servius sprang auf. »Der Reisestaub bedeckt Eure Rüstung, und ich lasse Euch hier ohne Rast und Essen stehen! Mitra! Ich sehe jetzt sehr gut, dass Ihr lebt, aber als ich mich umdrehte und Euch grau und verschwommen im Dämmerlicht sah, wurden meine Knie weich. Es versetzt einem einen ordentlichen Schrecken, wenn man jemanden so plötzlich in der Düsternis des Waldes sieht, den man für tot gehalten hat.«

»Weist den Hüter an, sich um mein Pferd zu kümmern, das hinter jener Eiche angebunden ist«, bat Conan. Servius nickte und zog Conan auf den Pfad. Der Landedelmann, der sich von seinem Schrecken erholt hatte, war nun sichtlich nervös.

»Ich werde einen Diener vom Haus schicken«, versprach er. »Der Hüter ist in seiner Hütte – aber ich kann in diesen Zeiten nicht mal meinen eigenen Leuten trauen. Es ist sicherer, wenn nur ich von Eurer Anwesenheit weiß.«

Als sie sich dem großen Haus näherten, das durch die Bäume schimmerte, bog Servius in einen selten benutzten Pfad ein, der durch dicht stehende Eichen führte. Ihre verschlungenen Zweige bildeten ein Dach über dem Pfad, das das letzte Licht des Tages abhielt. Stumm hastete Servius durch die Dunkelheit. Sein Benehmen verriet, dass er der Panik nahe war. Er führte Conan schließlich durch eine kleine Seitentür in einen schmalen, nur schwach beleuchteten Gang und weiter zu einem geräumigen Gemach, mit einer hohen Eichenbalkendecke und getäfelten Wänden. Dicke Scheite brannten in einem breiten Kamin, denn der Abend war kalt, und auf einem Steinteller dampfte eine Fleischpastete. Servius verriegelte die schwere Tür und blies die Kerzen des silbernen Armleuchters aus, der auf dem Mahagonitisch stand, sodass nur noch das Feuer im Kamin das Gemach beleuchtete.

»Verzeiht, Eure Majestät«, entschuldigte sich Servius. »Wir haben schlimme Zeiten. Überall ist mit Spitzeln und Verrätern zu rechnen. Es ist besser, wenn niemand durchs Fenster schauen und Euch sehen kann. Diese Pastete kommt frisch aus dem Herd, da ich beabsichtigt hatte zu speisen, nachdem ich von meinem Hüter zurückgekehrt war. Wenn Eure Majestät damit vorlieb …«

»Das Licht genügt mir«, brummte Conan. Ohne weitere Worte setzte er sich und griff nach seinem Dolch.

Wie ein Verhungernder verschlang er die köstliche Pastete und spülte mit Wein von Servius' Weingärten nach. Er schien keine Gefahr zu befürchten, während Servius nervös auf seinem Diwan neben dem Kamin herumrutschte und zittrig mit der schweren goldenen Kette um seinen Hals spielte. Wiederholt schaute er zu den rautenförmigen Scheiben des Fensters, die im flackernden Kaminfeuer schimmerten, und lauschte auf mögliche Geräusche vor der Tür, als erwarte er, jeden Augenblick verstohlene Schritte auf dem Korridor zu hören.

Nach Beendigung seines Mahles erhob sich Conan und setzte sich ebenfalls auf einen Diwan neben dem Kamin.

»Ich werde Euch durch meine Anwesenheit nicht lange in Gefahr bringen, Servius«, sagte er plötzlich.

»Im Morgengrauen möchte ich schon weit entfernt von Eurer Pflanzung sein.«

»Mein Lord ...« Servius hob protestierend die Hände, aber Conan winkte ab.

»Ich kenne Eure Treue und Euren Mut, beide sind über jeden Zweifel erhaben. Doch wenn Valerius den Thron an sich gebracht hat, bedeutet es Euren Tod, falls man erführe, dass Ihr mich bei Euch aufgenommen habt.«

»Ich bin nicht stark genug, mich ihm offen zu widersetzen«, gestand Servius. »Mit meinen fünfzig Soldaten könnte ich nichts gegen ihn ausrichten. Ihr habt die Ruinen von Emilius Scavonus' Pflanzung gesehen?«

Conan nickte mit finsterem Gesicht.

»Er war der stärkste Landedelmann in dieser Provinz, wie Ihr wisst. Er verweigerte Valerius den Treueeid. Die Nemedier verbrannten ihn mitsamt seinem Haus. Daraufhin sahen wir anderen die Sinnlosigkeit eines Widerstands ein, vor allem da die Bürger von Tarantia sich weigerten zu kämpfen. Wir ergaben uns, und Valerius verschonte unser Leben. Allerdings erlegte er uns so hohe Steuern auf, dass manche ihren Besitz verlieren werden. Aber was hätten wir tun können? Wir hielten Euch für tot. Viele der Barone waren gefallen, andere gefangen genommen worden. Die Armee war aufgerieben und verstreut. Ihr habt keinen Thronerben. Es gab keinen, der uns hätte führen können ...«

»Doch«, widersprach Conan scharf. »Graf Trocero von Poitain.«

Servius spreizte hilflos die Hände.

»Es stimmt, dass sein General Prospero mit einer kleinen Armee im Feld war, und als er vor Amalric den Rückzug antreten musste, rief er die Männer auf, sich ihm anzuschließen. Doch da Eure Majestät für tot gehalten wurde, erinnerten sich die Leute an die alten Kriege und Bürgerkriege, und wie Trocero und seine Poitanen einst durch die Provinzen hier ritten, wie Amalric es jetzt tut: mit Feuer und Schwert! Die Barone waren auf Trocero eifersüchtig. Einige Männer – möglicherweise Spitzel von Valerius – behaupteten lautstark, dass der Graf von Poitain die Krone an sich reißen wolle. Das schürte natürlich den alten provinziellen Hass. Hätten wir auch nur einen Mann mit dynastischem Blut gehabt, wir hätten ihn sofort gekrönt und wären seiner Standarte gegen die Nemedier gefolgt. Aber wir hatten keinen.

Die Barone, die Euch treu gefolgt wären, dachten gar nicht daran, einen aus ihren Reihen zu unterstützen, da jeder glaubte, mindestens so gut wie sein Nachbar zu sein, und jeder den Ehrgeiz der anderen fürchtete. Ihr wart das Band, das sie zusammenhielt. Hättet Ihr einen Sohn, so hätten die Barone getreu zu ihm gehalten und für ihn gekämpft. Aber so hatten sie keinen Bezugspunkt für ihren Patriotismus.

Die Kaufleute und einfachen Bürger fürchteten sich vor der Anarchie und der Rückkehr der Feudalherrschaft, wenn jeder Baron seine eigenen Gesetze macht. So riefen sie laut, dass jeder König besser sei als gar keiner, ja selbst Valerius, der zumindest vom Blut der alten Dynastie war. Kein Einziger stellte sich gegen ihn, als er an der Spitze seiner stahlgerüsteten Heerscharen einritt, mit dem flatternden scharlachroten Drachen Nemediens über seinem Kopf, und mit der Lanze ans Tor von Tarantia pochte.

Nein, im Gegenteil! Die Bürger rissen die Torflügel auf und warfen sich vor ihm in den Staub. Sie hatten sich geweigert, Prospero bei der Verteidigung der Stadt zu unterstützen. Sie sagten, sie zögen es vor, von Valerius anstatt von Trocero regiert zu werden. Sie sagten – und damit hatten sie auch Recht –, dass die Barone Trocero nicht unterstützen, und viele sogar Valerius anerkennen würden. Sie sagten, indem sie sich Valerius fügten, würden sie einem Bürgerkrieg und dem Grimm der Nemedier entgehen. Prospero ritt südwärts mit seinen zehntausend Rittern, und keinen halben Tag später zogen die Nemedier in die Stadt ein. Sie verfolgten Prospero nicht, sondern blieben in der Stadt, um dafür zu sorgen, dass Valerius gekrönt wurde.«

»Dann hat der Rauch der alten Hexe die Wahrheit gezeigt«, murmelte Conan, und ein Schauder rann ihm über den Rücken. »Amalric hat Valerius gekrönt?«

»Ja, im Thronsaal, während das Blut Niedergemetzelter an seinen Händen noch kaum getrocknet war.«

»Und geht es den Leuten gut unter seiner wohlwollenden Herrschaft?«, fragte Conan mit grimmigem Spott.

»Er lebt wie ein ausländischer Fürst in einem eroberten Land«, antwortete Servius erbittert. »Sein Hof ist voller Nemedier, die Palastgarde sind Nemedier, und eine größere Einheit Nemedier ist in der Zitadelle untergebracht. Wahrlich, die Stunde des Drachen ist nun gekommen.

Nemedier stolzieren wie Lords durch die Straßen, Frauen werden gedemütigt, ja geschändet, und Kaufleute ausgeplündert, und das Tag um Tag. Und Valerius kann oder will gar nicht versuchen, etwas gegen diese Übergriffe zu unternehmen. Nein, er ist wahrhaftig nicht mehr als ihre Marionette, ihr Aushängeschild. Männer mit Verstand wussten es von vornherein, und das Volk bekommt es jetzt zu spüren.

Amalric ist mit einer starken Truppe in die Provinzen geritten, wo einige der Barone sich ihm widersetzten. Aber es gibt keinen Zusammenhalt unter ihnen. Ihre Eifersucht aufeinander ist größer als ihre Furcht vor Amalric. Er wird sie vernichten, einen nach dem anderen. Viele Burgen und Städte, die das erkennen, haben sich schriftlich ergeben. Jenen, die Widerstand leisten, geht es schlecht. Die Nemedier befriedigen ihren alten Hass. Und ihre Reihen verstärken sich durch Aquilonier, die Furcht, Gold, oder die Notwendigkeit, sich ihren Lebensunterhalt zu verdienen, in ihre Armeen getrieben haben. Es ist die natürliche Folge.«

Conan nickte düster und starrte auf die rote Spiegelung des Kaminfeuers auf den kunstvoll geschnitzten Eichenpaneelen.

»Aquilonien hat seinen König, statt der gefürchteten Anarchie«, sagte Servius nach einer Weile. »Nur beschützt Valerius seine Untertanen nicht gegen seine Verbündeten. Hunderte, die die ihnen auferlegte Auslöse nicht bezahlen konnten, wurden an kothische Sklavenhändler verkauft.«

Conans Kopf zuckte hoch. Eine gefährliche Flamme funkelte in seinen eisblauen Augen auf. Er fluchte herzhaft, während seine gewaltigen Pranken sich zu Fäusten ballten.

»Ja«, fuhr Servius fort. »Weiße verkaufen weiße Männer und Frauen, wie es zur Zeit der Feudalherrschaft der Fall war. Die Bedauernswerten werden ihr beklagenswertes Leben als Sklaven in den Palästen von Shem und Turan beschließen. Valerius ist König, doch die Einheit, auf die das Volk hoffte – selbst wenn sie durch das Schwert hätte erzwungen werden müssen –, kam nicht zustande.

Gunderland im Norden und Poitain im Süden sind nicht bezwungen, und es gibt auch im Westen noch nicht eroberte Provinzen, vor allem dort, wo die Barone die Unterstützung bossonischer Bogenschützen haben. Doch diese äußeren Provinzen sind keine wirkliche Bedrohung für Valerius. Sie müssen ständig verteidigungsbereit sein und dürfen von Glück reden, wenn sie ihre Unabhängigkeit erhalten können. Valerius und seine Verbündeten haben zweifellos die Oberhand.«

»Dann soll er das Beste daraus machen«, sagte Conan grimmig. »Seine Zeit ist bemessen. Das Volk wird sich erheben, wenn es erfährt, dass ich noch lebe. Tarantia wird wieder in unserer Hand sein, ehe Amalric mit seiner Armee zurückkehren kann. Dann werden wir diese Hunde aus Aquilonien vertreiben.«

Servius schwieg. Das Prasseln des Feuers war erschreckend laut in der Stille.

»Nun«, brummte Conan ungeduldig. »Warum sitzt Ihr mit hängenden Schultern und starrt in die Flammen? Zweifelt Ihr an meinen Worten?«

Servius wich des Königs Blick aus.

»Was ein Sterblicher zu tun vermag, werdet Ihr tun, Eure Majestät«, antwortete er. »Ich ritt mit Euch in die Schlacht und weiß, dass kein Sterblicher Eurem Schwert widerstehen kann.«

»Worauf wollt Ihr hinaus?«

Servius hüllte sich enger in seinen pelzverbrämten Rock. Er fröstelte trotz des Feuers.

»Man munkelt, dass Euer Fall durch Zauberei herbeigeführt wurde«, antwortete er schließlich.

»Na und?«

»Welcher Sterbliche kommt gegen Zauberei an? Wer ist dieser Vermummte, der sich des Nachts mit Valerius und seinen Verbündeten bespricht, und auf geheimnisvolle Weise erscheint und verschwindet, wie man sich erzählt? Man raunt, dass er ein mächtiger Magier ist, der vor vielen tausend Jahren starb, aber aus des Todes grauen Landen zurückkehrte, um den König von Aquilonien zu stürzen und die alte Dynastie zurückzubringen, von deren Blut Valerius ist.«

»Und wenn schon«, brummte Conan verärgert. »Ich entkam den Verliesen von Belverus, in denen Dämonen ihr Unwesen treiben, und der Teufelei in den Bergen. Wenn das Volk sich erhebt ...«

Servius schüttelte den Kopf.

»Eure standhaftesten Anhänger in den östlichen und mittleren Provinzen sind tot oder geflohen oder schmachten in Valerius' Kerker. Gunderland ist zu weit im Norden, und Poitain zu weit im Süden. Die Bossonier haben sich in ihre Marschen im Westen zurückgezogen. Es würde Wochen dauern, ehe ihr diese Streitkräfte sammeln und einsetzen könntet, und ehe es so weit wäre, würde jeder Trupp einzeln von Amalric angegriffen und geschlagen werden.«

»Aber ein Aufstand in den mittleren Provinzen würde das Zünglein an der Waage zu unseren Gunsten neigen!«, rief Conan. »Wir könnten Tarantia einnehmen und gegen Amalric halten, bis die Gundermänner und Poitanen hier eintreffen.«

Servius zögerte und senkte seine Stimme.

»Überall erzählt man sich, dass Ihr durch einen Fluch gestorben seid; dass dieser Vermummte einen Zauber über Euch verhängte, um Euren Tod und die Vernichtung Eurer Streitkräfte herbeizuführen. Die große Glocke hat Euren Tod verkündet, also hält man Euch für tot. Aber die mittleren Provinzen würden sich auch nicht erheben, wenn sie wüssten, dass Ihr noch lebt. Sie würden es ganz einfach nicht wagen. Durch Zauberei wurdet Ihr bei Valkia geschlagen. Durch Zauberei gelangte die Kunde davon nach Tarantia – am gleichen Abend noch machte sie die Runde in der Stadt.

Ein nemedischer Priester tötete durch schwarze Magie alle auf den Straßen, die Euch noch im Tod die Treue hielten. Ich selbst habe es gesehen. Bewaffnete starben wie Fliegen, auf eine Weise, die niemand verstehen konnte. Und der hagere Priester lachte und rief: ›Ich bin bloß Altaro, nur ein Akolyth von Orastes, der selbst lediglich ein Akolyth des einen ist, der den Schleier trägt. Nicht mein ist die Macht, sondern die Macht arbeitet durch mich, ich bin nichts weiter als ihr Arm.‹«

»Ist es nicht besser, ehrenhaft zu sterben, denn in Schande zu leben? Ist der Tod schlimmer als Unterdrückung, Sklaverei und schließlich die Vernichtung?«, fragte Conan rau.

»Wo die Furcht vor Zauberei herrscht, schläft die Vernunft«, erwiderte Servius. »Und diese Furcht ist in den mittleren Provinzen zu groß, als dass die Leute es wagten, sich für Euch zu erheben. Die äußeren Provinzen würden für Euch kämpfen – doch der gleiche Zauber, der Eure Armee bei Valkia aufrieb, würde erneut zuschlagen. Die Nemedier haben die fruchtbarsten und dadurch reichsten und am dichtesten bevölkerten Gebiete Aquiloniens besetzt und können nicht durch die Kräfte besiegt werden, die Ihr vielleicht sammeln könnt. Ihr würdet Eure getreuen Untertanen nur sinnlos opfern. Ich sage es nicht gern und voll Bedauern, aber leider ist es so: König Conan, Ihr seid ein König ohne Reich.«

Stumm starrte Conan ins Feuer. Ein gewaltiger schwelender Holzbalken krachte zwischen den Flammen zusammen, ohne dass Funken sprühten. War das symbolhaft für sein Königreich?

Wieder quälte Conan das Gefühl, gnadenlos einem grausamen Geschick ausgeliefert zu sein und wie ein Tier in der Falle zu sitzen. Rote Wut schüttelte ihn.

»Wo sind meine Hofbeamten?«, fragte er nach einer Weile.

»Pallantides wurde bei Valkia schwer verwundet. Seine Familie löste ihn aus, und er liegt jetzt in seiner Burg bei Attalus. Er kann sich glücklich preisen, wenn er je wieder in einem Sattel sitzen wird. Publio, der Kanzler, ist verkleidet aus dem Land geflohen, niemand weiß, wohin. Der Rat wurde aufgelöst, einige der Mitglieder sitzen im Kerker, andere wurden verbannt. Viele Eurer treuen Untertanen hat man hingerichtet. Heute Nacht, beispielsweise, wird Gräfin Albiona unter dem Henkersbeil sterben.«

Conan sprang auf und starrte Servius mit so zornglühenden Augen an, dass der Landedelmann unwillkürlich zurückwich.

»Warum?«

»Weil sie sich weigerte, Valerius' Konkubine zu werden. Ihre Ländereien hat man beschlagnahmt, ihre Leute in die Sklaverei verkauft, und um Mitternacht wird ihr Kopf im Eisenturm rollen. Lasst Euch raten, mein König – für mich werdet immer Ihr mein König sein –, flieht, ehe man Euch entdeckt. In dieser Zeit ist niemand sicher. Spitzel und Verräter sind in unserer Mitte und melden selbst die harmloseste Handlung oder ein unbedachtes Wort als Hochverrat und Rebellion. Wenn Ihr Euch Euren Untertanen zeigt, kann es nur mit Eurer Gefangennahme und Eurem Tod enden.

Meine Pferde und alle meine Leute, denen ich trauen kann, stehen Euch zur Verfügung. Ehe der Morgen graut, kann Tarantia schon weit zurückliegen und die Grenze uns nicht mehr fern sein. Wenn ich Euch auch nicht helfen kann, Euer Königreich zurückzugewinnen, kann ich Euch doch zumindest ins Exil begleiten.«

Conan schüttelte den Kopf. Servius betrachtete ihn besorgt, wie er so, das Kinn auf die mächtige Faust gestützt, ins Feuer starrte. Die Flammen spiegelten sich rot auf seiner stählernen Kettenrüstung und in seinen finster blickenden Augen, die jetzt an die eines Wolfes erinnerten. Wie schon früher oft, wurde Servius heute noch stärker bewusst, wie sehr der König sich von allen andern, die er kannte, unterschied. Die riesenhafte Gestalt im Kettenhemd war zu hart und geschmeidig für einen Mann der Zivilisation. Das elementare Feuer des Primitiven brannte in den schwelenden Augen. Das Barbarische an dem König trat nun mehr denn je an die Oberfläche, vielleicht deshalb, weil in seiner jetzigen Lage alle Äußerlichkeiten der Zivilisation von ihm abgefallen waren. Conan dachte wieder wie ein Barbar, und er würde auch nicht handeln, wie ein Zivilisierter es unter den gleichen Umständen täte. Er war unberechenbar. Es war nun nur noch ein Schritt vom König von Aquilonien zum Wilden der cimmerischen Berge.

»Vielleicht reite ich nach Poitain«, sagte Conan nach einer langen Weile. »Aber allein. Doch zuvor habe ich noch eine Pflicht als König von Aquilonien zu erfüllen.«

»Was meint Ihr damit, Eure Majestät?«, fragte Servius, von schlimmer Vorahnung gequält.

»Ich muss Albiona retten«, antwortete der König. »Alle meine anderen getreuen Untertanen habe ich, wenn auch ungeahnt und ungewollt, im Stich gelassen. Wenn man sie enthauptet, können sie gleich auch meinen Kopf haben.«

»Das ist Wahnsinn!«, rief Servius. Er taumelte hoch und legte die Hände um die Kehle, als spüre er bereits die Schneide des Henkerbeils am Hals.

»Es gibt Geheimgänge im Turm, von denen nur wenige wissen«, sagte Conan. »Ich wäre ein Hund, ließe ich Albiona ihrer Treue zu mir wegen sterben. Ich bin vielleicht ein König ohne Reich, aber nicht ein Mann ohne Ehre.«

»Es wird unser aller Ende sein!«, flüsterte Servius.

»Nur meines, wenn ich kein Glück habe. Ihr habt genug für mich gewagt! Ich reite allein. Nur um eines bitte ich Euch noch: Besorgt mir eine Augenbinde, einen Stock und die Kleidung eines Wanderers.«

IX

»Es ist der König – oder sein Geist!«

Viele Leute betraten Tarantia zwischen Sonnenuntergang und Mitternacht durch das große Bogentor: verspätet heimkehrende Reisende, Kaufleute aus weiter Ferne mit schwer beladenen Packtieren, freie Arbeiter aus den Höfen und Weinbergen der Umgebung.

Nun, da Valerius die mittleren Provinzen fest im Griff hatte, war die Überprüfung am Tor nicht mehr so streng. Die Disziplin hatte nachgelassen. Die nemedischen Soldaten, die als Torwächter eingeteilt worden waren, waren halb betrunken und viel zu sehr damit beschäftigt, Ausschau nach hübschen Bauernmädchen zu halten und nach reichen Kaufleuten, die sich von ihnen ins Bockshorn jagen ließen, als dass sie sich um einfache Arbeiter oder staubbedeckte Reisende gekümmert hätten. So fiel ihnen auch ein hoch gewachsener

Wanderer nicht auf, dessen abgetragener Umhang die harte, muskulöse Gestalt nicht verbergen konnte. Die aufrechte, ja fast herausfordernde Haltung dieses Mannes war zu natürlich für ihn, als dass sie ihm selbst aufgefallen wäre, und so veränderte er sie auch nicht. Er hatte eine Klappe über einem Auge, und der Schirm seiner Lederkappe, die er tief in die Stirn gezogen hatte, warf seinen Schatten über die Züge. Mit einem langen dicken Stock in der kräftigen, sonnengebräunten Hand schritt er gemächlich durch den Torbogen, wo die Fackeln flackerten und Funken sprühten. Unbeachtet von den angeheiterten Wachen betrat er die breiten, gut beleuchteten Straßen von Tarantia.

Die übliche Menschenmenge ging hier ihren Geschäften nach. Läden und Verkaufsbuden waren geöffnet und ihre Waren zur Schau gestellt. Doch überall stolzierten nemedische Soldaten, einzeln oder in kleinen Gruppen, durch die Straßen und bahnten sich herrisch einen Weg durch die Massen. Frauen beeilten sich, aus ihrer Reichweite zu kommen, und Männer machten ihnen mit finsteren Gesichtern und geballten Fäusten Platz. Die Aquilonier waren ein stolzes Volk und die Nemedier ihr Erzfeind.

Die Knöchel der Hand um den Stab hoben sich weiß ab, aber auch der riesenhafte Wanderer wich aus, um die Männer in Rüstung vorbeizulassen. In der buntgemischten Menge fiel er in seiner grauen, staubigen Kleidung nicht sonderlich auf. Nur einmal, als er am Stand eines Schwertverkäufers vorbeikam und das Licht einer Straßenlaterne geradewegs auf sein Gesicht fiel, glaubte er einen durchdringenden Blick auf sich zu spüren. Er drehte sich um und sah einen Mann im braunen Wams eines freien Arbeiters, dessen Augen auf ihm ruhten. Mit unnatürlicher Hast drehte dieser Mann sich um und verschwand in der Menschenmenge. Conan bog schnell in eine Seitenstraße ein und beschleunigte den Schritt. Vielleicht war es nur müßige Neugier gewesen, aber er durfte kein Risiko eingehen.

Der grimmige Eisenturm stand abseits der Zitadelle, in einem Labyrinth schmaler Straßen und eng zusammengekauerter Häuser, wo die einfacheren Bauten, vor denen die vornehmen zurückzuweichen schienen, sich einen Teil der Stadt erobert hatten, in den sie eigentlich nicht passten. Der Turm war im Grund genommen eine Festung: ein uraltes Bauwerk aus mächtigen Steinquadern und schwarzem Eisen. In früheren Jahrhunderten hatte es als Zitadelle gedient.

Nicht allzu weit davon entfernt, fast verborgen in einer Wirrnis von teilweise aufgegebenen Wohnhäusern und Lagerschuppen, stand ein ehemaliger Wachturm, der so alt und vergessen war, dass er schon seit hundert Jahren auf der Stadtkarte nicht mehr eingezeichnet war. Sein ursprünglicher Zweck war nicht mehr bekannt, und niemand von den wenigen, die es überhaupt sahen, bemerkte, dass das scheinbar uralte Schloss, das Bettler und Obdachlose davon abhielt, den Turm als Quartier zu benutzen, verhältnismäßig neu und stark war und nur zur Tarnung einen alten, rostigen Eindruck erweckte. Keine sechs Männer des Königreichs hatten je das Geheimnis des Turms gekannt.

Kein Schlüsselloch war in dem schweren, patinierten Schloss zu sehen, aber Conans geschickte und damit vertraute Finger glitten darüber und drückten an der einen und anderen Stelle auf winzige Erhebungen, die auf den ersten Blick überhaupt nicht zu sehen waren. Lautlos schwang die Tür nach innen auf. Conan trat in die Dunkelheit und schloss die Tür hinter sich. Im Licht hätte man sehen können, dass der Turm – ein zylinderförmiger Schacht aus massivem Stein – leer war.

In einer Ecke tastete Conan mit sicheren Fingern nach Unebenheiten auf einer Steinplatte des Fußbodens. Schnell hob er sie und ließ sich ohne Zögern durch die Öffnung hinunter. Seine Zehen berührten eine Steinstufe der zu einem Tunnel führenden Treppe. Der schnurgerade Tunnel endete unter der Erdoberfläche, drei Straßen weiter, an der Grundmauer des Eisenturms.

Die Glocke der Zitadelle, die nur um Mitternacht oder beim Dahinscheiden eines Königs schlug, erschallte plötzlich. In einem schwach beleuchteten Raum im Eisenturm öffnete sich eine Tür, und eine Gestalt betrat den Korridor. Das Turminnere war so düster wie sein Äußeres. Die grauen Steinwände waren rau und ohne Zier, die Bodenfliesen von Generationen zögernder Füße glatt getreten, und die gewölbte Decke war im flackernden Schein der vereinzelten Fackeln in Wandnischen kaum zu sehen.

Der Mann, der den grimmigen Korridor entlangschritt, passte dem Aussehen nach hierher. Er war hoch gewachsen, von kräftiger Statur und in eng anliegende schwarze Seide gehüllt. Seine bis zu den Schultern reichende Kopfbedeckung verhüllte auch das Gesicht und wies nur zwei Augenschlitze auf. Sein schwarzer Umhang reichte bis zu den Waden. Über eine Schulter trug er eine Axt, die der Form nach weder Werkzeug noch Waffe war.

Ein gekrümmter, mürrischer alter Mann, dem offenbar das Gewicht seiner Pike und der Laterne fast zu viel war, kam ihm auf dem Korridor entgegen. »Ihr seid nicht so pünktlich wie Euer Vorgänger, Meister Scharfrichter«, brummte er. »Es hat bereits Mitternacht geschlagen, und Männer mit Masken haben sich in Myladys Zelle begeben. Sie warten ungeduldig auf Euch.«

»Das Echo der Glocke hallt noch zwischen den Türmen wider«, antwortete der Henker. »Wenn ich auch nicht so schnell auf das Fingerschnippen von Aquiloniern springe, wie der Hund, der dieses Amt vor mir innehatte, werden sie meinen Arm nicht weniger bereit finden. Kümmert Euch um Eure Pflichten, Wächter, und überlasst mich meinen. Mein Handwerk, dünkt mir, ist angenehmer als Eures, der Ihr durch kalte Korridore schlurfen und durch rostige Verliesgitter spähen müsst, während ich heute Nacht den liebreizendsten Kopf von Tarantia vom Rumpf trennen darf.«

Der Wächter humpelte weiter und brummelte vor sich hin. Der Scharfrichter setzte langsam seinen Weg fort. Nach ein paar Schritten bog er um eine Ecke und bemerkte abwesend, dass links eine Tür halb offen stand. Hätte er sich darüber Gedanken gemacht, hätte er zum Schluss kommen müssen, dass sie geöffnet worden war, nachdem der Wächter an ihr vorbeigekommen war. Aber Denken gehörte nicht zu seinem Handwerk. Er stiefelte an der offenen Tür vorbei, ehe ihm klar wurde, dass etwas nicht stimmte, und dann war es auch schon zu spät.

Ein fast lautloser Schritt und das Rascheln eines Umhangs warnten ihn, aber bevor er sich umdrehen konnte, hatte sich von hinten ein muskulöser Arm um seine Kehle gelegt und erstickte den Schrei, den er im letzten Moment ausstoßen wollte. In dem flüchtigen Augenblick, der ihm noch vergönnt war, erkannte er mit einem Anflug von Panik die Kraft seines Angreifers, gegen die seine eigenen gewaltigen Muskeln hilflos waren. Ohne ihn zu sehen, spürte er den Dolch in der Hand des anderen. »Hund von einem Nemedier!«, murmelte eine vor Grimm heisere Stimme in sein Ohr. »Du hast deinen letzten aquilonischen Kopf abgeschlagen!«

Das war das Letzte, was er in seinem Leben hörte.

In dem klammen Verlies, das nur durch eine glimmende Fackel schwach erhellt wurde, standen drei Männer um eine junge Frau, die auf dem binsenbestreuten Steinboden kniete und sich mit wilden Augen umsah. Ihre ganze Kleidung bestand aus einem spärlichen Hemd. Ihr goldenes Haar fiel in dicken glänzenden Locken bis über die weißen Schultern. Die Hände waren hinter ihrem Rücken gebunden. Selbst in dem trügerischen Fackellicht, und trotz ihres mitgenommenen Zustands und der Furcht, die ihr die Farbe geraubt hatte, war sie von auffallender Schönheit. Stumm kniete sie auf dem Boden und starrte mit weiten Augen auf die Männer, die ihres Todes harrten.

Die Männer waren vermummt; das war für eine Tat wie diese, selbst in einem eroberten Land, erforderlich. Trotzdem wusste sie, wer die drei waren, aber ihr Wissen konnte keinem von ihnen mehr schaden – wenn diese Nacht erst vorbei war.

»Unser gnädiger Monarch bietet Euch noch eine Chance, Gräfin«, sagte der größte der drei. Er sprach Aquilonisch ohne Akzent. »Er lässt Euch durch mich ausrichten, dass er Euch auch jetzt noch großzügig in die Arme schließen wird, wenn Ihr bereit seid, Eurem Stolz und rebellischen Geist zu entsagen. Wenn nicht ...« Er deutete auf den Hackstock in der Mitte der Zelle. Er wies dunkle Flecken und tiefe Kerben auf.

Albiona erschauderte, und ihr Gesicht wirkte noch blasser. Mit jeder Faser ihres schönen Körpers wünschte sie sich am Leben zu bleiben. Valerius war jung und sah auch nicht schlecht aus. Viele Frauen fanden ihn anziehend, sagte sie sich und kämpfte mit sich, um ihr Leben zu retten. Aber sie brachte das Wort, das sie von dem Henkersblock und dem scharfen Beil retten würde, nicht über die Lippen. Sie konnte es einfach nicht. Wenn sie nur daran dachte, dass Valerius' Arme sich um sie legen würden, empfand sie einen Ekel, der größer war als ihre Furcht vor dem Tod. Hilflos schüttelte sie den Kopf.

»Dann gibt es nichts weiter mehr zu sagen«, rief einer der anderen ungeduldig. Er sprach mit nemedischem Akzent. »Wo ist der Scharfrichter?«

Als hätte die Frage ihn herbeibeschworen, schwang die Verliestür lautlos auf, und eine riesenhafte Gestalt hob sich in der Öffnung wie ein schwarzer Schatten aus der Unterwelt ab.

Beim Anblick des Furchterregenden schrie Albiona unwillkürlich leise auf, während die anderen ihn einen Moment schweigend anstarrten, als griffe abergläubische Angst nach ihren Herzen. Durch die Schlitze brannten die blauen Augen wie Gletscherfeuer, und jeder der Männer, auf dem sie kurz zu ruhen kamen, spürte einen eisigen Schauder über den Rücken rinnen.

Da packte der hoch gewachsene Aquilonier die junge Frau grob und zerrte sie zum Hackstock. Sie schrie und wehrte sich in ihrer hilflosen Verzweiflung gegen ihn, aber er zwang sie wieder auf die Knie und drückte ihren goldlockigen Kopf auf den blutigen Stock.

»Worauf wartet Ihr, Henker?«, rief er verärgert. »Tut Eure Pflicht!«

Ein kurzes dröhnendes Lachen, das ungemein drohend klang, antwortete ihm. Alle im Verlies blickten wie erstarrt auf den Vermummten: die drei Männer und die kniende Frau, das den niedergezwungenen Kopf verdrehte.

»Was soll dieses ungeziemende Gelächter, Hund!«, brauste der Aquilonier auf, aber ein Zittern schwang in seiner Stimme mit.

Der Mann in Schwarz riss sich die Henkerskapuze vom Kopf und warf sie auf den Boden. Den Rücken drückte er gegen die geschlossene Tür und hob das Henkersbeil.

»Kennt ihr mich, Hunde?«, knurrte er. »Kennt ihr mich?«

Ein Schrei brach das atemlose Schweigen.

»Der König!«, rief Albiona und befreite sich aus dem gelockerten Griff des Aquiloniers. »O Mitra, *der König!*«

Die drei Männer standen wie Statuen, bis der Aquilonier zusammenzuckte und wie einer sprach, der an seinem Verstand zweifelt: »Conan!«, stieß er hervor. »Es ist der König – oder sein Geist! Welch Teufels Werk ist das?«

»Teufelswerk, um gegen Teufel anzukommen!«, spottete Conan mit lachenden Lippen, doch gefährlich blitzenden Augen. »Nun, kommt schon, meine Herren. Ihr habt eure Schwerter, ich dieses Hackebeil. Und ich glaube, dieses Schlächterswerkzeug ist genau passend für die bevorstehende Arbeit, meine edlen Lords!«

»Auf ihn!«, murmelte der Aquilonier und zog seine Klinge. »Es ist Conan, und wir müssen ihn töten, wollen wir nicht von ihm getötet werden!«

Wie Männer, die aus einem Bann erwachen, rissen nun auch die Nemedier die Schwerter aus den Scheiden und stürmten auf den König zu.

Das Henkersbeil war nicht für den Kampf gedacht, doch Conan schwang die schwere, unhandliche Waffe, als wäre sie eine Streitaxt. Seine Flinkheit und Gewandtheit, während er ständig seine Position veränderte, machten es den dreien unmöglich, ihn vereint anzugreifen, wie sie es beabsichtigt gehabt hatten.

Mit der stumpfen Seite der Axt fing er das Schwert des Vordersten ab und hieb ihm im Rückhandschwung die Beilklinge in die Brust. Des zweiten Nemediers Schlag verfehlte Conan, und ehe er sein Gleichgewicht zurückgewinnen konnte, war sein Schädel zerschmettert. Einen Augenblick später trieb Conan den übrig gebliebenen Aquilonier, der verzweifelt die auf ihn einprasselnden Hiebe parierte und nicht einmal dazu kam, um Hilfe zu schreien, in eine Ecke.

Plötzlich schoss Conans linker Arm vor. Er riss die Maske vom Gesicht des Mannes und offenbarte die bleichen Züge.

»Hund!«, knirschte der König. »Ich dachte mir doch, dass ich dich kenne! Verräter! Verfluchter Renegat! Selbst dieser gemeine Stahl ist zu ehrenhaft für deinen Kopf. Stirb wie ein Dieb!«

In einem wilden Schwung sauste das Beil herab. Der Aquilonier sank schreiend auf die Knie und drückte die Linke auf den rechten Armstummel, aus dem Blut spritzte. Der Arm war am Ellbogen abgehackt worden, das Beil tief in die Seite des Aquiloniers gedrungen.

»Verblute, Hund!«, knirschte Conan. Angewidert warf er das Henkersbeil von sich. »Kommt, Gräfin!«

Er bückte sich und durchtrennte die Stricke um ihre Handgelenke. Dann hob er sie hoch, als wäre sie ein Kind, und schritt mit ihr aus dem Verlies. Sie schluchzte heftig und warf die Arme um seinen Hals.

»Beruhigt Euch«, murmelte er. »Wir sind noch nicht in Sicherheit. Wir müssen die Geheimtür erreichen, die über die Treppe zum Tunnel führt ... Verdammt! Sie haben den Krach selbst durch diese dicken Mauern gehört!«

Auf dem Korridor rasselten Waffen. Hastige Schritte waren zu hören, und die Stimmen aufgeregt brüllender Männer hallten von der gewölbten Decke. Eine gebeugte Gestalt humpelte eilig herbei. Der Schein ihrer hoch erhobenen Lampe fiel geradewegs auf Conan und die Frau. Fluchend sprang Conan auf den Wächter zu, aber der Alte ließ Pike und Laterne fallen und rannte, mit krächzender Stimme um Hilfe brüllend, den Korridor entlang. Entferntere Schreie antworteten ihm.

Schnell drehte Conan sich um und raste in die entgegengesetzte Richtung. Er war nun von dem Verlies mit dem Geheimschloss und der Geheimtür abgeschnitten, durch die er den Turm betreten und wieder zu verlassen gehofft hatte. Aber er kannte dieses Bauwerk gut. Lange, ehe er König geworden war, hatte man ihn als Gefangenen hier eingesperrt.

Er bog in einen Seitengang ab und kam auf einen breiteren Korridor, der parallel zu dem ersten verlief und im Augenblick leer war. Er folgte ihm nur wenige Schritte, dann bog er erneut in einen Seitengang ab. Dadurch kam er auf den ersten Korridor zurück, aber an einem strategisch günstigeren Punkt. Ein paar Fuß entfernt befand sich eine verriegelte Tür. Vor ihr stand ein bärtiger Nemedier in Harnisch und Helm. Er spähte in die Richtung, aus der der wachsende Tumult kam und wild baumelnde Laternen sich näherten; dadurch hatte er Conan den Rücken zugewandt.

Der König zögerte nicht. Er setzte Albiona ab und rannte schnell und lautlos auf den Mann zu, mit dem Schwert in der Hand. Der Nemedier drehte sich um, gerade als Conan ihn erreichte. Er schrie erschrocken auf und hob die Pike, doch ehe er mit dieser für den Nahkampf unhandlichen Waffe etwas ausrichten konnte, hatte der König bereits das Schwert mit einer Kraft auf des Nemediers Helm herabgeschmettert, die einen Ochsen gefällt hätte. Weder Helm noch Schädel hielten diesem Hieb stand, und der Wächter sackte auf den Boden.

Einen Herzschlag später hatte Conan den schweren Riegel zurückgezogen – was ein weniger kräftiger Mann allein nicht fertig gebracht hätte. Er rief Albiona, die taumelnd auf ihn zurannte. Schnell klemmte er sie sich unter einen Arm und rannte mit ihr durch die Tür und ins Freie.

Sie waren in eine enge, stockdunkle Gasse geraten, die von dem Eisenturm auf der einen und der rückwärtigen Mauer eines Hauses auf der anderen Seite begrenzt wurde. Conan, der so schnell wie möglich durch die Finsternis rannte, tastete die Mauer im Laufen nach Türen und Fenstern ab, fand jedoch weder das eine noch das andere.

Die dicke Tür flog krachend hinter ihnen auf, und Männer strömten heraus. Fackelschein spiegelte sich auf glänzenden Harnischen und blanken Schwertern. Sie brüllten herum und versuchten etwas zu sehen in der Dunkelheit, die ihre Fackeln nur ein paar Fuß in jede Richtung erhellten. Dann rannten sie auf gut Glück die Gasse entlang – in die entgegengesetzte Richtung, die Conan mit Albiona genommen hatte.

»Sie werden ihren Fehler schnell genug einsehen«, brummte Conan und beschleunigte den Schritt. »Wenn wir nur endlich eine Öffnung in dieser verdammten Mauer finden würden! Verflucht! Die Stadtwache!«

Ein schwaches Glühen wurde weiter vorn sichtbar, wo die Gasse in eine schmale Straße mündete. Undeutliche Gestalten mit schimmernden Waffen hoben sich davor ab. Es war tatsächlich die Stadtwache, die dem Lärm auf den Grund gehen wollte.

»Wer da?«, brüllten sie. Beim Klang des verhassten nemedischen Akzents biss Conan die Zähne zusammen.

»Bleibt hinter mir«, wies er die Gräfin an. »Wir müssen uns einen Weg durch sie hindurchkämpfen, ehe die Kerkerwächter umkehren und wir von den beiden Trupps in die Zange genommen werden.«

Er umklammerte den Schwertgriff und rannte auf die herankommende Stadtwache zu. Der Vorteil der Überraschung war auf seiner Seite. Er konnte sie durch das ferne Glühen im Hintergrund sehen, während sie ihn in der dunklen Gasse nicht bemerkten. Ehe sie es begriffen, war er zwischen ihnen und schlug mit dem lautlosen Grimm des verwundeten Löwen um sich.

Seine einzige Chance lag darin, dass er durch sie hindurch war, ehe sie sich fassten. Aber es waren zehn Mann in voller Rüstung, erfahrene Veteranen der Grenzkriege, in denen so manches Mal der Instinkt entschied, wenn der Verstand nicht schnell genug arbeitete. Drei waren gefallen, ehe den Männern bewusst wurde, dass nur ein Einziger sie angriff, trotzdem handelten sie sofort. Das Klirren der Klingen war ohrenbetäubend, und

Funken sprühten, als Conans Schwert auf Helme und Harnische niedersauste. Er sah besser als sie, und in dem trügerischen Licht bot seine flinke Gestalt ein unsicheres Ziel. Schlagende und stoßende Klingen trafen ins Leere oder prallten von seinem Schwert ab, das mit der Macht des Wirbelsturms nie sein Ziel verfehlte.

Aber hinter ihm war das Brüllen der Kerkerwächter zu hören, die umgekehrt waren und jetzt in diese Richtung liefen. Doch immer noch versperrten die gerüsteten Stadtwächter ihm mit scharfen Klingen den Weg. Jeden Augenblick wären die anderen Wächter heran. In seiner Verzweiflung verdoppelte er die Zahl und Heftigkeit seiner Hiebe, bis ihm plötzlich etwas auffiel. Scheinbar aus dem Nichts waren hinter den Wachmännern schwarz gewandete Männer, zwanzig mindestens, aufgetaucht, die mit mörderischen Hieben auf die Nemedier einschlugen. Stahl glitzerte in der Düsternis, und sterbende Wächter schrien auf. In Herzschlagschnelle lagen über die ganze Breite der Gasse Verwundete und Sterbende verstreut. Eine Gestalt in dunklem Umhang sprang auf Conan zu, der sein Schwert hob, als er Stahl in der Rechten des Mannes schimmern sah. Aber der andere streckte ihm die offene Linke entgegen und zischte drängend: »Hierher, Eure Majestät! Schnell!«

»Crom!«, brummte Conan überrascht. Wieder klemmte er sich Albiona unter einen Arm und folgte seinem unbekannten Helfer. Er zögerte nicht – schließlich waren dreißig Kerkerwächter hinter ihm her.

Von mysteriösen Gestalten umgeben, rannte er die Gasse entlang, immer noch die Gräfin wie ein Kind unter dem Arm tragend. Von seinen Rettern konnte er nicht mehr erkennen, als dass sie dunkle Kapuzenumhänge trugen. Zweifel und Misstrauen rührten sich in ihm, aber zumindest hatten sie seine Feinde geschlagen, und etwas Besseres, als ihnen zu folgen, fiel ihm ohnehin nicht ein.

Als spürte er seinen Argwohn, legte der Führer kurz die Hand auf Conans Arm und sagte: »Macht Euch keine unnötigen Gedanken, König Conan, wir sind Eure getreuen Untertanen.« Die Stimme war Conan nicht vertraut, aber sie gehörte zweifellos einem Aquilonier der mittleren Provinzen.

Die Kerkerwächter hinter ihnen brüllten, als sie über die Gefallenen stolperten, und hasteten den Verschwindenden nach, die sie nur als dunkle Schemen zu der Straße laufen sahen. Aber die Kapuzenmänner wandten sich plötzlich der scheinbar lückenlosen Mauer zu, in der auf einmal eine Tür klaffte. In früheren Tagen war er so manches Mal am helllichten Tag durch diese Gasse gekommen, doch nie hatte er hier eine Tür bemerkt. Diszipliniert rannten alle hindurch, und hinter ihnen schloss die Tür sich mit dem Klicken eines Schlosses. Conan fand dieses Geräusch nicht sehr beruhigend, aber seine Führer drängten ihn weiter. Es war, als befänden sie sich in einem Tunnel. Conan spürte, wie Albiona unter seinem Arm zitterte. Vor ihnen wurde eine Öffnung als weniger tiefes Schwarz in der Finsternis schwach sichtbar, und durch diese Öffnung liefen sie.

Danach folgte eine verwirrende Reihe von dunklen Höfen, schmalen Gassen und gewundenen Korridoren, die sie alle schweigend durchquerten, bis sie schließlich zu einem geräumigen, hell beleuchteten Gemach kamen. Nicht einmal Conan konnte abschätzen, wo es sich befand, denn der verschlungene Weg hatte selbst seinen Richtungssinn verwirrt.

X

Eine Münze aus Acheron

Nicht alle seine Führer betraten dieses Gemach. Als die Tür sich schloss, sah Conan nur einen Mann vor sich stehen: von schmalem Körperbau, und wie alle mit einem dunklen Kapuzenumhang bekleidet. Der Mann warf die Kapuze zurück und offenbarte das bleiche Oval eines Gesichts mit feinen, scharf geschnittenen Zügen.

Der König setzte Albiona jetzt auf dem Boden ab, aber sie klammerte sich weiter an ihn und schaute sich furchterfüllt um. Das Gemach hatte Marmorwände, die zum Teil mit schwarzem Samt behängt waren, und auf dem Mosaikboden lagen dicke Teppiche. Bronzelampen verbreiteten einen hellen Schein.

Instinktiv legte Conan die Hand um den Schwertgriff. Blut klebte an seiner Hand, und Blut verkrustete die Öffnung der Schwertscheide, denn er hatte die Klinge hineingeschoben, ohne sie vorher zu säubern.

»Wo sind wir hier?«, fragte er scharf.

Der Fremde antwortete mit einer tiefen Verbeugung, die dem König durchaus nicht ironisch vorkam.

»Im Asuratempel, Eure Majestät.«

Albiona stieß unwillkürlich einen leisen Schrei aus und schmiegte sich noch enger an Conan, während sie angstvoll auf die schwarze Bogentür starrte, als befürchtete sie, eine grässliche Kreatur der Finsternis könnte eintreten.

»Fürchtet Euch nicht, Mylady«, bat der Führer. »Es gibt nichts hier, das Euch ein Leid zufügen würde – auch wenn abergläubische Menschen vom Gegenteil überzeugt sind. Wenn Euer Monarch so von der Unbedenklichkeit unseres Glaubens überzeugt war, dass er uns vor der Verfolgung von Ignoranten schützte, braucht doch gewiss keiner seiner Untertanen sich vor uns zu fürchten.«

»Wer seid Ihr?«, erkundigte sich Conan.

»Ich bin Hadrathus, ein Asurapriester. Einer meiner Brüder erkannte Euch, als Ihr in die Stadt gekommen seid, und berichtete es mir.«

Conan fluchte.

»Ihr braucht keine Angst zu haben, dass andere Euch erkannten«, beruhigte ihn Hadrathus. »Eure Verkleidung ist gut genug, einen jeden, außer einen Anhänger Asuras, zu täuschen, dessen Kult lehrt, die Wahrheit hinter der Äußerlichkeit zu suchen. Unsere Leute folgten Euch zum Wachturm, und einige begaben sich in den Tunnel, um Euch zu helfen, falls Ihr auf diesem Weg zurückkehrtet. Andere, unter ihnen ich, warteten außerhalb des Turmes. Und jetzt, König Conan, braucht Ihr nur Eure Befehle zu äußern. Hier im Asuratempel seid immer noch Ihr der König.«

»Weshalb setzt ihr euer Leben für mich aufs Spiel?«, fragte Conan.

»Ihr wart unser Freund, als Ihr noch auf dem Thron gesessen habt«, antwortete Hadrathus. »Ihr habt uns beschützt, als die Priester Mitras uns mit eherner Peitsche aus dem Land vertreiben wollten.«

Conan blickte sich neugierig um. Er hatte noch nie einen Asuratempel besucht, hatte nicht einmal mit Sicherheit gewusst, dass es in Tarantia einen gab. Die Priester dieses Glaubens hatten die Angewohnheit, ihre Tempel auf erstaunliche Weise zu verbergen. In den hyborischen Ländern herrschte der Mitrakult vor, aber trotz des Verbots durch die Regierungen und der Feindseligkeit des größten Teils der Bevölkerung hielt sich auch der Asurakult. Conan hatte finstere Geschichten über versteckte Tempel gehört, von deren schwarzen Altären unablässig Räucherduft aufstieg und auf denen entführte Bürger vor einer riesigen, zusammengeringelten Schlange geopfert wurden, deren Furcht erregender Schädel sich stetig in gespenstischen Schatten wiegte.

Die ständige Verfolgung hatte dazu geführt, dass die Asuraanhänger ihre Tempel auf die geschickteste Weise tarnten und ihre Rituale geheim hielten. Aber gerade das hatte das Misstrauen der Uneingeweihten erhöht und zu immer grauenvolleren Gerüchten über sie geführt.

Conans Großmut hatte ihn die Verfolgung der Asuraner verbieten lassen. Die Beschuldigungen, die man gegen sie vorbrachte, und die Geschichten über sie konnten nicht bewiesen werden. »Falls sie Schwarzmagier sind«, hatte er kurz nach seiner Thronbesteigung gesagt, »werden sie sich bitter rächen, wenn ihr gegen sie vorgeht. Und sind sie keine, gibt es keinen Grund, sie zu vertreiben. Bei Crom! Man soll den Menschen doch nicht vorschreiben, welchen Gott sie anbeten dürfen und welchen nicht!«

Hadrathus bot Conan respektvoll einen Elfenbeinsessel an, ebenso Albiona. Aber sie zog es vor, sich auf einen goldenen Hocker zu Conans Füßen zu setzen. Sie schmiegte sich an seine Beine, als verspräche sie sich Sicherheit von der körperlichen Berührung. Wie den meisten Mitragläubigen graute ihr vor dem Kult und den Anhängern Asuras. Mit ihnen drohte man schon den kleinen Kindern, wenn sie nicht brav waren, und erzählte ihnen die grässlichsten Geschichten über Menschenopfer und furchtbare Götter, die durch ihre finsteren Tempel schlichen.

Mit untertänig geneigtem Kopf stand Hadrathus vor ihnen. »Was dürfen wir für Euch tun, Majestät?«, erkundigte er sich.

»Habt Ihr etwas zu essen für uns?«, fragte Conan.

Der Priester schlug mit einem silbernen Stab auf einen goldenen Gong.

Die Echos des melodischen Klanges hallten noch nach, als vier Männer in Kapuzenumhängen durch eine verhangene Türöffnung traten. Sie trugen ein großes Silbertablett, das Beine wie ein niedriges Tischchen hatte. Darauf standen dampfende Schüsseln und Kristallkelche. Mit einer tiefen Verbeugung stellten sie es vor Conan ab. Der König wischte sich die Hände an dem

Damasttuch ab und leckte sich unverhohlen vor Vorfreude die Lippen.

»Hütet Euch, Eure Majestät«, flüsterte Albiona. »Diese Asuraner essen Menschenfleisch!«

»Ich würde mein Königreich darauf verwetten, dass dies echtes Roastbeef ist«, brummte Conan. »Kommt, Mädchen, greift zu! Ihr müsst hungrig sein, nach dem kargen Fraß im Kerker.«

Nach dieser Aufforderung ihres Monarchen, dessen Wort das oberste Gesetz für sie war, folgte sie seinem Beispiel und aß hungrig, doch mit zierlichen Bissen. Conan dagegen verschlang das Fleisch nur so, als hätte sein Magen vergessen, dass er in dieser Nacht bereits einmal gespeist hatte, und goss den köstlichen Wein in sich hinein.

»Ihr habt schlaue Leute, Hadrathus«, sagte er, den Rinderknochen in der Hand und den Mund noch voll. »Ich beabsichtige, mein Königreich zurückzugewinnen, und würde Eure Dienste zu schätzen wissen.«

Bedächtig schüttelte Hadrathus den Kopf. Conan schlug den Knochen ergrimmt auf das Tablett.

»Bei Crom! Was ist in die Aquilonier gefahren? Zuerst Servius, jetzt Ihr! Könnt ihr denn nichts anderes als den Kopf schütteln, wenn ich davon spreche, diese Hunde zu vertreiben?«

Hadrathus seufzte und antwortete zögernd: »Mein Lord, es ist schlimm, dass ich das sagen muss, und es fällt mir auch nicht leicht, aber mit der Freiheit Aquiloniens ist es aus. Ja, wahrscheinlich bald sogar mit der Freiheit der ganzen Welt! Eine Ära folgt der anderen in der Geschichte unserer Erde, und nun sind wir am Beginn eines Zeitalters des Grauens und der Sklaverei, wie schon einmal, vor langer Zeit.«

»Was wollt Ihr damit sagen?«, erkundigte sich der König voll Unbehagen.
Hadrathus ließ sich in einen Sessel fallen. Er stützte die Ellbogen auf seine Schenkel und starrte auf den Boden.
»Es sind nicht allein die rebellischen Lords von Aquilonien und die nemedischen Streitkräfte, die Ihr gegen Euch habt«, antwortete Hadrathus. »Sondern Zauberei – grauenvolle schwarze Magie aus den grimmigen Anfängen dieser Welt. Eine furchtbare Persönlichkeit aus den Schatten der Vergangenheit hat hier ein neues Leben begonnen. Gegen sie vermag niemand und nichts anzukommen.«
Noch einmal fragte Conan: »Was wollt Ihr damit sagen?«
»Ich spreche von Xaltotun aus Acheron, der vor dreitausend Jahren den Tod fand und doch jetzt wieder auf der Erde wandelt.«
Conan schwieg eine Weile, während sich das Bild eines bärtigen Gesichts von unirdischer Vollkommenheit vor sein inneres Auge schob. Wieder quälte ihn das Gefühl unerklärlicher Vertrautheit. Acheron – der Klang dieses Wortes weckte Erinnerungen und Gedankenverbindungen in ihm.
»Acheron?«, wiederholte er. »Xaltotun aus Acheron – Mann, habt Ihr den Verstand verloren? Acheron ist ein Mythos seit vielen Jahrhunderten. Ich habe mich oft gefragt, ob es dieses Reich überhaupt jemals gegeben hat.«
»Das hat es«, versicherte ihm Hadrathus. »Es war ein Reich schwarzer Magier, denen keine Verruchtheit unbekannt war und die die finstersten Zauber ausübten, wie sie in unserer Zeit bisher glücklicherweise

nicht mehr bekannt waren. Acheron wurde schließlich von den hyborischen Stämmen aus dem Westen vernichtet. Die Hexer von Acheron beschäftigten sich mit abscheulicher Nekromantie, mit Hexerei der schlimmsten Art, mit grausiger Magie, die die Teufel sie lehrten. Und von all den Hexern dieses verfluchten Königreichs war Xaltotun von Python der größte.«

»Wie konnte es da zu seinem Sturz kommen?«, fragte Conan skeptisch.

»Irgendwie wurde ihm ein Werkzeug kosmischer Macht gestohlen, das er sorgfältigst gehütet hatte, und gegen ihn angewandt. Er erhielt dieses Werkzeug zurück und ist dadurch unangreifbar.«

Albiona zog den Umhang des Henkers enger um sich, den Conan ihr auf der Gasse überlassen hatte, und blickte vom Priester zum König. Sie verstand nicht, worüber die beiden sich unterhielten. Conan schüttelte verärgert den Kopf.

»Wollt Ihr Euren Spott mit mir treiben?«, knurrte er. »Wie kann dieser Mann Xaltotun sein, wenn der seit dreitausend Jahren tot ist!«

Hadrathus beugte sich über einen Elfenbeintisch und öffnete die kleine goldene Kassette, die darauf stand. Er nahm etwas heraus, das im Lampenschein stumpf glänzte: Es war eine breite Goldmünze uralter Prägung.

»Habt Ihr Xaltotun unverschleiert gesehen? Ja? Dann seht Euch das an. Diese Münze stammt aus Acheron. So durchdrungen von Hexerei war dieses finstere Reich, dass selbst diese Münze zur Zauberei benutzt werden kann.«

Conan nahm sie in die Hand und betrachtete sie mit gerunzelter Stirn. An ihrem ungeheuren Alter bestand kein Zweifel. In seinen langen Abenteuerjahren war so manche Münze durch seine Hände gegangen, und er hatte beachtliche Erfahrung mit ihnen gesammelt. Die Ränder waren abgegriffen, und die Inschrift war fast unleserlich. Aber der Kopf auf einer Seite war gut zu erkennen. Als er ihn betrachtete, sog Conan unwillkürlich laut die Luft ein. Es war wahrhaftig nicht kalt in dem Gemach, aber er fröstelte plötzlich, und seine Kopfhaut prickelte. Das abgebildete, bärtige Gesicht war von unirdischer Vollkommenheit.

»Bei Crom! Das ist er!«, fluchte Conan. Er wusste jetzt, wieso er das Gefühl gehabt hatte, diesen Mann schon einmal gesehen zu haben, obwohl er ihm noch nie zuvor begegnet war. Vor langer Zeit hatte er einmal in einem sehr fernen Land eine solche Münze in den Händen gehabt.

Schulterzuckend brummte er: »Die Ähnlichkeit ist nur Zufall – oder, wenn er schlau genug ist, den Namen eines vergessenen Zauberers anzunehmen, ist er auch klug genug, sich ihm, den er auf einer solchen Münze gesehen haben muss, äußerlich anzupassen.« Aber er überzeugte nicht einmal sich selbst mit seinen Worten. Beim Anblick dieser Münze waren die Grundmauern des Universums für ihn ins Wanken geraten. Er hatte das schreckliche Gefühl, dass Wirklichkeit und Stabilität zu Illusion und Zauberei zerfielen. Er hatte schon viele Zauberer gekannt, aber dass einer so alt werden konnte ...

»Wir zweifeln nicht daran, dass es Xaltotun von Python ist«, sagte Hadrathus. »Er hat die Felsen von Valkia einstürzen lassen – durch seine Herrschaft über die Elementargeister. Und er war es auch, der die Kreatur der Finsternis vor dem Morgengrauen in Euer Zelt schickte.«

Conan blickte ihn mit zusammengezogenen Brauen an. »Woher wisst Ihr das?«

»Die Anhänger Asuras verfügen über geheime Wege, ihr Wissen zu beziehen. Doch das tut hier nichts zur Sache. Ihr scheint Euch nicht klar darüber zu sein, dass Ihr bei einem Versuch, Euer Königreich wiederzugewinnen, Eure Untertanen nur sinnlos opfern würdet.«

Conan stützte das Kinn auf eine Faust und starrte grimmig vor sich hin. Albiona beobachtete ihn besorgt. Verwirrt bemühte sie sich, sein Problem zu verstehen.

»Gibt es denn nirgendwo einen Magier, dessen Kräfte sich mit denen Xaltotuns messen könnten?«, fragte Conan schließlich.

Hadrathus schüttelte den Kopf. »Gäbe es einen, wüssten wir Asuraner von ihm. Man behauptet, unser Kult sei ein Überbleibsel der alten stygischen Schlangenverehrung. Aber das stimmt nicht. Unsere Vorfahren kamen aus Vendhya, jenseits der Vilayetsee und den blauen Himelianischen Bergen. Wir sind Söhne des Ostens, nicht des Südens, und kennen alle Zauberer des Ostens, die größer als die des Westens sind. Doch gegen die schwarze Macht Xaltotuns wäre selbst der größte nur ein Halm im Wind.«

»Aber er wurde doch einmal geschlagen«, gab Conan zu bedenken.

»Ja, weil ein kosmisches Werkzeug gegen ihn angewandt werden konnte. Doch jetzt befindet sich dieses Symbol wieder in seiner Hand, und er sorgt dafür, dass man es ihm nicht noch einmal stiehlt.«

»Und was ist dieses verdammte Werkzeug?«, fragte Conan gereizt.

»Man nennt es das Herz Ahrimans. Als Acheron fiel, versteckte der Priester, der es ihm gestohlen und gegen ihn benutzt hatte, es in einer Höhle und baute darüber einen kleinen Tempel. Dreimal wurde der Tempel neu und größer errichtet, jeder prunkvoller als der vorherige, doch immer an derselben Stelle, obgleich der Grund dafür längst nicht mehr bekannt war. Die Erinnerung an das versteckte Symbol blieb in einigen Büchern der Priester und in Zauberwerken erhalten. Woher das Herz stammt, weiß niemand. Manche halten es für das lebende Herz eines Gottes, andere für eine Sternschnuppe, die vor unendlicher Zeit vom Himmel gefallen ist. Dreitausend Jahre hat niemand es zu Gesicht bekommen – bis es gestohlen wurde.

Als die Magie der Mitrapriester gegen die Hexerei von Altaro, einem Akolythen Xaltotuns versagte, erinnerten sie sich der uralten Legende über das Herz. Der Hohepriester und ein Akolyth stiegen hinunter in die dunkle und schreckliche Krypta unter dem Tempel, die seit dreitausend Jahren kein Priester mehr betreten hatte. In den alten, eisengebundenen Werken, die in ihrer rätselreichen Symbolik über das Herz berichten, wird auch eine Kreatur der Finsternis erwähnt, die der ursprüngliche Priester mit der Bewachung des Herzens beauftragt hatte.

Tief unten, in einer quadratischen Kammer mit Türen, die in unbeschreibliche Dunkelheit führen, fanden der Hohepriester und sein Akolyth einen Altar aus schwarzem Stein, von dem ein unerklärliches, schwaches Glühen ausging.

Auf dem Altar lag ein seltsames goldenes Gefäß von Muschelform, das auch wie eine Entenmuschel am Stein festklebte. Aber es stand weit offen und war leer. Das Herz Ahrimans war verschwunden. Während sie die Muschel untersuchten, warf der Hüter der Krypta, die Kreatur der Finsternis, sich auf sie und würgte den Hohepriester. Dem Akolythen gelang es jedoch, diese Kreatur der Finsternis, die weder Verstand noch Seele hatte, abzuwehren und mit dem sterbenden Hohepriester auf den Armen über die schier endlose schwarze Treppe zu fliehen. Ehe der Hohepriester seinen Geist aushauchte, weihte er seine Brüder ein und bat sie, sich der Macht zu unterwerfen, gegen die sie nicht ankommen konnten, und befahl ihnen Geheimhaltung. Aber untereinander flüsterten die Priester davon, und so gelangte die Kunde zu uns Asuranern.«

»Und Xaltotun schöpft seine Kraft aus diesem Symbol?«, fragte Conan immer noch zweifelnd.

»Nein. Seine Kraft kommt aus den schwarzen Schluchten des Alls. Das Herz Ahrimans stammt aus einem fernen Universum flammenden Lichtes. Die Mächte der Finsternis kommen nicht dagegen an, wenn es sich in der Hand eines Adepten befindet. Es ist wie ein Schwert, das gegen ihn gerichtet werden könnte, nicht eines, das er schwingen kann. Es gibt Leben wieder, kann aber auch Leben vernichten. Er hat es nicht gestohlen, um es gegen seine Feinde zu verwenden, sondern um zu verhindern, dass sie es gegen ihn benutzen können.«

»Ein muschelförmiges goldenes Gefäß auf einem schwarzen Altar in einer tiefen Höhle«, murmelte Conan stirnrunzelnd, als er sich das Bild vorzustellen versuchte. »Das erinnert mich an etwas, das ich ge-

hört oder gesehen habe. Aber was, bei Crom, ist dieses Herz?«
»Es hat die Form eines großen Edelsteins, ähnlich einem Rubin, pulsiert jedoch mit einem blendenden Feuer, wie noch kein Rubin dies getan hat. Es glüht wie eine lebende Flamme ...«
Da sprang Conan plötzlich auf und schlug die rechte Faust in die linke Handfläche.
»Crom!«, brüllte er. »Was war ich doch für ein Narr! Das Herz Ahrimans! Das Herz meines Königreichs! ›Findet das Herz Eures Königreichs‹ hat Zelata gesagt. Bei Ymir!
Das war das Juwel, das ich in dem grünen Rauch sah! Der Edelstein, den Tarascus Xaltotun stahl, während der in seine Lotusträume versunken war!«
Hadrathus war ebenfalls aufgesprungen, und seine bisherige Ruhe fiel von ihm ab.
»Was sagt Ihr da? Man hat Xaltotun das Herz gestohlen?«
»Ja!«, donnerte Conan. »Tarascus fürchtete Xaltotun und wollte seine Macht beschneiden, von der er glaubte, dass sie ihren Ursprung in dem Herzen hätte. Vielleicht dachte er sogar, der Hexer würde sterben, wenn er das Herz nicht mehr hätte. Bei Crom – ahhh!« Verärgert ließ er sich wieder in den Elfenbeinsessel fallen.
»Ich hatte es vergessen. Tarascus hat das Herz ja einem Dieb gegeben, damit er es ins Meer wirft. Inzwischen muss dieser Bursche schon fast Kordava erreicht haben. Ehe ich ihm folgen kann, ist er bereits an Bord eines Schiffes und hat das Herz schon auf dem Meeresgrund versenkt.«
»Das Meer wird es nicht behalten!«, rief Hadrathus zitternd vor Erregung. »Xaltotun hätte es selbst schon

längst ins Meer geworfen, wenn er nicht mit Sicherheit gewusst hätte, dass der erste Sturm es wieder an Land tragen würde. Aber an welcher unbekannten Küste mag es landen?«

Conan gewann ein wenig seiner nie lange zu unterdrückenden Hoffnung wieder. »Es steht ja auch gar nicht fest, dass der Dieb es tatsächlich wegwerfen wird. Ich kenne mich mit Dieben aus – schließlich war ich in meiner Jugend selbst Dieb in Zamora –, und glaube nicht, dass er es wegwerfen wird. Er wird es irgendeinem reichen Kaufmann anbieten. Bei Crom!« Er sprang wieder auf und rannte in dem Gemach hin und her. »Wahrhaftig, es ist es wert, dass man nach ihm sucht. Zelata forderte mich auf, das Herz meines Königreichs zu finden. Und alles, was sie mir sonst gezeigt hat, stellte sich inzwischen als wahr heraus. Kann es wirklich sein, dass die Macht über Xaltotun in diesem roten Edelstein liegt?«

»Ja! Darauf verbürge ich meinen Kopf!«, rief Hadrathus leidenschaftlich. Er hatte die Hände zu Fäusten geballt, und seine Augen glühten. »Wenn es in unseren Besitz gelangt, können wir den Kräften Xaltotuns trotzen! Das schwöre ich. Wenn wir es haben, ist unsere Chance groß, Euren Thron zurückzugewinnen und die Invasoren zu verjagen. Nicht die Schwerter Nemediens fürchten die Aquilonier, sondern die schwarze Magie Xaltotuns!«

Conan betrachtete ihn eine kurze Zeit nachdenklich. Der Eifer des Priesters beeindruckte ihn.

»Es kommt der Suche in einem Alptraum gleich«, sagte er schließlich. »Doch Eure Worte sind wie ein Echo von Zelatas Aufforderung – und sie hat bisher mit allem Recht behalten. Ja, ich werde das Juwel suchen!«

»Das Schicksal Aquiloniens hängt von ihm ab«, sagte Hadrathus überzeugt. »Ich werde Euch ein paar meiner Leute mitgeben ...«

»Nein!«, wehrte der König ungeduldig ab. Er wollte auf seiner Suche nicht von Priestern behindert werden, auch wenn sie in den geheimen Künsten noch so bewandt waren. »Das ist eine Sache für einen Kämpfer. Ich mache mich allein auf den Weg, zuerst nach Poitain, wo ich Albiona unter Troceros Schutz stellen werde, dann nach Kordava und aufs Meer, wenn es sein muss. Selbst wenn der Dieb tatsächlich beabsichtigt, Tarascus' Befehl auszuführen, könnte es sein, dass er zu dieser Jahreszeit nicht so leicht ein auslaufendes Schiff findet.«

»Und wenn Ihr das Herz erst habt«, rief Hadrathus, »bereite ich alles für Eure Rückeroberung vor. Ehe Ihr zurück seid, werde ich auf Flüsterwegen die Kunde verbreiten, dass Ihr noch am Leben seid und mit einem Zauber zurückkommen werdet, der stärker als der Xaltotuns ist. Ich werde dafür sorgen, dass die Menschen sich bei Eurem Eintreffen erheben. Sie werden es tun, wenn sie sicher sein können, dass sie Schutz vor der schwarzen Magie Xaltotuns bekommen.

Und ich werde Euch bei Eurer Reise helfen.«

Er erhob sich und schlug auf den Gong.

»Ein Geheimgang führt unter diesem Tempel zu einer Stelle außerhalb der Stadtmauer. Ihr werdet auf einem Pilgerschiff nach Poitain fahren. Niemand wird es wagen, Euch zu belästigen.«

»Wie Ihr meint.« Nun, da er wieder ein festes Ziel vor Augen hatte, brannte Conan vor Ungeduld und ungestümer Kraft. »Nur seht zu, dass es schnell geht!«

Auch anderswo in der Stadt überstürzten sich die Ereignisse. Ein atemloser Bote war in den Palast gestürmt, wo Valerius sich mit seinen Tänzerinnen vergnügte. Er warf sich vor ihm auf die Knie, und seine Worte überschlugen sich, als er auf verworrene Weise von einem Ausbruch aus dem Eisenturm und dem Entkommen einer bezaubernd schönen Gefangenen berichtete. Und auch davon, dass Graf Thespius, der mit der Hinrichtung der Gräfin Albiona betraut worden war, im Sterben lag und vor seinem Dahinscheiden unbedingt mit Valerius sprechen wollte.

Eilig warf Valerius sich einen Umhang über und begleitete den Boten auf schnellstem Weg in das Gemach, in dem Thespius lag. Es war auf den ersten Blick zu erkennen, dass der Graf nicht mehr lange zu leben hatte. Blutiger Schaum sprudelte bei jedem röchelnden Atemzug von seinen Lippen. Sein Armstumpf war verbunden, um das Blut zu stillen, aber die klaffende Wunde in seiner Seite war zweifellos tödlich.

Valerius, der mit dem Sterbenden allein in seinem Gemach war, fluchte zwischen den Zähnen.

»Bei Mitra, ich hatte geglaubt, es hätte nur einen gegeben, der eines solchen Hiebes fähig war.«

»Valerius!«, keuchte Thespius schwer. »Er lebt! Conan lebt!«

»Was sagt Ihr da?«, rief der andere.

»Ich schwöre es bei Mitra!«, röchelte der Graf und würgte an dem Blut, das die Kehle hochquoll. »Er war es, der Albiona befreit hat! Er ist nicht tot! Er ist kein Geist, der aus der Hölle zurückgekommen ist, um uns zu erschrecken. Er ist Fleisch und Blut, und furchtbarer denn je. In der Gasse hinter dem Turm liegen die Toten dicht neben- und übereinander. Hütet Euch, Valerius, er ist ... zurückgekommen ... um uns alle ... zu töten ...«

Ein gewaltiger Schauder schüttelte den blutigen Leib, bis dieser erschlaffte.

Valerius blickte stirnrunzelnd auf den Toten, ehe er sich in dem leeren Gemach umsah. Dann trat er zur Tür und riss sie schnell auf. Der Bote und die nemedischen Wachleute standen mehrere Schritte entfernt im Gang. Valerius seufzte erleichtert.

»Sind alle Tore geschlossen?«, fragte er.

»Jawohl, Eure Majestät.«

»Verdreifacht die Posten an jedem Tor. Lasst niemanden ohne strenge Untersuchung die Stadt betreten oder verlassen. Und schickt Streifen durch alle Straßen und durchsucht die Häuser. Eine wertvolle Gefangene ist durch einen aquilonischen Rebellen befreit worden. Hat einer von euch den Burschen erkannt?«

»Nein, Eure Majestät. Der alte Nachtwächter sah ihn nur flüchtig. Er konnte nur sagen, dass es ein Riese in der Vermummung des Scharfrichters war. Dessen nackte Leiche fanden wir in einer leeren Zelle.«

»Der Mann ist äußerst gefährlich«, erklärte Valerius. »Geht kein Risiko ein. Ihr alle kennt die Gräfin Albiona. Sucht sie, und wenn ihr sie gefunden habt, müsst ihr sie und ihren Begleiter sofort töten. Versucht nicht, sie lebend zu überwältigen.«

Nachdem Valerius in seine Privatgemächer im Palast zurückgekehrt war, rief er vier Männer von fremdartigem Aussehen zu sich. Sie waren hoch gewachsen, hager, hatten gelbliche Haut und ausdruckslose Mienen. Alle vier trugen schwarze Gewänder, unter denen nur ihre Füße in Sandalen herausschauten. Ihre Züge waren unter den tief ins Gesicht gezogenen Kapuzen kaum zu erkennen. Mit verschränkten Armen und den Händen in den weiten Ärmeln standen sie vor Valerius, der sie gleichmütig betrachtete – auf seinen weiten Reisen war er vielen fremden Rassen begegnet.

»Als ich euch als Verbannte aus eurem Königreich halb verhungert im khitaischen Dschungel fand, habt ihr geschworen, mir zu dienen. Auf eure für unsereins abscheuliche Weise habt ihr mir auch nicht schlecht gedient. Jetzt brauche ich euch noch einmal, und wenn ihr eure Sache gut macht, entbinde ich euch von eurem Diensteid.

Conan, der Cimmerier, ehemaliger König von Aquilonien, lebt immer noch, trotz Xaltotuns Hexerei – oder vielleicht gerade wegen ihr. Ich weiß es nicht. Der finstere Geist dieses wiederbelebten Teufels ist zu abwegig und subtil, als dass ein Sterblicher ihn verstehen könnte. Jedenfalls bin ich nicht sicher, solange Conan lebt. Das Volk akzeptierte mich nur als das kleinere von zwei Übeln, weil es Conan für tot hielt. Zeigt er sich, wird eine Revolution meinen Thron ins Wanken bringen, ehe ich nur einen Finger rühren kann.

Vielleicht beabsichtigen meine Verbündeten, ihn gegen mich auszuspielen, wenn sie glauben, dass ich meinen Zweck erfüllt habe. Ich weiß es nicht. Ich weiß nur, dass diese Welt zu klein für zwei aquilonische Könige ist. Sucht den Cimmerier. Benutzt eure unheimlichen Fähigkeiten, ihn aufzuspüren, wo immer er auch sein mag. Er hat viele Freunde in Tarantia. Albiona kann er nicht ohne Hilfe in Sicherheit gebracht haben. Ein Mann allein – selbst einer wie Conan – hat das Gemetzel in der Gasse am Turm nicht geschafft. Doch genug. Nehmt seine Fährte auf. Wohin sie führt, weiß ich nicht. Ihr müsst ihn finden! Und wenn ihr ihn gefunden habt, tötet ihn!«

Die vier Khitaner verneigten sich, drehten sich um und verließen, ohne auch nur ein Wort gesprochen zu haben, auf leisen Sohlen das Gemach.

XI

Schwerter des Südens

Die ersten Strahlen der Morgensonne hinter den fernen Bergen schienen auf die Segel eines kleinen Schiffes. Es fuhr auf einem Fluss, der sich bis auf eine Meile an die Stadtmauern Tarantias heranschlängelte und in weiten Schleifen südwärts wand. Dieses Schiff unterschied sich augenfällig von den üblichen – den Fischkuttern und schwer beladenen Kauffahrern, die auf dem breiten Khoratas zu finden waren. Dieses eine Schiff war lang und schmal und hatte einen hohen, geschwungenen Bug. Die ebenholzschwarze Hülle war an den Schanzdecks mit weißen Totenschädeln bemalt. Mittschiffs erhob sich eine kleine Kajüte, deren Fenster sorgfältig verdeckt waren. Andere Flussfahrzeuge wichen diesem so erschreckend bemalten Schiff aus, denn sie erkannten es als eines der so genannten »Pilgerschiffe«, die gewöhnlich einen verblichenen Asuraner auf seine letzte, geheimnisvolle Pilgerfahrt südwärts brachten, dorthin, wo der Fluss weit jenseits der poitanischen Berge ins blaue Meer mündete. In der Kajüte lag zweifellos der Leichnam des dahingeschiedenen Gläubigen. Am Khoratas waren alle mit dem Anblick dieser unheimlichen Schiffe vertraut, und selbst der fanatischste Anhänger Mitras würde es nicht wagen, einem den Weg zu versperren oder es zu betreten.

Wo die Reise dieser Schiffe endete, war nicht bekannt. Manche vermuteten, in Stygien, andere, bei einer namenlosen Insel jenseits des Horizonts, und wieder andere glaubten, in dem prächtigen und geheimnisvollen Vendhya würden die Toten ihre letzte Ruhe finden. Aber niemand wusste etwas Genaues. Mit Sicherheit stand nur fest, dass immer, wenn ein Asuraner starb, seine Leiche auf einem dieser schwarzen Schiffe auf dem Khoratas südwärts getragen wurde. Und immer steuerte ein riesenhafter schwarzer Sklave das Schiff. Weder Schiff noch Leichnam oder Sklave wurde jemals wiedergesehen, außer es war immer derselbe Schwarze, der die Schiffe südwärts lenkte – wie ein Gerücht behauptete.

Der Mann, der dieses bestimmte Schiff steuerte, war so riesenhaft und braun wie die anderen, doch ein genauerer Blick hätte offenbart, dass die dunkle Farbe seiner Haut künstlich aufgetragen war. Er trug ein ledernes Lendentuch und Sandalen, und er bediente das schwere Ruder mit ungewöhnlicher Geschicklichkeit und Kraft. Doch niemand kam dem düsteren Schiff nahe, denn es war wohl bekannt, dass die Anhänger Asuras verflucht und diese Pilgerschiffe mit schwarzer Magie behaftet waren. So wichen die Steuermänner aller anderen Flussfahrzeuge aus und murmelten einen Fluch oder ein Gebet, wenn das dunkle Schiff an ihnen vorbeiglitt. Keiner ahnte, dass er dadurch die Flucht ihres Königs und der Gräfin Albiona unterstützte.

Es war eine ungewöhnliche Reise auf dem schmalen, schwarzen Schiff – fast zweihundert Meilen den gewaltigen Strom abwärts, bis zu seiner Biegung ostwärts. Wie in einem Traum zog die ständig wechselnde Landschaft vorbei. Tagsüber lag Albiona geduldig in der kleinen Kajüte, fast so ruhig wie die Leiche, die man dort vermutete. Nur tief in der Nacht, nachdem die Vergnügungsschiffe mit ihren lebenslustigen Passagieren – die im Schein der von Sklaven gehaltenen Fackeln auf Seidenkissen an Deck ruhten – den Fluss verlassen hatten, und ehe die ersten Fischerkähne ausliefen, wagte sie sich aus der Kabine. Dann hielt sie das lange Ruder, das geschickt durch Stricke festgebunden war, um es ihr leichter zu machen, während Conan sich ein wenig Schlaf gönnte. Der König brauchte nicht viel Ruhe. Seine Ungeduld trieb ihn an, und sein kräftiger Körper war der Anstrengung durchaus gewachsen. Ohne auch nur ein einziges Mal anzuhalten, fuhren sie südwärts.

So ging es stetig den Fluss abwärts, durch Nächte, in denen der Strom Millionen von Sternen widerspiegelte, und durch Tage goldenen Sonnenscheins. Immer weiter ließen sie den Winter zurück. An Städten kamen sie vorbei, deren Lichter sich des Nachts mit denen des Himmels maßen, an stattlichen Landhäusern und fruchtbaren Obstgärten, bis sich endlich die blauen Berge von Poitain über ihnen wie die Bastionen von Göttern erhoben, und der mächtige Fluss, der den schroffen Felsen auswich, sich in gewaltigen Stromschnellen und schäumenden Wirbeln einen Weg durch das Vorgebirge bahnte.

Conan beobachtete das Ufer scharf und schwang schließlich das lange Ruder herum. Er nahm Kurs auf eine weit in den Fluss ragende Landzunge, auf der Fichten in einem ungewöhnlich regelmäßigen Kreis um einen grauen, seltsam geformten Felsen wuchsen.

»Wie die Schiffe die Wasserfälle überwinden, die man schon hier donnern hört, ist mir nicht klar«, brummte Conan. »Aber Hadrathus sagte, es gelingt ihnen. Doch wie dem auch sei, wir gehen hier an Land. Einer seiner Leute soll uns hier mit Pferden erwarten. Ich sehe jedoch niemanden. Ich kann mir auch gar nicht vorstellen, wie sein Auftrag vor uns hier hätte angelangen können.«

Er steuerte das Schiff dicht an die Landzunge heran und vertäute es an einer aus dem Ufer ragenden kräftigen Wurzel. Dann tauchte er ins Wasser und wusch sich die Farbe ab. Mit seiner natürlichen Hautfarbe kehrte er an Bord zurück. Er holte die aquilonische Kettenrüstung aus der Kajüte, die Hadrathus für ihn besorgt hatte, und sein Schwert. Er rüstete sich, während Albiona passende Kleidung für die Überquerung der Berge anzog. Als Conan aufbruchbereit zur Landzunge schaute, zuckte er zusammen und legte unwillkürlich die Hand um den Schwertgriff. Unter einem Baum stand eine schwarz gewandete Gestalt, die die Zügel eines Schimmelzelters und eines mächtigen Rotfuchses hielt.

»Wer seid Ihr?«

Der Mann verbeugte sich tief.

»Ein Asuraner. Ich erhielt einen Befehl und gehorche.«

»Wie habt Ihr ihn erhalten?«, fragte Conan, doch der andere verneigte sich nur noch einmal.

»Ich soll Euch durchs Gebirge zur ersten poitanischen Festung führen.«

»Ich brauche keinen Führer«, antwortete der Cimmerier. »Ich kenne diese Berge sehr gut. Habt Dank für die Pferde, aber Ihr müsst verstehen, dass die Gräfin und ich allein weniger Aufsehen erregen werden als in Begleitung eines Akolythen Asuras.«

Wieder verneigte der Mann sich tief. Er übergab Conan die Zügel und kletterte ins Schiff. Er steuerte es in die Flussmitte und ließ sich von der starken Strömung zum fernen Donnern des von hier aus nicht zu sehenden Wasserfalls treiben. Mit einem verwirrten Kopfschütteln hob Conan die Gräfin in den Sattel des Zelters, dann schwang er sich auf sein Streitross und ritt auf die Berge zu, deren Gipfel sich vom Himmel abhoben.

Das hügelige Land am Fuß des Gebirges war jetzt von Unruhen zerrissenes Grenzgebiet, wo die Barone zu alten feudalistischen Gewohnheiten zurückgekehrt sind und sich Scharen von Gesetzlosen herumtrieben. Poitain hatte seine Trennung von Aquilonien nicht formell erklärt, war nun jedoch in jeglicher Hinsicht ein unabhängiger Staat, der von seinem Erbgrafen Trocero regiert wurde. Das sanftwellige Land im Süden hatte sich dem Schein nach Valerius unterworfen, aber der hatte nicht versucht, die Pässe zu überschreiten, die von Festungen mit dem roten Leopardenbanner Poitains geschützt wurden.

Der König und seine schöne Begleiterin ritten über die schrägen Hänge dem Abend entgegen. Als sie höher kamen, breitete das Hügelland sich wie eine wellige Purpurdecke unter ihnen aus, die von glänzenden Flüssen und Seen, dem gelben Schimmern riesiger Felder und dem stumpfen Weiß ferner Türme durchbrochen wurde. Vor und hoch über ihnen erspähten sie die erste poitanische Festung, deren rotes Banner sich am Eingang eines schmalen Passes vom blauen Himmel abhob.

Ehe sie die Festung erreichten, kam ein Trupp Ritter in brünierten Rüstungen unter den Bäumen hervor. Es waren hoch gewachsene Männer mit dunklen Augen und dem im Süden üblichen rabenschwarzen Haar. Ihr Führer sprach die beiden Reiter mit strenger Stimme an.

»Haltet an! Was habt ihr hier zu suchen, und weshalb wollt ihr nach Poitain?«

»Muss ich annehmen, dass Poitain rebelliert«, sagte Conan und beobachtete den anderen scharf, »da ihr einen Mann in aquilonischer Rüstung aufhaltet und ihn wie einen Fremden ausfragt?«

»Viele Halunken aus Aquilonien treiben sich in letzter Zeit hier herum«, antwortete der Führer kalt. »Und wenn Ihr mit Rebellion die Auflehnung gegen einen Thronräuber meint, dann rebelliert Poitain wohl. Wir dienen lieber der Erinnerung an einen Toten, als einem lebenden Hund mit dem Zepter in der Hand.«

Conan riss den Helm vom Kopf, schüttelte die schwarze Mähne und blickte den Sprecher durchdringend an. Der Poitane zuckte zusammen und erbleichte.

»Bei allen Heiligen!«, entfuhr es ihm. »Es ist der König – er *lebt*!«

Die anderen rissen die Augen weit auf, dann brachen sie in Jubelgeschrei aus. Sie drängten sich um Conan und schwangen voll Begeisterung die Schwerter, dazu brüllten sie den Kampfruf Poitains, bis die Felsen zu beben drohten.

»Trocero wird Tränen der Freude weinen, Sire!«, rief einer.

»Ja, und Prospero ebenfalls!«, schrie ein anderer. »Der General leidet unter Schwermut und verflucht sich Tag und Nacht, denn er gibt sich die Schuld, dass er Valkia nicht rechtzeitig erreicht hat, um an der Seite seines Königs zu sterben!«

»Jetzt werden wir für das Reich kämpfen!«, brüllte ein Dritter und wirbelte sein schweres Schwert über dem Kopf. »Heil, Conan, *König von Poitain*!«

Das Klirren des glänzendes Stahles und der Donner der Begeisterung erschreckte die Vögel, die in bunten Schwärmen von den umliegenden Bäumen hochflatterten. Das heiße Blut der Südländer brannte, und die Ritter sehnten sich nach nichts anderem, als sich von ihrem wieder gefundenen Monarchen in den Kampf und zum Plündern führen zu lassen.

»Was befehlt Ihr, Sire?«, riefen sie. »Gestattet einem von uns, vorauszureiten und die willkommene Kunde Eures Eintreffens in Poitain zu verbreiten. Banner werden von jedem Turm flattern, man wird einen Teppich aus Rosen vor den Hufen Eures Pferdes ausbreiten, und alle schönen Frauen und edlen Ritter des Südens werden euch die gebührende Ehre erweisen ...«

Conan schüttelte den Kopf.

»Wer könnte an Eurer Treue zweifeln? Aber der Wind bläst über diese Berge in die Länder meiner Feinde, und sie sollen lieber nicht wissen, dass ich noch lebe – jedenfalls jetzt noch nicht. Führt mich zu Trocero, und behaltet es für Euch, wer ich wirklich bin.«

Statt eines Triumphzugs, wie die Poitanen ihn gern gehabt hätten, glich Conans Wiederkehr jetzt einer

Flucht. In aller Eile ritten sie dahin und sprachen mit niemandem, außer dem Hauptmann der Wache an jedem Pass, und Conan in ihrer Mitte, hatte das Visier seines Helmes wieder über das Gesicht gezogen.

In den Bergen lebte niemand außer Gesetzlosen und den Soldaten der Passfestungen. Die Poitanen, die die Annehmlichkeiten und Freuden des Lebens liebten, hatten nicht das Bedürfnis, den Bergen an Lebensnotwendigem abzuringen, was sie durch viel Mühe möglicherweise zu bieten vermochten. Südlich des Gebirges erstreckten sich die fruchtbaren und schönen Ebenen Poitains bis zum Alimane, und jenseits dieses Flusses lag das Land Zingara.

Selbst jetzt, während der Winter die letzten Blätter nördlich der Berge hatte erstarren lassen, wiegte sich saftiges Gras auf den poitanischen Ebenen, wo die Pferde und Rinder weideten, für die dieses Land berühmt war. Palmen- und Orangenhaine gediehen in der Sonne, und die prächtigen purpurnen, goldenen und roten Türme der Burgen und Städte spiegelten den freundlichen Sonnenschein wider. Poitain war das Land der Wärme und des Füllhorns, schöner Frauen und kühner Recken. Neidische Nachbarn blickten mit scheelen Augen auf dieses herrliche Land, und so lernten seine Söhne schon früh, es zu verteidigen. Im Norden beschützte das Gebirge es, während der Grenzfluss im Süden kein so guter Schutz gegen Zingara war; unzählige Male hatte der Alimane sich mit Blut gefärbt. Im Osten lag Argos, und dahinter Ophier, beides stolze, eroberungslüsterne Königreiche. Die Ritter von Poitain hielten ihr Land durch das Schwert. Frieden und Muße kannten sie kaum. So kam Conan schließlich zur Burg des Grafen Trocero ...

Conan saß auf einem Seidendiwan in einem prächtigen Gemach, durch dessen offene Fenster eine milde Brise mit den schleierfeinen Vorhängen spielte. Wie ein Panter lief Trocero hin und her. Er war ein unruhiger Mann mit geschmeidigen Bewegungen, der schmalen Taille einer Frau und den breiten Schultern eines Schwertkämpfers. Die Jahre hatten ihm kaum etwas anzuhaben vermocht.

»Lasst uns Euch zum König von Poitain ausrufen!«, drängte der Graf. »Sollen die Verräter im Norden doch das Joch tragen, das sie sich widerstandslos auferlegen ließen. Der Süden ist nach wie vor Euer. Bleibt hier und herrscht zwischen Blumen und Palmen über uns.«

Conan schüttelte den Kopf. »Es gibt kein Land mit edleren Söhnen als Poitain, aber so kühn sie auch sind, werden sie das Land, allein gegen alle, nicht halten können.«

»Seit Generationen steht es schon allein«, erwiderte Trocero mit dem Stolz seiner Rasse. »Wir waren nicht immer ein Teil Aquiloniens.«

»Ich weiß. Aber die Lage ist jetzt anders als damals, als alle Königreiche in Fürstentümer zersplittert waren, die in fast ständigem Krieg miteinander standen. Die Ära der Baronien und freien Städte ist vorbei. Jetzt ist die Zeit mächtiger Reiche, und das ist mehr als nur ein Traum der Könige. Doch lediglich in der Einigkeit liegt Stärke.«

»Dann lasst uns Zingara mit Poitain vereinigen«, schlug Trocero vor. »Ein halbes Dutzend Fürsten befehdet einander, und das Land ist vom Bürgerkrieg zerrissen. Wir werden es Provinz um Provinz erobern und Eurem Reich einverleiben. Mithilfe der Zingarier können wir Argos und Ophir erobern. *Wir* werden ein Reich aufbauen ...«

Erneut schüttelte Conan den Kopf. »Sollen andere von einem gewaltigen Reich träumen! Ich habe nur den Wunsch, meines zurückzuerhalten, nicht über ein Imperium zu herrschen, das durch Blut und Feuer zusammengefügt wurde. Es ist ein Unterschied, ob man einen Thron mit der Hilfe der Untertanen des Landes an sich bringt und das Land mit ihrer Zustimmung regiert, oder ob man ein fremdes Reich in die Knie zwingt und durch Furcht und Unterdrückung darüber herrscht. Ich möchte kein zweiter Valerius sein. Nein, Trocero, ich will über ganz Aquilonien oder überhaupt nicht mehr herrschen.«

»Dann führt uns über das Gebirge, damit wir die Nemedier vertreiben!«

Conans Augen leuchteten auf, aber er wehrte ab.

»Nein, Trocero. Das wäre ein sinnloses Opfer. Ich habe Euch gesagt, *was* ich tun muss, um mein Königreich wiederzugewinnen. Nämlich das Herz Ahrimans finden.«

»Aber das ist Wahnsinn!«, protestierte Trocero. »Die Faseleien eines ketzerischen Priesters und das Gewäsch einer überspannten Hexe.«

»Ihr wart vor der Schlacht bei Valkia nicht in meinem Zelt«, sagte Conan grimmig und blickte unwillkürlich auf sein rechtes Handgelenk, das noch immer blaue Flecken aufwies. »Ihr habt nicht gesehen, wie die Felsen eingestürzt sind und die Elite meiner Armeen unter sich begruben. Nein, Trocero, ich zweifle jetzt nicht mehr. Xaltotun ist kein Sterblicher, und nur mit dem Herzen Ahrimans komme ich gegen ihn an. Deshalb reite ich nach Kordava – allein!«

»Aber das ist gefährlich!«, rief Trocero.

»Das ganze Leben ist gefährlich«, brummte der Cimmerier. »Nicht als König, ja nicht einmal als Ritter von Poitain werde ich mich auf die Suche nach dem Herzen machen, sondern als wandernder Söldner, so, wie ich früher durch Zingara ritt. Oh, ich habe genug Feinde südlich des Alimane, in den Landen und Gewässern im Süden. Viele, die mich nicht als König von Aquilonien kennen, werden sich an mich als Conan von den Barachanpiraten oder Amra von den schwarzen Korsaren erinnern. Aber ich habe auch Freunde dort und Männer, die mir aus eigenem Interesse helfen werden.« Ein schwaches Lächeln zog über seine Lippen.

Trocero ließ hilflos die Arme sinken und warf Albiona, die auf einem Diwan ganz in der Nähe saß, einen Blick zu.

»Ich verstehe Eure Zweifel, mein Lord«, sagte sie. »Aber auch ich sah die Münze im Asuratempel, und wie Hadrathus uns versicherte, wurde sie fünfhundert Jahre *vor* dem Fall Acherons geprägt. Wenn es also Xaltotun ist, der auf ihr abgebildet ist, und dessen ist Seine Majestät sicher, dann bedeutet es, dass er kein einfacher Zauberer ist, denn sein Leben wurde schon damals nach Jahrhunderten gezählt, nicht nach Jahren, wie bei einfachen Sterblichen.«

Ehe Trocero antworten konnte, war ein respektvolles Klopfen an der Tür zu hören, und eine Stimme rief: »Mein Lord, wir haben einen Mann festgenommen, der um die Burg schlich. Er sagt, er möchte mit Eurem Gast sprechen. Wie lautet Euer Befehl?«

»Ein Spion von Aquilonien!«, zischte Trocero und griff nach seinem Dolch, aber Conan hob die Stimme und befahl: »Öffnet die Tür! Ich möchte den Mann gerne sehen!«

Die Tür schwang auf. Davor hielten zwei streng dreinblickende Bewaffnete einen schlanken Mann in schwarzem Kapuzengewand an beiden Ellbogen fest.
»Seid Ihr Asuraner?«, fragte Conan ihn.
Der Mann nickte. Die beiden Soldaten erschraken sichtlich und blickten Trocero zweifelnd an.
»Kunde für Eure Majestät erreichte mich«, sagte der Mann. »Jenseits des Alimane können wir Euch leider nicht mehr helfen, denn wir haben so weit im Süden keine Anhänger. Der Einflussbereich unserer Sekte folgt dem Khorotas ostwärts. Folgendes habe ich erfahren: Der Dieb, der Ahrimans Herz von Tarascus erhielt, gelangte nicht bis Kordava. Er wurde in den Bergen von Poitain von Räubern ermordet. Das Juwel fiel in die Hand ihres Hauptmanns. Er, der nichts von dessen ungewöhnlichen Eigenschaften wusste und nach der Vernichtung seiner Bande durch poitanische Ritter zur Flucht gezwungen wurde, verkaufte es an den kothischen Kaufmann Zorathus.«

»Ha!« Conan sprang auf die Beine. »Und was ist mit Zorathus?«

»Vor vier Tagen überquerte er mit einem kleinen Trupp bewaffneter Diener den Alimane nach Argos.«

»Welch ein Narr, Zingara in solch unruhigen Zeiten durchqueren zu wollen!«, warf Trocero ein.

»Ja, wohl sind die Zeiten auch jenseits des Flusses unruhig, aber Zorathus ist ein verwegener Mann. Er ist in großer Eile, nach Messantia zu gelangen, wo er erhofft, einen Käufer für den brennenden Edelstein zu finden. Möglicherweise wird er ihn auch erst in Stygien an den Mann bringen. Es könnte sogar sein, dass er das wahre Wesen dieses Juwels ahnt. Jedenfalls hat er nicht den sichereren, aber längeren Weg entlang der poitanischen Grenze genommen, durch den er Argos fern von Messantia erreichen würde, sondern folgt dem geraden durch Ostzingara.«

Conan knallte die Faust so heftig auf den Tisch, dass die schwere Platte erzitterte.

»Bei Crom! Dann hat das Glück sich schließlich doch noch mir zugeneigt! Ein Pferd, Trocero, und den Harnisch eines Freien Getreuen! Zorathus hat einen guten Vorsprung, aber er ist nicht so groß, dass ich ihn nicht einholen könnte, und wenn ich ihm bis zum Ende der Welt folgen müsste!«

XII

DER DRACHENZAHN

IM MORGENGRAUEN LENKTE CONAN sein Pferd über eine Furt des Alimane und kam so auf die breite Karawanenstraße, die südostwärts führte. Vom anderen Ufer blickte Trocero ihm nach, im Sattel an der Spitze seiner gerüsteten Ritter, während das rote Leopardenbanner Poitains hoch über seinem Kopf im Wind flatterte. Stumm saßen die dunkelhaarigen Männer auf ihren Pferden, bis ihr König im Blau der weiten Ferne völlig verschwunden war, das sich allmählich zum Weiß des Sonnenaufgangs verfärbte.

Conan ritt auf einem mächtigen Rapphengst, ein Geschenk Troceros. Er trug nicht mehr die aquilonische Rüstung, sondern einen Harnisch, der ihn als Veteran der Freien Getreuen auswies, die aus allen Rassen kamen. Seine Kopfbedeckung war eine einfache Kesselhaube mit so manchen Dellen. Das Leder und das Kettengeflecht seines Harnischs waren blank, wie nach vielen Gefechten gereinigt, und der scharlachrote Umhang, der sorglos über seine Schultern geworfen war, wies Flecken und Risse auf. Er sah ganz so aus, wie man sich einen Söldner vorstellte, der das Auf und Ab des Lebens kannte.

Doch Conan sah nicht nur so aus, er fühlte sich auch so. Alte Erinnerungen an die Zeit, bevor er König geworden war, stiegen in ihm auf. Er dachte daran, wie er noch ein abenteuerlustiger Herumtreiber gewesen war, der sich in so manche Schenkenschlägerei verwickeln ließ, der gern und viel getrunken und keinen Gedanken an das Morgen verschwendet, der sich nichts anderes gewünscht hatte, als genügend schäumendes Bier, willige rote Lippen und ein gutes Schwert, das er auf allen Schlachtfeldern der Welt schwingen konnte.

Unwillkürlich passte er sich wieder dieser alten Zeit an. Seine Haltung wurde herausfordernd, er hielt den Zügel seines Pferdes voll trotzigen Stolzes, halbvergessene Verwünschungen drängten sich über seine Lippen, und alte Lieder, die er mit Gleichgesinnten in so mancher Taverne, auf unzähligen Straßen und auf mehr als einem Schlachtfeld gesungen hatte.

Dass mit dem Land, durch das er jetzt ritt, nicht alles stimmte, erkannte er schnell. Nichts war von den Kavallerieschwadronen zu sehen, die sonst am Ufer patrouillierten. Durch die inneren Unruhen wurden sie jetzt anderswo gebraucht. Die lange weiße Straße war leer von Horizont zu Horizont. Keine schwer beladenen Kamele trotteten auf ihr, keine Wagen holperten darüber, keine Herden überquerten sie. Nur hin und wieder begegnete er kleineren Trupps von Reitern in Leder und Stahl, geiergesichtigen Männern mit harten Augen, die sich wachsam dicht beisammen hielten. Sie musterten Conan eindringlich, belästigten ihn jedoch nicht, denn des einsamen Reiters Harnisch versprach kein Plündergut, höchstens gefährliche Schwerthiebe.

Ortschaften lagen in Schutt und Asche, keine Menschenseele war zu sehen, auch nicht auf den Feldern und Wiesen. Nur die Kühnsten würden sich in diesen Tagen auf die Straße wagen. Die einheimische Bevölkerung war durch die Bürgerkriege und Einfälle von Plünderern von jenseits des Flusses arg geschrumpft. In friedlicheren Zeiten hatte man viele Kaufleute, die von Poitain nach Messantia in Argos und zurück unterwegs waren, auf dieser Straße getroffen. Doch jetzt hielten sie es für sicherer, den Umweg durch Ostpoitain und dann südwärts durch Argos zu machen. Nur ein sehr Verwegener würde Leben und Ware auf dieser Straße durch Zingara aufs Spiel setzen.

Am Südhorizont leckten des Nachts Flammen zum Himmel, und tagsüber kräuselte Rauch empor. In den Städten und Ebenen im Süden raffte der Tod die Menschen dahin, Throne stürzten, und Burgen gingen in Flammen auf. Conan verspürte den uralten Drang des Berufskämpfers. Am liebsten hätte er sein Pferd gewendet und sich in den Kampf gestürzt, hätte geplündert und Beute gemacht wie früher. Warum sollte er sich die Mühe machen, den Thron eines Volkes wiederzugewinnen, das ihn bereits vergessen hatte? Warum einer Narretei nachjagen? Warum sich eine Krone zurückwünschen, die für immer verloren war? War es nicht besser, Vergessen zu suchen, sich in die roten Fluchten des Krieges zu stürzen und sich von ihnen dahintragen zu lassen? Konnte er sich nicht tatsächlich ein anderes, eigenes Königreich schaffen? Die Welt war auf dem Weg zum Zeitalter des Eisens: einer Ära der Kriege und imperialistischer Ambitionen. Ein starker Mann konnte sich sehr wohl als absoluter Eroberer aus den Ruinen vieler Nationen erheben. Warum sollte nicht er dieser Mann sein? Der Teufel des Ehrgeizes flüsterte es ihm ins Ohr, und die Phantome seiner gesetzlosen und blutigen Vergangenheit bedrängten ihn. Aber er folgte ihnen nicht, verließ die Straße nicht, sondern ritt weiter auf seiner Suche, die ihm immer unwirklicher zu werden schien, bis er schließlich das Gefühl hatte, einem Traum nachzujagen.

Er trieb den Rapphengst an, soweit er glaubte, es ihm zumuten zu können, aber die lange weiße Straße blieb leer von einem Horizont zum anderen. Zorathus hatte einen guten Vorsprung, doch Conan war sicher, dass er schneller vorankam als ein Kaufmann mit seiner Ware.

So näherte er sich schließlich der Burg des Grafen Valbroso, die wie ein Adlerhorst auf einem hohen Felsen oberhalb der Straße kauerte.

Valbroso kam mit seinen Soldaten heruntergeritten. Er war ein hagerer, dunkler Mann mit glitzernden Augen und einer geierschnabelähnlichen Nase. Er trug einen schwarzen Schuppenpanzer. Sein Gefolge bestand aus dreißig Speerkämpfern, Veteranen der Grenzkriege, alle mit schwarzen Schnurrbärten und so habgierig und gewissenlos wie der Graf. In letzter Zeit waren Karawanen selten, und der Zoll, den er einnahm, nicht mehr der Rede wert. Valbroso verfluchte einerseits die Bruderkriege, weil nun kaum noch Verkehr auf der Straße herrschte, während er andererseits dankbar für sie war, da er dadurch seinen Nachbarn zusetzen konnte.

Er hatte sich von vornherein nicht viel von diesem einsamen Reiter erhofft, den er von seinem Turm aus erspäht hatte, aber geringe Beute war immerhin besser als gar keine, dachte er. Mit erfahrenem Blick musterte er Conans abgetragene Rüstung, das sonnengebräunte narbige Gesicht – und kam zum gleichen Schluss wie die anderen Reiter, denen der Cimmerier unterwegs begegnet war: ein leerer Beutel und eine geschickte Klinge.

»Wer bist du, Bube?«, fragte der Graf scharf.

»Ein Söldner, unterwegs nach Argos«, antwortete Conan.

»Als Freier Getreuer reitest du in die falsche Richtung«, knurrte Valbroso. »Im Süden gibt es zu kämpfen und zu plündern. Schließ dich uns an, dann wirst du nicht leer ausgehen. Auf der Straße ist nichts mehr los, keine feisten Kaufleute mehr, die man schröpfen könnte. Aber ich habe vor, mit meinen Leuten gen Süden zu reiten und unsere Schwerter der Seite anzudienen, die die stärkere zu sein scheint.«

Conan antwortete nicht sofort. Er wusste, dass Valbrosos Männer sofort über ihn herfallen würden, wenn er das Angebot rundweg abschlug. Ehe er sich seine Antwort sorgfältig überlegt hatte, sprach der Zingarier weiter.

»Ihr Burschen von den Freien Getreuen habt doch Erfahrung darin, Männer zum Reden zu bringen. Ich habe einen Gefangenen – den letzten Kaufmann, den ich mir schnappen konnte, und der einzige, der seit einer Woche diesen Weg genommen hat! Der Kerl ist stur. Er hat eine eiserne Schatulle bei sich, die wir nicht öffnen können, und es gelang mir einfach nicht, ihn dazu zu bringen, sie für mich aufzumachen. Bei Ischtar, ich hatte mir eingebildet, ich kenne alle Methoden, andere zum Reden zu bringen, aber vielleicht kennst du als Freier Getreuer noch ein paar, die ich nicht gelernt habe. Aber, wie auch immer, komm mit und sieh zu, ob du etwas erreichen kannst.«

Valbrosos Worte hatten Conan die Entscheidung abgenommen. Er war ziemlich sicher, dass dieser Gefangene Zorathus war. Er kannte den Kaufmann nicht, aber er dachte, wenn jemand so entschlossen war, in einer Zeit wie dieser durch Zingara zu reiten, war er vermutlich auch hart genug, sich durch Foltern nicht kleinkriegen zu lassen.

Er reihte sich neben Valbroso ein und ritt den Serpentinenweg zur Burg hoch. Als Söldner hätte er hinter dem Grafen reiten müssen, aber die Macht der Gewohnheit ließ ihn unvorsichtig werden, doch glücklicherweise kümmerte es den Grafen nicht. Das Leben an der Grenze hatte ihn gelehrt, dass die Sitten dort anders als am Hof sind, und er kannte auch den Stolz und die Unabhängigkeit der Söldner, deren Schwerter so manchem König den Weg zum Thron geebnet hatten.

Um die Burg zog sich ein trockener Graben, an manchen Stellen teilweise mit Schutt und Unrat gefüllt. Mit klappernden Hufen überquerten sie die Zugbrücke und kamen durch das Bogentor. Krachend schloss sich das Fallgitter hinter ihnen. Spärliches Gras wuchs im Burghof, in dessen Mitte ein Brunnen stand. Einfache Unterkünfte für die Soldaten reihten sich entlang der Innenmauer. Sowohl schlampige, als auch übertrieben fein gekleidete Frauen schauten aus den Türen. Ein paar Krieger in rostigen Harnischen warfen Würfel auf dem Pflaster unter dem Torbogen. Das Ganze wirkte eher wie der Unterschlupf einer Räuberbande, nicht wie die Burg eines Edlen.

Valbroso saß ab und bedeutete Conan, ihm zu folgen. Sie traten durch eine Tür und schritten einen gewölbten Korridor entlang. Ein narbiger, hart aussehender Mann – vermutlich der Hauptmann der Wache –, der eine Steintreppe heruntergestiegen war, kam ihnen entgegen.

»Hat er endlich den Mund aufgetan, Beloso?«, fragte ihn Valbroso.

»Er ist starrköpfig«, brummte Beloso und bedachte Conan mit einem misstrauischen Blick.

Valbroso fluchte wild und stapfte verärgert die Wendeltreppe hoch, gefolgt von Conan und dem Hauptmann. Sie hörten schon das Stöhnen eines Mannes, der offenbar unter großen Schmerzen litt. Valbrosos Folterkammer befand sich hoch über dem Hof und nicht in einem unterirdischen Verlies, wie sonst üblich.

In der Folterkammer, in der ein hagerer, tierischer Mensch in ledernen Beinkleidern hockte und gierig am Fleisch eines Rinderknochens kaute, standen die bekannten Foltergeräte herum: Streckbänke, Daumenschrauben, Haken und Zangen und eben alles, was vom Teufel besessener Menschengeist sich zum Quälen anderer ausgedacht hatte.

Auf einer Folterbank lag lang ausgestreckt ein nackter Mann. Ein Blick verriet Conan, dass er am Sterben war. Die unnatürliche Verlängerung seiner Gliedmaßen sprach von ausgerenkten Gelenken und grauenvollen Zerrungen. Es war ein dunkelhäutiger Mann mit klugen, scharf geschnittenen Zügen und wachen, fast schwarzen Augen, die jetzt blutunterlaufen waren. Schweiß glänzte auf seinem Gesicht. Seine Lippen waren schmerzverzerrt vom dunklen Zahnfleisch zurückgezogen.

»Dort ist die Schatulle.« Wild stieß Valbroso mit dem Fuß gegen eine kleine, aber schwere eiserne Truhe auf dem Boden. Sie war mit fein gehämmerten winzigen Totenschädeln verziert und mit ineinander verschlungenen Drachen, doch weder ein Schloss noch eine Verriegelung war zu erkennen. Feuer, Axt, Hammer und Meißel hatten nur unbedeutende Spuren hinterlassen.

»Das ist die Schatztruhe dieses Hundes!«, erklärte Valbroso wütend. »Jedermann im Süden hat von Zorathus und seiner Eisenschatulle gehört. Mitra weiß, was sie verbirgt. Dieser Hundesohn will ihr Geheimnis nicht preisgeben.«

Zorathus! Dann hatte er sich also nicht geirrt! Der Mann, den er suchte, lag vor ihm. Conans Herz schlug heftig, als er sich über den Gefolterten beugte, der sich in seinen Schmerzen wand.

»Lockere die Stricke, Bube!«, befahl er dem Folterknecht scharf. Valbroso und sein Hauptmann starrten ihn an. In seiner Erregung hatte er unwillkürlich den gebieterischsten Ton angeschlagen, den er als König manchmal hatte benutzen müssen. Der Bursche in der ledernen Beinkleidung zuckte zusammen und gehorchte sofort, ohne sich zu fragen, ob dieser Fremde das Recht hatte, ihn herumzukommandieren. Behutsam lockerte er die Stricke, denn täte er es zu schnell, wären die Schmerzen für die geschundenen Glieder nicht weniger gering als beim Spannen.

Conan griff nach einer Weinkanne in der Nähe und drückte sie an die Lippen des armen Teufels. Zorathus schluckte mühsam, und viel des Weines troff über die sich schmerzhaft hebende und senkende Brust.

Ein Funken des Erkennens schimmerte in den blutdurchzogenen Augen, und die Lippen, die von blutigem Schaum verschmiert waren, öffneten sich. Ein peinvolles Wimmern, das zu kothischen Worten wurde, quälte sich darüber.

»So ist dies also der Tod? Sind die Foltern zu Ende. Ihr seid König Conan, der bei Valkia fiel – also muss ich unter den Toten sein.«

»Ihr seid nicht tot«, versicherte ihm Conan, »wohl aber am Sterben. Doch ich werde dafür sorgen, dass man Euch nicht mehr foltert. Verratet mir, ehe Ihr die Augen schließt, wie sich Eure Eisentruhe öffnen lässt.«

»Meine Schatulle«, murmelte Zorathus mit fiebrigen Worten. »Die Truhe, die in den unheiligen Feuern der flammenden Berge von Khrosha geschmiedet wurde! Aus einem Metall, dem kein Werkzeug etwas anhaben kann! Welch ungeheure Schätze in ihr durch die ganze Welt getragen wurden! Doch kein Schatz kam je dem gleich, den sie jetzt bchütet!«

»Verratet mir, wie sie sich öffnen lässt«, bat Conan. »Euch nützt ihr Inhalt nichts mehr, aber mir hilft er vielleicht.«

»Ja, Ihr seid Conan«, murmelte der Kothier. »Ich habe Euch auf dem Thron in Eurem großen Audienzsaal in Tarantia sitzen sehen, mit der Krone auf Eurem Haupt und dem Zepter in der Hand. Aber Ihr seid tot! Und jetzt weiß ich, dass auch mein Ende bevorsteht!«

»Was sagt der Hund?«, fragte Valbroso, der kein Kothisch verstand, ungeduldig. »Rückt er jetzt endlich mit dem Geheimnis heraus?«

Als hätte die Stimme einen Lebensfunken in der gequälten Brust geweckt, wandte Zorathus die Augen dem Sprecher zu.

»Nur Valbroso werde ich es verraten!«, krächzte er auf Zingaranisch. »Mein Tod ist nahe. Beugt Euch über mich, Valbroso!«

Mit unverhohlener Habgier im Gesicht tat der Graf es. Sein finsterer Hauptmann Beloso drängte sich dicht an ihn.

»Drückt die sieben Schädel am Schatullenrand, einen nach dem andern«, keuchte Zorathus. »Dann den Kopf des Drachen, der sich über den Deckel windet, und schließlich müsst Ihr auf die Kugel in den Klauen des Drachens pressen, das öffnet den Deckel.«

»Her mit der Schatulle!«, befahl Valbroso.

Conan hob sie auf und stellte sie auf ein Tischchen. Ungeduldig schob der Graf ihn zur Seite.

»Lasst mich sie öffnen!«, rief Beloso und wollte danach greifen.

Fluchend stieß Valbroso ihn zurück, und Gier funkelte in seinen schwarzen Augen.

»Niemand außer mir wird sie öffnen!«, donnerte er laut.

Conan, der unwillkürlich die Hand um den Schwertgriff gelegt hatte, blickte auf Zorathus. Die Augen des Gefolterten waren durchdringend auf Valbroso gerichtet, und Conan war, als hätten die Lippen des Sterbenden sich zu einem kaum merklichen grimmigen Lächeln verzogen. Erst als der Kaufmann überzeugt war, dass er nicht mehr lange zu leben hatte, hatte er sein Geheimnis preisgegeben. Conan wandte sich wieder Valbroso zu und beobachtete ihn so gespannt wie Zorathus.

Den Deckelrand entlang hoben sich zwischen den ineinander verschlungenen Zweigen eines seltsamen Baumes sieben Totenschädel ab. Ein Drache wand sich zwischen fein gearbeiteten Arabesken über den Deckel. Hastig drückte Valbroso auf einen Schädel nach dem anderen. Als er den Daumen auf den Drachenkopf gepresst hatte, zog er fluchend die Hand zurück und schüttelte sie verärgert.

»Eine scharfe Spitze der Verzierung stach mich in den Daumen!«, erklärte er wütend.

Jetzt drückte er auf die goldene Kugel in des Drachen Krallen – und der Deckel schwang auf. Eine goldene Flamme blendete die Augen. Es schien den beiden, als brenne ein Feuer in der Schatulle, das über den Rand quoll und Funken in die Luft sprühte. Beloso schrie auf, und Valbroso hielt den Atem an. Conan stand sprachlos daneben, als schlage das Feuer des Edelsteins auch ihn in Bann.

»Mitra, welch ein Juwel!« Valbroso griff in die Truhe, und seine Hand kam mit einer großen, pulsierenden roten Kugel zurück, deren Leuchten die ganze Kammer in brennendes Rot tauchte. In ihrem Schein sah Valbroso wie eine Leiche aus. Der Sterbende auf der gelockerten Streckbank lachte plötzlich wild auf.

»Narr!«, rief er. »Das Juwel ist Euer! Aber damit auch der Tod! Der Kratzer an Eurem Daumen – seht Euch den Drachenkopf an, Valbroso!«

Alle wirbelten herum und rissen die Augen auf. Etwas Winziges, stumpf Glänzendes ragte aus dem klaffenden Rachen.

»Der Drachenzahn!«, krächzte Zorathus. »Das Gift des schwarzen stygischen Skorpions steckt in ihm! Narr, der Ihr Zorathus' Schatulle mit ungeschützten Fingern geöffnet habt. Ihr seid bereits ein toter Mann!«

Mit blutigem Schaum vor dem Mund, aber voll Genugtuung starb der Gefolterte.

Valbroso taumelte rückwärts. »Mitra, ich verbrenne!«, schrie er. »Flüssiges Feuer tobt durch meine Adern. Meine Knochen bersten! Der Tod ...« Er schwankte und stürzte kopfüber auf den Boden. Einen Augenblick zuckte der Graf am ganzen Körper, dann erstarrte er mit verzerrtem Gesicht, und die toten Augen stierten zur Decke.

»Tot!«, murmelte Conan. Er bückte sich, um das Juwel aufzuheben, das Valbrosos Fingern entglitten war. Flammend wie ein bewegter Weiher im Sonnenuntergang lag es auf dem Boden.

»Tot«, murmelte auch Beloso, in dessen Augen der Wahnsinn funkelte. Dann handelte er.

Für Conan, der noch geblendet und vom pulsierenden Leuchten des Edelsteins wie gebannt war, kam der Angriff unerwartet. Er wurde sich Belosos Absicht erst bewusst, als etwas mit betäubender Kraft gegen seinen Helm schlug. Das Juwel schien plötzlich noch röter zu glühen, und Conan ging unter der Wucht des Hiebes in die Knie.

Er hörte eilige Schritte und einen Todesschrei. Zwar war er benommen, aber nicht besinnungslos, und so folgerte er, dass Beloso ihm die eiserne Schatulle auf den Kopf geschmettert hatte, als er sich nach dem Juwel bückte. Nur die Kesselhaube hatte seinen Schädel davor bewahrt, zertrümmert zu werden. Er taumelte hoch, zog sein Schwert und versuchte, die Benommenheit abzuschütteln. Die Kammer drehte sich Schwindel erregend um ihn, aber er vermochte zu erkennen, dass die Tür offen stand, und er hörte hastige Schritte bereits tief unten auf der Wendeltreppe. Der tierische Folterknecht lag mit einer klaffenden Wunde tot auf dem Boden. Und das Herz Ahrimans war natürlich verschwunden.

Mit dem Schwert in der Hand torkelte Conan aus der Kammer. Blut strömte unter dem Helm hervor über sein Gesicht. Wie ein Betrunkener hastete er die Treppe hinunter. Aus dem Hof klang das Rasseln von Stahl herauf, Brüllen und eiliges Hufklappern. Als er in den Hof rannte, sah er Soldaten verwirrt herumlaufen, während Frauen gellend schrien. Die hintere Mauertür stand offen. Davor lag ein Soldat mit gespaltenem Schädel. Seine Pike lag neben ihm. Noch aufgezäumte und gesattelte Pferde rannten ausschlagend und wiehernd im Hof umher, unter ihnen auch Conans Rapphengst.

»Er ist vom Wahnsinn besessen!«, heulte eine Frau. Sie rang die Hände, während sie kopflos durch den Hof lief. »Er rannte aus der Burg und schlug wild um sich. Beloso ist wahnsinnig geworden! Wo ist Graf Valbroso?«

»In welche Richtung ist er denn geflohen?«, brüllte Conan.

Alle wandten sich ihm zu und starrten auf des Fremden blutüberströmtes Gesicht und sein blankes Schwert.

»Durchs hintere Tor!«, kreischte eine Frau und deutete ostwärts. Eine andere rief: »Wer ist dieser Mann?«

»Beloso hat Valbroso umgebracht!«, schrie Conan. Mit einem Satz war er bei seinem Pferd und griff nach seiner Mähne, als die Soldaten unsicher auf ihn zukamen. Wild brüllten alle bei seinen Worten auf, die die erwartete Wirkung erzielten. Statt die Tore zu schließen und zu versuchen, ihn gefangen zu nehmen, oder den fliehenden Mörder ihres Herren zu verfolgen, erhöhte sich ihre Verwirrung noch. Sie waren Wölfe, die nur ihre Furcht vor Valbroso zusammengehalten hatte, die jedoch weder mit der Burg, noch miteinander verbunden waren.

Schwerter begannen zu klirren, und Frauen schrien, doch niemand achtete auf Conan, als er durchs hintere

Tor jagte und dann den Bergpfad hinunter. Die weite Ebene erstreckte sich vor ihm, und jenseits des Berges teilte sich die Karawanenstraße. Ein Arm verlief südwärts, der andere ostwärts. Auf Letzterem sah er einen tief über den Rücken seines Pferdes gebeugten Reiter, der sein Tier wild antrieb. Die Ebene verschwamm vor Conans Augen, der Sonnenschein war ein dichter roter Dunst, und er schwankte im Sattel, aber er hielt sich an der Mähne fest. Ohne auf das Blut zu achten, das unter dem Helm heraustropfte, trieb auch er sein Pferd an.

Hinter ihm drang Rauch aus der Burg am Felsen, in der die Leiche des Grafen vergessen neben der seines gefolterten Gefangenen lag. Die Sonne ging unter, und die beiden dahingaloppierenden Reiter hoben sich vor dem roten Himmel ab.

Der Hengst war nicht ausgeruht, aber auch Belosos Pferd war es nicht. Glücklicherweise hatte der Rappe beachtliche Kraftreserven und gehorchte Conans Fersendruck. Weshalb der Zingarier vor nur einem Verfolger floh, versuchte der König in seinem Zustand gar nicht zu ergründen. Vielleicht trieb Panik Beloso an, genährt von dem Wahnsinn, der in dem brennenden Juwel lauerte. Die Sonne war inzwischen untergegangen, und die weiße Straße schimmerte nur noch schwach in dem gespenstischen Zwielicht, das allmählich der Dunkelheit wich. Der Hengst keuchte und wurde immer müder. Die kahle Ebene blieb zurück, und Gruppen von Eichen und Erlen standen rechts und links der Straße. Allmählich stieg das Land zu den fernen Bergen an. Die ersten Sterne funkelten. Der Hengst schleppte sich nur noch dahin. Doch vor einem dichten Wald, der sich bis zu den Bergen am Horizont erstreckte, sah Conan verschwommen den Fliehenden. Er trieb seinen erschöpften Rappen noch weiter an, denn er bemerkte, dass er Beloso Elle um Elle einzuholen begann. Über das Hämmern der Hufe erhob sich ein seltsamer Schrei aus den Schatten, doch weder Verfolger noch Verfolgter achteten darauf.

Als die Äste des Waldes bis über die Straße hingen, waren die beiden fast Seite an Seite. Ein triumphierender Schrei quoll über Conans Lippen, als er das Schwert schwang. Das bleiche Oval eines Gesichts war ihm zugewandt, eine Klinge schimmerte, und Beloso schrie ebenfalls – da stolperte der erschöpfte Hengst, sodass sein Reiter aus dem Sattel flog. Conans schmerzpochender Schädel krachte gegen einen Stein, und die Sterne am Himmel machten einer tieferen Nacht Platz.

Wie lange er bewusstlos gelegen hatte, wusste Conan nicht. Als die Besinnung langsam wiederkehrte, spürte er, dass er an einem Arm über rauen, steinigen Boden und durch dichtes Unterholz gezerrt wurde. Dann warf man ihn achtlos nieder, und vielleicht brachte ihn das wieder völlig zu sich.

Er trug seinen Helm nicht mehr, und sein Schädel schmerzte grauenvoll. Blut klebte dick im schwarzen Haar, und ein Schwindelgefühl plagte ihn. Doch die wilde Lebenskraft des geborenen Barbaren unterstützte ihn. Er wurde sich seiner Umgebung bewusst.

Groß und rot schien der Mond durch die Bäume. Mitternacht musste demnach längst vorbei sein. Das bedeutete, dass er lange genug besinnungslos gelegen hatte, um sich von dem schweren Schlag zu erholen, den Beloso ihm in der Folterkammer versetzt hatte, und auch von den Folgen seines Sturzes, der ihm das

Bewusstsein geraubt hatte. Sein Verstand war weit klarer als während der Verfolgungsjagd.

Ein wenig überrascht stellte er fest, dass er nicht neben der weißen Straße lag; sie war auch nicht in der Nähe zu sehen. Er ruhte auf dem Gras einer kleinen Lichtung, die ein schwarzer Wall mächtiger Baumstämme und verschlungener Zweige umzäunte. Gesicht und Hände waren zerkratzt und aufgeschürft, als hätte man ihn durch Dornengestrüpp gezerrt. Er verlagerte sein Gewicht, um sich besser umschauen zu können. Da schrak er heftig zusammen. Etwas kauerte, halb über ihn gebeugt, neben ihm.

Zuerst zweifelte Conan daran, dass er tatsächlich wieder ganz bei Sinnen war, und hielt die Gestalt für ein Geschöpf seiner Träume. Es konnte einfach nicht wirklich sein, dieses seltsame graue Wesen, das reglos auf seinen Hinterbeinen hockte und mit unbewegten, seelenlosen Augen auf ihn herabstarrte.

Blinzelnd betrachtete Conan es und erwartete, dass es jeden Moment wie eine Traumgestalt verschwinden würde – bis ein eisiger Schauder ihn überlief. Er erkannte das Geschöpf jetzt. Halb vergessene Erinnerungen kehrten wieder. Er sah sich am Lagerfeuer sitzen, während jemand grässliche Geschichten über die Kreaturen erzählte, die in den Wäldern am Fuß des Grenzgebirges zwischen Zingara und Argos ihr Unwesen trieben. Ghule nannte man sie, Menschenfresser, Brut der Finsternis, Abkömmlinge der gespenstischen Vereinigung einer verlorenen und vergessenen Rasse mit den Dämonen der Unterwelt. Irgendwo in diesen uralten Wäldern lagen angeblich die Ruinen einer verfluchten Stadt, durch deren Trümmer graue, menschenähnliche Schatten glitten. Unwillkürlich schüttelte sich Conan.

Auf dem Rücken liegend schaute er zu dem unförmigen Schädel hoch, der sich nur schwach über ihm von den Schatten abhob. Vorsichtig streckte er eine Hand nach dem Dolch an seiner Seite aus. Mit einem grauenvollen Schrei, in den Conan unwillkürlich einstimmte, fuhr das Ungeheuer ihm an die Kehle. Conan warf den rechten Arm hoch. Der scharfe, dem eines Hundes ähnliche Kiefer schloss sich um ihn. Die unförmigen und doch menschenähnlichen Hände versuchten, den Hals zu erreichen, doch indem er sich aufbäumte und herumrollte, während er gleichzeitig mit der Linken den Dolch herausriss, konnte Conan ihnen entgehen.

Ineinander verschlungen wälzten sie sich, aneinander zerrend und aufeinander einschlagend, im Gras. Die Muskeln, die sich unter der grauen, leichenähnlichen Haut spannten, waren hart wie Stahl und denen eines Menschen überlegen. Aber auch Conans Muskeln waren eisenhart, und seine Kettenrüstung schützte ihn lange genug vor den scharfen Zähnen und den reißenden Krallen, dass er mit dem Dolch zustoßen und immer wieder zustoßen konnte. Die Lebenskraft der menschenähnlichen Kreatur schien unerschöpflich zu sein. Der König ekelte sich vor der Berührung der klammen Haut, und so steckte all sein Abscheu in der Wucht, mit der er die Klinge in das graue Fleisch stieß. Plötzlich zuckte das Ungeheuer unter ihm krampfhaft. Die Klinge hatte endlich das Herz gefunden. Nach einer Weile hörten die Zuckungen auf, und der gewaltige Kadaver lag reglos.

Von Übelkeit geschüttelt, erhob Conan sich. Zitternd stand er in der Mitte der Lichtung, den Dolch in der Hand. Er hatte seinen instinktiven Orientierungssinn nicht verloren, aber er wusste nicht, wo die Straße lag, denn er hatte keine Ahnung, in welche Richtung der Ghul ihn gezerrt hatte. Überlegend starrte er auf den stillen schwarzen Wald um ihn, über dem der Mond schien. Kalter Schweiß perlte auf seiner Stirn. Er befand sich ohne Pferd irgendwo in dem weiten Wald, und die missgestaltete tote Kreatur zu seinen Füßen ließ schließen, dass sich noch weitere dieser Ungeheuer in der Gegend herumtrieben. Mit angehaltenem Atem lauschte er in die Dunkelheit.

Als er schließlich einen Laut vernahm, zuckte er heftig zusammen. Plötzlich zerriss das schrille Wiehern eines Pferdes die Nachtluft. Sein Hengst! Es gab Raubtiere im Wald – oder weitere Ghule, die sicher auch Pferde fraßen!

Wild bahnte er sich einen Weg durchs Unterholz in die Richtung des Wieherns und pfiff schrill. Berserkerhafte Wut ließ ihn seine instinktive Furcht vergessen. Wenn sein Pferd getötet wurde, hatte er keine Chance mehr, Beloso zu folgen und das Herz Ahrimans an sich zu bringen. Wieder wieherte der Hengst schrill, nun schon ein wenig näher. Dann war das Geräusch stampfender und um sich schlagender Hufe zu hören, und etwas schlug, offenbar getroffen, am Boden auf.

Mit einem Mal lag die weiße Straße vor Conan. Er stürmte hinaus und sah sein Pferd mit zurückgelegten Ohren und gefährlich blitzenden Augen und Zähnen aufgebäumt auf etwas Dunkles einschlagen, das sich unter ihm duckte und offenbar herumtänzelte. Und schon schlossen sich von allen Seiten graue Schatten um Conan. Ein Ekel erregender Gestank, wie von einem Schlachthaus, stieg in seine Nase.

Etwas schimmerte zwischen dem dichten Laub auf dem Boden. Es war Conans Breitschwert, das ihm entglitten war, als er aus dem Sattel geflogen war. Hastig bückte er sich danach und hieb fluchend damit nach links und rechts. Geifernde Zähne blitzten im Mondschein, kräftige Pranken versuchten ihn zu packen, aber er schlug sich einen Weg zu seinem Rappen, bekam ihn am Zügel zu fassen und schwang sich in den Sattel. Seine Klinge zischte durch die Luft und ließ gespaltene unförmige Schädel und blutende Leiber zurück. Der Hengst biss und trat weiter um sich. Der Durchbruch gelang, und sie jagten die Straße entlang. Eine kurze Weile nur noch begleiteten und verfolgten sie die abscheulichen grauen Schatten, dann fielen sie zurück, und Conan sah von der Kuppe eines bewaldeten Hügels weite kahle Hänge vor sich.

XIII

»Ein Geist aus der Vergangenheit«

Kurz nach Sonnenaufgang überquerte Conan die Grenze nach Argos. Beloso hatte er nicht gefunden. Entweder war dem Hauptmann die Flucht geglückt, während der König bewusstlos gewesen war, oder er war ein Opfer der grässlichen Menschenfresser des zingaranischen Waldes geworden. Keinerlei Spuren hatten jedoch auf Letzteres schließen lassen. Die Tatsache, dass er so lange unbelästigt im Wald gelegen hatte, mochte bedeuten, dass die Ungeheuer mit der vergeblichen Verfolgung des Hauptmanns beschäftigt gewesen waren. Und wenn der Bursche noch lebte, ritt er höchstwahrscheinlich irgendwo vor Conan auf der Straße. Denn wenn er nicht beabsichtigt gehabt hätte, nach Argos zu reiten, hätte er sicher nicht von der Burg aus die Straße nach Osten genommen.

Die behelmten Wächter an der Grenze hielten den Cimmerier nicht auf. Ein einzelner, wandernder Söldner brauchte keinen Passierschein, und schon gar nicht, wenn seine wappenlose Rüstung verriet, dass er gegenwärtig nicht im Dienst irgendeines Lords stand. Conan ritt durch die niedrigen, grasbewachsenen Hügel, wo Bäche plätscherten und Eichenhaine ihre Schatten warfen. Er folgte der Straße, die sich durch das wellige Land schlängelte und am blauen Horizont verlor, einer sehr alten Straße, die von Poitain bis zum Meer führte.

In Argos herrschte Frieden. Schwer beladene Ochsenkarren rollten über die Straße. Menschen mit sonnengebräunten kräftigen Armen arbeiteten in den Obstplantagen und Feldern, die sich jenseits der Straßenbäume im Sonnenschein erstreckten. Vor den Schenken saßen alte Männer geruhsam im Schatten mächtiger Eichen und riefen dem einsamen Reiter Grußworte zu.

Bei den Arbeitern auf den Feldern, den Männern in den Wirtsstuben, wo er seinen Durst mit schäumendem Bier aus Lederkrügen stillte, bei den scharfäugigen Kaufleuten, denen er auf der Straße begegnete, versuchte Conan etwas über Beloso zu erfahren.

Er hörte manch Widersprüchliches, aber aus allem ging hervor, dass ein hagerer, drahtiger Zingarier mit finsteren schwarzen Augen und einem Schnurrbart nach westlicher Mode vor ihm auf derselben Straße durchgekommen und offenbar nach Messantia unterwegs war. Das war jedenfalls das wahrscheinlichste Ziel, denn in den argossanischen Seehäfen trafen sich Menschen aus aller Welt – ganz im Gegensatz zu den inneren Provinzen –, und Messantia war die am meisten besuchte Hafenstadt. Schiffe aus allen seefahrenden Nationen gingen da vor Anker, und Vertriebene sowie Flüchtlinge aus allen Landen kamen dort zusammen. Die Gesetze waren hier nicht sehr streng, und die Ordnungshüter drückten mehr als ein Auge zu, da die

Stadt durch den Seehandel blühte und ihre Bürger davon nur profitieren konnten, wenn sie in ihrem Handel mit den Seefahrern gar nicht fragten, woher die Ware stammte. Außer den üblichen Kauffahrern liefen auch Schmuggler und Seeräuber den Hafen an und brachten ihr Gut an den Mann. Conan war all das wohl bekannt, schließlich war er als Barachanpirat nicht oft genug selbst des Nachts in den Hafen gesegelt, um so manche ungewöhnliche Ladung zu veräußern. Die meisten Piraten der Barachan-Inseln – einer kleinen Inselgruppe südwestlich der zingaranischen Küste – waren argossanische Seeleute, und solange sie sich nur mit Schiffen anderer Nationen beschäftigten, legte die argossanische Obrigkeit das Seerecht nicht allzu streng aus.

Aber Conan hatte nicht nur zu den Barachanpiraten gehört. Er war auch mit zingaranischen Freibeutern gesegelt und sogar mit wilden schwarzen Korsaren, die aus dem fernen Süden herbeikamen, um die Küsten des Nordens unsicher zu machen, und dadurch hatte er die Toleranzgrenze der argossanischen Gesetze überschritten. Erkannte man ihn in einem der Häfen von Argos, konnte es ihn den Kopf kosten. Doch ohne Zögern ritt er weiter nach Messantia und gönnte sich, ob nun Tag oder Nacht, immer nur eine knappe Pause, um seinen Hengst ausruhen zu lassen und selbst eine kurze Weile zu schlafen.

Unbeachtet ritt er in die Stadt und mischte sich unter die Menschenmenge, die ständig in dieser großen Handelsstadt anzutreffen war. Messantia war nicht befestigt, keine Mauern umgaben die Stadt. Das Meer und die Schiffe schützten sie.

Es war Abend, als Conan gemächlich durch die Straßen ritt, die zum Hafen führten. An ihrem Ende sah er die

Kais, die Masten und Segel der Schiffe. Seit vielen Jahren roch er zum ersten Mal wieder Salzwasser und hörte das Knarren der Takelage in der Brise, die Schaumkronen ans Ufer warf. Wieder griff der alte Abenteuer- und Wanderdrang nach seinem Herzen.

Aber er ging nicht hinaus auf die Kais. Er lenkte sein Pferd zu einer Steintreppe mit breiten, abgetretenen Stufen und ritt hinauf zu einer sauberen Straße, an der vornehme weiße Häuser auf die Hafenanlagen hinunterschauten. Hier lebten die Männer, die ihren Reichtum der See verdankten: ein paar alte Kapitäne, die irgendwo in weiter Ferne Schätze gefunden hatten, aber hauptsächlich Händler und Kaufleute, die selbst nie ein Deck betreten, nie einen Sturm auf dem Meer erlebt hatten und nie bei einem Seekampf dabei gewesen waren.

Conan lenkte seinen Hengst durch ein bestimmtes goldverziertes Tor und ritt in einen Hof, wo ein Springbrunnen plätscherte und Tauben von seiner Marmoreinfassung auf den Marmorboden hüpften. Ein Page in reich verziertem Seidenwams und engen Beinkleidern aus dem gleichen Stoff kam herbei, um sich nach Conans Begehr zu erkundigen. Die Kaufleute von Messantia trieben mit vielen Fremden Handel, doch waren das meistens Seeleute. Jedenfalls war es ungewöhnlich, dass ein Söldner so selbstverständlich in den Hof eines vornehmen Kaufmanns einritt.

»Wohnt Publio hier?« Es war weniger eine Frage, denn eine Feststellung, und etwas am Tonfall dieser Stimme veranlasste den Pagen, sein federverziertes Barett abzunehmen und sich zu verbeugen. »Ja, Herr Hauptmann.«

Conan saß ab. Sofort rief der Page einen Diener, der herbeieilte und den Zügel des Rappen nahm.

»Ist dein Herr im Haus?« Conan schlüpfte aus den eisernen Handschuhen und klopfte den Reisestaub von Umhang und Kettenhemd.

»Ja, Herr Hauptmann. Wen darf ich melden?«

»Ich melde mich selbst an«, brummte Conan. »Ich kenne den Weg sehr gut. Bleib du hier.«

Der Page gehorchte dem gebieterischen Befehl und blickte Conan nach, der die niedrige Marmortreppe hochstieg. Er fragte sich, welche Beziehung sein Herr mit diesem riesenhaften Kämpen haben mochte, der wie ein Barbar aus dem Norden aussah.

Die Diener, an denen Conan vorbeikam, hielten kurz in ihrer Arbeit inne und schauten ihm mit offenem Mund nach, als er einen breiten kühlen Balkon überquerte, der auf den Hof hinausragte, und auf einen Korridor trat, durch den eine Brise vom Meer blies. Aus einer offenen Tür war das Kratzen eines Federkiels zu hören. Conan folgte dem Geräusch und kam in ein geräumiges Gemach, dessen breite Fenster auf den Hafen hinausschauten.

Publio saß an einem geschnitzten Teakholztisch und kritzelte mit vergoldeter Feder auf feinem Pergament. Er war ein untersetzter Mann mit massigem Kopf und flinken dunklen Augen. Sein Gewand aus feinstem blauen Seidenmoiré war mit einer Goldborte verziert, und um den kräftigen weißen Hals hing eine schwere Goldkette.

Als der Cimmerier eintrat, blickte der Kaufmann mit verärgerter Miene auf. Unwillkürlich sperrte er Mund und Augen auf, als könne er nicht glauben, was er sah. Verblüffung und Furcht begannen seine Miene zu zeichnen.

»Na«, brummte Conan, »willst du mich denn nicht begrüßen, Publio?«

Publio benetzte die Lippen.

»Conan!«, flüsterte er ungläubig. »Mitra! Conan! *Amra!*«

»Wer sonst?« Der Cimmerier öffnete die Schließe seines Umhangs und warf ihn mitsamt den Handschuhen auf den Tisch. »Na, was ist, Mann?«, fragte er gereizt. »Willst du mir nicht wenigstens eine Kanne Wein anbieten? Meine Kehle ist vom Straßenstaub wie ausgedörrt.«

»Ja, Wein«, murmelte Publio mechanisch. Gewohnheitsmäßig streckte er die Hand nach dem Gong aus, doch dann riss er sie zurück, als hätte er glühende Kohle berührt, und schauderte.

Während Conan ihn ebenso grimmig wie amüsiert beobachtete, erhob der Kaufmann sich und schaute hastig in den Korridor, um sich zu vergewissern, dass sich dort keine Diener in der Nähe herumtrieben, ehe er sie schloss und verriegelte. Dann holte er eine goldene Weinkanne von einem Tischchen und war gerade dabei, einen schlanken Pokal zu füllen, als Conan ihm ungeduldig die Kanne aus der Hand nahm, sie an die Lippen hob und durstig trank.

»Ja, es ist tatsächlich Conan!«, murmelte Publio. »Mann, bist du wahnsinnig?«

»Bei Crom, Publio«, brummte Conan. Er nahm die Kanne von den Lippen, behielt sie jedoch in den Händen. »Das ist eine vornehmere Unterkunft als deine ehemalige. Es gehört schon ein Argossaner dazu, um durch einen armseligen Laden am Hafen, in dem es nach Fisch und billigem Wein stank, zu Reichtum zu kommen.«

»Die alten Zeiten sind vorüber«, sagte Publio mit leichtem Schaudern. »Ich habe die Vergangenheit wie einen abgetragenen Umhang abgelegt.«

»Schön. Aber *mich* kannst du nicht wie einen alten Umhang ablegen. Ich will nicht viel von dir, aber was ich verlange, wirst du mir auch geben! Unser Handel früher war recht einträglich für dich. Glaubst du, ich weiß nicht, dass du dieses vornehme Haus hier meinem Schweiß und Blut verdankst? Wie viele Ladungen meiner Galeeren gingen durch deine Hände?«

»Alle Kaufleute von Messantia betrieben zur einen oder anderen Zeit Handel mit den Seeräubern«, flüsterte Publio nervös.

»Ja, aber nicht mit den schwarzen Piraten«, antwortete Conan grimmig.

»Um Mitras willen, schweig!«, stieß Publio hervor. Schweiß perlte auf seiner Stirn. Seine Finger zupften an der Goldborte seines Gewands.

»Ich wollte es dir auch nur wieder in Erinnerung bringen«, erwiderte der Cimmerier. »Sei doch nicht gleich so verängstigt! Früher bist du ganz schöne Risiken eingegangen in deinem armseligen Laden im Hafen, nur um zu überleben und zu Reichtum zu kommen. Und du warst gut Freund mit jedem Freibeuter, Schmuggler und Pirat von hier bis zu den Barachan-Inseln. Der Reichtum muss dir den Mumm geraubt haben.«

»Ich bin jetzt ein angesehener, ehrenwerter Bürger«, murmelte Publio.

»Was bedeutet, dass du verdammt reich bist«, schnaubte Conan. »Und wieso? Warum wurdest du reicher als deine Konkurrenten, und so schnell noch dazu? War es nicht vielleicht, weil du durch Elfenbein und Straußenfedern, Kupfer, Felle, Perlen und gehämmerten Goldschmuck und so mancherlei anderes von der Küste Kushs groß ins Geschäft einsteigen konntest? Und woher bekamst du all dieses Zeug so billig, für das die anderen Kaufleute sein Gewicht in Silber an die Stygier bezahlen mussten? Ich werde es dir sagen, falls du es inzwischen vergessen haben solltest: von mir! Und zwar zu einem Preis tief unter dem wirklichen Wert. Und ich bekam die Sachen von den Stämmen an der schwarzen Küste und von den Schiffen der Stygier – ich und die schwarzen Piraten.«

»Bei Mitra, bitte schweig«, bat Publio. »Ich habe es nicht vergessen. Was machst du überhaupt hier? Ich bin der Einzige in Argos, der weiß, dass der König von Aquilonien einst Conan, der Freibeuter und Seeräuber, war. Die Kunde von der Eroberung Aquiloniens und dem Tod seines Königs machte inzwischen auch hier die Runde.«

»Wenn es nach den Gerüchten ginge, hätten meine Feinde mich schon viele hundert Male getötet. Und doch sitze ich hier und trinke Wein aus Kyros.« Den Worten ließ er die Tat folgen.

Er senkte die jetzt fast leere Kanne und fuhr fort: »Es ist nur ein kleiner Gefallen, um den ich dich bitte, Publio. Du erfährst doch so ziemlich alles, was in Messantia vorgeht. Ich muss herausfinden, ob ein Zingarier namens Beloso – möglicherweise nennt er sich jetzt auch anders – in der Stadt ist. Er ist groß, hager und dunkelhäutig, wie alle seiner Rasse, und er wird vielleicht versuchen, ein sehr seltenes Juwel zu verkaufen.«

Publio schüttelte den Kopf.

»Ich habe bis jetzt noch nichts von ihm gehört. Aber du weißt ja, tausende kommen und gehen. Wenn er hier ist, werden meine Leute ihn aufspüren.«

»Gut. Beauftrage sie, nach ihm zu suchen. Inzwischen kannst du mein Pferd versorgen und mir etwas zu essen bringen lassen.«

Publio versprach es wortreich. Conan leerte die Weinkanne und warf sie achtlos in eine Ecke, ehe er an ein Fenster trat und tief die Salzluft einatmete. Er blickte hinunter auf die gewundenen Hafenstraßen und abschätzend auf die Schiffe, dann hob er den Kopf und starrte über die Bucht bis zum blauen Horizont, wo Himmel und Meer sich trafen. Doch seine Erinnerung drang noch weiter, bis zu den goldenen Gewässern des Südens, wo die Sonne so heiß wie das Blut in den Adern brannte und es keine Gesetze gab. Ein flüchtiger Geruch nach Gewürzen und Palmen drang aus dem Hafen in seine Nase, und sogleich schoben sich Bilder von fremden Küsten vor sein inneres Auge. Küsten, an denen Mangroven wuchsen und Trommeln dröhnten, wo so mancher Schiffskampf stattgefunden hatte ... In Gedanken verloren, bemerkte er kaum, wie Publio sich aus dem Gemach stahl.

Der Kaufmann hob den Saum seines Gewandes und eilte durch die Korridore zu einem bestimmten Gemach, in dem ein hoch gewachsener hagerer Mann mit einer Narbe an der Schläfe eifrig ein Pergament beschrieb. Doch es war etwas an ihm, das einem sagte, dass diese Beschäftigung nicht wirklich zu ihm passte.

»Conan ist hier!«, rief Publio ihm aufgeregt zu.

»Conan?« Der Hagere zuckte zusammen, dass ihm die Feder entglitt. »Der Pirat?«

»Ja!«

Der Hagere erblasste. »Ist er wahnsinnig? Wenn man ihn bei uns findet, ist es unser Ende! Wer einem schwarzen Korsaren Unterschlupf gewährt, wird genauso gehängt, wie der Korsar selbst! Was ist, wenn der Statthal-

ter von unseren früheren Geschäftsverbindungen zu ihm erfährt?«

»Das wird er nicht!«, versprach Publio grimmig. »Schick deine Leute auf die Märkte und in die Hafenkneipen, um nach einem gewissen Beloso, einem Zingarier, Ausschau zu halten. Conan sagte, er hat ein Juwel bei sich, das er vermutlich hier verkaufen wird. Die Juwelenhändler müssten es am ehesten wissen. Und dann noch ein Auftrag für dich: Beschaff etwa ein Dutzend zu allem entschlossene Schurken, die einen Mann verschwinden lassen können, ohne dass je ein Wort darüber über ihre Lippen kommt. Du verstehst mich?«

Der andere nickte ernst und bedächtig.

»Ich habe nicht gestohlen, betrogen, gelogen und mich aus der Gosse hochgekämpft, um mich von einem Gespenst aus der Vergangenheit vernichten zu lassen«, brummte Publio. Sein finsteres Gesicht in diesem Augenblick hätte die wohlhabenden Damen und Herren, die ihre Seide und Perlen in seinen zahlreichen Läden erstanden, sehr überrascht. Doch als er kurze Zeit später mit einem Tablett, auf dem sich Braten und Früchte häuften, zu Conan zurückkehrte, zeigte er seinem unwillkommenen Gast eine freundliche Miene.

Conan stand noch am Fenster und betrachtete die purpurnen, zinnober-, karmesin- und scharlachroten Segel der Galeonen, Karracken, Galeeren und Dromonen im Hafen.

»Wenn ich mich nicht sehr täusche, ist das dort eine stygische Galeere«, sagte er und deutete auf ein langes, schlankes schwarzes Schiff, das abseits von den anderen vor dem sandigen Strand Anker geworfen hatte. »Ist denn Frieden zwischen Stygien und Argos?«

»Der gleiche wie früher«, antwortete Publio. Mit einem Seufzer der Erleichterung setzte er das Tablett auf dem Tisch ab, denn es war schwer beladen, da er seinen Gast von früher gut kannte. »Augenblicklich stehen stygische Häfen unseren Schiffen offen, genau wie unsere den ihren. Aber ich kann nur hoffen, dass keines meiner Schiffe außer Sicht der Küste einer ihrer verfluchten Galeeren begegnet! Die Galeere dort hat sich vergangene Nacht in die Bucht gestohlen. Was sie hier sucht, weiß ich nicht. Bis jetzt hat ihr Kapitän weder etwas verkauft noch gekauft. Ich traue diesen dunkelhäutigen Teufeln nicht. Heimtücke und Hinterlist ist in ihrem Land zu Hause.«

»Ich habe ihnen ziemlich übel mitgespielt«, sagte Conan gleichmütig und wandte sich vom Fenster ab. »Mit meinen schwarzen Korsaren habe ich mich bis zu den Bastionen ihrer meerumspülten Festungen im schwarzen Khemi geschlichen und ihre dort verankerten Galeonen in Brand gesteckt. Und weil du gerade Heimtücke und Hinterlist erwähnst, alter Halunke – wie wär's, wenn du für mich den Vorkoster spielst und das ganze Zeug hier probierst, auch einen Schluck des Weines, nur um mir zu beweisen, dass du keinerlei Hintergedanken hegst.«

Ohne Zaudern tat Publio es, sodass Conans Misstrauen schwand. Heißhungrig machte er sich über die Sachen her und aß und trank für drei.

Während er sich den Bauch voll stopfte, hielten Männer auf den Märkten und in der Hafengegend Ausschau nach einem Zingarier, der ein Juwel verkaufen wollte oder ein Schiff suchte, das ihn in ferne Lande mitnahm. Und ein großer hagerer Mann mit einer Narbe an der Schläfe saß, die Ellbogen auf einen weinbefleckten Tisch gestützt, in einem schmutzigen Keller. Eine Messinglaterne hing von einem rußigen Deckenbalken und warf ihren Schein auf zehn harte Burschen, deren finstere Gesichter und zerlumpte Kleidung ihr Handwerk verrieten. Mit ihnen verhandelte der Hagere.

Und als die ersten Sterne am Himmel funkelten, ritt ein seltsamer kleiner Trupp auf der weißen Straße dahin, die von Westen her nach Messantia führte. Vier Männer waren es, hoch gewachsen, hager, in schwarze Kapuzenumhänge gekleidet. Stumm und unbarmherzig trieben sie ihre Tiere an, die so hager wie sie selbst waren, dazu schweißbefleckt und erschöpft, als hätten sie bereits einen sehr weiten Weg hinter sich.

XIV

DIE SCHWARZE HAND SETS

SCHNELL WIE EINE KATZE erwachte Conan aus tiefem Schlaf. Und schnell wie eine Katze war er auf den Füßen. Er hatte das Schwert in der Hand, ehe der Mann, der die Hand nach ihm ausgestreckt hatte, sie zurückziehen konnte.

»Was gibt es, Publio?«, fragte Conan, als er ihn erkannt hatte. Die goldene Lampe brannte nur schwach und warf ihren gedämpften Schein über die dicken Teppiche und kostbaren Decken des Diwans, auf dem er sich zuvor ausgestreckt hatte.

Publio musste sich erst von dem Schrecken erholen, den Conan ihm mit seiner Flinkheit eingejagt hatte, ehe er antwortete: »Der Zingarier wurde gefunden. Er kam gestern im Morgengrauen an. Am Abend versuchte er, einen großen, seltsamen Edelstein an einen shemitischen Kaufmann zu veräußern, aber der Shemit wollte nichts damit zu tun haben. Wie ich erfuhr, soll er ganz blass unter seinem schwarzen Bart geworden sein, als der Zingarier ihm das Juwel zeigte. Er hat daraufhin sogleich seinen Stand auf dem Markt geschlossen und ist davongelaufen, als sei der Teufel hinter ihm her.«

Das Blut pochte in Conans Schläfen. »Und wo ist der Zingarier jetzt?«

»Er schläft in Servios Herberge.«

»Ich kenne die Spelunke von früher«, brummte Conan. »Ich beeile mich lieber, ehe einer der Hafendiebe ihm des Juwels wegen die Kehle durchschneidet.«

Er griff nach seinem Umhang, warf ihn sich über und setzte den Helm auf, den Publio ihm besorgt hatte.

»Lass mein Pferd gesattelt in den Hof bringen«, bat er. »Ich muss möglicherweise in aller Eile aufbrechen, wenn ich zurückkehre. Ich werde dir nicht vergessen, was du heute Nacht für mich getan hast, Publio.«

Augenblicke später schaute Publio von einer kleinen Außentür dem Dahineilenden nach.

»Leb wohl, Korsar«, murmelte er. »Das muss ein bemerkenswertes Juwel sein, wenn es von einem gesucht wird, der gerade ein Königreich verloren hat. Ich wollte, ich hätte meinen Leuten befohlen, ihre Arbeit erst zu tun, nachdem er es sich geholt hat. Aber dann hätte zu leicht etwas schief gehen können. Möge Argos Amra vergessen, und mögen meine Geschäfte mit ihm im Staub der Vergangenheit begraben bleiben. In der Gasse hinter Servios Herberge wird Conan aufhören, eine Gefahr für mich zu sein.«

Servios Herberge war ein schmutziges, verrufenes Haus dicht an den Kais. Es war aus Stein und schweren Schiffsbalken erbaut. Seine Fassade schaute auf den Hafen, und seine Rückseite auf eine schmale Gasse. Durch diese Gasse näherte sich Conan, und er hatte das beunruhigende Gefühl, dass er beobachtet wurde. Mit scharfen Augen spähte er in die Schatten der verwahrlosten Häuser, doch er sah nichts Verdächtiges, wohl aber hörte er kurz, wie Stoff oder Leder gegen Haut scheuerte. Das war allerdings nichts Ungewöhnliches, denn Diebe und Bettler trieben sich die ganze Nacht in solchen Gassen herum, und nach einem Blick auf seine Statur und Rüstung würden sie es sich überlegen, ihn zu überfallen. Aber plötzlich öffnete sich in der Wand vor ihm eine Tür. Schnell drückte Conan sich unter einen Torbogen. Jemand trat aus der Tür in die Gasse, nicht verstohlen, sondern mit der angeborenen Lautlosigkeit einer Raubkatze. Das bisschen Sternenlicht, das in die Gasse fiel, zeigte Conan sein Profil, als er an ihm vorüberkam. Nach der Greifvogelnase, dem geschorenen Schädel und den breiten Schultern zu schließen, handelte es sich um einen Stygier. Er ging in Richtung Meer. Offenbar trug er eine Laterne unter seinem Umhang, denn Conan glaubte kurz einen Lichtschein zu sehen, ehe der Fremde verschwand.

Aber Conan interessierte sich nicht mehr für ihn, als er bemerkte, dass die Tür, aus der er gekommen war, noch offen stand. Der König hatte beabsichtigt gehabt, die Herberge durch den Haupteingang zu betreten und Servio zu veranlassen, ihn zu dem Raum zu bringen, in dem Beloso schlief. Doch wenn er ins Haus gelangen konnte, ohne jemanden auf sich aufmerksam zu machen, umso besser.

Mit wenigen Schritten war er an der Tür. Als seine Hand das Schloss berührte, atmete er unwillkürlich schneller. Seine erfahrenen Finger, die vor langer Zeit bei den Dieben Zamoras viel gelernt hatten, verrieten ihm, dass das Schloss von außen aufgebrochen war, und zwar mit so gewaltiger Kraft, dass die schweren Eisenriegel das Mauerwerk gesprengt hatten. Wie das bewerkstelligt worden war, ohne die ganze Nachbarschaft zu wecken, konnte Conan sich nicht vorstellen, aber er war sicher, dass es erst heute Nacht geschehen war, denn Servio hätte ein geborstenes Schloss in dieser Nachbarschaft bestimmt sofort ersetzt, wenn er es bemerkt hätte.

Vorsichtig, den Dolch in der Hand, trat Conan ein. Er fragte sich, wie er das Gemach des Zingariers finden sollte. Als er sich durch die Dunkelheit tastete, blieb er plötzlich stehen. Einem wilden Tier gleich spürte er den Tod in einem Raum vor sich – doch nicht als Gefahr, die ihn bedrohte. Er tastete sich weiter, bis sein Fuß gegen etwas Schweres, Nachgiebiges stieß. Eine Vorahnung quälte ihn. Er fand ein Wandbrett, auf dem eine Lampe stand. Daneben lagen Feuerstein, Stahl und Zunder. Augenblicke später hatte er die Lampe angezündet und sah sich um.

Eine einfache Lagerstatt an der rauen Steinwand, ein leerer Tisch und eine Bank waren die ganze Ausstattung der schmutzigen Kammer. Die Tür an der Innenwand war geschlossen und verriegelt. Beloso lag mit dem Rücken auf dem Lehmboden. Er hatte den Kopf eingezogen, sodass es aussah, als stiere er mit den weit aufgerissenen glasigen Augen auf die rußigen Balken der mit Spinnennetzen überzogenen Decke. Die Lippen waren zurückgezogen, im Schmerz erstarrt. Sein Schwert, das noch in der Scheide steckte, lag in seiner Nähe. Sein Hemd war aufgerissen, und auf seiner braunen, muskulösen Brust zeichnete sich der Abdruck einer schwarzen Hand ab. Der Daumen und die vier Finger waren ganz deutlich zu sehen.

Conan spürte, wie sich ihm die Härchen im Nacken aufstellten.

»Crom!«, fluchte er. »Die schwarze Hand Sets!«

Er kannte dieses Zeichen von früher. Es war das Todesmal der schwarzen Priester Sets, deren Kult das finstere Stygien beherrschte. Plötzlich entsann er sich des flüchtigen Lichtscheins, der aus dem Umhang des geheimnisvollen Stygiers geleuchtet hatte.

»Das Herz, bei Crom!«, murmelte er. »Er trug es bei sich! Er hat es gestohlen! Durch seine Magie sprengte er das Schloss und ermordete Beloso. Er war ein Setpriester!«

Eine schnelle Durchsuchung bestätigte zumindest einen Teil seiner Vermutungen. Der tote Beloso hatte das Juwel nicht mehr bei sich. Das ungute Gefühl machte sich in Conan breit, dass das Ganze kein Zufall war und dass die stygische Galeere mit einem ganz bestimmten Auftrag nach Messantia geschickt worden war. Aber woher konnten die Setpriester wissen, dass das Herz in den Süden gelangt war? Dass sie es gewusst hatten, war allerdings nicht phantastischer als die Tatsache, dass ihre Zauberkünste einen erfahrenen Krieger allein durch das Auflegen einer leeren Hand zu töten vermochten.

Schleichende Schritte auf dem Korridor ließen ihn herumwirbeln. Mit einer Bewegung löschte er die Lampe und zog sein Schwert. Seine Ohren verrieten ihm, dass mehrere Personen sich der Tür näherten. Als seine Augen sich an die plötzliche Dunkelheit gewöhnt hatten, sah er einige Männer an der offenen Tür. Er hatte natürlich keine Ahnung, wer sie waren, aber wie immer handelte er sofort, ohne auf ihren Angriff zu warten – und sprang mitten zwischen sie.

Das verwirrte sie. Mehr als er sie sah, spürte und hörte er sie, und flüchtig fiel der Sternenschein auf einen Maskierten. Er drosch sich mit dem Schwert einen Weg frei, und schon rannte er die Gasse entlang, ehe die weit langsamer denkenden und handelnden Burschen ihn aufzuhalten vermochten.

Im Laufen hörte er vor sich das gedämpfte Knarren von Rudern. Das ließ ihn die Männer hinter sich vergessen. Ein Boot ruderte hinaus in die Bucht. Er biss die Zähne zusammen und lief noch schneller, doch ehe er das Ufer erreichte, vernahm er das Scheuern von Tauen und das Knirschen eines Steuerruders in seiner Verankerung.

Dichte Wolken, die der Wind vom Meer her trieb, verbargen die Sterne. In fast völliger Dunkelheit kam Conan an den Strand. Er strengte die scharfen Augen an und sah, dass sich auf den leichten Wellen etwas bewegte: etwas Langes, Schwarzes, das sich in die Schwärze der Nacht zurückzog und zusehends schneller wurde. Das rhythmische Klatschen von langen Rudern drang an sein Ohr. In hilfloser Wut knirschte er mit den Zähnen. Es war die stygische Galeere, die Fahrt aufgenommen hatte – und mit sich nahm sie das Juwel, das ihm den Thron von Aquilonien zurückbringen sollte.

Mit einem wilden Fluch machte er einen Schritt auf die Wellen zu, die gegen den Strand spülten. Er griff nach seinem Helm, in der Absicht, ihn abzunehmen und dem verschwindenden Schiff nachzuschwimmen. Da ließen Schritte ihn herumwirbeln. Er hatte seine Verfolger vergessen gehabt.

Dunkle Gestalten stürmten über den knirschenden Sand auf ihn zu. Der Erste ging unter des Cimmeriers Schwert zu Boden, aber die anderen hielten nicht ein. Klingen zischten in der Dunkelheit dicht an ihm vorbei oder kratzten über seine Kettenrüstung. Blut spritzte über seine Hand, und jemand schrie auf, als er sein Schwert hochschwang. Eine murmelnde Stimme spornte die Mordbuben an, und diese Stimme kam Conan bekannt vor. Durch die blitzenden Klingen kämpfte er sich zu ihr vor. Als die Sterne kurz durch einen Riss in der Wolkendecke schienen, sah er einen hoch gewachsenen hageren Mann mit einer auffallenden Narbe an der Schläfe. Conans Schwert spaltete ihm den Schädel.

Doch dann schmetterte eine in der Dunkelheit blindlings geschwungene Streitaxt auf des Königs Helm herab, dass Funken vor seinen Augen sprühten. Er taumelte, stieß zu, spürte, wie seine Klinge tief eindrang, und hörte einen schrillen Schrei. Dann stolperte er über eine Leiche, und eine Keule schlug ihm den eingedrückten Helm vom Kopf. Im nächsten Moment sauste die Keule auf seinen ungeschützten Schädel herab.

Der König von Aquilonien brach auf dem nassen Sand zusammen. Wölfische Gestalten beugten sich in der Finsternis keuchend über ihn.

»Schlagt ihm den Kopf ab«, brummte eine Stimme.

»Er ist tot«, knurrte eine andere. »Sein Schädel ist gespalten. Helft mir lieber, meine Wunden zu verbinden, ehe ich verblute. Die Wellen werden ihn in die Bucht hinausschwemmen.«

»Wir ziehen ihn aus«, schlug eine andere vor. »Ein paar Silberstücke wird seine Rüstung schon noch einbringen. He, wir müssen uns beeilen. Tiberio ist tot, und ich höre Seeleute grölen; sie kommen in diese Richtung.«

Geschäftige Geräusche waren in der Dunkelheit zu vernehmen, und dann sich entfernende Schritte. Das Johlen der betrunkenen Seeleute wurde lauter.

Publio wanderte nervös in seinem Gemach vor einem Fenster auf und ab, das auf die dunkle Bucht hinausschaute. Plötzlich wirbelte er herum. Er war sicher, dass er die Tür von innen verriegelt hatte, doch jetzt stand sie offen, und vier Männer drangen ein. Bei ihrem Anblick rann es ihm kalt über den Rücken. In seinem Leben hatte Publio schon viele sonderbare Wesen gesehen, doch noch nie solche wie diese. Sie waren groß und hager, schwarz gewandet, und ihre Gesichter waren fahlgelbe Ovale im Schatten ihrer Kapuzen. Von ihren Zügen konnte er kaum etwas erkennen, und darüber war er sogar froh. Jeder trug einen langen, seltsam gefleckten Stock.

»Wer seid ihr?«, fragte er mit brüchiger Stimme. »Was wollt ihr hier?«

»Wo ist Conan, der König von Aquilonien war?«, fragte der größte der vier mit merkwürdig tonloser Stimme, die Publio erschaudern ließ. Sie erinnerte ihn an den hohlen Klang einer khitaischen Tempelglocke.

»Ich – ich weiß nicht, was Ihr meint«, stammelte der Kaufmann, dem diese unheimlichen Besucher die Haltung raubten. »Ich kenne niemanden dieses Namens.«

»Er war hier«, entgegnete der andere, so tonlos wie zuvor. »Sein Pferd steht im Hof. Sagt uns freiwillig, wo er ist, ehe wir uns die Antwort erzwingen müssen.«

»Gebal!«, brüllte Publio verzweifelt und wich bis zur Wand zurück. »*Gebal!*«

Die vier Khitaner beobachteten ihn ausdruckslos. »Wenn Euer Sklave diesen Raum betritt, wird er sterben«, warnte einer der vier. Aber das erhöhte Publios Panik noch mehr.

»Gebal!«, schrillte er. »Verdammt, wo bist du? Einbrecher wollen deinen Herrn umbringen!«

Eilige Schritte erklangen auf dem Korridor, und schon stürmte Gebal ins Gemach. Er war ein Shemit mittlerer Größe und ungemein muskulös. Die Haare seines krausen blauschwarzen Bartes schienen sich aufzustellen, als er, mit einem kurzen blattförmigen Säbel in der Hand, auf die vier Eindringlinge starrte.

Er verstand nicht, wie sie hier hereingekommen waren, bis ihm siedend heiß bewusst wurde, dass er auf seinem Posten, am Fußende der Treppe, unerklärlicherweise eingenickt war. Nie zuvor war er auf Wache eingeschlafen. Sein Gebieter kreischte hysterisch, und so stürzte der Shemit sich wie ein Stier auf die Fremden und holte zum tödlichen Hieb aus. Aber der Säbel sauste nicht mehr herab.

Eine Hand im weiten schwarzen Ärmel streckte den langen Stock aus. Seine Spitze berührte des Shemiten mächtige Brust nur flüchtig und wurde wieder zurückgezogen. Das Ganze erinnerte auf entsetzliche Weise an das Vor- und Zurückschnellen einer Schlange.

Mitten im Ansturm hielt Gebal inne, als wäre er gegen eine massive Barriere geprallt. Sein Stierschädel kippte auf die Brust, der Säbel entglitt seinen Fingern, und dann sank er in sich zusammen. Es war, als wären alle seine Knochen zu flüssigem Wachs geworden. Publio wurde so übel, dass er sich abwenden musste.

»Unterlasst lieber, noch einmal um Hilfe zu rufen«, riet ihm der größte Khitan. »Eure Diener schlafen fest, und wenn Ihr sie weckt, werden sie sterben – und Ihr mit ihnen. Wo ist Conan?«

»Er ist zu Servios Herberge am Hafen gegangen, um den Zingarier Beloso zu suchen«, krächzte Publio, den alle Widerstandskraft verlassen hatte. Dem Kaufmann fehlte es durchaus nicht an Mut, doch diese unheimli-

chen Besucher jagten ihm eine lähmende Angst ein, wie er sie noch nie zuvor empfunden hatte. Er zuckte heftig zusammen, als Schritte die Treppe hochkamen, die in der unheilvollen Stille doppelt laut wirkten.
»Euer Diener?«, fragte ein Khitan.
Publio schüttelte stumm den Kopf. Seine Zunge schien am Gaumen zu kleben, er brachte kein Wort hervor.
Ein Khitan warf die Seidendecke eines Diwans über den Toten, dann verbargen die vier sich hinter einem Türbehang. Zuvor befahl der größte noch: »Sprecht mit dem Besucher und schickt ihn schnell wieder fort. Wenn Ihr versucht, uns zu verraten, wird weder er noch Ihr die Tür lebend erreichen. Bedeutet ihm auf keine Weise, dass Ihr nicht allein seid.« Warnend hob er seinen Stock, dann verschwand auch er hinter dem Vorhang.
Publio erschauderte und kämpfte gegen das Gefühl an, sich übergeben zu müssen. Vielleicht hatten seine Augen ihn in dem trügerischen Licht nur getäuscht, aber ihm war, als hätten diese ungewöhnlichen Stöcke sich ein paar Mal von selbst bewegt, wie von eigenem Leben erfüllt.
Mit aller Willenskraft riss er sich zusammen und schien völlig gleichmütig zu sein, als ein zerlumpter Gauner ins Gemach stürmte.
»Wir haben Euren Auftrag ausgeführt, mein Lord«, erklärte der Bursche. »Der Barbar liegt tot am Strand.«
Der Türvorhang hinter ihm raschelte ganz leicht. Vor Schrecken hätte Publio fast der Schlag getroffen. Aber der Bursche bemerkte nichts. Er fuhr fort: »Euer Sekretär, Tiberio, ist tot. Der Barbar tötete ihn und vier meiner Kameraden. Wir schleppten ihre Leichen zum Treffpunkt. Außer ein paar Silbermünzen hatte der Barbar

nichts von Wert bei sich. Habt Ihr noch weitere Befehle?«

»Nein!«, krächzte Publio mit weißem Gesicht. »Geh!«

Der Gesetzlose verbeugte sich und verließ das Gemach mit der Überzeugung, dass Publio nicht nur wortkarg war, sondern auch schwache Nerven hatte.

Die vier Khitaner kamen aus ihrem Versteck hervor.

»Von wem sprach dieser Mann?«, fragte der größte.

»Von einem Vagabunden, der mich beleidigte«, keuchte Publio.

»Ihr lügt«, sagte der Khitan ruhig. »Er meinte den König von Aquilonien. Ich lese es in Eurem Gesicht. Setzt Euch auf den Diwan und rührt Euch nicht. Ich bleibe bei Euch, während meine Brüder die Leiche suchen.«

Also setzte Publio sich. Er zitterte am ganzen Körper aus Angst vor dem unheimlichen Fremden, der kein Auge von ihm ließ, bis seine drei Begleiter zurückkehrten und berichteten, dass Conans Leiche nicht am Strand lag. Publio wusste nicht, ob er das bedauern oder sich darüber freuen sollte.

»Wir fanden die Stelle, an der der Kampf stattgefunden hatte«, sagte einer. »Der Sand war blutgetränkt, aber der König war verschwunden.«

Der vierte Khitan zog mit seinem im Lampenlicht schuppig schimmernden Stock Zeichen auf den Boden.

»Habt ihr aus dem Sand nichts gelesen?«, erkundigte er sich.

»Doch«, antwortete einer. »Der König lebt und ist mit einem Schiff südwärts gereist.«

Der größte Khitan hob den Kopf und schaute Publio an, dem bei diesem Blick der Schweiß ausbrach.

»Was wollt Ihr von mir?«, krächzte er.

»Ein Schiff«, antwortete der Khitan. »Ein gut bemanntes Schiff, das für eine lange Reise ausgerüstet ist.«

»Für wie … wie lange?«, stammelte Publio. Er hatte nicht die Absicht, es ihnen zu verweigern.

»Für eine Reise bis zum Ende der Welt, vielleicht«, erwiderte der Khitan. »Oder zu den geschmolzenen Meeren der Hölle, die jenseits des Sonnenaufgangs liegen.«

XV

Die Rückkehr des Korsaren

ALS CONAN WIEDER ZU SICH KAM, fiel ihm als Erstes auf, dass der Boden unter ihm sich bewegte – es war ein stetiges, leichtes Schaukeln. Dann hörte er den Wind durch Leinen und Spieren pfeifen. So wusste er, dass er sich an Bord eines Schiffes befand, ehe der dichte Schleier vor seinen Augen schwand. Ein Stimmengemurmel war um ihn, dann ergoss ein Wasserschwall sich über ihn, der ihn voll zu sich brachte. Mit einem wütenden Fluch kam er hoch, stemmte die Beine aufs Deck und schaute sich um. Brüllendes Gelächter begrüßte ihn, und der Gestank ungewaschener Leiber stieg ihm in die Nase.

Er stand auf dem Achterdeck einer langen Galeere, die vom Nordwind gepeitscht durch die Wellen schnitt. Das pralle, gestreifte Segel wehrte sich gegen die straffen Leinen. Die Sonne ging in blendendem Gold am blaugrünen Horizont auf. Die Küste zur Linken lag in purpurne Schatten getaucht. Rechts streckte das weite Meer sich aus. So viel sah Conan mit einem Blick, der auch das Schiff selbst einbezog.

Es war lang und schlank, ein typisches Handelsschiff der Südküste, mit hohem Heck und Bug und Kabinen an beiden Enden. Conan blickte hinunter aufs offene Mitteldeck, aus dem der üble Geruch stieg. Er kannte ihn von früher. Es war der Körpergeruch der Ruderer, die an ihre Bänke gekettet waren. Alle waren Schwarze, wie er sah, vierzig an jeder Seite. Jeder war durch eine Kette um die Taille mit einem schweren Ring verbunden, der tief in dem massiven Laufsteg zwischen den Bankreihen verankert war. Das Leben eines Sklaven an Bord einer argossanischen Galeere war die Hölle auf Erden. Die meisten schienen Kushiten zu sein, doch etwa dreißig der Schwarzen, die sich gegenwärtig an ihren Rudern ausruhten und mit stumpfer Neugier zu dem Fremden heraufblickten, stammten sicher von den weit im Süden liegenden Inseln, der Heimat der Korsaren. Conan erkannte sie an ihren feineren Zügen, dem nicht so krausen Haar und dem schlankeren und doch kräftigen Wuchs. Und unter ihnen bemerkte er Männer, die ihm früher gefolgt waren.

All das sah und erkannte er in einem schnellen, allumfassenden Blick, während er sich erhob; dann wandte er seine Aufmerksamkeit den Männern um sich zu. Flüchtig taumelte er auf den gespreizten Beinen. Er ballte die Fäuste und starrte die Männer grimmig an. Der Bursche, der ihm das Wasser über den Kopf geschüttet hatte, hielt den leeren Kübel in der Hand und grinste über das ganze Gesicht. Conan verfluchte ihn wild und tastete instinktiv nach dem Schwertgriff. Da bemerkte er erst, dass er waffenlos und nackt war, bis auf sein schenkellanges Lederbeinkleid.

»Was ist das für ein verdammter Eimer?«, brüllte er. »Wie bin ich an Bord gekommen?«

Die Seeleute brüllten vor Lachen. Untersetzte, bärtige Argossaner waren sie ohne Ausnahme. Einer, dessen vornehmere Kleidung und befehlsgewohnte Haltung ihn als Kapitän auswies, antwortete mit scharfer Stimme. »Wir haben dich am Strand gefunden. Jemand hat dir einen Schlag auf den Schädel verpasst und offenbar deine Kleidung mitgenommen. Da wir noch einen Mann brauchten, nahmen wir dich an Bord.«

»Was ist das für ein Schiff?«, fragte Conan.

»Die *Abenteurer* aus Messantia, mit einer Ladung Spiegel, Helme und Schwerter, für die wir bei den Shemiten Kupfer und Golderz einhandeln wollen. Ich bin Demetrio, Kapitän dieses Schiffes und von jetzt an dein Herr.«

»Dann bin ich wenigstens auf dem richtigen Weg«, murmelte Conan, ohne auf die letzten Worte des Kapitäns einzugehen. Sie rasten mit Südostkurs dahin und folgten der langen Biegung der argossanischen Küste. Diese Kauffahrer entfernten sich nie allzu weit von der Küste. Irgendwo vor ihnen, das wusste er, eilte die schlanke schwarze Galeere der Stygier südwärts.

»Habt ihr eine stygische Galeere gesichtet ...«, begann Conan, aber der untersetzte Kapitän mit dem brutalen Gesicht hatte nicht vor, seinem Gefangenen weitere Fragen zu beantworten, und war der Meinung, dass es höchste Zeit war, diesen so selbstsicheren Kerl in die Schranken zu weisen.

»Marsch, ans Vorderdeck!«, brüllte er ihn an. »Ich hab schon viel zu viel Zeit mit dir vergeudet! Ich hab dir die Ehre erwiesen, dich auf dem Achterkastell ausschlafen zu lassen, und Fragen hab ich dir jetzt genug beantwortet. Verschwinde vom Achterdeck! Du wirst dich auf dieser Galeere erst hocharbeiten ...«

»Ich kaufe Euch Euer Schiff ab ...« Conan unterbrach sich, als ihm einfiel, dass er ja im Augenblick ein mittelloser Wanderer war.

Tobendes Gelächter folgte seinen Worten. Der Kapitän lief rot an, weil er sich verspottet fühlte.

»Du Schwein von einem Meuterer!«, donnerte er. Er tat einen drohenden Schritt auf Conan zu, und seine Hand schloss sich um den Dolchgriff an seiner Seite. »Marsch, aufs Vorderdeck mit dir, ehe ich dich auspeitschen lasse. Wenn du den nötigen Respekt vermissen lässt, werde ich dich zwischen den Schwarzen an die Ruder ketten!«

Conan, dessen hitziges Wesen schon oft mit ihm durchgegangen war, brauste auf. Seit Jahren – nicht einmal vor seiner Zeit als König – hatte niemand mehr so zu ihm gesprochen und es überlebt.

»Brüll mich nicht so an, Hund!«, grollte er mit Donnerstimme. Die Seeleute rissen Augen und Münder auf. »Wenn du dein Spielzeug ziehst, verfüttere ich dich an die Fische!«

»Was glaubst du, wer du bist?«, krächzte der Kapitän verblüfft.

»Das werd ich dir zeigen!«, brüllte der erboste Cimmerier. Er wirbelte herum und war mit einem Satz an der Reling, an der Waffen in ihren Halterungen hingen. Der Kapitän zog sein Messer und rannte brüllend auf ihn zu, doch ehe er zustoßen konnte, hatte Conan sein Handgelenk mit einer Heftigkeit umgedreht, dass der Arm aus dem Schultergelenk sprang. Der Kapitän brüllte wie ein verendender Ochse und rollte über das Deck, nachdem sein Angreifer ihn verächtlich von sich geschleudert hatte. Conan riss eine schwere Axt aus der Halterung und wirbelte flink wie eine Katze herum, den herbeistürmenden Seeleuten entgegen. Heulend wie Wölfe, aber plump und schwerfällig im Vergleich zu dem panterhaften Cimmerier, kamen sie heran. Ehe ihre Klingen ihn erreichen konnten, sprang er mitten zwischen sie und hieb wie ein Wirbelsturm nach links und rechts, sodass das Auge dem Beil nicht folgen konnte. Blut spritzte, und zwei Seeleute fielen tot aufs Deck.

Dolche schlugen wild durch die Luft, als Conan durch die verwirrte, keuchende Meute brach und zum schmalen Steg sprang, der vom Heck- zum Vorderkastell, gerade außer Reichweite der Sklaven, über das Mitteldeck führte. Die Hand voll Seeleute auf dem Achterdeck rannte ihm – durch seine Wildheit und den Tod ihrer Kameraden eingeschüchtert – zögernd nach, während der Rest der Besatzung, etwa dreißig Mann, waffenschwingend über den Steg auf ihn zustürmte.

Mit einem Satz stand Conan auf dem Steg über den zu ihm erhobenen schwarzen Gesichtern, während seine schwarze Mähne im Wind flatterte.

»Wer bin ich?«, donnerte er. »Seht her, Hunde! Seht her, Ajonga, Yasunga, Laranga! *Wer bin ich?*«

Da erschallte ein Schrei aus der Kuhl, der zum brandenden Donner wurde: »Amra! Es ist Amra! Der Löwe ist zurückgekehrt!«

Die Seeleute erbleichten und wichen zurück. In plötzlicher Furcht starrten sie auf den Riesen. War dieser Wilde wahrhaftig der blutrünstige Seeräuber der südlichen Gewässer, der vor Jahren auf mysteriöse Weise verschwunden war, der jedoch immer noch in Furcht erregenden Geschichten weiterlebte? Die Schwarzen waren jetzt wie besessen. Sie zerrten an ihren Ketten und riefen den Namen Amra wie ein Gebet. Kushiten, die Conan noch nie zuvor gesehen hatten, stimmten in den Ruf ihrer Leidensgenossen ein, und die Sklaven im Pferch unter der Achterkabine hämmerten auf die Wände ein und heulten wie Teufel.

Demetrio, bleich vor Schmerzen, stützte sich mühsam auf die Knie und den intakten Arm und kreischte: »Auf ihn, Hunde, ehe die Sklaven freikommen!«

Angefeuert durch diese für alle Galeerenbesatzungen schlimmste Vorstellung, rannten die Männer von beiden Enden über den Steg. Mit einem Satz sprang Conan wie ein Tiger hinunter auf den Laufsteg zwischen den Ruderbankreihen.

»Tod den Schindern!«, donnerte er, während seine Axt auf eine Kette hinabsauste und sie wie Reisig spaltete. Der erste Sklave war frei. Mit einem Schlag zertrümmerte er sein Ruder und benutzte es als tödliche Keule. Die Seeleute rasten über den Steg, und auf der *Abenteurer* brach die Hölle aus. Pausenlos schmetterte Conans Axt, und mit jedem Hieb war ein weiterer von Hass und Rachsucht besessener Schwarzer frei.

Seeleute, die in die Kuhl hinuntersprangen, um den nackten weißen Riesen daran zu hindern, weitere Ketten aufzubrechen, wurden von noch unbefreiten Schwarzen niedergerissen, während die Befreiten, ihre durchtrennten Ketten schwingend, wie eine finstere Flut aus der Kuhl aufs Deck quollen. Brüllend schlugen sie mit geborstenen Rudern und ihren Kettenenden um sich, rissen und kratzten mit Zähnen und Fingern. Und dann hatten auch die Sklaven im Pferch die Wände niedergerissen und stürmten hinauf auf die Decks. Fünfzig Schwarze hatte Conan von den Ruderbänken befreit, als er zum Deck hinaufsprang, um mit seiner schartigen Axt die Ruderstümpfe der Schwarzen zu unterstützen.

Von da ab wurde der Kampf zum Gemetzel. Die Argossaner waren starke, kräftige Männer, furchtlos wie alle ihrer Rasse und in der rauen Schule der See ausgebildet. Aber gegen die besessenen Riesen und den tigerhaften Barbaren, der sie anführte, kamen sie nicht an. Alle erlittenen körperlichen und seelischen Misshandlungen brachen sich in einer blutigen Welle Bahn, die von einem Ende des Schiffes zum anderen brandete, und als sie sich ausgetobt hatte, lebte nur noch ein einziger Weißer an Bord der *Abenteurer*, und das war der blutbesudelte Riese, dem die Schwarzen sich zu Füßen warfen und ihn in einem wahren Taumel der Heldenverehrung anbeteten.

Conan, dessen gewaltige, schweißglitzernde Brust sich heftig hob und senkte und der die blutige Axt in der Hand hielt, blickte um sich, wie es vielleicht der erste Häuptling eines Stammes in der Urzeit getan haben mochte, und warf seine schwarze Mähne zurück. In diesem Augenblick war er nicht der König von Aquilonien, sondern wieder Lord der schwarzen Korsaren, der sich durch Blut und Flammen hochgearbeitet hatte.

»Amra! Amra!«, jubelten die Schwarzen. »Der Löwe ist zurückgekehrt! Jetzt werden die Stygier wieder wie Hyänen in der Nacht heulen! Und die schwarzen Hunde von Kush werden winseln. Dörfer werden in Flammen aufgehen und Schiffe versinken! *Aiii!* Frauen werden wimmern und Speere donnern!«

»Genug, ihr Hunde!« Conans Stimme übertönte das Klatschen des Segels im Wind. »Zehn gehen jetzt in die Kuhl hinunter und befreien die Ruderer, die noch angekettet sind. Der Rest bemannt Ruder und Steuer und kümmert sich um die Takelage. Bei Crom, seht ihr denn nicht, dass wir seit dem Kampf auf die Küste zutreiben? Wollt Ihr vielleicht auf Grund laufen und wieder in die Hände der Argossaner geraten? Werft die Kadaver über Bord. Beeilt euch, ihr Halunken, oder ich gerbe euch das Fell!«

Begeistert brüllend, lachend und wilde Lieder grölend, machten sie sich daran, seine Befehle auszuführen. Die Leichen der Weißen wie auch die der Schwarzen wurden ins Wasser geworfen, durch das bereits Dreiecksflossen schnitten.

Conan stand auf dem Achterdeck und schaute hinunter auf die Schwarzen, die erwartungsvoll hochblickten. Er hatte die sonnengebräunten Arme auf der Brust überkreuzt, und das während seines Aufbruchs von Tarantia lang gewachsene Haar flatterte im Wind. Eine wildere, barbarischere Gestalt hatte wohl noch nie ein Schiff befehligt, und gewiss hätten nur wenige seiner Höflinge in diesem Furcht erregenden Seeräuber ihren König erkannt.

»Im Laderaum ist Proviant!«, brüllte er. »Und mehr als genug Waffen für euch, denn dieses Schiff sollte Klingen und Rüstungen zu den Shemiten entlang der Küste bringen. Wir sind ausreichend Männer, um das Schiff zu bemannen und es auch zu verteidigen! In Ketten habt ihr für die argossanischen Hunde gerudert, seid ihr bereit, es als freie Männer für Amra zu tun?«

»Ja! Ja!«, brüllten sie. »Wir sind deine Kinder! Wir folgen dir überallhin!«

»Dann macht euch daran und mistet die Kuhl aus. Freie Männer arbeiten nicht in solchem Schmutz. Drei kommen mit mir zur Heckkajüte und verteilen das Essen. Bei Crom, wenn diese Fahrt vorbei ist, wird man eure Rippen nicht mehr zählen können!«

Ein weiterer Begeisterungssturm brach aus, als die halb verhungerten Schwarzen sich daranmachten, seinem Befehl Folge zu leisten. Das Segel blähte sich, als der Wind mit neuer Kraft über die Wellen strich, und die weißen Schaumkronen hüpften. Conan spreizte die Beine auf dem schlingernden Deck, breitete die Arme aus und atmete tief und genussvoll ein. Vielleicht war er nicht mehr König von Aquilonien, doch König des blauen Meeres war er immer noch.

XVI

KHEMI MIT DER SCHWARZEN MAUER

Die *Abenteurer* flog, nun, da freie, willige Hände ihre Ruder zogen, nur so dem Süden entgegen. Aus einem friedlichen Kauffahrer war ein Kriegsschiff geworden, soweit diese Umwandlung möglich war. Nicht mehr mit nackten Oberkörpern saßen die Ruderer jetzt auf ihren Bänken, sondern in Rüstungen, mit Helmen auf den Köpfen und Schwertern an den Seiten. Schilde hingen entlang der Reling, und Bündel von Speeren, Bogen und Pfeilen schmückten den Mast. Selbst die Elemente schienen für Conan zu arbeiten. Tag um Tag füllte eine steife Brise das purpurne Segel, sodass die Ruderer sich kaum anzustrengen brauchten.

Doch obgleich Conan ständig einen Ausguck im Mastkorb postiert hatte, sichteten sie keine lange schwarze Galeere, die irgendwo südwärts von ihnen dahinbrausen musste. Tag für Tag breitete das

Meer sich glatt vor ihren Augen aus, nur hin und wieder ergriff ein Fischkutter beim Anblick der Schilde an der Reling wie ein verstörter Vogel die Flucht vor ihnen. Die Zeit für den Handel war in diesem Jahr fast vorüber, und so begegneten sie auch keinen Kauffahrern. Schließlich sichtete der Ausguck doch endlich ein Segel – aber im Norden, nicht im Süden. Fern am Horizont tauchte eine für schnelle Fahrt gebaute Galeere mit prallem purpurnem Segel auf. Die Schwarzen bedrängten Conan, zu wenden und sie zu plündern, aber er schüttelte den Kopf. Irgendwo vor ihnen eilte eine schwarze Galeere den Häfen Stygiens entgegen. In dieser Nacht, ehe die Dunkelheit sie verbarg, sah der Ausguck die schnelle Galeere immer noch am Horizont, und am frühen Morgen hatte sie sich ihnen kaum genähert, obgleich sie zweifellos in der Lage gewesen wäre, schneller zu segeln als ihr Schiff. Conan fragte sich, ob sie vielleicht gar ihm folgte, konnte sich aber keinen Grund dafür vorstellen. Doch er hing diesem Gedanken nicht weiter nach. Jeder Tag, der ihn weiter südwärts trug, erfüllte ihn mit heftigerer Ungeduld. Nie quälte ihn der geringste Zweifel. Wie er daran glaubte, dass die Sonne am Morgen auf- und am Abend unterging, glaubte er auch, dass ein Setpriester das Herz Ahrimans gestohlen hatte. Und wohin, wenn nicht nach Stygien, würde ein Setpriester es bringen? Die Schwarzen spürten seine Ungeduld und strengten sich an, wie sie es unter der Peitsche nie getan hatten, obgleich sie sein Ziel nicht kannten. Sie erwarteten ein an Raubzügen und Plünderungen reiches Leben und waren zufrieden. Die Männer von den Inseln im Süden kannten kein anderes Handwerk, und die Kushiten unter der Mannschaft dachten sich in ihrer Abgestumpftheit nichts dabei, ihre eigene Küste zu brandschatzen. Blutsbande bedeuteten ihnen wenig, ein siegreicher Kapitän oder Häuptling und persönlicher Gewinn dafür umso mehr.

Bald veränderte sich das Bild der Küste. Sie kamen jetzt nicht mehr an steilen Klippen vorbei, hinter denen sich ein felsiges Bergland erstreckte. Nun säumte die Küste der Rand eines ausgedehnten Graslands, das kaum höher als die Meeresoberfläche lag und sich bis zum dunstigen Horizont erstreckte. Hier gab es nur wenige Häfen, dafür war die grüne Ebene mit shemitischen Städten gesprenkelt, deren Zikkurats weiß in der Sonne schimmerten.

Viehherden grasten im Weideland, beschützt von gedrungenen, breitschultrigen Reitern mit blauschwarzen Krausbärten, röhrenförmigen Helmen und Bogen. Dies war die Küste der shemitischen Lande, in denen es keine allgemeingültigen Gesetze gab, nur die, die ein jeder Stadtstaat durchsetzen konnte. Fern im Osten, das wusste Conan, machte das saftige Grasland dürrer Wüste Platz, in der es keine Städte gab und wo Nomadenstämme ungehindert umherstreiften.

Als sie weiter südwärts kamen und das Grasland mit seinen vielen Städten zurückblieb, wechselte das Bild erneut. Gruppen von Tamarinden wuchsen dicht an der Küste, und Palmenhaine wurden immer häufiger und dichter. Die Küstenlinie wurde unregelmäßig und zu einem lebenden Wall aus grünem Laubwerk, hinter dem sich kahle Sandhügel erhoben. Bäche und Flüsse mündeten ins Meer. Ihre Ufer waren mit den verschiedensten Pflanzenarten dicht bewachsen.

Schließlich kamen sie an der Mündung eines breiten Stromes vorbei und sahen die mächtige schwarze Mauer und die Türme Khemis, die sich gegen den südlichen Horizont abhoben.

Der Strom war der Styx, die wahre Grenze Stygiens. Khemi war Stygiens größter Hafen und gleichzeitig seine wichtigste Stadt. Der König hatte seine Residenz in Luxur, in Khemi herrschten die Priester. Allerdings raunte man, dass das Zentrum ihrer finsteren Religion viel weiter im Landesinneren lag, in einer geheimnisvollen, verlassenen Stadt nahe des Styxufers. Dieser Strom, dessen Quelle in den unbekannten Landen südlich von Stygien entsprang, floss tausend Meilen nordwärts, ehe er nach Westen abbog, um sich nach mehreren hundert Meilen ins Meer zu ergießen.

Die *Abenteurer* stahl sich des Nachts unbeleuchtet an der Landspitze vorbei und lag, ehe der Morgen anbrach, in einer kleinen Bucht vor Anker, nur wenige Meilen südlich der Stadt. Sumpfgebiet umgab sie, eine grüne Wildnis von Mangroven, Palmen und Lianen, in der es vor Krokodilen und Schlangen wimmelte. Dass man sie hier entdeckte, war sehr unwahrscheinlich. Conan kannte diese Bucht von früher. In seiner Piratenzeit hatte er sich hier mehrmals versteckt.

Als sie fast lautlos an der Stadt vorbeiglitten, deren gewaltige schwarze Mauer sich auf den Landzungen erhob, die den Hafen wie eine Zange einschloss, sahen sie das Flackern von Fackeln und hörten das dumpfe Dröhnen von Trommeln. Viel weniger Schiffe als beispielsweise in den argossanischen Häfen lagen hier vor Anker. Der Stygier Macht und Reichtum beruhte nicht auf Schiffen und Handelsflotten. Natürlich hatten sie Kauffahrer und Kriegsgaleeren, doch von geringer Zahl, im Verhältnis zu ihrer Landmasse, und von diesen dienten mehr der Flussschifffahrt.

Die Stygier waren eine alte Rasse: dunkelhäutige, unergründliche Menschen, mächtig und erbarmungslos. Vor langer Zeit hatte ihre Herrschaft sich bis weit nördlich des Styx erstreckt, über das Weideland Shems hinweg in das fruchtbare Hochland, in dem jetzt Kothier, Ophiten und Argossaner lebten. Ihre Grenzen hatten an die des alten Acheron angeschlossen. Doch Acheron war gefallen, und die barbarischen Vorfahren der Hyborier waren in Wolfsfellen und gehörnten Helmen südwärts gezogen und hatten die ehemaligen Herrscher des Landes vor sich hergetrieben. Das hatten die Stygier nicht vergessen.

Den ganzen Tag lag die *Abenteurer* vor Anker in der kleinen Bucht. Bunt gefiederte Vögel flatterten kreischend durch die Mauer grüner Zweige und verschlungener Ranken ringsum, und Reptile mit schimmernden Schuppen glitten lautlos dahin. Gegen Sonnenuntergang stahl sich ein kleines Boot aus der Bucht und fand an der Küste, wonach Conan es ausgeschickt hatte: einen stygischen Fischer in seinem flachen Kahn.

Sie brachten ihn an Bord der *Abenteurer*. Ein hoch gewachsener, dunkelhäutiger, schlanker Mann war er, totenbleich aus Angst vor den Schwarzen, die an der Küste berüchtigt und gefürchtet waren. Er war nackt, von seinem Lendentuch aus Seide abgesehen – wie bei den Hyrkaniern trugen auch das einfache Volk und die Sklaven Stygiens Seide –, doch in seinem Kahn lag ein weiter Umhang, wie alle Fischer ihn gegen die nächtliche Kälte bei sich hatten. Angsterfüllt warf er sich vor Conan auf die Knie.

»Steh auf, Mann, und beruhige dich«, fuhr der Cimmerier ihn an, der solch unterwürfige Furcht nicht verstehen konnte. »Niemand tut dir was. Ich will nur eines von dir wissen: Ist in den letzten Tagen eine schwarze, schnittige Galeere, die von Argos zurückkam, in den Hafen von Khemi eingelaufen?«

»Ja, mein Lord«, antwortete der Fischer. »Erst gestern im Morgengrauen kehrte der Priester Thutothmes von einer Reise in den Norden zurück. Man sagt, er sei in Messantia gewesen.«

»Was brachte er von Messantia mit?«

»Das, mein Lord, weiß ich nicht.«

»Weshalb fuhr er nach Messantia?«, fragte Conan weiter.

»Mein Lord, ich bin nur ein einfacher Mann. Wie sollte ich wissen, was in den Köpfen der Setpriester vorgeht? Ich kann nur sagen, was ich gesehen habe und was man am Hafen raunt. Man munkelt von wichtiger Kunde, doch Genaues weiß keiner von uns einfachen Leuten. Man weiß nur, dass Lord Thutothmes in aller Eile mit seiner schwarzen Galeere aufbrach. Jetzt ist er wieder hier, und niemand ahnt auch nur, was er in Argos getan hat oder welche Ladung er mitgebracht hat, nicht einmal die Besatzung seiner Galeere. Man erzählt sich, dass er sich gegen Thoth-Amon auflehnt, der als oberster aller Setpriester in Luxur herrscht, und dass Thutothmes geheime Kräfte sucht, um den Hohepriester zu stürzen. Aber wer bin ich schon, um mir darüber überhaupt Gedanken zu erlauben? Wenn Priester sich gegenseitig befehden, kann ein einfacher Sterblicher sich nur auf den Bauch werfen und hoffen, dass weder der eine noch der andere auf ihm herumtrampelt.«

Conan ärgerte diese kriecherische Philosophie. Er wandte sich an seine Männer. »Ich schleiche mich allein nach Khemi und suche diesen Dieb Thutothmes. Haltet diesen Mann inzwischen fest, aber krümmt ihm ja kein Haar. Bei Crom! Hört auf zu jammern. Bildet ihr euch etwa ein, wir könnten offen in den Hafen einfahren und die Stadt im Sturm nehmen? Ich muss die Sache allein schaffen!«

Er wehrte die lautstarken Proteste ab, schlüpfte aus seiner Kleidung, zog die Sandalen und das seidene Lendentuch des Fischers an und hielt die wilde Mähne mit dem Stirnband des Mannes zusammen, doch seinen kurzen Dolch verschmähte er. Die einfachen Bürger Stygiens durften keine Schwerter tragen, und der Umhang des Fischers war nicht lang genug, um das Schwert des Cimmeriers zu verbergen. So schnallte Conan sich einen Waffengürtel mit einem Ghanatadolch um: eine breite, schwere, leicht gekrümmte Klinge aus feinem Stahl, mit scharfer Schneide und lang genug, um einen Gegner aufzuspießen. Das war die Waffe, die die wilden Söhne der Wüste südlich von Stygien trugen.

Conan ließ den Fischer unter der Bewachung seiner Männer zurück und stieg in den Kahn.

»Wartet bis zum Morgengrauen auf mich«, rief er hoch. »Wenn ich bis dahin nicht zurück bin, werdet ihr mich nicht mehr lebend wiedersehen. Dann würde ich euch raten, südwärts zu fahren und in eure Heimat zurückzukehren.«

Wehklagend heulten die Schwarzen auf, bis er sie fluchend zur Stille gemahnte. Dann griff er nach den Rudern und ließ den kleinen Kahn schneller durch die Wellen schießen, als sein Besitzer es je vermocht hatte.

XVII
»Er hat den heiligen Sohn Sets getötet!«

Khemis Hafen lag zwischen zwei weit ins Meer ragenden Landzungen. Conan ruderte um die Südspitze, wo die großen schwarzen Festungen sich wie von Menschen geschaffene Felsen erhoben. Erst in der Abenddämmerung fuhr er in den Hafen, als es gerade noch hell genug war, dass die Wachmänner Kahn und Umhang des Fischers erkennen, nicht aber verräterische Einzelheiten sehen konnten. Ungehindert ruderte er zwischen den großen schwarzen Galeeren hindurch, die still und unbeleuchtet vor Anker lagen, zu breiten Steinstufen am Ufer. Dort band er den Kahn an einem im Stein eingelassenen Eisenring fest, neben anderen Fischerbooten. Niemand konnte es merkwürdig finden, dass ein Fischer seinen Kahn dort zurückließ. Niemand außer anderen Fischern hatte Verwendung dafür, und von denen würde keiner den anderen bestehlen.

Kein Einziger warf ihm mehr als einen gleichgültigen Blick zu, als er die hohe Treppe hochstieg und dabei unauffällig den Fackeln auswich, die in bestimmten Abständen über dem leicht bewegten Wasser angebracht waren. Er schien ein ganz gewöhnlicher Fischer zu sein, der an diesem Tag kein Glück gehabt hatte und mit leeren Händen von der Küste zurückkam. Hätte jemand ihn genauer beobachtet, wäre ihm vielleicht aufgefallen, dass sein Gang etwas zu geschmeidig und sicher und seine Haltung zu aufrecht und selbstbewusst für einen einfachen Fischer waren. Aber er schritt schnell dahin und hielt sich in den Schatten, und die gewöhnlichen Bürger Stygiens waren nicht aufmerksamer als die der weniger exotischen Rassen.

Im Wuchs unterschied er sich nicht sehr von der Kriegerkaste der Stygier, deren Männer hoch gewachsen und muskulös waren. Und durch seine tiefe Sonnenbräune war seine Haut fast so dunkel wie die ihre. Sein schwarzes, gerade geschnittenes Haar, das des Fischers Kupferreif bändigte, erhöhte die Ähnlichkeit. Was ihn jedoch von ihnen unterschied, waren seine geschmeidigen Bewegungen, seine anders geschnittenen Züge und die blauen Augen.

Aber der Umhang war eine gute Tarnung; dazu hielt er sich so weit wie möglich in den Schatten und wandte das Gesicht ab, wenn jemand zu nah an ihm vorüberkam.

Trotzdem war es ein gefährliches Spiel, und er wusste, dass er die Täuschung nicht lange aufrechterhalten konnte. Khemi war nicht wie die Seehäfen der Hyborier, wo Menschen aller Rassen zu finden waren. Bei den einzigen Fremden hier handelte es sich um Schwarze und shemitische Sklaven, und denen sah er kaum ähnlich. Fremde waren in den Städten Stygiens nicht willkommen und wurden nur geduldet, wenn sie sich als

Botschafter oder anerkannte Händler ausweisen konnten. Doch selbst Letztere durften sich nach Einbruch der Dunkelheit nicht mehr auf den Straßen sehen lassen. Gegenwärtig ankerte auch nicht ein einziges hyborisches Schiff im Hafen. Eine seltsame Unrast schien die Stadt zu beherrschen, ein Erwachen alter Ambitionen, ein Flüstern, das niemand außer den Flüsterern verstand. Das spürte Conan mehr, als dass er es wusste. Seine geschärften primitiven Instinkte fühlten die undeutbare Unruhe um ihn.

Entdeckte man ihn, hätte er nichts zu lachen gehabt. Man würde ihn schon allein deshalb töten, weil er ein Fremder war. Erkannte man ihn dazu auch noch als Amra, den Korsarenführer, der ihre Küste mit Feuer und Schwert unsicher gemacht hatte ... Unwillkürlich erschauerte er. Menschliche Feinde fürchtete er nicht, auch nicht den Tod durch Feuer oder Stahl. Doch dies war ein altes Land schwärzester Zauberei und namenlosen Grauens. Man raunte, dass Set, die Alte Schlange, die vor langer Zeit schon aus den hyborischen Landen verbannt worden war, hier immer noch in den dunklen Tempeln zu Hause war. Und furchtbar und geheimnisumwittert waren die Riten in den nächtlichen Schreinen.

Conan hatte die Hafengegend verlassen und betrat die langen dunklen Straßen der Innenstadt. Ganz anders war es hier als in den hyborischen Städten. Keine Lampen und Laternen erhellten sie. Keine bunt gekleideten Menschen spazierten fröhlich lachend durch die Straßen. Und keine Läden und Verkaufsbuden standen offen und boten ihre Waren feil.

Hier wurde am Abend alles geschlossen. Die einzigen Lichter auf den Straßen waren Fackeln, die in weiten Abständen rußig schwelten. Nur wenige Leute waren zu sehen, und sie eilten stumm dahin. Ihre Zahl verringerte sich, je weiter die Nacht voranschritt. Auf Conan machte das Ganze einen düsteren, unwirklichen Eindruck: die stummen Menschen, ihre verstohlen wirkende Hast, die hohen Steinwände aus schwarzem Stein zu beiden Seiten der Straßen. Die stygische Bauweise wirkte grimmig und erdrückend.

Außer in den oberen Teilen der Gebäude brannte kaum irgendwo Licht. Conan wusste, dass die meisten Bürger sich auf den flachen Dächern zwischen den Palmen künstlicher Gärten aufhielten. Von irgendwoher erklang seltsame Musik. Hin und wieder holperte ein Bronzewagen über das Kopfsteinpflaster. In einem sah Conan flüchtig einen hoch gewachsenen Edlen mit scharf geschnittenen Zügen und Adlernase sitzen, der sich in seinen Seidenumhang gehüllt hatte. Ein goldenes Band mit erhobenem Schlangenkopf hielt sein schwarzes Haar zusammen. Ein ebenholzfarbener Schwarzer lenkte das Gespann rassiger, stygischer Pferde.

Doch die übrigen Leute, die sich jetzt noch auf der Straße aufhielten, waren einfache Bürger, Sklaven, Händler, Freudenmädchen und Arbeiter, doch sie wurden weniger, je weiter er kam. Er war auf dem Weg zum Settempel, wo der gesuchte Priester am ehesten zu finden sein würde. Er glaubte, Thutothmes zu erkennen, wenn er ihn vor sich hatte, obwohl er ihn nur flüchtig in der Düsternis der messantinischen Gasse gesehen hatte. Und dass dieser Mann der Priester war, zweifelte er nicht. Nur Adepten, die bereits zu den höheren Rängen des Schwarzen Ringes gehörten, verfügten über die Macht der schwarzen Hand, die allein durch ihre Berührung den Tod brachte. Und nur ein solcher Priester würde es wagen, sich gegen Thoth-Amon aufzulehnen, den die westliche Welt als schon fast legendäres Schreckgespenst kannte.

Die Straße wurde weiter, und Conan bemerkte, dass er das Tempelviertel der Stadt erreicht hatte. Die gewaltigen Bauwerke hoben sich schwarz gegen den Sternenhimmel ab. Grimmig und drohend wirkten sie im Schein der wenigen flackernden Fackeln. Plötzlich hörte er einen leisen Schrei. Eine Frau auf der anderen Straßenseite ein Stück weiter vorn hatte ihn ausgestoßen, eine nackte Kurtisane mit dem hohen Federkopfputz ihres Standes. An eine Hauswand gedrückt, starrte sie über die Straße, auf etwas, das Conan noch nicht sehen konnte. Bei ihrem Aufschrei waren die wenigen Leute auf der Straße wie angewurzelt stehen geblieben. Im gleichen Moment wurde Conan sich eines schleifenden Geräusches bewusst. Gleich darauf bog um die dunkle Ecke des Bauwerks, dem er sich näherte, ein Furcht erregender, keilförmiger Schädel, dem die schimmernden Serpentinen des gewaltigen Leibes folgten.

Conan zuckte zusammen. Er erinnerte sich, was er gehört hatte. Schlangen waren Set, dem Schlangengott heilig. Ungeheuer wie dieses wurden in den Settempeln gehalten. Bekamen sie Hunger, durften sie auf die Straßen hinauskriechen und verschlingen, wen sie wollten. Das wurde dann als Opfer für den schuppigen Gott erachtet.

Die Stygier in Conans Blickfeld, sowohl Männer als auch Frauen, fielen auf die Knie und erwarteten ergeben ihr Schicksal. Irgendjemanden würde die große Schlange auswählen; sie würde sich um ihn schlingen, ihn erdrücken und wie ein Kaninchen hinunterwürgen.

Die anderen blieben am Leben. So war es der Wille der Götter.

Aber nicht der Wille Conans. Der Python glitt auf ihn zu, vielleicht deshalb, weil er der Einzige war, der noch aufrecht stand. Conan umklammerte den langen Dolch unter seinem Umhang und hoffte, das Reptil würde sich an ihm vorbeischlängeln. Aber es hielt vor ihm an und richtete sich auf. Schrecken erregend sah es aus im flackernden Fackellicht. Die gespaltene Zunge schnellte vor und zurück, seine kalten Augen glitzerten grausam wie alle Schlangenaugen. Es krümmte den Hals, doch ehe es ihn vorstoßen konnte, riss Conan das Messer hervor und schlug blitzschnell zu. Die breite Klinge spaltete den keilförmigen Schädel und drang tief in den wulstigen Hals.

Sofort zog der Cimmerier den Dolch zurück und sprang außer Reichweite des gewaltigen Leibes, der sich in Todesqualen wand und um sich peitschte. Während des Moments, in dem Conan das Reptil wie gebannt beobachtete, war der einzige Laut auf der Straße das Schlagen und Schaben des Schlangenschwanzes auf den Pflastersteinen.

Doch kaum hatten die entsetzten Zuschauer sich gefasst, brüllten sie fast einstimmig los: »Blasphemist! Er hat den heiligen Sohn Sets getötet! Nieder mit ihm! Tötet ihn!«

Steine pfiffen knapp an Conan vorbei, und die besessenen Stygier stürzten hysterisch schreiend auf ihn zu, während andere aus den Häusern ringsum von allen Seiten herbeistürmten und in das Gebrüll einstimmten. Fluchend wirbelte Conan herum und rannte in eine dunkle Gasse. Eilige Schritte folgten ihm, während er sich mehr nach seinem Instinkt als nach den Wahrnehmungen seiner Augen bewegte. Seine Linke fand eine Öffnung in der Wand. Er tauchte durch sie hindurch und bog in eine weitere, engere Gasse ein. Zu beiden Seiten erhoben sich steile schwarze Wände. Hoch oben war ein schmaler Streifen Sternenhimmel zu sehen. Diese gewaltigen Wände waren Tempelmauern, das wusste er. Schritte dröhnten hinter ihm und verloren sich in der Ferne. Seine Verfolger hatten den engen Zugang zu der zweiten Gasse übersehen und waren weiter geradeaus in der Dunkelheit gelaufen. Er rannte ebenfalls geradeaus in seiner Gasse und hoffte, er würde nicht noch einmal einem »Sohn Sets« begegnen.

In der Ferne sah er ein sich bewegendes Licht, wie das eines Glühwürmchens. Er blieb stehen, drückte sich an die Wand und umklammerte seinen Dolch. Er wusste, was es war: ein sich nähernder Mann mit einer Fackel. So dicht heran war er inzwischen, dass Conan die dunkle Hand um die Fackel erkennen konnte und das verschwommene Oval eines dunklen Gesichts. Noch ein paar Schritte, und der Mann musste ihn zweifellos sehen. Er duckte sich sprungbereit wie ein Tiger – da hielt die Fackel an. In ihrem Schein war kurz eine Tür zu sehen, an der der Fackelträger hantierte. Dann schwang sie auf, der hoch gewachsene Mann trat ein, und wieder lag die Gasse in fast absoluter Dunkelheit. Das Benehmen des Fackelträgers hatte verstohlen gewirkt. Vielleicht war er ein Priester in geheimer Mission.

Conan tastete sich zu dieser Tür vor. Der Mann war möglicherweise nicht der Einzige, der mit einer Fackel diesen Weg nahm. Kehrte er den Weg zurück, den er gekommen war, rannte er vielleicht geradewegs dem Mob in die Hände, vor dem er geflohen war. Jeden Augenblick mochten die Leute umkehren, die schmale Gasse entdecken und sie brüllend entlangstürmen. Conan fühlte sich gefangen zwischen diesen hohen, unerklimmbaren Mauern. Er wollte von hier verschwinden, selbst wenn es bedeutete, dass er in ein ihm fremdes Bauwerk eindringen musste.

Die schwere Bronzetür war nicht verschlossen. Lautlos ließ sie sich öffnen, und er spähte durch den Spalt. Sie führte in einen quadratischen Raum aus schwarzem Stein. In einer Nische schwelte eine Fackel. Conan huschte in den leeren Raum und schloss die Tür hinter sich.

Seine Sandalen verursachten kein Geräusch, als er über den schwarzen Marmorboden rannte. Eine Teakholztür stand halb offen. Mit dem Dolch in der Hand schlich er hindurch und kam in eine düstere Halle, deren hohe Decke sich in der Finsternis verlor. In allen Wänden gab es Rundbogentüren. Ungewöhnliche Bronzelampen hüllten den Raum in ein gespenstisch fahles Licht. An einer Seite der Halle führte eine breite, schwarze Marmortreppe ohne Geländer zu einer im Dunkeln liegenden Galerie rings um die ganze Halle.

Conan schauderte. Das hier war der Tempel eines grimmigen stygischen Gottes, möglicherweise sogar ein Settempel. Er war nicht leer, wie er jetzt sah. In der Mitte der gewaltigen Halle stand ein massiver schwarzer Steinaltar ohne jegliche Verzierung, und darauf hatte sich eine der heiligen Riesenschlangen zusammengeringelt. Ihre Schuppen schillerten ganz leicht in dem unheimlichen Licht. Sie rührte sich nicht. Conan erinnerte sich, dass er gehört hatte, die Priester würden sie durch irgendwelche geheimen Mittel die meiste Zeit betäubt halten. Er machte einen vorsichtigen Schritt, dann wich er abrupt zurück, doch nicht in den Raum, aus dem er gerade gekommen war, sondern in einen mit Samt verhangenen Alkoven. Von irgendwo in der Nähe waren gedämpfte Schritte zu vernehmen.

Da trat eine hoch gewachsene kräftige Gestalt in Sandalen, seidenem Lendentuch und von den Schultern wallendem Umhang durch einen der schwarzen Türen. Das Gesicht, ja der ganze Kopf war unter einer monströsen Maske, einer halb tierischen, halb menschlichen Fratze, verborgen. Ein dichtes Büschel Straußenfedern wippte auf ihrem Kamm.

Zu bestimmten Zeremonien trugen die stygischen Priester Masken. Conan hoffte, dass der Stygier ihn nicht entdecken würde, aber ein Instinkt warnte den Mann. Er war offenbar auf dem Weg zur Treppe gewesen, als er sich unerwartet umdrehte und direkt auf den verhangenen Alkoven zuschritt. Als er den Samt zur Seite zog, schoss eine Hand aus der Dunkelheit an seine Kehle, erstickte seinen Schrei und zog ihn in den Alkoven, wo ein Dolch seinem Leben ein Ende machte.

Conan brauchte sich den nächsten Schritt nicht lange zu überlegen. Er nahm dem toten Priester die grinsende Maske ab und zog sie über seinen eigenen Kopf. Auch seines Umhangs entblößte er ihn, dafür warf er den des Fischers über die Leiche, die er ganz hinter die Samtvorhänge zog. Das Schicksal hatte ihm eine gute Verkleidung beschert. Ganz Khemi würde nach einem Blasphemisten suchen, der es gewagt hatte, sich gegen eine heilige Schlange zu wehren, aber wer würde ihn unter der Maske eines Priesters vermuten? Kühn verließ er den Alkoven und ging aufs Geratewohl zu einem der Türen. Doch er hatte noch keine zwölf Schritte getan, als er herumfuhr.

Eine Gruppe Maskierter kam die Treppe herunter, gekleidet genau wie er. Er zögerte, blieb stehen und verließ sich auf seine Maske, obgleich sich darunter kalter Schweiß auf der Stirn bildete und seine Handflächen feucht wurden. Kein Wort fiel. Wie Phantome schritten die Priester an ihm vorbei, auf eine Türöffnung zu. Der Führer trug einen Ebenholzstab mit einem grinsenden Totenschädel an seinem oberen Ende. Da wusste Conan, dass sie zu einer der rituellen Prozessionen unterwegs waren, die für einen Fremden unverständlich blieben, aber eine wichtige – und oft Furcht erregende – Rolle im Glauben der Stygier spielten. Der letzte Priester wandte seinen Kopf dem reglos dastehenden Cimmerier zu, als erwarte er, dass dieser sich der Gruppe anschließe. Es nicht zu tun, würde vermutlich sofort Verdacht erregen, nahm Conan an, also folgte er ihm und passte seinen Gang den gemessenen Schritten der anderen an.

Sie durchquerten einen langen dunklen Korridor, in dem – wie Conan voll Unbehagen bemerkte – der Totenschädel von innen heraus zu glühen schien. Eine fast tierische Panik begann ihn zu quälen, und er musste sich sehr beherrschen, ihr nicht nachzugeben, mit dem Messer wild auf die Maskierten einzustechen und aus dem grimmigen schwarzen Tempel zu fliehen. Mit aller Kraft kämpfte er gegen die unheimliche Vorstellung an, dass grauenvolle Schreckgespenster im Dunkeln lauerten. Fast hätte er hörbar aufgeatmet, als sie endlich durch eine drei Mann hohe Flügeltür hinaus ins Sternenlicht traten. Conan fragte sich, ob er es wagen konnte, sich in eine der vielen dunklen Gassen abzusetzen. Doch noch zögerte er und folgte den Maskierten eine breite düstere Straße entlang. Die wenigen, denen sie begegneten, wandten hastig den Kopf ab und flohen vor ihnen. Die Prozession hielt sich in der Mitte der Straße, zu weit von den Hauswänden entfernt, als dass Conan unbemerkt in eine der Seitenstraßen hätte verschwinden können. Während er lautlos fluchte und innerlich wütete, kamen sie zu einem niedrigen Tor in der Südmauer, durch das sie im Gänsemarsch schritten. Vor und neben ihnen zeichneten sich niedrige Lehmhütten und Palmenhaine im Sternenlicht ab. Jetzt oder nie musste er sich von seinen stummen Begleitern absetzen.

Doch kaum hatten sie das Tor hinter sich, waren diese Begleiter keineswegs mehr stumm. Sie begannen aufgeregt aufeinander einzureden. Ihr Schritt war nicht länger gemessen, der Führer klemmte sich den Stab mit dem schimmernden Totenkopf völlig unzeremoniell unter einen Arm, und die ganze Gruppe fing zu laufen an – und Conan mit ihr. Denn als die Priester sich so aufgeregt unterhalten hatten, hatte er ganz deutlich den Namen »Thutothmes« gehört.

XVIII

»Ich bin die Frau, die nie starb!«

Mit brennendem Interesse betrachtete Conan seine maskierten Begleiter. Einer von ihnen war Thutothmes – oder sie alle waren auf dem Weg zu ihm. Und er wusste jetzt auch, wohin sie wollten, nachdem er hinter den Palmen ein dreieckiges Bauwerk entdeckt hatte, das sich gegen den Himmel abhob.

Sie kamen durch den Ring aus Hütten und Hainen, und falls jemand sie sah, war er so vorsichtig, sich nicht zu zeigen. Die Hütten waren alle dunkel. Hinter ihnen reckten die schwarzen Türme Khemis sich finster den Sternen entgegen, die sich im Wasser des Hafens spiegelten. Vor ihnen erstreckte die Wüste sich in die tiefe Dunkelheit, und irgendwo heulte ein Schakal. Die schnellen Schritte der jetzt wieder schweigenden Priester waren im weichen Sand kaum zu hören. Es hätten Geister sein können, die sich auf die gewaltige Pyramide in der Wüste zu bewegten. Alles war still ringsum.

Conans Herz pochte schneller, als er das grimmige schwarze Bauwerk vor sich sah. Seine Ungeduld, mit Thutothmes abzurechnen, war mit Furcht vor dem Unbekannten gemischt. Niemandem war es gegeben, sich ganz ohne Angst der finsteren Pyramide zu nähern. Allein ihr Name rief Grauen in den nördlicheren Ländern hervor. Nicht die Stygier hatten angeblich diese Pyramiden erbaut. Man erzählte sich, dass sie schon lange hier gestanden hatten, ehe die dunkelhäutigen Menschen vor undenkbarer Zeit in dieses Land des großen Stromes gekommen waren.

Am Fuß der Pyramide war ein schwaches Leuchten zu sehen, das sich beim Näherkommen als Eingang entpuppte, zu dessen beiden Seiten Löwen mit Frauenköpfen Wache hielten. In Stein festgehaltene Alptraumkreaturen waren es, mit undeutbarem Ausdruck. Der Führer der Priester ging geradewegs auf diesen Eingang zu, in dem Conan eine schattenhafte Gestalt stehen sah.

Kurz blieb der Führer neben ihr stehen, dann verschwand er im dunklen Innern, und ein Priester nach dem anderen folgte ihm. Jeder wurde von dem geheimnisvollen Wächter aufgehalten, und jeder sagte entweder ein Passwort oder machte eine bestimmte Geste, die Conan nicht klar erkennen konnte. Als er das bemerkte, blieb er absichtlich zurück. Er bückte sich und gab vor, eine Sandale neu zu schnüren. Erst als der Letzte der Maskierten im Innern nicht mehr zu sehen war, richtete er sich auf und ging aufs Portal zu.

Leicht besorgt fragte er sich, ob der Tempelwächter überhaupt menschlich war, denn über diese Männer waren die haarsträubendsten Geschichten in Umlauf. Aber wenigstens in dieser Hinsicht wurde er beruhigt. Eine Bronzelampe unmittelbar hinter der offenen Tür warf ihr schwaches Licht auf einen langen schmalen Korridor, der sich in der Dunkelheit verlor. Unter dieser Lampe stand schweigend ein Mann in wallendem schwarzen Umhang. Außer ihm war niemand zu sehen. Offenbar waren die maskierten Priester schon tiefer im Innern.

Über dem Umhang, den er sich bis über die untere Gesichtshälfte gezogen hatte, musterten die stechenden Augen Conan eindringlich. Mit der Linken machte er eine merkwürdige Gebärde. Auf gut Glück ahmte der Cimmerier sie nach, doch offenbar wurde als Antwort eine andere erwartet. Mit blitzendem Stahl schoss des Stygiers Rechte aus dem Umhang hervor, und sein mörderischer Stoß hätte das Herz eines jeden getroffen. Aber hier hatte er es mit einem Mann zu tun, der über die Reflexe einer Dschungelkatze verfügte. Kaum blitzte der Dolch auf, hatte Conan das Handgelenk auch schon gepackt, und gleichzeitig versetzte er dem Mann einen Kinnhaken, der ihm den Kopf so heftig gegen die Wand schlug, dass er tot zusammenbrach.

Einen Augenblick blieb Conan über ihn gebeugt stehen und lauschte angespannt. Die Lampe schwelte mehr, als sie brannte, und warf dichte Schatten. Nichts rührte sich in der Dunkelheit, doch weit entfernt und dem Anschein nach unter ihm erklang der gedämpfte Schlag eines Gongs. Der Cimmerier bückte sich und zog den Toten hinter die gewaltige Bronzetür, die nach innen offen stand. Dann eilte er wachsam den Korridor entlang, ohne wirklich wissen zu wollen, auf welche Schrecken er stoßen mochte.

Er war noch nicht weit gekommen, als der Gang sich gabelte. Wie sollte er wissen, welchen Weg die Maskierten genommen hatten? Auf gut Glück wählte er den linken. Er fiel leicht schräg ab und war offenbar durch unzählige Füße glatt getreten. Da und dort warf eine Pechlampe ihren trüben Schein. Conan fragte sich mit ungutem Gefühl, wozu diese Pyramiden vor undenklicher Zeit errichtet worden waren. Stygien war ein sehr altes Land, und niemand wusste, wie viele Jahrtausende seine schwarzen Tempel sich bereits den Sternen entgegenstreckten.

Schmale, bogenförmige Öffnungen führten hin und wieder zu beiden Seiten ins Dunkel, aber Conan hielt sich an den Hauptkorridor, obgleich er inzwischen schon vermutete, dass er die falsche Richtung genommen hatte. Er hätte die Priester inzwischen längst einholen müssen und wurde allmählich unruhig. Die Stille war fast wie etwas Lebendiges, und er hatte das Gefühl, dass er nicht allein war. Mehr als einmal, wenn er an einer der schwarzen Öffnungen vorbeikam, glaubte er verborgene Augen auf sich zu spüren. Er hielt an, halb entschlossen, zu der Korridorgabelung zurückzukehren und der anderen Abzweigung zu folgen. Da fuhr er mit dem Dolch in der Hand herum. Seine Kopfhaut prickelte.

Ein Mädchen stand unter einem der engen Türbogen und betrachtete ihn interessiert. Ihre elfenbeinfarbene Haut ließ darauf schließen, dass sie aus einer alten stygischen Familie des Hochadels stammte, und wie alle deren Töchter war sie groß, von geschmeidiger Figur und üppigen Formen. Auf ihrem feinen schwarzen Haar, das wie zu einem riesigen Vogelnest aufgetürmt war, glitzerte ein großer Rubin. Sie trug lediglich Samtpantoffeln und einen breiten, juwelenbesteckten Gürtel um die schmale Taille.

»Was habt Ihr hier zu suchen?«, fragte sie scharf.

Sein Akzent hätte ihn verraten, also schwieg er und blieb reglos stehen: eine grimmige Gestalt mit der grässlichen Maske, über der die Straußenfedern ganz leicht wippten. Sein scharfer Blick stellte fest, dass die Dunkelheit hinter ihr leer war. Was allerdings nicht bedeutete, dass auf ihren Ruf nicht Horden Bewaffneter herbeieilen würden.

Offenbar furchtlos, aber sichtlich argwöhnisch kam sie auf ihn zu.

»Ihr seid kein Priester!«, sagte sie. »Ihr seid ein Kämpfer. Das kann auch Eure Maske nicht verbergen. Der Unterschied zwischen Euch und einem Priester ist so groß, wie der zwischen einem Mann und einer Frau. Bei Set!«, stieß sie hervor und blieb abrupt mit weit aufgerissenen Augen stehen. »Ich glaube, Ihr seid gar kein Stygier!«

Mit einer Bewegung, der nicht einmal das Auge hätte folgen können, schloss sich seine Hand um ihren weichen Hals, doch so sanft, wie bei einer Liebkosung.

»Ruft nicht um Hilfe!«, warnte er leise.

Ihre glatte Haut war kalt wie Marmor, aber nicht die geringste Furcht sprach aus ihren bezaubernd schönen dunklen Augen, mit denen sie ihn musterte.

»Habt keine Angst«, sagte sie ruhig. »Ich werde Euch nicht verraten. Aber Ihr müsst wahnsinnig sein, als Fremder, als Ausländer noch dazu, in den verbotenen Tempel Sets zu kommen!«

»Ich suche den Priester Thutothmes«, antwortete Conan. »Ist er hier?«

»Weshalb sucht Ihr ihn?«, entgegnete sie.

»Er hat etwas, was mir gestohlen wurde.«

»Ich führe Euch zu ihm«, erbot sie sich sofort und weckte dadurch Conans Misstrauen.

»Versucht nicht, mich hereinzulegen, Mädchen!«, knurrte er.

»Ich habe nicht die Absicht«, versicherte sie ihm. »Ich empfinde keine Zuneigung für Thutothmes.«

Conan zögerte, dann entschied er sich. Schließlich war er nicht weniger in ihrer Gewalt, als sie in seiner.

»Halt dich an meiner Seite«, wies er sie an. Er nahm die Finger von ihrer Kehle und legte sie um ihr Handgelenk. »Aber hüte dich! Machst du auch nur eine verdächtige Bewegung ...«

Sie führte ihn den schrägen Korridor immer tiefer hinunter, bis schließlich keine Pechlampen mehr glommen. Er hielt sich dicht neben der Frau an seiner Seite und tastete sich mit den Füßen vorsichtig voran. Als er sich einmal an seine Begleiterin wandte, drehte sie ihm das Gesicht zu, und er erschrak, als er sah, dass ihre Augen wie goldene Feuer in der Finsternis brannten. Zweifel befielen ihn, und vage, schreckliche Befürchtungen erwachten, aber er folgte ihr durch ein Labyrinth schwarzer Korridore, das selbst seinen Richtungssinn verwirrte. Insgeheim verfluchte er sich, dass er sich in diesen dunklen Irrgarten hatte führen lassen, doch jetzt war es zu spät umzukehren. Wieder spürte er Leben und Bewegung in der Finsternis um ihn und fühlte Gefahr und gierigen Hunger fast greifbar in der Schwärze. Er glaubte, ein schwaches schabendes Geräusch gehört zu haben, das auf ein gemurmeltes Wort des Mädchens sofort verstummte. Da war er sich nicht mehr sicher, ob er sich nicht getäuscht hatte.

Schließlich brachte sie ihn in einen Raum, der von schwarzen Kerzen in einem siebenarmigen Leuchter gespenstisch erhellt wurde. Er wusste, dass sie sich tief unter der Erde befanden. Die Wände und Decke des quadratischen Raumes bestanden aus glänzendem schwarzen Marmor. Ein Ebenholzdiwan war mit schwarzem Samt bezogen, und auf einer Plattform aus schwarzem Stein lag ein reich verzierter Sarkophag.

Erwartungsvoll blieb Conan stehen und blickte auf die dunklen Türbogen in den Wänden. Aber das Mädchen machte keine Anstalten weiterzugehen. Mit katzengleicher Grazie streckte sie sich auf dem Diwan aus, verschränkte die Finger hinter dem schmalen Kopf und betrachtete Conan unter den langen geschwungenen Wimpern.

»Nun?«, fragte er ungeduldig. »Was soll das? Wo ist Thutothmes?«

»Das hat doch keine Eile«, antwortete sie lässig. »Was ist schon eine Nacht – oder ein Jahr, oder auch ein Jahrhundert? Nehmt Eure Maske ab und lasst Euer Gesicht sehen.«

Verärgert zerrte Conan das schwere Stück vom Kopf. Das Mädchen nickte zufrieden, als sie das narbige Gesicht und die funkelnden Augen betrachtete.

»Es steckt Kraft in Euch – große Kraft! Ihr könntet einen Ochsen erwürgen.«

Unruhig verlagerte er sein Gewicht. Sein Misstrauen wuchs. Mit der Hand um den Dolchgriff spähte er durch die dunklen Türöffnungen.

»Wenn Ihr mich in eine Falle geführt habt, werdet Ihr nicht lange genug leben, Euch über Eure List zu freuen. Steht jetzt von Eurem Diwan auf und haltet Euer Versprechen, oder ich ...«

Er verstummte. Sein Blick war auf den Sarkophag gefallen, auf dessen Deckel die Gestalt des in ihm Ruhenden in Elfenbein – in der vergessenen lebensnahen Kunst uralter Zeit – abgebildet war. Das geschnitzte

Gesicht war Conan auf beunruhigende Weise vertraut. Er erschrak, als ihm bewusst wurde, wem es ähnelte: dem Mädchen, das lässig auf dem Ebenholzdiwan ruhte. Sie hätte dem Künstler Modell stehen können, wenn nicht feststünde, dass der Sarkophag zumindest Jahrhunderte alt war. Archaische Hieroglyphen waren in den glänzenden Deckel geprägt. Conan, der in seinem abenteuerlichen Leben so manches gelernt hatte, kramte in seinem Gedächtnis, dann las er stockend die Glyphen: »Akivasha!«

»Ihr habt von Prinzessin Akivasha gehört?«, fragte das Mädchen auf dem Diwan.

»Wer nicht?«, entgegnete er. Der Name dieser ebenso schönen wie verruchten Prinzessin aus alter Zeit war jetzt noch in Balladen und Legenden auf der ganzen Welt bekannt, obgleich zehntausend Jahre vergangen waren, seit die Tochter Tuthamons rauschende Feste in den schwarzen Sälen des alten Luxur gegeben hatte.

»Ihre einzige Sünde war, dass sie das Leben und alles, was es geben konnte, liebte«, sagte die Stygierin. »Um das Leben zu behalten, huldigte sie dem Tod. Sie konnte sich nicht mit dem Gedanken abfinden, alt und runzelig zu werden und schließlich als verschrumpelte Greisin zu sterben. So umwarb sie die Finsternis wie einen Geliebten, und erhielt dafür das Leben – ein Leben, das anders als das der Sterblichen ist und deshalb nie zu Alter und Tod führen kann. Sie trat ein ins Reich der Schatten, um Alter und Tod ein Schnippchen zu schlagen ...«

Conan blickte sie mit Augen an, die zu brennenden Schlitzen geworden waren. Dann wirbelte er herum und riss den Deckel des Sarkophags hoch. Er war leer. Das Mädchen hinter ihm lachte, dass ihm das Blut in den Adern zu stocken drohte. Die Härchen auf dem Nacken hatten sich aufgestellt, als er sich wieder ihr zuwandte.

»*Ihr* seid Akivasha!«, knirschte er.

Sie lachte, warf den Kopf zurück und streckte Conan die ausgebreiteten Arme entgegen.

»Ich bin Akivasha! Ich bin die Frau, die nie starb, die nie alterte! Von der Narren behaupten, die Götter hätten sie in der vollen Blüte ihrer Jugend und Schönheit von der Erde geholt, damit sie in alle Ewigkeit Königin eines Himmelreichs sei! Nein, nur in diesem Schattenreich können Sterbliche Unsterblichkeit finden! Vor zehntausend Jahren starb ich, um für immer zu leben! Küss mich, du starker Mann!«

Graziös erhob sie sich, stellte sich auf Zehenspitzen vor Conan und schlang die Arme um seinen mächtigen Hals. Während er finster auf ihr zu ihm erhobenes, betörend schönes Gesicht schaute, wurde er sich einer erschreckenden Anziehung und eisigen Angst bewusst.

»Liebe mich!«, wisperte sie mit zurückgeworfenem Kopf, geschlossenen Augen und erwartungsvoll geöffneten Lippen. »Gib mir dein Blut, damit ich meine Jugend erhalten und mein ewiges Leben weiterführen kann. Ich werde auch dich unsterblich machen. Ich werde dich das Wissen aller Zeiten lehren und dich in alle Geheimnisse einweihen, die durch die Äonen der Finsternis unter diesen schwarzen Tempeln erhalten blieben. Ich werde dich zum König der Horde der Finsternis machen, die sich zwischen den Grabkammern der Alten ergötzt, wenn die Nacht ihren Schleier über die Wüste breitet und Fledermäuse vor dem Antlitz des Mondes umherhuschen. Ich bin der Priester und Zauberer leid und der gefangenen Mädchen, die schreiend durch die Portale des Todes gezerrt werden. Ich sehne mich nach einem echten Mann! Liebe mich, Barbar!«

Sie schmiegte den dunklen Kopf mit erhobenem Gesicht an seine breite Brust, und er spürte einen scharfen Stich am Hals. Fluchend riss er sie von sich und schleuderte sie auf den Diwan.

»Verfluchter Vampir!« Blut tropfte aus einer winzigen Wunde an seiner Kehle.

Wie eine zustoßende Schlange richtete sie sich auf dem Diwan auf. Goldenes Höllenfeuer brannte in ihren weit aufgerissenen Augen. Die Lippen zogen sich über spitzen weißen Zähnen zurück.

»Narr!«, kreischte sie. »Glaubst du, du kannst mir entkommen? Du wirst in der Finsternis leben und sterben! Ich habe dich tief unter den Tempel geführt. Nie wirst du den Weg zurück allein finden. Und du kannst auch nicht gegen jene kämpfen, die die Korridore bewachen. Ohne meinen Schutz hätten die Söhne Sets dich längst verschlungen. Tor! Ich werde dein Blut noch trinken!«

»Bleib mir vom Leib, oder ich erschlage dich!«, warnte er und schüttelte sich unwillkürlich vor Abscheu. »Du magst zwar unsterblich sein, trotzdem kann Stahl dich zerstückeln!«

Während er zum Türbogen zurückwich, durch den sie gekommen waren, erlosch plötzlich das Licht. Alle Kerzen gingen gleichzeitig aus. Er wusste nicht wie, da Akivasha nicht einmal in ihrer Nähe gewesen war, aber ihr Lachen erhob sich höhnisch hinter ihm, giftig süß, wie die Blumen der Hölle. Er schwitzte, als er, der Panik nahe, in der Dunkelheit nach dem Türbogen tastete. Endlich berührten seine Finger eine Öffnung, aber er wusste nicht, ob es tatsächlich die war, durch die sie

den Raum betreten hatten, doch das war ihm jetzt schon fast egal. Er wollte nichts, als diesen Raum hinter sich haben, der so viele Jahrhunderte lang dieses schöne, aber furchtbare untote Ungeheuer beherbergt hatte.

Sein Weg durch die dunklen, gewundenen Tunnels war ein Alptraum. Hinter und um sich hörte er leises Gleiten und Schaben – und einmal das süße teuflische Lachen, das ihm aus der Vampirkammer vertraut war. Heftig schlug er nach den vielleicht nur eingebildeten Geräuschen, aber einmal drang seine Klinge durch etwas Nachgiebiges, das Spinnweben gewesen sein mochten. Er hatte das schreckliche Gefühl, dass man mit ihm spielte und ihn immer tiefer in die Finsternis lockte, ehe dämonische Klauen und Fänge ihn in Stücke rissen.

Immer wieder schüttelte er sich vor Ekel über seine Entdeckung. Die Legende von Akivasha war uralt, und neben all dem Bösen, das man sich über sie erzählte, berichtete sie auch von großer Schönheit, Idealismus und ewiger Jugend. Für viele Träumer, Poeten und Liebende war sie nicht nur die verruchte Prinzessin stygischer Legenden, sondern das Symbol ewiger Jugend und Schönheit. Doch das hier war die grauenvolle Wirklichkeit, war die Wahrheit über dieses ewige Leben. In seinem Abscheu ging ein Menschheitstraum verloren. Die leuchtenden Ideale hatten sich als Fäulnis und Schmutz erwiesen. Eine Welle der Trauer überschwemmte ihn, denn er spürte die nagende Furcht in ihm, dass alle Menschheitsträume und Götterverehrung nur zu etwas wie diesem hier führen mochten.

Und jetzt war er auch sicher, dass seine Ohren ihn nicht trogen. Er wurde verfolgt, und seine Verfolger schlossen bereits auf. Ein Scharren, Schlurfen, Gleiten und Schaben war in der Dunkelheit zu hören, das nicht von den Füßen eines Menschen und auch nicht von normalen Tieren verursacht wurde. Offenbar hatte auch die Unterwelt ihre Tierwelt. Und deren Ausgeburten waren hinter ihm. Er drehte sich um, um ihnen Auge in Auge gegenüberzustehen, auch wenn er sie nicht sehen konnte, und ging langsam rückwärts weiter. Da verstummten die Geräusche. Noch ehe er den Kopf drehte, bemerkte er, dass irgendwo in diesem langen Korridor ein Licht brannte.

XIX

IN DER HALLE DER TOTEN

VORSICHTIG SCHRITT CONAN auf das Licht zu, während er angespannt lauschte. Aber keine Geräusche verrieten mehr, dass er verfolgt wurde, obgleich er spürte, dass die Dunkelheit voll denkenden Lebens war.

Das Licht befand sich nicht an einer bestimmten Stelle, sondern bewegte sich merkwürdig schaukelnd. Und dann sah er es deutlicher. Der Tunnel, in dem er sich befand, kreuzte einen anderen weiter vorn. Und durch diesen breiteren Tunnel näherte sich eine gespenstische Prozession: vier hoch gewachsene, hagere Männer in schwarzen Kapuzenumhängen, die sich auf Stöcke stützten. Der Führer hielt eine Fackel über den Kopf, die mit erstaunlich gleichmäßigem Schein brannte. Wie Phantome verschwanden sie aus Conans begrenzter Sicht, und nur ein sich entferndes Glühen verriet sie noch. Ihr Aussehen war unbeschreiblich fremdartig. Sie waren ganz sicher keine Stygier, ähnelten aber auch nichts, was dem Cimmerier je begegnet war. Er bezweifelte sogar, dass es sich bei ihnen um Menschen handelte. Sie waren wie schwarze Geister, die gespenstisch durch diese Tunnel wandelten.

Conans Lage konnte gar nicht verzweifelter sein. Ehe die unirdischen Füße hinter ihm ihn nach dem Verschwinden des fernen Fackelscheins wieder verfolgten, rannte er den Korridor weiter. Er kam zu dem breiteren Tunnel und sah in der Ferne das Licht der gespenstischen Prozession. Auf leisen Sohlen schlich er hinterher und drückte sich hastig an die Wand, als die vier stehen blieben und sich zusammendrängten, als besprächen sie sich. Sie drehten sich um, als wollten sie den Weg zurückkehren. Schnell huschte er durch den nächsten Türbogen. Er tastete sich durch die Dunkelheit, an die er sich inzwischen so sehr gewöhnt hatte, dass sein Blick sie fast durchdringen konnte, und bemerkte, dass der Tunnel nicht gerade war, sondern in Windungen verlief. An der ersten Biegung wich er zurück, damit das Licht der Fremden nicht auf ihn fallen würde, wenn sie vorbeikamen.

Während er so stand, wurde ihm bewusst, dass sich etwas hinter ihm befand, etwas, das an das Murmeln vieler Stimmen erinnerte. Er wandte sich in ihre Richtung und sah seine Vermutung bestätigt. Er gab seine ursprüngliche Absicht auf, den vier gespenstischen Fremden zu folgen, und hielt sich in Richtung der Stimmen.

Schließlich sah er weiter vorn Licht schimmern. Er bog in den Korridor ein, aus dem es kam. Es fiel aus einem breiten Türbogen an seinem Ende. Zu Conans Linken führte eine schmale Steintreppe nach oben. Vorsichtig stieg er sie hoch. Die Stimmen kamen mit dem

Licht aus dem Türbogen, wurden jedoch immer leiser, je höher er stieg.

Durch eine niedrige Tür am Ende der Treppe gelangte er in eine gewaltige Halle, die in einem gespenstischen Leuchten glühte. Er stand nun im Schatten der Wand auf einer Galerie, von der er einen guten Überblick hatte. Dies musste die Halle der Toten sein, die außer den schweigenden Priestern Stygiens kaum je einer zu Gesicht bekam. An den schwarzen Wänden führten Reihen um Reihen geschnitzter und bemalter Sarkophage in die Höhe. Die oberen dieser galerieähnlichen Reihen verloren sich in der Düsternis, denn das Leuchten reichte nicht bis zur Decke. Tausende kunstvoll geschnitzter Abbilder auf den Sarkophagdeckeln schauten gleichmütig hinab auf die Menschengruppe in der Mitte der Halle, die unter all den Toten klein und unbedeutend wirkte.

Zehn von dieser Gruppe waren Priester. Obgleich sie ihre Masken abgenommen hatten, wusste Conan, dass sie es waren, die er zur Pyramide begleitet hatte. Sie standen vor einem hoch gewachsenen Mann mit Adlernase und scharf geschnittenen Zügen neben einem schwarzen Altar, auf dem eine Mumie lag, deren Umhüllung bereits verrottet war. Der Altar schien im Herzen eines lebenden Feuers zu stehen, das pulsierte und schimmerte und Funken goldener Flammen auf den schwarzen Stein ringsum warf. Dieses blendende Glühen ging von einem großen roten Edelstein auf dem Altar aus. In seinem Schein wirkten die Gesichter der Priester fahl und leichenähnlich. Conan spürte plötzlich die Bürde der unzähligen Meilen, der langen Tage und Nächte seiner Suche, und er zitterte vor wahnsinnigem Verlangen, zu den stummen Priestern hinunter-

zustürmen und sich mit der Klinge den Weg zu dem roten Edelstein freizukämpfen. Aber er beherrschte sich mit eiserner Willenskraft und duckte sich in die Schatten der steinernen Brüstung. Ein Blick verriet ihm, dass von der Galerie eine Treppe, dicht an der Wand und in den Schatten fast verborgen, in die Halle hinunterführte. Er spähte durch das Halbdunkel des gewaltigen Raumes, sah jedoch außer den Priestern keinen Lebenden.

Die Stimme des Mannes neben dem Altar hallte hohl und gespenstisch:

»... und so kam die Kunde südwärts. Der Nachtwind flüsterte sie, die Raben krächzten sie im Flug, und die Fledermäuse erzählten sie den Eulen und Schlangen in den alten Ruinen. Werwölfe und Vampire erfuhren davon und die ebenholzschwarzen Dämonen, die durch die Finsternis schleichen. Die schlafende Nacht der Welt rührte sich. Sie schüttelte die schwere Mähne, und schon dröhnten Trommeln in tiefer Dunkelheit, und der Widerhall gespenstischer Schreie erschreckte die Menschen, die sich in die Nacht wagten. Das Herz Ahrimans ist in die Welt zurückgekehrt, um seine geheime Bestimmung zu erfüllen.

Fragt nicht, wie ich, Thutothmes von Khemi und Herrscher der Nacht, die Kunde vor Thoth-Amon hörte, der sich König aller Zauberer nennt. Es gibt Geheimnisse, die nicht für Ohren wie eure bestimmt sind, und Thoth-Amon ist nicht der einzige Lord des Schwarzen Ringes.

Ich hörte die Kunde und machte mich auf den Weg zum südwärts ziehenden Herzen. Es war wie ein Magnet, der mich unbeirrbar anzog. Von Tod zu Tod kam es und schwamm auf einem Fluss aus Menschenblut. Es nährt sich von Blut, und Blut zieht es an. Seine Macht ist am größten, wenn die Hand dessen, der nach ihm greift, blutig ist, wenn es seinem Besitzer in einem Gemetzel entrissen wird. Wo immer es leuchtet, fließt Blut, Königreiche wanken, und die Kräfte der Natur geraten in Aufruhr.

Hier stehe ich, Herr des Herzens. Ich habe euch in aller Heimlichkeit zu mir gerufen, euch, die ihr mir treu ergeben seid, damit ihr mit mir teilhabt an dem schwarzen Reich, das erstehen wird. Heute werdet ihr Zeuge sein, wie die Ketten reißen, mit denen Thoth-Amon uns zu seinen Sklaven machte – und ihr werdet die Geburt eines neuen Reiches erleben.

Wer bin ich – selbst ich, Thutothmes –, dass ich wüsste, welche Kräfte in diesen roten Tiefen schlummern? Sie bergen Geheimnisse, von denen seit dreitausend Jahren niemand mehr etwas ahnt. Aber ich werde es erfahren. *Sie* werden es mir sagen!«

Er machte eine Gebärde, die die stillen Gestalten in ihren Sarkophagen entlang der Wände umfasste.

»Seht, wie tief sie unter ihren geschnitzten Masken schlafen! Könige, Königinnen, Generale, Priester und Zauberer der Dynastien und des Adels Stygiens seit zehntausend Jahren! Eine Berührung des Herzens wird sie aus ihrem langen Schlummer erwecken. Lange, lange pochte und pulsierte das Herz im alten Stygien. Hier war sein Zuhause in den Jahrhunderten, ehe es nach Acheron wanderte. Die Alten kannten seine Kräfte, und sie werden sie mir verraten, wenn ich ihnen durch seine Magie das Leben zurückgebe, damit sie mir dienen.

Ich werde sie wecken, werde ihr vergessenes Wissen lernen, all das, was diese geblichenen Schädel zu bieten haben. Durch die geheimen Künste der Toten werden wir die Lebenden versklaven! Ja, Könige und Generale und Zauberer alter Zeit werden unsere Helfer und Sklaven sein. Wer wird der Erste sein?

Seht! Diese verschrumpelte Mumie auf dem Altar war einst Thothmekri, ein Hohepriester Sets, der vor dreitausend Jahren starb. Er war Adept des Schwarzen Ringes. Er kannte das Herz. Er wird uns von seinen Kräften berichten.«

Thutothmes nahm den großen Edelstein und legte ihn auf die knochige Mumienbrust. Dann hob er die Hände und leierte eine Beschwörung. Doch er kam nicht dazu, sie zu beenden. Seine Lippen verstummten, als er mit weit aufgerissenen Augen über seine Akolythen hinwegstarrte. Die Priester fuhren herum und folgten seinem Blick.

Durch einen der schwarzen Türbogen hatten vier hagere, schwarz gewandete Gestalten die große Halle betreten. Unter den Schatten ihrer Kapuzen waren ihre Gesichter kaum erkennbare gelbe Ovale.

»Wer seid ihr?«, stieß Thutothmes hervor. Seine Stimme klang so gefährlich wie das Zischen einer Kobra. »Seid ihr wahnsinnig, in den heiligen Schrein Sets einzudringen?«

Der größte der Fremden sprach. Seine Stimme klang so tonlos wie eine khitaische Tempelglocke.

»Wir folgen Conan von Aquilonien.«

»Er ist nicht hier«, antwortete Thutothmes und schüttelte mit einer drohenden Geste wie ein Panter, der seine Krallen zeigt, den Ärmel seines Gewandes zurück.

»Ihr lügt! Er ist in diesem Tempel. Wir folgten seiner Fährte über eine Leiche hinter der Bronzetür des äußeren Portals durch einen wahren Irrgarten von Korridoren. Wir waren auf seiner Spur, als wir uns dieser Versammlung bewusst wurden. Wir werden sie wieder aufnehmen, doch zuerst gebt Ihr uns das Herz Ahrimans.«

»Den vom Wahn Besessenen gebührt der Tod«, murmelte Thutothmes und näherte sich dem Sprecher. Seine Priester schlossen lautlos auf, aber das schien die Fremden nicht zu bekümmern.

»Wen ergreift nicht Verlangen bei seinem Anblick?«, sagte der Khitan. »In Khitai haben wir davon gehört. Es wird uns Macht über jene geben, die uns verbannten. Ruhm und Wunder schlummern in seinen roten Tiefen. Gebt es uns, ehe wir Euch töten!«

Ein wilder Schrei erschallte, als ein Priester mit blitzendem Stahl vorsprang. Doch ehe die Klinge ihr Ziel traf, schoss ein schuppiger Stock vor. Er berührte die Brust des Priesters, und er sank tot zu Boden. Dann bot sich den geschnitzten Augen der Mumienbehälter ein Bild des Grauens. Krumme Klingen blitzten und färbten sich rot, und schuppige Stöcke schnellten schlangengleich vor und zurück, und immer, wenn sie einen Priester berührten, schrie dieser auf und starb.

Beim ersten Hieb war Conan aufgesprungen und raste die Treppe hinunter. Im Laufen waren ihm flüchtige Blicke auf den kurzen, teuflischen Kampf gegönnt. Er sah Männer im Kampf verschlungen und blutüberströmt; er sah einen Khitan, der sich trotz seiner tödlichen Wunden noch auf den Füßen hielt und tödliche Schläge austeilte, ehe Thutothmes ihm die bloße Hand auf die Brust drückte. Unter ihr ging er tot zu Boden, nachdem der blanke Stahl ihm die gespenstische Lebenskraft nicht zu rauben vermocht hatte.

Als Conan von den letzten Stufen sprang, war der Kampf so gut wie vorbei. Drei der Khitaner hatten den Geist aufgegeben, und von den Stygiern hielt sich nur noch Thutothmes auf den Beinen.

Die offene Hand wie eine Waffe erhoben – und diese Hand war dunkel wie die eines Schwarzen –, stürzte er sich auf den letzten Khitan. Doch schon schnellte der Schuppenstock vor und schien sich zu verlängern. Die Spitze berührte Thutothmes' Brust. Der Priester stolperte. Wieder und noch einmal schnellte die Stockspitze nach vorn, bis Thutothmes taumelte und sein Gesicht sich eigenartig schwarz überzog, ehe er tot zusammenbrach.

Der Khitan wandte sich dem Juwel zu, das auf der Brust der Mumie brannte, doch da war auch schon Conan heran.

In angespannter Stille standen die beiden einander gegenüber, inmitten der blutigen Leichen und der Toten in ihren Sarkophagen ringsum.

»Weit bin ich Euch gefolgt, o König von Aquilonien«, sagte der Khitan ruhig. »Den langen Fluss abwärts, über die Berge, quer durch Poitain und Zingara und die Berge von Argos, und hinunter zur Küste. Nicht leicht fiel es uns, Eure Spur von Tarantia aufzunehmen, denn die Priester von Asura sind schlau. Wir verloren Eure Fährte in Zingara, fanden jedoch Euren Helm im Wald unterhalb des Grenzgebirges, wo Ihr mit den Ghulen der Wälder gekämpft hattet. Und fast verloren wir Euch heute Nacht in diesen Labyrinthen wieder.«

Conan dachte flüchtig, wie gut es gewesen war, dass er von der Vampirkammer aus einen anderen Weg genommen hatte, nicht den, auf dem er gekommen war, denn sonst wäre er diesen gelben Teufeln geradewegs in die Arme gelaufen und hätte sie nicht aus der Ferne gesehen. Erstaunlich, mit welch unheimlichen Fähigkeiten diese menschlichen Bluthunde ihn hatten aufspüren können.

Der Khitan schüttelte leicht den Kopf, als lese er des Cimmeriers Gedanken.

»Das ist bedeutungslos. Die lange Verfolgung endet hier.«

»Weshalb habt ihr mich überhaupt gejagt?«, fragte Conan, bereit, wie ein gestellter Tiger in jede Richtung zuzuschlagen.

»Wir mussten eine Schuld begleichen«, erwiderte der Khitan. »Euch, der Ihr gleich sterben werdet, will ich die Antwort nicht vorenthalten. Wir waren Vasallen Valerius', des Königs von Aquilonien. Lange dienten wir ihm, doch jetzt sind wir aus seinem Dienst entlassen – meine Brüder durch den Tod, und ich durch die Erfüllung meines Auftrags. Ich werde mit zwei Herzen nach Aquilonien zurückkehren: mit dem Herzen Ahrimans für mich und mit Conans Herz für Valerius. Ein Kuss mit dem Stock, der aus dem Baum des Todes geschnitten wurde ...«

Wieder stieß der Stock wie eine Schlange zu, aber Conans Dolch war schneller. Der Stock fiel in zwei sich windenden Hälften zu Boden, und als der blanke Stahl sofort erneut blitzte, folgte ihm der Kopf des Khitan.

Conan drehte sich um und streckte die Hand nach dem Juwel aus – da fuhr er zurück. Die Nackenhaare stellten sich ihm auf, und sein Blut drohte zu stocken.

Keine verschrumpelte braune Mumie lag mehr auf dem Altar. Das Juwel funkelte auf der geschwellten Brust eines nackten, lebenden Mannes, von dem die letzten Reste der verrotteten Mumienhülle abgefallen war. Lebte er wirklich? Conan war sich nicht sicher. Die Augen waren wie dunkles, beschlagenes Glas, unter dem unirdische Feuer zu brennen schienen.

Langsam erhob der Mann sich und nahm das Juwel in die Hand. Er war ein Riese mit dunkler Haut und einem Gesicht wie aus Stein gehauen. Stumm streckte er Conan die Hand entgegen, in welcher das Juwel wie ein lebendes Herz pulsierte. Conan griff danach, mit dem gespenstischen Gefühl, ein Geschenk von einem Toten anzunehmen. Er glaubte zu verstehen: Die richtige Beschwörung war noch nicht vorgenommen – oder vielmehr nicht vollendet worden –, und deshalb war das Leben nicht ganz in den Leichnam zurückgekehrt.

»Wer seid Ihr?«, fragte der Cimmerier.

Die Antwort erfolgte mit eintöniger Stimme und erinnerte an das Geräusch von Stalaktiten tropfenden Wassers in unterirdischen Höhlen. »Ich war Thothmekri. Ich bin tot.«

»Nun denn, führt mich aus diesem verfluchten Tempel«, bat Conan, dem kalte Schauder über den Rücken rannen.

Gemessenen Schrittes ging der Tote zu einem Türbogen. Conan folgte ihm. Ein Blick zurück zeigte ihm noch einmal die gewaltige düstere Halle mit den Reihen von Sarkophagen und den Toten vor dem Altar. Der abgeschlagene Kopf des Khitan starrte blicklos zur fernen dunklen Decke.

Das Juwel erleuchtete mit seinem sprühenden goldenen Feuer die dunklen Tunnel. Flüchtig bemerkte Conan das Schimmern elfenbeinfarbener Haut und vermeinte, den Vampir, der einst Akivasha gewesen war, vor dem Glühen des Edelsteins zurückweichen zu sehen, und mit Akivasha andere, weniger menschliche Kreaturen.

Der Tote schritt unbeirrt weiter, ohne je nach rechts oder links zu blicken. Kalter Schweiß rann über Conans Rücken. Schreckliche Zweifel quälten ihn. Wie sollte er wissen, dass diese unheimliche Gestalt aus ferner Vergangenheit ihn auch wirklich ins Freie führte? Aber ihm war klar, dass er allein nie aus diesem Irrgarten von Korridoren und Tunneln finden würde. Er folgte seinem grauenhaften Führer durch die Schwärze, die sich vor und hinter ihnen erhob und in der sich unvorstellbare Alptraumgeschöpfe vor dem Glühen des Herzens verkrochen.

Endlich war die Bronzetür vor ihm, und Conan spürte den Nachtwind, der über die Wüste blies. Er sah die Sterne am Himmel funkeln und den Schatten, den die Pyramide in ihrem Schein auf die Wüste warf. Thothmekri deutete stumm hinaus in die Nacht, ehe er sich umdrehte und lautlos zurück in die Finsternis schritt, einem unausweichlichen Geschick entgegen – oder zurück in den ewigen Schlaf.

Ein Fluch entrang sich des Cimmeriers Lippen. Dann rannte er durch die offene Tür und hinaus in die Wüste, als verfolgte ihn eine ganze Heerschar von Dämonen. Keinen Blick warf er mehr auf die Pyramide zurück, und auch nicht auf die schwarzen Türme Khemis, die sich jenseits des Sandes erhoben. Südwärts lief er auf die Küste zu, wie einer, dessen Schritte Panik lenkt. Der anstrengende Lauf befreite seinen Kopf schließlich von den schwarzen Spinnweben, der reine Wüstenwind vertrieb die Alpträume aus seinem Herzen, und der abgrundtiefe Abscheu wandelte sich zu wilder Freude, noch ehe die Wüste dem Sumpfland wich und er durch das Schilf die schwarze Bucht vor sich liegen sah, und dort die *Abenteurer*. Er kämpfte sich durch das dichte Ried und tauchte schließlich kopfüber in das tiefe Wasser, ohne auf Haie oder Krokodile zu achten. Mit kräftigen Bewegungen schwamm er zur Galeere und kletterte triefend die Kette zum Deck hoch, ehe die Wache ihn entdeckte.

»Wacht auf, ihr Hunde!«, brüllte Conan und schlug den Speer zur Seite, den die verwirrte Wache nun auf ihn gerichtet hatte. »Lichtet die Anker! Gebt dem Fischer einen Helm voll Gold und setzt ihn ab! Bald ist Morgen, und wir müssen noch vor Sonnenaufgang in voller Fahrt zum nächsten zingaranischen Hafen unterwegs sein!«

Er wirbelte das große Juwel um seinen Kopf, und es sprühte sein goldenes Feuer über das ganze Deck.

XX

Aus dem Staub soll Acheron sich erheben!

Der Winter war vorbei in Aquilonien. Blätter sprossen an den Zweigen, und der warme Südwind streichelte das frische Gras. Aber viele Äcker lagen brach, und so manche verkohlten Flächen und Schutthaufen waren die einzigen Überreste prächtiger Landhäuser und blühender Ortschaften. Ungehindert streiften Wölfe über Straßen, auf denen Unkraut zu wuchern begann, und Banden hagerer Männer trieben sich in den Wäldern herum. Nur in Tarantia gab es genug zu essen, Reichtum und rauschende Feste.

Valerius herrschte wie vom Wahn besessen. Selbst viele der Barone, die ihn willkommen geheißen hatten, murrten jetzt. Seine Steuereintreiber brachten Reiche und Arme gleichermaßen an den Bettelstab. Alles, was das ausgeplünderte Land an irdischen Schätzen zu bieten hatte, fand seinen Weg nach Tarantia, das bereits weniger der Hauptstadt eines großen Reiches glich als dem Stützpunkt eines Eroberers in erobertem Land. Seine Kaufleute wurden reich, doch die wurden ihres Wohlstands nicht froh, denn keiner wusste, wann er als Nächster aufgrund erfundener Anklagen des Hochverrats beschuldigt wurde, wann sein Vermögen beschlagnahmt und er selbst in den Kerker geworfen wurde oder auf dem Richtblock starb.

Valerius unternahm nichts, um die Zuneigung seiner Untertanen zu gewinnen. Was ihn an der Macht hielt, waren die nemedischen Besatzungstruppen und seine hart gesottenen Söldner. Er wusste, dass er selbst bloß eine Marionette Amalrics und seine Herrschaft nur der Gnade des Nemediers zu verdanken war. Und es war ihm auch klar, dass er Aquilonien nie einen und das Joch seiner Herren abschütteln konnte, denn die äußeren Provinzen würden sich ihm bis zum letzten Blutstropfen widersetzen. Ganz abgesehen davon, dass die Nemedier ihm sofort die Krone wegnehmen würden, falls er versuchte, sein Reich zu vereinigen. Er sah keinen Ausweg. Die Bitterkeit gedemütigten Stolzes fraß an seiner Seele, und so ergab er sich ungeheuren Ausschweifungen, wie einer, der nur von einem Tag zum nächsten lebt, ohne an die Zukunft auch nur zu denken.

Und doch war Methode in seinem Wahnsinn, aber so gut getarnt, dass nicht einmal Amalric etwas ahnte. Vielleicht hatten die wilden Jahre des Herumstreifens in der Verbannung eine Bitterkeit in ihm wachsen lassen, die über jede normale Vorstellung hinausging. Möglicherweise verwandelte seine gegenwärtige Position diese

Bitterkeit in eine Art Wahnsinn. Jedenfalls lebte er nur mit dem einen Verlangen: alle, die ihn in diese Lage gebracht hatten, mit in den Untergang zu reißen.

Er wusste, dass es mit seiner Herrschaft zu Ende war, sobald er Amalrics Zweck erfüllt hatte. Er wusste auch, solange er sein Königreich ausbeutete und seine Untertanen unterdrückte, würde der Nemedier ihn als König von Aquilonien dulden, denn es war Amalrics Absicht, ganz Aquilonien in die Knie zu zwingen, ihm auch den letzten Rest von Unabhängigkeit zu rauben und es dann selbst zu übernehmen, um es mithilfe seines gewaltigen Reichtums nach seiner eigenen Vorstellung neu aufzubauen. Und das, um mit seinem Menschenmaterial und seinen Bodenschätzen Tarascus die Krone Nemediens zu entreißen. Denn das endgültige Ziel Amalrics war der Thron eines Kaiserreichs. Valerius war sich dessen sicher, aber er wusste nicht, ob Tarascus davon etwas ahnte. Sehr wohl wusste er jedoch, dass der König von Nemedien mit seiner skrupellosen Herrschaft zufrieden war. Tarascus hasste Aquilonien mit einer Inbrunst, die den alten Kriegen entsprang. Sein größter Wunsch war die Vernichtung des westlichen Königreichs.

Und Valerius beabsichtigte, das Land so absolut zu zerstören, dass nicht einmal Amalrics Reichtum es wieder aufbauen konnte. Er hasste den Baron so sehr, wie er Aquilonien hasste, und er hoffte, er würde den Tag noch erleben, an dem Aquilonien völlig in Trümmern lag und Tarascus mit Amalric in einen hoffnungslosen Bürgerkrieg verstrickt war, der Nemedien ganz zerstören würde.

Er war der Meinung, dass die Unterdrückung der immer noch aufrührerischen Provinzen Gunderland und

Poitain und der Bossonischen Marschen das Ende seiner Herrschaft bedeuten würde, denn dann hätte er Amalrics Zweck erfüllt und würde nicht mehr gebraucht. Also verschob er die Eroberung dieser Provinzen und beschränkte sich auf gelegentliche Einfälle. Amalrics Drängen begegnete er mit allerlei glaubwürdigen Ausreden.

Sein Leben war eine Reihe von Festen und Orgien. Er hatte die schönsten Mädchen des Königreichs in seinen Palast bringen lassen, einen großen Teil sogar mit Gewalt. Er beleidigte die Götter, lag betrunken auf dem Boden der Banketthalle und achtete nicht darauf, wie viel Wein er über seine Purpurroben verschüttete. In Anfällen von Blutgier verzierte er die Galgen auf dem Marktplatz mit baumelnden Leichen, hielt das Beil des Scharfrichters in ständiger Bewegung und den Richtblock blutig. Und er schickte seine nemedischen Reiter zum Brandschatzen durchs ganze Land. Das Land befand sich in ständigem Aufruhr und verzweifelter Revolte, die auf grausamste Weise unterdrückt wurden. Valerius plünderte und zerstörte, bis selbst Amalric sich einmischte und ihn warnte, er würde das Königreich so zugrunde richten, dass es sich nie wieder erholen könnte, ohne zu ahnen, dass gerade das des anderen Absicht war. Doch während man sich sowohl in Aquilonien als auch in Nemedien über den Wahnsinn des Königs erregte, unterhielt man sich in Nemedien über Xaltotun, den Vermummten. Man erzählte sich, dass er viel Zeit in den Bergen verbrachte, bei den Überlebenden einer alten Rasse: dunkle, wortkarge Menschen, die angeblich von einem uralten Reich abstammten. Trommeln dröhnten in den sonst so verschlafenen Bergen, Feuer glühten in der Dunkelheit, und der Wind trug fremdartigen Singsang mit sich, Gebete und Rituale, die seit Jahrhunderten vergessen waren.

Den Grund für diese Besuche Xaltotuns in den Bergen wusste niemand, außer vielleicht Orastes, der den Pythonier häufig begleitete und dessen Gesicht immer hagerer und besorgter wurde.

Als der Frühling in voller Blüte stand, ging ein Raunen durch das geschlagene Aquilonien, das die Herzen mit Hoffnung erfüllte. Wie ein frischer Wind war es aus dem Süden gekommen und hatte die Menschen geweckt, die sich der Apathie und Verzweiflung ergeben hatten. Doch von wem es ausgegangen war, konnte niemand mit Sicherheit sagen. Manche erzählten von einer sonderbaren, grimmigen alten Frau, die aus dem Gebirge heruntergekommen war, mit im Winde flatterndem Haar und einem großen, grauen Wolf an der Seite, der sie wie ein Hund begleitete. Andere erwähnten die Priester von Asura, die wie ungreifbare Schatten von Gunderland zu den Marschen von Poitain schlichen und zu den Walddörfern der Bossonier.

Aber wie auch immer, von irgendwoher war die Kunde ins Land gelangt, und ihr auf dem Fuß folgte die Revolte. Die äußeren Stützpunkte der Nemedier wurden überfallen, ihre Besatzung niedergemacht und ihre Unterkünfte in Schutt und Asche gelegt. Und der Nachschub kam nicht mehr durch. Der Westen hatte die Waffen ergriffen, und eine ungeheuere Zuversicht ging von den Aufständischen aus; von der früheren Verzweiflung war nichts mehr zu spüren. Es war nicht das einfache Volk, das sich erhob. Barone befestigten ihre Burgen und forderten die Statthalter ihrer Provinzen offen heraus. Scharen von Bossoniern wurden am Rand der

Marschen gesehen: kräftige, entschlossene Burschen in Harnischen und Helmen, mit Langbogen bewaffnet. Aus der Hoffnungslosigkeit und Schicksalsergebenheit in dem geschändeten Land war neuer, gefährlicher Lebensmut entstanden. Deshalb sandte Amalric in aller Hast nach Tarascus, der mit einer Armee herbeieilte.

Im Königspalast von Tarantia diskutierten die beiden Könige und Amalric über den Aufstand. Nach Xaltotun hatten sie nicht geschickt, der mit seinen rätselhaften Studien in den nemedischen Bergen beschäftigt war. Seit jenem blutigen Tag im Tal von Valkia hatten sie ihn nicht mehr um Unterstützung durch seine Magie ersucht, und er hatte sich von ihnen abgesondert und setzte sich selten mit ihnen in Verbindung. Offensichtlich interessierten ihre Intrigen ihn überhaupt nicht.

Auch nach Orastes hatten sie nicht gesandt, aber er kam von allein, und er war so weiß wie Gischt im Sturm. In dem Raum mit der Goldkuppel, in dem die Könige sich besprachen, stand er vor ihnen. Erstaunt sahen sie, wie hager er geworden war und welch ungeheure Angst aus ihm sprach, eine Angst, die sie ihm nie zugetraut hätten.

»Ihr seid müde, Orastes«, sagte Amalric. »Macht es Euch auf dem Diwan bequem. Ich werde einen Sklaven Wein für Euch bringen lassen. Ihr müsst sehr schnell geritten sein ...«

Orastes hob unwirsch die Hand.

»Drei Pferde habe ich von Belverus hierher zuschanden geritten. Ich kann keinen Wein trinken und es mir nicht bequem machen, ehe ich gesagt habe, was gesagt werden muss.«

Unruhig schritt er hin und her, ehe er vor den drei Männern anhielt.

»Als wir das Herz Ahrimans benutzten, um einen Toten ins Leben zurückzubringen«, sagte er abrupt, »bedachten wir die Folgen nicht, die sich ergeben würden, wenn wir im Staub der Vergangenheit graben. Schuld und Sünde sind mein. Wir dachten nur an unsere Ambitionen und vergaßen dabei, dass dieser Mann seine eigenen haben mochte. Wir haben einen Dämon in die Welt gerufen, einen Teufel, wie er für einen einfachen Sterblichen unvorstellbar ist. Ich habe mich mit dem Bösen beschäftigt, habe tief darin gegraben, aber es gibt eine Grenze, die ich – oder überhaupt irgendjemand unserer Rasse und Zeit – nicht überschreiten kann. Meine Vorfahren waren anständige, rechtschaffene Menschen, ohne auch nur die geringste Neigung zum Teuflischen. Ich allein bin unendlich tief gesunken, doch ich kann nicht schlimmer sündigen, als meine eigene Persönlichkeit es erlaubt. Hinter Xaltotun stehen dagegen tausend Jahrhunderte Schwarzer Magie und Teufeleien: eine uralte Tradition des Bösen. Er agiert jenseits unserer Vorstellungskraft, nicht nur weil er selbst ein Zauberer ist, sondern weil er der Sohn einer ganzen Rasse von Zauberern ist.

Ich habe Dinge gesehen, die meine Seele schier zermalmten. Im Herzen der schlummernden Berge war ich Zeuge, wie Xaltotun sich mit den Seelen der Verdammten besprach und wie er die uralten Dämonen des vergessenen Acheron herbeibeschwor. Ich habe gesehen, wie die verfluchten Abkömmlinge dieses verfluchten Reiches ihn begrüßten und als ihren Erzpriester verehrten. Ich weiß, was er vorhat, und ich sage euch, es ist nichts Geringeres als die Wiederherstellung des uralten, schwarzen, grauenvollen Reiches Acheron!«

»Was soll das heißen?«, fragte Amalric scharf. »Acheron ist Staub. Es gibt nicht genügend Überreste und Überlebende, um daraus ein neues Reich zu schaffen. Und nicht einmal Xaltotun vermag dem Staub von dreitausend Jahren seine alte Form zurückzugeben!«

»Ihr versteht wenig von seinen finsteren Kräften!«, antwortete Orastes grimmig. »Mit eigenen Augen sah ich, wie allein die Berge sich unter der Macht seiner Beschwörungen veränderten. Wie Schatten sah ich hinter der Wirklichkeit die verschwommenen Formen und Umrisse von Tälern, Wäldern, Bergen und Seen, die anders waren, als unsere Welt jetzt ist, wohl aber so, wie er sie aus seiner Zeit kannte. Sogar die purpurnen Türme des vergessenen Python wurden mir – mehr durch das Gefühl als durch die Augen – offenbart wie flimmernder Dunst in der Nacht.

Und während seines letzten Besuchs in den Bergen, bei dem ich ihn begleitete, wurde mir endlich der Zweck seiner Zauberei bewusst, während die Trommeln dröhnten und seine fast tierischen Anbeter mit den Köpfen im Staub heulten. Ich sage Euch, er will Acheron durch seine Magie zurückbringen, durch die Zauberkraft eines gigantischen Blutopfers, wie die Welt es noch nie gesehen hat. Er will die Welt versklaven und mit einem Blutstrom *die Gegenwart hinwegschwemmen, um die Vergangenheit zurückzubringen!*«

»Ihr seid wahnsinnig!«, rief Tarascus.

Mit eingefallenen Wangen und tief in den Höhlen liegenden Augen blickte Orastes ihn an. »Wahnsinnig? Muss ein Mensch nicht den Verstand verlieren, wenn er gesehen hat, was ich sah? Doch ich spreche die Wahrheit. Er beabsichtigt, Acheron mit seinen Türmen, seinen Hexern und Königen und Grausamkeiten zurückzubringen, so wie es vor langer, langer Zeit bestand. Die Abkömmlinge des finsteren Landes werden ihm als Grundstock dienen, von dem er ausgeht. Doch Blut und Leiber der Menschen unserer Zeit sind es, die ihm als Steine und Mörtel für den Wiederaufbau dienen werden. Wie, kann ich nicht sagen. Mein Gehirn versagt, wenn ich es zu verstehen versuche. *Aber ich habe es gesehen!* Acheron wird wieder Acheron sein. Selbst die Berge und Wälder und Flüsse werden sein wie damals. Und warum sollte er es nicht fertig bringen? Wenn es mir mit meinem armseligen Wissen gelang, einen Mann ins Leben zurückzubringen, der dreitausend Jahre tot gewesen war, weshalb sollte dann der mächtigste Zauberer der Welt nicht imstande sein, ein Reich wieder auferstehen zu lassen, das seit dreitausend Jahren tot ist? Durch seine Zauberkräfte wird Acheron aus dem Staub erwachsen!«

»Wie können wir ihn daran hindern?«, fragte Tarascus beeindruckt.

»Es gibt nur eine Möglichkeit«, antwortete Orastes. »Wir müssen das Herz Ahrimans stehlen!«

»Aber ich ...«, entfuhr es Tarascus unwillkürlich, ehe er schnell die Zähne zusammenpresste.

Niemandem war es aufgefallen. Orastes sprach bereits weiter.

»Es ist eine Kraft, die gegen ihn benutzt werden kann. Wenn ich es in meiner Hand hätte, wäre ich vielleicht stark genug, ihm zu trotzen. Aber wie können wir es ihm stehlen? Er bewahrt es an irgendeinem geheimen Ort auf, an den nicht einmal ein zamorianischer Dieb herankäme. Es gelang mir nicht, dieses Versteck in

Erfahrung zu bringen. Wenn er sich nur wieder den Träumen des schwarzen Lotus hingeben würde – aber das tat er das letzte Mal nach der Schlacht von Valkia, weil die ungeheure Magie, die er dort ausgeübt hatte, ihn müde machte, und ...«

Die Tür war verschlossen und verriegelt, trotzdem schwang sie lautlos auf. Xaltotun stand vor ihnen. Ruhig strich er über seinen langen Bart, aber Teufelslichter flammten in seinen Augen.

»Zu viel habe ich dich gelehrt«, sagte er zu Orastes, ohne die Stimme zu heben, und deutete mit unheilkündendem Finger auf ihn. Ehe auch nur einer sich zu rühren vermochte, hatte er eine Hand voll Staub vor die Füße des ehemaligen Priesters geworfen, der wie zu Marmor erstarrt dastand. Das Pulver begann zu schwelen. Eine blaue Flammenzunge schlängelte hoch und wand sich um Orastes. Als sie Schulterhöhe erreicht hatte, wickelte sie sich blitzschnell wie eine Schlange um seinen Hals. Gurgelnd erstarb Orastes' Schrei. Seine Hand zuckte zu seiner Kehle, die Augen quollen ihm aus den Höhlen, und die Zunge quälte sich blauschwarz über die Lippen. Der Rauch war wie ein blauer Strick um seinen Hals. Dann löste er sich auf und war nicht mehr. Orastes sackte tot zu Boden.

Xaltotun klatschte in die Hände. Zwei Männer traten in das Gemach. Männer, wie man sie häufig in seiner Begleitung sah: klein, abstoßend, dunkel, mit roten heimtückischen Augen und spitzen Rattenzähnen. Stumm hoben sie die Leiche auf und trugen sie fort.

Mit einer gleichmütigen Handbewegung tat Xaltotun den Vorfall ab und setzte sich an den Elfenbeintisch zu den bleichen Königen.

»Ihr wart doch bei einer Besprechung?«, erkundigte er sich.

»Die Aquilonier haben sich im Westen erhoben«, antwortete Amalric, der sich als Erster von dem Schock erholte, den Orastes grauenvoller Tod ihnen allen versetzt hatte. »Die Narren bilden sich ein, Conan lebt noch und wird an der Spitze einer poitanischen Armee einreiten, um sein Reich zurückzuerobern. Wäre er sofort nach Valkia wieder aufgetaucht, oder hätte sich auch nur das Gerücht verbreitet, dass er gar nicht tot sei, dann hätten die mittleren Provinzen sich nicht erhoben, weil sie Eure Kräfte zu sehr fürchteten. Aber unter Valerius' Missherrschaft wuchs ihre Verzweiflung so stark, dass sie bereit sind, einem jeden zu folgen, der sie gegen uns zu vereinigen vermag. Und sie ziehen einen Tod in der Schlacht Folterqualen, ja sogar endlosem Elend vor.

Natürlich hat das Gerücht, dass Conan bei Valkia gar nicht wirklich gefallen war, sich hartnäckig gehalten, aber erst seit kurzem glauben die Massen es. Pallantides ist aus dem Exil in Ophir zurückgekehrt und schwört, der König habe am Tag der Schlacht krank in seinem Zelt gelegen und ein anderer seine Rüstung getragen. Und ein Junker, der sich erst vor kurzem von den Folgen eines Keulenhiebs erholte, bestätigt seine Behauptung – ob nun wahrheitsgemäß oder nicht.

Eine alte Frau mit einem zahmen Wolf wandert quer durchs Land und verkündet, dass König Conan noch lebt und eines Tages zurückkehren wird, um sich wieder auf den Thron zu setzen. Und seit kurzem stoßen auch diese verfluchten Asurapriester ins gleiche Horn. Sie faseln, die Kunde wäre durch geheimnisvolle Mittler zu ihnen gekommen, dass Conan schon unterwegs sei, um sein Reich zurückzuerobern. Trotz aller Bemühungen ist es mir nicht gelungen, die Alte oder einen dieser Asurapriester in die Hand zu bekommen. Das Ganze ist natürlich eine Kriegslist Troceros. Meine Spione meldeten mir, dass die Poitanen sich zweifellos sammeln, um in Aquilonien einzufallen. Ich glaube, Trocero wird dem Volk einfach irgendjemanden, der ein bisschen Ähnlichkeit mit ihm hat, als Conan vorsetzen.«

Tarascus lachte, aber sein Lachen klang nicht überzeugend. Heimlich betastete er eine Narbe unter seinem Wams. Er erinnerte sich an die krähenden Raben auf der Fährte eines Flüchtenden, an die Leiche seines Junkers Arideus, die grauenvoll verstümmelt – von einem großen grauen Wolf, wie Augenzeugen berichtet hatten – aus dem Grenzgebirge zurückgebracht worden war. Und er erinnerte sich auch an ein rotes Juwel, das aus einer goldenen Schatulle gestohlen worden war, während der Zauberer im Lotustraum schlief. Aber er schwieg.

Und Valerius dachte an einen sterbenden Edlen, der in seinen letzten Zügen eine unglaubliche Geschichte erzählt hatte. Und er dachte an die vier Khitaner, die in den Süden gezogen und nie zurückgekehrt waren. Doch auch er schwieg, denn sein Hass und das Misstrauen gegenüber seinen Verbündeten verzehrte ihn, und er wünschte sich nichts sehnlicher, als dass Rebellen und Nemedier sich gegenseitig zerfleischten.

Nur Amalric rief: »Es ist doch Unsinn, auch nur daran zu denken, dass Conan noch leben könnte!«

Als Antwort warf Xaltotun eine Pergamentrolle auf den Tisch.

Amalric griff danach und öffnete sie. Eine heftige Verwünschung entfuhr ihm. Er las laut:

An Xaltotun, den großen Schwindler von Nemedien:
Hund von Acheron, ich kehre in mein Königreich zurück
und werde dein Fell über einen Dornbusch hängen.
CONAN

»Eine Fälschung!«, rief Amalric.

Xaltotun schüttelte den Kopf.

»Nein. Ich habe die Schrift mit der Unterschrift auf den Urkunden in der Hofbibliothek verglichen. Keiner könnte dieses kühne Gekritzel nachahmen.«

»Wenn Conan wirklich noch lebt«, murmelte Amalric, »wird dieser Aufstand sich nicht mit den bisherigen vergleichen lassen, denn er ist der Einzige, der Aquilonien vereinigen kann. Aber«, fuhr er fort, »das sieht Conan nicht ähnlich. Weshalb warnt er uns mit dieser Prahlerei? Man sollte meinen, er würde, auf Art der Barbaren, einfach zuschlagen, ohne es vorher anzukündigen.«

»Wir waren bereits gewarnt«, gab Xaltotun zu bedenken. »Unsere Spione berichteten uns von den Kriegsvorbereitungen in Poitain. Er könnte die Berge nicht überqueren, ohne dass wir es erfahren. Also fordert er mich auf seine charakteristische Weise heraus.«

»Warum hat er sein Schreiben an Euch gerichtet?«, fragte Valerius. »Weshalb nicht an mich oder an Tarascus?«

Xaltotun bedachte den König mit unergründlichem Blick.

»Conan ist klüger als ihr«, antwortete er schließlich. »Er weiß bereits, womit ihr Könige euch erst noch abfinden müsst: dass weder Tarascus, noch Valerius und auch nicht Amalric der wahre Herrscher über die westlichen Nationen ist, sondern Xaltotun!«

Sie antworteten nicht. Sie starrten ihn nur an, verstört angesichts der lähmenden Erkenntnis, dass seine Worte der Wahrheit entsprachen.

»Für mich gibt es nur ein Ziel: ein Weltreich!«, erklärte Xaltotun. »Doch zuerst müssen wir Conan vernichten. Ich weiß nicht, wie er mir in Belverus entkommen konnte, denn was während meines Lotusschlafes geschah, entzieht sich meiner Kenntnis. Jedenfalls ist er jetzt im Süden und sammelt eine Armee um sich. Es ist sein letztes Aufbegehren und nur durch die Verzweiflung des Volkes möglich, das unter Valerius zu viel erdulden muss. Sollen sie sich erheben! Ihr Leben liegt in meiner Hand! Wir werden warten, bis er gegen uns zieht, dann werden wir ihn ein für alle Mal zerschmettern.

Danach machen wir ein Ende mit Poitain, Gunderland und den unüberlegten Bossoniern. Ihnen werden Ophir folgen, Argos, Zingara, Koth – alle Nationen der Welt werden wir zu einem gewaltigen Reich zusammenfügen. Ihr werdet als meine Statthalter herrschen und mächtiger sein, als ihr es jetzt als Könige seid. Ich bin unbesiegbar, denn das Herz Ahrimans ist so gut versteckt, dass kein Sterblicher es je finden und gegen mich benutzen kann.«

Tarascus senkte die Augen, damit Xaltotun seine Gedanken nicht lesen konnte. Er wusste jetzt, dass der Zauberer nicht mehr in die goldene Kassette mit den geschnitzten Schlangen geschaut hatte, seit er das Herz hineingelegt hatte. So merkwürdig es auch war, Xaltotun ahnte nicht, dass das Herz gestohlen worden war. Seine unheimlichen Fähigkeiten warnten ihn nicht, dass es sich nicht mehr in seinem Besitz befand. Tarascus glaubte nicht, dass Xaltotun Orastes' Enthüllungen in ihrem vollen Umfang kannte, sonst hätte der Pythonier zweifellos nicht von einem gewöhnlichen Weltreich gesprochen, sondern von der Wiederauferstehung Acherons. Vermutlich war er sich seiner Kräfte noch nicht völlig sicher, und er brauchte ihre Hilfe nicht weniger als sie die seine. Immerhin hing auch Magie bis zu einem bestimmten Grad von Schwerthieben und Lanzenstößen ab. Der König verstand die Bedeutung von Amalrics verstohlenem Blick. Sollte der Hexer doch seine Zauberkräfte benutzen, um ihren gefährlichsten Feind zu schlagen. Dann war immer noch Zeit genug, sich gegen ihn zu wenden. Es mochte durchaus noch eine Möglichkeit geben, diese finstere Kraft, die sie heraufbeschworen hatten, zu überlisten.

XXI

Trommeln künden von Gefahr

Niemand bezweifelte mehr, dass es Krieg geben würde, als die zehntausend Mann starken poitanischen Streitkräfte mit flatternden Bannern und glitzerndem Stahl über die Pässe im Süden zogen. An ihrer Spitze – darauf leisteten die Spione einen heiligen Eid – ritt ein Riese in schwarzer Rüstung, und auf der Brust seines prächtigen Überrocks war der königliche aquilonische Löwe in Gold gestickt. Conan lebte! Der König lebte! Nein, daran zweifelte niemand mehr, weder Freund noch Feind.

Mit der neuen Kunde aus dem Süden verbreitete sich eine weitere, die eilige Kuriere gebracht hatten: Aus Gunderland zog eine Armee südwärts, verstärkt durch die Barone des Nordwestens und die Bossonier im Norden. Tarascus marschierte mit einunddreißigtausend Mann nach Galparan am Shirki, den die Gundermänner überqueren mussten, um die von den Nemediern besetzten Städte zurückzuerobern. Der Shirki war ein wilder Fluss, der sich durch unwegsame Felsen einen Weg bahnte. Es gab nur wenige Stellen, an denen eine Armee ihn zu dieser Jahreszeit überqueren konnte, da er durch die Schneeschmelze Hochwasser führte. Das ganze Gebiet östlich des Shirki war in den Händen der Nemedier, und es gab wenig andere Möglichkeiten für die Gundermänner, als eine Überquerung bei Galparan oder Tanasul, das südlich von Galparan lag. Täglich wurde Verstärkung aus Nemedien erwartet, bis die Nachricht kam, dass der König von Ophir, zweifellos in feindseliger Absicht, Truppen an Nemediens Südgrenze zusammenzog. Weitere Kontingente nach Norden zu schicken, hätte Nemedien zu wehrlos gegen einen Einfall aus dem Süden gemacht.

Amalric und Valerius brachen mit fünfundzwanzigtausend Mann von Tarantia auf, ließen jedoch genügend Truppen in der Stadt zurück, um mögliche Aufstände in den Städten von vornherein zu vereiteln. Sie wollten Conan schlagen, ehe er Verstärkung durch die Rebellen der mittleren Provinzen finden konnte.

Der König und seine Poitanen hatten das Gebirge überquert, ohne dass es zu Kämpfen oder Angriffen auf Städte oder Festungen gekommen wäre. Conan war aufgetaucht und wieder verschwunden. Offenbar war er nach Westen abgebogen und durch das wilde, dünn besiedelte Bergland zu den Bossonischen Marschen gezogen, um unterwegs Verstärkung aufzunehmen. Amalric und Valerius mit ihren Streitkräften aus Nemediern, aquilonischen Renegaten und Söldnern zogen grimmig durch das Land und hielten verwirrt nach einem Gegner Ausschau, der sich nicht zeigte.

Amalric hatte Mühe, mehr als nur vage Kunde über Conans Bewegungen zu bekommen. Spähtrupps ritten aus, ohne wiederzukehren, und es war nicht selten, dass sie einen Spion fanden, der an einer Eiche gekreuzigt worden war. Das ganze Land war gegen sie und schlug auf die Art der Landbevölkerung zu: heimlich, wild und mörderisch. Das Einzige, das Amalric mit Sicherheit wusste, war, dass sich eine größere Streitmacht aus Gundermännern und Nordbossoniern irgendwo jenseits des Shirki nördlich von ihm befand und dass Conan mit einer kleineren Armee aus Poitanen und Südbossoniern sich irgendwo im Südwesten von ihm aufhielt.

Er begann allmählich zu befürchten, dass Conan ihnen entkommen würde, wenn er und Valerius tiefer in die Wildnis eindrangen. Er mochte sie umgehen und in ihrem Rücken in die mittleren Provinzen eindringen. Also zog Amalric sich vom Shirkital zurück und lagerte einen Tagesritt von Tanasul entfernt in einer Ebene. Dort wartete er. Tarascus dagegen blieb bei Galparan, da er glaubte, Conan beabsichtigte mit seinen Manövern lediglich, ihn südwärts zu locken, damit die Gundermänner im Norden ungehindert einmarschieren konnten.

In seinem Streitwagen, der von den unheimlichen, nimmermüden Rossen gezogen wurde, kam Xaltotun in Amalrics Lager und betrat das Zelt des Barons, wo der sich gerade mit Valerius über eine Karte beugte, die sie auf einem elfenbeinernen Klapptisch ausgebreitet hatten.

Xaltotun zerknüllte die Karte und warf sie zur Seite.

»Was eure Kundschafter für euch nicht erfahren können, berichten mir meine Spione, wenn auch merkwürdig ungenau und unvollkommen, als arbeiteten unsichtbare Kräfte gegen mich.

Conan rückt längs des Shirki vor, und zwar mit zehntausend Poitanen, dreitausend Südbossoniern sowie Baronen aus dem Westen und Süden mit ihren Leuten, insgesamt fünftausend. Eine Armee aus dreißigtausend Gundermännern und Nordbossoniern kommt ihm aus dem Süden entgegen, um sich ihm anzuschließen. Sie haben eine geheime Verbindung durch die verfluchten Asurapriester hergestellt, die sich ganz offensichtlich gegen mich stellen und die ich an die Schlange verfüttern werde, wenn die Schlacht vorbei ist – das schwöre ich bei Set!

Beide Armeen haben offenbar die Furt bei Tanasul als Ziel, aber ich glaube nicht, dass die Gundermänner den Fluss überqueren werden, sondern Conan und seine Leute werden dies tun, um sich mit ihnen zu vereinen.«

»Weshalb sollte Conan den Fluss überqueren?«, fragte Amalric erstaunt.

»Weil es nur zu seinem Vorteil ist, die Schlacht hinauszuschieben. Je länger er wartet, desto stärker wird er, und desto prekärer unsere Lage. Die Berge jenseits des Flusses wimmeln nur so von Leuten, die ihm leidenschaftlich ergeben sind: Gebrochene, Verfolgte und solche, die vor Valerius' Grausamkeit geflohen sind. Aus dem ganzen Königreich eilen Männer herbei, um sich ihm anzuschließen, einzeln und in größeren Gruppen. Tagtäglich werden Trupps unserer Armeen aus dem Hinterhalt überfallen und von der Landbevölkerung niedergemacht. Die Aufstände in den mittleren Provinzen werden bald zur offenen Revolution werden. Die Garnisonen dort sind zu schwach, und wir können auch im Augenblick nicht auf Verstärkung aus Nemedien hoffen. Ich bin sicher, dass Pallantides hinter diesen Truppenbewegungen an der ophiranischen Grenze steckt. Er hat einflussreiche Sippschaft in Ophir.

Wenn wir Conan nicht schnell zu fassen bekommen und ihn vernichten, werden die Provinzen in unserem Rücken zu einem brodelnden Hexenkessel. Wir würden uns dann nach Tarantia zurückziehen und das verteidigen müssen, was wir erobert haben. Wahrscheinlich müssten wir uns Schritt für Schritt durch das ganze Land kämpfen, mit Conans vereinten Streitkräften auf den Fersen. Und schließlich müssten wir uns auf eine Belagerung gefasst machen, und wir hätten sowohl gegen den Feind von außen als auch gegen Aufständische in der Stadt zu kämpfen. Nein, wir dürfen nicht warten. Wir müssen Conan schlagen, ehe seine Streitmacht noch weiter anwächst und die mittleren Provinzen sich vereint erheben. Wenn erst sein Kopf über dem Stadttor von Tarantia hängt, werdet ihr sehen, wie schnell der Aufstand zusammenbricht.«

»Warum bewirkt Ihr nicht einen Zauber, der seine ganze Armee vernichtet?«, fragte Valerius nicht ohne Spott.

Xaltotun blickte den Aquilonier an, als läse er in den leicht irren Augen das ganze Ausmaß seiner dem Wahnsinn entsprungenen Verschlagenheit.

»Zerbrecht Euch darüber jetzt nicht den Kopf«, sagte er schließlich. »Meine Zauberkräfte werden Conan wie eine Eidechse unter der Schuhsohle zertreten, wenn die Zeit gekommen ist. Aber auch Zauberei braucht die Hilfe von Piken und Schwertern.«

»Wenn er erst den Fluss überquert und Stellung in den Goralianischen Bergen bezogen hat, dürfte es schwierig werden, ihn dort herauszulocken«, meinte Amalric. »Bekommen wir ihn dagegen noch auf dieser Seite des

Flusses zu fassen, können wir ihn schlagen. Wie weit ist Conan von Tanasul entfernt?«

»Bei seinem gegenwärtigen Tempo müsste er die Furt morgen Abend erreichen. Seine Männer sind zäh, und er holt alles aus ihnen heraus. Er dürfte zumindest einen Tag vor den Gundermännern dort ankommen.«

»Gut!« Amalric schlug mit der Faust auf den Tisch. »Ich kann vor ihm in Tanasul sein. Ich werde einen Kurier zu Tarascus schicken und ihn auffordern, ebenfalls nach Tanasul zu kommen. Bis er dort ist, werde ich Conan von der Furt abgeschnitten und vernichtet haben. Dann können unsere vereinten Streitkräfte den Fluss überqueren und sich mit den Gundermännern beschäftigen.«

Xaltotun schüttelte unmutig den Kopf.

»Kein schlechter Plan, wenn wir es nicht ausgerechnet mit Conan zu tun hätten. Mit Euren fünfundzwanzigtausend Mann seid Ihr nicht stark genug, seine achtzehntausend zu schlagen, ehe die Gundermänner erscheinen. Sie werden mit der Wildheit eines verwundeten Panters kämpfen. Und angenommen, die Gundermänner tauchen auf, solange Ihr gegen Conan kämpft? Dann steckt Ihr zwischen zwei Feuern und seid vernichtet, ehe Tarascus eintrifft. Er wird Tanasul zu spät erreichen, um Euch noch helfen zu können.«

»Was dann?«, fragte Amalric.

»Greift Conan mit vereinten Kräften an«, antwortete der Mann aus Acheron. »Schickt Tarascus einen Boten, aber ersucht ihn, sich uns hier anzuschließen. Wir warten auf ihn. Dann marschieren wir vereint nach Tanasul.«

»Aber während wir warten, wird Conan den Fluss überqueren und sich mit den Gundermännern zusammentun!«, entgegnete Amalric.

»Conan wird den Fluss nicht überqueren«, sagte Xaltotun fest.

Amalrics Kopf ruckte hoch, und er blickte in die rätselvollen dunklen Augen. »Was wollt Ihr damit sagen?«

»Gesetzt den Fall, es kommt im Norden, am Shirki, zu Wolkenbrüchen, und der Fluss schwillt so an, dass die Furt bei Tanasul unüberquerbar wird. Könnten wir dann nicht in aller Ruhe mit unseren vereinten Kräften nach Tanasul ziehen, Conan auf dieser Seite schlagen und dann, wenn das Wasser fällt – was am nächsten Tag der Fall sein dürfte –, den Fluss überqueren und uns die Gundermänner vornehmen? So ließen sich unsere geballten Kräfte nacheinander gegen kleinere Heere des Gegners einsetzen.«

Valerius lachte, wie immer, wenn die Aussicht bestand, jemanden vernichtend zu schlagen, gleichgültig, ob nun Verbündete oder Feinde, und fuhr mit unruhiger Hand durch seine ungebändigten blonden Locken. Amalric starrte den Mann aus Acheron mit einer Mischung aus Furcht und Bewunderung an.

»Wenn wir Conan im Shirkital stellen könnten, mit den schroffen Bergen zu seiner Rechten und dem unüberquerbaren Fluss zu seiner Linken, könnten wir ihn mit unseren vereinten Kräften zweifellos vernichten«, sagte er.

»Glaubt Ihr – seid Ihr sicher –, dass es zu solchen Wolkenbrüchen kommen wird?«

»Ich ziehe mich in mein Zelt zurück.« Xaltotun erhob sich. »Zauberei lässt sich nicht durch das Fuchteln mit einem Stab bewirken. Schickt einen Boten zu Tarascus. Und sorgt dafür, dass sich niemand meinem Zelt nähert.«

Dieser letztere Befehl war unnötig. Nicht ein Mann in der ganzen Armee hätte sich dazu überreden lassen, in das unheimliche schwarze Seidenzelt einzudringen, dessen Türklappen immer geschlossen waren. Niemand außer Xaltotun betrat es je, und doch waren aus ihm manches Mal Stimmen zu hören, seine Wände blähten sich auf, auch wenn kein Wind blies, und hin und wieder erklang dort gespenstische Musik. Des Öfteren war es auch schon vorgekommen, dass seine Wände von roten Flammen im Innern beleuchtet wurden und grauenvolle Silhouetten sich davor abhoben, die sich auf merkwürdige Weise bewegten.

Als Amalric in dieser Nacht in seinem eigenen Zelt lag, vernahm er das dumpfe Schlagen einer Trommel aus Xaltotuns Zelt. Unaufhörlich schlug sie durch die Finsternis, und hin und wieder – das hätte der Nemedier beschwören können – vermischte sich eine tiefe quakende Stimme mit dem Trommelschlag. Er erschauderte, denn er wusste, dass diese Stimme nicht die von Xaltotun war. Die ganze Nacht dröhnte die Trommel wie ferner Donner, und als Amalric vor dem Morgengrauen einen Blick aus seinem Zelt warf, sah er das Zucken von Blitzen fern am nördlichen Horizont. Überall am Himmel funkelten die Sterne, aber die fernen Blitze zuckten unentwegt, wie roter Feuerschein auf einer kleinen, sich drehenden Klinge.

Gegen Sonnenuntergang des nächsten Tages kam Tarascus mit seinen Streitkräften an; die staubbedeckten, erschöpften Fußsoldaten folgten den Reitern in großem Abstand. Sie schlugen ihr Lager in der Nähe von Amalrics Truppen in der Ebene auf. Im Morgengrauen setzten beide sich gemeinsam in Bewegung.

Amalric hatte mehrere Spähtrupps ausgeschickt und wartete ungeduldig darauf, dass sie zurückkehrten und ihm meldeten, die Poitanen stünden hilflos vor dem Hochwasser führenden Fluss. Doch als sie endlich eintrafen, berichteten sie, dass Conan den Shirki überquert hatte.

»Wa-as?«, rief Amalric. »Hat er es noch vor dem Hochwasser geschafft?«

»Hochwasser?«, fragten die Kundschafter verwirrt. »Der Fluss führte kein Hochwasser. Spät in der vergangenen Nacht erreichte er die Furt und überquerte sie sofort.«

»Kein Hochwasser?« Zum ersten Mal, seit Amalric ihn kannte, schien Xaltotun außer Fassung zu sein. »Unmöglich! In der letzten und vorletzten Nacht gab es ungeheuerlich starke Regenfälle am Oberlauf des Shirki!«

»Das mag sein, Eure Lordschaft«, antwortete ein Späher. »Es stimmt, dass der Fluss ungewöhnlich schlammig war, und in Tanasul hörte ich auch, dass das Wasser des Shirki gestern um etwa einen Fuß gestiegen war, aber das genügte nicht, Conan von der Überquerung abzuhalten.«

Xaltotuns Zauber hatte versagt!, hämmerte es in Amalrics Gehirn. Sein Grauen vor diesem seltsamen Mann aus der fernen Vergangenheit war seit jener Nacht in Belverus stetig gewachsen, als er selbst gesehen hatte, wie eine braune, verschrumpelte Mumie zu einem kräftigen, lebendigen Mann geworden war. Und Orastes' Tod hatte das Grauen in kaum noch zu unterdrückende Angst verwandelt. Er war absolut davon überzeugt gewesen, dass dieser Mann – oder Teufel – unschlagbar war. Doch jetzt hatte sich herausgestellt, dass er keineswegs unfehlbar war.

Selbst dem größten Zauberer konnte eben nicht alles gelingen, dachte der Baron. Wie auch immer, er wagte es nicht, sich gegen den Acheronen zu stellen – noch nicht! Orastes war tot und wand sich in weiß Mitra welcher grauenvollen Hölle. Amalric konnte nicht hoffen, dass sein Schwert etwas ausrichten würde, wo die schwarzen Künste des abtrünnigen Priesters versagt hatten. Was Xaltotun auch Fürchterliches beabsichtigte, es lag in unvorhersehbarer Zukunft. Conan und seine Streitkräfte dagegen waren eine unmittelbare Bedrohung, gegen die Xaltotuns Kräfte gewiss noch gebraucht werden würden, ehe der Kampf zu Ende war.

Sie kamen nach Tanasul, einer kleinen befestigten Ortschaft am Shirki, wo eine Felsformation einen natürlichen Steg über den Fluss bildete. Er war nur bei starkem Hochwasser nicht passierbar. Kundschafter meldeten, dass Conan in den Goralianischen Bergen Stellung bezogen hatte, die sich einige Meilen jenseits des Flusses erhoben, und dass die Gundermänner kurz vor Sonnenuntergang dort angekommen waren.

Amalric blickte Xaltotun an, der im flackernden Schein der Fackeln noch rätselhafter und fremdartiger als sonst wirkte.

»Was jetzt? Eure Magie hat versagt. Conan steht uns mit einer fast gleich starken Armee gegenüber und hat dazu noch die bessere Stellung. Wir haben nur die Wahl zwischen zwei Übeln: Wir können hier lagern und auf seinen Angriff warten oder uns nach Tarantia zurückziehen und auf Verstärkung hoffen.«

»Zu warten, würde uns zum Verhängnis«, antwortete Xaltotun. »Überquert schnell den Fluss und schlagt Euer Lager in der Ebene auf. Im Morgengrauen greifen wir an.«

»Aber seine Stellung ist zu stark!«, gab Amalric zu bedenken.

»Narr!« Die schwelenden Feuer brachen flüchtig durch den scheinbaren Gleichmut des Zauberers. »Habt Ihr Valkia vergessen? Haltet Ihr mich vielleicht für hilflos oder unfähig, nur weil irgendein unerwartetes Naturereignis verhinderte, dass der Fluss über die Ufer trat? Ich hatte beabsichtigt, dass Eure Speere den Feind vernichten, aber habt keine Angst, jetzt habe ich es mir anders überlegt. Meine Magie wird seine Streitkräfte vernichten. Conan steckt in der Falle. Er wird keinen Sonnenuntergang mehr erleben. Überquert den Fluss!«

Sie taten es im Fackelschein. Die Hufe klapperten auf dem Felsensteg und platschten durch das seichte Wasser der Furt. Das Fackellicht, das von Schilden und Harnischen zurückgeworfen wurde, spiegelte sich rot im schwarzen Wasser. Mitternacht war längst vorbei, ehe die vereinten Streitkräfte in der Ebene am Fluss endlich zum Schlafen kamen. In der Ferne brannten Feuer. Conan hatte in den Goralianischen Bergen Position bezogen, in denen aquilonische Könige sich schon öfter dem Feind gestellt hatten.

Amalric verließ sein Zelt und wanderte ruhelos durch das Lager. Ein gespenstisches Glühen pulsierte in Xaltotuns Zelt, hin und wieder durchschnitt ein dämonischer Schrei die Stille, und fast pausenlos war eine Trommel zu hören, die mehr zu murmeln denn zu dröhnen schien.

Amalric, dem Nacht und Umstände die Sinne geschärft hatten, spürte, dass sich geheimnisvolle Kräfte gegen Xaltotun stellten. Zweifel an der Macht des Zauberers erfasste ihn. Er blickte zu den Feuern in den Bergen hoch und biss grimmig die Zähne zusammen. Er und seine Armee steckten mitten im Feindesland. Droben in diesen Bergen lauerten tausende von menschlichen Wölfen, denen man alles geraubt hatte und die nur noch von Hass auf die Eroberer und Rachsucht erfüllt waren. Eine Niederlage würde der Auslöschung gleichkommen, denn einen Rückzug durch ein Land blutdurstiger Feinde überlebte keiner. Und morgen musste er seine Männer gegen den grimmigsten Kämpfer der westlichen Nationen werfen und gegen seine nicht weniger grimmigen Anhänger. Wenn Xaltotun diesmal versagte ...

Ein halbes Dutzend Soldaten trat aus der Dunkelheit in den Feuerschein, der auf ihren Harnischen und Helmen blitzte.

Halb führten, halb zerrten sie einen hageren Mann in Lumpen in ihrer Mitte.

Die Soldaten salutierten, und einer meldete: »Mein Lord, dieser Bursche schlich sich zu den Vorposten und sagte, er möchte mit König Valerius sprechen. Er ist ein Aquilonier.«

Er sah eher wie ein Wolf aus – ein Wolf mit Narben von mehr als einer Falle. Alte Wunden, wie sie nur von zu engen Eisenringen stammen konnten, schwärten an Hand- und Fußgelenken. Ein gewaltiges Brandzeichen verunstaltete das Gesicht. Seine Augen stierten durch die verfilzte Haarmähne, als er in geduckter Haltung vor dem Baron stand.

»Wer bist du, räudiger Hund?«, fragte der Nemedier.

»Nennt mich Tiberias«, antwortete der Mann, dessen Zähne krampfhaft gegeneinander schlugen. »Ich bin gekommen, um König Valerius zu verraten, wie er Conan in die Hände bekommen kann.«

»Ein Verräter also, eh?«, brummte der Baron.

»Man sagt, Ihr habt viel Gold.« Er fröstelte in seinen Lumpen, und seine Zähne klapperten. »Gebt mir ein wenig davon! Gebt mir Gold, dann werde ich Euch zeigen, wie Ihr den König besiegen könnt!« Seine weit aufgerissenen Augen glitzerten gierig, und seine ausgestreckten Hände waren zu zitternden Klauen gespreizt.

Unwillkürlich schüttelte Amalric sich vor Ekel. Aber kein Werkzeug war zu schmutzig, wenn es seinen Zweck erfüllen mochte.

»Wenn du die Wahrheit sprichst, sollst du mehr Gold bekommen, als du tragen kannst«, versprach er. »Stellt sich jedoch heraus, dass du ein Lügner oder Spion bist, werde ich dich mit dem Kopf nach unten kreuzigen lassen.«

In Valerius' Zelt deutete der Baron auf den Mann, der in seine Lumpen gehüllt und zitternd vor ihnen kauerte.

»Er behauptet, er könnte uns helfen. Und wir brauchen Hilfe, wenn Xaltotuns Plan nicht besser ist, als er sich bisher erwiesen hat. Sprich, Hund!«

Der Mann wand sich in merkwürdigen Krämpfen. Seine Worte überschlugen sich schier.

»Conan lagert am oberen Ende des Löwentals. Es hat die Form eines Fächers, mit steilen Felsen zu beiden Seiten. Wenn ihr ihn morgen angreift, müsst ihr geradewegs durch das Tal. Die Berge links und rechts lassen sich nicht erklimmen. Aber wenn König Valerius meine Dienste annimmt, kann ich ihn durch die Berge führen und ihm zeigen, wie er von hinten an König Conan herankommen kann. Doch wenn es überhaupt getan werden soll, müssen wir schnell aufbrechen. Es ist ein längerer Ritt, denn wir müssen erst viele Meilen nach Westen, dann nach Norden und schließlich nach Osten, um uns von hinten dem Löwental zu nähern.«

Amalric zögerte und zupfte sich am Kinn. In diesen chaotischen Zeiten war es nicht selten, dass Menschen ihre Seele für ein paar Goldstücke verkauften.

»Wenn du mich in die Irre führst, stirbst du!«, drohte Valerius. »Das ist dir doch klar, oder?«

Der Mann zitterte, aber seine Augen ruhten fest auf Valerius.

»Wenn ich Euch verrate, tötet mich!«

»Conan wird es nicht wagen, seine Kräfte zu teilen«, überlegte Amalric laut. »Er wird alle seine Männer brauchen, unseren Angriff abzuwehren. Er hat nicht genügend für einen Hinterhalt in den Bergen. Außerdem weiß dieser Bursche, dass es ihn das Leben kostet, wenn er Euch hereinzulegen versucht. Würde ein Hund wie er sich freiwillig opfern? Unsinn! Nein, Valerius, ich glaube, der Mann meint es ehrlich.«

»Oder er ist ein noch größerer Schuft als die meisten, da er seinen Erlöser verkaufen will«, sagte Valerius lachend. »Na gut, ich begleite den Hund. Wie viel Mann könnt Ihr entbehren?«

»Fünftausend müssten genügen«, antwortete Amalric. »Ein Überraschungsangriff von hinten wird sie verwirren, das genügt. Ich erwarte Euren Angriff gegen Mittag.«

»Ihr werdet es merken, wenn ich angreife«, versicherte ihm Valerius.

Als Amalric zu seinem Zelt zurückkehrte, stellte er befriedigt fest, dass Xaltotun sich noch in seinem Zelt aufhielt; jedenfalls ließen die grässlichen Schreie darauf schließen, die hin und wieder von dort zu hören waren. Nach einer Weile vernahm er das Rasseln von Stahl und sich entfernenden Hufschlag. Er lächelte grimmig. Valerius hatte seinen Zweck fast erfüllt. Der Baron wusste, dass Conan wie ein verwundeter Löwe war, der selbst in Todesqualen noch schlägt und reißt. Wenn Valerius von hinten angriff, stand durchaus zu erwarten, dass der Cimmerier seinen Rivalen ins Jenseits beförderte, ehe er selbst den Tod fand. Umso besser. Sobald Valerius den Weg zum Sieg der Nemedier geebnet hatte, konnte man auf ihn verzichten.

Die fünftausend Reiter, die Valerius begleiteten, waren zum größten Teil hart gesottene aquilonische Renegaten. In der Stille der Sternennacht trotteten sie aus dem schlafenden Lager und folgten einem westwärts führenden Tal. Valerius ritt an ihrer Spitze, und neben ihm Tiberias, mit einem Lederstrick um das Handgelenk, der am anderen Ende von einem Soldaten gehalten wurde. Weitere hielten sich mit blanken Schwertern dicht hinter ihm.

»Wenn du ein falsches Spiel mit uns treibst, wirst du nicht mehr dazu kommen, darüber zu lachen!«, sagte Valerius. »Ich kenne nicht jeden Pfad in diesen Bergen, wohl aber die Berge selbst, jedenfalls gut genug, um zu wissen, welche Richtung wir einhalten müssen, um zum hinteren Ende des Löwentals zu gelangen. Hüte dich also davor, uns in die Irre führen zu wollen!«

Der Mann senkte den Kopf, und seine Zähne klapperten, als er Valerius wortreich seiner Treue versicherte und schließlich stumpf zu dem über ihm flatternden Banner mit der goldenen Schlange der alten Dynastie hochblickte.

Sie umgingen die Ausläufer der Berge, in denen das Löwental sich befand, und machten einen weiten Bogen nach Westen, ehe sie sich nach etwa zehn Meilen über schmale, gefährliche Pfade durch zerklüftete Felsformationen nach Norden wandten. Bei Sonnenaufgang befanden sie sich nur noch wenige Meilen nordwestlich von Conans Stellung. Hier bog Tiberias ostwärts ab und führte sie durch ein Labyrinth von Schluchten. Valerius nickte. Er berechnete ihre ungefähre Position nach den Berggipfeln ringsum und wusste, dass ihre Richtung stimmte.

Doch plötzlich schob sich völlig unerwartet aus dem Norden eine eigentümliche Wolkenwand herbei. Sie verschluckte die Berge, verschleierte die Täler und verbarg die Sonne. Die Welt wurde zu grauer Leere, in der die Sicht auf wenige Fuß beschränkt war. Schritt um Schritt musste man sich gefahrvoll vorwärtstasten. Valerius fluchte. Die Gipfel, die ihm zur Orientierung gedient hatten, waren nicht mehr zu sehen. Er musste sich jetzt völlig auf den verräterischen Führer verlassen. Das goldene Schlangenbanner hing in der Windstille schlaff herab.

Plötzlich hielt Tiberias sichtlich verwirrt an und blickte sich unsicher um.

»Hast du den Weg verloren, Hund?«, fragte Valerius scharf.

»Hört!«

Irgendwo weiter vorn hatte ein schwaches Vibrieren begonnen, der rhythmische Schlag einer Trommel.

»Conans Trommel!«, rief der Aquilonier.

»Wenn wir nahe genug sind, die Trommel zu hören«, sagte Valerius, »warum hören wir dann nicht auch Kampfgetümmel? Bestimmt ist die Schlacht bereits im Gang!«

»Die Schluchten und der Wind spielen einem manchmal seltsame Streiche«, antwortete Tiberias. Wieder klapperten seine Zähne im Schüttelfrost, wie er bei Menschen häufig ist, die lange Zeit in klammen Verliesen zugebracht haben. »Hört!«

Jetzt drang auch ein gedämpftes Gebrüll an ihre Ohren.

»Sie kämpfen unten im Tal!«, rief Tiberias. »Die Trommel schlägt auf einem Berg. Wir müssen uns beeilen!«

Er ritt geradewegs auf den fernen Trommelklang zu und schien sich des Weges ganz sicher zu sein. Valerius folgte ihm und verfluchte den dichten Nebel, bis er daran dachte, dass er auch seinen Vorteil hatte, denn er verbarg sie. Conan würde sie nicht kommen sehen. Sie würden sich im Rücken des Cimmeriers befinden, ehe die Mittagssonne den Nebel auflöste.

Im Augenblick konnte er nicht sagen, was sich links und rechts von ihnen befand, ob nun aufstrebende Felswände, Abgründe oder Dorngestrüpp. Die Trommel pochte unentwegt und wurde mit dem Näherkommen lauter, doch vom Schlachtgetümmel war nichts mehr zu hören. Valerius wusste nicht mehr, in welche Richtung sie jetzt ritten. Er erschrak, als er durch Nebelschwaden zu beiden Seiten aufragendes graues Gestein sah. Sie befanden sich demnach momentan in einer engen Schlucht. Doch ihr Führer verriet keinerlei Unsicherheit. Trotzdem atmete Valerius erleichtert auf, als die Schlucht sich weitete und die Wände im Nebel schließlich nicht mehr zu sehen waren. Offenbar waren sie hindurch. Wenn ein Hinterhalt geplant gewesen wäre, dann am ehesten in einer solchen Schlucht.

Tiberias hatte wieder angehalten. Die Trommel schlug lauter, aber Valerius war nicht klar, aus welcher Richtung. Einmal meinte er, sie müsse vor ihnen sein, dann auf der einen oder anderen Seite, dann hinter ihnen. Ungeduldig blickte er sich im Sattel seines mächtigen

Streitrosses um. Nebelfetzen trieben um ihn, und Tropfen glitzerten auf seiner Rüstung. Die langen Reihen seiner Männer hinter ihm verloren sich im Nebel wie Phantome.

»Warum bleibst du so lange stehen, Hund?«, wandte er sich scharf an Tiberias. Der Mann schien dem gespenstischen Trommelschlag zu lauschen. Langsam richtete er sich im Sattel auf, drehte den Kopf und wandte sich Valerius zu. Das Lächeln um seine Lippen war schrecklich anzusehen.

»Der Nebel löst sich auf, Valerius!« Seine Stimme klang völlig anders als bisher. Er deutete mit einem knochigen Finger. »Seht!«

Die Trommel war verstummt, und der Nebel verzog sich. Zuerst wurden die Berggipfel über den grauen Wolken verschwommen sichtbar. Immer tiefer senkte die Nebelwand sich, zog sich zusammen, schwand. Valerius, der sich in den Steigbügeln aufgerichtet hatte, stieß einen Schrei aus, den die Männer hinter ihm wiederholten. Überall um sie herum ragten Felswände turmhoch empor. Sie befanden sich nicht in einem breiten, offenen Tal, wie Valerius vermutet hatte, sondern in einem engen Kessel, dessen einziger Zu- und Ausgang die enge Schlucht war, durch die sie gekommen waren.

»Hund!« Valerius schlug Tiberias die geballte Faust im eisernen Handschuh über den Mund. »Welch teuflische List ist das?«

Tiberias spuckte einen Mund voll Blut aus und schüttelte sich vor furchtbarem Gelächter.

»Eine List, die die Welt von einer Bestie befreit! Sieh selbst, du Hund!«

Wieder schrie Valerius auf, doch mehr aus Wut denn vor Furcht.

Die Schlucht war durch eine Bande wilder, schrecklich anzusehender Männer versperrt, die reglos wie Statuen standen. Männer in Lumpen, mit langem, verfilztem Haar waren es, mit Speeren in den Händen, hunderte bestimmt. Und oben auf den Felsen ringsum tauchten weitere auf, tausende wilder, hagerer Gesichter, die von Feuer, Stahl und Hunger gezeichnet waren.

»Eine List Conans!«, wütete Valerius.

»Conan weiß nichts davon!« Tiberias lachte. »Gebrochene Männer dachten sie sich aus. Männer, die du zerstört und zu Tieren gemacht hast. Amalric hatte Recht.

Conan hat seine Kräfte nicht geteilt. Wir sind das Lumpenpack, das ihm folgte, die Wölfe, die sich in diesen Bergen verkriechen mussten, die Heimatlosen, die Männer ohne Hoffnung. Es war unser Plan, und die Asurapriester unterstützten uns mit dem Nebel. Sieh dir die Männer an, Valerius! Jeder trägt das Zeichen deiner Unmenschlichkeit – wenn nicht auf dem Körper, dann in der Seele.

Sieh mich an, Hund! Du kennst mich nicht mehr, mit diesem Brandzeichen deines Henkers. Doch einst hast du mich gekannt. Ich war Lord von Amilius, der Mann, dessen Söhne du ermordet hast und dessen Töchter deine Söldner schändeten und töteten. Du meinst, ich würde mich nicht opfern, um dich in die Falle zu locken. Allmächtige Götter, wenn ich tausend Leben hätte, würde ich sie alle geben, damit dir die gerechte Strafe widerfährt!

Jetzt entgehst du ihr nicht mehr! Und die Männer, denen du so übel mitgespielt hast, werden dafür sorgen! Die Stunde ihrer Rache ist gekommen! Dieser Kessel wird deine Gruft werden! Versuch, die Wände zu erklimmen: Sie sind steil, sie sind hoch! Versuch, deinen

Weg durch die Schlucht zu erkämpfen: Speere werden ihn versperren, Felsblöcke herabrollen und euch zerschmettern. Hund! Ich erwarte dich in der Hölle!«

Er warf den Kopf zurück und lachte, dass das Echo dröhnte. Valerius beugte sich aus dem Sattel und schwang sein schweres Schwert. Es drang durch Schulter und Brust. Noch im letzten gurgelnden Atemzug lachend, fiel Tiberias vom Pferd.

Die Trommeln schlugen wieder und füllten den Kessel mit dröhnendem Donner. Felsbrocken stürzten in die Tiefe, und durch die Todesschreie war das Schwirren ganzer Pfeilwolken zu vernehmen.

XXII

Der Weg nach Acheron

Der Morgen graute im Osten, als Amalric seine Streitkräfte am Eingang zum Löwental zusammenzog. Zu beiden Seiten des Tales erhoben sich niedrige, aber steile Berge, und die Talsohle führte in einer Reihe unregelmäßiger, natürlicher Terrassen aufwärts.

Conan hatte auf der obersten Terrasse Stellung bezogen und wartete auf den Angriff. Die Streitkräfte, die von Gunderland gekommen waren, setzten sich nicht nur aus Speerkämpfern zusammen. Unter ihnen befanden sich siebentausend bossonische Bogenschützen und viertausend Barone mit ihren Mannen aus dem Norden und Westen, die seine Reiterei verstärkten.

Die Lanzer waren am schmalen Kopfende des Tales zu einem dichten Keil formiert. Sie zählten neunzehntausend, hauptsächlich Gundermänner, aber auch viertausend Aquilonier aus anderen Provinzen. Zu beiden

Flanken hatten fünftausend bossonische Bogenschützen Stellung bezogen. Hinter den Reihen der Lanzer saßen die Reiter, die Lanzen stoßbereit, reglos auf ihren Pferden: zehntausend Ritter aus Poitain, dazu neuntausend aus Aquilonien, einschließlich der Barone mit ihrem Gefolge.

Es war eine starke Stellung. Die Flanken konnten nicht umgangen werden, denn das würde ein Erklimmen der steilen bewaldeten Hänge unter einem Pfeilhagel der Bossonier voraussetzen. Conans Lager befand sich unmittelbar dahinter, in einem schmalen Tal mit steilen Wänden, das im Grund genommen lediglich eine Verlängerung des Löwentals in etwas größerer Höhe war. Ein Angriff von hinten war nicht zu befürchten, denn die Berge dort waren voller Flüchtlinge und Vertriebener, deren Treue zu ihm außer Frage stand.

Aber wenn eine Stellung so gut wie uneinnehmbar war, so war es auch schwer, sie aufzugeben. Sie war nicht weniger eine Falle als eine Festung für die Verteidiger: die verzweifelte letzte Stellung von Männern, die lediglich im Fall ihres Sieges mit dem Überleben rechnen konnten. Rückzug war nur durch das enge Tal in ihrem Rücken möglich.

Xaltotun bestieg den Berg links des Tales, nahe dem breiten Zugang. Dieser Berg war höher als die restlichen und wurde aus einem längst vergessenen Grund Königsaltar genannt. Nur Xaltotun kannte den Grund noch, denn seine Erinnerung reichte mehr als dreitausend Jahre zurück.

Er war nicht allein. Seine zwei Vertrauten begleiteten ihn, stumme, haarige dunkle Gestalten. Die beiden trugen ein an Händen und Füßen gebundenes Mädchen, eine Aquilonierin. Sie legten sie auf den Felsen, der wahrhaftig die Form eines Altars hatte und den Berggipfel krönte. Viele Jahrhunderte stand er schon hier und war so verwittert, dass man ihn tatsächlich für einen seltsam geformten natürlichen Stein halten konnte. Was er wirklich war und weshalb er hier stand, wusste nur noch Xaltotun. Die Vertrauten zogen sich gebückt wie Gnomen zurück, und Xaltotun stand allein neben dem Steinaltar und schaute hinab ins Tal, während der Wind mit seinem dunklen Bart spielte.

Er konnte bis zu dem sich dahinschlängelnden Shirki sehen und zu den Bergen jenseits des Tales. Er sah den schimmernden Keil der Lanzer am Fuß der Terrassen, die Helme der Bogenschützen zwischen den Felsen und Sträuchern, die Ritter, die reglos im Sattel saßen, Lanzen in den Händen, und die Banner, die über ihren Köpfen flatterten.

In der entgegengesetzten Richtung zogen die dicht geschlossenen Reihen der Nemedier in glänzenden Rüstungen durch den Taleingang. Hinter ihnen erstreckten sich die farbigen Zelte der Lords und Ritter und die grauen der einfachen Soldaten bis fast zum Shirki.

Wie ein Fluss geschmolzenen Stahles strömten die Nemedier ins Tal, das scharlachrote Drachenbanner über ihnen. Voraus marschierten die Schützen, ihre Armbrüste halb erhoben und den Finger am Abzug. Ihnen folgten die Pikenträger, und diesen die Hauptmacht der Streitkräfte: die Ritter unter ihren flatternden Bannern mit erhobenen Lanzen. Sie saßen auf ihren Streitrossen, als zögen sie zu einem Bankett.

Und auf den Hängen warteten die zahlenmäßig geringeren aquilonischen Truppen in grimmiger Stille.

Dreißigtausend nemedische Ritter waren es, und wie bei den meisten hyborischen Nationen bildete die Reiterei die Hauptmacht. Das Fußvolk war nur dazu da, den Weg für ihren Angriff zu ebnen; es war einundzwanzigtausend Mann stark und bestand aus Pikenträgern und Schützen.

Schon beim Vormarsch schossen Letztere ihre Armbrüste ab, ohne die Reihen zu brechen. Ihre Bolzen trafen entweder nicht so weit oder prallten von den überlappenden Schilden der Gundermänner ab. Und ehe die Armbrustschützen nahe genug herankamen, um etwas auszurichten, schwirrten die Pfeile der Bossonier in hohem Bogen herbei und trafen unbeirrbar ihr Ziel.

Nach einer kurzen Weile lösten sich die Reihen der Armbrustschützen auf, und sie fielen zurück. Ihre Rüstung war zu leicht, und die Bossonier waren ihnen mit ihren Langbogen überlegen. Die westlichen Bogenschützen hatten zudem Deckung durch Büsche und Felsblöcke. Außerdem fehlte den nemedischen Fußsoldaten der Kampfgeist der Reiter, da ihnen natürlich klar war, dass sie nur verheizt wurden.

Die Pikenträger füllten die so entstandenen Lücken und rückten vor. Bei ihnen handelte es sich hauptsächlich um Söldner, die zu opfern ihre Herren absolut keine Bedenken hatten. Sie sollten den Vormarsch der Ritter decken, bis diese nahe genug am Feind waren, um selbst in den Kampf eingreifen zu können. Während die Armbrustschützen von beiden Flanken ihre Bolzen aus größerer Entfernung abschossen, marschierten die Pikenträger geradewegs in den Pfeilhagel von oben, gefolgt von den Rittern.

Als die Reihen der Pikenträger sich unter dem Beschuss lichteten, schmetterte eine Trompete. Die Fußsoldaten wichen nach beiden Seiten aus und machten so den Reitern Platz, die herbeistürmten.

Geradewegs in eine Wolke stechenden Todes galoppierten sie. Die langen Pfeile fanden jeden Spalt in ihrer Rüstung und der ihrer Streitrosse. Pferde, die die grasigen Terrassen hochstürmen wollten, bäumten sich auf und warfen ihre Reiter ab oder stürzten mit ihnen. Der Sturm stockte, die Reiterflut ebbte zurück.

Unten im Tal formierte Amalric seine Reihen neu. Tarascus kämpfte mit blanker Klinge unter dem scharlachroten Drachen, aber der Baron von Tor war der Herr des Tages. Amalric fluchte, als er den Wald aus glitzernden Lanzenspitzen über und hinter den Helmen der Gundermänner sah. Er hatte gehofft, sein Rückzug würde die Reiter dazu verlocken, den Hang herabzustürmen, um ihn zu verfolgen. Dann hätten seine Armbrustschützen von beiden Flanken auf sie geschossen und seine Reiter ihre Reihen gelichtet. Aber sie hatten sich nicht gerührt. Trossknechte schleppten Wasser vom Fluss herbei. Die Ritter nahmen die Helme ab und gossen es sich über die schwitzenden Köpfe. Die Verwundeten an den Hängen schrien vergebens nach Wasser. Quellen im oberen Tal versorgten die Verteidiger. Sie mussten nicht dürsten an diesem heißen Frühlingstag.

Auf dem Königsaltar, neben dem alten verwitterten Stein, stand Xaltotun als einsamer Beobachter. Mit wippenden Federbüschen und angelegten Lanzen stürmten die Ritter herbei, durch eine tödliche Welle sirrender Pfeile, und brandeten gegen eine spitze Mauer aus Lanzen und Schilden. Streitäxte hoben sich über den federgeschmückten Helmen, Lanzen stießen hoch und brachten Pferde und Reiter zum Sturz. Der Stolz der Gundermänner war nicht geringer als der der Ritter. Sie waren kein Lanzenfutter, das für den Ruhm anderer geopfert werden sollte. Sie waren die besten Fußsoldaten der Welt, mit einer Tradition, die ihren Kampfgeist unerschütterlich machte. Die Könige von Aquilonien kannten längst den Wert einer standhaften Infanterie. Sie hielten ihre Stellung. Über ihren glänzenden Reihen flatterte das große Löwenbanner, und an der Keilspitze kämpfte ein Riese in schwarzer Rüstung wie ein Wirbelsturm mit blutiger Axt, die Stahl und Knochen gleichermaßen spaltete.

Die Nemedier fochten so ritterlich, wie die Tradition und ihr großer Mut es verlangten, aber sie vermochten den eisernen Keil nicht zu brechen. Und von den bewaldeten Hängen zu beiden Seiten lichteten Pfeile gnadenlos ihre dichten Reihen. Ihre eigenen Schützen waren nutzlos, und ihre Pikenträger konnten die Hänge nicht erklimmen, um an die Bossonier heranzukommen. Langsam und ergrimmt fielen die Ritter zurück und zählten die leeren Sättel. Kein Triumphschrei der Gundermänner folgte ihnen. Die Lanzer schlossen ihre Ränge und füllten die Lücken, die durch ihre Gefallenen entstanden waren. Schweiß rann unter ihren Sturmhauben hervor in die Augen. Fest hielten sie ihre Waffen umklammert und warteten ab. Ihre Herzen drohten vor Stolz zu bersten, weil ein König zu Fuß mit ihnen kämpfte. Die aquilonischen Ritter hinter ihnen hatten sich noch nicht bewegt. In grimmiger Reglosigkeit saßen sie in ihren Sätteln.

Ein Ritter trieb sein schweißglänzendes Pferd den Königsaltar hoch und blickte Xaltotun vorwurfsvoll an.

»Amalric ersucht mich, Euch zu sagen, es sei höchste Zeit, dass Ihr Eure Zauberkräfte einsetzt, Hexer«, richtete er aus. »Wir sterben wie die Fliegen dort unten im Tal. Wir können ihre Reihen nicht brechen.«

Xaltotun schien anzuschwellen und sich zu erschreckender Größe zu erheben.

»Kehrt zu Amalric zurück«, befahl er. »Sagt ihm, er soll seine Reihen neu formieren und dann auf mein Zeichen warten. Ehe ich es gebe, wird sich ihm ein Anblick bieten, den er bis zu seinem Tod nicht mehr vergessen wird!«

Der Ritter grüßte beinahe widerwillig und jagte mit halsbrecherischem Tempo den Berg hinunter.

Vom Altarstein aus blickte Xaltotun ins Tal, auf die Toten und Verwundeten auf den Terrassen, auf die grimmige, blutbesudelte Truppe oben auf den Hängen und auf die staubigen, stahlgekleideten Reihen, die sich unten im Tal neu formierten. Dann schaute er zum Himmel hoch und schließlich hinab zu der schlanken weißen Gestalt auf dem dunklen Stein. Er hob einen Dolch, in den archaische Hieroglyphen graviert waren, und begann mit seiner uralten Beschwörung: »*Set, Gott der Finsternis, schuppentragender Herr der Schatten! Beim Blut einer Jungfrau und dem siebenfachen Zeichen rufe ich deine Söhne unter der schwarzen Erde. Kinder der Tiefe, unter der roten Erde, unter der schwarzen Erde, erwacht und schüttelt eure gewaltigen Mähnen! Lasst die Berge und die Felsen auf meine Feinde stürzen! Lasst den Himmel über ihnen verdunkeln und den Boden unter ihren Füßen beben! Lasst einen Wind aus der tiefen schwarzen Erde zu ihnen aufsteigen, auf dass sie schrumpfen und verdorren* …«

Mit erhobenem Dolch hielt er inne. In der knisternden Stille trug der Wind Geräusche aus dem Tal herauf.

Auf der anderen Seite des Altars stand plötzlich ein Mann in schwarzem Gewand, dessen Kapuze ihren Schatten über ein bleiches Gesicht mit fein geschnittenen Zügen und nachdenklichen schwarzen Augen warf.

»Hund von Asura!«, flüsterte Xaltotun, und seine Stimme klang wie das Zischen einer erbosten Schlange. »Bist du wahnsinnig, dich freiwillig ins Verderben zu stürzen? Ho, Baal! Chiron!«

»Ruf ruhig weiter, Hund von Acheron«, sagte der andere lachend. »Ruf ganz laut. Aber sie werden dich nicht hören, es sei denn, dein Gebrüll hallt in der Hölle wider.«

Aus einem Dickicht am Rand der Kuppe kam eine alte Frau in ländlicher Kleidung, mit ernstem Gesicht und bis über die Schultern wallendem Haar. Ein großer grauer Wolf folgte ihr.

»Hexe, Priester und Wolf«, murmelte Xaltotun grimmig und lachte. »Narren, ihr bildet euch ein, mit eurem Mummenschanz gegen meine Kräfte anzukommen! Mit einer Handbewegung fege ich euch aus dem Weg!«

»Deine Kräfte sind wie Halme im Wind, Hund aus Python«, antwortete der Asuraner. »Hast du dich denn nicht gewundert, dass der Shirki kein Hochwasser führte und Conan auf der anderen Flussseite hielt? Als ich in jener Nacht die Blitze sah, ahnte ich deinen Plan, und meine Zauber lösten deine Wolken auf, ehe sie sich zu entleeren vermochten. Du hast nicht einmal gewusst, dass dein Regenzauber versagt hatte.«

»Du lügst!«, schrie Xaltotun, aber seine Stimme zitterte. »Ich habe gespürt, dass mächtige Zauberkräfte sich gegen meine stellten – aber kein Sterblicher könnte den Regenzauber zunichte machen, wenn er erst herbeigerufen ist, außer er besitzt das Herz aller Zauberkräfte.«

»Aber das Hochwasser, das du geplant hattest, kam nicht«, antwortete der Priester. »Sieh dir doch deine Verbündeten im Tal an, Pythonier! Du hast sie zur

Schlachtbank geführt! Die Falle hat sich um sie geschlossen, und du kannst ihnen nicht helfen. Schau doch!«

Er deutete in eine Richtung. Ein Reiter stürmte durch die enge Schlucht des oberen Tales hinter den Poitanen. Er wirbelte etwas über seinen Kopf, das in der Sonne blitzte. Verwegen raste er die Hänge hinunter, durch die Reihen der Gundermänner, die begeistert aufschrien und mit den Speeren klirrend an ihre Schilde schlugen. Auf den Terrassen zwischen den Streitkräften bäumte sein schweißüberströmtes Pferd sich auf, und sein Reiter brüllte und schwenkte das Ding in seinen Händen wie ein Besessener. Es war der in Fetzen hängende Überrest einer scharlachroten Fahne. Die Sonne ließ die goldenen Schuppen einer sich windenden Schlange aufglühen.

»Valerius ist tot!«, rief Hadrathus mit schallender Stimme. »Nebel und Trommel führten ihn in den Untergang. Und ich war es, der diesen Nebel herbeirief, Hund von Python, und ihn auch wieder auflöste! Ich, mit meiner Magie, die stärker ist als deine!«

»Was schert es mich?«, schrie Xaltotun, der mit den verzerrten Zügen und funkelnden Augen einen erschreckenden Anblick bot. »Valerius war ein Narr. Ich brauche ihn nicht. Ich kann Conan ohne menschliche Hilfe vernichten!«

»Warum hast du dann so lange gezaudert?«, spottete Hadrathus. »Weshalb hast du zugelassen, dass so viele deiner Verbündeten von Pfeilen durchbohrt und von Lanzen aufgespießt wurden?«

»Weil Blut großer Zauberei nützlich ist!«, donnerte Xaltotun, dass die Felsen erzitterten. Sein Kopf war wie in gespenstisches Leuchten getaucht. »Weil kein Zauberer seine Kräfte sinnlos vergeudet! Weil ich meine Kräfte für die Zeit aufsparen will, die kommen wird, und nicht vorhabe, sie in einem unwichtigen Kampf zu verschwenden. Doch jetzt, bei Set, werde ich vollen Gebrauch von ihnen machen! Pass gut auf, Hund von Asura, falscher Priester eines ausgedienten Gottes, und erblicke etwas, das dir den Verstand für immer raubt!«

Hadrathus warf den Kopf zurück und lachte.

»Schau lieber hierher, schwarzer Teufel von Python!«, riet er ihm.

Er nahm die Hand aus dem Gewand. Sie hielt etwas, das in der Sonne flammte und brannte und zu einem pulsierenden goldenen Glühen wurde, in dessen Schein Xaltotun leichenfahl wurde.

Der Hexer schrie auf, als durchbohre eine Klinge seine Brust.

»Das Herz! Das Herz Ahrimans!«

»Ja, die eine Macht, die größer ist als deine Kräfte!«

Xaltotun schien zu schrumpfen, zu altern. Plötzlich war sein Bart von Weiß durchzogen und sein Haupthaar von Grau.

»Das Herz«, murmelte er. »Du hast es gestohlen! Hund! Dieb!«

»Nicht ich! Es hat eine lange Reise in den Süden hinter sich. Doch jetzt habe ich es, und gegen das Herz kommen deine schwarzen Künste nicht an. So, wie es dich dem Leben wiedergab, wird es dich zurück in die Finsternis schleudern, aus der es dich holte. Du wirst den dunklen Weg nach Acheron gehen, der der Weg der Stille und der Nacht ist. Das dunkle Imperium, das nicht wiedererstand, wird Legende und dunkle Erinnerung bleiben. Conan wird wieder herrschen. Und das Herz Ahrimans wird zurückgebracht werden in die

Höhle unter dem Mitratempel, um dort tausend Jahre als Symbol der Macht Aquiloniens zu brennen!«

Xaltotun schrie wie ein Besessener auf und rannte mit dem erhobenen Dolch um den Altar herum. Doch von irgendwoher – aus dem Himmel vielleicht, oder aus dem großen Juwel, das in Hadrathus' Hand funkelte – schoss ein Strahl blendend blauen Lichtes. Mit einem gewaltigen Knall, der von den Bergen widerhallte, bohrte er sich in Xaltotuns Brust. Wie vom Blitz getroffen, stürzte der Hexer. Noch ehe er auf dem Boden aufschlug, hatte er sich auf Schrecken erregende Weise verändert. Neben dem Altarstein lag keine frische Leiche, sondern eine verdorrte braune Mumie.

Ernst blickte Zelata auf sie hinunter.

»Er hat nicht wirklich gelebt«, sagte sie. »Das Herz verlieh ihm nur eine Art von Leben, das selbst ihn täuschte. Ich habe ihn nie anders denn als Mumie gesehen.«

Hadrathus beugte sich über das ohnmächtige Mädchen auf dem Altar, um ihre Stricke zu lösen, als zwischen den Bäumen eine gespenstische Erscheinung auftauchte: Xaltotuns von den unheimlichen Pferden gezogener Streitwagen. Lautlos näherten sie sich dem Altar, lautlos hielten sie an, so dicht neben der Mumie, dass ein Rad sie fast berührte. Hadrathus hob die sterblichen Überreste des Hexers in den Wagen. Ohne Zögern wendeten die Pferde und trabten südwärts den Berg hinunter. Hadrathus, Zelata und der graue Wolf blickten ihnen nach, wie sie den langen Weg nach Acheron nahmen, der den Lebenden verschlossen ist.

Amalric war im Sattel erstarrt, als er den wilden, zerlumpten Reiter mit dem zerfetzten und blutbefleckten

Schlangenbanner die Hänge herabstürmen sah. Plötzlich zuckte sein Kopf hoch, und er blickte zu dem Berg, der als Königsaltar bekannt war. Unwillkürlich riss er den Mund auf. Alle im Tal sahen den grell leuchtenden Pfeil, der, goldene Funken sprühend, vom Berg aufstieg und sich in weitem Bogen über das Tal senkte. Hoch über den Heerscharen zerbarst er zu einer blendenden Flamme, die selbst die Sonne erbleichen ließ.

»Das ist nicht Xaltotuns Signal!«, donnerte der Baron.

»Nein!«, brüllte Tarascus zurück. »Es ist ein Zeichen für die Aquilonier! Seht!«

Die bisher reglosen Reihen auf den Terrassen setzten sich endlich in Bewegung, und ihr gewaltiger Kampfruf brauste durchs Tal.

»Xaltotun hat versagt!«, schrie Amalric wütend. »Genau wie Valerius. Wir stecken in der Falle! Mitras Fluch auf Xaltotun, der uns hierher geführt hat! Lasst zum Rückzug blasen!«

»*Zu spät!*«, rief Tarascus. »*Seht!*«

Auf den Hängen senkte sich der Lanzenwald. Die Reihen der Gundermänner zogen sich nach rechts und links zurück wie ein Vorhang, und mit orkangleichem Donner stürmten die Ritter von Aquilonien auf den Feind zu.

Ihr Sturm war unaufhaltsam. Die Bolzen von den Armbrüsten der entmutigten Schützen prallten von Schilden und Helmen ab. Federbüsche und Banner flatterten im Wind. Wie eine Sturzflut überschwemmten sie die wankenden Reihen der Pikenträger.

Brüllend gab Amalric den Befehl zum Angriff. Voll Todesmut trieben die Nemedier ihre Pferde dem Feind entgegen die Hänge hoch. Zahlenmäßig waren sie Conans Truppen immer noch überlegen.

Aber sie waren erschöpft, saßen auf nicht weniger erschöpften Pferden und mussten hangauf stürmen. Die Poitanen dagegen hatten ihre Klingen heute noch nicht geschwungen, ihre Pferde waren ausgeruht, und sie ritten hangab – wie der Blitz. Und wie der Blitz schlugen sie zu. Sie rieben die schwerfälligen Reihen der Nemedier auf und jagten die Überlebenden kopfüber die Hänge hinunter.

Den Rittern folgten die kampferpichten Gundermänner mit ihren Lanzen und die Bossonier, die im Laufen auf jeden sich noch rührenden Feind schossen.

Hangabwärts brandete die Flut der Schlacht und trug die benommenen Nemedier auf dem Wellenkamm mit sich. Die Schützen hatten ihre Armbrüste von sich geworfen und flohen. Die wenigen Pikenträger, die den Sturm der Ritter überstanden hatten, wurden von den Gundermännern niedergemacht.

In wildem Durcheinander wälzte sich die Schlacht durch den weiten Talzugang hinaus auf die Ebene. Verfolger jagten Fliehende, Fußsoldaten kämpften im Handgemenge, Pferde bäumten sich auf und schlugen um sich, während ihre Reiter aufeinander eindroschen. Aber die Nemedier waren am Ende, sie konnten sich nicht mehr neu formieren, um sich mit mehr Erfolg zu verteidigen. So versuchten sie, den Fluss zu erreichen. Vielen gelang es, ihn zu überqueren, aber das ganze Land war in Aufruhr. Die Bevölkerung jagte sie wie Wölfe. Nur wenige kamen in Tarantia an.

Das eigentliche Ende kam jedoch erst nach Amalrics Tod. Der Baron, der vergebens versuchte, seine Männer um sich zu scharen, brauste geradewegs auf den Trupp Ritter zu, die dem Riesen in schwarzer Rüstung mit dem Löwenwappen auf dem Überrock folgten, über dessen Kopf das goldene Löwenbanner flatterte und daneben der scharlachrote Leopard Poitains. Ein hoch gewachsener Ritter in glänzender Rüstung legte die Lanze an und stürmte dem Baron von Tor entgegen. Wie Donnerknall stießen sie aufeinander. Des Nemediers Lanze traf den Helm seines Gegners, riss ihm den vom Kopf und entblößte so Pallantides' Züge. Die Lanzenspitze des Aquiloniers drang durch Schild und Brustpanzer und stieß in des Barons Herz.

Ein tosender Schrei erhob sich, als Amalric aus dem Sattel gehoben wurde und die Lanze in seiner Brust brach. Die Nemedier gaben daraufhin jeden Widerstand auf und flüchteten Hals über Kopf zum Shirki.

Tarascus floh nicht. Amalric war tot, der Fahnenträger gefallen und das königliche nemedische Banner in Blut und Staub getrampelt. Die meisten seiner Ritter flohen, und die Aquilonier setzten ihnen nach. Tarascus wusste, dass die Schlacht verloren war, trotzdem kämpfte er sich mit einer Hand voll Getreuer seinen Weg durch das Getümmel. Er hatte nur einen Wunsch: Conan zu finden. Und schließlich fand er ihn.

Es gab keine Formationen mehr. Die wenigen übrig gebliebenen kleineren Trupps seiner Leute lösten sich unter den Klingen des Feindes auf. Conans Getreue waren weit im Schlachtgetümmel verstreut. Conan war allein. Tarascus' Junker waren einer nach dem anderen gefallen. Die beiden Könige trafen sich zu einem Kampf Mann gegen Mann.

Noch während sie aufeinander zuritten, wieherte Tarascus' Pferd auf und brach zusammen. Conan sprang von seinem und rannte auf ihn zu, als der König von Nemedien sich aus den Steigbügeln befreite und sich erhob. Stahl blitzte blendend in der Sonne, klirrte und sprühte blaue Funken. Dann krachte eine Rüstung, und Tarascus ging unter einem Hieb von Conans Breitschwert zu Boden.

Der Cimmerier setzte einen eisengerüsteten Fuß auf die Brust seines Feindes und hob sein Schwert. Er hatte den Helm verloren und warf die schwarze Mähne zurück, während seine blauen Augen in ihrem alten Feuer brannten.

»Ergebt Ihr Euch?«

»Gewährt Ihr mir Pardon?«

»Ja. Obwohl Ihr mir keines gegeben hättet! Das Leben für Euch und alle Eure Männer, die die Waffen strecken. Obgleich Ihr es verdient hättet, dass ich Euch den Schädel spalte, als der Dieb, der Ihr seid!«, fügte der Cimmerier hinzu.

Tarascus verdrehte den Hals und starrte über die Ebene. Die Überreste der nemedischen Streitkräfte flohen über den Steinsteg an der Furt. Und die siegreichen aquilonischen Verfolger droschen mit der Wut lange genährten Hasses auf sie ein. Bossonier und Gundermänner schauten sich im Lager ihrer Feinde um, zerrissen Zelte auf ihrer Suche nach Beute, machten Gefangene, versorgten sich mit Proviant und kippten die Wagen des Trosses um.

Der nemedische König fluchte bitter und zuckte die Schultern, so gut er es in seiner Lage konnte.

»Na schön, ich habe keine Wahl. Eure Bedingungen?«

»Ihr habt mir Eure sämtlichen gegenwärtigen Besitzungen in Aquilonien zu übergeben. Ihr werdet Euren Garnisonen in meinem Reich befehlen, sofort alle besetzten Burgen und Städte ohne Waffen zu verlassen. Und seht zu, dass Ihr Eure verdammten Streitkräfte so schnell wie möglich aus Aquilonien verschwinden lasst. Außerdem werdet Ihr alle Aquilonier, die als Sklaven verkauft wurden, zurückbringen und Wiedergutmachung leisten. Die Höhe des Betrages werde ich festsetzen, sobald der Schaden abgeschätzt ist, der durch Eure Besetzung meines Landes verursacht wurde. Bis all diese Bedingungen erfüllt sind, bleibt Ihr meine Geisel.«

»Ich nehme Eure Bedingungen an«, erklärte Tarascus. »Ich werde alle Besitzungen an Euch übergeben und alle Burgen und Städte, die von meinen Leuten besetzt sind, ohne Widerstand räumen lassen. Auch alles andere soll, wie gefordert, geschehen. Welches Lösegeld verlangt Ihr für mich?«

Conan lachte und nahm den Fuß von der gepanzerten Brust seines Gegners, dann fasste er ihn an der Schulter und zog ihn auf die Füße. Er wollte gerade antworten, als er sah, dass Hadrathus auf ihn zukam. Der Asurapriester wirkte so ruhig und selbstsicher wie immer, als er sich einen Weg durch Leichen und Pferdekadaver bahnte.

Mit blutverkrusteter Hand wischte Conan sich den schweißverklebten Staub vom Gesicht. Er hatte den ganzen Tag gekämpft. Zuerst zu Fuß mit den Lanzern, dann an der Spitze der Ritter. Sein Wappenrock hing in Fetzen von ihm, seine Rüstung war blutbesudelt und wies Kerben von Schwert, Streitaxt und Kriegskeule auf. Gigantisch hob er sich vom Hintergrund des Schlachtfeldes ab, wie ein grimmiger barbarischer Held der Göttersagen.

»Gut gemacht, Hadrathus!«, lobte er. »Bei Crom, war ich froh über Euer Signal! Meine Ritter waren schon fast wahnsinnig vor Ungeduld. Es fraß an ihnen, dass sie nicht von Anfang an mitkämpfen durften. Viel länger hätte ich sie nicht zurückhalten können. Was ist mit dem Hexer?«

»Er hat den dunklen Weg nach Acheron genommen«, antwortete Hadrathus. »Und ich – ich kehre nach Tarantia zurück. Meine Arbeit hier ist getan, und ich habe noch eine wichtige Aufgabe unter dem Mitratempel vor mir. Auf diesem Feld haben wir Aquilonien gerettet – und nicht nur Aquilonien. Euer Ritt zu Eurer Hauptstadt wird ein Triumphzug durch ein Land, das vor Freude außer sich ist. Ganz Aquilonien wird die Rückkehr seines Königs voll Begeisterung begrüßen. Lebt wohl, bis wir uns im Thronsaal wiedersehen.«

Conan blickte dem Priester stumm nach. Aus allen Richtungen eilten seine Ritter auf ihn zu. Er sah Pallantides, Trocero, Prospero, Servius Galannus, und die Rüstung eines jeden war blutbefleckt. Das Schlachtgetöse war verstummt, dafür erschallten jetzt Jubel- und Hochrufe. Die vor Erregung und Begeisterung glänzenden Augen aller waren auf die riesenhafte Gestalt ihres Königs gerichtet. Arme in Kettenhemden und Panzerrüstung schwenkten blutige Schwerter. Wie brandende Wogen donnerte der Ruf: »*Es lebe Conan, König von Aquilonien!*«

Tarascus meldete sich wieder zu Wort. »Ihr habt mir noch nicht gesagt, welches Lösegeld Ihr für mich verlangt.«

Conan lachte und steckte sein Schwert in die Scheide. Er streckte sich und fuhr mit den blutbefleckten Fingern durch das dichte schwarze Haar, als spüre er dort bereits die zurückeroberte Krone.

»Ihr habt ein Mädchen namens Zenobia in Eurem Harem.«

»Wieso – o ja, ich glaube schon.«

»Gut.« Der König lächelte, als seine Gedanken sich in angenehmer Erinnerung verloren. »Sie und nichts anderes wird Euer Lösegeld sein. Ich werde nach Belverus kommen und sie holen, wie ich es versprochen habe. In Nemedien mag sie eine Sklavin gewesen sein, aber in Aquilonien mache ich sie zur Königin!«

SALOME, DIE HEXE

I

Der blutrote Halbmond

Taramis, Königin von Khauran, erwachte aus einem alptraumgeplagten Schlummer. Stille herrschte in ihrer Umgebung, die mehr dem Schweigen modriger Katakomben glich als der nächtlichen Ruhe eines schlafenden Palastes. Sie blieb liegen und starrte in die Dunkelheit. Weshalb waren die Kerzen in ihrem goldenen Armleuchter erloschen? Durch ein Fenster mit goldenem Gitter sah sie ein Stück Sternenhimmel, aber sein Licht trug nicht dazu bei, ihr Gemach zu erhellen. Doch während sie ruhig auf dem Rücken lag, wurde sich Taramis eines leichten Glühens in der Dunkelheit vor sich bewusst. Es wurde stärker, während es an Größe zunahm, und sah schließlich wie eine durchsichtige Scheibe aus, die vor den blauen Samtbehängen der gegenüberliegenden Wand schwebte. Die Königin hielt den Atem an und richtete sich ein wenig auf. Etwas Dunkles wurde allmählich in der leuchtenden Scheibe sichtbar – *der Kopf eines Menschen!*

In plötzlicher Panik öffnete die Königin die Lippen, um nach ihren Leibmägden zu rufen, aber dann ließ sie es doch bleiben. Das Leuchten wurde nun noch stärker, und so hob sich der Kopf besser ab. Es war der einer Frau, zierlich, mit fein geschnittenen Zügen und einer Fülle hochgesteckten, glänzenden schwarzen Haares. Das Gesicht wurde, während sie darauf starrte, immer deutlicher erkennbar – sein Anblick war es, der ihr den Schrei noch in der Kehle abgewürgt hatte. Es war ihr eigenes! Als blicke sie in einen Spiegel, der ihre Miene ganz leicht veränderte und ihr einen boshaften Ausdruck verlieh.

»Ischtar!«, keuchte Taramis. »Ich bin verhext!«

Zu Taramis' Entsetzen sprach die Erscheinung, und ihre Stimme klang übertrieben süß.

»Verhext? Nein, liebliche Schwester, es hat nichts mit Zauberei zu tun.«

»Schwes-ter?«, stammelte die verwirrte Königin. »Ich habe keine Schwester!«

»Hattest du auch nie eine?«, fragte die giftig süße Stimme. »Gab es da nicht einmal eine Zwillingsschwester, deren Haut so weich wie deine und ebenso leicht zu streicheln und zu verletzen war?«

»Ja, ich besaß eine Schwester«, erwiderte Taramis, die überzeugt war, dass ein Alptraum sie quälte. »Aber sie starb.«

Das schöne Gesicht in der leuchtenden Scheibe verzerrte sich vor Wut, und so Schrecken erregend wirkte es, dass Taramis sich furchterfüllt duckte und fast erwartete, die schwarzen Locken der anderen würden sich in Schlangen verwandeln zischend auf sie zuschnellen.

»Du lügst!«, fauchten die roten Lippen. »Sie starb nicht! Törin! O genug dieses Theaters! Sieh her – möge der Anblick dir zu denken geben!«

Plötzlich schoss Licht wie brennende Schlangen die Wandbehänge hoch, und die Kerzen im Armleuchter flammten auf unerklärliche Weise wieder auf. Taramis kauerte sich tiefer in ihr samtüberzogenes Bett und starrte mit weit aufgerissenen Augen auf die geschmeidige Gestalt, die sich ihr nun höhnisch in voller Größe zeigte. Taramis war es, als blicke sie auf ihr eigenes Ich, das ihr äußerlich in jeder Beziehung glich, von dem jedoch eine Aura des Bösen ausging. Das Gesicht dieses Ebenbilds spiegelte genau das Gegenteil all ihrer Charakterzüge. Gier und Abartigkeit sprachen aus den schillernden Augen, Grausamkeit lauerte in den Mundwinkeln. Jede Bewegung des grazilen Körpers wirkte aufreizend. Die Frisur glich genau ihrer eigenen, und die Füße steckten in vergoldeten Sandalen, so wie sie selbst sie in ihren Gemächern trug. Das ärmellose, tief ausgeschnittene Gewand, von einem goldenen Stoffgürtel um die Taille gehalten, war eine genaue Nachbildung ihres Nachtgewands.

»Wer bist du?«, hauchte Taramis, während ihr ein eisiger Schauder über den Rücken lief. »Verrate mir, was du hier suchst, ehe ich meine Leibmägde rufe, damit sie die Wachen holen!«

»Rufe, bis sich die Deckenbalken biegen«, antwortete die Fremde gleichgültig. »Deine Schlampen werden nicht vor dem Morgengrauen erwachen, selbst wenn der Palast um sie in Flammen aufginge. Auch deine Wachen können dich nicht hören, und wenn du noch so laut schreist. Sie erhielten den Auftrag, diesen Flügel des Palasts zu verlassen.«

»Was?«, rief Taramis empört. »Wer wagte es, meiner Leibgarde einen solchen Befehl zu erteilen?«

»Ich, meine liebliche Schwester«, höhnte die andere, »kurz ehe ich hier hereinkam. Sie hielten mich für ihre geliebte Königin. Ha, wie großartig ich meine Rolle spielte! Mit welch majestätischer Würde, gemildert durch weibliche Sanftmut, sprach ich zu diesen Tölpeln, die in ihrer Rüstung mit den federbuschverzierten Helmen vor mir niederknieten.«

Taramis fühlte sich wie in einem Netz gefangen, das sich immer enger um sie schloss.

»Wer bist du?«, rief sie verzweifelt. »Welcher Spuk narrt mich? Was willst du von mir?«

»Wer ich bin?« Das Zischen einer Kobra klang aus der süßen Stimme. Die Fremde trat ans Bett. Sie krallte die Finger in die weichen Schultern der Königin und beugte sich ein wenig vor, um der verstörten Taramis funkelnd in die Augen zu schauen. Unter diesem hypnotischen Blick vergaß die Königin, sich über die Unverschämtheit der Berührung durch die andere zu empören.

»Törin!«, knirschte das Mädchen zwischen zusammengepressten Zähnen. »Wie kannst du nur fragen! Ich bin Salome!«

»Salome!« Taramis flüsterte dieses Wort, und die Härchen sträubten sich in ihrem Nacken, als sie die unvorstellbare betäubende Wahrheit dieser Behauptung erkannte. »Ich dachte, du seist noch in unserer Geburtsstunde gestorben«, murmelte sie schwach.

Salome lachte wild und schlug an ihren Busen. Das weit ausgeschnittene Nachtgewand offenbarte die

Wölbung ihrer festen Brüste, und dazwischen hob sich ein ungewöhnliches Mal ab – ein Halbmond, so rot wie Blut.

»Das Zeichen der Hexe!«, rief Taramis und zuckte zurück.

»Stimmt!« Salomes Lachen war schneidend vor Hass. »Der Fluch der Königin von Khauran! Ja, auf den Marktplätzen raunen sie die Geschichte einander mit rollenden Augen zu, diese frömmelnden Narren: die Geschichte der ersten Königin unseres Geschlechts, die sich einem Dämon hingab und ihm eine Tochter gebar. Und danach wurde der askhaurianischen Dynastie jedes Jahrhundert ein Mädchen mit dem scharlachfarbenen Halbmond in der Brustmitte geboren – ein Zeichen, das ihr Schicksal bestimmte.

›Alle hundert Jahre wird eine Hexe das Licht der Welt erblicken‹, lautete der alte Fluch. Manche wurden gleich bei der Geburt getötet, wie sie es auch mit mir tun wollten. Andere wandelten als Hexen durch die Welt, als stolze Töchter Khaurans, mit dem brennenden Höllenmond zwischen ihren Brüsten. Jede erhielt den Namen Salome. Auch ich bin eine Salome. Immer war sie Salome, die Hexe, und immer wird sie Salome, die Hexe, bleiben, selbst wenn die Eisberge vom Nordpol die Zivilisation unter sich begraben und eine neue Welt sich aus den Trümmern erhoben hat – ja, auch dann wird es eine Salome geben, die über die Erde wandelt, um durch ihren Zauber die Herzen der Männer zu betören, um vor den Königen dieser Welt zu tanzen und sich die Köpfe weiser Männer nach ihrem Belieben auf einem Tablett servieren zu lassen.«

»Aber – aber du …«, stammelte Taramis.

»Ich?« Die schillernden Augen brannten wie geheimnisvolle dunkle Feuer. »Sie trugen mich hinaus in die Wüste, weit weg von der Stadt, legten mich nackt in den heißen Sand unter der glühenden Sonne und ritten fort, um mich den Schakalen, Aasgeiern und Wüstenwölfen zu überlassen.

Aber das Leben in mir war stärker als in gewöhnlichen Sterblichen, denn es ist Teil der Essenz jener Kräfte, die in den schwarzen Klüften zwischen den Sternen zu Hause sind. Die Stunden vergingen, die Sonne brannte wie mit Höllenflammen auf mich herab, aber ich starb nicht. Doch so klein ich war, blieben diese schrecklichen Qualen mir wie ein ferner, furchtbarer Traum in ständiger Erinnerung. Und dann kamen Kamele und gelbhäutige Männer in Seide, die in einer seltsamen Sprache redeten. Sie hatten die Karawanenstraße verlassen und ritten dicht an mir vorbei. Ihr Anführer entdeckte mich und erkannte den roten Halbmond auf meiner Brust. Er hob mich auf und rettete mir das Leben.

Er war ein Zauberer aus dem fernen Khitai und befand sich auf der Rückreise von Stygien. Er nahm mich mit sich nach Paikang mit seinen Purpurtürmen und den Minaretten, die sich aus den rankenüberwucherten Bambusdschungeln hoben. Dort wuchs ich bei ihm auf, und er unterrichtete mich in all den schwarzen Künsten, die er sich in seinem langen Leben angeeignet hatte; das Alter hatte ihm auch nichts von seinen finsteren Kräften geraubt. Ja, vieles lehrte er mich ...«

Sie hielt inne, lächelte geheimnisvoll, und ihre Augen funkelten böse. Dann warf sie den Kopf zurück.

»Doch schließlich verstieß er mich. Er sagte, ich sei trotz all seiner Lehren nur eine einfache Hexe und nicht fähig, die Zauberkräfte zu beherrschen, die er mir beibringen wollte. Er hätte mich zur Königin der Welt machen und durch mich herrschen wollen, sagte er, aber ich sei lediglich eine Dirne der Finsternis. Na und? Ich hätte es nie ausgehalten, mich in einem goldenen Turm von allem abzuschließen, lange Stunden in eine Kristallkugel zu starren, Beschwörungen zu murmeln, die mit dem Blut von Jungfrauen auf Schlangenhaut geschrieben sind, und dicke Bücher zu wälzen, verfasst in einer längst vergessenen Sprache.

Er sagte, ich sei nicht mehr als ein irdischer Geist und würde nie Einblick in die tieferen Abgründe kosmischer Zauberei gewinnen. Warum auch? Diese Welt hat mir alles zu bieten, was ich begehre: Macht, Prunk, strahlende Feste, gut aussehende Männer und sanfte Frauen als meine Geliebten und Sklaven. Er hat mir auch gesagt, wer ich bin, und er erzählte mir vom Fluch, der auf unserem Haus lastet. Und so bin ich zurückgekehrt, um mir das zu nehmen, was mir genauso zusteht wie dir. Und nun gehört es mir mit dem Recht der Stärkeren!«

»Was willst du damit sagen?« Taramis sprang auf. Der plötzliche Schrecken hatte ihre Angst und Benommenheit wie einen Schleier fortgerissen. »Bildest du dir ein, dass du bereits auf dem Thron sitzt, nur weil es dir gelungen ist, ein paar Mägde in Schlaf zu versetzen und eine meiner Wachen zu täuschen? Vergiss nicht, *ich* bin die Königin von Khauran! Ich werde dir als meine Schwester einen Ehrenplatz am Hof zuweisen, aber ...«

Salome lachte hasserfüllt.

»Wie großzügig von dir, liebliche Schwester! Doch ehe du versuchst, mich auf meinen Platz zu verweisen, verrätst du mir vielleicht, wessen Soldaten in der Ebene außerhalb der Stadtmauern ihr Lager aufgeschlagen haben.«

»Es sind die shemitischen Söldner Constantius', des kothischen *Woiwoden* der Freien Getreuen.«

»Und was haben sie in Khauran zu suchen?«, fragte Salome süß.

Taramis spürte den heimlichen Spott der anderen, aber sie antwortete mit einer majestätischen Würde, die sie im Augenblick kaum empfand.

»Constantius ersuchte darum, auf seinem Weg nach Turan entlang der khauranischen Grenze reiten zu dürfen. Er selbst erbot sich als Geisel für das gute Benehmen seiner Truppen, solange sie sich in meinem Reich aufhalten.«

»Und Constantius«, – Salome ließ nicht locker –, »hat er nicht heute um deine Hand angehalten?«

Taramis warf Salome einen misstrauischen Blick zu. »Woher weißt du das?«

Ein Zucken der schlanken, entblößten Schultern war die einzige Antwort.

»Du hast ihn abgewiesen, teure Schwester?«

»Natürlich habe ich das!«, rief Taramis verärgert. »Du als askhaurianische Prinzessin müsstest selbst wissen, dass die Königin von Khauran einen solchen Antrag nur voll Verachtung ablehnen kann. Soll ich vielleicht einen Abenteurer heiraten, dessen Hände blutbefleckt sind? Einen Mann, der wegen seiner Verbrechen aus seinem eigenen Vaterland verbannt wurde? Der der Anführer einer Bande organisierter Plünderer und Mörder ist?

Ich hätte überhaupt nicht zulassen dürfen, dass er seine schwarzbärtigen Räuber nach Khauran bringt.

Glücklicherweise ist er so gut wie ein Gefangener. Meine Soldaten bewachen ihn im Südturm. Morgen werde ich ihm befehlen, mit seinen Männern mein Königreich zu verlassen. Er selbst bleibt Geisel, bis seine Truppen die Grenze überschritten haben. Meine Soldaten bemannen inzwischen die Stadtmauer, und ich warnte ihn, dass er für alle Untaten seiner Söldner verantwortlich gemacht wird.«

»Er ist im Südturm eingesperrt?«, fragte Salome.

»Das sagte ich doch. Weshalb fragst du?«

Als Antwort klatschte Salome in die Hände und hob ihre Stimme, aus der boshafte Freude klang: »Die Königin gewährt dir eine Audienz, Falke!«

Eine mit goldenen Arabesken verzierte Tür öffnete sich, und eine hoch gewachsene Gestalt trat ein, bei deren Anblick Taramis erstaunt und verärgert aufschrie.

»Constantius! Ihr wagt es, mein Gemach zu betreten!«

»Wie Ihr seht, Majestät!« In geheuchelter Demut beugte er sein dunkles Geiergesicht.

Constantius, den man auch der Falke nannte, war groß, breitschultrig, schmal um die Hüften und stark wie geschmeidiger Stahl. Er sah nicht schlecht aus, wenn man den grausamen Zug um seinen Mund übersah. Die Sonne hatte sein Gesicht dunkel gebräunt, und sein Haar über einer hohen, schmalen Stirn war rabenschwarz, allerdings etwas schütter. Seine dunklen Augen wirkten wachsam und durchdringend, und der dünne schwarze Schnurrbart vermochte die Härte seiner Lippen nicht zu verbergen. Er trug Stiefel aus kordavanischem Leder, Beinkleider und Wams waren aus schmuckloser dunkler Seide und wiesen Rostflecken von der Kettenrüstung auf, die er gewöhnlich darüber trug. Auch andere Schmutzspuren des Lagerlebens waren nicht zu übersehen.

Während er seinen Schnurrbart zwirbelte, wanderte sein Blick mit einer Unverfrorenheit über die Königin, die sie zurückzucken ließ.

»Bei Ischtar, Taramis«, sagte er, »in Eurem Nachtgewand finde ich Euch noch verführerischer als in Eurer königlichen Robe. Wahrlich, das ist eine sehr verheißungsvolle Nacht.«

Angst erwachte in den dunklen Augen der Königin. Sie war nicht dumm. Sie wusste, dass Constantius sich all das nicht herausnehmen würde, fühlte er sich in seiner Anmaßung nicht sicher.

»Ihr müsst wahnsinnig sein!«, rief sie. »Wenn ich in diesem Gemach in Eurer Gewalt bin, seid Ihr es nicht weniger in der meiner Untertanen, die Euch in Stücke reißen werden, wenn Ihr es wagen solltet, mich zu berühren. Verlasst sofort den Palast, wenn Euch Euer Leben lieb ist.«

Er lachte genauso spöttisch wie Salome neben ihm, die eine ungeduldige Geste machte.

»Genug dieses Getues, kommen wir zum nächsten Akt der Komödie. Hör mir gut zu, teure Schwester. Ich habe Constantius hergeschickt. Als ich beschloss, den khauranischen Thron zu übernehmen, schaute ich mich nach Unterstützung um und wählte den Falken, da ihm absolut alle Eigenschaften fehlen, welche die Menschen gemeinhin als gut bezeichnen.«

»Ich bin überwältigt, Prinzessin«, sagte Constantius spöttisch und verbeugte sich tief.

»Ich schickte ihn nach Khauran, und sobald seine Männer ihr Lager auf der Ebene aufgeschlagen hatten und er sich in der Stadt befand, betrat ich die

Stadt durch das kleine Tor in der Westmauer – die Dummköpfe, die es bewachten, glaubten, du seist es, die von einem kleinen nächtlichen Abenteuer zurückkehrte ...«

»Teufelin!« Taramis' Wangen röteten sich, und ihre Wut ließ sie ihre königliche Haltung vergessen.

Salome lächelte ungerührt.

»Sie waren natürlich überrascht und offensichtlich schockiert, ließen mich jedoch passieren, ohne Fragen zu stellen. Den Palast betrat ich auf die gleiche Weise. Dann erteilte ich den Wachen den bereits erwähnten Befehl, und jenen im Südturm gab ich den Auftrag, Constantius herzubringen. Danach begab ich mich hierher, nicht ohne mich zuvor deiner Leibmägde anzunehmen.«

Taramis ballte die kleinen Fäuste und erblasste.

»Und wie geht es weiter?«, fragte sie mit zitternder Stimme.

»Horch!« Salome neigte leicht den Kopf. Durch das Fenster war, wenn auch noch aus der Ferne, das Klirren und Rasseln von Rüstungen und Waffen marschierender Männer zu hören. Raue Stimmen brüllten in einer fremden Sprache, und in ihr Brüllen mischten sich Angst- und Schreckensschreie.

»Die Menschen wachen auf und fürchten sich«, erklärte Constantius spöttisch grinsend. »Du beruhigst sie wohl besser, Salome.«

»Nenn mich ab jetzt vorsichtshalber Taramis«, sagte die Hexe. »Wir müssen uns daran gewöhnen.«

»Was hast du getan?«, rief Taramis erschrocken. »Was hast du getan?«

»Ich habe mich zu den Toren begeben und den Soldaten befohlen, sie zu öffnen«, antwortete Salome. »Sie wunderten sich, aber sie gehorchten. Was du hörst, ist die Armee des Falken, die in die Stadt einmarschiert.«

»Du – du Teufelin!«, schrie Taramis erneut. »Du hast in meiner Gestalt mein Volk betrogen und mich zur Verräterin gemacht. Oh, ich werde zu ihm sprechen ...«

Mit einem grausamen Lachen packte Salome sie am Handgelenk und riss sie zurück. Die bewundernswerte Geschmeidigkeit der Königin nutzte nichts gegen die Stärke des Hasses, die Salomes schlanke Gestalt stählte.

»Du weißt doch, wie man die Verliese vom Palast aus erreicht, Constantius«, wandte die Hexe sich an den Söldnerführer. »Gut. Nimm dieses Weib und sperr es in die sicherste Zelle. Die Wärter schlafen allesamt, dafür sorgte ich. Niemand darf je erfahren, was heute Nacht geschehen ist. Und von jetzt an bin ich Taramis, und Taramis ist eine namenlose Gefangene in einem vergessenen Verlies.«

Constantius lächelte, sodass die weißen Zähne unter dem Schnurrbart blitzten.

»Sehr gut. Aber du hast doch sicher nichts dagegen, wenn ich mich ein wenig – ah – mit ihr amüsiere?«

»Durchaus nicht. Zähme diesen Hitzkopf, wenn du es fertig bringst.«

Mit einem hässlichen Lachen stieß Salome ihre Schwester auf den Kothier zu, dann trat sie durch die Tür in den Korridor.

Furcht weitete Taramis' schöne Augen. Sie wehrte sich heftig gegen Constantius' Umarmung. Sie vergaß die Männer, die draußen auf den Straßen marschierten, vergaß angesichts der Bedrohung ihrer Jungfräulichkeit die Schmach, die ihr als Königin angetan worden war. Alles vergaß sie, außer der Angst, als sie in

Constantius' brennende, spöttische Augen blickte und seine Arme wie einen Schraubstock um sich spürte.

Salome, die den Korridor entlangeilte, lächelte schadenfroh, als ein Schrei der Verzweiflung und Qual durch den Palast schrillte.

II

DAS KREUZ

BEINKLEIDER UND WAMS DES JUNGEN SOLDATEN waren mit verkrustetem Blut befleckt, stellenweise nass vor Schweiß und grau von Staub. Blut sickerte aus einer tiefen Schenkelwunde und aus leichteren Schnittwunden an Brust und Schulter. Schweiß glitzerte auf seinem bleichen Gesicht, und seine Finger verkrampften sich in der Decke des Diwans, auf dem er lag. Seine Worte verrieten seelische Schmerzen, die weit schlimmer als die körperlichen waren.

»Sie muss verrückt sein!«, wiederholte er immer aufs Neue wie im Schock, der einem schrecklichen, unvorstellbaren Geschehen folgt. »Es ist wie ein Alptraum! Taramis, die von allen Khauraniern geliebt wird, verrät ihr Volk an diesen Teufel von Koth! O Ischtar, weshalb bin ich nicht gefallen? Es wäre besser, tot zu sein, denn unsere Königin als Verräterin und Dirne zu sehen!«

»Halte dich ruhig, Valerius«, bat das Mädchen, das mit zitternden Fingern die Wunden des jungen Mannes wusch und verband. »O bitte, bleib still liegen, Liebster, sonst fangen deine Verletzungen wieder stärker zu bluten an. Ich wage es nicht, einen Heiler zu holen ...«

»Nein«, murmelte der Verwundete. »Constantius' schwarzbärtige Teufel suchen alle Häuser nach verwundeten Khauraniern ab und hängen jeden, dessen Verletzungen vermuten lassen, dass er gegen sie gekämpft hat. O Taramis, wie konntest du dein Volk verraten, das dich anbetet?« In seiner Seelenqual wand und krümmte er sich und schluchzte vor Wut und Scham. Das erschrockene Mädchen legte die Arme um ihn und drückte seinen Kopf an ihre Brust. Wieder flehte sie ihn an stillzuhalten.

»Lieber tot als diese schreckliche Schande zu ertragen, die heute über Khauran kam«, stöhnte er. »Hast du es miterlebt, Ivga?«

»Nein, Valerius.« Ihre Finger beschäftigten sich wieder damit, seine klaffenden Wunden zu versorgen. »Ich erwachte durch den Kampflärm auf den Straßen, und als ich durch ein Fenster hinausschaute, sah ich Shemiten friedliche Bürger niedermetzeln. Dann hörte ich auch schon, wie du an der Hintertür leise nach mir riefst.«

»Ich hatte alle meine Kräfte verbraucht«, murmelte er. »Ich stürzte in der Gasse und konnte mich nicht mehr erheben. Ich wusste, dass sie mich jeden Augenblick finden würden, wenn ich dort liegen blieb – ich hatte drei der schwarzbärtigen Hunde getötet, bei Ischtar. Sie jedenfalls werden nie mehr durch Khaurans Straßen stolzieren! Jetzt schmoren sie in den tiefsten Höllen!«

Das zitternde Mädchen redete sanft wie zu einem kleinen Kind auf ihn ein und schloss seinen keuchenden Mund mit ihren weichen, süßen Lippen. Aber das in ihm tobende Feuer ließ ihm keine Ruhe.

»Ich war nicht auf der Mauer, als die Shemiten eingelassen wurden«, murmelte er. »Ich schlief in der Kaserne wie die meisten, die dienstfrei hatten. Kurz vor dem Morgengrauen kam unser Hauptmann herein. Sein Gesicht war bleich unter dem Helm. ›Die Shemiten sind in der Stadt‹, sagte er. ›Die Königin war höchstpersönlich am Südtor und befahl, die ganze Söldnerarmee einzulassen. Sie ließ die Soldaten von der Stadtmauer herabkommen, wo sie Wache hielten, seit Constantius sich im Königreich aufhält. Weder ich noch sonst jemand kann das verstehen. Aber ich hörte mit eigenen Ohren, wie sie den Befehl gab, und natürlich gehorchten wir wie immer. Dann ordnete sie an, wir sollten uns alle auf dem Platz vor dem Palast sammeln. Wir mussten außerhalb der Kaserne in Reih und Glied antreten und – unbewaffnet und ohne Rüstung, wohlgemerkt – dorthin marschieren. Wir hatten keine Ahnung, was das alles bedeutete, aber die Königin hatte es höchstpersönlich angeordnet.‹

Als wir auf dem Platz ankamen, hatten sich die Shemiten zu Fuß gegenüber dem Palast aufgestellt. Zehntausend dieser schwarzbärtigen Teufel waren es zumindest, und bis an die Zähne bewaffnet. Ringsum auf dem Platz streckten die Leute neugierig die Köpfe aus Fenstern und Türen, und auf den Straßen zum Palast drängten sie sich dicht an dicht. Taramis stand oben auf dem Treppenaufgang zum Palast, nur in Constantius' Begleitung, der seinen Schnurrbart strich wie eine Katze, die gerade den Kanarienvogel verschlungen hat. Ein paar Stufen unter ihnen hatten sich etwa fünfzig Shemiten mit Bogen in den Händen aufgereiht.

Dort hätte eigentlich die Leibgarde stehen sollen, doch sie hatte sich am Fuß der Treppe sammeln müssen, und jeder Einzelne von ihnen war nicht weniger verwirrt als wir. Allerdings waren sie, entgegen dem Befehl der Königin, voll bewaffnet gekommen.

Dann sprach Taramis zu uns und sagte, sie habe sich Constantius' Antrag noch einmal überlegt – dabei hatte sie ihn gestern bei Hof erst vor allen empört abgewiesen – und sei zu dem Entschluss gekommen, ihn zum Prinzgemahl zu nehmen. Sie gab keine Erklärung, weshalb sie die Shemiten in die Stadt geholt hatte, aber sie sagte, da Constantius eine eigene Armee kampferprobter Soldaten habe, brauche sie die khauranischen Streitkräfte nicht länger und löse sie hiermit auf. Wir seien alle entlassen, sagte sie. Sie wies uns an, ruhig nach Hause zurückzukehren.

Gehorsam gegenüber unserer Königin ist unser oberstes Gebot, aber wir waren wie erschlagen und fanden keine Worte. Also lösten wir völlig benommen unsere Reihen.

Doch als die Leibgarde den Befehl erhielt, die Waffen abzulegen und sich als aufgelöst zu betrachten, protestierte Conan, der Hauptmann der Garde. Man sagte, er habe die Nacht zuvor dienstfrei gehabt und sich voll laufen lassen, aber zu dem Augenblick jedenfalls war er so wach und nüchtern, wie ein Mann nur sein kann. Er brüllte seinen Männern zu, sich nicht von der Stelle zu rühren, ehe er nicht einen entsprechenden Befehl gab – und so groß war ihr Respekt vor ihm, dass sie trotz des anderslautenden Befehls der Königin ihm gehorchten. Er stieg die Palasttreppe hoch und stellte sich mit funkelnden Augen vor Taramis – dann schrie er so laut, dass es über den ganzen Platz schallte: ›Das ist nicht die Königin! Es ist nicht Taramis, sondern eine Teufelin, die ihre Gestalt angenommen hat!‹

Und dann brach die Hölle los. Was genau geschehen ist, weiß ich nicht. Ich glaube, ein Shemit hieb auf den Hauptmann ein, und Conan tötete ihn. Im nächsten Moment wurde der Platz zum blutigen Schlachtfeld. Die Shemiten fielen über die Leibgarde her. Ihre Lanzen und Pfeile machten viele der Männer nieder.

Einige von uns besorgten sich rasch Waffen, und wir fielen damit über die Shemiten her. Im Grunde genommen wussten wir gar nicht wirklich, wofür wir kämpften – nur dass es gegen Constantius und seine schwarzbärtigen Teufel ging, ganz sicher jedoch nicht gegen Taramis, das schwöre ich! Constantius brüllte, seine Leute sollten die Verräter niedermachen. Wir waren aber keine Verräter!« Verzweiflung und Verwirrung sprachen aus Valerius' stockender Stimme. Das Mädchen versuchte, ihn zu trösten. Sie verstand das alles nicht, aber ihr Herz schlug voll Mitleid für ihren Liebsten.

»Die Leute wussten nicht, auf welche Seite sie sich schlagen sollten. Es herrschte absolutes Chaos. Wir, die wir kämpften, hatten keine Chance, ohne Führung, ohne Rüstung und schlecht oder gar nicht bewaffnet. Die Leibgarde, die von uns als Einzige voll bewaffnet war, hatte sich zu einem Karree gesammelt, aber es waren ihrer nur fünfhundert, und am Ausgang des Kampfes konnte es keine Zweifel geben, doch sie nahmen Unzählige mit sich, ehe sie fielen. Und während ihre Soldaten vor ihren Augen abgeschlachtet wurden, stand Taramis auf der Treppe, mit Constantius' Arm um ihre Schultern, und lachte herzlos. Ihr Götter, es ist Wahnsinn! Wahnsinn!

Nie sah ich einen Mann kämpfen wie Conan. Er stellte sich mit dem Rücken an eine Wand, und ehe sie ihn überwältigten, häuften die Toten sich um ihn. Doch schließlich erlag er der Übermacht. Als ich ihn fallen sah, schleppte ich mich davon. Mir war, als wäre die Welt untergegangen. Ich hörte Constantius noch brüllen, den Hauptmann lebend gefangen zu nehmen – dabei strich er sich mit diesem grässlichen Lächeln seinen Schnurrbart!«

Das gleiche Lächeln spielte auch in diesem Augenblick um Constantius' Lippen. Er saß inmitten einer Schar seiner Männer – stämmiger Shemiten mit schwarzen Krausbärten und Hakennasen – auf seinem Pferd. Die tief stehende Sonne ließ ihre Spitzhelme und die silbrigen Schuppen ihrer Harnische aufleuchten. Gut eine Meile hinter ihnen hoben sich die Mauern und Türme von Khauran aus dem Grasland.

An der Karawanenstraße war ein schweres Kreuz errichtet worden, und daran hing ein Mann, dem man eiserne Nägel durch Hände und Füße geschlagen hatte. Er war von riesenhafter, mächtiger Statur, und die Muskeln seines – von einem Lendentuch abgesehen – nackten Körpers zeichneten sich wie Taue unter seiner Haut ab, die von der Sonne tief gebräunt war. Die schier unerträglichen Schmerzen trieben ihm den Schweiß auf Gesicht und Brust, doch die blauen Augen unter der wirren, tief in die Stirn hängenden schwarzen Mähne loderten in unlöschbarem Feuer. Blut sickerte aus den Wunden in Händen und Füßen.

Constantius salutierte ihm spöttisch.

»Ich bedauere es, Hauptmann«, sagte er, »dass ich nicht bleiben kann, um Euch durch meinen Anblick die letzten Stunden zu erleichtern, aber die Pflicht ruft – ich darf unsere bezaubernde Königin nicht warten lassen!« Er lachte. »Also muss ich Euch Eurem Schicksal überlassen – und jenen hilfreichen Geschöpfen!« Er deutete auf die schwarzen Schatten, die abwartend hoch über ihnen kreisten.

»Ohne sie dürfte es für einen so kräftigen Burschen, wie Ihr es seid, leicht möglich sein, es ein paar Tage an dem Kreuz auszuhalten. Aber hegt keine falschen Hoffnungen, weil ich Euch unbewacht lasse. Ich habe öffentlich bekannt gegeben, dass jedwedem, der versucht, Euch lebend oder tot vom Kreuz zu bergen, bei vollem Bewusstsein auf dem Stadtplatz die Haut vom Leib gezogen wird, und nicht nur ihm, sondern allen Angehörigen seiner Familie. Ich habe Khauran bereits so fest in der Hand, dass keiner es wagt, sich meinem Befehl zu widersetzen. Ich lasse keine Wachen zurück, weil die Geier sich nicht herunterwagen, solange sich jemand in der Nähe befindet, und ich möchte sie ja schließlich nicht unnötig von ihrem Fraß abhalten. Deshalb ließ ich das Kreuz auch so weit außerhalb der Stadt errichten, näher kommen die Wüstengeier nicht heran.

Also, mein tapferer Hauptmann, lebt wohl! Ich werde an Euch denken, nachher, wenn Taramis in meinen Armen liegt.«

Das Blut rann frisch aus den durchbohrten Händen, als der Gekreuzigte sie zu Fäusten ballte, dabei quollen die Muskeln an den mächtigen Armen noch stärker hervor. Conan bog den Kopf vor, so weit es ging, und spuckte Constantius voll ins Gesicht. Der *Woiwode* lachte ungerührt, wischte sich den Speichel ab und wendete sein Pferd.

»Denkt an mich, wenn die Geier an Eurem Fleisch hacken«, rief er höhnisch über die Schulter. »Die Aasfresser der Wüste sind eine besonders gierige Brut. Ich sah Männer eine lange Zeit augen-, ohren- und skalplos am Kreuz hängen, ehe die scharfen Schnäbel sich in ihre Eingeweide bohrten.«

Ohne einen weiteren Blick zurück ritt er zur Stadt. Er bot ein beeindruckendes Bild, hoch aufgerichtet auf dem Pferd in seiner brünierten Rüstung, inmitten seiner bärtigen Henkersknechte. Bald waren von ihnen nur noch Staubwolken zu sehen.

Der Mann am Kreuz war nun das einzige vernunftbegabte Geschöpf in einer Landschaft, die am späten Abend besonders trostlos und öde wirkte. Obwohl Khauran sich nur eine Meile entfernt befand, hätte die Stadt auf der anderen Seite der Welt oder in einem anderen Zeitalter stehen können.

Conan schüttelte den Schweiß aus den Augen und blickte sich in dem ihm vertrauten Terrain um. Zu beiden Seiten der Stadt und jenseits davon erstreckte sich das fruchtbare Grasland, wo Rinder weideten. Dazwischen befanden sich Äcker und Weingärten. Am westlichen und nördlichen Horizont hoben sich als winzige Tupfen mehrere Dörfer ab. Etwas näher, im Südosten, glitzerte das Silberband eines Flusses, und dahinter begann abrupt die Sandwüste, die sich bis weit über den Horizont ausdehnte. Conan starrte wie ein gefangener Falke auf diese unendliche Weite, die im letzten Sonnenlicht bräunlich schimmerte. Wut schüttelte ihn, als er auf die glitzernden Türme Khaurans blickte. Die Stadt hatte ihn verraten – hatte ihn zu Handlungen gezwungen, die ihn an dieses Kreuz brachten.

Ein alles beherrschender Rachedurst vertrieb diese Gedanken. Wilde Flüche zischten von den Lippen des Gekreuzigten. Alles in ihm, jede Faser seines Seins, konzentrierte sich auf die vier Nägel, die ihn gefangen hielten und sein Leben kosten sollten. Seine gewaltigen Muskeln spannten sich wie Eisenstränge. Während ihm der Schweiß aus der jetzt fahlgrau wirkenden Haut trat, versuchte er, mit den Armen als Hebel, die Nägel aus dem Holz zu ziehen. Aber es war vergeblich, sinnlos. Viel zu tief hatte man sie eingeschlagen. Dann strengte er sich an, die Hände loszureißen. Nicht der grauenvolle Schmerz ließ ihn schließlich aufgeben, sondern die Nutzlosigkeit. Die Nagelköpfe waren breit und schwer, er bekam sie nicht durch die Wunden. Zum ersten Mal in seinem Leben erfüllte den riesenhaften Mann die Qual absoluter Hilflosigkeit. Er rührte sich nicht mehr, nachdem er den Kopf gesenkt und die Augen geschlossen hatte, um sie vor den immer noch brennenden letzten Strahlen der Abendsonne zu schützen.

Flügelschlag ließ ihn hochblicken, als ein gefiederter Schatten aus dem Himmel herabschoss. Ein scharfer Schnabel, der nach seinen Augen hackte, stieß schmerzhaft in seine Wange. Er riss den Kopf zur Seite und schloss unwillkürlich wieder die Augen. Doch sein krächzender, verzweifelter Schrei erschreckte die Geier. Sie ließen von ihm ab und kreisten erneut wachsam über seinem Kopf. Blut tropfte von der Wangenwunde über Conans Lippen. Er fuhr mit der Zunge darüber, doch dann spuckte er das leicht salzige Nass aus.

Der Durst begann ihn daraufhin noch stärker zu quälen als zuvor. Er hatte in der vergangenen Nacht ziemlich viel Wein getrunken und war dann nicht einmal mehr zu einem Becher Wasser gekommen, ehe sie sich im Morgengrauen auf dem Palastplatz hatten sammeln müssen. Dann folgte die blutige Schlacht, die ihn viel salzigen Schweiß gekostet und ihm seinen Durst erst richtig zu Bewusstsein gebracht hatte. Er starrte auf den fernen Fluss und dachte, wie herrlich es wäre, hineintauchen zu können. Gegen seinen Willen erinnerte er sich an riesige Krüge, aus denen kühles Bier schäumte, und an Becher voll spritzigen Weines, den er, ohne ihn recht zu würdigen, in sich hineingegossen oder unachtsam auf den Tavernenboden geschüttet hatte. Er musste sich auf die Lippen beißen, um seine unerträglichen Qualen nicht wie ein Tier hinauszubrüllen.

Die Sonne versank wie eine leuchtende Kugel in einem feurigen Meer aus Blut. Vor diesem rot glühenden Horizont wirkten die Türme der Stadt unwirklich wie in einem Traum. Seinem verschleierten Blick erschien sogar der Himmel blutig getönt. Er fuhr sich mit der Zunge über die ausgedörrten Lippen und starrte wieder mit blutunterlaufenen Augen auf den fernen Fluss, der ihm nun ebenfalls wie ein Strom aus Blut vorkam. Und die Schatten, die aus dem Osten kamen, waren schwarz wie Ebenholz.

Durch seine Benommenheit hindurch hörte er erneuten Flügelschlag. Er hob den Kopf und beobachtete mit den glühenden Augen eines Wolfes die über ihm kreisenden Schatten. Er wusste, dass selbst seine lautesten Schreie die Geier nun nicht mehr verjagen würden. Einer tauchte herab, und Conan zog seinen Kopf so weit wie möglich zurück, wartete mit grimmiger Geduld. Der Vogel stürzte sich mit gewaltigem Flügelrauschen auf Conans Kopf und riss die Haut am Kinn auf, als der Cimmerier seinen Kopf zur Seite warf. Dann, noch ehe der Geier wieder davonflog, schnellte Conan mit dem Kopf nach vorn und grub seine Zähne wie die eines Wolfes in den nackten Geierhals.

Sofort hieb der Vogel erschrocken mit den Flügeln um sich und krächzte heiser. Die Schwingen peitschten in Conans Gesicht, und die Krallen rissen seine Brust auf, aber die Zähne des Cimmeriers schlossen sich nur noch fester, während sich die Kiefermuskeln wie Stränge abhoben. Da brachen die Halswirbel des Aasfressers knirschend zwischen den kräftigen Zähnen des Mannes. Nach kurzem Zucken erschlaffte der Vogel. Conan ließ ihn los und spuckte sein Blut aus. Die anderen Geier flohen erschrocken über das Geschick ihres Artgenossen zu einem entfernten Baum. Aus Conans Sicht sah es aus, als hielten schwarze Dämonen dort eine Beratung ab.

Wilder Triumph brandete durch Conans benommenes Bewusstsein. Das Leben floss wieder stark und heiß durch seine Adern. Er konnte sich immer noch wehren, und er lebte! Alles in ihm, auch die brennenden Schmerzen, waren eine Verneinung des Todes.

»Bei Mitra!« Entweder war das wirklich eine Stimme gewesen, oder er litt unter Halluzinationen. »In meinem ganzen Leben habe ich so etwas noch nie gesehen!«

Conan schüttelte Blut und Schweiß aus den Augen und starrte auf vier Reiter, die im Zwielicht zu ihm hochblickten. Drei waren hagere Männer mit Habichtgesichtern und weißen Burnussen, zweifellos Zuagirnomaden von jenseits des Flusses. Der vierte trug einen weißen Khalat mit breitem Gürtel und eine bis zu

den Schultern fallende Kopfbedeckung, die von einem geflochtenen Kamelhaarband um die Schläfen gehalten wurde. Aber er war kein Shemit. Es war noch nicht so dunkel und Conans Blick nicht so getrübt, dass er nicht die charakteristischen Merkmale des Mannes hätte erkennen können.

Der Mann war so groß wie Conan, doch bei weitem nicht so kräftig. Seine Schultern waren breit, und seine geschmeidige Gestalt wirkte hart wie Stahl und Walbein. Der kurze schwarze Bart verbarg das kampflustig vorgeschobene Kinn nicht. Kalte graue Augen, so durchdringend wie ein Schwert, funkelten aus den Schatten des Kaffia. Mit fester Hand beruhigte er sein tänzelndes Pferd und sagte: »Bei Mitra, ich kenne diesen Burschen!«

»Ja!« Das war der kehlige Akzent eines Zuagir. »Es ist der Cimmerier, Hauptmann der königlichen Leibgarde.«

»Offenbar verstößt sie alle ihre bisherigen Getreuen«, murmelte der Reiter. »Wer hätte das von Taramis gedacht? Ein langer blutiger Krieg wäre mir lieber gewesen. Es hätte uns Nomaden Gelegenheit zum Plündern gegeben. Doch jetzt sind wir schon so nahe an die Stadtmauern gekommen und fanden nichts weiter als diesen Gaul« –, er blickte auf den hochbeinigen Wallach, den einer der Zuagir am Zügel führte –, »und diesen sterbenden Hund.«

Conan hob seinen blutigen Kopf.

»Wenn ich von diesem verdammten Kreuz herunterkönnte, würde ich aus dir einen sterbenden Hund machen, du zaporoskanischer Dieb!«

»Mitra, der Bursche kennt mich!«, rief der andere. »Woher kennst du mich, Kerl?«

»Es gibt nur einen deiner Brut in der Gegend«, brummte Conan. »Du bist Olgerd Vladislav, der Bandenführer.«

»Richtig, und einst ein guter Kozak am Zaporoska, wie du es erraten hast. Möchtest du gern am Leben bleiben?«

»Nur ein Narr würde eine solche Frage stellen!«, krächzte der Cimmerier.

»Ich bin ein harter Mann«, sagte Olgerd, »und Härte ist das Einzige, was ich an einem Mann respektiere. Ich werde mich vergewissern, ob du ein Mann bist oder doch nur ein Hund, um den es nicht schade ist, wenn er hier verreckt!«

»Wenn wir ihn vom Kreuz holen, wird man uns vielleicht von der Mauer aus sehen«, gab einer der Nomaden zu bedenken.

Olgerd schüttelte den Kopf.

»Dazu ist es schon zu dunkel. Da, nimm diese Axt, Djebal, und hau das Kreuz dicht am Boden um.«

»Wenn es nach vorn fällt, wird es ihn erschlagen«, protestierte Djebal. »Ich kann es natürlich so fällen, dass es nach hinten kippt, doch dann bricht er sich möglicherweise den Schädel, und es reißt ihm die Därme aus dem Leib.«

»Wenn er es wert ist, mit mir zu reiten, wird er es überleben«, knurrte Olgerd ungerührt. »Wenn nicht, ist es nicht schade um ihn. Also, mach schon!«

Die Erschütterung durch die ersten Axtschläge stießen wie weiß glühende Lanzenspitzen in Conans geschwollene Hände und Füße. Hieb um Hieb drang in das Holz. Conans Schädel drohte zu bersten, und jeder einzelne Nerv vibrierte vor Schmerzen. Aber er biss die Zähne zusammen, und kein Laut drang über seine

Lippen. Endlich gab das Holz nach, das Kreuz kippte nach hinten. Conan spannte alle Muskeln an, presste den Kopf gegen das Holz. Das Kreuz schlug mit aller Gewalt auf und federte leicht zurück. Der Aufprall riss schmerzhaft an des Cimmeriers Wunden und raubte ihm fast die Besinnung. Heftig kämpfte er gegen die Schwärze an, die ihn einhüllen wollte. Trotz der Übelkeit, die in ihm hochstieg, wurde ihm bewusst, dass seine eisenharten Muskeln seine lebenswichtigen Organe geschützt hatten.

Und kein Laut war über seine Lippen gekommen, obgleich Blut aus seiner Nase tropfte und sein Schädel zu zerplatzen schien. Anerkennend brummend beugte Djebal sich mit einer Zange über ihn, die normalerweise zum Herausziehen von Hufnägeln benutzt wurde, und setzte sie am Nagelkopf in Conans rechter Hand an, nicht ohne dabei auch die Haut zu erfassen, da der Nagel tief eingeschlagen war. Die Zange war ein wenig klein für den riesigen Nagel. Djebal schwitzte und fluchte heftig, als er den Nagel von einer Seite zur anderen zerrte, um ihn zu lockern. Die Hand begann erneut heftig zu bluten. Aber der Cimmerier verhielt sich so ruhig, als wäre er tot, nur seine Brust hob und senkte sich. Endlich gab der Nagel nach. Zufrieden brummend zog Djebal ihn heraus und warf ihn von sich, ehe er sich über die andere Hand beugte.

Die gleiche schmerzhafte Prozedur folgte, dann wandte der Zuagir sich Conans Füßen zu. Aber der Cimmerier, der sich aufgesetzt hatte, riss ihm die Zange aus den Fingern und stieß ihn ungeduldig zur Seite. Conans Hände waren durch die Schwellung fast doppelt so groß wie normalerweise. Seine Finger fühlten sich wie missgeformte Daumen an, und seine Hände um die Zange zu schließen, war eine kaum erträgliche Tortur. Blut quoll aus seinen zusammengebissenen Zähnen. Aber irgendwie gelang es ihm, erst den einen, dann den anderen Nagel herauszuziehen. Sie waren nicht so tief ins Holz geschlagen worden wie die der Hände.

Dann erhob er sich und stand steif auf seinen geschwollenen, blutenden Füßen, schwankte wie betrunken, während ihm eisiger Schweiß über Gesicht und Körper sickerte. Krämpfe begannen ihn zu schütteln, und er musste die Kiefer zusammenpressen, um sich nicht zu übergeben.

Olgerd, der ihn gleichmütig beobachtete, deutete auf den gestohlenen Wallach. Conan stolperte darauf zu. Jeder Schritt wurde zur stechenden, pochenden Hölle, und blutiger Schaum trat von seinen Lippen. Eine unförmige Hand tastete unbeholfen nach dem Sattelknauf, und irgendwie fand ein blutiger Fuß den Steigbügel. Wieder biss er die Zähne zusammen und schwang sich hoch, dabei verließen ihn fast die Sinne, aber er landete im Sattel. Kaum saß er, versetzte Olgerd dem Pferd einen scharfen Peitschenhieb. Der erschrockene Wallach bäumte sich auf. Conan rutschte im Sattel nach hinten, aber er hatte sich die Zügel um beide Hände gewickelt und hielt sie mit blutigen Daumen. Benommen strengte er all seine Kraft an und zwang das wiehernde Tier nieder.

Einer der Zuagir hob fragend einen Wasserbeutel.

Olgerd schüttelte den Kopf.

»Er soll warten, bis wir im Lager sind. Es sind nur zehn Meilen. Wenn er überhaupt für ein Leben in der Wüste geeignet ist, wird er noch so lange ohne einen Schluck auskommen.«

Der kleine Trupp ritt schnell wie der Wind zum Fluss. Conan schwankte wie ein Betrunkener im Sattel. Seine blutunterlaufenen Augen wirkten glasig. Der blutige Schaum trocknete auf seinen ausgedörrten Lippen.

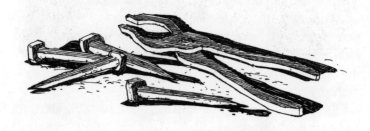

III

EIN BRIEF NACH NEMEDIEN

ASTREAS DER WEISE, der auf seiner unermüdlichen Suche nach Wissen durch den Osten reiste, schrieb seinem Freund, dem Philosophen Alcemides, in seinem heimatlichen Nemedien einen Brief, der das gesamte Wissen der westlichen Nationen über die Ereignisse jener Zeit im Osten darstellte, den die Menschen des Westens seit alter Zeit für geheimnisvoll und undurchschaubar gehalten hatten.
In diesem Brief hieß es:

*»Mein teurer, alter Freund, du kannst dir nicht
vorstellen, welche Zustände in diesem winzigen
Königreich herrschen, seit Königin Taramis Constantius
und seinen Söldnern die Tore öffnete. Darüber berichtete
ich dir ja bereits in meinem letzten, wenn auch etwas
überstürzten Brief. Seither sind sieben Monate vergangen, und es hat den Anschein, als triebe der Teufel*

selbst sein Unwesen in diesem bedauernswerten, einst so friedlichen Königreich. Taramis scheint der Wahnsinn gepackt zu haben. So sehr sie früher für ihre Tugend, ihre Gerechtigkeit und Beherrschtheit gelobt war, ist sie jetzt für genau das Gegenteil all dessen berüchtigt. Ihr Privatleben ist ein einziger Skandal. Das heißt, ›privat‹ ist gewiss nicht der richtige Ausdruck, denn sie bemüht sich nicht im Geringsten, die Ausschweifungen am Hof zu vertuschen. An den jetzt fast alltäglichen Orgien müssen die bedauernswerten Hofdamen teilnehmen, und zwar sowohl die verheirateten als auch die noch jungfräulichen.

Es stört sie überhaupt nicht, unverheiratet mit ihrem Liebhaber Constantius zusammenzuleben, der neben ihr auf dem Thron sitzt und als ihr Prinzgemahl regiert. Seine Offiziere folgen erfreut seinem Beispiel und zögern nicht, jeder Frau, nach der es sie verlangt, Gewalt anzutun, egal welchen Standes. Das bemitleidenswerte Königreich bricht unter der unerträglichen Steuerlast zusammen. Die Bauern werden bis aufs Hemd ausgenommen, und die Kaufleute laufen in Fetzen herum, weil das alles ist, was ihnen noch bleibt, wenn die Steuereinzieher mit ihnen fertig sind. Dabei dürfen sie froh sein, wenn sie mit heiler Haut davonkommen.

Ich fürchte, es fällt dir nicht leicht, mir das alles zu glauben, mein guter Alcemides. Bestimmt glaubst du, ich übertreibe, was die Zustände in Khauran betrifft, weil sie in einem westlichen Land einfach unvorstellbar wären, wie ich zugeben muss. Aber du darfst nicht vergessen, wie groß der Unterschied zwischen Ost und West ist, was sich vor allem in diesem Teil des Ostens bemerkbar macht. Erstens ist Khauran nur ein kleines Reich, das einst Teil von Ostkoth war, aber schon früh seine Unabhängigkeit *gewann. Hier ist die Welt in winzige Länder aufgeteilt, die wegen ihrer Größe, verglichen mit den gewaltigen Königreichen des Westens oder den riesigen Sultanaten des Fernen Ostens, kaum erwähnenswert wären. Doch sind sie wichtig, da sie die Karawanenrouten beherrschen und über beachtlichen Reichtum verfügen.*

Khauran ist das südöstlichste dieser kleinen Länder. Es grenzt an die Ostwüste Shems. Die Stadt Khauran ist die einzige größere Stadt im ganzen Gebiet. Sie steht in Sichtweite des Flusses, der das Grasland von der Sandwüste trennt und wie ein Wachtturm das Ackerland dahinter beschützt. Der Boden ist so fruchtbar, dass er jährlich drei bis vier Ernten hervorbringt, und auf der Ebene nördlich und westlich der Stadt finden sich unzählige Dörfer. Jemand, der die riesigen Weidegebiete und das Ackerland des Westens kennt, dem kommen die winzigen Felder und Weingärten seltsam vor, doch ihr Reichtum an Getreide und Früchten ist ein unerschöpfliches Füllhorn. Die Dorfbewohner sind ausschließlich Bauern. Sie stammen von einer gemischten Eingeborenenrasse ab, sind völlig unkriegerisch und unfähig, sich selbst zu beschützen, außerdem ist es ihnen verboten, Waffen zu tragen. Da sie völlig auf den Schutz der Soldaten angewiesen sind, befinden sie sich unter den gegenwärtigen Zuständen in einer sehr schlimmen Lage. Ein Aufstand der Bauern, wie er in jeglichem westlichen Land in einem solchen Fall unausbleiblich wäre, ist demnach hier völlig unmöglich.

Sie rackern sich jetzt unter der eisernen Knute Constantius' ab, und seine schwarzbärtigen Shemiten reiten ständig mit Peitschen durch die Felder und behandeln die Bauern wie manche Plantagenbesitzer im südlichen Zingara ihre Sklaven.

Aber auch den Menschen in der Stadt geht es nicht viel besser. Von ihrem Wohlstand ist nichts geblieben, und ihre schönsten Töchter dienen Constantius und seinen Söldnern zur Befriedigung ihrer Lüste. Diese Männer kennen weder Barmherzigkeit noch Mitleid. Sie besitzen all die Eigenschaften, die wir in unseren Kriegen gegen die shemitischen Verbündeten von Argos zu verabscheuen lernten – unmenschliche Grausamkeit und bestialische Wildheit. Die Menschen der Stadt sind Khaurans herrschende Klasse, hauptsächlich Hyborier, von Grund auf ritterlich und mutig. Aber der Verrat ihrer Königin lieferte sie den Unterdrückern aus. Die Shemiten sind die einzige Streitmacht in Khauran, und jeglicher Khauranier, den man des Waffenbesitzes überführt, hat mit schwersten Bestrafungen zu rechnen. Systematisch wird versucht, alle jungen waffenfähigen Khauranier zu beseitigen. Viele wurden bereits skrupellos niedergemetzelt und andere als Sklaven an die Turanier verkauft. Tausende sind aus dem Königreich geflohen und haben versucht, sich bei anderen Herrschern zu verdingen. Oder sie wurden zu Gesetzlosen, die sich jetzt in zahllosen Banden an der Grenze durchzuschlagen versuchen.

Gegenwärtig besteht die Möglichkeit einer Invasion aus der Wüste, wo die Stämme shemitischer Nomaden zu Hause sind. Die Söldner Constantius' sind hauptsächlich Männer aus den shemitischen Städten im Westen, wie Pelishtim, Anakim und Akkharim. Sie werden von den Zuagir und anderen Nomadenstämmen mit glühendem Hass verfolgt. Wie du, mein guter Alcemides, weißt, sind die Länder dieser Barbaren in die westlichen Weidegebiete – die sich bis zum fernen Ozean erstrecken und in denen sich so manche Stadt mit zahlreichen

Bürgern erhebt – und in die östliche Wüste aufgeteilt, wo die hageren Nomaden ihre Wiege haben. Und es gibt ständig Krieg zwischen den Bewohnern der Städte und den Wüstenstämmen.

Seit Jahrhunderten kämpften die Zuagir gegen Khauran und versuchten immer wieder erfolglos, es zu plündern. Aber jetzt passt es ihnen gar nicht, dass ihre Brüder aus dem Westen es eroberten. Das Gerücht geht um, dass ihre Feindschaft von einem Mann angestachelt wird, einem ehemaligen Hauptmann der Leibgarde der Königin. Es gelang ihm irgendwie, dem Hass Constantius' zu entkommen, der ihn tatsächlich schon ans Kreuz genagelt hatte, und zu den Nomaden zu fliehen. Er heißt Conan und ist selbst ein Barbar, einer dieser düsteren Cimmerier, deren ungebändigte Wildheit unsere Soldaten mehr als einmal zu spüren bekamen. Es heißt, dass er zur rechten Hand Olgerd Vladislavs aufgestiegen ist. Vladislav ist der Kozak-Abenteurer, der aus der Steppe des Nordens kam und sich zum Führer einer Bande Zuagir machte.

Diese Bande soll in den letzten Monaten an Zahl ungeheuerlich gewachsen sein, und Olgerd, zweifellos von diesem Cimmerier aufgewiegelt, zieht sogar einen Überfall Khaurans in Betracht. Aber viel kann daraus nicht werden, denn die Zuagir haben weder Belagerungsmaschinen noch Erfahrung in der Einnahme einer Stadt. Es hat sich in der Vergangenheit oft erwiesen, dass die Nomaden mit ihrem Mangel an Schlachtdisziplin und Organisation keine ernst zu nehmenden Gegner für die disziplinierten, gutbewaffneten Krieger der shemitischen Städte sind. Die Bürger Khaurans würden eine Eroberung durch die Nomaden vermutlich begrüßen, denn schlimmer als ihre gegenwärtigen Unterdrücker können diese sie gar nicht behandeln. Selbst eine völlige Ausrottung wäre dem Leiden vorzuziehen, das sie augenblicklich erdulden müssen. Aber sie sind so eingeschüchtert und hilflos, dass sie die Invasoren nicht unterstützen könnten.

Ihre Lage ist wirklich erbarmungswürdig. Taramis, die ganz offenbar von einem Dämon besessen ist, schreckt vor nichts zurück. Sie hat die Verehrung Ischtars verboten und ihren Tempel geschändet. Das Elfenbeinstandbild der Göttin, die diese Osthyborier verehren – deren Religion zwar der wahren Lehre Mitras unterlegen, aber doch noch besser ist als die Teufelsanbetung der Shemiten –, hat sie zerstören und den ehemaligen Ischtartempel mit obszönen Götzenbildern aller Art vollstellen lassen – hauptsächlich mit Statuen von Göttern und Göttinnen der Finsternis in allen möglichen lüsternen und abartigen Stellungen, wie nur ein degeneriertes Gehirn sie sich ausmalen kann. Viele dieser Statuen sollen die Abbilder grässlicher Gottheiten der Shemiten, Turanier, Vendhyaner und Khitan sein, doch weitere erinnern an das halb vergessene Grauen uralter Legenden. Woher die Königin von ihnen weiß, wage ich nicht einmal zu raten.

Sie hat auch Menschenopfer eingeführt, und seit ihrer unheiligen Verbindung mit Constantius mussten bereits nicht weniger als fünfhundert Männer, Frauen und Kinder ihr Leben auf schreckliche Weise lassen. Manche starben auf dem Altar, den sie im Tempel errichten ließ, und sie selbst stieß ihnen das Opfermesser in die Brust, doch den meisten wurde ein noch viel grauenvolleres Geschick zuteil.

Taramis hält ein schreckliches Ungeheuer in einem unterirdischen Gewölbe des Tempels gefangen. Was es ist und woher es kam, weiß niemand. Aber kurz nachdem sie *den verzweifelten Aufstand ihrer Soldaten gegen Constantius niederwarf – verbrachte sie eine Nacht allein in dem geschändeten Tempel, das heißt, allein, wenn man das Dutzend gefesselter Gefangenen nicht mitrechnet. Die schaudernden Menschen der Stadt sahen dicken, übelriechenden Rauch aus der Kuppel dringen und hörten die ganze Nacht den leiernden Gesang der Königin und die Schmerzensschreie der gemarterten Gefangenen. Und als das erste Grau des neuen Tages sich am Himmel zeigte, war noch etwas zu hören – ein schrilles, nicht menschliches Kreischen, das allen das Blut in den Adern stocken ließ.*

Am Morgen taumelte Taramis wie betrunken aus dem Tempel. Ihre Augen leuchteten in dämonischem Triumph. Die Gefangenen wurden nie mehr gesehen, genauso wenig wie man je das schrille Kreischen wieder hörte. Aber es gibt einen Raum im Tempel, den nie jemand betritt, außer der Königin, wenn sie ein Menschenopfer vor sich hertreibt. Und auch dieser Bedauernswerte wird nie wieder gesehen. Alle wissen, dass ein Ungeheuer aus der Finsternis alter Zeit in diesem Raum haust und die schreienden Menschen verschlingt, die Taramis ihm zum Fraß vorwirft.

Ich halte sie nicht mehr für eine Sterbliche, sondern für eine grausame Teufelin. Dass die Götter ihre Greueltaten ungestraft zulassen, erschüttert fast meinen Glauben an die göttliche Gerechtigkeit.

Wenn ich ihr gegenwärtiges Benehmen mit ihrem Verhalten vor sieben Monaten vergleiche, als ich in Khauran ankam, bin ich wahrhaftig geneigt, den Menschen beizustimmen, die überzeugt sind, dass Taramis von einem Dämon besessen ist. Ein junger Soldat namens Valerius hat eine andere Theorie. Er glaubt, dass eine Hexe die Gestalt der geliebten Herrscherin angenommen hat und Taramis selbst des Nachts heimlich in irgendein Verlies geschafft wurde. Und jetzt regiert die Hexe an ihrer statt. Er schwört, dass er die echte Königin finden wird, sofern sie noch am Leben ist. Aber ich fürchte, dass er inzwischen selbst der Grausamkeit Constantius' zum Opfer gefallen ist. Er war am Aufstand der Leibwache beteiligt, hielt sich daraufhin eine Weile versteckt, weigerte sich jedoch hartnäckig, Sicherheit im Ausland zu suchen. Während dieser Zeit lernte ich ihn kennen und erfuhr von seinen Überzeugungen.

Aber er ist verschwunden wie so viele andere, deren Los sich niemand vorzustellen wagt, und ich zweifle schon kaum mehr daran, dass auch ihn die Schergen Constantius' abgeführt haben.

Doch nun mache ich für diesmal Schluss und überantworte meine Zeilen einer schnellen Brieftaube, die sie zur Grenze von Koth bringen wird, wo ich sie erstand. Mit Pferden und Kamelen wird mein Brief schließlich in hoffentlich nicht allzu ferner Zeit bei dir ankommen. Ich muss mich beeilen, damit ich die Taube noch vor dem Morgengrauen losschicken kann. Es ist schon sehr spät – oder vielmehr früh –, doch noch funkeln die Sterne über den Dachgärten Khaurans. Ein schauderndes Schweigen scheint die Stadt einzuhüllen, in dem nur das eintönige Dröhnen einer Trommel aus dem Tempel zu hören ist. Zweifellos geht Taramis dort wieder einer Teufelei nach.«

Aber der Gelehrte täuschte sich, was den gegenwärtigen Aufenthaltsort der Frau anbelangte, die er für Taramis hielt. Das Mädchen, das die Welt als Königin von Khauran kannte, stand in einem Verlies, das nur von einer flackernden Fackel erhellt wurde, deren Schein auf ihrem schönen Gesicht spielte und die diabolische Grausamkeit ihrer Züge erst richtig betonte.

Auf dem Steinboden zu ihren Füßen kauerte eine Gestalt, deren Blöße nur ungenügend von zerlumpten Fetzen bedeckt war.

Salome stieß verächtlich mit der Spitze ihrer vergoldeten Sandale gegen die Schulter dieser Gestalt und lächelte boshaft, als ihr Opfer zurückzuckte.

»Du magst wohl meine Berührung nicht, liebliche Schwester?«

Taramis war immer noch von sanfter Schönheit, trotz ihrer Lumpen und der Härte der siebenmonatigen Gefangenschaft. Sie schwieg zu dem Hohn ihrer Schwester und senkte nur den Kopf.

Diese Resignation gefiel Salome jedoch auch nicht. Sie biss sich auf die roten Lippen und klopfte mit den Zehenspitzen auf den Boden, während sie stirnrunzelnd auf Taramis hinunterschaute. Salome war im barbarischen Prunk einer Shuschanerin gekleidet. Edelsteine glitzerten im Fackelschein auf ihren vergoldeten Sandalen und den goldenen Busenschalen, die von feinen Goldkettchen gehalten wurden. Goldene Kettchen hingen auch von ihren Fußknöcheln, und schwere, mit Juwelen bestückte Armreife zierten ihre Handgelenke. Ihre hochgesteckte Frisur war die einer Shemitin, und Jadeanhänger baumelten von goldenen Ohrringen, die bei jeder Bewegung ihres Kopfes funkelten. Ein juwelenbesetzter Gürtel hielt einen dünnen seidenen Schleierrock, der mehr enthüllte als er verbarg.

Von ihren Schultern bis zum Boden wallte ein dunkelroter Umhang, von dem sie ein paar Falten um den Arm und das Bündel darunter geschlungen hatte.

Plötzlich bückte sich Salome, griff mit der freien Hand nach einem Haarbüschel ihrer Schwester und zwang damit deren Kopf zurück, sodass sie ihr ins Gesicht schauen musste. Ohne mit der Wimper zu zucken, blickte Taramis in die vor Hass glühenden Augen.

»Du bist mit deinen Tränen nicht mehr so freigiebig wie früher, liebliche Schwester«, murmelte die Hexe.

»Du wirst mir keine Tränen mehr entringen«, antwortete Taramis. »Zu oft hast du dich bereits an dem Anblick der schluchzenden, kniend um Erbarmen flehenden Königin von Khauran erfreut. Ich weiß, dass du mich bisher nur am Leben ließest, um dich an meinen Qualen zu ergötzen, und dass du dich auch deshalb bisher nur auf Foltern beschränktest, die weder meinen Tod herbeiführten noch mich auf die Dauer entstellten. Aber ich fürchte dich nicht mehr, seit du mir den letzten Hauch von Hoffnung, Furcht und Scham genommen hast. Töte mich und bring es hinter dich, denn ich habe meine letzten Tränen zu deiner Ergötzung vergossen, du Teufelin aus der tiefsten Hölle!«

»Du betrügst dich selbst, meine liebe Schwester«, schnurrte Salome. »Bis jetzt habe ich nur deinem schönen Körper Schmerzen zugefügt und deine Selbstachtung zerstört. Doch du vergisst, dass du, ganz im Gegenteil zu mir, auch durch seelische Qualen gefoltert werden kannst. Das fiel mir auf, wenn ich dir Einzelheiten der Komödien berichtete, die ich mit einigen deiner dummen Untertanen aufführte. Doch diesmal bringe ich sogar einen handfesteren Beweis mit. Wusstest du, dass Krallides, dein getreuer Ratgeber, sich aus Turan zurückwagte und gefangen genommen wurde?«

Taramis erbleichte.

»Wa-as hast du mit ihm gemacht?«

Als Antwort zog Salome das geheimnisvolle Bündel unter ihrem Umhang hervor. Sie streifte die Seidenhülle davon ab und hielt es hoch – es war der Kopf eines jungen Mannes, dessen Züge im Tod in unerträglichen Qualen erstarrt waren.

Taramis schrie auf, als würde ihr eine Klinge ins Herz gestoßen. »O Ischtar! Krallides!«

»Ja. Er versuchte, das Volk gegen mich aufzuwiegeln, der törichte Narr! Er behauptete, Conan habe die Wahrheit gesprochen, als er sagte, ich sei nicht Taramis. Doch wie sollten deine Untertanen sich gegen die Shemiten des Falken erheben? Mit Stöcken und Steinen? Pah! Hunde zerreißen und verschlingen seinen schädellosen Kadaver auf dem Marktplatz, und dieser scheußliche Rest wird in den Abflüssen verrotten.

Nun, Schwester!« Sie hielt an und widmete der weinenden Königin ein hässliches Lächeln. »Du hast also doch noch unvergossene Tränen. Gut! Mit solcherart Folter war ich bisher recht sparsam. Doch von nun an sollst du dich noch öfter an Anblicken wie diesem erfreuen dürfen.«

Mit dem abgeschlagenen Kopf in der Hand sah sie trotz ihrer beeindruckenden Schönheit nicht mehr menschlich aus. Taramis blickte nicht zu ihr hoch. Sie hatte sich mit dem Gesicht auf den schmutzigen Boden geworfen. Schluchzen schüttelte ihren schlanken Körper, und sie schlug mit den kleinen Fäusten hilflos auf den Boden. Salome glitt tänzelnden Schrittes zur Tür. Ihre Fußkettchen klirrten bei jedem Schritt, und ihre Ohrringe blitzten im Fackelschein.

Eine kurze Weile später trat sie aus einer Tür in einen Hof, der sich zu einer gewundenen Gasse hin öffnete.

Ein Mann stand dort und wartete auf sie. Er war ein riesenhafter Shemit mit ungewöhnlich breiten Schultern und einem schwarzen Bart, der bis zu seiner mächtigen Brust unter einem silbernen Kettenhemd reichte.

»Weinte sie?« Seine tiefe Stimme klang wie das Brüllen eines Stieres. Er war der General der Söldner, einer von Constantius' wenigen Vertrauten, die das Geheimnis der Königin von Khauran kannten.

»Ja, Khumbanigash. Es gibt noch so manches Verletzbare an ihr, das ich noch nicht ausgenutzt habe. Wenn ihre Sinne durch ständige Qualen abgestumpft sind, brauche ich ihr nur neuen, einschneidenderen Schmerz zuzufügen, und sie wird die Pein in verstärktem Maß spüren ... Hierher, Hund!« Eine zitternde, schwache Gestalt in Lumpen, schmutzig und mit strähnigem Haar – einer der Bettler, die ihr Nachtquartier in Gassen und Höfen aufschlugen –, kam heran. Salome warf ihm den Kopf zu. »Da, Tauber, wirf das in die Gosse ... Sag es ihm mit den Händen, Khumbanigash. Er kann nicht hören.«

Der General tat wie befohlen. Der abgeschlagene Kopf baumelte an seinen Haarbüscheln, als der Bettler ihn schleppend davontrug.

»Weshalb haltet Ihr diese Komödie aufrecht?«, fragte Khumbanigash. »Ihr sitzt nun so fest auf dem Thron, dass nichts Euch mehr stürzen kann. Was ist schon dabei, wenn diese khauranischen Dummköpfe die Wahrheit erfahren? Sie können nichts dagegen tun. Offenbart Eure wirkliche Identität! Zeigt ihnen ihre geliebte ehemalige Königin – und schlagt ihr auf dem Palastplatz in aller Öffentlichkeit den Kopf ab!«

»Noch nicht, mein guter Khumbanigash ...«

Die Tür schloss sich hinter Salome und dem Söldnergeneral. Der taube Bettler kauerte im Hof. Niemand

sah, wie sehr seine Hände, die den abgetrennten Kopf hielten, zitterten. Es waren sonnengebräunte Hände, die so gar nicht zu der gekrümmten Haltung und den schmutzigen Lumpen passen wollten.

»Ich wusste es!«, zischte er kaum hörbar. »Sie lebt! O Krallides, dein Martyrium war nicht umsonst! Sie haben sie in einem der Verliese eingesperrt! O Ischtar, wenn du wahre Männer liebst, dann hilf mir jetzt!«

IV

Wölfe der Wüste

Olgerd Vladislav füllte seinen edelsteinbesetzten Kelch mit rotem Wein aus einer goldenen Kanne und schob sie über den Ebenholztisch Conan dem Cimmerier zu. Olgerds Kleidung hätte die Eitelkeit eines zaporoskanischen Hetmans zufrieden gestellt.

Sein Khalat war aus weißer Seide, an der Brust mit Perlen verziert. Um die Mitte trug er einen bakhauriotischen Gürtel, darunter seidene, pludrige Beinkleider, die in kurzen Stiefeln aus weichem, grünem goldverziertem Leder steckten. Um den ebenfalls goldverzierten Spitzhelm hatte er sich einen grünen Seidenturban gewunden. Seine einzige Waffe war ein breiter, krummer Cherkeesendolch, der auf Kozakiart hoch an seiner Hüfte in einer Elfenbeinscheide steckte. Er lehnte sich in seinem vergoldeten Sessel mit den kunstvoll geschnitzten Adlern zurück und legte seine Beine auf den Tisch, ehe er den spritzigen Wein schlürfte.

Der riesenhafte Cimmerier ihm gegenüber, mit seiner gerade geschnittenen schwarzen Mähne, dem gebräunten, narbenüberzogenen Gesicht und den brennenden blauen Augen, bot einen auffälligen Gegensatz. Er trug eine schwarze Kettenrüstung, und das Einzige, was an ihm glänzte, war die breite goldene Schnalle seines Gürtels, an dem sein Schwert in einer abgegriffenen Lederscheide hing.

Sie saßen allein in dem seidenen Zelt, dessen Wände dicke, mit Goldfäden geknüpfte Teppiche bedeckten und in dem überall weiche Samtkissen herumlagen – alles von Karawanen erbeutet.

Gemurmel drang von draußen herein, ein Geräusch, das bei allen größeren Menschenansammlungen, ob nun in einem Kriegslager oder anderswo, allgegenwärtig war. Hin und wieder rüttelte eine Brise an den Blättern der Palmen.

»Heute im Schatten, morgen in der Sonne«, zitierte Olgerd und lockerte seinen Gürtel ein wenig, ehe er erneut nach der Weinkanne griff. »So ist das Leben nun mal. Früher war ich Hetman am Zaporoska, jetzt bin ich Nomadenhäuptling. Vor sieben Monaten hingst du an einem Kreuz vor den Toren von Khauran, nun bist du der Hauptmann des mächtigsten Banditen zwischen Turan und dem saftigen Wiesenland im Westen. Du solltest mir dankbar sein!«

»Dafür, dass du meine Nützlichkeit erkannt hast?« Conan lachte und hob seinen Kelch. »Wenn du den Aufstieg eines Mannes zulässt, kann man sicher sein, dass du davon profitierst. Was ich gewann, erkämpfte ich mit meinem Blut und Schweiß.« Er warf einen Blick auf die Narben in seinen Handflächen. Auch an seinem Körper waren Narben, die er vor sieben Monaten noch nicht gehabt hatte.

»Du kämpfst wie eine ganze Schwadron Teufel«, gab Olgerd zu. »Aber bilde dir nur ja nicht ein, dass die Rekruten, die uns zuströmten, dein Verdienst sind. Unser Erfolg bei Plünderzügen, den wir meiner Taktik verdanken, lockte sie an. Diese Nomaden sind immer auf der Suche nach einem erfolgreichen Anführer, dem sie folgen können, und sie haben mehr Vertrauen in einen Fremden als in einen ihrer eigenen Rasse.

Es gibt jetzt nichts, das wir nicht fertig brächten! Unsere Zahl ist auf elftausend gestiegen! Und in einem Jahr sind wir möglicherweise dreimal so viele. Wir begnügten uns bis jetzt mit Überfällen auf turanische Außenposten und die Stadtstaaten im Westen. Mit dreißig- oder vierzigtausend Mann brauchen wir uns nicht mehr mit bloßen Überfällen und Plünderzügen abzufinden. Wir werden ganze Reiche erobern. Du wirst sehen, ich werde noch als Kaiser über alle shemitischen Lande herrschen, und du wirst mein Wesir – solange du meine Befehle ohne Widerrede ausführst. Inzwischen, würde ich vorschlagen, reiten wir ostwärts und stürmen den turanischen Außenposten Vezek, wo die Karawanen Maut bezahlen müssen.«

Conan schüttelte den Kopf. »Ich denke, wir sollten ...«
Olgerd funkelte ihn gereizt an.

»Was soll das heißen, *du* denkst? *Ich* denke für unsere gesamte Armee.«

»Wir haben jetzt genug Männer für meinen Zweck zusammen«, antwortete der Cimmerier. »Ich bin des Wartens müde, ich habe eine Rechnung zu begleichen.«

»Oh!« Olgerd runzelte die Stirn, leerte den Kelch und grinste. »Ah, du denkst immer noch an das Kreuz. Na ja, ich mag einen, der unerbittlich zu hassen versteht. Aber das kann noch warten.«

»Du versprachst mir, bei der Eroberung von Khauran zu helfen«, brummte Conan.

»Ja, das war, ehe ich die Möglichkeiten unserer Macht in ihrem vollen Umfang erkannte«, antwortete Olgerd. »Damals dachte ich nur an die Beute, die wir in der Stadt machen könnten. Aber jetzt möchte ich unsere Kräfte nicht nutzlos vergeuden. Khauran ist immer noch eine zu harte Nuss für uns. Vielleicht in einem Jahr …«

»Innerhalb einer Woche«, sagte Conan, und der Kozak erstarrte bei der unerbittlichen Entschlossenheit in seiner Stimme.

»Hör zu«, brummte Olgerd, »selbst wenn ich einverstanden wäre, meine Männer für ein solches Irrsinnsunternehmen zu opfern – was könntest du schon erwarten? Bildest du dir wirklich ein, dass diese Wölfe eine Stadt wie Khauran belagern und einnehmen können?«

»Es wird nicht zur Belagerung kommen«, antwortete der Cimmerier. »Ich weiß, wie ich Constantius auf die Ebene herauslocken kann.«

»Und was dann?«, fragte Olgerd und fluchte heftig. »Bei einem Pfeilbeschuss wären unsere Reiter unterlegen, denn die Rüstung der Asshuri ist der unseren weit überlegen, und wenn es erst zum Handgemenge kommt, würden die dicht geschlossenen Reihen ihrer gut ausgebildeten und erfahrenen Schwertkämpfer unsere Männer in alle Winde zerstreuen.«

»Nicht, wenn dreitausend entschlossene hyborische Reiter in einem dichten Keil kämpfen, wie ich es ihnen beibringen kann«, erwiderte Conan.

»Und woher willst du dreitausend Hyborier nehmen?«, fragte Olgerd sarkastisch. »Willst du sie aus der Luft herbeizaubern?«

»Ich *habe* sie«, antwortete der Cimmerier unerschütterlich. »Dreitausend Khauraner lagern an der Oase von Akrel und warten nur auf mein Kommando.«

»Wa-as?« Olgerd starrte ihn verblüfft an.

»Ja. Männer, die vor Constantius' Tyrannei geflohen sind und in der Wüste östlich von Khauran das Leben von Ausgestoßenen führten. Es sind harte, zähe Burschen, verzweifelt wie hungrige Tiger. Schon einer von ihnen nimmt es gut und gern mit drei der stämmigen Söldner auf. Unterdrückung und Entbehrungen verleihen solchen Männern Heldenmut und ihren Muskeln vielfache Kraft. Sie waren in kleine Banden aufgeteilt. Es fehlte ihnen nur ein Anführer, der sie zusammenschloss. Ich schickte meine Reiter zu ihnen, und sie vertrauen mir. Auf meine Aufforderung hin sammelten sie sich in der Oase und sind bereit, unter meinem Kommando zu reiten.«

»Und das alles ohne mein Wissen?« Olgerds Augen funkelten gefährlich. Er rückte seinen Waffengürtel zurecht.

»Sie wollen *mich* als Führer, nicht *dich*!«

»Und was hast du diesen Gesetzlosen versprochen, um sie an dich zu binden?« Auch Olgerds Stimme klang gefährlich.

»Ich versprach ihnen, ich würde diese Horde Wüstenwölfe einsetzen, um ihnen zu helfen, Constantius zu vernichten und Khauran zurück in die Hände seiner Bürger zu geben.«

»Du Narr!«, flüsterte Olgerd. »Hältst du dich schon für den Anführer meiner Leute?«

Die beiden Männer sprangen auf und standen sich, nur durch den Ebenholztisch getrennt, gegenüber. Olgerds kalte graue Augen funkelten, während ein grimmiges Lächeln über des Cimmeriers Lippen spielte.

»Ich binde dich an die heruntergebogenen Wipfel von vier Palmen und lasse sie zurückschnellen«, zischte der Kozak gefährlich ruhig.

»Ruf deine Männer und gib ihnen den Befehl«, forderte Conan ihn heraus. »Dann wirst du schon sehen, ob sie dir gehorchen.«

Olgerd fletschte die Zähne und hob eine Hand – doch dann hielt er an. Etwas an dem absoluten Selbstvertrauen des Cimmeriers erschreckte ihn. Seine Augen begannen wie die eines Wolfes zu brennen.

»Du Hund aus den Westbergen«, knurrte er. »Hast du gewagt, meine Macht zu untergraben?«

»Das war nicht nötig«, erwiderte Conan. »Du weißt selbst, dass es nicht wahr ist, wenn du behauptest, ich hätte nichts damit zu tun, dass uns so viele neue Männer zuströmten. Das genaue Gegenteil ist der Fall. Sie kamen meinetwegen, auch wenn sie deine Befehle entgegennahmen, doch sie kämpften für mich. Zwei Anführer für die Zuagir sind zu viel. Sie alle wissen, dass ich der Stärkere bin. Und ich verstehe sie besser als du, und sie wiederum verstehen mich besser als dich, weil ich ein Barbar bin wie sie.«

»Und was werden sie sagen, wenn du ihnen befiehlst, für die Khauranier zu kämpfen?«, fragte Olgerd spöttisch.

»Sie werden mir folgen. Ich verspreche ihnen eine ganze Karawane voll Gold aus dem Palast. Khauran wird diesen Preis gern bezahlen, wenn es nur Constantius loswird. Danach führe ich sie gegen die Turanier, genau wie du es geplant hast. Sie wollen Beute und werden dafür ebenso gut gegen Constantius wie jeden anderen kämpfen.«

Aus Olgerds Augen sprach die Erkenntnis seiner Niederlage. Er hatte sich viel zu sehr seinen Träumen von einem gewaltigen Reich hingegeben und dabei übersehen, was rings um ihn vorging. Scheinbar unbedeutende Vorfälle, an die er sich plötzlich erinnerte, sah er jetzt in ihrem wahren Licht, und ihm wurde klar, dass jedes Wort stimmte, das der Cimmerier sagte. Der Riese in der schwarzen Rüstung war bereits der wahre Anführer der Zuagir.

»Nicht, wenn du stirbst!«, murmelte Olgerd, und seine Hand zuckte nach dem Säbelgriff. Aber so schnell wie eine Raubkatze schoss Conans Arm über den Tisch, und seine Finger schlossen sich um Olgerds Unterarm. Das Knirschen berstender Knochen war zu hören, und dann schien die Szene plötzlich zu erstarren, als die beiden Männer einander reglos gegenüberstanden. Conan spürte den Schweiß, der sich auf Olgerds Arm bildete. Der Cimmerier lachte, ohne seinen Griff zu lockern.

»Bist du stark genug, um zu leben, Olgerd?«, fragte jetzt er spöttisch.

Sein Lächeln änderte sich auch nicht, als die Muskeln seines Armes sich spannten und seine Finger sich noch fester um das zitternde Fleisch des Kozaks legten. Die bereits gebrochenen Knochen knirschten aufeinander. Olgerds Gesicht wurde aschfahl. Blut tropfte von seiner Lippe, in die er die Zähne gegraben hatte, aber er gab keinen Laut von sich.

Lachend gab Conan ihn frei und zog seinen Arm zurück. Der Kozak taumelte und tastete mit der gesunden Hand nach dem Tischrand, um sich zu stützen.

»Ich schenke dir dein Leben, so wie du mir meines zurückgabst, Olgerd«, sagte Conan ruhig, »obgleich du mich für deine eigenen Zwecke vom Kreuz holtest. Es war eine bittere Prüfung, der du mich unterzogen hast. Du hättest sie nicht überstanden, genauso wenig wie ein anderer, nur ein Barbar aus dem Westen vermochte es.

Nimm dein Pferd und verschwinde. Es ist hinter dem Zelt angepflockt. Proviant und Wasser findest du in den Satteltaschen. Keiner wird dich wegreiten sehen, aber brich sofort auf. In der Wüste ist kein Platz für einen unterlegenen Anführer. Wenn die Männer dich so sehen, verkrüppelt und verstoßen, würden sie nicht zulassen, dass du das Lager lebend verlässt.«

Olgerd antwortete nicht. Wortlos drehte er sich um, stapfte durch das Zelt und zum hinteren Eingang hinaus. Stumm kletterte er in den Sattel des Schimmelhengsts, der im Schatten einer Palme stand. Und genauso stumm schob er seinen gebrochenen Arm unter seinen Khalat, wendete den Hengst und ritt ostwärts in die offene Wüste hinaus.

Im Zelt leerte Conan die Weinkanne und fuhr sich genießerisch mit der Zunge über die Lippen. Dann schleuderte er das leere Gefäß in eine Ecke, schnallte seinen Gürtel fester und schritt durch den Vordereingang ins Freie. Kurz blieb er stehen und ließ seinen Blick über die Reihen von Kamelhaarzelten schweifen, die sich schier endlos ausbreiteten, und über die weiß gekleideten Gestalten dazwischen, die aufeinander einredeten, sangen, ihr Zaumzeug flickten oder ihre Tulwars schärften.

Er hob seine Stimme, sodass sie bis in die fernsten Winkel des Lagers drang: »He, ihr Hunde, sperrt die Ohren auf! Kommt alle hierher, ich habe euch etwas zu sagen.«

V

Die Stimme aus der Kristallkugel

Im Gemach eines Turmes nahe der Stadtmauer lauschte eine Gruppe Männer aufmerksam den Worten eines weiteren Mannes. Junge Männer waren es allesamt, aber hart und entschlossen. Sie trugen Kettenhemden und darunter abgetragene Lederwämser. Schwerter hingen in Scheiden an ihren Gürteln.

»Ich wusste, dass Conan Recht hatte, als er erklärte, dass sie nicht Taramis ist!«, rief der Sprecher soeben. »Monate habe ich mich als tauber Bettler am Palast herumgetrieben. Endlich erfuhr ich, was ich immer schon vermutet hatte – dass unsere Königin in den Verliesen gefangen gehalten wird, die sich an den Palast anschließen. Ich hielt die Augen offen und überfiel einen shemitischen Wärter. Ich schlug ihn nieder, als er eines Nachts aus den Verliesen kam. Ehe er starb, verriet er mir, was ich euch gerade sagte und was auch ihr längst alle vermutet habt: dass die Frau, die jetzt über Khauran herrscht, eine Hexe ist. Taramis, sagte er, sei im tiefsten Verlies eingesperrt.

Diese Invasion der Zuagir bietet uns die erwünschte Chance. Was Conan genau beabsichtigt, weiß ich nicht. Vielleicht will er sich lediglich an Constantius rächen. Es könnte auch sein, dass er die Stadt brandschatzen will. Er ist ein Barbar, und bei Barbaren weiß man nie, woran man mit ihnen ist.

Jedenfalls müssen wir Folgendes tun: Taramis befreien, während die Schlacht wütet! Constantius wird auf die Ebene hinausreiten, um dort draußen zu kämpfen. Seine Männer brechen bereits auf. Er tut es, weil es in der Stadt nicht genügend zu essen gibt, um eine Belagerung durchzuhalten. Conan tauchte so unerwartet aus der Wüste auf, dass keine Zeit mehr blieb, Vorräte heranzuschaffen. Und der Cimmerier ist für eine Belagerung hinreichend gerüstet. Kundschafter meldeten, dass die Zuagir Belagerungsmaschinen besitzen, die sie zweifellos nach Conans Anweisungen gebaut haben. Er hat aus den westlichen Ländern Erfahrung damit.

Constantius muss eine längere Belagerung verhindern, also zieht er mit seinem Söldnerheer hinaus in die Ebene, wo er sich erhofft, Conans Streitkräfte mit einem Streich zu vernichten oder zu zerstreuen. Er wird nur ein paar hundert Mann in der Stadt zurücklassen, und diese werden auf der Stadtmauer und in den Türmen am Tor postiert sein.

Die Verliese sind dann so gut wie unbewacht. Wenn wir Taramis befreit haben, wird unser nächster Schritt sich nach den Umständen richten. Siegt Conan, müssen wir dem Volk Taramis zeigen und es zum Aufstand rufen. Es wird sich auf die in der Stadt verbliebenen Shemiten stürzen – mit bloßen Händen werden die Menschen es tun –, und sie werden das Tor sowohl vor den Söldnern als auch vor den Nomaden verschließen. Weder die einen noch die anderen dürfen in die Stadt gelangen. Dann werden wir mit Conan verhandeln. Er war Taramis immer treu ergeben. Wenn er die Wahrheit erfährt und sie ihn darum bittet, wird er die Stadt verschonen. Trägt jedoch, was wahrscheinlicher ist, Constantius den Sieg davon und Conan wird geschlagen, müssen wir uns mit der Königin aus der Stadt stehlen und unser Heil in der Flucht suchen.

Ist so weit alles klar?«

Alle nickten.

»Dann lasst uns unsere Klingen ergreifen, unsere Seelen Ischtar empfehlen und uns auf den Weg zu den Verliesen machen, denn die Söldner marschieren bereits durch das Südtor.«

So war es. Das frühe Morgenlicht glitzerte auf den Spitzhelmen der Krieger, die durch das breite Tor strömten, und auf dem blanken Zaumzeug der Streitrosse. Es würde eine Schlacht der Reiterei werden, wie sie nur in den Landen des Ostens möglich ist. Die Reiter brandeten wie eine stählerne Flut durch das Tor. Finstere Gestalten waren sie in ihren schwarzen und silbernen Rüstungen, mit den krausen Bärten und Hakennasen, den unerbittlichen Augen, in denen sich der absolute Mangel an Zweifel und Erbarmen spiegelte.

An den Straßen und auf den Mauern standen die Menschen dicht an dicht und beobachteten stumm die fremden Krieger, die auszogen, um ihre Stadt zu verteidigen. Kein Laut drang über die Lippen dieser hageren Menschen in ihrer schäbigen Kleidung, die ihre Mützen in der Hand hielten und ausdruckslos auf die Reiter starrten.

Im Turm, der einen Blick auf die Straße zum Südtor bot, hatte Salome es sich auf einem Samtdiwan bequem gemacht und beobachtete zynisch Constantius, der sich den breiten Schwertgürtel um die schmalen Hüften schnallte und in seine Eisenhandschuhe schlüpfte. Sie befanden sich allein in diesem Gemach. Durch das goldvergitterte Fenster war das rhythmische Klicken und Klirren von Rüstungen und Waffen und das Dröhnen von Pferdehufen zu hören.

»Noch vor Einbruch der Nacht«, sagte Constantius und zwirbelte seinen dünnen Schnurrbart, »kann sich dein Tempelteufel den Bauch mit Gefangenen voll schlagen. Ist er des verweichlichten Stadtfleisches nicht schon längst überdrüssig? Vielleicht wird er sich über das muskulösere Fleisch der Wüstennomaden freuen.«

»Pass lieber auf, dass du nicht einer schlimmeren Bestie als Thaug in die Klauen fällst«, warnte das Mädchen. »Vergiss nicht, wer der Anführer dieser Wüstenhorde ist.«

»Das dürfte mir wohl schwer fallen«, brummte Constantius. »Es ist einer der Gründe, weshalb ich die Schlacht draußen führen will. Der Hund hat im Westen gekämpft und ist mit der Kunst des Belagerns vertraut. Meine Kundschafter hatten ziemliche Schwierigkeiten, einen Blick auf seine sich nähernden Kolonnen zu werfen, denn seine Streifen, die ständig um die Truppen patrouillieren, haben Augen wie Adler. Aber jedenfalls erkannten sie die Maschinen, die er auf von Kamelen gezogenen Karren mit sich führt – es sind Katapulte, Ballisten und Rammböcke. Bei Ischtar! Zehntausend Mann müssen zumindest einen Monat lang Tag und Nacht daran gearbeitet haben! Woher er das Material dafür bekommen hat, ist mir ein Rätsel. Vielleicht hat er ein Bündnis mit den Turaniern geschlossen und wird von ihnen versorgt.

Wie dem auch sei, die Maschinen werden ihm nichts nützen. Es ist ja nicht das erste Mal, dass ich gegen die Wüstenwölfe kämpfe. Die Schlacht wird mit Pfeilsalven beginnen, gegen die die Rüstungen meiner Krieger ein guter Schutz sind. Dann folgt ein Sturmangriff; meine Schwadronen werden durch die losen Reihen der Nomaden brausen, umkehren, wieder hindurchdonnern und sie so in alle vier Winde zerstreuen. Vor Sonnenuntergang werde ich mit hunderten von nackten, an die Schweife unserer Pferde gebundenen Gefangenen durch das Südtor reiten. Und dann feiern wir auf dem Palastplatz ein Siegesfest. Meine Soldaten finden ihre Freude daran, ihren Feinden lebenden Leibes die Haut abzuziehen. Nun, sie werden genug zu tun bekommen. Und diese weichherzigen Khauranier zwingen wir dazu, sich dieses Schauspiel anzusehen. Was Conan betrifft, werde ich persönlich mir das Vergnügen machen – sofern wir ihn lebend gefangen nehmen können –, ihn auf der Palasttreppe zu pfählen.«

»Häutet so viele, wie es euch Spaß macht«, sagte Salome gleichgültig. »Ich werde mir dann ein Gewand aus Menschenhaut nähen lassen. Doch ich brauche mindestens hundert Gefangene für meine Zwecke – für den Altar und für Thaug.«

»Du wirst sie bekommen«, versprach Constantius und streifte sich mit den behandschuhten Fingern das schüttere Haar aus der kahl werdenden Stirn, die von der Sonne dunkel gebräunt war. »Für den Sieg und die Ehre der schönen Taramis!«, rief er spöttisch. Er nahm seinen Visierhelm unter den Arm, hob salutierend eine Hand und schritt klirrend aus dem Gemach. Außerhalb erteilte er seinen Offizieren mit barscher Stimme Befehle.

Salome lehnte sich auf dem Diwan zurück, gähnte, reckte sich geschmeidig wie eine große Katze, und rief: »Zang!«

Lautlos kam ein Priester, dessen gelbe Pergamenthaut sich straff über den kahlen Schädel spannte, ins Zimmer.

Salome drehte sich zu einem Elfenbeinpodest um, auf dem zwei Kristallkugeln standen. Sie nahm die kleinere der beiden und streckte sie dem Priester entgegen.

»Reite mit Constantius«, befahl sie. »Und halte mich ständig über den Gang der Schlacht auf dem Laufenden.«

Der Mann mit dem totenschädelähnlichen Kopf verbeugte sich tief. Er barg die Kugel unter seinem dunklen Umhang und eilte aus dem Gemach.

In der Stadt war außer dem Rasseln und Klirren der Rüstungen und Waffen, dem Klappern der Hufe und schließlich dem Knarren des Tores, als es geschlossen wurde, nichts zu hören. Salome stieg eine breite Marmortreppe zu einem Dach mit Marmorzinnen empor, das mit einem Baldachin überdeckt war. Es befand sich hoch über allen anderen Gebäuden der Stadt. Die Straßen waren menschenleer, genau wie der große Palastplatz. Bei Letzterem war es nicht erstaunlich, denn die Menschen mieden ihn in letzter Zeit ohnehin, da sich an der dem Palast gegenüberliegenden Seite der Tempel befand. Man konnte meinen, die Stadt sei ausgestorben. Nur auf der Südmauer und den Dächern in ihrer Nähe drängten sich die Menschen, doch sie verhielten sich stumm, weil sie selbst nicht wussten, welcher der gegnerischen Streitkräfte sie den Sieg wünschen sollten. Siegte Constantius, bedeutete es nur weiteres Elend unter seiner unmenschlichen Herrschaft; verlor er die Schlacht, würden die Stadt vermutlich gebrandschatzt und ihre Bürger niedergemetzelt werden. Sie wussten nicht, was sie von Conan zu erwarten hatten, wenn er siegte, aber sie alle wussten, dass er ein Barbar war.

Die Söldnerschwadronen ritten hinaus auf die Ebene. In der Ferne, gerade noch an dieser Seite des Flusses, waren dunkle Massen in Bewegung, die nur mit den allerschärfsten Augen als Reitertrupps zu erkennen waren. Kleinere Punkte zeichneten sich am anderen Ufer ab. Conan hatte seine Belagerungsmaschinen nicht über den Fluss gebracht. Offenbar hatte er einen Angriff während der Überquerung befürchtet. Er selbst jedoch hatte mit all seinen Reitern den Fluss bereits hinter sich.

Die Sonne stieg höher, und unter den dunklen Massen glitzerte es vereinzelt auf, wenn ihre Strahlen sich auf Metall spiegelten. Die Schwadronen aus der Stadt fielen in Galopp. Ein tiefes Brüllen drang an die Ohren der Menschen auf der Mauer.

Die wogenden Massen stießen aufeinander und vermischten sich. Aus dieser Entfernung war es ein völliges Durcheinander, in dem keine Einzelheiten zu erkennen waren. Staubwolken stiegen unter den stampfenden Hufen auf und verbargen das Kampfgeschehen dahinter.

Salome zuckte die Schultern und stieg die Treppe wieder hinunter. Es war still im Palast. Alle Sklaven standen auf der Mauer und beobachteten das Geschehen auf der Ebene.

Salome betrat ihr Gemach, wo sie sich mit Constantius unterhalten hatte, und ging zu dem Piedestal mit der Kristallkugel, in der mit Rot durchzogener Dunst wallte. Sie beugte sich leise fluchend darüber.

»Zang!«, rief sie. »Zang!«

Der Dunst in der Kugel zog sich ein wenig zusammen und offenbarte vage schwarze Gestalten. Stahl glitzerte in dem trüben Dunst. Dann hob sich Zangs Gesicht ganz deutlich ab, und es sah aus, als blicke er Salome direkt in die Augen. Blut sickerte aus einer klaffenden Kopfwunde. Die schweißtriefende Haut wirkte aschfahl. Seine Lippen öffneten sich. Für alle anderen außer Salome mochte es scheinen, als verzögen sie sich nur stumm, aber sie hörte genau, was sie zu sagen hatten, als befände der Priester sich im selben Gemach mit ihr, obwohl er viele Meilen entfernt zu der kleinen Kristallkugel sprach. Nur die Götter der Finsternis wussten, welcher Zauber die beiden Kugeln miteinander verband.

»Salome!«, brüllte der blutige Kopf. »*Salome!*«

»Ich höre!«, rief sie. »Sprich! Wie steht die Schlacht?«

»Wir sind dem Untergang geweiht!«, schrie der Priester zurück. »Khauran ist verloren! Mein Pferd liegt am Boden, und ich kann nicht mehr aufstehen! Rings um mich fallen die Männer. Sie sterben wie die Fliegen in ihren silbernen Rüstungen!«

»Hör auf zu jammern und berichte, was geschehen ist!«, rief Salome.

»Wir ritten den Wüstenhunden entgegen, und sie griffen sofort an«, wimmerte der Priester. »Ganze Pfeilwolken schossen in beide Richtungen, und die Nomaden begannen zu wanken. Da befahl Constantius den Sturmangriff. In dicht geschlossenen Reihen donnerten wir auf sie los.

Da wich die Nomadenhorde nach rechts und links aus, und durch die Lücke brausten gut dreitausend hyborische Reiter, von denen wir nicht einmal etwas geahnt hatten. Khauraner waren es, von Hass getrieben! Männer in voller Rüstung auf mächtigen Streitrossen. In einem massiven Keil aus Stahl walzten sie uns nieder und brachen unsere Reihen, ehe wir überhaupt wussten, wie uns geschah. Und dann griffen die Wüstenhunde von beiden Flanken an.

Sie haben uns in die Flucht geschlagen, in alle Winde zerstreut. Es war ein Trick dieses Teufels Conan! Die Belagerungsmaschinen sind gar nicht echt – bloß Attrappen aus Palmenstämmen und bemalter Seide, die unsere Kundschafter aus der Entfernung täuschten. Ein Trick, um uns in den Untergang zu locken! Unsere Krieger fliehen! Khumbanigash ist gefallen – Conan hat ihn getötet. Ich sehe Constantius nicht. Die Khauranier wüten wie blutdürstige Löwen unter unseren Soldaten, und die Wüstennomaden spicken uns mit Pfeilen. Ich – ahhh!«

Etwas wie ein Blitz war zu sehen, vielleicht war es auch glitzernder Stahl, dann ein Schwall Blut. Gleich darauf schwand das Abbild wie eine platzende Seifenblase, und Salome starrte in eine leere Kristallkugel, die nur ihre eigenen wutverzerrten Züge widerspiegelte.

Eine kurze Weile stand sie absolut reglos, starrte hoch aufgerichtet und blicklos in die Ferne. Dann klatschte sie in die Hände, und ein anderer Priester mit totenschädelähnlichem Kopf betrat so lautlos wie der erste das Gemach.

»Constantius ist geschlagen«, sagte sie schnell. »Wir stecken in der Klemme. Innerhalb einer Stunde wird Conan unsere Tore einrennen. Wenn er mich in die

Hände bekommt, mache ich mir keine Illusionen, was mir bevorsteht. Aber zuerst werde ich dafür sorgen, dass meine verfluchte Schwester nie wieder den Thron besteigt. Begleite mich. Komme, was mag, Thaug wird nicht leer ausgehen.«

Als sie sich die Treppen und Korridore des Palastes hinabbegab, hörte sie ein schwaches, doch allmählich lauter werdendes Echo von der fernen Mauer. Den Menschen dort wurde klar, dass Constantius die Schlacht verloren hatte. Durch die Staubwolken wurden Schwadronen sichtbar, die auf die Stadt zugaloppierten.

Palast und Verliese waren durch einen langen Bogengang miteinander verbunden. Die falsche Königin und ihr Priester eilten den Gang entlang und durch eine schwere Tür am anderen Ende, die in die schwach beleuchteten Gewölbe der Verliese führte. Sie waren auf einem breiten Korridor an einem Punkt herausgekommen, wo steinerne Stufen sich in der dunklen Tiefe verloren. Plötzlich zuckte Salome fluchend zurück. In der düsteren Halle lag eine reglose Gestalt – ein shemitischer Wärter, dessen Hals halb durchtrennt und dessen Kopf nach hinten gekippt war. Als sie keuchende Stimmen von unten vernahm, drückte sie sich in die dunklen Schatten eines Türbogens und schob den Priester hinter sich, ehe ihre Hand nach ihrem Gürtel tastete.

VI

DIE GEIER

DAS RAUCHIGE LICHT EINER FACKEL riss Taramis, die Königin von Khauran, aus ihrem Schlummer, in dem sie Vergessen suchte. Sie stützte sich auf eine Hand, strich ihr verfilztes Haar zurück und öffnete blinzelnd die Augen, in der Befürchtung, das höhnische Gesicht Salomes zu sehen, die sich neue Torturen für sie ausgedacht hatte. Stattdessen drang ein Ausruf des Mitleids und Schreckens an ihre Ohren.

»Taramis! O meine Königin!«

Diese Worte hatte sie so lange nicht mehr gehört, dass sie glaubte, noch zu träumen. Hinter dem Fackellicht konnte sie jetzt ein paar Gestalten sehen, glänzenden Stahl und dann fünf Gesichter, die sich über sie beugten: keine dunkelhäutigen mit Hakennasen, sondern schmale, gut geschnittene, von der Sonne gebräunte Züge. Sie wich in ihren Lumpen zurück und starrte sie wild an.

»O Taramis! Ischtar sei Dank, dass wir Euch gefunden haben! Erinnert Ihr Euch nicht an mich? Ich bin Valerius. Mit einem Kuss ehrtet Ihr mich einst, als ich siegreich aus der Schlacht von Korveka heimkehrte!«

»Valerius!«, stammelte sie. Tränen stiegen in ihre Augen. »Oh, ich träume! Es ist ein Zauber Salomes, um mich zu quälen!«

»Nein! Wir sind wahrhaftig Eure getreuen Vasallen und gekommen, Euch zu befreien! Aber wir müssen uns beeilen. Constantius kämpft in der Ebene gegen Conan, der die Zuagir über den Fluss brachte. Doch dreihundert Shemiten halten immer noch die Stadt. Wir töteten den Wärter und nahmen seine Schlüssel. Anderen Wärtern oder Wachen begegneten wir nicht. Trotzdem müssen wir sehen, dass wir von hier wegkommen. Lasst Euch helfen!«

Die Königin versuchte aufzustehen, aber ihre Beine trugen sie nicht. Valerius hob sie wie ein Kind auf die Arme. Der Mann mit der Fackel eilte voraus. Sie traten aus dem Verlies und stiegen die schmutzigen schmalen Steinstufen hoch, die kein Ende nehmen wollten. Doch endlich erreichten sie den Korridor.

Sie kamen unter einem dunklen Türbogen hindurch, als plötzlich die Fackel erlosch und ihr Träger einen abgewürgten Schmerzensschrei ausstieß. Grelles Feuer leuchtete in dem dunklen Gang und warf seinen Schein flüchtig auf das hasserfüllte Gesicht Salomes und eine dem Tod ähnliche Gestalt, die neben ihr kauerte – und dann blendete der Schein die Männer so stark, dass sie nichts mehr sehen konnten.

Valerius versuchte stolpernd, die Königin durch den Korridor in Sicherheit zu bringen. Benommen hörte er mörderische Hiebe, die tief ins Fleisch seiner Gefährten drangen und von Röcheln und tierischem Grunzen begleitet wurden. Dann wurde ihm die Königin brutal aus den Armen gerissen, und ein heftiger Hieb warf ihn zu Boden.

Ergrimmt kam er wieder auf die Füße und schüttelte den Kopf, um sich vom Widerschein der blauen Flamme zu befreien, die immer noch teuflisch vor seinen Augen zu tanzen schien. Als er endlich wieder einigermaßen sehen konnte, musste er feststellen, dass er sich allein im Korridor befand – abgesehen von den Toten. Seine vier Kameraden lagen in einer Blutlache. Ihre Schädel und Körper wiesen klaffende Wunden auf. Dieses teuflische Feuer hatte sie geblendet, und sie waren gestorben, ohne eine Möglichkeit zur Gegenwehr gehabt zu haben. Die Königin war verschwunden.

Mit einem wilden Fluch griff Valerius nach seinem Schwert. Er riss seinen gespaltenen Helm vom Kopf und warf ihn achtlos auf den Boden, sodass er klappernd davonrollte. Von einer Schädelwunde rann Blut über seine Wange.

Er taumelte schwindelig ein paar Schritte, ohne zu wissen, was er tun sollte, als er eine verzweifelte Stimme hörte, die seinen Namen rief: »Valerius! *Valerius!*«

Er torkelte in die Richtung, aus der die Stimme kam, und bog um eine Ecke. Auf einmal hielt er eine weiche, geschmeidige Gestalt in seinen Armen, die sich schluchzend an ihn schmiegte.

»Ivga! Bist du wahnsinnig?«

»Ich musste kommen!« Sie schluchzte. »Ich folgte dir – ich hatte mich im Hof unter einem Torbogen versteckt. Vor einem Augenblick sah ich sie heraustreten, mit einem blutbesudelten kahlköpfigen Mann, der eine Frau auf den Armen trug. Ich wusste, dass es Taramis war und dass dein Plan fehlgeschlagen ist. Oh, du bist verwundet!«

»Nur ein Kratzer!« Er löste sich aus ihrer Umarmung. »Schnell, Ivga, sag mir, wohin sie gegangen sind!«

»Über den Platz zum Tempel.«

Valerius erblasste. »Ischtar! O diese Hexe! Sie will Taramis diesem Teufel, den sie anbetet, in den Rachen werfen! Schnell, Ivga! Lauf zur Südmauer, wo die Leute die Schlacht beobachten. Sag ihnen, dass die echte Königin gefunden worden ist – und die falsche sie in den Tempel geschleppt hat! Beeil dich!«

Schluchzend rannte das Mädchen, um zu tun wie ihr geheißen. Ihre leichten Sandalen waren kaum zu hören, als sie über den Hof hinaus auf den Platz und weiter zur Mauer hetzte.

Seine eigenen Füße hasteten über den Marmor, als er die breite Treppe hoch und durch den Bogengang stürmte. Offenbar hatte Taramis heftigen Widerstand geleistet. Sie ahnte zweifellos, was man mit ihr vorhatte, und so wehrte sie sich mit aller Kraft ihres geschmeidigen jungen Körpers. Einmal war es ihr offensichtlich gelungen, sich von dem teuflischen Priester loszureißen, aber er musste sie schnell wieder gefasst haben.

Die drei hatten inzwischen den Tempel halb durchquert und näherten sich dem blutigen Altar, hinter dem sich die schwere Metalltüre befand. Durch diese mit obszönen Reliefs verzierte Tür waren Unzählige geschleppt worden, doch außer Salome war niemand je zurückgekehrt. Taramis' Atem ging keuchend. Bei ihrem heftigen Widerstand waren ihr die Lumpen vom Leib gerissen worden, und nun wand und krümmte sie sich im Griff des affenähnlichen Priesters wie eine weiße nackte Nymphe in den Armen eines Satyrs. Salome beobachtete sie spöttisch, doch ungeduldig, und eilte auf die so hässlich verzierte Tür zu. In der Düsternis schienen die grauenvollen Götzenbilder sie zu beobachten, als besäßen sie eigenes Leben.

Würgend vor Grimm rannte Valerius mit dem Schwert in der Hand durch die gewaltige Halle. Auf einen Schrei Salomes hin hob der Priester seinen totenschädelähnlichen Kopf, dann ließ er Taramis los und griff nach seinem blutbesudelten Dolch im Gürtel. Damit stürzte er dem näher kommenden Khauranier entgegen.

Doch durch Salomes Teufelsflammen geblendete Männer niederzustrecken, war einfacher, als gegen einen sehnigen jungen Hyborier zu kämpfen, dem Hass und Wut übermenschliche Kraft verliehen.

Hoch schwang der blutige Dolch, doch ehe er sich zum tödlichen Stich senken konnte, sauste Valerius' scharfe schmale Klinge durch die Luft, und die Faust mit dem Dolch fiel in einem Blutregen zu Boden. Wieder und immer wieder hieb Valerius zu, bis der Totenschädelkopf nach einer Seite auf den Boden fiel und der Rumpf des Teufelspriesters auf die andere.

Valerius wirbelte flink und wild auf den Zehenspitzen herum, um nach Salome Ausschau zu halten. Anscheinend hatte sie ihren Feuerzauber im Verlies restlos aufgebraucht. Sie beugte sich gerade über Taramis und krallte eine Hand in die schwarzen Locken ihrer Schwester, während die andere mit einem Dolch ausholte. Doch mit einem wilden Schrei und solcher Heftigkeit stieß Valerius sein Schwert in ihre Brust, dass es zwischen den Schulterblättern wieder herausdrang. Mit einem schrecklichen Schrei sank die Hexe zu Boden und griff zuckend nach der blanken Klinge, doch da zog Valerius sie bereits zurück. Salomes Augen wirkten jetzt noch unmenschlicher denn zuvor, und mit wahrlich übermenschlicher Willenskraft klammerte sie sich an das Leben, während das Blut aus der Wunde quoll, die den roten Halbmond auf ihrem Elfenbeinbusen spaltete. In ihrem Todeskampf krallte sie die Finger in den Stein und wand sich vor Schmerzen.

Valerius musste die Augen von ihr abwenden, denn bei ihrem Anblick würgte ihn Übelkeit. Hastig bückte er sich und hob die halb bewusstlose Königin auf, dann drehte er der sich auf dem Boden krümmenden Hexe den Rücken zu und rannte stolpernd zur Tür. Am Kopfende des Treppenaufgangs hielt er inne. Eine Menschenmenge drängte sich auf den Platz. Einige waren auf Ivgas kaum verständliche Schreie hin herbeigeeilt, andere hatten die Mauer aus Furcht vor den heranbrausenden Wüstenhorden verlassen und waren in blinder Flucht zur Stadtmitte gelaufen. Die stumpfe Resignation war verschwunden. Die Menge schrie und brüllte. Von irgendwo erklang das Splittern und Bersten von Stein und Holz.

Ein Trupp grimmiger Shemiten bahnte sich einen Weg durch die Menschen – die Wachen des Nordtors, die als Verstärkung zum Südtor eilten. Beim Anblick des jungen Mannes auf der Treppe, der eine nackte, schlaffe Gestalt in den Armen hielt, zügelten sie ihre Pferde. Die Köpfe der Menge wandten sich dem Tempel zu. Ihre Verwirrung wuchs.

»Hier ist eure Königin!«, schrie Valerius donnernd, um über den Lärm hinweg gehört zu werden. Die Menschen brüllten durcheinander. Sie hatten ihn nicht verstanden, und Valerius versuchte vergebens, sich Gehör zu verschaffen. Die Shemiten ritten zum Tempelaufgang, indem sie sich mit ihren Lanzen brutal Platz verschafften.

Und dann wuchsen Verwirrung und Verstörung noch, als hinter Valerius eine schlanke, weiße blutüberströmte Gestalt aus dem Tempel trat. Die Menschen schrien auf. In den Armen Valerius' hing die Frau, die sie für ihre Königin hielten, und doch taumelte eine andere aus der Tür, die ihr genaues Ebenbild war. Sie wussten nicht, was sie denken sollten. Valerius glaubte, das Blut müsse ihm in den Adern gefrieren, als er die torkelnde Hexe anstarrte. Sein Schwert war durch ihren Busen gedrungen, hatte ihr Herz durchbohrt. Nach allen Naturgesetzen müsste sie tot sein. Und doch stolperte sie auf ihn zu in ihrem schrecklichen Bemühen, am Leben festzuhalten.

»Thaug!«, schrie sie und stützte sich an den Türstock. »*Thaug!*« Als Antwort erdröhnten ein donnerndes Krächzen und das Bersten und Krachen von Holz und Metall aus dem Tempel.

»Das ist die Königin!«, brüllte der Hauptmann der Shemiten und hob seinen Bogen. »Schießt den Mann und die andere Frau nieder!«

Aber ein Heulen wie von einer Meute Jagdhunde stieg nun von der Menge auf. Sie hatte endlich die

Wahrheit erkannt, verstand nun Valerius' verzweifelte Worte und wusste, dass das Mädchen, das schlaff in seinen Armen hing, ihre wirkliche Königin war. Mit wütendem Gebrüll stürzten die Khauranier sich auf die Shemiten. Alle aufgestaute Wut löste sich. Mit Zähnen, Nägeln und bloßen Händen rissen sie an ihren Feinden. Über ihnen schwankte Salome und stürzte die Stufen hinab. Nun endlich war sie tot.

Pfeile schwirrten an ihm vorbei, als Valerius zurück durch die Säulen des Bogengangs rannte und die Königin mit seinem Körper schützte.

Mit Pfeilen und Schwertern wehrten die berittenen Shemiten sich gegen die aufgebrachte Menge. Valerius rannte zur Tempeltür. Als er bereits einen Fuß auf der Schwelle hatte, zuckte er zurück und schrie vor Entsetzen und Verzweiflung auf.

Aus der Düsternis am anderen Ende der großen Halle löste sich eine dunkle gewaltige Form und kam mit riesigen froschähnlichen Sprüngen auf Valerius zu. Er sah das Glühen großer unirdischer Augen und das Schimmern von Fängen oder Krallen. Er wich von der Tür zurück, doch ein Pfeil, der dicht an seinem Ohr vorbeischwirrte, warnte ihn, dass der Tod sich auch hinter ihm befand. Verzweifelt wirbelte er herum. Vier oder fünf Shemiten hatten sich bis zu der Treppe durchgekämpft und trieben nun ihre Pferde die Stufen hoch. Sie hatten ihre Bogen gespannt, um ihn niederzuschießen. Hastig sprang er hinter eine der Säulen, an der die Pfeile zersplitterten. Eine gnädige Ohnmacht hatte sich Taramis' bemächtigt. Wie eine Tote hing sie in seinen Armen.

Ehe die Shemiten die nächsten Pfeile abschießen konnten, füllte eine gewaltige Gestalt die Türöffnung.

Mit Schreckensschreien wendeten die Söldner ihre Pferde und hieben sich einen Weg durch die Menge, die durch den Furcht erregenden Anblick kurz erstarrte und dann panikerfüllt die Flucht ergriff, wobei Unzählige niedergetrampelt wurden.

Aber das Ungeheuer schien sich im Augenblick nur für Valerius und das Mädchen zu interessieren. Es zwängte seinen unförmigen, massigen Körper durch die Tür und sprang auf die beiden zu. Valerius rannte hastig die Stufen hinunter. Er spürte, wie die Bestie sich als riesiges Schattenwesen hinter ihm erhob, eine schwarze Formlosigkeit, von der nur die glühenden Augen und schimmernden Fänge deutlich erkennbar waren.

Da erschallte Hufgedröhn. Fliehende Shemiten mit blutigen Wunden kamen vom Südtor her angerast und drängten sich blindlings durch die dicht gedrängte Menge, die sich in Sicherheit zu bringen versuchte. Hinter ihnen brauste ein gewaltiger Trupp Reiter her, die in einer vertrauten Sprache brüllten und ihre blutigen Schwerter schwangen – die Vertriebenen kehrten zurück! Mit ihnen ritten fünfzig schwarzbärtige Wüstenreiter, von einem Riesen in schwarzer Kettenrüstung angeführt.

»Conan!«, brüllte Valerius. »*Conan!*«

Der Riese donnerte einen Befehl. Ohne im Galopp innezuhalten, hoben die Wüstensöhne ihre Bogen und schossen die Pfeile ab. Über die dicht gedrängte Menge hinweg schwirrte ein Pfeilhagel, und die gefiederten Geschosse drangen tief in das schwarze Ungeheuer. Es hielt an, wankte, dann bäumte es sich als schwarzer Schatten vor den Marmorsäulen auf. Wieder und wieder surrten die Pfeile. Das Furcht erregende Wesen brach zusammen und rollte die Treppe hinunter, so tot wie die Hexe, von der es aus der Nacht uralter Zeit heraufbeschworen worden war.

Conan zügelte sein Pferd vor dem Portikus und sprang aus dem Sattel. Valerius hatte die Königin auf die Marmorfliesen gelegt und sank völlig erschöpft neben ihr zu Boden. Die Menge näherte sich zögernd wieder. Der Cimmerier scheuchte sie fluchend zurück, dann hob er den schwarzen Lockenkopf und bettete ihn an seine Schulter.

»Bei Crom, was ist das? Die echte Taramis! Aber wer ist dann das dort unten?«

»Die Dämonin, die ihre Gestalt annahm«, keuchte Valerius.

Conan fluchte herzhaft. Er riss einem Soldaten den Umhang von der Schulter und hüllte die nackte Königin darin ein. Ihre langen Wimpern zuckten, ihre Augen öffneten sich, sie starrte ungläubig in das narbige Gesicht des Cimmeriers.

»Conan!« Ihre schmalen Finger griffen nach ihm. »Träume ich? *Sie* sagte mir, Ihr wärt tot ...«

»Wohl kaum.« Er grinste. »Ihr träumt nicht. Jetzt seid wieder Ihr die Königin von Khauran. Ich schlug Constantius auf der Ebene vor dem Fluss. Die meisten seiner Hunde erreichten auf ihrer Flucht die Stadtmauer nicht mehr lebend, denn ich gab den Befehl, keine Gefangenen zu machen – mit Ausnahme von Constantius. Die Stadtwache schloss das Tor vor unserer Nase, aber wir sprengten es mit Rammen von den Sätteln aus. Ich ließ alle meine Wölfe vor der Stadt, außer diesen fünfzig. Ich traue ihnen in der Stadt nicht so recht, und die jungen Khauranier konnten die Stadtwache allein überwältigen.«

»Es war ein Alptraum!«, wimmerte Taramis. »O mein armes Volk! Ihr müsst mir helfen, sie für all ihre Leiden zu entschädigen, Conan. Von nun an seid Ihr nicht nur Hauptmann, sondern auch mein Ratgeber.«

Conan lachte, schüttelte jedoch den Kopf. Er erhob sich und stellte die Königin auf die Füße. Dann winkte er einige der khauranischen Reiter herbei, die sich an der Verfolgung der fliehenden Shemiten nicht beteiligt hatten. Sie sprangen von den Pferden, um sich ihrer Königin zur Verfügung zu stellen.

»Nein, meine Teure«, sagte Conan. »Das ist vorbei. Ich bin jetzt der Häuptling der Zuagir und muss sie zu einem Plünderzug nach Turan führen, wie ich es ihnen versprochen habe. Dieser Bursche Valerius wird einen viel besseren Hauptmann abgeben als ich. Es ist nicht nach meinem Geschmack, zwischen Marmormauern zu leben. Doch entschuldigt mich nun, ich muss zu Ende führen, was ich angefangen habe. Es sind immer noch Shemiten in Khauran.«

Als Valerius Taramis über den Platz zum Palast eskortierte, durch eine Gasse, die die jubelnde, begeistert brüllende Menge für sie geöffnet hatte, spürte er, wie eine weiche Hand sich schüchtern zwischen seine sehnigen Finger schob. Er drehte sich um und erkannte Ivga. Wild drückte er sie an sich und trank ihre Küsse mit der Dankbarkeit eines müden Kriegers, der endlich nach Kampf und Entbehrungen den wohl verdienten Frieden gefunden hat.

Aber nicht alle Menschen suchen Ruhe und Frieden. Manche sind mit dem Geist des Sturmes im Blut geboren, sind Boten von Gewalt und Blutvergießen, und sie kennen nichts anderes ...

Die Sonne ging auf. Über die alte Karawanenstraße erstreckte sich Reihe um Reihe weiß gekleideter Reiter, von den Mauern Khaurans bis weit hinaus in die Ebene. Conan der Cimmerier saß an der Spitze dieser Kolonne auf seinem Pferd neben einem nur ein Stück aus der Erde ragenden abgehackten Balken. In der Nähe erhob sich ein schweres Kreuz, an dem ein an Händen und Füßen festgenagelter Mann hing.

»Vor sieben Monaten, Constantius«, sagte Conan, »war ich es, der hier hing, und du derjenige, der auf seinem Pferd saß.«

Constantius schwieg. Er benetzte seine grauen Lippen. Seine Augen waren glasig vor Schmerz und Furcht. Seine Muskeln zuckten unter der dunklen Haut.

»Du verstehst es besser, anderen Qualen zuzufügen als sie selbst zu ertragen«, sagte Conan ruhig. »Ich hing an einem Kreuz, so wie du jetzt hier hängst, und ich blieb am Leben, dank glücklicher Umstände und einer Zähigkeit, wie sie Barbaren zu Eigen ist. Aber ihr Männer der Zivilisation seid weich. Eure Stärke besteht hauptsächlich darin, anderen Schmerzen zu bereiten, und nicht, sie zu erdulden. Vor Sonnenuntergang wirst du tot sein. Und so, Falke der Wüste, überlasse ich dich der Gesellschaft anderer Wüstenvögel.«

Er deutete auf die Geier, deren Schatten über den Sand huschten, während sie hoch über dem Kreuz kreisten. Über die Lippen Constantius' drang ein schier unmenschlicher Schrei der Verzweiflung und des Entsetzens.

Conan nahm die Zügel und ritt zum Fluss, der in der Morgensonne wie Silber gleißte. Die weiß gekleideten Reiter fielen hinter ihm in Trab. Der Blick eines jeden ruhte kurz beim Vorüberreiten mit dem für die Wüstensöhne charakteristischen Mangel an Mitleid auf der hageren Gestalt, die sich am Kreuz dunkel vor dem Sonnenaufgang abhob. Die Hufe ihrer Pferde trommelten ihr Todeslied im Sand. Tiefer, immer tiefer kreisten die hungrigen Geier.

VERMISCHTE SCHRIFTEN

Robert E. Howard

Exposé ohne Titel

(Der Schwarze Kreis)

DER KÖNIG VON VENDHYA, BHUNDA CHAND, starb in seinem Palast in der königlichen Hauptstadt Ayodhya. Seine jüngere Schwester Yasmina Devi konnte nicht verstehen, warum er gestorben war, war er doch weder vergiftet noch verwundet worden. Im Sterben rief er nach ihr mit einer Stimme, die aus dem sturmdurchtosten Jenseits zu kommen schien, und er berichtete, dass seine Seele in der Nacht von Zauberern in einem steinernen Raum auf einem hohen Berg gefangen worden war, wo der Wind Gipfel umtost, die die Sterne stützen. Sie hatten seine Seele in den Körper eines widerwärtigen Nachtgespenstes gesteckt, und in einem klaren Augenblick hatte er seine Schwester gebeten, ihm ihren mit Juwelen geschmückten und einer goldenen Parierstange versehenen Dolch ins Herz zu stoßen, um seine Seele zu Asura zu schicken, bevor die Zauberer sie zurück in den Turm auf dem Berggipfel zerren konnten. Als er starb, dröhnten und donnerten in der ganzen Stadt Tempelgongs. In einem Raum, dessen verkleideter Balkon auf eine lange Straße hinausblickte, in der Fackeln wild flackerten, beobachtete ein Mann, der sich Kerim Shah nannte, ein Adliger aus Iranistan, die tausenden Klagenden und sprach mit einem Mann in einer einfachen Robe aus Kamelhaar namens Khemsa; er fragte ihn, warum die Vernichtung des jungen Königs auf diese Weise nicht schon vor Monaten oder gar Jahren durchgeführt werden konnte. Daraufhin erwiderte Khemsa, dass selbst Magie von den Sternen gelenkt wurde. Die Sterne hatten die richtige Konstellation für die Vernichtung von Bhunda Chand – die Schlange stand im Haus des Königs. Er sagte, man hätte sich eine Locke vom schwarzen Haar des Königs besorgt und mit einer Kamelkarawane über den Jhumdafluss nach Peshkhauri geschickt, das den Zhaibarpass bewacht, dann den Zhaibar hinauf in die Berge von Ghulistan. Die Locke, die in einem goldenen, mit Juwelen besetzten Kästchen lag, wurde einer Prinzessin aus Khosala gestohlen, die Bhunda Chand vergeblich liebte und dieses kleine Zeichen seiner Wertschätzung erflehte. Diese Locke stellte einen Kontakt zwischen ihm und einem Kult von Zauberern namens Rakhashas her, die sich selbst die Schwarzen Seher nannten. (Verlorene Teile des menschlichen Körpers haben unsichtbare Verbindungen zu dem lebenden Körper.) Sie hatten einen Zauber durchgeführt, der dem jungen König sein Leben und beinahe seine Seele raubte. Kerim Shah enthüllte in dieser Unterhaltung, was Khemsa bereits wusste, dass er gar kein Prinz aus Iranistan war, sondern ein Hyrkanier, ein Häuptling aus Turan und Abgesandter von Yezdigerd, dem König von Turan und mächtigsten Herrscher des Ostens, der am Ufer des Vilayetsees regiert. Bhunda Chand hatte die Turaner in der großen Schlacht am Jhumda besiegt. Yezdigerd, der seine Vernichtung wollte, hatte Kerim Shah nach Vendhya geschickt in dem Versuch, die Kshatriya-Krieger mit Zauberei zu vernichten, da Gewalt nicht zum Ziel führte. In der Zwischenzeit hatte Yasmina Devi im Palast ihren Bruder erdolcht, um seine Seele zu retten, dann war sie auf dem mit Stroh bestreuten Boden zusammengebrochen, während draußen die Priester wehklagten und sich mit Kupferdolchen Wunden zufügten und die Gongs donnerten. Dann wechselte die Handlung nach Peshkhauri im Schatten der Berge von Ghulistan. Die Stämme von Ghulistan waren mit denen von Iranistan verwandt, aber noch ungezähmter. Die turanischen Heere waren durch ihre Täler marschiert, hatten die Bergstämme aber nicht unterwerfen können. Die wichtigsten Städte Hirut, Secunderam und Bhalkhan waren in den Händen der Turanier, aber Khahabhul, wo der König von Ghulistan herrschte, dessen Regeln die Stämme nur selten befolgten, war frei, und die Turaner unternahmen keinen Versuch, die Bergstämme zu besteuern oder anderweitig zu unterdrücken. Der Statthalter von Peshkhauri hatte sieben Afghuli gefangen genommen und gemäß den Befehlen aus Ayodhya die Nachricht in die Berge geschickt, dass ihr Anführer Conan – ein Wanderer aus dem Westen, der in den Bergen als namhafter Bandit galt – kommen und persönlich ihre Freilassung aushandeln sollte. Aber Conan war misstrauisch, denn die Kshatriyas hatten ihre Verträge mit den Bergstämmen nicht immer eingehalten. Eines Nachts hielt sich der Statthalter in seinem Gemach mit einem großen Fenster auf, das an einen Wehrgang angrenzte und geöffnet war, damit die kühle Nachtluft von den Bergen die Hitze des Tages linderte. Er konnte den himelianischen Nachthimmel sehen, an dem große weiße Sterne funkelten. Er schrieb einen Brief auf Pergament, mit einer goldenen Schreibfeder, die in den Saft aus zerstampftem Lotus getaucht wurde. Da trat eine maskierte Frau ein, die eine hauchdünne Robe und eine kostbare Seidenweste trug; ihre Schuhe waren aus goldenem Stoff, und ihr Kopfschmuck, der den Schleier hielt, der bis über die Brüste reichte, war mit einer golddurchwirkten Schnur gebunden und mit einem goldenen Halbmond geschmückt. Der Statthalter erkannte sie als Devi und diskutierte mit ihr, brachte die Unruhe der Bergstämme und die Wildheit ihres fremden Häuptlings Conan zur Sprache, der sie auf Raubzüge bis zu den Mauern von Peshkhauri geführt hatte. Allerdings spielte sich das nicht innerhalb der Stadtmauern ab, sondern in der großen Festung außerhalb, am Fuße der Berge. Sie erwiderte, dass sie erfahren hatte, der Tod ihres Bruders wäre von den Zauberern verursacht worden, die als die Schwarzen Seher bekannt sind, und da es Irrsinn sei, ein Heer aus Kshatriya in die Berge hinaufzuführen, wollte sie einen Stammeshäuptling zum Werkzeug ihrer Rache machen. Sie befahl dem Statthalter, als Preis für das Leben der sieben Afghuli die Vernichtung der Schwarzen Seher zu fordern. Dann ging sie, aber auf dem Weg zu ihren Gemächern fiel ihr ein, dass sie ihm noch etwas sagen wollte, und sie ging zurück. Möglicherweise sah sie den Hengst, der an der Außenmauer festgebunden war. In der Zwischenzeit hatte der Statthalter draußen ein Geräusch gehört, und im nächsten Augenblick sprang ein Mann durch das Fenster, ein langes Zhaibar-Messer in der Hand, und befahl dem Statthalter, keinen Laut von sich zu geben. Es war Conan, der Häuptling der Afghuli; er war ein großer, starker und geschmeidiger Mann, gekleidet wie ein Bergbewohner, was nicht zu ihm passte, denn er kam nicht aus dem Osten, sondern war ein barbarischer Cimmerier. Er wollte wissen, warum der Statthalter ihn sehen wollte, und als er es erfuhr, wurde er misstrauisch. In diesem Augenblick trat die Devi ein, der Statthalter rief überrascht ihren Namen, und Conan, der den Namen erkannte, schlug den Statthalter mit dem Messerknauf nieder, schnappte sich die Devi, sprang durch das Fenster auf den Wehrgang, holte sein Pferd und ritt mit wildem Triumphgeschrei in die Berge. Der Statthalter schickte ihm eine Abteilung Reiter nach.

Khemsa und Kerim Shah waren der Devi nach Peshkhauri gefolgt. Ein Mädchen, das für Khemsa als Spionin arbeitete, drängte diesen, sein Wissen über die schwarzen Künste zu nutzen – Wissen, das er ohne die Erlaubnis seiner Herrn nicht nutzen durfte – und damit Reichtum zu erlangen. Sie hatte die Idee, die sieben Männer im Gefängnis zu töten – denn sie wusste, dass ein Teil des Lösegeldes, das Conan für die Devi verlangen würde, in ihrer Freilassung bestehen würde – und dann Conan in die Berge zu folgen, ihm das Mädchen abzunehmen und das Lösegeld selbst zu erhalten. Die Gefangenen zu töten, sollte ihnen Zeit verschaffen. Also begab sich Khemsa ins Gefängnis und tötete sie mithilfe schwarzer Magie, dann ritten er und das Mädchen in die Berge. In der Zwischenzeit hatte Kerim Shah von der Entführung gehört – obwohl der Statthalter sie geheim halten wollte –, und er schickte einen Reiter nach Secunderam, um den dortigen Satrapen zu informieren und zu bitten, eine Streitmacht nach Süden zu schicken, die groß genug war, um den Bergstämmen die Devi abzujagen. Er selbst begab sich mit einigen bestochenen Irakzai-Stammesleuten in die Berge. In der Zwischenzeit hatte Conan, der ins Gebiet der Afghuli wollte, das neben dem Zhaibarpass lag, ein lahmendes Pferd, und die ihn verfolgenden Kshatriyas waren ihm so dicht auf den Fersen, dass er gezwungen war, bei den Wazuli unterzuschlüpfen. Der Häuptling der Wazuli war sein Freund, aber Khemsa tötete den Häuptling, und die Krieger versuchten, ihm die Devi wegzunehmen. Nach einem wilden Kampf blieb Conan Sieger; er nahm die Devi mit und traf auf Khemsa, widerstand aber seiner Magie und beobachtete, wie der Zauberer und das Mädchen durch eine mächtigere Magie vernichtet wurden. Die Schwarzen Seher hatten endlich eingegriffen. Sie nahmen ihm die Devi weg und brachten sie in ihren Turm. Conan begegnete Kerim Shah. Als der Turaner hörte, dass sich die Schwarzen Seher gegen ihn gewandt hatten, schloss er sich mit seinen Irakzais Conan an. Bei dem Sturm auf den Turm wurden alle bis auf Conan und Kerim Shah getötet. Dann kämpften sie um das Mädchen, und Conan siegte. In der Zwischenzeit war die Streitmacht aus Secunderam da und hatte sich auf die Afghuli gestürzt und sie durch das Überraschungsmoment überwältigt. Eine Streitmacht aus Kshatriyas rückte in die Berge vor, und die Devi gewann ihre Freiheit durch einen Handel mit Conan. Sie warf ihre Krieger in die Schlacht, um die Turaner zu zerschmettern. Dann brachte Conan sie zu ihrem Volk zurück.

Was zuvor geschah ...

(Den Fortsetzungen von *Der schwarze Kreis* in *Weird Tales* in den Ausgaben vom Oktober und November 1934 war jeweils eine kurze Zusammenfassung der vorigen Kapitel vorangestellt. Normalerweise verfasste die Redaktion solche Zusammenfassungen; aus unbekannten Gründen schrieb Howard sie aber für diese Conan-Geschichte selbst.)

(Der schwarze Kreis) Robert E. Howard

WAS ZUVOR GESCHAH ...

YASMINA DEVI, DIE KÖNIGIN VON VENDHYA, suchte Rache für ihren Bruder Bhunda Chand, der durch die Zauberei der Schwarzen Seher von Yimsha, Magier, die in Ghulistan auf einem Berg hausten, den Tod gefunden hatte. Sie wusste nicht, dass sein Tod Teil eines Plans von König Yezdigerd von Turan war, um Vendhya zu erobern. Yezdigerd hatte die Hilfe der Schwarzen Seher gesucht und einen Spion namens Kerim Shah nach Vendhya geschickt. Zusammen mit Khemsa, einem Akolythen der Schwarzen Seher, sollte er die Königsfamilie vernichten.

Yasmina wollte die Hilfe Conans erzwingen, eines Cimmeriers, der sich zum Häuptling der Afghuli von Ghulistan, einem wilden Land voller Barbaren, aufgeschwungen hatte. Aufgrund ihres Befehls nahm der Statthalter der Grenzstadt Peshkhauri sieben Afghuli gefangen und drohte, sie zu hängen, es sei denn, Conan stellte ihr seine Streitkräfte zur Verfügung. Aber Conan schlich sich nachts in Peshkhauri ein, entführte die Devi und brachte sie in die Berge, als Geisel im Austausch für die Freilassung seiner Männer.

Gitara, Yasminas verräterische Magd, überredete Khemsa, gegen seine Herren, die Schwarzen Seher, zu rebellieren; er sollte Yasmina Conan wegnehmen und ein gewaltiges Lösegeld von Vendhya erpressen. Mit seiner Magie tötete Khemsa die sieben Afghuli, damit der Statthalter durch sie nicht Yasminas Freilassung erreichen konnte, dann folgte er zusammen mit Gitara Conan und seiner Gefangenen in die Berge. Kerim Shah, von Khemsa im Stich gelassen, schickte dem Satrapen von Secunderam, einem turanischen Außenposten, den Befehl, ein Heer nach Afghulistan zu schicken, um die Devi aus Conans Händen zu befreien, dann ritt er mit einer Gruppe Irakzai selbst in die Berge, um zu dem Heer zu stoßen und es zu führen.

In der Zwischenzeit hatte Conan, verfolgt von den Männern des Statthalters, Schutz bei seinem Freund Yar Afzal gesucht, dem Häuptling der Wazuli. Khemsa tötete Yar Afzal mit seiner Magie und brachte die Wazuli durch einen Trick dazu, Conan anzugreifen, um während des Kampfes die Devi zu entführen. Aber Conan entkam auf Yar Afzals schwarzem Hengst zusammen mit Yasmina aus dem Dorf, und Khemsa, der sich durch eine Spalte in den Felsen näherte, wurde überrascht und von dem Pferd umgerannt. Die verfolgenden Wazuli griffen Khemsa an, der alle Schrecken seiner schwarzen Magie gegen sie entfesselte.

(Der schwarze Kreis) Robert E. Howard

WAS ZUVOR GESCHAH ...

(Die ersten acht Kapitel)

YASMINA DEVI, DIE KÖNIGIN VON VENDHYA, suchte Rache für ihren Bruder Bhunda Chand, der durch die Zauberei der Schwarzen Seher von Yimsha – Magier, die in Ghulistan, einem wilden und barbarischen Bergland, auf einem Berg hausten – den Tod gefunden hatte.

Um Hilfe von Conan, dem Häuptling der Afghuli dieses Landes, zu erzwingen, ließ sie den Statthalter von Peshkhauri sieben Afghuli als Geiseln gefangen nehmen. Aber Conan entführte Yasmina und brachte sie in die Berge. Drei andere wollten Yasmina in ihre Gewalt bringen: Kerim Shah, ein Spion von Yezdigerd, dem König von Turan, der Vendhya erobern wollte; Khemsa, ein ehemaliger Akolyth der Schwarzen Seher, und seine Geliebte Gitara, Yasminas verräterische Magd. Diese beiden wollten Vendhya ein gewaltiges Lösegeld abpressen.

Khemsa tötete die sieben Afghuli mit seiner schwarzen Magie, dann folgten er und Gitara Conan in die Berge.

In der Zwischenzeit hatte Conan bei seinem Freund Yar Afzal, dem Häuptling der Wazuli, Unterschlupf gesucht. Khemsa tötete Yar Afzal mit seiner Magie und brachte die Wazuli mit einer Täuschung dazu, Conan aus dem Dorf zu vertreiben. Dann wollte er Conan Yasmina wegnehmen, aber während eines Kampfes zwischen ihnen traten die Schwarzen Seher auf den Plan. Sie vernichteten Gitara und Khemsa und nahmen Yasmina mit sich. Vor seinem Tod überreichte Khemsa Conan einen Gürtel aus Stygien mit großer magischer Macht.

Conan, der nach Afghulistan reiten wollte, um seine Anhänger um sich zu scharen und Yasmina zu retten, stieß auf fünfhundert von ihnen, die sich nach ihm auf die Suche gemacht hatten. Sie hatten von dem Tod der sieben Krieger erfahren und glaubten nun, Conan hätte sie verraten. Er entkam ihnen und stieß auf den Spion Kerim Shah, der mit einer Gruppe Irakzais auf dem Weg zu einem turanischen Heer war, das sich einen Weg durch die Berge freikämpfen sollte, um Yasmina gefangen zu nehmen, die sie für eine Gefangene der Afghuli hielten.

Conan und Kerim Shah schlossen einen zeitweiligen Waffenstillstand und ritten zusammen nach Yimsha.

In der Zwischenzeit hatte Yasmina im Schloss der Zauberer einen geheimnisvollen Mann kennen gelernt, der sich Meister nannte und sie zu seiner Sklavin machen wollte. Um ihren Willen zu brechen, zwang er sie, sämtliche ihrer früheren Reinkarnationen zu durchleben. Als sie erwachte, sah sie eine kapuzenverhüllte Gestalt neben sich im Zwielicht. Sie ergriff sie mit Knochenarmen, und als sie schrie, sah sie einen Totenschädel aus dem Schatten der Kapuze grinsen.

Exposé ohne Titel

AMALRIC, SOHN EINES ADLIGEN aus dem großen Haus von Valerus im Westen von Aquilonien, rastete zusammen mit zwei Gefährten vom Banditenstamm der Ghanater – Schwarze, in deren Adern auch shemitisches Blut floss –, an einer von Palmen umgebenen Quelle in der trostlosen Leere der Wüste, die sich südlich von Stygien befindet. Die Ghanater in Amalrics Gesellschaft hießen Gobir und Saidu. Bei Einbruch der Abenddämmerung bereiteten sie gerade ihr frugales Mahl aus getrockneten Datteln vor, da ritt ein drittes Mitglied des Stammes heran – Tilutan, ein schwarzer Gigant, der für seine Wildheit und seine Kunstfertigkeit mit dem Schwert bekannt war. Über seinem Sattel lag ein bewusstloses weißes Mädchen, das er, vor Erschöpfung und Durst ohnmächtig, in der Wüste fand, während er eine seltene Wüstenantilope jagte. Er warf das Mädchen neben der Quelle zu Boden und versuchte, sie wieder zu Bewusstsein zu bringen. Gobir und Saidu beobachteten Amalric; sie erwarteten, dass er versuchen würde, sie zu retten, aber er täuschte Desinteresse vor und fragte sie, wer von ihnen das Mädchen nehmen würde, nachdem Tilutan ihrer überdrüssig geworden war. Das entfachte einen Streit; er warf ein paar Würfel auf den Boden und schlug ihnen vor, um sie zu spielen. Als sie sich über die Würfel beugten, zog er das Schwert und spaltete Gobir den Schädel. Sofort griff

Saidu ihn an, und Tilutan warf das Mädchen zu Boden, zog seinen schrecklichen Krummsäbel und rannte auf ihn zu. Amalric fuhr herum, und Saidu bekam den Stoß an seiner Stelle ab; er schleuderte den Verwundeten in Tilutans Arme und rang mit dem Riesen. Tilutan warf Amalric zu Boden und würgte ihn, dann erhob er sich, um sein Schwert zu holen und ihm den Kopf abzuschlagen. Aber als er auf ihn zurannte, löste sich sein Gürtel, und er stolperte. Das Schwert fiel ihm aus der Hand, und Amalric fing es auf und trennte ihm beinahe den Kopf ab. Dann schwanden ihm die Sinne. Als das Mädchen ihn mit Wasser bespritzte, kam er wieder zu sich. Er fand heraus, dass sie eine Sprache sprach, die dem Kothischen ähnelte, und sie konnten sich verständigen. Sie sagte, ihr Name sei Lissa; sie war wunderschön, hatte zarte, weiche weiße Haut, violette Augen und dunkle Locken. Ihre Unschuld beschämte den jungen Glücksritter, und er vergaß sein Vorhaben, sie zu vergewaltigen. Sie glaubte, er hätte gegen seine Gefährten gekämpft, um sie zu retten, und er raubte ihr diese Illusion nicht. Sie sagte, sie sei eine Bewohnerin der Stadt Gazal, die sich nicht weit entfernt im Südosten befand. Sie war zu Fuß aus Gazal geflohen, ihr Wasservorrat war zur Neige gegangen, und sie war ohnmächtig geworden, kurz bevor Tilutan sie gefunden hatte. Amalric setzte sie auf ein Kamel, er bestieg ein Pferd – die anderen Tiere hatten sich während des Kampfes losgerissen und waren in die Wüste gerannt –, und in der Morgendämmerung erreichten sie Gazal. Amalric war erstaunt, dass die Stadt, abgesehen von einem Turm in der südöstlichen Ecke, zum größten Teil aus Ruinen bestand. Als er den Turm erwähnte, erbleichte Lissa und bat ihn, nicht davon zu sprechen. Die Menschen hier waren eine verträumte, freundliche Rasse, die viel von Poesie und Tagträumen hielt. Es gab nicht mehr viele von ihnen, sie waren eine sterbende Rasse. Vor langer Zeit waren sie in die Wüste gekommen und hatten die Stadt in einer Oase erbaut. Es war eine kultivierte, gelehrte, wenig kriegslüsterne Rasse. Sie wurden nie von den wilden und brutalen Nomadenstämmen angegriffen, weil diese Menschen Gazal mit abergläubischer Ehrfurcht betrachteten; und sie beteten das Ding an, das im südöstlichen Turm lauerte. Amalric erzählte Lissa seine Geschichte – er war Soldat im Heer von Argos gewesen, unter dem zingaranischen Prinzen Zapayo da Kova. Das Heer war die kushitische Küste entlanggesegelt und im südlichen Stygien gelandet, um das Königreich aus dieser Richtung zu erobern, während die Heere von Koth aus dem Norden eindrangen. Aber Koth hatte verräterischerweise mit Stygien einen Friedensvertrag geschlossen, und das Heer im Süden lief in die Falle. Sein Fluchtweg zur Küste war abgeschnitten, und es versuchte, sich den Weg nach Osten freizukämpfen, in der Hoffnung, es bis zum Land der Shemiten zu schaffen. Aber das Heer wurde in der Wüste vernichtet. Amalric war zusammen mit seinem Kameraden Conan geflohen, einem riesenhaften Cimmerier, aber sie waren von einer Gruppe braunhäutiger Männer in seltsamer Kleidung und von merkwürdigem Erscheinungsbild angegriffen worden, und Conan war niedergestreckt worden. Amalric entkam im Schutz der Nacht und wanderte in der Wüste umher, er litt unter Hunger und Durst, bis er auf die drei Geier von Ghanata stieß. Er sprach über die Irrealität von Gazal, und Lissa erzählte ihm von ihrem kindischen und dennoch leidenschaftlichen Wunsch, aus der stagnierenden Umgebung zu entkommen und etwas von der Welt zu sehen. Sie gab sich ihm völlig unbefangen hin, und als sie auf einem seidenbespannten Sofa lagen, in einem Gemach, das allein vom Sternenlicht erhellt wurde, hörten sie aus einem benachbarten Gebäude schreckliche Schreie. Amalric wollte nachsehen, aber Lissa klammerte sich zitternd an ihn und verriet ihm das Geheimnis des allein stehenden Turms. Dort lauerte ein übernatürliches Ungeheuer, das gelegentlich in die Stadt kam und einen der Bewohner verschlang. Lissa wusste nicht, was das für ein Ding war. Aber sie erzählte von Fledermäusen, die in der Abenddämmerung aus dem Turm flogen und vor dem Morgen zurückkehrten, und von den kläglichen Schreien der Opfer, die in den geheimnisvollen Turm verschleppt wurden. Amalric ergriff Unbehagen; er erkannte das Ding als eine mysteriöse Gottheit, die von bestimmten Kulten der schwarzen Stämme angebetet wurde. Er drängte Lissa, mit ihm noch vor Einbruch der Morgendämmerung zu fliehen – die Bewohner von Gazal hatten so viel von ihrer Initiative verloren, dass sie hilflos waren und weder kämpfen noch fliehen konnten. Sie waren wie hypnotisiert, und der junge Aquilonier glaubte, dass das tatsächlich der Fall war. Er ging los, um die Reittiere vorzubereiten, aber bei seiner Rückkehr hörte er Lissa schrecklich aufschreien. Er stürzte ins Gemach und fand es verlassen vor. Davon überzeugt, dass das Ungeheuer sie ergriffen hatte, eilte er zum Turm, lief eine Treppe hinauf und entdeckte oben ein Gemach, in dem sich ein weißer Mann von seltsamer Schönheit aufhielt. Da fiel ihm eine uralte Beschwörung ein, die ihm der alte kushitische Priester eines rivalisierenden Kults verraten hatte, und er wiederholte sie und band den Dämon in seiner menschlichen Gestalt. Ein schrecklicher Kampf brach aus, in dem er das Herz des Ungeheuers mit dem Schwert durchbohrte. Als es starb, schrie es nach Vergeltung, und Stimmen aus der Luft antworteten ihm. Dann veränderte es auf schreckliche Weise die Gestalt, und Amalric ergriff entsetzt die Flucht. Am Fuß der Treppe stieß er auf Lissa. Der Blick auf die Kreatur, die ihr Opfer durch die Korridore geschleift hatte, hatte ihr Angst eingejagt, und sie war in zügelloser Panik geflohen und hatte sich versteckt. Als sie begriff, dass ihr Geliebter zum Turm gegangen war, um sie zu suchen, war sie dort hingegangen, um sein Schicksal zu teilen. Er umarmte sie, führte sie dann zu der Stelle, an der ihre Reittiere warteten. Die Morgendämmerung war angebrochen, als sie aus der Stadt ritten, sie auf dem Kamel und er auf dem Pferd. Bei einem Blick auf die schlafende Stadt, in der es keine weiteren Tiere gab, sahen sie, dass sieben Reiter sie verließen – in schwarze Roben gekleidete Männer auf hageren schwarzen Pferden – und ihnen folgten. Panik ergriff sie, denn ihnen war klar, dass das keine menschlichen Reiter waren. Den ganzen Tag trieben sie ihre Reittiere gnadenlos an, nach Westen, auf die ferne Küste zu. Sie fanden kein Wasser, und kurz vor Sonnenuntergang war das Pferd erschöpft. Die ganze Zeit folgten ihnen die schwarzen Gestalten erbarmungslos, und als die Abenddämmerung hereinbrach, holten sie schnell auf. Amalric wusste, dass es finstere Kreaturen waren, die der Todesschrei des Ungeheuers im Turm aus dem Jenseits gerufen hatte. Als es dunkler wurde, hatten die Verfolger sie fast eingeholt. Eine fledermausähnliche Kreatur verdeckte den Mond, und die Flüchtlinge konnten den leichenhaften Gestank ihrer Jäger riechen. Plötzlich stolperte das Kamel und fiel, und die Unholde kamen heran. Lissa kreischte. Dann ertönte Hufschlag, eine stürmische Stimme erscholl, und die Unholde wurden vom Sturmangriff einer Gruppe von Reitern hinweggefegt. Ihr Anführer stieg ab und beugte sich über den erschöpften jungen Mann und das Mädchen, und als der Mond aufging, fluchte er mit einer vertrauten Stimme. Es war Conan der Cimmerier. Ein Lager wurde aufgeschlagen, und die Flüchtlinge bekamen zu essen und zu trinken. Die Gefährten des Cimmeriers waren die wild aussehenden, braunen Männer, die ihn und Amalric angegriffen hatten. Sie waren die Reiter von Tombalku, dieser halb-mythischen Wüstenstadt, deren Könige die südwestlichen Stämme der Wüstenbewohner und die schwarzen Rassen der Steppe unterworfen hatten. Conan erzählte, man habe ihn bewusstlos geschlagen und in die ferne Stadt geschafft, um ihn den Königen von Tombalku zu präsentierten. Es gab immer zwei Könige, allerdings war einer grundsätzlich nur eine Galionsfigur. Er wurde vor die Könige gebracht und dazu verurteilt, zu Tode gefoltert zu werden. Er jedoch verlangte nach Alkohol und verfluchte die Könige lautstark. Das ließ einen von ihnen interessiert aus seinem Dösen hochschrecken. Er war ein großer, fetter Schwarzer, während der andere ein schlanker, braunhäutiger Mann namens Zehbeh war. Der Schwarze starrte Conan an und begrüßte ihn mit dem Namen Amra der Löwe. Der Name des Schwarzen war Sakumbe, und er war ein Abenteurer von der Westküste, der mit Conan zu tun gehabt hatte, als dieser als Korsar die Küste heimgesucht hatte. Er war einer der Könige von Tombalku geworden – durch die Unterstützung der schwarzen Bevölkerung und des fanatischen Priesters Askia, der mächtiger als Zehbehs Priester Daura geworden war. Er hatte Conan sofort befreien lassen und ihm die hohe Position des Generals der Reiterei verliehen – zufällig hatte er den vorherigen Amtsinhaber Kordofo vergiften lassen. In Tombalku gab es verschiedene Fraktionen – Zehbeh und die braunen Priester, Kordofos Familie, die sowohl Zehbeh wie auch Sakumbe hassten, und Sakumbe und seine Anhänger, von denen Conan der mächtigste war. Das alles erzählte Conan Amalric, und am nächsten Tag ritten sie in Richtung Tombalku. Conan war unterwegs gewesen, um die Ghanater-Diebe aus dem Land zu jagen. Drei Tage später hatten sie Tombalku erreicht, eine seltsame, fantastische Stadt im Wüstensand, neben einer Oase mit vielen Quellen. Es war eine Stadt vieler Sprachen. Die dominante Kaste, Begründer der Stadt, war eine kriegerische, braunhäutige Rasse, Abkömmlinge der Aphaki, eines shemitischen Stamms, der mehrere hundert Jahre zuvor in die Wüste gejagt worden war und sich dort mit den schwarzen Rassen vermischt hatte. Die unterworfenen Stämme schlossen die Tibu ein, eine Wüstenrasse aus schwarzem und stygischem Blut, und die Bagirmi, Mandingo, Dongola, Bornu und andere schwarze Stämme aus den Grassteppen des Südens. Sie trafen rechtzeitig in Tombalku ein, um Zeuge der grausamen Hinrichtung Dauras, des Aphaki-Priesters, durch Askia zu werden. Die Aphaki waren außer sich vor Wut, konnten aber nichts gegen die entschlossene Haltung ihrer schwarzen Untertanen ausrichten, denen sie die Kriegskunst beigebracht hatten. Sakumbe, einst ein Mann von beträchtlichem Mut und ein vitaler Staatsmann, war zu einem gewaltigen Fettwanst degeneriert, den nur noch Frauen und Wein interessierten. Conan würfelte mit ihm, betrank sich mit ihm und schlug ihm vor, Zehbeh gänzlich auszuschalten. Der Cimmerier wollte selbst einer der Könige von Tombalku werden. Also wurde Askia dazu überredet, Zehbeh öffentlich zu denunzieren, und in dem blutigen Bürgerkrieg, der nun folgte, wurden die Aphaki besiegt, und Zehbeh floh mit seinen Reitern aus der Stadt. Conan nahm seinen Thron an Sakumbes Seite ein, aber so sehr er sich auch bemühte, er musste erkennen, dass der Schwarze der wahre Herrscher der Stadt war, aufgrund seines Einflusses auf die schwarzen Rassen. In der Zwischenzeit hatte Askia Amalric mit seinem Misstrauen verfolgt, und schließlich prangerte er ihn öffentlich als den Mörder des Gottes an, der von dem Kult angebetet wurde, dessen Priester er war. Er verlangte, dass man den jungen Mann und das Mädchen der Folter auslieferte. Conan weigerte sich, und Sakumbe, der völlig von dem Cimmerier dominiert wurde, stellte sich hinter ihn. Daher wandte sich Askia gegen Sakumbe und tötete ihn durch eine schreckliche Magie. Conan, dem klar war, dass die Schwarzen ihn und seine Freunde nun, wo Sakumbe tot war, in Stücke reißen würden, rief Amalric etwas zu und hieb sich einen Weg durch die überraschten Krieger. Als die Gefährten versuchten, die Stadtmauern zu erreichen, griffen Zehbeh und seine Aphaki die Stadt an, und Tombalku wurde in einem Alptraum aus Blut und Feuer beinahe vernichtet, während Conan, Amalric und Lissa entkamen.

Entwurf ohne Titel

1. Kapitel

DREI MÄNNER SASSEN AN DEM WASSERLOCH, als die untergehende Sonne die Wüste in Rot und Umbra tauchte. Einer von ihnen war weiß, und sein Name war Amalric, die anderen beiden gehörten zum Stamm der Ghanater. Ihre Lumpen verhüllten die sehnigen schwarzen Körper nur unvollständig. Die Männer hießen Gobir und Saidu; sie hockten wie Geier dort neben dem Wasser.

In der Nähe käute ein Kamel lautstark wieder, und zwei erschöpfte Pferde wühlten im Sand vergeblich nach Futter. Die Männer kauten lustlos getrocknete Datteln, die Schwarzen konzentrierten sich nur aufs Kauen, der weiße Mann schaute gelegentlich zu dem düsteren roten Himmel oder hinaus auf die monotone Landschaft, in der die Schatten länger und tiefer wurden. Er sah als Erster den Reiter, der sich ihnen näherte.

Der Reiter war ein Riese von Gestalt. Seine Haut, die dunkler als die der anderen beiden war, und die dicken Lippen und die breiten Nasenlöcher kündeten von dem schwarzen Blut in seinen Adern. Seine locker sitzenden, weiten Pantalons, an den Knöcheln seiner nackten Füße zusammengerafft, wurden von einem breiten Gürtel gehalten, der mehrmals um seinen gewaltigen Bauch geschlungen war; dieser Gürtel hielt auch einen Krummsäbel mit breiter Spitze, den nur wenige Männer mit einer Hand schwingen konnten. Aufgrund dieses Säbels war der Mann in der gesamten Wüste berühmt. Es war Tilutan, der Stolz der Ghanata.

Quer über seinem Sattel lag eine schlaffe Gestalt. Die Ghanater sogen zischend die Luft zwischen den Zähnen ein, als sie den Schimmer weißer Gliedmaßen sahen. Ein weißes Mädchen hing über Tilutans Sattel, mit dem Gesicht nach unten, und ihr loses Haar floss in einer schwarzen Woge über den Steigbügel. Der Schwarze grinste mit funkelnden weißen Zähnen und warf sie gleichgültig in den Sand, wo sie bewusstlos liegen blieb. Instinktiv drehten sich Gobir und Saidu zu Amalric um, und Tilutan beobachtete ihn vom Sattel aus. Drei schwarze Männer gegen einen weißen. Das Auftauchen einer weißen Frau veränderte die Atmosphäre auf subtile Weise.

Amalric war der Einzige, der die Anspannung nicht bemerkte. Er strich gedankenverloren seine rebellischen blonden Locken zur Seite und schaute die schlaffe Gestalt des Mädchens gleichgültig an. Falls es in seinen grauen Augen kurz aufblitzte, bemerkte es keiner.

Tilutan schwang sich aus dem Sattel und warf Amalric verächtlich die Zügel zu.

»Kümmere dich um mein Pferd«, sagte er. »Bei Jhil, ich habe zwar keine Wüstenantilope gefunden, dafür aber dieses kleine Füllen hier. Sie taumelte über den Sand und stürzte in genau dem Augenblick, in dem ich sie sah. Ich glaube, sie ist durch Müdigkeit und Durst ohnmächtig geworden. Verschwindet, ihr Schakale, und lasst mich ihr was zu trinken geben.«

Der große Schwarze legte sie neben das Wasserloch und fing an, ihr Gesicht und ihre Handgelenke zu baden, außerdem träufelte er ein paar Tropfen zwischen ihre vertrockneten Lippen. Sie stöhnte leise und bewegte sich. Gobir und Saidu hockten sich auf die Fersen, die Hände auf den Knien, und starrten sie über Tilutans stämmige Schulter an. Amalric stand ein kleines Stück von ihnen entfernt, sein Interesse schien nicht groß.

»Sie kommt zu sich«, verkündete Gobir.

Saidu sagte nichts, aber er leckte sich unwillkürlich die Lippen, wie ein Tier.

Amalrics Blick glitt desinteressiert über die am Boden liegende Gestalt, von den zerrissenen Sandalen bis zu dem glänzenden schwarzen Haar. Ihr einziges Kleidungsstück bestand aus einem Seidenkleid, das an der Taille gegürtet war. Es ließ ihre Arme, den Hals und einen Teil ihres Busens nackt und endete eine Handspanne oberhalb ihrer Knie. Der Blick der Ghanater ruhte mit verzehrender Intensität auf dem weitgehend enthüllten Körper, sie verschlangen die weichen Konturen, mädchenhaft in ihrer weißen Zartheit, und doch schon gerundet.

Amalric zuckte mit den Schultern.

»Wer ist nach Tilutan dran?«, fragte er leichthin.

Zwei schmale Köpfe wandten sich ihm zu, die blutunterlaufenen Augen verdrehten sich, dann wandten sich die schwarzen Männer um und starrten einander an. Plötzliche Rivalität knisterte zwischen ihnen.

»Kämpft nicht«, drängte Amalric. »Lasst die Würfel entscheiden.« Seine Hand kam unter seiner abgetragenen Tunika hervor, er warf zwei Würfel vor sie hin. Eine klauenähnliche Hand schnappte nach ihnen.

»Aye!«, willigte Gobir ein. »Wir würfeln!«

Amalric warf einen Blick auf den riesenhaften Schwarzen, der sich noch immer über seine Gefangene beugte und ihren erschöpften Körper wieder zum Leben erweckte. Während er sie beobachtete, teilten sich ihre Lider mit den langen Wimpern; dunkle, violette Augen starrten verwirrt in das grinsende Gesicht des schwarzen Mannes über ihr. Den dicken Lippen Tilutans entschlüpfte ein Schwall dankbarer Worte. Er riss eine Feldflasche aus dem Gürtel, setzte sie ihr an den Mund. Mechanisch trank sie den Wein. Amalric mied ihren umherschweifenden Blick; ein Weißer gegen drei Schwarze – und jeder von ihnen war ihm gewachsen.

Gobir und Saidu beugten sich über die Würfel; Saidu nahm sie in die Hand, hauchte darauf, schüttelte sie und warf. Zwei geierähnliche Köpfe beugten sich im schwindenden Licht über die kullernden Würfel. Amalric zog das Schwert und schlug zu. Die Schneide schnitt durch einen dicken Nacken, durchtrennte die Luftröhre, und Gobir sackte blutbesudelt über den Würfeln zusammen; sein Kopf hing nur noch an einem Hautlappen.

Gleichzeitig sprang Saidu mit der verzweifelten Schnelligkeit eines Wüstenkriegers auf und führte einen wilden Hieb nach dem Kopf des Angreifers. Amalric blieb kaum genug Zeit, den Schlag mit seinem erhobenen Schwert abzufangen. Der durch die Luft pfeifende Krummsäbel hämmerte die gerade Klinge des weißen Mannes gegen seinen Kopf und ließ ihn taumeln. Amalric ließ das Schwert los und warf beide Arme um Saidu, zerrte ihn zu sich heran, sodass sein Krummsäbel nutzlos war. Die sehnigen Muskeln unter den Lumpen des Wüstenbewohners glichen Stahltrossen.

Tilutan hatte sofort verstanden, was da vor sich ging, und war mit einem Aufbrüllen aufgesprungen. Er stürmte wie ein angreifender Stier auf die Ringenden zu, der große Krummsäbel blitzte in seiner Hand auf. Amalric sah ihn kommen, ihm wurde eiskalt. Saidu drehte und wand sich, behindert durch den Krummsäbel, den er noch immer vergeblich gegen seinen Gegner einsetzen wollte. Amalric trat mit dem Sandalenabsatz gegen den nackten Spann des Ghanaters und fühlte, wie Knochen nachgaben. Saidu heulte auf und hüpfte zurück. Amalric unterstützte seinen Sprung mit einem verzweifelten Stoß. Sie taumelten wie Betrunkene umher, gerade als Tilutan zustach. Amalric fühlte, wie der Stahl an seinem Arm vorbeifuhr und sich tief in Saidus Körper bohrte. Der Ghanater stieß einen gequälten Aufschrei aus, sein Zucken riss ihn aus Amalrics Griff. Tilutan brüllte einen wilden Fluch und riss seinen Stahl frei, stieß den Sterbenden zur Seite, aber bevor er wieder zuschlagen konnte, hatte Amalric, dessen Nackenhaare sich bei dem Gedanken an diese riesige, gekrümmte Klinge vor Furcht aufstellten, ihn gepackt.

Verzweiflung überwältigte ihn, als er die Kraft des Schwarzen fühlte. Tilutan war klüger als Saidu. Er ließ den Krummsäbel fallen und packte mit einem Brüllen Amalrics Kehle mit beiden Händen. Die großen schwarzen Finger schlossen sich wie Eisenglieder, und Amalric, der sich vergeblich bemühte, ihren Griff zu brechen, wurde niedergerungen; das große Gewicht des Ghanaters zwang ihn zu Boden. Der kleinere Mann wurde wie eine Ratte im Kiefer eines Hundes geschüttelt. Sein Kopf wurde brutal in den Sand geschlagen. Er sah das Gesicht des wütenden Schwarzen wie durch einen roten Nebel, die dicken Lippen waren zu einem bestialischen, hasserfüllten Grinsen zurückgezogen, die Zähne funkelten. Ein tiefes Knurren entrang sich dem dicken, schwarzen Hals.

»Du willst sie, du weißer Hund!«, fauchte der Ghanater, außer sich vor Wut und Lust. »Ich breche dir das Rückgrat! Ich reiße dir die Kehle raus! Ich schneide dir den Kopf ab und lasse sie ihn küssen!«

Ein letztes Mal knallte Amalrics Kopf auf den harten Untergrund, dann riss Tilutan ihn ein Stück hoch und schmetterte ihn in einem Exzess tierhafter Leidenschaft wieder auf den Boden. Der Schwarze richtete sich auf, rannte geduckt wie ein Affe los und ergriff den Krummsäbel, der wie ein breiter Sichelmond aus Stahl im Sand lag. Er brüllte in wildem Triumph auf, drehte sich um und rannte zurück, schwang dabei die Klinge. Amalric kam langsam auf die Füße, um sich ihm zu stellen, benommen und gepeinigt von Schmerzen.

Bei dem Kampf hatte sich Tilutans Gürtel gelöst, und jetzt baumelte das Ende um seine Füße herum. Er stolperte, taumelte, fiel kopfüber und streckte instinktiv beide Arme aus, um sich abzufangen. Der Krummsäbel flog aus seiner Hand.

Amalric fing den Säbel auf und machte einen schwankenden Schritt nach vorn. Die Wüste verschwamm vor seinen Augen. Tilutans Gesicht erbleichte im Zwielicht. Der breite Mund klaffte offen, seine Augen verdrehten sich, bis das Weiße zu sehen war. Der Schwarze erstarrte auf einem Knie, als wäre er zu keiner weiteren Bewegung fähig. Dann sauste der Krummsäbel herab, spaltete den rasierten Schädel bis zum Kinn, wo die Abwärtsbewegung mit einem Übelkeit erregenden Ruck zum Stillstand kam. Amalric hatte den undeutlichen Eindruck eines schwarzen Gesichts, das von einer breiter werdenden roten Linie geteilt wurde und in den dichter werdenden Schatten verblich, dann wurde er von Finsternis verschlungen.

Etwas Feuchtes und Kühles berührte Amalrics Gesicht mit sanfter Beharrlichkeit. Blindlings griff er danach, und seine Finger schlossen sich um etwas Warmes, Festes und Geschmeidiges. Dann klärte sich sein Blick, und er schaute in ein sanftes, ovales Gesicht, das von glänzendem schwarzen Haar umrahmt wurde. Wie in einem Traum musterte er sie wortlos, verweilte begierig auf den vollen roten Lippen, den dunkelvioletten Augen, dem alabasterfarbenen Hals. Es dauerte eine Weile, bis ihm bewusst wurde, dass die unirdische Erscheinung mit einer sanften, melodischen Stimme sprach. Die Worte waren fremd, besaßen aber eine gewisse Vertrautheit. Eine kleine weiße Hand mit einem tropfenden Stück Seide fuhr sanft über seinen pochenden Schädel und sein Gesicht. Er richtete sich benommen auf.

Es war Nacht, der Himmel war sternenübersät. Das Kamel war noch immer am Wiederkäuen, ein Pferd wieherte unruhig. Ganz in der Nähe lag eine gewaltige schwarze Gestalt mit ihrem gespaltenen Schädel in einer schrecklichen Lache aus Blut und Gehirnmasse. Amalric schaute das Mädchen an, das neben ihm kniete und in ihrer sanften, fremden Sprache redete. Als sich der Nebel in seinem Kopf klärte, fing er an, sie zu verstehen. Er rief sich Sprachen ins Gedächtnis zurück, die er einst gelernt und gesprochen hatte, und erinnerte sich an eine Sprache, die von einer Gelehrtenkaste in einer südkothischen Provinz gesprochen wurde.

»Wer bist du, Mädchen?«, verlangte er zu wissen, hielt mit seinen kräftigen Fingern eine kleine Hand fest.

»Ich bin Lissa.« Der Name wurde mit der leisen Andeutung eines Lispelns gesprochen. Es war wie ein plätscherndes Hindernis in einem sanften Strom. »Ich bin froh, dass du wach bist. Ich fürchtete schon, du wärst tot.«

»Dazu hat nicht viel gefehlt«, murmelte er und schaute zu Tilutans blutiger Leiche. Sie erbleichte und vermied es, seiner Blickrichtung zu folgen. Ihre Hand zitterte, und durch ihre Nähe glaubte Amalric den schnellen Schlag ihres Herzens fühlen zu können.

»Es war schrecklich«, flüsterte sie. »Wie ein Albtraum. Wut ... und Schläge ... und Blut ...«

»Es hätte schlimmer sein können«, knurrte er.

Sie schien jede Stimmungsschwankung spüren zu können. Ihre freie Hand tastete verstohlen nach seinem Arm.

»Ich wollte dich nicht beleidigen. Es war sehr mutig von dir, dein Leben für eine Fremde zu riskieren. Du bist so edel wie die Ritter, von denen ich gelesen habe.«

Er warf ihr einen schnellen Blick zu. Ihre großen, klaren Augen erwiderten ihn, spiegelten nur die Gedanken wieder, die sie gerade ausgesprochen hatte. Er wollte etwas sagen, dann änderte er seine Absicht und sagte etwas anderes.

»Was tust du in der Wüste?«

»Ich komme aus Gazal«, antwortete sie. »Ich ... ich bin davongelaufen. Ich konnte es einfach nicht mehr ertragen. Aber es war heiß und einsam und mühsam, und ich habe nichts als Sand gesehen, Sand und den heißen blauen Himmel. Der Sand hat mir die Füße verbrannt, und meine Sandalen waren schnell durchgelaufen. Ich war so durstig, meine Feldflasche war rasch leer. Und dann wollte ich nach Gazal zurückkehren, aber ich hatte die Richtung verloren. Ich wusste nicht, wo ich hingehen sollte. Ich hatte schreckliche Angst, und dann rannte ich in die Richtung, in der ich Gazal vermutete. Danach weiß ich nicht mehr viel; ich rannte, bis ich nicht mehr konnte, und ich muss eine Weile in dem brennendheißen Sand gelegen haben. Ich weiß noch, dass ich mich aufgerafft und weitergetaumelt bin, und dann hat da jemand gerufen. Ich sah einen schwarzen Mann auf einem schwarzen Pferd auf mich zureiten, und danach weiß ich nichts mehr, bis ich aufwachte, mit dem Kopf im Schoß dieses Mannes, während er mir Wein einflößte. Dann waren da diese Schreie und der Kampf ...« Sie schauderte. »Als alles vorbei war, schlich ich zu der Stelle, wo du wie ein Toter gelegen hast, und versuchte, dich wieder ...«

»Warum?«, fragte er.

Sie schien ihn nicht zu verstehen. »Warum?«, wiederholte sie. »Nun, du warst verletzt, und ... warum, das würde doch jeder tun. Außerdem wurde mir klar, dass du gekämpft hast, um mich vor den Schwarzen zu beschützen. In Gazal sagt man, dass Schwarze hinterhältig sind und den Hilflosen Böses antun.«

»Das gilt nicht nur für Schwarze«, murmelte Amalric. »Wo liegt dieses Gazal?«

»Es kann nicht weit entfernt sein«, antwortete sie. »Ich bin den ganzen Tag gelaufen – aber ich weiß nicht, wie weit mich der Schwarze getragen hat. Aber er muss mich so gegen Sonnenuntergang entdeckt haben, also kann er nicht von weit gekommen sein.«

»In welche Richtung?«, verlangte er zu wissen.

»Ich weiß es nicht. Ich habe die Stadt in Richtung Osten verlassen.«

»Eine Stadt?«, murmelte er. »Eine Tagesreise von dieser Stelle? Ich dachte, da gäbe es auf tausende von Meilen nur Wüste.«

»Gazal liegt in der Wüste«, sagte sie. »Es wurde um die Palmen einer Oase erbaut.«
Er ließ sie los, erhob sich, fluchte leise, als er seinen Hals berührte, dessen Haut wund und stellenweise aufgerissen war. Er untersuchte die Schwarzen nacheinander, fand aber kein Leben mehr in ihnen. Dann schleifte er sie ein Stück in die Wüste hinaus. Irgendwo fingen Schakale an zu heulen. Er kehrte zum Wasserloch zurück, an dem das Mädchen geduldig hockte, und fluchte, als er bloß Tilutans schwarzen Hengst bei dem Kamel finden konnte. Die anderen Pferde hatten sich während des Kampfes losgerissen und waren durchgegangen.
Amalric bot dem Mädchen eine Hand voll Datteln an. Sie kaute begierig, während er sich hinsetzte und ihr dabei zusah, das Kinn auf die Fäuste gestützt, während eine immer stärker werdende Ungeduld in seinen Adern pochte.
»Warum bist du weggelaufen?«, fragte er abrupt. »Bist du eine Sklavin?«
»In Gazal gibt es keine Sklaven«, antwortete sie. »Ach, ich war sie so leid, diese unendliche Monotonie. Ich wollte etwas von der Welt sehen. Sag mir, woher kommst du?«
»Ich wurde in den westlichen Hügeln von Aquilonien geboren.«
Sie klatschte wie ein Kind vor Freude in die Hände.
»Ich weiß, wo das ist! Ich habe es auf Landkarten gesehen. Das ist das westlichste der hyborischen Länder, und sein König ist Epeus der Schwertträger!«
Amalric zuckte zurück. Er riss den Kopf hoch und starrte seine schöne Begleiterin an.
»Epeus? Epeus ist seit neunhundert Jahren tot. Vilerus ist heute König.«

»Oh, natürlich.« Es schien ihr peinlich zu sein. »Ich bin eine Närrin. Natürlich war Epeus vor neun Jahrhunderten der König. Aber erzähle mir alles – erzähle mir alles über die Welt!«

»Das ist aber ein großer Wunsch«, erwiderte er verblüfft. »Bist du denn nie gereist?«

»Das ist das erste Mal, dass ich die Mauern von Gazal hinter mir gelassen habe«, verkündete sie.

Sein Blick ruhte auf den Rundungen ihres weißen Busens. Im Augenblick interessierten ihn ihre Abenteuer nicht im Mindesten, und Gazal hätte auch in der Hölle liegen können, soweit es ihn betraf.

Er wollte etwas sagen, überlegte es sich anders, riss sie in die Arme und wappnete sich gegen den Widerstand, den er erwartete. Aber da war kein Widerstand. Ihr weicher, nachgiebiger Körper lag über seinem Schoß, und sie schaute ihn leicht überrascht an, aber ohne jede Furcht oder Verlegenheit. Sie hätte genauso gut ein Kind sein können, das sich auf ein neues Spiel einließ. Etwas an ihrem direkten Blick verwirrte ihn. Hätte sie geschrien, geweint, sich gewehrt oder wissend gelächelt, dann hätte er gewusst, wie er mit ihr hätte umgehen müssen.

»Wer in Mitras Namen bist du, Mädchen?«, sagte er rau. »Du hast keinen Sonnenstich und spielst auch kein Spiel mit mir. Deine Ausdrucksweise zeigt, dass du kein ungebildetes Mädchen vom Land bist. Und doch scheinst du nichts über die Welt zu wissen.«

»Ich bin eine Tochter von Gazal«, erwiderte sie hilflos. »Vielleicht würdest du es verstehen, wenn du Gazal kennen würdest.«

Er stemmte sie hoch und setzte sie wieder in den Sand. Er holte eine Satteldecke und breitete sie für sie aus.

»Schlaf, Lissa«, sagte er. Widerstreitende Gefühle erklangen in seiner Stimme. »Morgen will ich Gazal sehen.«

Bei Anbruch der Morgendämmerung gingen sie nach Westen. Amalric hatte Lissa auf das Kamel gesetzt und ihr gezeigt, wie sie das Gleichgewicht halten musste. Sie klammerte sich mit beiden Händen am Sattel fest und zeigte nicht das geringste Wissen über Kamele, was den jungen Aquilonier erneut verblüffte. Ein Mädchen, das in der Wüste aufgewachsen war, und sie hatte noch nie auf einem Kamel gesessen und war auch bis zur letzten Nacht noch nie auf einem Pferd geritten. Amalric hatte einen behelfsmäßigen Umhang für sie hergestellt, und sie trug ihn ohne den geringsten Widerspruch, fragte auch nicht, wo er herkam, akzeptierte ihn einfach, so wie sie alles akzeptierte, was er für sie tat, dankbar, aber blindlings, ohne nach dem Grund zu fragen. Amalric sagte ihr nicht, dass die Seide, die sie vor der Sonne schützte, einst die schwarze Haut ihres Entführers bedeckt hatte.

Unterwegs bat sie ihn erneut, ihr etwas von der Welt zu erzählen, wie ein Kind, das eine Geschichte hören wollte.

»Ich weiß, dass Aquilonien weit von der Wüste entfernt ist«, sagte sie. »Dazwischen liegt Stygien, und die Länder von Shem und andere Länder. Wieso bist du hier, so weit von deiner Heimat entfernt?«

Er ritt eine Weile, ohne zu antworten, die Zügel des Kamels hielt er in der Hand.

»Argos und Stygien führten Krieg«, sagte er dann. »Koth wurde darin verwickelt, und die Kothier wollten Stygien angreifen. Argos stellte ein Söldnerheer auf, das Richtung Süden die Küste entlangsegelte. Gleichzeitig sollte ein kothisches Heer in Stygien einfallen. Ich war einer der Söldner. Wir trafen auf die stygische Flotte und besiegten sie, trieben sie zurück nach Khemi. Wir hätten landen und die Stadt plündern sollen, um dann dem Lauf des Styx zu folgen – aber unser Admiral war vorsichtig. Unser Anführer war Prinz Zapayo da Kova, ein Zingarier. Wir kreuzten nach Süden bis zu den dschungelbewachsenen Küsten von Kush. Dort gingen wir an Land, und die Schiffe gingen vor Anker, während das Heer nach Osten marschierte, immer entlang der stygischen Grenze. Wir plünderten und brandschatzten. An einer bestimmten Stelle wollten wir nach Norden marschieren, mitten in das Herz von Stygien hinein, um uns mit dem kothischen Heer zu vereinen, das von Norden heranmarschieren sollte. Dann erhielten wir die Nachricht, dass wir verraten worden waren. Koth hatte mit den Stygiern einen Separatfrieden geschlossen. Ein stygisches Heer marschierte südwärts, um uns abzufangen, während ein anderes uns bereits von der Küste abgeschnitten hatte.

Prinz Zapayo kam auf den verrückten Plan, nach Osten zu marschieren, in der Hoffnung, die stygische Grenze und schließlich die östlichen Nationen von Shem zu erreichen. Aber das Heer aus dem Norden überholte uns. Wir stellten uns zum Kampf. Wir kämpften den ganzen Tag und trieben sie zu ihrem Lager zurück. Aber am nächsten Tag kamen die Verfolger aus dem Westen. Wir wurden zwischen den beiden Streitkräften aufgerieben, nur wenige konnten fliehen. Aber bei Einbruch der Nacht floh ich mit meinem Kameraden, einem Cimmerier namens Conan, einem gewaltigen Mann mit der Kraft eines Stiers.

Wir ritten nach Süden in die Wüste, weil es keine andere Richtung für uns gab. Conan hatte diesen Teil der Welt bereits besucht, und er glaubte, wir hätten eine Überlebenschance. Tief im Süden fanden wir eine Oase, aber stygische Reiter verfolgten uns, und wir flohen weiter, von Oase zu Oase, flohen, hungerten, dürsteten, bis wir in ein unbekanntes Land kamen, in dem es nur heißen, trockenen Sand gab. Wir ritten, bis unsere Pferde taumelten und wir dem Wahnsinn nahe waren. Dann, eines Nachts, sahen wir Feuer, und wir ritten darauf zu, ergriffen die verzweifelte Chance, dass wir Freunde finden würden. Aber wir wurden von einem Pfeilregen begrüßt. Conans Pferd wurde getroffen und stieg auf die Hinterhand, warf seinen Reiter ab. Sein Genick muss wie ein Zweig gebrochen sein, denn er rührte sich nicht mehr. Irgendwie konnte ich in der Dunkelheit fliehen, obwohl mein Pferd unter mir zusammenbrach. Ich habe nur einen kurzen Blick auf die Angreifer werfen können – hoch gewachsene, schlanke, braunhäutige Männer in seltsam barbarischer Kleidung.

Ich wanderte zu Fuß durch die Wüste, und stieß auf die drei Geier, die du gestern gesehen hast. Es waren Schakale – Ghanater, Angehörige eines Stammes aus Dieben mit gemischtem Blut. Sie haben mich nur deshalb nicht gleich getötet, weil ich nichts hatte, was sie haben wollten. Einen Monat lang bin ich mit ihnen umhergewandert und habe gestohlen, weil mir nichts anderes übrig blieb.«

»Ich hatte ja keine Ahnung«, murmelte sie leise. »Es hieß, draußen in der Welt würde es Kriege und Grausamkeit geben, aber das alles erschien mir wie ein Traum und weit weg. Aber wenn man dich von Verrat und Schlachten erzählen hört, dann ist das fast so, als könnte man es sehen.«

»Hat Gazal keine Feinde?«

Sie schüttelte den Kopf. »Männer machen einen weiten Bogen um Gazal. Manchmal habe ich schwarze Punkte am Horizont gesehen, und die alten Männer sagten, es seien Heere, die in den Krieg zögen, aber sie sind nie in Gazals Nähe gekommen.«

Amalric verspürte ein leises, unbestimmtes Unbehagen. Diese scheinbar leblose Wüste enthielt in Wirklichkeit einige der wildesten Stammesgesellschaften der Welt – die Ghanater, deren Einflussgebiet sich weit nach Osten erstreckte; die vermummten Tibu, die, wie er zu wissen glaubte, weiter südlich lebten. Und irgendwo weiter südwestlich gab es das beinahe mystische Reich von Tombalku, das von einer wilden und barbarischen Rasse beherrscht wurde. Es erschien seltsam, dass eine Stadt mitten in diesem wilden Land so völlig in Ruhe gelassen wurde, dass eine ihrer Bewohnerinnen nicht einmal wusste, was ein Krieg war.

Seltsame Gedanken suchten ihn heim. Hatte das Mädchen durch die Sonne den Verstand verloren? War sie ein Dämon in Frauengestalt, der aus den Tiefen der Wüste gekommen war, um ihn in sein Verderben zu locken? Ein Blick auf sie, wie sie sich wie ein Kind an dem hohen Knauf des Kamelsattels festhielt, reichte aus, um diese düsteren Überlegungen zu zerstreuen. Dann kehrten die Zweifel aber zurück. War er verhext? Hatte sie ihn mit einem Zauber belegt?

Sie ritten langsam westwärts, hielten nur gegen Mittag an, um Datteln zu essen und Wasser zu trinken. Amalric baute aus Schwert, Scheide und Satteldecken einen primitiven Unterstand, um sie vor der brennenden Sonne zu schützen. Da sie von dem schaukelnden Schritt des Kamels müde und steif geworden war, musste er sie herunterheben. Als er erneut die sinnliche Zartheit ihres weichen Körpers spürte, durchzuckte ihn heiße Leidenschaft, und er stand einen Augenblick lang reglos da, berauscht von ihrer Nähe. Dann legte er sie in den Schatten des provisorischen Zeltes.

Er verspürte fast so etwas wie Wut über die Unbefangenheit, mit der sie seinen Blick erwiderte, über die Fügsamkeit, mit der sie ihren jungen Körper seinen Händen überließ. Es war, als wäre sie sich der Dinge nicht bewusst, die ihr möglicherweise Leid zufügen konnten; ihr unschuldiges Vertrauen beschämte ihn und hielt eine hilflose Wut in ihm in Schach.

Er schmeckte die Datteln nicht, die sie aßen; sein Blick verschlang sie, er saugte jede Einzelheit ihres geschmeidigen jungen Körpers auf. Sie schien sich seiner Absichten nicht bewusst zu sein, als wäre sie ein Kind. Als er sie wieder auf das Kamel hob und sie instinktiv die Arme um seinen Hals legte, erschauderte er. Aber er hob sie auf ihr Reittier, und sie setzten ihre Reise fort.

Kurz vor Sonnenuntergang streckte Lissa den Arm aus und rief: »Sieh nur! Die Türme von Gazal!«

Am Horizont sah er sie – Türme und Minarette, die sich in einer jadegrünen Ansammlung vor dem blauen Himmel abzeichneten. Ohne das Mädchen hätte er es für die Phantomstadt einer Fata Morgana gehalten. Er warf Lissa einen neugierigen Blick zu: Ihre Heimkehr schien sie nicht gerade mit großer Freude zu erfüllen. Sie seufzte, und ihre Schultern schienen sich zu senken.

Beim Näherkommen wurden die Einzelheiten deutlicher. Aus dem Wüstensand stieg die Mauer empor, die diese Türme umgab. Und Amalric sah, dass die Mauer an vielen Stellen verfiel. Auch die Türme waren in einem vernachlässigten Zustand. Dächer sackten in sich zusammen, in der Stadtmauer klafften Lücken, Turmspitzen neigten sich gefährlich. Panik stieg in ihm auf. Ritt er in eine Totenstadt, geführt von einem Vampir? Ein schneller Blick auf das Mädchen beruhigte ihn. In diesem formvollendeten Körper konnte kein Dämon hausen. Sie erwiderte seinen Blick mit einer seltsam fragenden Wehmut in ihren unergründlichen Augen, schaute unschlüssig zurück in die Wüste, seufzte herzerweichend und wandte das Gesicht der Stadt zu, wie im Bann einer fatalistischen Verzweiflung.

Durch die Breschen in der jadegrünen Mauer konnte Amalric jetzt Menschen in der Stadt sehen. Niemand sprach sie an, als sie durch eine breite Lücke in der Mauer auf eine breite Straße ritten. Aus unmittelbarer Nähe war der Verfall noch deutlicher erkennbar. Gras wucherte zwischen den geborstenen Pflastersteinen und auf kleinen Plätzen. Straßen und Höfe waren übersät mit zerfallenem Mauerwerk.

Kuppeln wiesen Sprünge auf; ihr Anstrich war schon lange verblichen. An vielen Eingängen fehlten die Türen. Der Verfall war überall zu sehen. Dann entdeckte Amalric einen völlig unversehrten Turm, einen leuchtend roten Zylinder, der sich in der südöstlichen Ecke der Stadt erhob. Er funkelte inmitten der Ruinen.

Amalric zeigte auf ihn.

»Warum ist dieser Turm nicht so verfallen wie die anderen?«, fragte er. Lissa erbleichte, sie zitterte und packte krampfhaft seine Hand.

»Erwähne ihn nicht!«, flüsterte sie. »Sieh nicht in seine Richtung – *denk* nicht einmal daran!«

Amalric runzelte die Stirn; die unausgesprochenen Andeutungen ihrer Worte veränderten irgendwie die Bedeutung des geheimnisvollen Turms. Jetzt erschien er wie der Kopf einer Schlange, der sich über Verfall und Trostlosigkeit erhob.

Der junge Aquilonier schaute sich um. Schließlich gab es keine Gewissheit, dass die Bewohner Gazals ihn freundlich bei sich aufnehmen würden. Er sah Leute, die sich langsam die Straße entlangbewegten. Sie blieben stehen und starrten ihn an, und aus irgendeinem Grund fröstelte er. Es waren Männer und Frauen mit freundlichen Mienen, und ihre Blicke waren sanft. Aber ihr Interesse erschien so oberflächlich – so nichts sagend und unpersönlich. Sie machten keine Anstalten, sich ihm zu nähern oder ihn anzusprechen. Es hätte das Alltäglichste auf der Welt sein können, dass ein bewaffneter Reiter in ihre Stadt ritt, aber Amalric wusste, dass das nicht der Fall war, und die Gleichgültigkeit, mit der ihn die Bewohner Gazals empfingen, entfachte ein leises Unbehagen in seinem Inneren.

Lissa sprach zu ihnen, zeigte auf Amalric, dessen Hand sie hochhob, als würde sie ein Kind präsentieren. »Das ist Amalric von Aquilonien, der mich vor den Schwarzen gerettet und nach Hause gebracht hat.«

Höfliche, gemurmelte Willkommensgrüße ertönten, und ein paar der Leute traten vor, um ihre Hände auszustrecken. Amalric konnte sich nicht erinnern, jemals so freundliche, nichts sagende Gesichter gesehen zu haben; ihre Augen blickten mild, ohne jede Furcht oder gar Staunen. Und doch waren es nicht die Augen stumpfsinniger Ochsen; es waren die Augen von Menschen, die in ihren Träumen gefangen waren.

Ihre Blicke erzeugten in ihm das Gefühl von Unwirklichkeit; er bekam kaum mit, was man zu ihm sagte. Seine Gedanken beschäftigten sich mit der Unwirklichkeit von allem, all diese stillen geistesabwesenden Leute in ihren Seidengewändern und weichen Sandalen, die sich mit einer ziellosen Teilnahmslosigkeit zwischen den verblichenen Ruinen bewegten. Ein Paradies der Illusionen erschaffen von Lotusträumen? Irgendwie erzeugte der Gedanke an den unheilvollen roten Turm einen herben Missklang.

Einer der Männer, der ein glattes und faltenfreies Gesicht hatte, obwohl sein Haar völlig ergraut war, sagte: »Aquilonien? Da gab es doch eine Invasion … wir hörten davon … König Bragorus von Nemedien … wie ist der Krieg ausgegangen?«

»Man hat ihn zurückgeschlagen«, antwortete Amalric knapp und unterdrückte ein Schaudern. Neun Jahrhunderte waren vergangen, seit Bragorus seine Speerträger durch das Marschland von Aquilonien geführt hatte.

Der Fragesteller bedrängte ihn nicht weiter; die Leute gingen einfach auseinander, und Lissa zog an seiner Hand. Er drehte sich zu ihr um, genoss ihren Anblick; in einem Reich der Illusionen und Träume bot ihr weicher, fester Körper einen Anker für seine abschweifenden Gedanken. Sie war kein Traum, sie war real; ihr Körper war so süß und greifbar wie Sahne und Honig.

»Komm, wir wollen uns ausruhen und etwas essen.«

»Was ist mit den Leuten hier?«, wollte er wissen. »Willst du ihnen nicht von deinen Erlebnissen berichten?«

»Es würde sie nicht lange interessieren«, erwiderte sie. »Sie würden eine Weile zuhören und dann einfach weitergehen. Ihnen ist kaum klar, dass ich fort war. Komm!«

Amalric führte Pferd und Kamel in einen von Mauern umschlossenen Hof, in dem das Gras hoch wuchs und aus einem zersprungenen Springbrunnen Wasser in eine Marmortränke rieselte. Dort band er sie an, dann folgte er Lissa. Sie ergriff seine Hand und führte ihn über den Hof und durch einen Torbogen. Die Nacht war hereingebrochen. Über dem offenen Hof drängten sich die Sterne und rahmten die zersplitterten Turmspitzen ein. Lissa ging durch eine Reihe dunkler Gemächer, bewegte sich mit der Sicherheit langer Vertrautheit. Amalric folgte ihr, geführt von ihrer kleinen Hand. Für ihn war das kein angenehmes Abenteuer. Der Geruch von Staub und Verfall hing in der undurchdringlichen Dunkelheit. Er schritt über zerbrochene Fliesen, manchmal über zerschlissene Teppiche. Seine freie Hand berührte die zerbröckelnden Bögen von Durchgängen. Dann schimmerten die Sterne durch ein geborstenes Dach und zeigten ihm einen gewundenen Korridor mit verrottenden Wandbehängen. Sie raschelten im Wind, es klang wie Hexengeflüster, und seine Nackenhaare stellten sich auf.

Schließlich kamen sie in ein Gemach, in dem das Sternenlicht durch die offenen Fenster fiel, und Lissa ließ seine Hand los, tastete kurz herum und brachte ein schwaches Licht zum Vorschein. Es war eine Glaskugel, die einen goldenen Schein verbreitete. Sie stellte sie auf einen Marmortisch und bedeutete Amalric, sich auf ein Sofa mit dicken Seidendecken zu setzen. Sie griff in eine Nische und holte einen goldenen Weinpokal und Teller mit Speisen hervor, die Amalric fremd waren. Es gab auch Datteln, aber die anderen Früchte, die nach nichts schmeckten, kannte er nicht. Der Wein schmeichelte seinem Gaumen, war aber nicht berauschender als Spülwasser.

Lissa setzte sich ihm gegenüber auf eine Marmorbank. Sie probierte von allen Speisen ein wenig.

»Was ist das für ein Ort?«, wollte er wissen. »Du bist wie diese Leute – und doch ganz anders.«

»Sie sagen, ich sei wie unsere Vorfahren«, sagte Lissa. »Sie kamen vor langer Zeit aus der Wüste und bauten diese Stadt in einer großen Oase, die in Wirklichkeit nur aus einigen Quellen bestand. Die Steine nahmen sie von den Ruinen einer viel älteren Stadt ... nur der rote Turm« – sie senkte die Stimme und sah nervös zu den sternengefüllten Fenstern – »nur der rote Turm stand noch. Er war leer ... damals.

Unsere Vorfahren, die man Gazali nannte, lebten einst im südlichen Koth. Sie waren Gelehrte und Weise. Aber sie wollten, dass Mitra wieder angebetet wurde, den die Kothier vor langer Zeit vergessen hatten, und der König jagte sie aus dem Land. Sie kamen nach Süden, viele von ihnen, Priester, Gelehrte, Lehrer, Wissenschaftler, zusammen mit ihren shemitischen Sklaven.

Sie errichteten Gazal in der Wüste, aber die Sklaven revoltierten fast sofort nach der Fertigstellung der Stadt und flohen, vermischten sich mit den wilden Stämmen der Wüste. Sie wurden nicht schlecht behandelt, doch sie erhielten in der Nacht eine Botschaft, die sie blindlings aus der Stadt in die Wüste fliehen ließ.

Mein Volk lebte hier, lernte Nahrung und Wasser aus dem herzustellen, was verfügbar war. Als die Sklaven flohen, nahmen sie jedes Kamel, jedes Pferd und jeden Esel mit, die es in der Stadt gab. So war die Stadt völlig von der Außenwelt abgeschnitten. Es gibt in Gazal ganze Gemächer, die mit Karten und Büchern und Chroniken gefüllt sind, aber sie sind alle neunhundert Jahre alt, denn so lange ist es her, dass mein Volk aus Koth geflohen ist. Seitdem hat niemand aus der Außenwelt nach Gazal gefunden. Und das Volk stirbt langsam aus. Sie sind so verträumt und in sich gekehrt worden, dass sie keine menschlichen Leidenschaften oder Ambitionen haben. Die Stadt zerfällt, und keiner rührt eine Hand, um sie zu reparieren. Das Grauen ...« Sie erschauderte. »Als das Grauen über sie kam, konnten sie weder fliehen noch sich wehren.«

»Wovon sprichst du?«, flüsterte er, während eisige Finger über seinen Rücken zu streichen schienen. Das Rascheln verrotteter Wandbehänge in den namenlosen schwarzen Korridoren entfachte eine unbestimmte Furcht in den Tiefen seiner Seele.

Sie schüttelte den Kopf, stand auf, ging um den Marmortisch herum und legte ihm die Hände auf die Schultern. Ihre Augen schimmerten feucht, und in ihnen leuchtete Entsetzen und ein verzweifeltes Verlangen, das ihm den Atem raubte. Instinktiv legte er die Arme um ihre schlanke Gestalt, und er fühlte ihr Zittern.

»Halt mich fest«, bat sie ihn. »Ich habe Angst! Oh, ich habe von einem Mann wie dir geträumt. Ich bin nicht wie die anderen; sie sind wie Tote, die auf vergessenen Straßen wandeln, aber ich lebe. Ich bin warm und am Leben. Ich hungere und dürste und sehne mich nach dem Leben. Ich kann die stillen Straßen und verfallenen Korridore und leblosen Menschen Gazals nicht länger ertragen, obwohl ich nie etwas anderes kennen gelernt habe. Darum bin ich weggelaufen ... ich sehnte mich nach dem Leben ...«

Sie schluchzte haltlos in seinen Armen. Ihr Haar fiel ihm ins Gesicht, ihr Duft machte ihn schwindelig. Ihr fester Körper presste sich an den seinen. Sie hockte auf seinen Knien, die Arme um seinen Hals geschlungen. Er drückte sie an die Brust, verschlang ihre Lippen. Er überschüttete sie mit heißen Küssen, ihre Augen, Lippen, Wangen, den Hals, die Brüste, bis ihr Schluchzen zu keuchendem Stöhnen wurde. Seine Leidenschaft war nicht die brutale Gier eines Vergewaltigers. Und die Leidenschaft, die in ihr schlummerte, erwachte in einer überwältigenden Woge. Die glühende goldene Kugel rollte, von seinen umhertastenden Fingern gestoßen, zu Boden und erlosch. Nur das Sternenlicht funkelte durch die Fenster.

Lissa lag auf dem mit Seidendecken ausgestatteten Sofa in Amalrics Armen. Sie öffnete ihm ihr Herz und flüsterte ihm ihre Träume und Hoffnungen und Sehnsüchte zu – ob sie kindisch, albern oder schrecklich waren.

»Ich nehme dich mit«, murmelte er. »Morgen. Du hast Recht. Gazal ist eine Stadt der Toten; wir werden das Leben und die Welt da draußen suchen. Sie ist gewalttätig, grob, grausam, aber immer noch besser als dieses Leben unter wandelnden Toten ...«

Ein zitternder Schrei voller Qual, Entsetzen und Verzweiflung zerriss die Nacht. Amalric brach der kalte Schweiß aus. Er schoss hoch, aber Lissa klammerte sich verzweifelt an ihm fest.

»Nein, nein!«, bettelte sie in einem atemlosen Flüstern. »Geh nicht! Bleib!«

»Aber da wird jemand ermordet!«, rief er aus und suchte sein Schwert. Die Schreie schienen aus einem Innenhof zu kommen. Eine unbeschreiblicher reißender

Laut begleitete sie. Sie wurden immer schriller, unerträglich in ihrer hoffnungslosen Qual, dann verklangen sie in einem lang gezogenen Schluchzen.

»Ich habe Männer, die auf dem Streckbett starben, so schreien hören!«, murmelte Amalric und bebte vor Entsetzen. »Was für Teufelswerk ist das?«

Lissa zitterte krampfhaft im Taumel des Schreckens. Er fühlte ihr wild pochendes Herz.

»Das ist das Grauen, von dem ich sprach!«, flüsterte sie. »Das Grauen, das im roten Turm haust. Es kam vor langer Zeit – manche behaupten, es wäre nach dem Bau von Gazal zurückgekehrt. Es verschlingt Menschen. Fledermäuse fliegen aus dem Turm. Niemand weiß, was es ist, da es niemand je gesehen und überlebt hat, um davon zu berichten. Es ist ein Gott oder ein Teufel. Darum sind die Sklaven geflohen, darum meiden die Wüstenstämme Gazal. Viele von uns sind von ihm verschlungen worden. Irgendwann wird es niemanden mehr geben, und es wird über eine menschenleere Stadt herrschen, so wie es einst über die Ruinen herrschte, auf denen Gazal errichtet wurde.«

»Warum sind die Leute geblieben, wenn sie hier gefressen werden?«

»Ich weiß es nicht«, wimmerte sie. »Sie träumen ...«

»Hypnose«, murmelte Amalric, »Hypnose verbunden mit Verfall. Ich habe es in ihren Augen gesehen. Der Teufel hat sie seinem Willen unterworfen. Mitra, welch schreckliches Geheimnis!«

Lissa drückte ihr Gesicht an seine Brust und klammerte sich an ihn.

»Aber was sollen wir tun?«, fragte er unsicher.

»Man kann nichts tun«, wisperte sie. »Dein Schwert würde nichts ausrichten. Vielleicht wird *Es* uns nichts tun. Es hat heute Nacht sein Opfer geholt. Wir müssen wie Schafe auf den Metzger warten.«

»Ich will verdammt sein, wenn ich das tue!«, rief Amalric erregt. »Wir werden nicht auf den Morgen warten. Wir gehen heute Nacht. Mach ein Bündel mit Proviant fertig. Ich hole das Pferd und das Kamel und bringe sie in den Hof vor dem Fenster. Triff mich dort!«

Da das unbekannte Ungeheuer sich bereits sein Opfer geholt hatte, glaubte Amalric, das Mädchen ein paar Minuten lang ohne Probleme allein lassen zu können. Aber er verspürte eine Gänsehaut, als er sich seinen Weg durch den gewundenen Korridor und die finsteren Gemächer ertastete, in denen die vom Luftzug bewegten Wandbehänge wisperten. Er fand die Tiere nervös aneinander gedrängt in dem Hof, in dem er sie zurückgelassen hatte. Der Hengst wieherte nervös und rieb seine Nüstern an Amalric, als witterte er Unheil in der totenstillen Nacht.

Er sattelte und legte Zaumzeug an und führte die Tiere eilig durch die schmale Öffnung auf die Straße. Ein paar Herzschläge später stand er in dem sternenerhellten Hof. Fast im gleichen Augenblick zerriss ein markerschütternder Schrei die Luft. Er kam aus dem Gemach, in dem er Lissa zurückgelassen hatte.

Er beantwortete den Mitleid erregenden Schrei mit einem wilden Aufbrüllen. Mit gezogenem Schwert raste er über den Hof und sprang durch das Fenster. Die goldene Kugel leuchtete wieder und warf düstere Schatten in die Ecken. Die Seidentücher lagen wild verstreut auf dem Boden. Die Marmorbank war umgestoßen. Aber das Gemach war leer.

Eine Übelkeit erregende Schwäche überfiel Amalric, und er taumelte gegen den Marmortisch, das schwache

Licht verschwamm vor seinen Augen. Da packte ihn wilder Zorn. Der rote Turm! Dort würde das Ungeheuer sein Opfer hinschleppen!

Er rannte zurück durch den Hof zur Straße und raste auf den Turm zu, der unter den Sternen in einem unheiligen Licht schimmerte. Die Straßen verliefen nicht gerade. Er kürzte den Weg durch stumme finstere Gebäude ab und durchquerte Höfe, in denen wucherndes Gras im Nachtwind wogte.

Voraus erhob sich eine Gruppe von Ruinen um den roten Turm, denen der Verfall viel stärker zugesetzt hatte als dem Rest der Stadt. Offensichtlich waren sie unbewohnt. Sie neigten sich in alle Himmelsrichtungen, eine zerbröckelnde Masse zerfallenden Mauerwerks, und der rote Turm erhob sich dazwischen wie eine giftige rote Blume aus verrotteten Gebeinen.

Um den Turm zu erreichen, musste er durch die Ruinen. Ohne zu zögern, suchte er sich einen Weg hindurch. Er fand eine Tür und trat ein, ließ seine Klinge voraustasten. Ihm bot sich ein Anblick, wie ihn Männer manchmal in Fieberträumen sahen. Weit voraus erstreckte sich ein langer Korridor, dessen schwarzen Wände in einem unheiligen Licht schimmerten und mit schaurigen Wandbehängen bedeckt waren. Am anderen Ende sah er eine sich zurückziehende Gestalt – eine weiße, nackte, gebeugte Gestalt, die etwas mit sich zerrte. Der Anblick erfüllte ihn mit nacktem Entsetzen. Dann verschwand die Erscheinung um eine Biegung, und mit ihr verschwand das unheimliche Licht. Amalric stand in der Dunkelheit, sah nichts, hörte nichts, dachte nur an ein gebeugtes weißes Gespenst, das eine schlaffe menschliche Gestalt einen langen, finsteren Korridor entlangschleppte.

Während er sich vorwärts tastete, erwachte eine vage Erinnerung in seinem Gedächtnis – die Erinnerung an eine schauerliche Geschichte, die man ihm über dem ersterbenden Feuer in der aus Schädeln errichteten Zauberhütte eines schwarzen Hexers zugeflüstert hatte: die Geschichte eines Gottes, der in einem blutroten Haus in einer verfallenen Stadt hauste und von finsteren Kulten in schwülen Dschungeln und den Ufern dunkler, schlammiger Flüsse angebetet wurde. Und da regte sich in seiner Erinnerung auch eine Beschwörung, die man ihm mit ehrfürchtiger und bebender Stimme ins Ohr geflüstert hatte, während die Nacht den Atem anhielt und die Löwen an den Ufern nicht mehr brüllten und selbst das Laubwerk des Dschungels nicht mehr raschelte.

Ollam-onga, flüsterte ein eisiger Wind im schwarzen Korridor. *Ollam-onga* flüsterte der Staub unter seinen verstohlenen Schritten. Schweiß perlte auf seiner Haut, und das Schwert in seiner Hand zitterte. Er stahl sich durch das Haus eines Gottes, und Furcht hielt ihn mit ihrer Knochenfaust umklammert. Das Haus eines Gottes – der ganze Schrecken dieser Worte erfüllte ihn. All die Ängste seiner Vorfahren brachen über ihn herein, kosmische und nicht menschliche Schrecken suchten ihn heim, während er durch das Haus der Finsternis schlich, das das Haus eines Gottes war.

Um ihn herum schimmerte ein Glühen, so schwach, dass es kaum wahrnehmbar war; er wusste, dass er sich dem Turm selbst näherte. Einen Augenblick später ertastete er einen Torbogen und stieß auf seltsam geformte Stufen. Er stieg sie hinauf. Dabei brandete blinde Wut in ihm auf, die die letzte Verteidigung des Menschen gegen Teufelswerk und alle feindlichen Mächte des Universums darstellte, und er vergaß seine Furcht. Von einem schrecklichen Tatendrang angetrieben stieg er immer höher durch die dichte böse Finsternis, bis er in eine Kammer kam, die von einem unheimlichen Lichtschein erfüllt wurde.

Und eine weiße nackte Gestalt stand vor ihm. Amalric blieb stehen, die Zunge klebte ihm am Gaumen. Es war allem Anschein nach ein nackter weißer Mann, der dastand und ihn ansah, die mächtigen Arme über der alabasterweißen Brust verschränkt. Er besaß klassische Züge von übermenschlicher Schönheit. Aber seine Augen waren flammende Feuerbälle, wie sie niemals aus einem menschlichen Antlitz geblickt hatten. In diesen Augen entdeckte Amalric die eisigen Feuer der endgültigen Hölle, umflackert von mit Schrecken erfüllten Schatten.

Die Umrisse des seltsamen Mannes begannen zu verschwimmen. Mit einer übermenschlichen Anstrengung zerriss der Aquilonier die Fesseln der Stille mithilfe der schrecklichen Beschwörung, die er einst gehört hatte. Und als die Furcht erregenden Worte die Luft durchschnitten, erstarrte der weiße Riese, und seine Umrisse zeichneten sich wieder klar und deutlich vor dem goldenen Hintergrund ab.

»Greif schon an, verdammt!«, rief Amalric hysterisch. »Ich habe dich in deine menschliche Gestalt gebannt! Der schwarze Zauberer hat die Wahrheit gesprochen! Er hat mir das Meisterwort verraten! Greif mich an, *Ollam-onga!* Du musst mein Herz fressen, wenn du den Zauber brechen willst, und bis dahin bist du ein Mann wie ich!«

Mit einem Aufbrüllen wie ein Sturmwind stürzte sich die Kreatur auf ihn. Mit einem schnellen Sprung zur Seite rettete sich Amalric vor dem Griff dieser Hände, deren Kraft stärker als ein Wirbelsturm war. Ein krallenbewehrter Finger verfing sich in seinem Gewand und riss es ihm wie einen Fetzen vom Leib. Aber Amalric verlieh der Schrecken dieses Kampfes eine übermenschliche Gewandtheit, er wirbelte herum und trieb sein Schwert durch den Rücken dieses Ungeheuers, sodass die Spitze einen Fuß aus der breiten Brust ragte.

Ein teuflisches Aufheulen erschütterte den Turm. Das Ungeheuer stürzte sich erneut auf Amalric, aber der junge Mann wich ihm flink aus und raste die Stufen zur Plattform hinauf. Dort ergriff er einen Marmorhocker und schmetterte ihn der Bestie entgegen, die die Treppe hinaufwankte. Das massive Geschoss traf sie mitten ins Gesicht und ließ sie zurückstolpern. Der Teufel erhob sich blutüberströmt, ein Furcht erregender Anblick, und kam wieder auf die Stufen zu. Von Verzweiflung erfüllt stemmte Amalric eine Jadebank hoch, deren Gewicht ihm ein Stöhnen abrang, und schleuderte sie.

Die Wucht des Aufpralls stieß Ollam-onga die Treppe hinunter, und er kam zwischen den Jadetrümmern zu liegen, die von seinem Blut besudelt wurden. Mit einer letzten, verzweifelten Anstrengung stemmte er sich mit blitzenden Augen hoch, warf den blutigen Kopf zurück und stieß einen schrecklichen Schrei aus. Amalric zuckte vor dem abgrundtiefen Grauen dieses Schreis zurück. *Und er wurde beantwortet!* Irgendwo in der Luft über dem Turm hallten wie ein ungewöhnliches Echo teuflische Schreie zurück. Dann erschlaffte die weiße Gestalt zwischen den blutbefleckten Jadetrümmern. Da wusste Amalric, dass Kush einen seiner Götter verloren hatte. Und mit diesem Gedanken kam blindes, unerklärliches Entsetzen.

Wie betäubt vor Furcht eilte er die Treppe herunter, zuckte vor dem Dämon zurück, der mit leerem Blick auf dem Boden lag. Die Nacht selbst schien sich gegen ihn erhoben zu haben, voller Empörung über seinen Frevel. Alles logische Denken wurde von einer Flut übernatürlicher Furcht hinweggeschwemmt.

Auf der letzten Stufe blieb er wie angewurzelt stehen. Lissa kam mit ausgestreckten Armen aus der Dunkelheit auf ihn zu; in ihren Augen lag blankes Entsetzen.

»Amalric!« Es war ein Aufschrei aus den Tiefen ihrer Seele. Er riss sie in die Arme.

»Ich habe *Es* gesehen«, wimmerte sie, »wie es einen Toten durch den Korridor zerrte. Ich schrie und ergriff die Flucht; als ich zurückkehrte, hörte ich deinen Aufschrei und wusste, dass du mich im roten Turm suchst …«

»Und du bist gekommen, um mein Schicksal zu teilen.« Seine Stimme war kaum zu verstehen. Als sie an ihm vorbeisehen wollte, hielt er ihr die Hand vor Augen und drehte sie um. Es war besser, wenn sie nicht sah, was dort auf dem blutroten Boden lag. Als er sie die schattenerfüllten Stufen hinunterführte, sie halb stützte, halb trug, verriet ihm ein Blick über die Schulter, dass zwischen den Trümmern keine nackte weiße Gestalt mehr lag. Die Beschwörung hatte den lebendigen Ollam-onga in seine menschliche Gestalt gebannt. Aber nicht mehr im Tod. Einen Moment lang versagten Amalric alle Sinne, dann trieb ihn eine frenetische Hast an, und er brachte Lissa schnell die Treppe hinunter und führte sie durch die finsteren Ruinen.

Er verlangsamte das Tempo nicht, bis sie die Straße erreicht hatten, an der das Kamel und der Hengst sich aneinander drängten. Schnell setzte er das Mädchen auf das Kamel und schwang sich in den Sattel des Hengstes. Er nahm die Zügel und führte sie auf direktem Weg zur lückenhaften Stadtmauer. Ein paar Herzschläge später atmete er tief durch. Die frische Luft der Wüste kühlte sein Blut; sie wies nicht den Gestank von Verfall und uraltem Grauen auf.

An seinem Sattel hing ein kleiner Wasserschlauch. Sie hatten keinen Proviant, und sein Schwert war im Gemach des roten Turms zurückgeblieben. Er hatte nicht gewagt, es anzufassen. Ohne etwas zu essen und unbewaffnet mussten sie sich der Wüste stellen, aber deren Gefahren erschienen weniger schlimm als der Schrecken der hinter ihnen zurückbleibenden Stadt.

Sie ritten wortlos. Amalric wählte den Weg nach Süden, wo er ein Wasserloch vermutete. Bei Sonnenaufgang erreichten sie den Kamm einer Sanddüne und blickten zurück auf Gazal, das im rosigen Schein ganz unwirklich erschien. Plötzlich erstarrte Amalric, und Lissa schrie auf. Aus einer Bresche in der Stadtmauer stürmten sieben Reiter auf schwarzen Tieren. Schwarz waren auch die Gewänder der Reiter. Es hatte in Gazal keine Pferde gegeben. Amalric überkam das Grauen. Er drehte sich um und trieb die Tiere an.

Die Sonne stieg rot auf, dann wurde sie zu einer goldenen und schließlich zur weiß glühenden Flammenkugel. Von Durst und Erschöpfung gepeinigt und von der Sonne geblendet, versuchten die beiden ihren Verfolgern zu entkommen. Von Zeit zu Zeit benetzten sie ihre Lippen mit Wasser. Und die sieben schwarzen

Punkte folgten ihnen mit gleich bleibender Geschwindigkeit. Der Abend brach herein, die Sonne rötete sich und sank dem Horizont entgegen. Eine kalte Hand schien nach Amalrics Herzen zu greifen. Die Reiter kamen näher. Amalric sah Lissa an und stöhnte auf. Sein Hengst stolperte und stürzte. Die Sonne war untergegangen, der Mond wurde plötzlich von einem Schatten wie von einer Fledermaus verdeckt. In der völligen Finsternis schimmerten die Sterne rot, und hinter ihnen hörte Amalric ein Rauschen wie von einem heranfegenden Wind. Eine schwarze Masse, von Funken unheiligen Lichts durchsetzt, kam aus der Nacht heran.

»Reite, Mädchen!«, rief er verzweifelt. »Rette dich! Sie wollen mich!«

Als Antwort rutschte sie von dem Kamel und warf die Arme um ihn.

»Ich werde mit dir sterben!«

Sieben schwarze Gestalten verdeckten die Sterne, rasten wie der Wind heran. Unter den Kapuzen glühten Bälle aus Höllenfeuer; fleischlose Kieferknochen klappten. Da schoss ein Pferd an Amalric vorbei, eine undeutliche Masse in der unnatürlichen Dunkelheit. Ein Aufprall ertönte, als das fremde Reittier in die angreifenden Schatten hineinkrachte. Ein Pferd wieherte schrill, und eine kräftige Stimme rief etwas in einer fremden Sprache. Irgendwo in der Nacht wurde der Ruf mit lautem Gebrüll erwidert.

Dann war offenbar ein heftiger Kampf entbrannt. Hufe stampften, und der dumpfe Klang wilder Hiebe war zu hören. Dazwischen fluchte dieselbe laute Stimme ausgiebig. Dann kam der Mond plötzlich wieder zum Vorschein und erhellte die phantastische Szenerie.

Ein Mann auf einem riesigen Pferd hieb scheinbar ins Leere, und aus einer anderen Richtung raste eine wilde Reiterhorde heran, deren Krummsäbel im Mondlicht aufblitzten. Sieben schwarze Gestalten verschwanden über den Kamm einer Düne, ihre Umhänge flatterten wie Fledermausflügel.

Amalric wurde von wilden Männern niedergerungen, die von ihren Pferden sprangen. Sehnige Arme hielten ihn fest, harte, falkengleiche Gesichter knurrten ihn an. Lissa schrie. Dann wurden die Angreifer links und rechts zur Seite geschleudert, als der Mann auf dem großen Pferd durch die Menge ritt. Er beugte sich auf dem Sattel nach vorn, musterte Amalric mit scharfem Blick.

»Das gibt es doch nicht!«, brüllte er. »Amalric, der Aquilonier!«

»*Conan!*«, rief Amalric überrascht aus. »Conan! Du lebst!«

»Und ich bin offenbar lebendiger als du«, antwortete der Mann. »Bei Crom, du siehst aus, als hätten dich alle Teufel der Wüste durch die Nacht gejagt. Was waren das für Wesen, die dich da verfolgt haben? Ich ritt um das Lager, das meine Männer aufgeschlagen hatten, um mich zu vergewissern, dass sich dort keine Feinde verbargen, dann verlosch der Mond wie eine Kerze, und ich hörte die Geräusche einer Flucht. Ich ritt darauf zu, und bei Crom, ich war zwischen den Dämonen, bevor mir klar war, wie mir geschah. Ich hatte das Schwert gezogen und schlug um mich – ihre Augen loderten wie Feuer in der Dunkelheit! Ich weiß, dass meine Klinge sie getroffen hat, aber als der Mond wieder zum Vorschein kam, verschwanden sie wie ein Windstoß. Waren das Männer oder Teufel?«

»Teufel aus der Hölle.« Amalric erschauderte. »Frag nicht weiter. Über manche Dinge sollte man nicht sprechen.«

Conan bedrängte ihn nicht. Er wusste um Nachtgespenster, Teufel, Geister, Kobolde und Zwerge.

»Das sieht dir ähnlich, in der Wüste eine Frau zu finden«, sagte er und betrachtete Lissa, die zu Amalric geschlichen war, sich an ihn klammerte und die wilden Gestalten furchterfüllt anstarrte, die sie umringten.

»Wein!«, brüllte Conan. »Bringt Weinschläuche! Hier!« Er nahm eine der Lederflaschen, die man ihm entgegenhielt, und drückte sie Amalric in die Hand. »Gib dem Mädchen einen Schluck und trink selbst was«, riet er ihm. »Dann setzen wir euch auf ein Pferd und bringen euch ins Lager. Ihr braucht was zu essen, Ruhe und Schlaf. Das kann ich sehen.«

Ein prächtig gesattelter Hengst wurde gebracht, der sich aufbäumte und tänzelte. Willige Hände halfen Amalric in den Sattel, dann reichte man ihm das Mädchen nach oben, und sie brachen nach Süden auf, umgeben von den sehnigen braunhäutigen Reitern, die nicht viel am Leib trugen. Conan ritt voraus und summte ein Reiterlied der Söldner.

»Wer ist das?«, flüsterte Lissa, die Arme fest um den Hals ihres Geliebten gelegt; er hielt sie vor sich auf dem Sattel fest.

»Conan, ein Cimmerier«, murmelte Amalric. »Der Mann, mit dem ich nach der Niederlage der Söldner durch die Wüste gewandert bin. Das sind die Männer, die ihn niederschlugen. Ich ließ ihn unter ihren Speeren zurück, anscheinend tot. Jetzt treffen wir ihn wieder, und er hat anscheinend den Befehl über sie und wird von ihnen respektiert.«

»Er ist ein schrecklicher Mann«, flüsterte sie.

Er lächelte. »Du hast noch nie einen weißhäutigen Barbaren gesehen. Er ist ein Wanderer und Plünderer, ein Kämpfer, aber er lebt nach seinem eigenen Ehrenkodex. Ich glaube nicht, dass wir etwas von ihm zu befürchten haben.«

Tief in seinem Herzen war er sich da nicht so sicher. Auf gewisse Weise hatte er Conans Kameradschaft verwirkt, als er in der Wüste allein geflohen war und den Cimmerier leblos am Boden zurückgelassen hatte. Aber er hatte nicht gewusst, dass Conan noch lebte. Zweifel machten Amalric zu schaffen. Der Cimmerier stand mit unverbrüchlicher Treue zu seinen Kameraden, sah aufgrund seines wilden Wesens aber nicht ein, warum man den Rest der Welt nicht plündern sollte. Er lebte durch das Schwert. Und Amalric unterdrückte ein Schaudern bei dem Gedanken, was passieren würde, falls Conan Lissa haben wollte.

Später saß Amalric an einem kleinen Feuer vor Conans Zelt im Lager der Reiter, nachdem sie gegessen und getrunken hatten; Lissa schlummerte in einen Seidenumhang gehüllt neben ihm, den Lockenkopf auf seinen Schoß gebettet. Ihm gegenüber flackerte das Licht über Conans Gesicht und schuf wechselnde Schatten.

»Wer sind diese Männer?«, fragte der junge Aquilonier.

»Die Reiter von Tombalku«, sagte der Cimmerier.

»Tombalku! Dann ist das kein Mythos?«

»Ganz im Gegenteil!«, sagte Conan. »Als das verfluchte Pferd stürzte, verlor ich beim Aufprall das Bewusstsein, und als ich wieder zu mir kam, hatten mich diese Teufel an Händen und Füßen gefesselt. Das machte mich wütend, also zerriss ich einige der Fesseln, mit denen sie mich gebunden hatten, aber sie fesselten mich so schnell erneut, wie ich sie zerreißen konnte. Ich bekam nie eine Hand frei. Aber sie fanden meine Kraft erstaunlich ...«

Amalric sah Conan wortlos an. Der Mann war so groß und breit wie Tilutan, wies aber nichts von dem Fett des Schwarzen auf. Er hätte dem Ghanater mit bloßen Händen das Genick brechen können.

»Sie beschlossen, mich in ihre Stadt zu bringen, statt mich sofort zu töten«, fuhr Conan fort. »Sie fanden, ein Mann wie ich sollte langsam unter der Folter sterben. Nun, sie fesselten mich auf ein Pferd ohne Sattel, und wir ritten nach Tombalku.

Es gibt zwei Könige in Tombalku. Man brachte mich vor sie – einen schlanken, braunhäutigen Teufel namens Zehbeh und einen großen, fetten Schwarzen, der auf seinem Elfenbeinthron vor sich hindöste. Sie sprachen einen Dialekt, den ich teilweise verstehen konnte; er ähnelte dem der westlichen Mandingos, die an der Küste leben. Zehbeh fragte einen braunen Priester namens Daura, wie man mit mir verfahren solle. Daura befragte Würfel aus Schafsknochen und sagte, man solle mir vor dem Altar von Jhil bei lebendigem Leib die Haut abziehen. Alles jubelte, und das weckte den schwarzen König.

Ich spie Daura an und verfluchte ihn lautstark, und die Könige auch. Dann sagte ich ihnen, wenn man mir schon die Haut abziehen wollte, bei Crom, dann wollte ich wenigstens vorher einen Bauch voll Wein haben, und ich beschimpfte sie als Diebe, Feiglinge und Hurensöhne.

Das weckte den schwarzen König endgültig auf, und er starrte mich an, dann sprang er auf und rief: ›Amra!‹.

Und ich erkannte ihn. Es war Sakumbe, ein Suba von der schwarzen Küste, ein fetter Abenteurer, den ich zu meiner Zeit als Korsar an dieser Küste gut gekannt hatte. Er handelte mit Elfenbein, Goldstaub und Sklaven, und er hätte selbst dem Teufel seinen Eckzahn abgeluchst. Nun, als er mich erkannte, kam er von seinem Thron und umarmte mich freudig, der schwarze, stinkende Teufel, und nahm mir mit eigener Hand die Fesseln ab. Dann verkündete er allen, ich sei Amra, der Löwe, sein Freund, und dass mir kein Leid zugefügt werden dürfe. Natürlich folgte eine große Debatte, weil Zehbeh und Daura hinter meiner Haut her waren. Aber Sakumbe rief nach seinem Hexendoktor Askia, und er kam, gehüllt in Federn und Glöckchen und Schlangenhäute – ein Zauberer von der schwarzen Küste, und ein echter Teufelssohn.

Askia tanzte herum und stieß Beschwörungen aus, dann verkündete er, Sakumbe sei der Auserwählte von Agujo, dem Finsteren, und seiner Brut, und alle Schwarzen von Tombalku jubelten, und Zehbeh gab nach.

Denn in Tombalku sind die Schwarzen die wahre Macht. Vor mehreren Jahrhunderten stießen die Aphaki, eine shemitische Rasse, in die südliche Wüste vor und gründeten das Königreich von Tombalku. Sie vermischten sich mit den Schwarzen der Wüste, und das Ergebnis war eine Rasse mit brauner Haut und glattem Haar, die jedoch mehr weiß als schwarz geblieben ist. Sie sind in Tombalku die herrschende Kaste – aber sie sind zahlenmäßig in der Minderheit, und neben dem Herrscher der Aphaki sitzt immer ein schwarzer König auf dem zweiten Thron.

Die Aphaki unterwarfen die Nomaden der südwestlichen Wüste, und die schwarzen Stämme der Steppe, die direkt südlich davon liegt. Diese Reiter hier zum Beispiel sind Tibu, in ihren Adern fließt stygisches und schwarzes Blut.

Die Aphaki beten Jhil an, aber die Schwarzen beten Ajujo den Finsteren und seine Brut an. Askia kam zusammen mit Sakumbe nach Tombalku und ließ die Verehrung Ajujos wieder aufleben, die von den Aphaki-Priester unterdrückt worden war. Mit schwarzer Magie besiegte Askia die Zauberei der Aphaki, und die Schwarzen feierten ihn als einen von den schwarzen Göttern gesandten Propheten. Sakumbes und Askias Einfluss wächst, während Zehbehs und Dauras abnimmt.

Ich bin Sakumbes Freund, und Askia setzte sich für mich ein, also akzeptierten mich die Schwarzen mit großem Beifall. Sakumbe ließ Kordofo, den General der Reiter, vergiften, und gab mir seine Stellung, was die Schwarzen entzückte und die Aphaki ergrimmte.

Dir wird Tombalku gefallen! Das ist wie geschaffen für Männer wie uns – um es auszuplündern! Es gibt ein halbes Dutzend mächtige Fraktionen, die sich gegenseitig bekämpfen – dauernd gibt es Prügeleien in den Tavernen und auf den Straßen, es gibt Meuchelmorde, Verstümmelungen und Hinrichtungen. Es gibt Frauen, Gold und Wein – alles, was das Herz eines Söldners erfreut! Und ich stehe in hoher Gunst! Bei Crom, Amalric, du hättest zu keinem besseren Zeitpunkt kommen können! He, was ist denn los? Du scheinst über solche Aussichten nicht mehr so begeistert zu sein, wie ich es in Erinnerung habe.«

»Ich bitte dich um Verzeihung, Conan«, entschuldigte sich Amalric. »Es ist nicht so, dass ich kein Interesse habe, aber die Müdigkeit überwältigt mich.«

Aber der Aquilonier dachte nicht an Gold, Frauen und Intrigen, sondern an das Mädchen, das auf seinem Schoß schlummerte; der Gedanke, sie in dieses Chaos aus Verschwörungen und Blut zu bringen, wie Conan es beschrieben hatte, bereitete ihm keine Freude. Amalric hatte sich auf kaum merkliche Weise verändert, ohne dass ihm das so richtig bewusst geworden war.

Exposé ohne Titel

(Die Stunde des Drachen)

DIE GESCHICHTE BEGANN MIT VIER MÄNNERN, die im Gemach eines nemedischen Schlosses eine tausende von Jahren alte Mumie aus Stygien wiederbeleben wollten. Einer der Männer war ein mächtiger nemedischer Baron mit den Ambitionen eines Königsmachers. Einer war der jüngere Bruder des Königs von Nemedien. Einer erhob Anspruch auf den Thron von Aquilonien. Einer war ein Priester Mitras, den man wegen verbotener magischer Studien aus seinem Orden verstoßen hatte. Die Mumie war ein Zauberer aus der Vorzeit, ein Hyborier aus einem Königreich, das von Nemediern, Aquiloniern und Argossanern vernichtet worden war. Der Name des Königreiches war Acheron, und seine Hauptstadt Python. Viele Jahrhunderte zuvor hatten die Bürger von Acheron – Hyborier, die höher entwickelt als ihre Nachbarn im Osten und Westen gewesen waren – über ein Reich geherrscht, das das spätere Nemedien und Brythunien, den größten Teil von Corienthien, den größten Teil von Ophir, das westliche Koth, die westlichen Gebiete von Shem, das nördliche Argos und das östliche Aquilonien umschloss. Nach der Vernichtung Acherons durch seine brutaleren westlichen Nachbarn war sein größter Zauberer nach Stygien geflohen und hatte dort gelebt, bis ihn ein stygischer Set-Priester vergiftete. Dann war er durch eine seltsame Kunst mumifiziert worden, ohne dass man ihm die Eingeweide entfernte, und die Mumie war in einen verborgenen Tempel gebracht worden. Dort hatten sie Diebe aus Zamora im Auftrag der Verschwörer gestohlen. Der nemedische Baron hieß Amalric; der Bruder des Königs hieß Tarascus, der aquilonische Thronanwärter Valerius und der Priester Orastes. Der Name des Zauberers war Xaltotun. Valerius war ein leichtsinniger junger Schurke, hoch gewachsen, mit blondem Haar, der sich selbst genauso wenig ernst nahm wie seine Umwelt, aber er war ein mutiger Kämpfer. Er war ein entfernter Verwandter des aquilonischen Königs, der von Conan dem Cimmerier getötet worden war, als dieser den Thron von Aquilonien eroberte. Dieser König hatte ihn ins Exil geschickt, und er war als Glücksritter durch die Welt gestreift, bis Amalrics Verschwörungspläne ihn zurückgeholt hatten. Er sollte den Verschwörern dabei helfen, Tarascus auf den Thron von Nemedien zu setzen, dafür würden sie ihm helfen, den Thron von Aquilonien zu erobern. Amalric war kräftig gebaut und skrupellos; er verfolgte seine eigenen Pläne. Er wollte seine beiden Marionetten auf den Thron bringen, sie beide beherrschen, sie dann stürzen und sich selbst auf den Thron der beiden mittlerweile vereinigten Länder setzen. Tarascus war ein kleiner, dunkler junger Mann, geschickt, mutig, sensibel, aber eine Marionette in Amalrics Händen. Orastes war ein großer Mann mit weichen Händen, der sich für die schwarzen Künste interessierte. Xaltotun wurde durch geheimnisvolle Beschwörungen wieder zurück ins Leben gerufen; er war ein hoch gewachsener Mann mit schnellen, kräftigen Händen und seltsam stechenden Augen und dichtem schwarzem Haar. Er hörte sich ihren Vortrag an, als sie ihm alles berichteten, was seit seinem Tod geschehen war, und willigte ein, ihnen zu helfen. Aber bevor er wieder über seine volle magische Macht verfügen konnte, mussten sie für ihn ein Juwel stehlen, das man das Herz Ahrimans nannte, und das an einem geheimen Ort in Aquilonien verborgen war. Man hatte es ihm abgenommen, als Python fiel, darum war er gezwungen gewesen, nach Stygien zu fliehen. In Wirklichkeit plante der Zauberer aber, das uralte Königreich Acheron wieder auferstehen zu lassen. Es gab viel mehr Nachkommen des Volkes von Acheron, als man allgemein ahnte; sie lebten in der Weite der Berge und in den großen Städten, waren über das ganze Königreich verteilt und arbeiteten als Priester, Sekretäre, Knechte und Schreiber. Das Juwel wurde gestohlen, der König von Nemedien mithilfe schwarzer Magie ermordet und Tarascus auf den Thron gesetzt. Dann marschierten die Heere Nemediens gegen Aquilonien. In der Nacht vor der Schlacht träumte Conan der Cimmerier in seinem Zelt einen seltsamen Traum, in dem er noch einmal mit vielen Ereignissen seines Lebens konfrontiert wurde. Er sah seltsame Geschehnisse, erwachte in Angstschweiß gebadet und rief seine Hauptleute zusammen. Die Morgendämmerung brach an, und die Heere kamen in Bewegung. Eine geheimnisvolle, vermummte Gestalt erschien im Zelt des Königs, und Conan wurde von einer seltsamen Lähmung befallen. Er konnte nicht in die Schlacht reiten, also holte man einen einfachen Soldaten, der ihm ähnelte, und legte ihm die Rüstung des Königs an. Er ritt unter dem großen Löwenbanner. Aber er fiel im Kampf trotz tapferer Gegenwehr, und die Reihen des aquilonischen Heers wurden aufgebrochen, besiegt und in die Flucht geschlagen. Conan lag hilflos in seinem Zelt und wurde von nemedischen Rittern angegriffen, nachdem man seine Leibwache niedergemetzelt hatte. Er wehrte sich mit dem Schwert, stützte sich mit dem Rücken an die Zeltstange, bis Xaltotun ihn durch Magie überwältigte. Er wurde heimlich in einen Streitwagen gebracht und in die Hauptstadt von Nemedien geschafft, denn Amalric wollte nicht bekannt werden lassen, dass nicht der König auf dem Schlachtfeld gefallen war. Conan wurde in die Verließe unter dem Palast geworfen, wo ihn ein riesiger Affe angriff. Aber ein Mädchen aus dem Gefolge von Tarascus steckte Conan einen Dolch zu, mit dem er die Bestie tötete und dann floh. Er schlich sich in Tarascus' Palast, um ihn zu töten, und wurde Zeuge, wie der König einem Mann ein Juwel und einen Beutel Gold mit dem Befehl gab, das Juwel im Meer zu versenken. Dieses Juwel – obwohl Conan das nicht wusste – war das Herz von Ahriman, das Tarascus dem Zauberer gestohlen hatte, weil er ihn fürchtete und eine Ahnung hatte, wie Xaltotuns Pläne aussahen. Conan verfehlte Tarascus, verließ die Stadt und begab sich zur aquilonischen Grenze. Dort erfuhr er, dass das Volk ihn für tot hielt und die Barone gegeneinander kämpften. Valerius, der mit einem nemedischen Heer an der Ostgrenze aufgetaucht war, hatte ein von den Baronen gegen ihn ausgeschicktes Heer vernichtet und dann die Hauptstadt erobert; er war vom Mob, der eine Invasion fürchtete, zum König erklärt worden. Gunderland im Norden und Poitain im Süden behielten ihre Unabhängigkeit bei, Gunderland nur teilweise und Poitain gänzlich. Conan reiste nach Süden, um sich seinem Kanzler Graf Trocero anzuschließen, der die Pässe zu den Ebenen von Zingara besetzt hielt. Aber zuerst begab er sich in seine Hauptstadt, die sich nun in Valerius' Händen befand, weil eine alte Hexe in den Bergen des östlichen Aquiloniens ihm rätselhafte Andeutungen über das Herz von Ahriman gemacht und ihm in einem in Rauch schwebenden Kristall Visionen gezeigt hatte – zamoranische Diebe, die einen stygischen Tempel plünderten und später aus einer tiefen Höhle unter der Hauptstadt von Aquilonien ein flammendes Juwel stahlen. Conan begab sich dorthin und erhielt Hilfe von seinen loyalen Untertanen; er besuchte die Höhle, aber das Juwel war weg. Und er musste mit der unsichtbaren Kreatur kämpfen, die es bewacht hatte. Nun wusste er, dass es sich bei dem Edelstein, den Tarascus dem Mann gegeben hatte, um das Herz von Ahriman handelte. Er besorgte sich Pferd und Rüstung und ritt nach Poitain, wo er Trocero fand, der die Bergpässe gegen Valerius hielt. In der Zwischenzeit hatte Xaltotun den Verlust seines Juwels noch gar nicht bemerkt, weil er es in einem stets verschlossenen goldenen Kästchen aufbewahrte, und er konnte seine Magie auch so wirken. Nur bei größerer Magie brauchte er das Herz Ahrimans. Aber Conan war in seiner Hauptstadt erkannt worden, und Männer verfolgten ihn, während andere die Neuigkeit nach Nemedien brachten. Conan schlug eine Schlacht in den Pässen und besiegte mit den Poitainern die Nemedier. Aber Trocero hatte nicht genug Krieger, um in Aquilonien einzufallen und die Nemedier und die Barone, die Valerius unterstützten, besiegen zu können; außerdem fürchteten seine Leute Xaltotuns Magie. Sie drängten Conan, dort als Herrscher eines Separatstaats zu bleiben und Zingara zu erobern, aber er war entschlossen, dem Mann zu folgen, der das Herz von Ahriman im Meer versenken sollte. Er ritt zu den Hafenstädten von Argos.

Anmerkungen zu
»Die Stunde des Drachen«

DER ERSTE TAG: (TAG DER SCHLACHT)
Conan im Tal von Valkia. Amalric, Tarascus, Valerius und Xaltotun im Tal von Valkia. Orastes in Belverus. Prospero auf dem Weg nach Valkia.

In dieser Nacht:
Conan war auf dem Weg nach Belverus mit Xaltotun. Amalric, Tarascus und Valerius waren in ihrem Lager in Valkia, ihre Kavallerie verfolgte die flüchtenden Aquilonier durch die Hügel. Prospero auf dem Rückzug nach Tarantia. Orastes war in Belverus.

DER ZWEITE TAG:
Conan war Gefangener in Belverus. Xaltotun und Orastes waren in Belverus. Tarascus war auf dem Weg von Valkia nach Belverus. Amalric und Valerius marschierten durch die Hügel auf Tarantia zu. Prospero näherte sich Tarantia.

In dieser Nacht:
Conan war Gefangener in Belverus und entkam. Orastes und Xaltotun waren in Belverus, Xaltotun schlief den Schlaf des schwarzen Lotus von Stygia. Tarascus traf in Belverus ein. Prospero traf in Tarantia ein und erfuhr, dass die Nachricht über den Ausgang der Schlacht

ihm vorausgeeilt war. Amalric und Valerius lagerten auf den Ebenen von Aquilonien und brandschatzten das Land.

DER DRITTE TAG:
Conan überquerte die Grenze und suchte Zuflucht in den Bergen. Der verwundete Tarascus war in Belverus mit Xaltotun und Orastes. Der Knappe des Königs folgte Conan in die Berge. An diesem Abend evakuierte Prospero die Hauptstadt. Bei Sonnenuntergang besetzten Amalric und Valerius die Stadt ohne Gegenwehr.

In dieser Nacht:
Conan schlief in der Hütte der Hexe Zelata. Tarascus und Orastes verließen Belverus, um nach Tarantia zu reisen. Amalric krönte Valerius in der großen Krönungshalle von Tarantia zum König von Aquilonien. Xaltotun blieb in Belverus.

DER VIERTE TAG:
Conan suchte sich seinen Weg durch die Berge nach Tarantia. Xaltotun blieb in Belverus. Tarascus und Orastes waren auf dem Weg nach Tarantia. Amalric und Valerius waren in Tarantia und ließen sich ehren.

In dieser Nacht:
Conan ritt durch das zerstörte Land Richtung Tarantia. Xaltotun blieb in Belverus. Tarascus und Orastes waren auf dem Weg nach Tarantia. Amalric und Valerius blieben in Tarantia.

DER FÜNFTE TAG:
Am Abend kam Conan in Sichtweite von Tarantia. Xaltotun blieb in Belverus. Amalric brandschatzte zusammen mit den Nemediern in der Nähe liegende Provinzen. Tarascus und Orastes trafen in Tarantia ein. Valerius blieb in Tarantia, beglich alte Rechnungen und konfiszierte Besitz.

* * *

Xaltotun verließ das Tal von Valkia bei Sonnenuntergang und traf vor Sonnenaufgang in Belverus ein. Er reiste schneller, als es einem normalen Menschen möglich war. Das bedeutet, er machte die Reise in etwa zwölf Stunden. Eine Kutsche würde fünfzehn brauchen, mit einem Wechsel der Gespanne. Ein Mann auf einem guten Pferd würde es in vierzehn Stunden schaffen. Falls Conan Belverus nach Mitternacht verließ – sagen wir, er war um ein Uhr auf der Straße und ritt wie der Teufel –, war er bei Sonnenaufgang sechs Stunden unterwegs. Er würde noch acht Stunden reiten müssen. Er rastete eine Stunde, dann würde es acht Uhr morgens sein. Die Berge würde er gegen vier Uhr am Nachmittag erreichen. Er würde eine Abkürzung nehmen, weil er die Straße verlassen hatte, die sich den Pässen in den Bergen entgegenschlängelte. Belverus lag näher an der Grenze als Tarantia.

* * *

Conan rückte im Tal des Shirkiflusses vor, von Tanasul aus ein schneller Marsch von einem Tag und einer Nacht; Amalric konnte Tanasul in weniger als einem Tagesmarsch erreichen. Die Gundermänner rückten durch das Tal des Khor vor, etwa drei Tagesmärsche von Tanasul entfernt; Tarascus war in Galparan, einen Tages- und einen Nachtmarsch vom Falkenpass entfernt und etwas mehr als einen Tagesmarsch von Tanasul.

* * *

DER ERSTE TAG:
Tarascus in Galparan;
Amalric, Valerius und Xaltotun im Lager vor Tanasul;
Conan rückt im Südwesten am Ufer des Shirki entlang vor;
die Gundermänner im Norden entlang der Gorialianischen Berge.

Die erste Nacht:
Tarascus in Galparan;
die anderen im Lager; Xaltotun wirkt seine Magie;
Conan nähert sich Tanasul;
die Gundermänner bewegen sich südlich auf Tanasul zu.

DER ZWEITE TAG:
In der Morgendämmerung erreicht der Kurier Tarascus, der das Lager abbricht und mit seiner Reiterei Amalrics Lager bei Sonnenuntergang erreicht; die Infanterie trifft einige Stunden später ein;
Amalric und seine Gefährten warten im Lager auf Tarascus;
Conan nähert sich Tanasul;
Die Gundermänner marschieren durch die Gorialianischen Berge.

Die zweite Nacht:
Tarascus, Amalric, Valerius und Xaltotun befinden sich im Lager auf der Ebene;
später in der Nacht erreicht Conan Tanasul, überquert den Fluss und lagert auf der anderen Seite;
die Gundermänner lagerten weiter oben in den Bergen.

Der dritte Tag:
Tarascus und das nemedische Heer marschierten auf Tanasul zu; Tarascus erfuhr, dass Conan den Fluss überquert hatte, ritt mit seinen Reitern voraus und traf genau zur Abenddämmerung bei Tanasul ein;
Conan lagerte in den Goralianischen Bergen;
die Gundermänner marschierten so schnell wie möglich nach Süden.

Die dritte Nacht:
Die Nemedier lagerten auf der Ebene neben dem Fluss;
Conan lagerte in den Bergen;
die Gundermänner erreichten sein Lager nach Einbruch der Nacht.

Teil von zwei Nächten:
Conan musste einen Tag und eine Nacht marschieren, um Tanasul zu erreichen.

* * *

Conan marschierte den ganzen ersten Tag bis in die Nacht hinein; er lagerte in der Nacht und brach vor Sonnenaufgang auf, marschierte den ganzen zweiten Tag, erreichte Tanasul spät in der zweiten Nacht.

Zeit: ein ganzer Tagesmarsch und einen Teil zweier Nächte; ein anderer Mann hätte zwei Tage und zwei Nächte gebraucht.

Den ersten Tag und die Nacht wartete Amalric im Lager auf Tarascus, der einen ganzen Tag brauchte, um dorthin zu gelangen. Er konnte Tanasul mit einem harten Tagesritt erreichen; mit seinem Heer brauchte er einen Tag und den Teil einer Nacht.

Wäre er aufgebrochen, wie er wollte, hätte er den Shirki zuerst erreicht, aber Xaltotun wollte, dass er auf Tarascus wartete.

Exposé ohne Titel

(Salome, die Hexe)

DIE GESCHICHTE BEGANN MIT TARAMIS, der Königin von Khauran, die in ihrem Gemach erwachte und auf der mit Samt bespannten Wand einen Lichtpunkt sah. In diesem Punkt sah sie den Kopf ihrer Schwester Salome, die man kurz nach ihrer Geburt in der Wüste zum Sterben ausgesetzt hatte, weil sie das Hexenmal auf der Brust trug – den blutroten Halbmond. In der folgenden Unterhaltung wurde erklärt, dass in der königlichen Familie gelegentlich eine Hexe zur Welt kam, weil sich vor Jahrhunderten eine Königin von Khauran mit einem Dämon gepaart hatte. Salome sagte, es hätte immer Hexen mit dem Namen Salome gegeben und würde sie auch immer geben. Man hatte sie, Taramis' Zwillingsschwester, in der Wüste ausgesetzt, aber ein Magier aus Khitan, der mit einer Karawane aus Stygien kam, fand sie. Er hatte das Hexenmal erkannt und sie großgezogen, sie in vielen schwarzen Künsten unterrichtet. Jetzt war sie zurückgekehrt, um den Thron zu erobern. Ihr Meister hatte sie verstoßen, weil ihr das Talent für kosmische Magie fehlte und sie bloß eine Hure der schwarzen Künste war. Sie hatte sich mit einem kothischen Abenteurer eingelassen, der ein Söldnerheer befahl, Shemiten aus den westlichen Städten von Shem. Dieser Mann war nach Khauran gekommen und hatte um die Hand von Königin Taramis angehalten. Er lagerte mit seinem Heer vor der Stadtmauer. Die Tore wurden sorgfältig bewacht, denn Taramis vertraute dem Mann nicht. Salome teilte Taramis mit, dass sie den Palast unerkannt betreten hatte, indem sie die Diener der Königin betäubt hatte. Sie sagte ihr, dass man sie ins Verließ werfen würde und sie, Salome, an ihrer Stelle herrschen würde. In diesem Augenblick trat der Kothier ein, und Salome übergab ihm zynisch ihre Schwester, damit er sie vergewaltigen konnte, während sie den Soldaten am Tor den Befehl gab, die Shemiten in die Stadt zu lassen.

Die nächste Szene handelte von einem jungen Soldaten, der von seiner verängstigten Geliebten verbunden wurde, während er von dem Verrat erzählte. Es schien, als hätte Königin Taramis ihren verblüfften Soldaten den Befehl gegeben, die Shemiten in die Stadt zu lassen. Das geschah, und dann kündigte sie an, sie würde den Kothier zum König machen, der an ihrer Seite herrschen würde. Die Soldaten und die Bevölkerung rebellierten, aber in der Stadt hielt sich nur ihre Leibwache auf. Die wurde von den Shemiten niedergemacht, mit Ausnahme des Hauptmanns der Wache: Conan der Cimmerier wollte nicht glauben, dass Taramis wirklich Taramis war. Er schwor, es sei ein Teufel in ihrer Gestalt, und kämpfte wild, bevor er überwältigt wurde. Der Junge erzählte, dass der Kothier ihn außerhalb der Stadtmauern kreuzigen ließe. So geschah es; Conan wehrte die Geier mit den Zähnen ab und erregte die Aufmerksamkeit eines Banditenhäuptlings, der in der Hoffnung auf Beute in der Nähe der Mauern auf Erkundung war. Das war Olgerd Vladislav, ein Zaporoskaner oder *Kozak*, der aus der Steppe gekommen war und sich unter den shemitischen Nomadenstämmen eine Position erkämpft hatte. Er befreite Conan und nahm ihn in seine Bande auf, nachdem er die Ausdauer des Cimmeriers einer grausamen Prüfung unterzogen hatte.

In der Zwischenzeit – erzählt in der Form eines Briefes von einem Gelehrten, der zu Besuch in Khauran weilte – hatte Salome, die sich als Taramis ausgab, die Anbetung Ishtars verboten, die Tempel mit obszönen Bildern gefüllt, Menschenopfer dargebracht und ein schreckliches Ungeheuer aus den Abgründen zwischen den Sternen in einem Schrein untergebracht. Der junge Soldat, der davon überzeugt war, dass Taramis entweder ermordet oder eingesperrt worden war und eine Hochstaplerin an ihrer Stelle regierte, schlich als Bettler verkleidet im Palast und in der Umgebung des Gefängnisses herum. Salome, die ihre Schwester gequält hatte, indem sie ihr den abgetrennten Kopf eines vertrauten Ratgebers zeigte, warf ihn dem Bettler zu, damit er ihn wegschaffte, und enthüllte damit unabsichtlich das Geheimnis. Er eilte mit der Neuigkeit zu Conan. Conan hatte in der Zwischenzeit ein großes Nomadenheer aufgestellt, weil er sich an dem Kothier rächen wollte. Olgerd wollte Khauran plündern, aber Conan schaffte ihn aus dem Weg und kündigte seine Absicht an, Taramis zu retten und ihr wieder zu ihrem Thron zu verhelfen.

Der junge Soldat rettete Taramis aus ihrem Gefängnis, aber Salome jagte sie in den Tempel. Doch Conan besiegte den Kothier, drang in die Stadt ein, vernichtete das Ungeheuer. Der Kothier wurde gekreuzigt und Taramis wieder auf ihren Thron gesetzt.

ANHANG

Hyborische Genesis, Teil II

Anmerkungen zur Entstehung der Conan-Erzählungen
von PATRICE LOUINET

DAS JAHR 1933 ENDETE FÜR ROBERT E. HOWARD viel positiver, als es begonnen hatte. Zunächst schien es eine Katastrophe zu werden. 1932 hatte Fiction House *Fight Stories* und *Action Stories* eingestellt, zwei Magazine, die bescheidene, aber pünktliche Honorare gezahlt und Howard mit einem knappen, aber regelmäßigen Einkommen versehen hatten. Als *Strange Tales* – ein direkter Konkurrent von *Weird Tales* – auf den Markt kam, war das ein Ausgleich gewesen, da das Magazin gut zahlte, und zwar beim Ankauf und nicht bei der Veröffentlichung, aber gegen Ende 1932 hatte Howard erfahren, dass diese Publikation ebenfalls eingestellt werden würde. Anfang 1933 blieben ihm nur noch Farnsworth Wrights Magazin *Magic Carpet*, das quartalsweise erschien, und *Weird Tales*. Da war nur eines zu tun, und ein paar Wochen lang überflutete Howard *Weird Tales* förmlich mit Einsendungen, mit dem klaren Ziel, so viel wie möglich zu verkaufen. Unter den eingereichten Erzählungen befanden sich die meisten der weniger gelungenen Conan-Geschichten, die deutlich mit einem Blick auf einen schnellen Verkaufserfolg geschrieben worden waren. Erst im Frühjahr 1933, nachdem eine beeindruckende Zahl von Conan-Geschichten auf ihre Veröffentlichung in Wrights Magazin wartete (*Der wandelnde Schatten*, *Die Königin der schwarzen Küste*, *Der Teich der Riesen*, *Schatten im Mondlicht* und *Nathok, der*

Zauberer), konzentrierte Howard seine Aufmerksamkeit darauf, andere Märkte zu etablieren. Der Texaner heuerte Otis Adelbert Kline als seinen Agenten an und verbrachte den größten Teil der nächsten Wochen damit, noch ein paar seiner Boxer-Geschichten zu verkaufen und sich an Genres zu versuchen, die neu für ihn waren: Detektivgeschichten und Western. Er fing auch an, sich ernsthaft Gedanken über die Rechte an seinen Erzählungen zu machen, und interessierte sich für die Möglichkeit, Kurzgeschichtensammlungen in England zu veröffentlichen.

Im Oktober 1933 kehrte Howard wieder zu Conan zurück. *Weird Tales* hatte bereits drei der fünf Conan-Geschichten veröffentlicht, die es auf Halde hatte, da klar wurde, dass der Charakter ein Publikumserfolg war. *Der Eiserne Teufel*, circa im Oktober 1933 fertig gestellt, war eine eher halbherzige Bemühung von Howard, der seit sechs Monaten keine Conan-Geschichte mehr geschrieben hatte und dabei große Anleihen bei *Schatten im Mondlicht* machte. Beide Texte zeigten, wie viel Howard Harold Lamb schuldete, einer der Säulen von *Adventure*, einer Publikation, deren Einfluss auf Howard möglicherweise größer als der von *Weird Tales* war.

Howard mag ja ein früher Fan von *Weird Tales* gewesen sein – wir wissen, dass er weniger als sechs Monate nach dem ersten Erscheinen des Magazins am Zeitungsstand von seiner Existenz wusste –, dennoch galt seine erste Liebe eindeutig der Abenteuergeschichte. An die Entdeckung von *Adventure* erinnerte er sich gern: »Magazine waren noch seltener als Bücher. Erst nachdem ich in die ›Stadt‹ zog (wenn man sie so nennen will), fing ich damit an, Magazine zu kaufen. Ich kann mich noch gut an das erste erinnern, das ich je gekauft habe. Ich war fünfzehn. Ich kaufte es an einem Sommerabend, als mich eine tiefe Unruhe nicht losließ. Ich werde nie vergessen, wie aufregend das war. Irgendwie war mir nie die Idee gekommen, ich könnte mir ein Magazin kaufen. Es war eine Ausgabe von *Adventure*. Ich habe sie immer noch. Danach kaufte ich *Adventure* viele Jahre lang, auch wenn ich manchmal kaum das Geld dafür hatte. Es erschien dreimal im Monat ... Ich knauserte und sparte von einer Ausgabe zur nächsten; ich kaufte ein Exemplar und ließ es anschreiben, und wenn die nächste Ausgabe erschien, bezahlte ich die vorherige und ließ die neue auf die Rechnung setzen, und so weiter.«

Als Howard *Adventure* 1921 entdeckte, war es bereits ein fest etabliertes Magazin, eines der führenden wenn nicht das führende Kurzgeschichtenmagazin seiner Zeit, das die Talente von Talbot Mundy und Harold Lamb regelmäßig präsentierte. Arthur D. Howden-Smith lieferte Geschichten über Wikinger, und Rafael Sabatini illustrierte die Seiten des Magazins zum ersten Mal im Sommer 1921. Diese Autoren sollten Robert E. Howard viel mehr beeinflussen als jeder der *Weird Tales*-Autoren. Howards Interesse an *Adventure* ging weit über die Lektüre der Geschichten hinaus: 1924 wurden zwei seiner Leserbriefe im Magazin veröffentlicht, und er korrespondierte unregelmäßig mit R. W. Gordon, der für die Folk-Song-Sparte verantwortlich war. Anscheinend entfachte *Adventure* in Howard den Wunsch, Autor zu werden: »Ich schrieb meine erste Geschichte mit fünfzehn und schickte sie an – ich glaube, es war *Adventure*. Drei Jahre später schaffte ich es, bei *Weird Tales* unterzukommen. Drei Jahre Arbeit, ohne eine verfluchte Zeile verkaufen zu können. (Ich habe an *Adventure* nie etwas verkaufen können; vermutlich hatten sie nach meinem ersten Versuch für immer genug von mir.)« Diese Zeilen wurden im Sommer 1933 geschrieben, ein paar Wochen bevor der Texaner anfangen sollte, Abenteuergeschichten zu schreiben. Lässt man den einerseits amüsierten, andererseits verzweifelten Ton Howards beiseite, kann man seine Enttäuschung spüren, nie in diesem Magazin veröffentlicht worden zu sein. Howards ganze erhaltene Produktion von 1922 und 1923 kann man am besten als den wohlgemeinten Versuch eines Teenagers beschreiben, das nachzuahmen, was er in *Adventure* gelesen hatte: So begann er ein Dutzend Geschichten über Frank Gordon – die nie vollendet wurden –, für dessen Abenteuer Talbot Mundy Pate gestanden hatte und dessen Spitzname – »El Borak, der Schnelle« – von Sabatini entlehnt war.

Als Howard im Oktober 1933 wieder mit der Produktion von Abenteuergeschichten begann, fing dieser Prozess signifikanterweise mit einer Wiederauferstehung an, die so unwahrscheinlich wie die von Xaltotun in *Die Stunde des Drachen** war: der Protagonist seiner ersten Abenteuergeschichten war Francis X. Gordon, »El Borak«, eine überarbeitete Version seiner Jugendschöpfung. So gesehen erforschte er kein neues Territorium, sondern überbrückte eine Lücke von zehn Jahren. In der zweiten Gordon-Erzählung *The Daughter of Erlik Khan* erforscht der Held Yolgan, eine Stadt in den geheimnisvollen Bergen des Orients, wo die schöne Yasmeena gefangen gehalten wird. In seiner nächsten Ge-

---

* Dieser Roman erschien bei seiner deutschen Erstveröffentlichung unter dem Titel »Conan der Eroberer«. (Anm. d. Red.)

schichte, der Conan-Erzählung *Der Schwarze Kreis*, heißt der geheimnisvolle Berg des Orients Yimsha, und Conan rettet dort eine andere schöne Yasmina. Was hatte Howard noch einmal gesagt, als er 1923 seinen ersten Roman von Mundy gelesen hatte: »... Yasmini? Sie ist schon eine tolle Figur, oder etwa nicht?«

Es ist viel über den Einfluss geschrieben worden, den Talbot Mundy besonders auf diese Conan-Geschichte hatte, aber obwohl Howards Quellenmaterial für diese Story noch identifiziert werden muss, hatte Mundy mit großer Wahrscheinlichkeit damit nichts zu tun. Es hat doch sehr den Anschein, dass Howards Hintergrundrecherche für seine »östlichen« Abenteuergeschichten auch den Hintergrund für die neue Conan-Geschichte bot. In *Der Eiserne Teufel* hatte Howard zum Beispiel den Namen des Königs von Turan von Yildiz (in *Schatten im Mondlicht*) in Yezdigerd geändert. Ein großer Teil der Handlung dieser Geschichte spielt auf der Insel Xapur, es ist durchaus möglich, dass die Namen von dem historischen Yezdigerd – einem persischen König und Eroberer, genau wie Howards Figur – und seinem Vater Shapur entlehnt worden sind. Yezdigerd kehrte in *Der Schwarze Kreis* zurück und mit ihm mehrere neue geografische Elemente, die Howard mit dieser Story seiner hyborischen Welt hinzufügte, etwa die Himelianischen Berge, Afghulistan und Vendhya.

Der Schwarze Kreis war bis dahin Howards längster Conan-Text; es ist eine echte und stimmige Novelle und keineswegs bloß eine »lange Kurzgeschichte«. Eine Geschichte dieser Länge konnte nicht allein auf Conans Schultern ruhen, und Yasmina ist eine willkommene Abwechslung zu einigen der unterwürfigen Frauenfiguren aus den früheren Erzählungen. Aber es ist

Khemsa, mit dem Howard einen in Erinnerung bleibenden, zweiten Handlungsträger erschaffen hat, der hin- und hergerissen zwischen der Treue zu seinen Meistern und seiner Liebe zu Gitara ist, zwischen seinen spirituellen und irdischen Sehnsüchten. Wie es sich für eine Geschichte gehört, die Osten und Westen zum Thema hat, ist *Der Schwarze Kreis* eine Studie über Dualität: ein Bruder und seine Schwester, der eine tot, die andere lebendig; zwei gegensätzliche Pärchen, Conan und Yasmina gegen Khemsa und Gitara (zwei Pärchen, in denen bei beiden der Kampf um die Macht ein signifikanter Faktor ihrer Beziehung ist). Aber wo die Ersteren die Herren sind (Häuptling und Königin respektive), sind die Letzteren nur Diener von Anführern. Der Gegensatz zwischen den primitiven Bergbewohnern und den Sehern von Yimsha, also zwischen dem Physischen und dem Geistigen, wurde offensichtlich von der Debatte über dieses Thema unterstützt, die Howard und H.P. Lovecraft fast das ganze Jahr 1933 über führten.

Falls die Erzählung manchmal an Mundys Hang zu Mystizismus denken lässt, ist Howards Umgang damit völlig eigenständig. Vermutlich brauchte der Texaner gar nicht Mundy zu lesen, um sich zu mystischen Themen inspirieren zu lassen: Er hatte sich seit Jahren damit beschäftigt. Und sobald man die östlichen Elemente der Erzählung weglässt, kommt eine Geschichte zum Vorschein, die auf seltsame Weise viele Bezüge zu Howards Familiengeschichte aufweist. Sein Vater, Dr. Isaac M. Howard, war zeitlebens an Mystizismus, Yoga und Hypnose interessiert. Er behandelte Patienten regelmäßig mit Hypnose, manchmal in Anwesenheit des jungen Robert, und er hatte seine Ausgaben von *The*

Hindu Science of Breath und *Fourteen Lessons in Yogi Philosophy* von Yogi Ramacharaka mit Randnotizen versehen. Falls Howard Dokumente über östlichen Mystizismus brauchte, musste er Mundy nicht noch einmal lesen, da er eine viel bessere Informationsquelle unter seinem eigenen Dach hatte. Die Anfangsszene – die den Tod von Yasminas Bruder durch ihre Hand erzählt – ist ein weiteres verblüffendes autobiografisches Beispiel. Auf der literarischen Ebene lädt es zum Vergleich mit mehreren anderen Geschichten ein, vor allem mit *Dermods Fluch*, wo ein Mann vom Tod seiner Zwillingsschwester fast in den Wahnsinn getrieben wird. In Howards Geschichten müssen sich Brüder und Schwestern oft trennen, und für gewöhnlich unter schmerzlichen Bedingungen. Der Grund für diese Besessenheit könnte möglicherweise von der überlieferten (wenn auch undokumentierten) Fehlgeburt von Howards Mutter 1908 herrühren, als Howard zwei Jahre alt war. Das könnte einen auf den Gedanken bringen, eine Parallele zwischen Howard und Yasmina zu ziehen; beide haben den Verlust von Geschwistern erlebt. Allerdings wurden diese biografischen Elemente schnell und wie gewöhnlich in Howards Werk verwässert und verzerrt, damit er die Geschichte erzählen konnte, die ihm Farnsworth Wright abkaufen würde. *Der Schwarze Kreis* ist aus all diesen Gründen eine besonders gelungene Conan-Geschichte. Sie funktioniert sehr gut auf der Eskapismus-Ebene und ist der üblichen, standardisierten Pulp-Handlung meilenweit voraus, aber ihre sämtlichen Aspekte weisen eine definitive Tiefe und Struktur auf, die sie zu den drei oder vier besten Conan-Geschichten zählen lässt, die Howard bis dahin geschrieben hatte.

Farnsworth Wright muss davon ziemlich beeindruckt gewesen sein, denn es vergingen weniger als fünf Monate zwischen dem Ankauf und der Veröffentlichung des ersten Teils der Erzählung. Allerdings war er nicht besonders erfreut über die sich ständig häufenden Freiheiten, die sich Howard in seinen Dialogen nahm, und die Deutlichkeit gewisser Situationen, und er entschärfte an mehreren Stellen einige der Flüche des Cimmeriers sowie die sexuellen Anspielungen.

Anfang Januar 1934, als Howard gerade *Der Schwarze Kreis* schrieb, erhielt er endlich Neuigkeiten über die Kurzgeschichtensammlung, die er im Juni des Vorjahres an Denis Archer in England geschickt hatte. Es war keine positive Antwort. Zwar hatte der Herausgeber die Geschichten »außerordentlich interessant« gefunden, aber das reichte nicht: »Die Schwierigkeit einer Veröffentlichung in Buchform ist das Vorurteil, das es hier zurzeit gerade gegen Kurzgeschichtensammlungen gibt, und ich bin leider mit großem Zögern gezwungen, Ihnen die Geschichten zurückzuschicken. Allerdings mit dem Vorschlag, dass, sollten Sie die Zeit finden, einen richtigen Roman mit einer Länge von 70 000 – 75 000 Wörtern und der gleichen Thematik zu schreiben, mein Verlag Pawling and Ness Ltd., der mit Verleihbüchereien in Verbindung steht, ihn nur zu gern veröffentlichen wird.«

Mit Ausnahme seines teilweise autobiografischen *Post Oaks and Sand Roughs* (1928) hatte Howard keinen Roman vollendet, obwohl er mit *Der Schwarze Kreis*, dessen letzte Version auf 31 000 Worte kommt, zeigte, dass er das Format zu beherrschen lernte. Viele andere Autoren hätten ihre Bemühungen an dieser Stelle eingestellt, konfrontiert mit einem Verleger, der sechs Monate für eine Antwort benötigte und dann auch noch eine Kurzgeschichtensammlung ablehnte, um die er doch ursprünglich gebeten hatte. Später in diesem Monat berichtete Howard jedoch in einem Brief an August Derleth: »Eine englische Firma, die mir eine Sammlung meiner Kurzgeschichten endlich zurückschickte, nachdem sie die monatelang behielt, sagt, dass es zurzeit dort drüben Vorurteile gegen eine solche Sammlung gibt – ich meine Kurzgeschichten –, und hat vorgeschlagen, ich sollte einen richtigen Roman für sie schreiben. Ich bin da nicht besonders enthusiastisch, was diese Idee angeht, denn ich bin so oft enttäuscht worden. Natürlich werde ich mein Bestes tun.«

Vermutlich begann Howard mit der Arbeit an dem Roman im Februar 1934, aber er sollte die Geschichte wenige Wochen später zur Seite legen.

Die Arbeit an *Almuric* – aller Wahrscheinlichkeit nach ist das der Roman, den Howard für den britischen Verleger zu schreiben anfing – wurde mittendrin beendet, nachdem er eine erste Fassung und die erste Hälfte einer zweiten geschrieben hatte. Das sollte Howards nach *The Daughter of Erlik Khan* und *Der Eiserne Teufel* dritte – und letzte – Yasmina/Yasmeena-Geschichte sein. Wie ihre Namensvetterinnen lebte auch diese Yasmeena auf einem geheimnisvollen Berg: Yuthla. Warum Howard darauf bestand, dass seine Yasmeenas/Yasminas auf Bergen mit »Y« lebten, wird vermutlich ein Geheimnis bleiben. In dem Roman werden mehrere Schlüsselszenen aus den ursprünglich an den Verleger geschickten Geschichten wieder verwertet. Zum Beispiel haben die geflügelten Yagas aus *Almuric* eine definitive Ähnlichkeit mit den geflügelten Kreaturen aus der Solomon-Kane-Erzählung *Schwarze Schwingen*. Howard sorgte in der Tat dafür, dass sein Roman »der gleichen Thematik« wie die Kurzgeschichten entsprach, die er zuvor eingesandt hatte. Trotzdem vollendete Howard *Almuric* nicht, und zwar aus Gründen, die mysteriös bleiben. (Der Roman sollte mehrere Jahre in der Schublade liegen, bis er schließlich nach Howards Tod – von einem anderen Autor vollendet – in *Weird Tales* veröffentlicht wurde.)

Nachdem Howard *Almuric* zur Seite gelegt hatte, kam ihm vermutlich die Erkenntnis, dass es nur logisch war, Conan zur zentralen Figur seines Romans zu machen: der Verkauf von *Der Schwarze Kreis* Ende Februar oder März 1934 zeigte ihm, dass er auch in längerer Form erfolgreich über ihn schreiben konnte. Viel wichtiger war, dass der Handlungsschauplatz – das hyborische Zeitalter – und der Protagonist ständig in Howards Vorstellung präsent waren, und dass nur wenig oder gar keine Arbeit nötig waren, um den Hintergrund für den beabsichtigten Roman zu erschaffen. Außerdem hatte der erste Schwung der an Archer versandten Geschichten auch Conan-Storys enthalten: Howard würde erneut Material »mit der gleichen Thematik« wie die Kurzgeschichten an den britischen Verlag schicken.

Das erhaltene Exposé und der 29 Seiten umfassende Entwurf dieses ersten Conan-Versuchs sind doch sehr interessant – eine deutliche Abkehr von den anderen Conan-Erzählungen. Dieser »Tombalku«-Entwurf wurde begonnen und wieder verworfen, nachdem Howard *Der Schwarze Kreis* fertig gestellt und *Almuric* zur Seite gelegt hatte, aller Wahrscheinlichkeit nach

Mitte März 1934. Conan ist nicht der Protagonist der Geschichte, diese Rolle fällt einem Amalric zu (dessen Name an Almuric denken lässt). Liest man das Exposé und den ersten Entwurf, wird schnell deutlich, dass es hier nicht genügend Stoff für einen Roman gab; tatsächlich gibt es hier eigentlich überhaupt keinen guten Stoff. Die Verbindung zwischen dem ersten Teil der Geschichte und dem, was zu den Tombalku-Kapiteln werden sollte, ist nicht überzeugend, und offensichtlich führte die Geschichte nirgendwohin. Howard erkannte das bald und verwarf auch diese Erzählung, um mit dem dritten – letzten und endlich erfolgreichen – Versuch an einem Roman zu beginnen: *Die Stunde des Drachen*.

Es gab nur wenig, was sich von den vorigen beiden Versuchen wieder verwerten ließ. Nur einige Details weisen darauf hin, dass die drei Geschichten etwa zur selben Zeit geschrieben wurden: In *Die Stunde des Drachen* erwähnt Conan kurz die Ghanater, ein Stamm, der sonst nur in dem nicht fertig gestellten Tombalku-Entwurf erwähnt wird; in einer frühen Fassung des Romans wird der Leser darüber informiert, dass Conan einst »Eisenhand« genannt wurde, der gleiche Spitzname, den Esau Cairn auf dem Planeten Almuric erhält. In *Die Stunde des Drachen* wird auch ein »Prinz Almuric« erwähnt, aber das mag mehr mit seinem Namensvetter in *Der wandelnde Schatten* zu tun haben – ein anderer Prinz, der sein Ende durch die Hand der Stygier erfährt – als mit dem gleichnamigen Roman.

Ein Absatz aus der Tombalku-Geschichte könnte jedoch als Inspiration für die Handlung des Romans gedient haben:

Einer der Männer, der ein glattes und faltenfreies Gesicht hatte, obwohl sein Haar völlig ergraut war, sagte: »Aquilonien? Da gab es doch eine Invasion ... wir hörten davon ... König Bragorus von Nemedien ... wie ist der Krieg ausgegangen?«

»Man hat ihn zurückgeschlagen«, antwortete Amalric knapp und unterdrückte ein Schaudern. Neun Jahrhunderte waren vergangen, seit Bragorus seine Speerträger durch das Marschland von Aquilonien geführt hatte.

Hier war der Ausgangspunkt für die Handlung von *Die Stunde des Drachen*: die Invasion von Aquilonien durch seinen Nachbarn Nemedien. Die sieben geheimnisvollen Reiter wurden vermutlich zu den vier Zauberern aus Khitai in *Die Stunde des Drachen*. Amra, Conans Deckname als Pirat bei den schwarzen Korsaren, schaffte ebenfalls den Sprung von dem Entwurf in den Roman, und die Thematik rivalisierender Könige ist offensichtlich eine essenzielle Zutat zu dem Roman. Viele dieser Ideen bildeten bereits den Hintergrund für die frühe Conan-Erzählung *Die scharlachrote Zitadelle*, die zu den nach England geschickten Geschichten gehört hatte und in der es um Conan als Amra und eine Invasion ging (in diesem Fall aus Koth und Ophir). Xaltotuns Wiederauferstehung erinnert deutlich an die von Thugra Khotan in *Nathok, der Zauberer*, obwohl diese Geschichte nicht Mitte 1933 nach England geschickt worden war.

Howard wusste, was er mit *Die Stunde des Drachen* tun musste und wie er es tun musste: Er verwertete diverse Elemente seiner früheren Conan-Erzählungen und versuchte gleichzeitig, eine neue Leserschaft zu erobern. Darum musste er seinen neuen Lesern so viel wie möglich von seinem hyborischen Zeitalter und dessen Möglichkeiten vermitteln und durfte auch keine Bedenken haben, mehrere Elemente früherer Conan-Geschichten noch einmal zu benutzen, da der britische Markt keine Kurzgeschichten veröffentlichen wollte. Der Leser würde darum Andeutungen über Stygien, das Äquivalent der afrikanischen Königreiche im hyborischen Zeitalter, präsentiert bekommen, er würde durch die geheimnisvollen Zauberer sogar einen Blick auf die Nationen östlich von Vilayet werfen können, aber die Geschichte würde sich auf die hyborischen Länder konzentrieren, die ihm vertraut sein dürften: die Königreiche, die dem modernen abendländischen Europa entsprachen.

Es war lange her, dass Howard über Conan als König geschrieben hatte, und man kann sich fragen, warum er zu einem Thema zurückkehrte, das schon lange aus seinen Geschichten verschwunden war. Die Antwort findet sich möglicherweise erneut in dem für den Roman beabsichtigten Markt. Die britische Öffentlichkeit hatte schon immer ein großes Interesse an mythischen Königen, und das hatte Howard auch: Hatte er nicht in *Im Zeichen des Phönix* über einen König geschrieben, der seine Schlacht mit einem magischen Schwert gewinnt, das Excalibur ähnelt? Hatte er nicht in *Die scharlachrote Zitadelle* geschrieben, dass der König eins mit seinem Königreich ist, und dass der, der den König tötet, den Lebensfaden des Königreichs zerschneidet? War König Conan bereit, seine Verwandtschaft mit dem berühmtesten keltischen König anzuerkennen: mit König Artus?

In *Die scharlachrote Zitadelle* wurde Conans Gefangennahme durch Verrat bewerkstelligt, und sein Sieg war größtenteils eine Angelegenheit überragender militärischer Strategie. In dem Roman hat Conans Lähmung eine deutlich übernatürliche Ursache. Durch diese Lähmung ist eine entscheidende Verbindung mittels Magie unterbrochen worden: Conan ist von seiner Armee getrennt worden, und das führt zu ihrer Niederlage. Wie Pallantides kurz darauf verkündet: »Nur [Conan] hätte uns an diesem Tag zum Sieg führen können.« Mit dem angeblichen Tod von Conan, dem König von Aquilonien, verschwinden die Einheit und Stärke Aquiloniens. Wie ein Partisan Conan später sagen wird, in Worten, die ziemlich genau dem Sprichwort aus *Die scharlachrote Zitadelle* entsprachen: »Ihr wart das Band, das sie zusammenhielt.« Nur durch Conans vorgeblichen Tod kann Valerius den Thron besteigen: »Solange Conan lebt, ist er eine Bedrohung, ein vereinigender Faktor für Aquilonien«, verkündet Tarascus. »Nur in der Einigkeit liegt Stärke«, sagt Conan später. Trotz seines militärischen Sieges schafft es Valerius nicht, die verlorene Einheit des Königreichs wiederherzustellen und die Treue seines Volkes zu erringen. Conan sagt: »Es ist ein Unterschied, ob man einen Thron mithilfe der Untertanen des Landes an sich bringt und das Land mit ihrer Zustimmung regiert, oder ob man ein fremdes Reich in die Knie zwingt und durch Furcht und Unterdrückung darüber herrscht.« Conan scheint Aquiloniens rechtmäßiger König gewesen zu sein, und nur Magie konnte die Einheit zerstören, die zwischen ihm und seinem Volk bestand.

Nicht das Herz Ahrimans verschuldet Conans Niederlage. Das Herz ist kein Instrument des Bösen. Hadrathus, der Priester von Asura, bestätigt das später: »Die Mächte der Finsternis kommen nicht dagegen an, wenn es sich in der Hand eines Adepten befindet ... Es gibt Leben wieder, kann aber auch Leben vernichten. [Xaltotun] hat es nicht gestohlen, um es gegen seine Feinde zu verwenden, sondern um zu verhindern, dass sie es gegen ihn benutzen können.« Und zum Abschluss sagt er: »Das Schicksal Aquiloniens hängt von [dem Herzen] ab.« Warum entscheidet das Herz das Schicksal von Aquilonien? Zu Beginn des Romans erfährt der Leser, dass das Juwel »in einer Höhle unter dem Mitratempel in Tarantia versteckt wurde«. Die Symbolik ist offensichtlich: das Herz, wie sein Name andeutet, wurde im Herzen, im Zentrum des Königreichs platziert. Darüber hinaus ist der Mitrakult im hyborischen Zeitalter das, was organisierter Religion am nächsten kommt, die Staatsreligion von Aquilonien und einer der besser organisierten hyborischen Kulte, darum seine »zentrale« Position. Tarantia erfordert eine ausführlichere Diskussion. In der Originalfassung von *Die scharlachrote Zitadelle* heißt die Hauptstadt von Aquilonien Tamar, in dem Roman Tarantia. Howards Änderung des Namens war kein »unerhörter Fehler«, wie es gewisse Herausgeber zu glauben wissen, sondern das Resultat einer sorgfältigen Überlegung: Tarantia ist von Tara abgeleitet, der mystischen und politischen Hauptstadt Irlands, das die Kelten Irlands als das Herz ihres Königreichs betrachteten. »Ihr werdet nicht wieder auf Eurem Thron sitzen, bis Ihr das Herz Eures Königreichs gefunden habt«, sagt Zelata zu Conan, woraufhin er erwidert: »Meint Ihr damit die Stadt Tarantia?« Das Herz ist der mystische Stein, der das genaue Zentrum des Landes symbolisiert, das Symbol des Bundes, der Land und Leute mit dem König verbindet. Sobald diese Verbindung durchtrennt ist, ist »das Herz des Landes fort«. Die Konsequenzen sind unheilvoll und unmittelbar für Land und Leute:

> Doch jetzt verrieten nur noch Schutt und Asche, wo Höfe, Hütten und Landhäuser gestanden hatten ...
> Eine gewaltige Schneise der Verwüstung zog sich vom Fuß der Berge westwärts. Conan fluchte, als er über die verbrannten Felder ritt und die verkohlten Giebel von Häuserskeletten sah. Wie ein Geist aus vergessener Vergangenheit ritt er durch das leere verwüstete Land.

Das alles ist völlig logisch, denn in den Geschichten des Grals wird das Land von dem Augenblick an, in dem der König sein Königreich nicht mehr vernünftig regieren kann, zum unfruchtbaren Land, dem Ödland. Die Konsequenzen von Conans Niederlage durch die Hand der Verschwörer gehen weit über die Gefangennahme und die Not des Cimmeriers hinaus. Das Problem in *Die Stunde des Drachen* besteht darin, dass sich Conan des mystischen Bundes, der ihn mit seinem Land verbindet, zuerst nicht bewusst zu sein scheint. Seine Absicht, den Thron von seinen Feinden zurückzuerobern, ist von Anfang an zum Scheitern verurteilt, und selbst seine loyalsten Untertanen weigern sich, ihm in ein, wie sie finden, selbstmörderisches Unternehmen zu folgen. Erst als Conan alles versteht, kann die Suche beginnen: »Was war ich doch für ein Narr! Das Herz Ahrimans! Das Herz meines Königreichs! ›Findet das Herz Eures Königreichs‹ hat Zelata gesagt.«

Und so entpuppt sich Howards Roman an einer zentralen Stelle der Geschichte als Suche, noch präziser, als König Artus' Suche nach dem Gral. Hinter den Artuslegenden steht die besessene Suche der Kelten nach dem

Volkskönig, den sie historischerweise niemals hatten, der alle Stämme gegen Volksfeinde vereinen konnte. Dieser König, ein *rex* im Gegensatz zu der römischen Vorstellung eines *imperators*, der ständige Repräsentant einer starken und zentralisierten Macht, war die meiste Zeit ein militärischer Führer. Und Howard sagt uns genau das: Conans Suche nach dem Herz ist eine Suche nach dem perfekten Weg, seine Pflicht als *rex* und nicht als *imperator*, als Tyrann, zu erfüllen. Das wird deutlich in der Unterhaltung zwischen Conan und Trocero im Mittelteil des Buches demonstriert:

»Dann lasst uns Zingara mit Poitain vereinigen«, schlug Trocero vor. »Ein halbes Dutzend Fürsten befehdet einander, und das Land ist vom Bürgerkrieg zerrissen. Wir werden es Provinz um Provinz erobern und Eurem Reich einverleiben. Mithilfe der Zingarier können wir Argos und Ophir erobern. *Wir* werden ein Reich aufbauen ...«

Erneut schüttelte Conan den Kopf. »Sollen andere von einem gewaltigen Reich träumen! Ich habe nur den Wunsch, meines zurückzuerhalten, nicht über ein Imperium zu herrschen, das durch Blut und Feuer zusammengefügt wurde. Es ist ein Unterschied, ob man einen Thron mit der Hilfe der Untertanen des Landes an sich bringt und das Land mit ihrer Zustimmung regiert, oder ob man ein fremdes Reich in die Knie zwingt und durch Furcht und Unterdrückung darüber herrscht. Ich möchte kein zweiter Valerius sein. Nein, Trocero, ich will über ganz Aquilonien oder überhaupt nicht mehr herrschen.«

Wer auch immer auf die Idee kam, Howards Roman den neuen Titel *Conan der Eroberer* zu verleihen, hatte offensichtlich sein Thema nicht verstanden: Conan ist alles andere als ein Eroberer. Falls man Conans Königtum als eine Art Höhepunkt seines Lebens betrachten will, dann ist die Lektion eine völlig andere als die, die seit Jahren kursiert: Conan der König hat viel weniger Freiheiten und Macht – so zu handeln, wie er will – als Conan der Cimmerier.

Wenn Conan ein König Artus ist, darf man sich fragen, wo seine Guinevere ist. Die Königin spielte eine sehr spezielle Rolle bei den keltischen Nationen, und man könnte ihr Fehlen in Howards Roman als Überraschung betrachten, zumindest gilt das für Leser, die nicht mit dem Cimmerier vertraut sind. Vielen *Weird-Tales*-Lesern muss es einen Stich versetzt haben, als sie lasen, wie Conan am Ende schwört, Zenobia zu heiraten. Man fragt sich doch – und in der Tat haben viele Kritiker diese Frage gestellt –, ob Conan sein Wort halten würde. Diese Frage kann natürlich niemand beantworten, obwohl die Anmerkung gestattet sei, dass Zenobias Krönung den Roman dem Artusmythos noch näher bringen würde.

Tatsächlich scheint jede der drei Frauen in der Geschichte – Zenobia, Zelata und Albiona – einen Teil der symbolischen Rolle zu verkörpern, die man Artus' Königin zuweist. Zenobia (deren Name in frühen Fassungen des Romans Sabina lautet) ist diejenige, die (bald) mit dem König verheiratet werden soll. Zelata ist für die Initiationsaspekte der Suche zuständig; sie hilft Conan, die Symbolik zu verstehen, den das Herz von Ahriman verkörpert, der Bund zwischen dem König und seinem Königreich. Albiona wurde ein Name und ein Rang verliehen, der uns hilft, die drei Frauen des Romans als zusammengesetztes Bild von Artus' Königin zu erkennen. Natürlich gehört sie dem Adel an, aber es ist die Etymologie ihres Namens, die sie verrät, denn Albiona kommt von *alba*, lateinisch für weiß. Artus' Frau war von eindeutiger keltischer Herkunft, *gwen*, der Wortstamm hinter allen Namensvariationen von König Artus' Gemahlin (Guinevere, Gueniévere, Gwenhwyfar, usw.; gälisch: *finn*) bedeutet weiß (und erweitert: schön).

Das Äquivalent der Gralssuche im hyborischen Zeitalter findet man in den Kapiteln des Romans, nachdem Conan die Bedeutung und die Rolle des Herzens Ahrimans entdeckt hat. Diese verschiedenen pikaresken Episoden bieten eine Reihe von Abenteuern und Kämpfen, wie man sie in den meisten Artus-Texten findet. Das ist der Ursprung der Episoden mit Burg Valbroso und den Ghulen im Wald, mit Publio, der Schiffsmeuterei, Khemi und Akivasha, die, wenn man es genau nimmt, die Geschichte kein Stück weiterbringt, sodass Karl Wagner die Annahme aufstellen konnte, dass bei der Übermittlung zwischen dem englischen Verleger und *Weird Tales* möglicherweise ein Kapitel verloren ging, ein Verlust, den niemand bemerkt hätte.

Conans Rückkehr auf den Thron beginnt mit der Sicherstellung des Herzen Ahrimans. Die erfolgt am Ende des 19. Kapitels: »Er wirbelte das große Juwel um seinen Kopf, und es sprühte sein goldenes Feuer über das ganze Deck.« Das nächste Kapitel beginnt: »Der Winter war vorbei in Aquilonien. Blätter sprossen an den Zweigen, und der warme Südwind streichelte das frische Gras.« Da sich das Herz wieder in den Händen des rechtmäßigen Besitzers befindet, ist das Leben wiederhergestellt, wird das Ödland wieder zum Land des Überflusses, zum Land des Grals. »Als der Frühling in voller Blüte stand, ging ein Raunen durch das geschlagene Aquilonien, das die Herzen mit Hoffnung füllte. Wie ein frischer Wind war es aus dem Süden gekommen und hatte die Menschen geweckt, die sich der Apathie und Verzweiflung ergeben hatten.« Das Bild des Landes, das wieder zum Leben erwacht, da die Besitzer des Grals zurückreiten, erinnert unweigerlich an eine Szene aus John Boormans *Excalibur*. Xaltotuns Niederlage ist nur noch eine Frage der Zeit. Die Verschwörer sind entzweit, während sich Conans Streitkräfte wieder vereinen. Die Restauration von König und Land ist jetzt unausweichlich.

Als Howard seinen Roman schrieb, hatte er definitiv sein Publikum im Hinterkopf, und es ist möglicherweise kein Zufall, dass die Geschichte Anspielungen auf britische Autoren enthält. Der Beginn von Sir Arthur Conan Doyles *Sir Nigel* brachte Howard vermutlich auf die Episode mit der Seuche. Viel wichtiger jedoch: Er erwies Shakespeare, einem seiner bevorzugten Bühnendichter, dessen *Hamlet* Howard zur Zeit seiner Planung sehr gegenwärtig gewesen zu sein scheint, seine Reverenz. »Aber in seinem Wahnsinn ist Methode« in Kapitel 3 ist eine klare Anspielung auf das berühmteste Theaterstück des Dramatikers. (Howard wollte definitiv, dass dieser Satz in seinem Roman vorkam, denn er erscheint in der zweiten Fassung des Romans an drei Stellen!) Tatsächlich laden viele von Howards Geschichten über das Königtum zu Vergleichen mit dem Stück ein. Bei *Die Stunde des Drachen* sind die Parallelen offensichtlich, beide Geschichten konzentrieren sich auf die Heldentaten eines Königs (oder zukünftigen Königs), der von einem Usurpator abgesetzt wird, den er für einen Verbündeten hielt!

Conan, seines Throns beraubt und tot (zumindest hält man ihn dafür), hat tatsächlich alle Qualitäten des dänischen Geisterkönigs. Als er Conan sieht, den er für tot gehalten hat, verfällt ein poitainischer Soldat ins Shakespearehafte, und wir kommen uns einen Augenblick lang wie auf den Zinnen von Elsinore vor: »Er holte laut Luft, und sein rotes Gesicht erblasste. ›Verschwindet!‹, rief er verstört. ›Weshalb seid Ihr aus den grauen Landen des Todes zurückgekehrt, um mich zu erschrecken? Ich war Euch wahrhaftig ein treuer Vasall, solange Ihr gelebt habt ...‹«

Die Stunde des Drachen bringt es bei weitem auf die höchste Seitenzahl, was die verschiedenen Versionen angeht. Zusätzlich zu den 241 Seiten der veröffentlichten (Original-)Version sind 620 Seiten der vorherigen Fassungen erhalten geblieben, während mehrere hundert weitere Seiten (ein Durchschlag der endgültigen Version und mindestens eine komplette Fassung) im Laufe der Jahre verloren gegangen sind. Howard schrieb fünf Fassungen seiner Geschichte, und mehrere Teile davon wurden zwei oder dreimal umgeschrieben. Obwohl er anderen stets erzählte, ihm würden die Geschichten mühelos zufließen, arbeitete er viel härter daran, als er zuzugeben bereit war. Das Exposé der Geschichte bietet ein ausgezeichnetes Beispiel für Howards Arbeitsmethode: Es umfasst drei einzeilig getippte Seiten und stellt die ersten fünf Kapitel in allen Einzelheiten dar, wobei sich in der veröffentlichten Fassung nur wenige Änderungen finden, während die folgenden Kapitel weitaus weniger detailliert sind und der zweite Teil des Romans überhaupt nicht abgedeckt wird. Howard baute seine ersten Versionen nach diesem Entwurf auf, probiert seine Szenen und Dialoge aus. Xaltotuns Motivation, Conans Leben zu verschonen, veränderte sich mehrere Male, während Howard seine Fassungen schrieb und seine Charaktere besser in den Griff bekam, wie sie untereinander und allgemein handeln sollten, wenn sie mit bestimmten Situationen konfrontiert wurden. Der Abschnitt, in dem sich Tiberias selbst opfert, indem er Valerius und fünftausend Männer in eine tödliche Falle lockt, wurde ganz zuletzt hinzugefügt, bietet dem Leser ein paar in Erinnerung bleibende Augenblicke und versieht das Ende des Romans mit einer Spannung und Ungewissheit, die sonst fehlen würde.

Das Studium der Manuskripte verrät, dass Howard mit der Arbeit an diesem Roman erst nach dem Abschluss von *Der Schwarze Kreis* und einer Detektivgeschichte begann, die sein Agent am 10. März erhielt. Es war nur passend, dass solch ein Roman am Saint Patrick's Day begonnen wurde. Unterlagen zeigen, dass Howards Agent zwischen dem 19. März und dem 20. Juni nichts von ihm erhielt. Wenn wir ungefähr den 17. März als Anfangsdatum für die Arbeit an dem Roman ansetzen, dann wurde *Die Stunde des Drachen* in weniger als zwei Monaten geschrieben. Am 20. Mai 1934 schrieb Howard an Denis Archer in England: »Wie Sie sich zweifellos erinnern werden, hatten Sie in Ihrem Brief vom 9. Januar 1934 vorgeschlagen, dass ich Ihnen für Ihren Verlag Pawling & Ness Ltd. einen vollständigen Roman schicke, in der Art der unheimlichen Kurzgeschichten, die ich zuvor eingereicht hatte. Mit separater Post schicke ich Ihnen einen Roman von 75 000 Worten Umfang mit dem Titel *Die Stunde des Drachen*, im Einklang mit Ihren Vorschlägen geschrieben. Ich hoffe, er ist akzeptabel ...«

Während dieser zwei Monate hatte Howard anscheinend keine andere Erzählung geschrieben und sich ganz auf den Roman konzentriert, pro Tag schätzungsweise 5000 Worte, sieben Tage die Woche. Am 20. Mai, dem Tag, an dem er den Roman nach England schickte, schrieb Howard vier kurze Briefe. Während dieser zwei Monate nahm *Die Stunde des Drachen* ihn fast ganz in Beschlag. Edgar Hoffmann Price' kurzer Besuch im April scheint in dieser Zeit die einzige Ablenkung gewesen zu sein. Zwei volle Monate Arbeit scheinen übermäßig viel für jemanden zu sein, der keine große Erwartungen an den britischen Markt hatte. Die Vermutung liegt nahe, dass Howard viel mehr Glauben an seinen Roman hatte, als er bereit war zuzugeben. Er wusste, dass, sollte der Roman angenommen – und veröffentlicht – werden, das ein großer, vielleicht sogar *der* Durchbruch schlechthin für ihn sein könnte.

Wie zu erwarten war, nahm sich Howard im Juni ein paar Tage frei. »Nachdem ich mehrere Wochen regelmäßig gearbeitet habe, entspanne ich mich ein paar Stunden und versuche, meine Korrespondenz abzuarbeiten, die sich in der Zwischenzeit aufgetürmt hat.« Howard machte einen kurzen Urlaub und besuchte die Carlsbad-Höhle, die ihn zu einer seiner nächsten Conan-Geschichten inspirieren sollte, aber er saß bald wieder an seiner Arbeit und an Conan. Nur ein paar Tage waren zwischen der Vollendung von *Der Schwarze Kreis* und dem Beginn von *Die Stunde des Drachen* vergangen. Vermutlich lag zwischen *Die Stunde des Drachen* und der nächsten Conan-Erzählung die gleiche Zeitspanne.

Salome, die Hexe wurde Ende Mai oder Anfang Juni 1934 geschrieben, vermutlich in wenigen Tagen. Die Geschichte sollte offensichtlich Farnsworth Wrights Vorrat an Conan-Erzählungen aufstocken. Wright hatte im April 1934 *Schatten im Mondlicht* veröffentlicht. *Die Königin der schwarzen Küste* war im Mai gefolgt, und Howard wusste, dass *Der Eiserne Teufel* und *Der Schwarze Kreis* für den August 1934 und die folgenden Ausgaben eingeplant waren, sodass keine neuen Conan-Erzählungen mehr auf ihre Veröffentlichung in *Weird Tales* warteten. Für Howard war das eine neue Situation, seit *Der Eiserne Teufel* und *Die Königin der schwarzen Küste* 1932 geschrieben und verkauft worden waren. Wright kaufte Conan-Storys, so schnell er sie kriegen konnte, und brachte sie mittlerweile fast immer als Titelgeschichte. (*Die Königin der schwarzen Küste*, *Der Eiserne Teufel*, *Der Schwarze Kreis* und *Salome, die Hexe*, die in einer Spanne von sieben Monaten veröffentlicht wurden, waren alle Titelgeschichten.) Conans Popularität wuchs, und sicherlich brachte diese Figur *Weird Tales* neue Leser ein. Frauen schrieben an das Magazin und fragten nach weiteren Geschichten mit Conan, den sie, zum Teil zweifellos wegen Wrights Zensur, als romantischen Barbaren betrachteten: *Salome, die Hexe* benötigte nur zwei Fassungen, bevor Howard damit zufrieden war. Es besteht kein Zweifel, dass die Geschichte genau Wrights Erwartungen entsprach. Howard schrieb in einem Brief an Robert H. Barlow vom 5. Juli 1934: »Hier ist endlich das Manuskript, das ich Ihnen vor einiger Zeit versprochen hatte. *Salome, die Hexe*. Es ist meine neueste Conan-Geschichte, und Mr. Wright sagt, es wäre meine beste.«

Salome, die Hexe ist kaum Howards beste Erzählung, aber es ist eine besondere Conan-Erzählung in dem

Sinn, dass sie zwar eine ziemlich beliebige Geschichte ist, aber zugleich die berühmteste oder zumindest unvergesslichste Szene der ganzen Serie beinhaltet. Liest man die Geschichte, hat man den Eindruck, dass sich Howard hier einfach bei der Produktion dieses Jahres bedient hat. Das Ungeheuer am Ende der Geschichte scheint ein Verwandter des Ungeheuers im letzten Kapitel von *Almuric* zu sein. Taramis und Salome erinnern uns daran, dass Howard von Brüdern und Schwestern fasziniert war (auch hier gab es eine traumatische Trennung bei der Geburt), und sie erinnert uns auch an Howards Interesse für Dualität. Paranoia, schon von Anfang an ein Thema in Howards Arbeit, wie die Kull-Geschichte *Das Schattenkönigreich* (1926 – 1927) zeigt, zieht sich durch die ganze Erzählung, und Howard wiederholt, dass hinter scheinbar unschuldigen Gesichtszügen das Böse lauert. In *Salome, die Hexe* scheint allein Conan – und Howard? – alle Fakten zu kennen. Alle anderen Charaktere sind so blind wie Olgerd Vladislav und erkennen nicht, was da vor ihren Augen passiert.

Conan wird in *Salome, die Hexe* zu einem übermenschlichen Charakter. Wie die Struktur der Geschichte zeigt, wurde Howard immer selbstbewusster hinsichtlich seiner Schöpfung. Wir sind hier meilenweit von den formelhaften Bausteinen der Pulp-Erzählung entfernt: Conan – der Protagonist – verleiht der ganzen Geschichte Leben, indem er nur in zwei Kapiteln auftritt. Es ist verführerisch, eine Parallele zu ziehen zwischen Conan und dem, was Howard glaubte mit der Serie zu erreichen. Er wusste, dass er hier einen Gewinner hatte, und dass er die Hauptfigur nicht in der Geschichte mitspielen lassen musste außer in den zentralen Kapiteln. Conan dominiert die ganze Geschichte, und das wird in der Kreuzigungsszene offensichtlich. Wie kann jemand einen Charakter töten – sowohl wortwörtlich wie auch literarisch –, der eine derartige Szene überlebt? Eine Kreuzigungsszene zu schreiben, wird automatisch einen Vergleich mit der christlichen Religion herausfordern. Möglicherweise wurde Conan mit dieser Szene »unsterblich«, und man fragt sich, in welchem Ausmaß Howard das so beabsichtigt hat. Die Erzählung – so durchschnittlich sie auch letztlich ist – strahlt Howards Vertrauen in seine Schöpfung aus. Farnsworth Wright akzeptierte sie begeistert und veröffentlichte sie direkt nach vier aufeinander folgenden Ausgaben von *Weird Tales* mit dem Cimmerier als Titelhelden. Und sie schaffte es erneut auf das Titelblatt. Howard hatte allen Grund, selbstbewusst zu sein.

Anfang 1933 hatte Howard nur einen regelmäßigen Abnehmer. Mitte 1934 erschienen dann seine Erzählungen in fast jeder Ausgabe von *Weird Tales*. Er hatte es geschafft, mit *Action Stories* einen weiteren Absatzmarkt zu finden; in jeder Ausgabe wurde eine Story veröffentlicht. Auch glaubte er, in *Jack Dempsey's Fight Magazine* einen neuen regelmäßigen Abnehmer gefunden zu haben. Und er veröffentlichte dank seines Agenten Otis Adelbert Kline Erzählungen in mehreren anderen Magazinen; darüber hinaus glaubte er, gerade einen Roman auf dem britischen Markt verkauft zu haben.

    Es war eine idyllische Situation.
    Sie sollte nicht lange andauern.

Veröffentlichungsnachweise

Die Texte zu dieser Ausgabe wurden von Patrice Louinet, Rusty Burke und Dave Gentzel sowie mit Unterstützung von Glenn Lord bearbeitet. Der Wortlaut wurde entweder mit Howards Originalmanuskripten, deren Kopien Glenn Lord und Terence McVicker zur Verfügung stellten, oder mit der ersten publizierten Fassung abgeglichen, wenn das jeweilige Manuskript nicht verfügbar war. Sofern Exposés zu Howards Storys existierten, wurden sie ebenfalls überprüft, um eine größtmögliche Exaktheit zu gewährleisten. Wir haben alle Anstrengungen unternommen, Robert E. Howards Texte so werkgetreu wie möglich darzustellen.

Der Schwarze Kreis
(The People of the Black Circle)
Der Text stammt aus Howards Originalmanuskript, das von Glenn Lord zur Verfügung gestellt wurde, und aus den *Weird Tales*-Ausgaben vom September, Oktober und November 1934.
Dt. Erstveröffentlichung in: Robert E. Howard/L. Sprague de Camp: Conan der Abenteurer, 1971 (Heyne-Buch Nr. 06/3245)

Die Stunde des Drachen
(The Hour of the Dragon / Conan the Conquerer*)
Ursprünglich in *Weird Tales* in fünf Fortsetzungen erschienen, von Dezember 1935 bis April 1936. Das Eingangsgedicht ist nicht in dem Magazin erschienen; es wurde der Version entnommen, die Howard bei dem englischen Verleger Denis Ar-

cher im Mai 1934 eingereicht hat (von Glenn Lord zur Verfügung gestellt).
Dt. Erstveröffentlichung in: Robert E. Howard/L. Sprague de Camp: Conan der Eroberer, 1972 (Heyne-Buch Nr. 06/3275)

Salome, die Hexe
(A Witch Shall Be Born)
Der Text stammt aus Howards Originalmanuskript, das Terence McVicker zur Verfügung gestellt hat. Erstmals erschienen in *Weird Tales*, 1934.
Dt. Erstveröffentlichung in: Robert E. Howard/L. Sprague de Camp: Conan der Pirat, 1970 (Heyne-Buch Nr. 06/3210)

Exposé ohne Titel (Der Schwarze Kreis)
Der Text stammt aus Howards Originalmanuskript, das Glenn Lord zur Verfügung stellte. Für die vorliegende Ausgabe wurden keine Änderungen vorgenommen.

Was zuvor geschah ...
Die erste Seite stammt von Howards Durchschlag, von Glenn Lord zur Verfügung gestellt. Der zweite Durchschlag fand sich auch in Howards Unterlagen, war aber in so schlechtem Zustand, dass Glenn Lord den Text abgeschrieben und redigiert hat. Für die vorliegende Ausgabe wurden keine Änderungen vorgenommen.

Exposé ohne Titel
Der Text stammt aus Howards Originalmanuskript, das Glenn Lord zur Verfügung stellte. Für die vorliegende Ausgabe wurden keine Änderungen vorgenommen.

---

* Weshalb in der von Sprague de Camp herausgegebenen Fassung der Titel in »Conan the Conquerer« (dt. »Conan der Eroberer«) geändert wurde, bleibt unverständlich. Patrice Louinet weist in seinem Essay »Hyborische Genesis, Teil II« (S. 637–662) darauf hin: »Conan ist alles andere als ein Eroberer.« (Anm. d. Red.)

Entwurf ohne Titel
Der Text stammt aus Howards Originalmanuskript, das Glenn Lord zur Verfügung stellte. Für die vorliegende Ausgabe wurden keine Änderungen vorgenommen.

Exposé ohne Titel (Die Stunde des Drachen)
Der Text stammt aus Howards Originalmanuskript, das Glenn Lord zur Verfügung stellte. Für die vorliegende Ausgabe wurden keine Änderungen vorgenommen.

Anmerkungen zu »Die Stunde des Drachen«
Der Text stammt aus Howards Originalmanuskript, das Glenn Lord zur Verfügung stellte. Für die vorliegende Ausgabe wurden keine Änderungen vorgenommen.

Exposé ohne Titel (Salome, die Hexe)
Der Text stammt aus Howards Originalmanuskript, das Glenn Lord zur Verfügung stellte. Für die vorliegende Ausgabe wurden keine Änderungen vorgenommen.

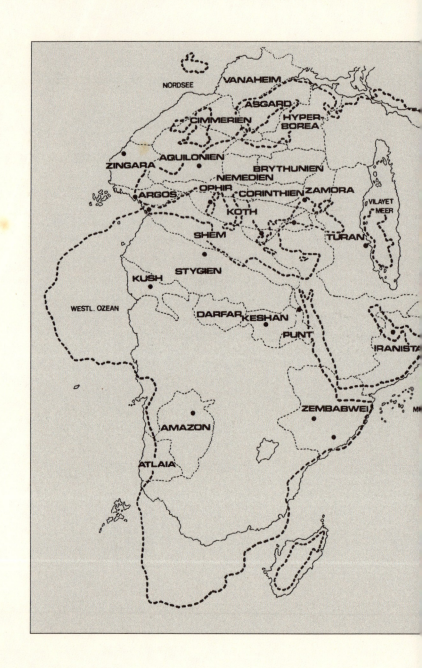

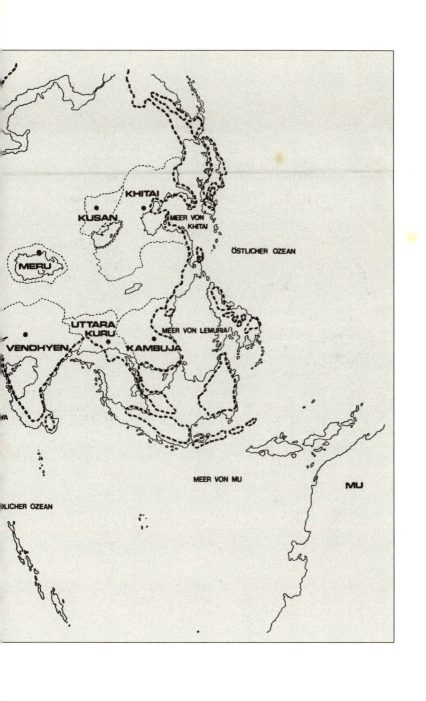

Abbildungsnachweis der Farbtafeln

BILD 1
Amra

BILD 2
Ein schriller Angstschrei drang an des Statthalters Ohren.
aus: »DER SCHWARZE KREIS«

BILD 3
»Yar Afzal ist tot. Tötet den Fremden!«
aus: »DER SCHWARZE KREIS«

BILD 4
»Aber was ist mit dir? Ich wollte dich doch mitnehmen!«
aus: »DIE STUNDE DES DRACHEN«

BILD 5
Conan

BILD 6
Geifernde Zähne blitzten im Mondschein.
aus: »DIE STUNDE DES DRACHEN«

BILD 7
Conan

BILD 8
»Du versprachst mir, bei der Eroberung von Khauran zu helfen«, brummte Conan.
aus: SALOME, DIE HEXE

Die Legenden von Conan

Der Beginn einer neuen atemberaubenden Serie

Im rauen Land Cimmerien, zu einer Zeit, in der Conan als König herrscht, stellt sich ein junger mutiger Krieger der Schlacht seines Lebens ...

Dies ist der furiose Auftakt zu einer neuen phantastischen Reihe, angesiedelt in der mythischen Welt Conans – Abenteuergeschichten voller Magie, Spannung und großer Heldentaten.

3-453-52162-5

»*Conan ist Kult – für immer und ewig!*«
The New York Times

Stan Nicholls

Das neue große Fantasy-Epos vom Autor des Bestsellers *Die Orks*.

»Großartig erzählt, eine wundervolle farbenprächtige Welt und Spannung von der ersten Seite an: Stan Nicholls Bücher haben alle Zutaten zu einem echten Fantasy-Klassiker!« *David Gemmel*

Der magische Bund
ISBN 3-453-87906-6

Das magische Zeichen
ISBN 3-453-53022-5

3-453-87906-6

3-453-53022-5

HEYNE

James Barclay:
Die Chroniken des Raben

Die grandiose neue Fantasy-Reihe, für alle Leser von David Gemmel und Michael A. Stackpole.

Zauberbann
3-453-53002-0

Drachenschwur
3-453-53014-4

Schattenpfad
3-453-53055-1

Himmelsriss
3-453-53061-6

Nachtkind
3-453-52133-1

Elfenmagier
3-453-52139-0

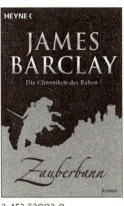

3-453-53002-0

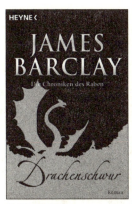

3-453-53014-4

Michael Cobley

Fantastische Abenteuer für alle Fans von Stan Nicholls und Michael A. Stackpole!

Als die kriegerischen Horden das Reich im Sturm erobern, bricht ein dunkles Zeitalter herein, regieren Gewalt und Chaos. Nur eine kleine Schar von Rebellen um den jungen Tauric Tor-Galantai plant einen verzweifelten Aufstand...

»*Grandios! Michael Cobley ist ein herausragendes Talent.*« **The Independent**

3-453-53056-X

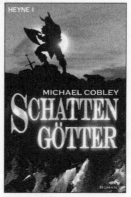

3-453-53064-0